Subina Giuletti

# Moonlight Radio

Auf einer Frequenz mit dir



Montlake

## Das Buch

Seit Monaten versucht Charlene, ihr Leben neu zu sortieren. Da kommt das Angebot, eine nächtliche Radiosendung zu moderieren, gerade recht. Unter dem Decknamen »Pixie« startet sie ein gewagtes und anspruchsvolles Konzept – durchdrungen von ihrem Grundsatz, dass das Leben schön und Glück für jeden möglich sei.

Glück? Darüber kann Jeff nur lachen. Das Leben ist nicht schön, sondern ungerecht und bitter!

Ausgerechnet in einer Livesendung prallen ihre gegensätzlichen Lebenseinstellungen aufeinander. Doch Jeffs Verzweiflung bewegt nicht nur die Zuhörer. Auch Charlene ist tief berührt.

Im Laufe der Sendung mischt sie Jeffs Leben gehörig auf, bis er schließlich nur noch eines will: herausfinden, wer sich hinter dem Decknamen »Pixie« verbirgt. Ungewollt treibt er sie damit beide in eine Situation, die ihre wie seine Existenz gefährdet …

## Die Autorin

Subina Giuletti hat einen langen Weg hinter sich, der ihr tiefe Einblicke in verschiedene Aspekte des Lebens erlaubt. Es ist ihr ein Bedürfnis, Gefühle, Erlebnisse und Erkenntnisse in Geschichten zu packen, die nicht nur unterhalten und amüsieren, sondern auch Trost spenden, Hilfe geben und zum Nachdenken anregen.

Ihre Bücher sind ein Mix aus Unterhaltung und Tiefgang – sie fordern den Leser, der sich darauf einlässt, und sie geben ihm immer etwas mit.

SUBINA
GIULETTI

# Moonlight Radio

AUF EINER FREQUENZ MIT DIR

ROMAN

Montlake

Deutsche Erstveröffentlichung bei
Montlake, Amazon Media EU S.à r.l.
38, avenue John F. Kennedy, L-1855 Luxembourg
Januar 2020


Umschlaggestaltung: bürosüd° München, www.buerosued.de
Umschlagmotiv: © UfaBizPhoto © Ihor Biliavskyi © popcorner © yaalan / Shutterstock;
Entwicklungslektorat: Claudia Wuttke
Lektorat: Media-Agentur Gaby Hoffmann, www.profi-lektorat.com
Gedruckt durch:
Amazon Distribution GmbH, Amazonstraße 1, 04347 Leipzig /
Canon Deutschland Business Services GmbH, Ferdinand-Jühlke-Straße 7, 99095 Erfurt /
CPI books GmbH, Birkstraße 10, 25917 Leck

ISBN 978-2-49670-296-5

www.montlake.de

Für Pixie, die weiß, dass sie ihr Licht nie verloren hat

Niemand rettet uns, nur wir uns selbst.
Niemand kann und niemand darf das.
Wir müssen selbst den Weg gehen.

(Buddha)

# ♫ In Moonlight Op. 1 ♫

## Akira Kosemura – In Moonlight

»Guten Abend, liebe Zuhörer, hier ist das Moonlight-Radio!«

Pianoklänge fluteten auf und wieder ab, eine weibliche Stimme sprach heiter in die Melodie hinein: »Ich begrüße euch zu dieser ungewöhnlichen Stunde und freue mich, dass ihr dabei seid!«

Sie lachte.

»Wir haben knapp sechzig Minuten, bis ein neuer Tag beginnt. Sechzig Minuten für Impulse, um Altes loszulassen, Unnützes in den Müll zu werfen und eure Gedankensuppe etwas aufzuwirbeln! Seid ihr bereit für neues Denken? Und – wer weiß? – für ein besseres Leben? Wenn ja: Bleibt dran!«

Wieder dudelte die Musik dazwischen und gab dem Zuhörer Zeit, die Worte zu verinnerlichen.

Dann erhob sich die Stimme erneut. »Manchmal erzähle ich euch eine Geschichte. Manchmal lese ich euch etwas vor. Manchmal konfrontiere ich euch mit provozierenden Gedanken, manchmal stelle ich euch Fragen – und wenn ihr mir Fragen stellt, werde ich sie, so gut ich kann, beantworten. Also ruft an! Schreibt mir! Schickt was über WhatsApp! Das hier ist eine Livesendung und wir schalten euch original rein! Aber Vorsicht! Ich habe nicht die Absicht, ein Blatt vor den Mund zu nehmen. Und ich werde euch ganz sicher nicht mit Samthandschuhen anfassen!«

Wieder lachte die Moderatorin, als sei das Leben ein einziger Spaß und keine Minute es wert, zu ernst genommen zu werden.

»Macht ihr mit?«, pustete sie fröhlich ins Mikro. »Hier wird nicht nur herumgeschwafelt – lasst uns etwas Großes starten! Und das Größte, was wir haben, ist unser Leben!«

Das Piano vermischte sich mit ihrem Lachen. Es klang, als amüsiere sie sich selbst über ihre so pathetischen Worte.

Dann sagte sie: »Ich bin Pixie, und für diese Stunde hoffentlich eine große, fette Nadel, die euch in eure vier Buchstaben pikst!«

Sie kicherte. »Das wäre mir eine verdammte Freude!«

# ♫ Flow And Begin Again ♫

Alexis French – Evolution

Charlene schloss die Haustür auf und schob den schweren Koffer in die Diele. Die Bewegungsmelder sprangen an, ihr Finger ging zu dem Tableau an der Wand und tippte auf »Beleuchtung soft«.

In drei von insgesamt vier Etagen des Hauses flammte sanftes Licht auf. Sie blickte sich um. Alles war perfekt, nirgendwo lag auch nur ein Stäubchen. Es duftete leicht nach Zitrone, die luxuriösen Möbel glänzten, in den Vasen standen frische Blumen, der Kamin war bestückt – die Räume waren leer.

Fast ein Jahr war sie unterwegs gewesen. Es fühlte sich seltsam an, wieder hier zu sein. Anders als vorher. Vertraut und neu zugleich. Sie hatte viel erlebt, sich viel gegönnt, es hatte gutgetan – nur eines war nicht ganz verschwunden: die Sehnsucht nach ihm.

Versonnen legte sie die Schlüssel auf die Vitrine, begab sich in die Küche und öffnete den Kühlschrank. Er war gefüllt, mit allem, was sie mochte. Auf der Anrichte stand ein frisch gebackener Kuchen unter einer Haube, daneben lag ein Zettel.

Liebe Frau Wittstein, so schön, dass Sie wieder hier sind! Hab Sie so vermisst! Die Trompe-l'oeil-Malerei im Schwimmbad ist seit einer Woche fertig – sieht toll aus. Lassen Sie Ihren Koffer einfach stehen und schlafen Sie erst mal aus! Ich bereite Ihnen morgen ein schönes Frühstück zu und kümmere mich um das Gepäck. Freue mich sehr auf Sie.

Liebe Grüße, Ihre Isabelle

Charlene lächelte, Isabelle, ihre langjährige Haushälterin, war so süß. Ja, sie freute sich auch auf sie. Mit einem weiteren Touch aktivierte sie die Musikanlage.

Sanfte Klänge sättigten die Räume, erzeugten sinnlose Romantik. Sie fühlte fast einen Fluchtimpuls in sich, obwohl sie doch gerade erst angekommen war.

Ja, sie war wieder zurück. Und jetzt? Sie verdrängte die Frage, ging ein Stockwerk tiefer ins Schwimmbad, das von Künstlern während ihrer Abwesenheit in eine verwunschene Inka-Szenerie verwandelt worden war. Der Raum war einer Lichtung im dichten Dschungel nachempfunden. Die Malerei wirkte täuschend echt: Wasserfälle schienen sich in eine stille Bucht zu ergießen, von Flechten überwucherte Tempel wachten in diesem unendlichen Grün, umgeben von exotischen Blüten, Libellen und Schmetterlingen – es war eine magische Kulisse.

Charlene streifte ihre Kleidung ab, stieg ins Wasser und schwamm ein paar Bahnen. Erfrischt wickelte sie sich danach in einen flauschigen Bademantel, ging wieder nach oben und machte sich einen Kräutertee.

Die Post der letzten Woche, die sie sich nicht mehr hatte nachschicken lassen, lag sauber gestapelt auf dem Küchentisch. Desinteressiert blätterte sie die Absender durch, doch urplötzlich stockte ihre Hand, als ein Kuvert mit schwarzem

Rand zwischen all den Briefen herausstach. Ihr Herz klopfte. Sie wusste, was drinstand, noch bevor sie es aufgerissen hatte. Blind starrten ihre Augen auf die wenigen Zeilen. Unversehens lief sie zum Kamin, knüllte das Papier zusammen, zündete es an, sah zu, wie es glimmte, sich krümmte, als habe es Schmerzen, wie es kurz aufloderte und endlich zu Asche zerfiel. Das Papier war verbrannt, der Inhalt dennoch in ihrem Kopf. Was für ein makabrer Willkommensgruß!

Doch mit diesem Gedanken drängte sich eine andere Empfindung dazwischen: ein zarter Hauch … etwas, das sich fast anfühlte wie eine Entschuldigung. Wie die Aufforderung zu einem Neuanfang. Ein resignierter Laut entfuhr ihrem Mund.

Mit der Tasse in der Hand stellte sie sich an das riesige Panoramafenster ihres Wohnzimmers. Trotz der Musik war es still. Sie schaltete sie ab – die Stille wurde drückend.

Es war Februar. Kahle Äste wiegten sich im Wind. Die Natur war noch nicht erwacht. Wie so oft tauchte die Frage auf, die sie während ihrer gesamten Reise nicht hatte beantworten können.

Was zum Teufel sollte sie mit ihrem Leben anfangen?

Nachdenklich trank sie einen Schluck Tee. Da kam ihr das Gespräch mit Fred in den Sinn – in ihrem Haus am Meer – und der Entschluss, den sie dort gefasst hatte. Ihr Blick fiel auf die Asche im Kamin.

Spontan machte sie die Musik wieder an, wählte eine lebhaftere Playlist, drehte die Lautstärke hoch, holte sich ihren Laptop und schrieb eine Mail.

> Hallo, meine Süßen! Bin wieder da! Lasst uns feiern!

♫ ♫ ♫

Er saß am Flussufer. Ein satter Vollmond, umzogen von Wolken, tauchte die Landschaft in silbriges Licht, aber Jeff hatte keinen Sinn für diese Idylle.

Neben ihm stand eine Flasche Schnaps – das Einzige, was ihn warmhielt, und ein verzweifelter Versuch, die Vorfälle der letzten Monate und Jahre zu vergessen. Aber sein Kopf gab keine Ruhe. Er rezitierte ständig, dass das Leben eine Hure war, sich an den Meistbietenden verkaufte und nur die bedachte, die von den Göttern geküsst worden waren. In der Schule war ihnen der Darwinismus nahegebracht worden: Der Stärkste gewinnt. Aber was, verdammt noch mal, musste man tun, um zu den Starken zu gehören? Um zu denen zu gehören, die auf der Sonnenseite des Lebens standen? Laut Darwin musste man als solcher geboren werden – und es schien, als ob der Kerl recht behalten würde.

*Wir haben ein Klassensystem*, dachte Jeff verbittert. *Ein verfluchtes Kastensystem, das die sozial Schwachen unten hält. Kein Wunder, dass die Schere zwischen Arm und Reich immer weiter auseinanderklafft!*

Mit einer heftigen Bewegung setzte er die Flasche an und nahm einen gehörigen Schluck. Das Gebräu schmeckte widerlich – er konnte das Kopfweh jetzt schon spüren. Trotzdem trank er weiter. Wegen der Kälte, dem Drang nach Vergessen – und weil er für dieses Zeug sein letztes Geld ausgegeben hatte. Dass das keine Lösung war, wusste er selbst. Aber wohin seine Gedanken sich auch wandten: Sie fanden keinen Ausweg. Zumindest keinen, der ihn froh machte.

Fahrig stellte er den Obstbrand neben sich ins Gras, wühlte in den Jackentaschen nach einem Taschentuch und stieß mit dem Ellbogen gegen die Flasche. Sie kippte um, fast lautlos, kollerte den kleinen, grasbewachsenen Hang hinunter und kollidierte mit einem Stein. In der Stille der Nacht hörte Jeff, wie der Inhalt aus der Flasche gluckerte. Er hatte nur ein

Stöhnen dafür übrig. Da floss es dahin! Sein letztes Geld. Sein letzter Trost. Noch nicht mal diese kleine Betäubung war ihm vergönnt.

Unbändiger Frust durchflutete ihn, gefolgt von einer Wut, die er schon so oft gefühlt hatte. Wut, die sich in Hass wandelte. Gefühle, die ein Ventil suchten. Instinktiv schaute er sich nach Steinen um, aber schon in der nächsten Sekunde übermannte ihn die Sinnlosigkeit dieser Aktion, seine Schultern sackten nach unten und er fand noch nicht einmal die Kraft aufzustehen.

In seiner Kehle formte sich ein Kloß und seine Augen blinzelten vor unterdrückten Tränen, als er zu diesem vollkommenen Mond hinaufschaute, der gleichgültig sein Elend beleuchtete. Resigniert starrte Jeff auf das Gras zu seinen Füßen.

*Herrgott*, dachte er. *Was soll ich nur mit diesem Scheißleben anfangen?!*

# ♫ Looking Back ♫

## Laurence Ipsum – Looking Back

### Ein paar Wochen zuvor

Saftig grüne, hügelige Reisfelder erstreckten sich vor ihrem Auge zu beiden Seiten der Straße, die sie entlangfuhren. Die Luft war geschwängert von süßlichem Blütenduft und feuchtwarmer Wind streichelte ihr Gesicht. Es war noch früh am Morgen. Die Sonne lichtete langsam den Dunst über den terrassierten Feldern. Exotische Blüten, teilweise groß wie Kindsköpfe, vor allem Orchideen, ganze Büsche davon, tupften Farbe in die Landschaft. Bananenstauden, Mangroven und Palmen fügten dunklere Grüntöne hinzu.

Charlene war mit einem Fahrer unterwegs und hoffte inständig, dass dieser Ausflug eher ihren romantischen Vorstellungen von Bali entsprechen würde als das, was sie bisher kennengelernt hatte. Sie war spontan angereist, wie sie so viele Dinge in diesem Jahr impulsiv entschieden hatte. Ihr Reiseveranstalter hatte sie in einem teuren Hotel auf der Westseite Balis eingebucht, was ihrem Geschmack gar nicht entsprach. Von Ursprünglichkeit war hier wenig zu spüren.

Alles war auf Massentourismus ausgerichtet, es war kaum möglich, einen Meter zu gehen, ohne von einem Händler bedrängt zu werden. Am Strand reckten sich aneinandergereihte Hotelkolosse in den Himmel. Einer davon hatte als Gipfel der Geschmacklosigkeit eine riesige rosa Gummi-Hüpfburg sowie überdimensionale mit Luft oder Wasser gefüllte Sessel in Neonfarben auf seinem Terrassendeck – ein Anblick, der Charlene hatte schaudern lassen.

Selbst das Essen war in dieser Ecke Balis eine Farce. Sie hatte sich auf würzige, indonesische Gerichte gefreut, aber vieles war mit Süßstoff oder Zucker angemacht und die gehobenen Locations, zu denen das Hotelmanagement sie schickte, wenn sie fragte, wo man denn gut essen könne, hatten europäische Gerichte zu horrenden Preisen auf der Karte.

»Sophie!«, beklagte sie sich, als sie ihre Freundin anrief. »Wo ist das Bali, von dem du so geschwärmt hast? Weiße Strände, freundliche Leute und exotische Gerichte für zwei Euro?«

»Ja, hallo, wo bist du denn gelandet?«, fragte ihre Freundin erstaunt zurück. »Hab ich alles so erlebt, wie ich dir es beschrieben habe. Du hättest mich das organisieren lassen sollen! Wo genau bist du denn?«

»In Seminyak.«

»Ach Gottchen!«, kreischte Sophie entsetzt. »Da haben sie dich in das totale Touristeneck geschickt!«

»Vielen Dank für den Hinweis«, witzelte Charlene. »Darauf wäre ich ja nie gekommen! Aber jetzt, wo du's sagst … Gestern war ich in einem Restaurant direkt am Strand. Sie haben den Wagen, der mich hinbrachte, eine Viertelstunde lang auf Bomben untersucht – und mich dazu –, bevor ich überhaupt reindurfte. Und das alles, um gefühlte zwei Stunden auf lauwarme, gesüßte Spaghetti zu warten, die satte fünfzig Euro gekostet haben. Hast du nicht behauptet, Bali wäre magisch?«

»Fünfzig Euro für einen Teller Spaghetti …? Auf Bali? Da läuft was falsch, Mäuschen! Und zwar gewaltig! Hattest du wenigstens jemanden, der dir die Wartezeit verkürzt hat?«

»Nein, ich habe allein gegessen.«

»Auch das noch! Da kann man nicht mal mehr von Schieflaufen sprechen«, ächzte Sophie. »Das ist eine Vollkatastrophe! Die Tour geht ja vollkommen am Thema vorbei.«

»Aber nur in euren Augen. Mein Thema heißt: reisen – und das tue ich. Nur ihr wollt mich dauernd …«

»Ich werde mich mal mit den anderen kurzschließen«, unterbrach Sophie sie kurzerhand. »Und dann melden wir uns per Skype bei dir. Du musst spontan sein!«

»Halloho? Was bin ich denn seit Monaten?«

»Und mutig!«, ereiferte sich Sophie, als hätte Charlene nichts gesagt. »Quatsch doch mal einen an! Hab einfach mal Sex! Du bist frei! Du darfst das! Weißt du, wie ich mir das manchmal wünsche? So hemmungslos drauflos machen? Spaß haben, sich danach nie mehr sehen und …«

Charlene seufzte innerlich. In letzter Zeit liefen die Gespräche dauernd aufs Gleiche hinaus.

»Hey, Sophie«, lenkte sie ab. »Erzähl lieber was von dir. Alles okay bei euch?«

»Läuft alles bestens! Zwar rückwärts und bergab, aber es läuft«, gab Sophie fröhlich zurück. »Die Kinder könnte ich gerade allesamt zum Mond schießen und Klaus …«

Sie erzählte noch ein bisschen von ihrem herrlich normalen Leben, dann riss die Verbindung ab und Charlene steckte lächelnd ihr Smartphone weg.

Der Guide schien nur darauf gewartet zu haben. Er blickte in den Rückspiegel und sagte auf Englisch: »Wir fahren gleich an einem Markt vorbei … wunderschöne Handwerkskunst! Jedes Teil ein Unikat. Muss man gesehen haben!«

»Ein Markt?«, wiederholte Charlene skeptisch. Eines hatte sie schnell gemerkt: Die Leute hier hatten eine Nase dafür – oder ein gutes Kommunikationsnetz –, wer Geld hatte und wer nicht. Selbst als sie in der Stadt in einem kleinen Restaurant essen gegangen war, hatte sie dreimal die Rechnung korrigieren lassen müssen, weil sie jedes Mal noch zu hoch war. Sie war alles andere als geizig, gab gern gutes Trinkgeld, aber diese Art und Weise mochte sie nicht.

»Einen balinesischen Markt sollte man sich nicht entgehen lassen«, drang die Stimme des Guides wieder an ihr Ohr. »Viele ungewöhnliche Sachen!«

»Okay, dann lassen Sie uns da haltmachen«, entschied Charlene, in der Hoffnung, für ihre Freunde originelle Mitbringsel erstehen zu können. Aber als sie bemerkte, wie er mit einem befriedigten Grinsen zum Telefon griff und in seiner Sprache jemandem Anweisungen zu geben schien, wurde sie misstrauisch. Hoffentlich wurde das nicht ein ähnlicher Reinfall wie die Fünfzig-Euro-Spaghetti mit Zucker.

Kurze Zeit später kamen sie an. Der Markt bestand aus einem Sammelsurium an eng aneinander gedrängten Ständen, die unter einem großen Zeltdach vereint waren. Es sah tatsächlich sehr originell aus. Doch Charlene hatte kaum einen Fuß auf die Erde gesetzt, da klebte schon eine Traube von Händlern an ihr, die ihr Uhren – original Rolex! Spottbillig! Nur hier! – andrehen wollten und sie keinen Schritt alleine gehen ließen. Genervt von dem Rudel dicht an ihrem Rücken folgte sie dem Fahrer, der die Händler immerhin mit ein paar Handbewegungen wegzuscheuchen versuchte, zum Eingang der Markthalle.

Aber da ging es erst richtig los. Eine Meute an Menschen stürzte sich auf sie. Es war kaum möglich vorwärtszukommen, jeder hielt ihr seine Produkte unter die Nase, die keineswegs einzigartig und schon gar nicht handgefertigt waren, denn das Zeug hatte Charlene bereits als Massenware am Flughafen gesehen.

Sie war nur froh, ihr Geld sicher verstaut in einem Brustbeutel in ihrem Ausschnitt zu haben, denn die Leute zerrten sogar an ihrem kleinen Rucksack herum, den sie über der Schulter trug. Das Geschrei war unerträglich und manche Händler reagierten stinksauer, weil sie dauernd nur mit dem Kopf schüttelte, nichts anfassen und schon gar nichts kaufen wollte.

Bereits nach fünf Minuten hatte sie die Nase so gestrichen voll, dass sie sich rigoros einen Weg aus der Menge bahnte und wütend zum Fahrer zurückstapfte, der mit den Uhrenhändlern am Wagen stand.

»Sie bringen mich jetzt bitte sofort hier weg!«, fauchte sie.

»Aber Madame«, sagte der Mann schmierig freundlich. »Sie haben doch erst einen Bruchteil gesehen. Das wird im hinteren Teil des Marktes besser … Da sind die ursprünglicheren …«

»Wer's glaubt!«, zischte Charlene gereizt, während die Händler ihr penetrant erneut Uhren unter die Nase hielten und sie sich fragte, wer um Gottes willen auf so eine Verkaufsmasche hereinfiel. »Ich möchte jetzt bitte zum Tempel Tanah Lot – und zwar ohne jeden Umweg über irgendwelche Märkte!«

»Keine gute Entscheidung«, vernahm sie eine junge Stimme auf Deutsch hinter sich.

Charlene drehte sich um. Ein blutjunger Backpacker mit blonden Rastalocken, löchrigem T-Shirt und Aladinhosen grinste sie an.

»Was? Warum denn nicht?«, fragte sie entgeistert.

»Weil um diese Zeit Flut herrscht und der Tempel im Wasser versunken ist. Falls du trotzdem hinwillst – die Turmspitze kann man sehen. Auch ein schöner Anblick.«

»Und das ist wahr?«

»Wieso sollte ich dich anlügen?«

»Ja, stimmt. Wieso solltest du?«, wiederholte sie frustriert. Unschlüssig kaute sie auf ihrer Lippe und nahm ihren Gesprächspartner etwas genauer in Augenschein. Er sah sympathisch aus – und hatte ein überaus entwaffnendes Lächeln. Der junge Mann beobachtete sie.

»Was hältst du davon, nach Ubud zum Pura Tirta Empul zu fahren?«, schlug er vor.

»Nach Ubud? Tirta … was?«

»Tirta Empul«, erklärte der Aladinbehoste. »Das ist ein Tempel, der dem Gott Indra geweiht ist. Dort fließt der Fluss Pakerisan in drei Becken mit insgesamt dreißig Fontänen. Man sagt, das Wasser sei heilig. Jede der Fontänen spült Negatives oder Altes ab. Gefühle wie Angst … oder Hoffnungslosigkeit … Es soll sogar eine gegen Magengifte geben.«

Einladend grinste er sie an.

»Altes abspülen?«, wiederholte Charlene, hellhörig geworden. »Und die Touristen dürfen in die Becken?«

»Klar doch. Zumindest in zwei davon. Soll ein sehr wirksames Reinigungsritual sein – perfekt, um danach ein neues Leben anzufangen.«

Seine Wortwahl traf Charlene mitten ins Herz und sie heftete ihren Blick nun voll auf den jungen Mann, der gespannt ihre Antwort abwartete. Sie zögerte. Ein neues Leben anfangen … sie kämpfte schon so lange damit!

»Hast du das schon mal gemacht, weil du dich so gut auskennst?«, fragte sie ihn.

»Nein, aber eine Freundin von mir – und die ist irgendwie wie ausgewechselt. Hat mich sehr beeindruckt und ich dachte, das probiere ich mal aus.«

»Wow, du bist doch noch so jung«, entgegnete sie. »Und hast schon das Bedürfnis, etwas abspülen zu müssen?«

Ernst waren ihre Augen auf den Jungen vor ihr gerichtet. Er hatte zwar nach wie vor ein leichtes Grinsen auf dem Gesicht, aber seine Augen waren eine Nuance dunkler geworden.

»Ja«, gab er freimütig zu. »Und deswegen wäre ich sehr froh, wenn du mit mir dahinfährst.«

Auf Charlenes verwunderten Ausdruck hin deutete er auf eine Vespa. »Sprit ist alle. Geld auch.«

Charlene lachte leicht. »Okay, jetzt verstehe ich.«

Seine Ehrlichkeit war entwaffnend nach all dem Nepp und den falschen Versprechen der letzten Tage.

»Und du kennst den Weg?«

»Klar, ich hab 'ne Karte – und außerdem mein Handy.«

Sie zögerte. »Hm … ich könnte dich im Auto mitnehmen, aber ich nehme an, du kannst deine Vespa nicht hierlassen, oder?«

»Nee, wär nicht so gut«, bejahte er. »Ich fürchte, die ist nicht mehr da, wenn ich wiederkomme. Aber glaub mir: Mit dem Roller ist das noch mal schöner.«

»Hast du denn einen zweiten Sturzhelm?«

»Sturzhelm? Hier auf Bali?« Er lachte. »Ist jetzt nicht dein Ernst, oder?«

»Doch! Mein voller! Ich kenne dich doch gar nicht. Am Ende fährst du wie ein Gesengter und ich bin dir hilflos ausgeliefert.«

»Also, ich bin sehr interessiert daran, dich heil zum Tirta Empul zu bringen«, widersprach er. »Weil du mir ja nicht nur den Sprit, sondern auch den Eintritt in den Tempel zahlen musst. Und vielleicht spendierst du mir auch noch ein Opferkörbchen?« Wieder schenkte er ihr dieses rotzfreche, aber wohltuend ehrliche Lächeln.

Charlene spürte, wie sich ihre Mundwinkel nach oben bogen.

»Sag mal, bist du ausgeraubt worden?«, gluckste sie.

»Nö, bin armer Student. Hab mich nur ein wenig verkalkuliert.«

Sie musste lachen. »Okay, Mr Unbekannt. Dann würde ich sagen, wir machen das so.«

»Wow! Echt jetzt? Ist ja fantastisch!«, strahlte er und freute sich so aufrichtig, dass Charlene darin bestärkt wurde, dass das genau das Richtige war – so verrückt es sich auch anhörte.

»Ich regle das mal eben mit meinem Fahrer«, schmunzelte sie, »… und hoffe, es gibt hier eine Tankstelle.«

»Gleich um die Ecke«, bestätigte er mit leuchtenden Augen. »Heißt das, Sie machen das wirklich?«

»Wieso sind wir plötzlich per Sie?«

»Keine Ahnung. Vielleicht, weil mir gerade in voller Breitseite bewusst geworden ist, dass Sie eine echte Lady sind.«

Charlene lächelte und streckte ihm die Hand hin. »Ich bin Charlene. Freut mich sehr, dass du mich angesprochen hast.«

»Und ich bin Ruben. Charlene! Cooler Name! Darf ich dich Charly nennen?«

»Nur zu. Ist ohnehin mein Rufname.«

Sie wandte sich an den Fahrer, erklärte ihm, seine Dienste nicht mehr zu benötigen, drückte ihm aber ein so ansehnliches Geldbündel in die Hand, dass sich seine Miene erfreut aufhellte und er ihr diesmal ehrlich gemeinte Tipps und Empfehlungen gab – unter anderem, den Kemenuh Butterfly Park zu besuchen, der sich direkt auf dem Weg zum Tempel befand. Als Charlene Ruben dazu befragte, kriegte er sich fast nicht mehr ein.

»O Mann, das ist ja wie Weihnachten!«, rief er. »Der Schmetterlingsgarten muss toll sein. Macht es dir nichts aus, mir ein Ticket zu kaufen? Ich kann aber auch draußen …«

»Ach Quatsch, klar zahl ich dir das. Aber du musst mir versprechen, mich abends wieder sicher in meinem Hotel abzuliefern. Gibst du mir die Hand drauf?«

»Großes Ehrenwort«, beteuerte Ruben. »Kannst dich auf mich verlassen.«

»Fein!« Sie lächelte. »Dann lass uns fahren!«

Eine Minute später saß sie auf dem sonnenwarmen Rücksitz einer Vespa und ließ sich den Fahrtwind durch ihr langes, dunkles Haar wehen. Es war wunderbar! Endlich konnte sie die Schönheit Balis genießen. Die Menschen in den Dörfern winkten ihnen freundlich zu und Ruben hielt an besonders reizvollen Stellen mit traumhaften Ausblicken über die terrassierten Felder und die exotische Blütenpracht. Er war herrlich unkompliziert, lachte oft, lenkte ihre Aufmerksamkeit auf eine bunt bemalte Tür oder einen besonders schönen Baum, dessen Blätter von Sonnenlicht übergossen waren. Die Magie Balis fing sie ein und Charlene atmete so frei durch wie schon lange nicht mehr.

Kurze Zeit später kamen sie am Schmetterlingsgarten an, einem sonnigen, malerisch gestalteten Anwesen, das den Zauber umso mehr vertiefte. Noch war kaum ein Tourist zu sehen. Das Personal war heiter und unaufdringlich, Blütenduft tränkte die Luft und das Grün der Bäume und Pflanzen beruhigte die Sinne. Ihr war, als bereite sie all das auf den Besuch des Tempels vor.

Ein freundlicher, älterer Mann führte sie durch die Anlage. Verzaubert wandelten sie und Ruben auf dschungelartigen, von Teichen gesäumten Pfaden. Sonnenstrahlen brachen durch die Bäume, trafen wie Lichtsäulen auf das dunkle Grün des Wassers, auf denen vollkommen geformte Lotosblüten schwammen. Mit einer bedächtigen Bewegung wandte sich der Mann ihnen zu und sagte: »Lotosblumen sind das Zeichen für Vollkommenheit. Sie wachsen aus Schlamm und Moder und zeigen uns, dass etwas, was wir als Schmutz bezeichnen, in Wirklichkeit Nahrung für unsere Entfaltung ist.«

Charlene zuckte unmerklich zusammen. Die Worte trafen ihr Innerstes, verursachten ihr ein fast mulmiges Gefühl – und sie bemerkte, dass es Ruben nicht anders erging.

Dann öffnete der Mann die Tür zu einem einfachen Holzschuppen, in dem Kokons und Puppen zu Hunderten wie Wäscheklammern an aufgestellten Gittern hingen. Charlene und Ruben waren umgeben von Transformation und Geburt – in jeder Minute fanden Erneuerungen statt, schälten sich aus unansehnlichen Kokons schillernde Falter in allen Formen und Größen. Schmetterlinge als Symbol für Wandlung – und als vom Tod erlöste Seelen. Ihre Vielfalt war atemberaubend, die Farbenpracht ihrer Flügel mit Worten nicht zu beschreiben. Tausende von ihnen, teilweise tellergroß, teilweise klein und zierlich, saßen in der Hütte auf dem Gitter, hingen draußen in den Bäumen oder flirteten mit der Sonne. Charlene hatte den Eindruck, in einem Wunderland zu sein – alles um sie herum war Tanz.

Mit einem verschmitzten Lächeln setzte ihr der Guide einen handgroßen Falter mit grünblauen Flügeln auf die Schulter, der brav sitzen blieb, und danach weitere dazu, bis ihr Oberkörper mit Schmetterlingen bedeckt war. Charlene kriegte sich fast nicht mehr ein vor Entzücken.

»Das glaubt mir zu Hause kein Mensch«, rief sie hingerissen. »Mach doch mal ein Foto!«

»Wow, die Butterfly-Lady!« Ruben lachte und knipste sie fleißig. »Wäre ich Designer, würde ich dir genau so ein Kleid schneidern.«

Angetan von ihrem Enthusiasmus nahm der Entomologe ein angerissenes Laubblatt und brachte es auf Rubens T-Shirt an. Doch da begann sich das Blatt zu bewegen und entpuppte sich als perfekt getarntes Insekt.

»Das ist unfassbar schön«, sagte Ruben mit glänzenden Augen.

In gehobener Stimmung streiften sie weiter durch den Garten, bis Ruben auf die Uhr sah.

»Die Touristenbusse kommen meist gegen Mittag. Wenn wir jetzt losfahren, sind wir noch vor dem großen Ansturm am Tempel«, meinte er.

»Hört sich gut an«, stimmte Charlene zu. »Dann lass uns gehen!«

Sie warf ein paar Geldscheine in die Spendenbox und fragte, während sie zum Ausgang liefen: »Wie alt bist du eigentlich, Ruben?«

»Fünfundzwanzig – und du?«

Sie zwinkerte ihm zu. »Eine Frau in meinem Alter fragt man nicht nach so etwas!«

»Na, älter als dreißig kannst du doch nicht sein!«

»Bin ich aber«, entgegnete sie gleichmütig. »Ich bin fünfundvierzig.«

»Fünfundvierzig!«

Verdattert blieb er kurz stehen und musterte sie neugierig. »Ich hätte dich viel jünger geschätzt. Deine Figur ist auch ganz schön knackig.«

»Das sagst du nur, damit ich dir den Eintritt zahle!«

»Seh ich aus, wie einer, der schleimt? Hey, Charly, du bist ’ne echt scharfe Braut! Und allein hier? Du bist nicht verh…«

»Lass uns fahren, Ruben, okay?«, fiel sie ihm so abrupt ins Wort, dass er schluckte.

»Sorry, Charlene«, stammelte er verwirrt. »Ich wollte nicht …«

»Ist schon gut, beeilen wir uns … damit wir den Tempel noch für uns haben.«

Ruben zögerte. Schließlich schwang er sich ohne ein weiteres Wort auf den Roller. Charlene nahm hinter ihm Platz und hielt sich am Gepäckträger fest, froh, dass der Motorlärm eine Unterhaltung unmöglich machte.

Etwa fünfunddreißig Minuten später erwartete sie ein herrlich leerer Parkplatz. Sie waren tatsächlich die Ersten an diesem Morgen – und hatten ihr eigentliches Ziel, den Tempel Tirta Empul, erreicht.

Die großzügige Tempelanlage lag im dichten, grünen Dschungel. Überall waren vermooste Steingötter, Dämonen und balinesische Buddhas verteilt, die Wege sauber gefegt und von Blüten umsäumt. Stille durchdrang das Anwesen, schuf eine so hohe Schwingung, dass Charlene meinte, ihr Herz befände sich in einem Lift. Tief atmete sie ein. Ja, hier war das echte Bali – die Insel der Götter, der man nachsagte, ein wichtiges Energiezentrum der Welt zu sein. Eine Energie, die sie kannte, der sie vertraute, an die sie aber in den letzten Monaten nicht mehr herangekommen war.

Ruben holte sie aus ihrer Verzauberung heraus.

»Hast du deine Tage?«, fragte er sie ungeniert. »Wenn ja, darfst du nämlich nicht ins Wasser.«

»Nein«, murmelte Charlene. »Aber ich habe keine Kleidung zum Wechseln dabei.«

»Ich kann dir ein T-Shirt leihen«, erwiderte er. »Und am Kiosk gibt es Sarongs. Ohne dürfen wir eh nicht rein.«

Charlene kaufte zwei Sarongs und zwei Opferkörbchen, die mit Blumen, Reis, Obst und einem Räucherstäbchen bestückt waren, zog sich im Anschluss in einer der Umkleidekabinen um und stand schließlich mit Ruben am Rande des ersten Beckens.

Ihre Blicke trafen sich kurz, als sie aus ihren Flipflops schlüpften. Beide waren nach innen gekehrt, auf sich konzentriert. Charlene hatte das seltsame Gefühl, dass hier etwas Großes auf sie wartete.

Irgendwo wurden Mantras gesungen. Die Musik drang wie ein Windhauch an ihre Ohren, umschmeichelte sie, füllte ihren Kopf. Bis auf das Geräusch des Wassers und den Gesang war es unendlich still und friedvoll. Ihr Blick richtete sich auf die

Mauer, an der die Fontänen angebracht waren und aus denen das Wasser rauschte, das von der heiligen Quelle dahinter gespeist wurde.

»Man weiß nicht mehr, welcher Quellkrug wofür steht«, erklärte ihr Ruben flüsternd. »Deshalb solltest du deinen Kopf unter jeden halten – nur die letzten drei Fontänen im ersten Becken sind tabu. Die sind für Todkranke gedacht.«

»Okay«, wisperte sie zurück. »Danke.«

Der Blick seiner blaugrünen Augen traf sie und plötzlich nahm er ihre Hand in die seine.

»Bereit für ein neues Leben?«, fragte er.

Charlene fühlte, wie sich etwas in ihr zusammenzog. Ihre Kehle war dicht, ihre Augen wurden nass.

»Ja«, flüsterte sie. »Ich hoffe, du auch. Ich hoffe, du kannst loslassen, was dich hemmt. Ich hoffe, du hast ein wunderschönes Leben vor dir!«

»Das wünsche ich dir auch, Charly.« Ruben drückte lächelnd ihre Hand. »Also los! Zeit für Wünsche!«

Er ließ ihr den Vortritt und Charlene tat den ersten Schritt ins Wasser. Kühl umfing das Element ihre Füße, ihre Waden, ihre Hüften, und das flaue Gefühl verdichtete sich, als sie Richtung Mauer mit den ersten zehn Fontänen watete. Schon in diesen ersten Sekunden war ihr, als weiche das nasse Element eine Schutzhülle in ihr auf, und Trauer flutete hoch, in einer Vehemenz, dass es kaum auszuhalten war. Je weiter sie gegen den Widerstand des Wassers voranschritt, je mehr sich der Sarong vollsog, desto ungehemmter ergriff der Schmerz von ihr Besitz, breitete sich aus wie ein Flächenbrand, machte aus Charlene eine einzige Wunde, als verübele er es ihr, ihn so lange unterdrückt zu haben. Noch bevor sie an der Mauer angelangt war, wäre sie am liebsten abgetaucht und nie mehr hochgekommen.

Endlich hatte sie die erste Fontäne erreicht. Ihr war so elend und schwach zumute, dass sie sich mit ihren Händen am Steinkrug festhalten musste. Sanft floss das heilige Wasser über ihr Haar, über Schultern und Rücken, durchnässte sie gänzlich, schien jeden Versuch, das Leid zu unterdrücken, fortzuschwemmen. Verzweifelt hielt sie sich fest, die Stirn an die Steinwand gelehnt. Der Schmerz tobte in ihr, ihr Mund öffnete sich.

»Ich vermisse dich«, flüsterte sie der Mauer zu. »Ich vermisse dich.«

Mit diesen Worten strömten die Tränen nur so über ihr Gesicht und sie weinte um ein Leben, das nie mehr so sein würde, wie es einmal gewesen war. Zwei Jahre lang hatte sie versucht, damit zurechtzukommen … Es war sinnlos. Charlenes Hände glitten vom Krug, sie sank auf die Knie, sank ins Wasser, wünschte, sie könnte sich auflösen.

Ein harter Griff riss sie unsanft hoch. Ihr erschrockenes Keuchen vermischte sich mit dem Rauschen des Wassers in ihren Ohren. Mit vernebeltem Blick registrierte sie safranfarbenen Stoff, dann das ausdruckslose Gesicht eines alten Mönches. Er sprach kein Wort, deutete kategorisch mit den Augen zur nächsten Fontäne und schleppte sie fast dorthin. Ohne sich noch einmal umzuwenden, watete er danach an den Rand, stieg aus dem Becken und verschwand.

Unversehens stand Charlene nun unter dem zweiten Strahl, geschockt vom eben Erlebten, geschockt von der Macht ihrer Trauer, von der sie so manches Mal geglaubt hatte, sie überwunden zu haben. Still überließ sie sich erneut dem nassen Element, unfähig zu denken. Doch nach ein paar Minuten änderte sich etwas. Eine Nuance von Loslassen war zu spüren. Das Wasser fragte nicht, es strömte, wusch sie rein, war ein stummer, sanfter Tröster. Geduldig und stetig nahm es ihre Tränen mit, säuberte beharrlich die Leinwand ihrer Seele, machte sie frei für ein neues Bild … das Kunstwerk namens Leben. Langsam wechselte sie zur nächsten Fontäne, wurde ruhiger. Rubens Worte kamen ihr in den Sinn.

»Bereit für ein neues Leben?«

Plötzlich erkannte sie, dass sie genau das nicht gewesen war. Dass sie viel mehr die Vergangenheit zurückwollte, als ein neues Leben zuzulassen. Denn das bedeutete, mit dem Alten abzuschließen, Unwiderrufliches zu akzeptieren – und das hatte sie bislang nicht wirklich gewollt. Diese Einsicht löste etwas in ihr, eröffnete einen Raum, machte sie bereit für weitere Erkenntnisse. Gedanken kamen und gingen, flossen mit dem Wasser davon. Ihr Kopf wurde mit jeder Fontäne leerer, als machte er Platz für Neues. Als sagte er: »Füll mich! Füll mich mit etwas Schönem!«

Endlich an der siebten Fontäne fühlte sie sich mit einem Mal wie auf ein anderes Level gehoben. Ihr Herz fing an zu flattern, als wäre es ein kleiner, in ihrem Brustkorb gefangener Singvogel, der sich wieder in die Lüfte erheben wollte. Ein aufbrechendes Gefühl bemächtigte sich ihrer, das vom Zauber des Neuanfangs schwärmte, von der Lust, im Leben umherzufliegen, seine Facetten zu genießen, riet ihr, das Vergängliche leichtzunehmen und Halt in dem zu suchen, was ewig war.

Ihr wurde schwindlig und wieder hielt sie sich am steinernen Ausguss fest. Ihr Scheitel begann zu brennen wie Feuer, obwohl doch kühles Nass genau auf diesen Punkt strömte. Ihr war, als drängte das Wasser tief in ihr Inneres und reinigte jede Zelle in ihr. Alles, was sie tun konnte, war, sich diesem Prozess zu überlassen. Sie verlor jedes Zeitgefühl, hörte nur noch das Rauschen des Wassers, schwach durchsetzt vom Mantragesang und dem Zwitschern der Vögel. Wie in Trance watete sie von einer Fontäne zur nächsten. Mit jeder Station vertiefte sich die Akzeptanz in ihr und schaffte Platz für Frieden. Ein Frieden, der sie aufatmen ließ, der unerwartet eine leise, prickelnde

Freude in ihr entfachte. Eine Freude, die ihr Herz vibrieren ließ, als wäre es an ein Stromnetz angeschlossen, als hätte es endlich wieder Kontakt zum Leben.

Stimmen drangen an ihr Ohr, allmählich kehrte sie wieder zurück in die Realität. Sie wandte sich um, blinzelte. Die Tempelanlage war nun viel belebter. Etliche Menschen standen im und um die Becken herum, redeten und lachten. Kinder planschten ausgelassen im Wasser, spritzten sich gegenseitig voll.

Verwundert horchte Charlene in sich hinein – der Schmerz war nicht vollständig weg, aber endlich war er erträglich, endlich schwang nach all der Zeit, in der sie damit gerungen hatte, das Pendel deutlich in die andere Richtung. Ein leichter Abdruck war noch vorhanden und sie wusste, es lag an ihr, auch diesen verschwinden zu lassen – oder ihn neu zu beleben. Sich dem eben empfundenen tiefen Glück zuzuwenden – oder dem Leid.

Benommen watete sie aus dem Becken und wrang den Sarong aus.

Ein ebenso stiller Ruben gesellte sich ein paar Minuten später zu ihr. Sie sprachen kein Wort, setzten sich auf einen flachen Stein in die Sonne. Frieden wob einen stillen Zauber um sie, vertiefte sich. Charlene seufzte leise. Endlich konnte sie der Zukunft mit Zuversicht entgegensehen. Sie fühlte sich geläutert.

♫ ♫ ♫

Wortkarg verließen Ruben und sie das Tempelgelände. Als sie das Tor passiert hatten und vor der Vespa standen, fragte Charlene: »Hunger?«

Ruben nickte.

»Dann lass uns was Nettes suchen.«

Er wollte etwas entgegnen, aber sie kam ihm zuvor: »Bist selbstredend eingeladen.«

»Aber, Charly, das kann ich doch nicht alles annehmen«, wandte er ein. »Das mit dem Tempel war schon toll und …«

»Genau«, schnitt ihm Charlene lächelnd das Wort ab. »Das war so toll … das ist mit Geld nicht zu bezahlen! Ohne dich wäre ich nie hier gewesen. Danke, Ruben.«

»Okay«, sagte er erleichtert. »Ich hab nämlich echt Kohldampf.«

»Hast du überhaupt heute schon was gegessen?«, erkundigte sie sich argwöhnisch.

»Nicht viel. Hab mir zum Frühstück in einem Hotel einen Apfel geklaut.«

Charlene erwiderte nichts darauf. Ihr Blick ging ins Nirgendwo, während Ruben die Landkarte studierte. Sie entschlossen sich, Richtung Wildtier- und Marinepark zu fahren, wo sie hofften, am Meer etwas essen zu können.

Sie hatten Glück und fanden an einem abgelegenen Stück Strand ein kleines, familienbetriebenes Restaurant, in dem Charlene endlich das Essen bekam, das sie mit Bali assoziiert hatte. Es schmeckte himmlisch! Verblüfft sah sie zu, wie Ruben mühelos zwei Portionen verschlang und ein großes Dessert dazu.

»Ist das okay für dich?«, fragte er etwas besorgt.

»Kein Stress! Kostet doch hier fast nichts. Du bist ja richtig ausgehungert! Magst du vielleicht noch was?«

Ruben zögerte und rigoros schob Charlene ihm die Karte hin. »Na, los! Damit was aus dir wird. Du bist so hager.«

»Jetzt redest du wie meine Mama«, frotzelte er. »Schade, gerade wollte ich dich anbaggern! Sei ehrlich, du hast das mit den fünfundvierzig erfunden, um mich abzuschrecken, oder? Ich glaub's nämlich nicht.«

Charlene lachte. »Danke für die Blumen. Aber ich bin wirklich so alt. Oder so jung. Wie du es sehen möchtest.«

»Also, wenn jemand so aussieht wie du, ist es mir egal, wie alt er ist.« Er grinste sie spitzbübisch an. »Mit einem Zuckerstückchen wie dir würde ich mir gerne mal den Nachthimmel anschauen.«

Amüsiert lehnte sie sich zurück. »Ich mag zwar deine Rastalocken und deine hübschen Augen … aber ich stehe nicht auf Fünfundzwanzigjährige.«

»Warum nicht? Bist du verheiratet?«

Sein Blick streifte ihre ringlose Hand.

Er wollte weiterfragen, aber sie kam ihm zuvor.

»Was ist mit dir?«, lenkte sie von sich ab. »Was treibt dich nach Bali?«

»Der Frust. Hab 'ne Auszeit gebraucht. Ich habe meinen Bachelor in Wirtschaft gemacht und einen Master in Entrepreneurship, aber Firmenbosse stehen nicht so wie du auf Rastalocken. Das heißt, ich habe bisher trotz super Noten keinen Job bekommen. Sie sagen, wenn ich mich anständig kleide und frisiere, würden sie mich nehmen.«

»Oh«, wunderte sich Charlene. »Du willst in die Wirtschaft? Ich hätte bei dir eher auf Nanotechnologie getippt … oder Biologie.«

Ruben lachte. »Ja, genau … oder Entwicklungshelfer … siehst du?! Die Macht des Vorurteils!«

»Erzähl ein wenig von dir – was hast du vor in deinem Leben?«

»Tja«, zögerte er und errötete sogar leicht. »Ich bin tatsächlich noch idealistisch genug, um die Welt verändern zu wollen.«

»Und wie willst du das anstellen?«

Ein wenig argwöhnisch sah Ruben ihr in die Augen, fand aber nicht den geringsten Hauch von Spott darin. Weder lachte sie ihn aus, noch gab sie die typischen Antworten der Älteren, die er so hasste: »Komm du erst mal in unser Alter … ja, so haben wir früher auch gedacht … Stoß dir erst mal die Hörner ab …«

Nein, sie betrachtete ihn ernst und erwartungsvoll mit ihren wunderschönen moosgrünen Augen, die er von Beginn an schon gemocht hatte, und wartete auf seine Antwort. Ruben fing an zu erklären. Dass sich die Welt in einem desaströsen Zustand befände, weil jeder ständig mehr wolle. Weil Unternehmer lediglich auf Profit und Wachstum ausgerichtet seien und die Verbraucher auf ein bequemes Leben – ohne Rücksicht auf die Folgen.

»Ich schiebe die Schuld nicht aufs System«, stellte er dabei klar. »Denn *wir* sind das System. Wir als Konsumenten sind verantwortlich.«

»Aber die Weltbevölkerung wächst«, gab sie zu bedenken. »Und alle wollen essen. Wir brauchen also Wachstum. Welche Lösungen hast du dafür?«

Mit leuchtenden Augen erläuterte ihr Ruben seine Ideen. Er glaubte daran, etwas tun zu können, und war mehr als bereit, sich dafür einzusetzen. Das mochte idealistisch sein, aber er trat für etwas ein, und das imponierte Charlene.

»Ich will nicht nur Aktivist sein«, sagte er. »Ich will mitreden können, darum will ich in die Wirtschaft. Ich brauche ein Netzwerk, Einfluss und Wissen.«

»Wow!« Charlene war ehrlich beeindruckt. »Finde ich klasse, wie du für deine Ideen brennst. Aber sie sind es dir nicht wert, deine Rastalocken zu opfern?«

»Nein«, antwortete Ruben trotzig. »Weil ich in einem Unternehmen arbeiten will, dem *ich* wichtig bin. Meine Arbeitskraft. Meine Leistung. Und nicht meine Frisur.«

Charlene musterte ihn nachdenklich. »Was hast du vor, wenn du wieder auf deutschem Boden landest?«

»Mich weiterbewerben. Ich habe meinen Eltern lange genug auf der Tasche gelegen. Ich muss endlich mal Geld verdienen.«

Sie nickte. »Wann fliegst du zurück? Hast du überhaupt ein Rückflugticket? Oder das Geld dafür?«

»Ja, habe ich. Ich fliege morgen.«

»Morgen schon?«

»Das klingt, als wärst du enttäuscht!« Er grinste sie an. »Du stehst wirklich nicht auf Jüngere? Also, ich steh jedenfalls auf dich.«

Sie lachte wieder. »Hey, Ruben! Für ein drittes Reisgericht musst du mir keine Komplimente machen.«

Ruben prustete laut heraus. »Nee, ehrlich, Charly, ist mir jetzt schon peinlich, was ich dich alles gekostet habe … Ich hoffe, ich habe dich nicht in finanzielle Schwierigkeiten gebracht.«

Charlene kicherte. »Na ja, das Geld für den Rückflug kann ich mir gerade noch leisten.«

Grübelnd sah sie aus dem Fenster, ihr Blick verlor sich. Dann wühlte sie in ihrer Tasche, zog einen Kugelschreiber und ein kleines Notizbüchlein in Postkartengröße hervor, blätterte es auf und begann zu schreiben. Während der Stift über das Papier flog, brachte die Wirtin die Rechnung und legte sie zusammen mit zwei Glückskeksen auf die Plastiktischdecke.

»Was schreibst du da?«, wollte Ruben neugierig wissen. Erst hatte er gedacht, sie wollte ihm ihre Adresse geben, aber Charlene schrieb ganze zwei Seiten voll. Sie antwortete ihm nicht, bis sie fertig war, setzte eine schwungvolle Unterschrift unter den Text, riss vorsichtig die Blätter aus dem Büchlein und schob sie ihm hin.

»Du bist hoffentlich nicht an deinen Wohnort gebunden?«

»Bitte?«, fragte er verwirrt. »Wie meinst du das?«

»Arbeitstechnisch.« Sie deutete auf die zwei Seiten. »Das ist ein Empfehlungsschreiben. Das schickst du an die Firma *living dishes* und bewirbst dich. Kennst du *living dishes*?«

»Wer kennt die nicht?«, gab Ruben verdattert zurück. »Das europaweit größte und innovativste Unternehmen in Sachen Ernährung. Du … du hast da Einfluss?«

»Ja, ich habe ein wenig Einfluss.« Charlene lächelte. »Die Firma gehört mir. Unter anderem.«

Ruben fiel der Unterkiefer nach unten. »Sie … sie gehört dir? Du bist die …«

»Gründerin und Eigentümerin, ja«, bestätigte Charlene gleichmütig. »Inzwischen überlasse ich allerdings das Tagesgeschäft meinen Vorständen und bin im Aufsichtsrat. Mein Einfluss ist also nicht mehr derselbe. Aber wenn es um personelle Entscheidungen geht, darf ich noch ein wenig mitreden.«

Sie zwinkerte ihm zu. Mit großen Augen sah Ruben zu den Blättern in seiner Hand und dann wieder zu Charlene. »Oh, fuck!«, entfuhr es ihm. »Und ich hab dich angebaggert!«

»Ich hoffe, du hast es nicht getan, weil du ein Zimmer für die Nacht brauchst«, schmunzelte sie.

»Nein!«, rief Ruben. »Weil ich dich schlicht geil finde!«

Sie lachte und deutete auf die Blätter. »Du bekommst eine detaillierte Firmenführung. Danach kannst du entscheiden, ob das dein Ding ist. Mein Ratschlag: Kauf dir einen Anzug. Bin sicher, du siehst rattenscharf darin aus! Vor allem, wenn du deine Rastalocken behältst.«

Sichtlich erschüttert vom unerwarteten Verlauf des Gespräches fuhr sich Ruben mit der Hand über besagte Zöpfe und öffnete den Mund, ohne dass etwas herauskam.

»Mach den Mund zu«, empfahl ihm Charlene. »Und bitte … behandle mich nicht anders als vorher.«

»Das … das fällt mir gerade ausgesprochen schwer«, schluckte er, aber endlich kam ein Strahlen in seine Augen, als er realisierte, welche Chance sich da aufgetan hatte.

»*Living dishes!*«, stieß er begeistert hervor. »Das ist *die* Firma schlechthin! Ich habe gar nicht gewagt, mich da zu bewerben, weil die doch so streng sein sollen.«

»Das sind wir auch«, bekräftigte Charlene. »Wir legen großes Augenmerk auf innere Werte – und die hast du.«

»Charly!«, rief er, völlig von den Socken. »Das ist wie Weihnachten und Ostern zugleich! Fuck! Die Inhaberin von *living dishes* hat hinter mir auf einer Vespa gesessen! Und hat mein Essen bezahlt! Ist das jetzt eigentlich peinlich? Wie kann ich dir das jemals danken? Ich …«

»Lass gut sein, Ruben. Du musst mir nicht danken.«

Aber Ruben war außer sich vor Freude und sein Blick fiel auf die Glückskekse, die die Wirtin auf den Tisch gelegt hatte.

»Nimm meinen Glückskeks!«, sprudelte er voller Enthusiasmus und hielt ihr mit beiden Händen die bunten Zellophantütchen wie eine Opfergabe hin. »Ich habe nämlich gerade ein Übermaß an Glück. Mögen sie dir bei deinem helfen!«

Er war so inbrünstig bemüht, wenigstens ein bisschen was zurückzugeben, dass er beide Kekse in ihre Hände gleiten ließ und sie mit den seinen umhüllte.

»Wir haben uns gerade rituell gereinigt«, erklärte er dabei eifrig. »Da fallen Wünsche auf besonders fruchtbaren Boden.«

Charlene blieb stumm. Sie wusste, dass das, was sie sich wünschte, unerfüllbar war. Fast war sie versucht, ihm die Kekse wieder zuzuschieben, aber sein Gesichtsausdruck verbot es ihr, so steckte sie sie in ihre Handtasche.

»Danke, Ruben.« Sie lächelte still.

Fünf Minuten später brachen sie auf und eine weitere Stunde später befand sie sich in ihrem Hotel. Ruben war beeindruckt von der nach Jasmin und Vanille duftenden Lobby.

»Noble Bude!«, staunte er. »Wenn ich nicht schon wüsste, wer du bist …«

Charlene lud ihn noch auf einen Drink ein und sie machten es sich auf den dick gepolsterten Loungemöbeln am Pool bequem.

»O mein Gott, Charlene«, sagte Ruben ehrfürchtig, als der Ober zwei Cocktails und etliche Schälchen mit Knabbereien vor ihnen abstellte. »Ich fühle mich wie in einem Traum!«

Charlene lachte leicht. »Bleib locker, Ruben.«

»Wann reist du ab?«

»Hab noch keine Pläne. Apropos ...«, fiel ihr ein, »wie kommst du zum Flughafen? Und hast du eine Bleibe für die Nacht?«

»Ja, habe ich. Und den Weg zum Flughafen schaffe ich schon irgendwie.«

Charlene kramte wieder in ihrer Tasche und drückte ihm Geld in die Hand.

»Bevor du etwas sagst: Ich bestehe darauf«, erklärte sie resolut. »Das sind Spesen – damit du dich bewerben kannst.«

Ruben war überwältigt. »Ich würde dir das so gerne vergelten.« Seine blaugrünen Augen waren voller Wärme.

»Ich habe doch die Glückskekse. Und du kannst es mir mit Taten zurückzahlen – indem du deine Träume wahr machst. So hat jeder was davon. Auch die Welt!«

Sie zwinkerte ihm zu, aber er gewann den Eindruck, dass sie in Gedanken nicht mehr ganz bei ihm war. Das störte ihn.

»Gesetzt den Fall, ich fange bei *living dishes* an ... haben wir dann weiter Kontakt?«

»Nein, ich glaube nicht.«

»Okay«, erwiderte Ruben enttäuscht. »Aber ... darf ich dir trotzdem meine Nummer geben?«

»Kannst du. Sei aber nicht sauer, wenn ich dich nicht anrufe.«

Damit stand sie auf. Ruben erhob sich ebenfalls, ein wenig unsicher – vor allem aber war ihm die Enttäuschung ins Gesicht geschrieben.

»Hey, Ruben«, gab sie stirnrunzelnd zu bedenken. »Du willst es doch eigenständig schaffen und nicht mein Protegé sein. Es ist besser, wenn wir keinen Kontakt haben.«

»Müsste ja keiner erfahren. Ich finde dich so toll, Charly! Und das hat nichts damit zu tun, dass du Firmenchefin bist. Ich hätte gern mehr von dir.«

»Bin gespannt, ob der Job dir zusagt«, lenkte sie ab und wollte ihm die Hand geben. Aber Ruben griff zu. Seine jungen Arme legten sich sanft um ihre schlanke Gestalt, und als sie sich nicht wehrte, zog er sie mit einer weichen, aber bestimmten Geste an sich. Seine Berührung weckte lang unterdrückte Gefühle in ihr und einen Moment lang hatte sie große Lust, ihren Kopf auf diese junge Männerschulter zu legen und einfach Frau zu sein. Ruben spürte das. Seine Hand begann, ihren Rücken zu streicheln, sein zweiter Arm umfasste ihre Taille fester und er legte seine Wange an die ihre.

»Charly«, flüsterte er. »Ich bin so glücklich, dich getroffen zu haben. Es war die beste Entscheidung meines Lebens, dich heute angesprochen zu haben.«

Sie lachte leise, genoss die körperliche Nähe, seine Wärme, seine klopfende Halsschlagader an ihrer Wange und spürte wieder diese Leichtigkeit in sich hochprickeln. Eine Leichtigkeit, die Leben bedeutete!

»Und eine meiner besten Entscheidungen war es, mit dir zu diesem Tempel zu fahren«, gab sie zurück. »Ich bin so dankbar. Es hat sich einiges gelöst.«

»Das ist schön«, flüsterte Ruben in ihr Ohr. »Ich hoffe, dass du deinen ganz persönlichen Glückskeks noch findest. Und falls du deine Meinung über Sex und Beziehungen mit Jüngeren ändern solltest …«

Sie musste lachen, löste sich sanft von ihm und sah ihn warm an.

»Alles Gute, Ruben. Gib deine Ideale nicht auf, vor allem, wenn es schwierig wird!«

»Ich bleibe dran, versprochen!«

Er lächelte sie an und ließ ihre Hand nicht los.

»Du bist eine tolle Frau, Charly«, sagte er leise.

»Und du ein toller junger Mann, Ruben. Bewahr es dir.«

Charlene zog ihre Hand aus der seinen, trat einen Schritt zurück, dann drehte sie sich um und ging.

Ruben sah ihr hinterher, nicht ahnend, dass er eine Lawine an Gefühlen in ihr losgetreten hatte.

♫ ♫ ♫

Am Abend zog sich Charlene für das Dinner um, wählte ein taupefarbenes, schlichtes Abendkleid mit Spaghettiträgern, das ihre schlanke Figur anregend umspielte.

Der Ober brachte sie wie stets an ihren Tisch und wie jedes Mal dauerte es nicht lange, bis der erste Mann sie ansprach. Sophies Worten eingedenk ließ sie sich darauf ein, mit ihm zu Abend zu essen, und bereute diese Entscheidung bereits nach fünfzehn Minuten. Der Typ redete nur von sich. Und wenn er das nicht tat, machte er plumpe Komplimente. Mit Bedauern dachte Charlene an den intensiven Tag, der diesen faden Abschluss nicht verdient hatte. Obwohl gerade der Hauptgang serviert wurde, erhob sie sich abrupt, nicht gewillt, ihre Zeit mit einem selbstprofilierenden Fatzke zu verbringen. Überrascht sahen beide Männer, der Ober und der Typ, sie an.

»Bringen Sie mir das bitte auf mein Zimmer«, sagte sie zum Ober, und an den Mann gewandt: »Und Ihnen wünsche ich viel Glück bei der Suche nach einem Therapeuten!«

Damit drehte sie sich um und rauschte davon.

*Hab doch einfach mal Sex,* hörte sie Sophies auffordernde Stimme. Mit so jemandem? *No way,* dachte sie bei sich. Allein der Gedanke daran schüttelte sie – da war sie wirklich lieber allein!

Der Butler klopfte und brachte ihr das Essen. Während er den Tisch deckte, kramte sie nach einer Lippenpflege in ihrer Tasche, dabei fielen ihr die zwei Glückskekse in die Hand. Sie nahm sie mit zum Tisch, wartete, bis sie allein war, dann brach sie den ersten auf. Vier Worte standen auf dem kleinen Papierstreifen: »Let go! Walk on!«

Charlene wusste nicht, ob sie lachen oder weinen sollte.

»Mann, Bernie«, murmelte sie. »Deutlicher hättest du es mir nicht sagen können! Verrätst du mir auch, was ich jetzt tun soll? Soll ich weiterreisen? Wenn ja, wohin?«

Sie knackte den zweiten Keks. Der Spruch darin war etwas länger, aber nicht weniger bedeutsam für sie: »Love is where you are. You don't have to go to a special place. Just live it.«

*Liebe ist da, wo du bist. Du musst an keinen besonderen Ort gehen. Lebe sie einfach.*

Diesmal zitterte sie. Das war unheimlich! Von Bernie hatte sie eine ähnliche Aussage erhalten, eine, die sie immer bei sich trug. Sie fühlte sich in diesen Minuten mit ihm so sehr verbunden, als säße er direkt neben ihr. Sorgfältig glättete sie die zwei Papierstreifen und platzierte sie untereinander. Dann nahm sie einen zerknitterten Zettel aus ihrem Portemonnaie, faltete ihn auf und legte ihn dazu.

> Always bring light into the world wherever you go.
>
> In unendlicher Liebe, Dein Bernie

*Bring Licht in die Welt, wo immer du auch bist.*

Drei Botschaften. Still saß Charlene am Tisch und dieses satte Gefühl vom Vormittag, als sie aus dem Becken gestiegen war, erfüllte sie wieder.

»Let go! Walk on!«

Ja, es war Zeit, nach Hause zu gehen. Zeit, nach vorne zu blicken.

# ♫ We Are Family ♫

Sister Sledge

»Ach, ist das schön, dich wiederzusehen! Charly, Schätzchen, wann kommst du denn endlich nach Hause?«

Die Oberkörper erwartungsvoll nach vorne gebeugt saßen ihre Freunde zusammengedrängelt auf einer Couch, die Augen auf die Kameralinse des Computers fixiert. Alle hielten ein Glas Champagner in der Hand und nötigten Charlene aufgeregt durcheinander sprudelnd, sich auch etwas zu trinken zu holen.

Charlene lachte gerührt. Sie saß in ihrem Hotelzimmer auf Bali, den Laptop auf dem Schreibtisch, dessen Monitor ihre freudestrahlenden Freunde wiedergab. Allein das Bild sah schon zum Schießen aus: Da war die kleine, blonde Henriette, die ein Bistro in der Innenstadt betrieb, stets im Stil der 50er gekleidet, mit onduliertem Haar und knallrotem Kussmund. Jeder war überzeugt, dass Hennie sich bei der Berechnung ihrer Geburt in der Zeit geirrt haben musste. Neben ihr saß der selbstbewusste, hypermoderne Georgie, Hairstylist und Visagist, schwul, liebenswert und mit solcher Wonne sarkastisch, dass er schon so manche romantische Situation zerschossen hatte. Dann Sophie – die Normalste in dem ganzen Haufen, wie sie selbst immer betonte, denn sie war als Einzige verheiratet, hatte drei Kinder und führte, obwohl sie wie Charlene der High Society angehörte, ein unauffälliges und sehr glückliches Leben.

Auf der Lehne der Couch hockte Johanna, die mit ihren blauen, von überlangen, falschen Wimpern umrahmten Augen, rosa geschminkten Lippen, platinblondem Haar und größer als die anderen drei deutlich aus der Meute herausstach. Johanna hieß eigentlich Johann und war einer der herzlichsten und mitfühlendsten Menschen, der Charlene je untergekommen war.

Ihre Augen leuchteten besonders liebevoll auf, als Charlene sie begrüßte.

»Hey, Johanna!«, rief Charlene. »Ich habe keine Ahnung, wie du das schaffst, deinen Bartschatten so perfekt zu übertünchen.«

Anerkennend begutachtete sie das makellos geschminkte Gesicht vor ihr mit den schelmischen Augen und dem ewigen Lächeln auf den Lippen. »Du siehst toll aus!«

»Du aber auch, Kleines«, erwiderte Johanna mit tiefer Stimme, die ihr eigentliches Geschlecht verriet. »Oh, ist das schön, dich zu sehen! Wann kommst du endlich wieder? Es ist doch schon Januar.«

»Ja, Charly, wird langsam Zeit, dass du nach Hause kommst«, meldete sich auch Henriette. »Ist ja so gar nix los hier ohne dich.«

»Wer's glaubt!«, gab Charlene verschmitzt zurück. »Wenn ich eure Gruppennachrichten so verfolge, bin ich manchmal ganz froh, dass ich nicht alles mitmachen muss.«

»Ach, das liest sich schlimmer, als es ist!«, wiegelte Sophie ab. »Hast du überhaupt schon Rückreisepläne?«

»Ja«, erwiderte Charlene. »Ich will noch nach Indien, danach mache ich einen kleinen Zwischenstopp in England, um mich sozusagen wieder an Europa zu gewöhnen, aber im

Anschluss komme ich. Dann feiern wir! Ich freue mich schon so auf euch, Mädels!«

»Moment mal, ich bin immer noch männlich!«, protestierte Georgie. »Und ich hoffe, du lädst auch diesen Frederic Dubois ein. Samt seinem göttlichen, halbfranzösischen Hintern!«

»Also, wenn er kommt, dann mit seinem Hintern, so viel ist schon mal sicher«, kicherte Charlene.

»Hä? Was bitte ist ein halbfranzösischer Hintern?«, wollte Sophie wissen und bedachte Georgie mit einem skeptischen Blick.

»Der Mann ist nun mal halb Franzose und halb Deutscher«, erklärte Georgie. »Also hat er einen halbfranzösischen Hintern. Ist doch logisch, oder?«

»Also, dieser Frederic mag ja attraktiv sein«, warf Johanna dazwischen. »Aber voll homophob! Mensch, Georgie! Hast du das noch gar nicht geschnallt?«

»Frederic ist nicht homophob«, verteidigte ihn Charlene. »Er hat ... nur ein wenig Probleme mit deinem Make-up, Jo.«

»Meine Güte! Wer hat das nicht?!«, blökte Georgie. »Dein Lidschatten ist entsetzlich, Johanna! Und nicht nur dein Lidschatten, dein ganzer Style ist scheiße!«

»Also, ich finde Johanna sehr hübsch«, widersprach Sophie. »Ich finde eher deinen Style merkwürdig, Georgie. Außerdem ... dein Halbfranzose steht eindeutig auf Frauen. Auf *viele* Frauen! Und auf jüngere!«

»Und Männer stehen auf anständige Haarschnitte«, konterte Georgie. »Und du hast dringend einen nötig, meine Gute. Damit mal wieder ein paar Männer auf dich abfahren.«

»Nee, lass mal, ich bin ganz zufrieden mit meinem Exemplar zu Hause«, erklärte Sophie. »Der fährt auch so voll auf mich ab.« Sie rollte vielsagend mit den Augen.

»Mann, Sophie! Gib dir 'nen Schubs! Lass mich mal so ein Vorher-nachher-Ding machen. Dann siehst du auch nicht mehr aus wie ein Waschbär auf Drogen. Dein Mann wird dich nicht wiedererkennen!«

»Genau davor hab ich Angst«, unkte Sophie. »Dann geht er fremd, weil er mich vermisst.«

»Nein, der freut sich! Das macht ihm Hoffnung, dass du dich endlich mal um ihn und nicht um deinen heiligen Thermomix kümmerst.«

»Es gibt kein Problem, das der Thermomix nicht löst«, verkündete Sophie im Brustton der Überzeugung.

»Genau«, bestätigte Georgie. »Sophies Thermomix wäscht sogar ihre Wäsche und macht ihr die Steuererklärung. Lass mich raten: Er schneidet dir auch die Haare! Genauso sieht das nämlich aus.«

»Was denn«, entgegnete Sophie gemütlich, die inmitten der Meute ungeschminkt in Jogginghosen saß. »Ich sehe morgens genauso aus wie abends. Null Mogelpaket!«

»Wer Jogginghosen trägt, hat die Kontrolle über sein Leben verloren! Hat Lagerfeld gesagt.«

»Ey, Georgie, alles was recht ist, aber du hast die Kontrolle über dein Hirn verloren«, schnauzte Sophie. »Liegt garantiert an deinem Glööckler-Bart – das Ding sieht ja zum Fürchten aus! Oder machst du gerade einen auf Conchita Wurst? Sehr verwirrend, das alles.«

Die anderen lachten, die Kabbeleien zwischen den beiden waren legendär. Tatsache war, dass Georgie einen sehr gut gehenden Friseurladen hatte, den auch einige Promis aufsuchten, und er nicht aufgab, aus der unscheinbaren Sophie eine Femme fatale machen zu wollen. Die Truppe auf dem Sofa riss einen Gag nach dem anderen. Charlene lachte Tränen und genoss das gerade sehr.

Schließlich fragte Johanna: »Was ist mit dir, Charly? Ich hoffe, du hast dir etwas männliche Gesellschaft gegönnt … oder hast du tatsächlich alle abgewimmelt?«

»Hab alles abgewimmelt. Bis auf heute war niemand dabei, mit dem ich länger als eine Stunde hätte verbringen wollen«, berichtete Charlene.

»Aber, Charlene«, ereiferte sich Henriette besorgt. »Du musst dich wieder öffnen!«

»Was hast du mit ›heute‹ gemeint?«, hakte die feinfühlige Johanna nach.

Charlene lächelte, als sie an Ruben dachte.

»Stellt euch vor, heute hätte ich einen frischgebackenen Master-Absolventen mit Rastalocken vernaschen können!«

Ein vierstimmiges Aufstöhnen war die Antwort: »Hättest? … Können? … Ach nööö! Warum hast du es denn nicht gemacht?«

»Spinnt ihr? Der Typ ist fünfundzwanzig Jahre alt!«

»Da isser doch im besten Alter, Süße! Der hat Ausdauer und …«

»Aber ich stehe nicht auf ihn.«

»Fünfundzwanzig! Das müsste mir mal passieren! Charlene! Du hast sie doch nicht mehr alle!«

»Ruf ihn an!«

»Sagt mal, geht's noch?! Nein!«

»Du hattest noch nie einen One-Night-Stand! Wie kannst du dir nur eine solche Chance entgehen lassen?«

»Weil es keine ist.« Charlenes Antwort kam so scharf, dass alle betroffen verstummten. Sie räusperte sich verlegen.

»Und weil sich der Typ bei *living dishes* bewerben wird«, erklärte sie etwas ruhiger weiter.

»Okay, wenn sie ihm einen Job angeboten hat, ist sie wirklich nicht interessiert«, stellte Georgie sachlich fest.

»Genau. Ich schlafe nicht mit Mitarbeitern. Und ich stehe nicht auf Kinder.«

»Aber was hast du nun vor?«, erkundigte sich Johanna sanft, »… wenn du zurück bist?«

»Keine Ahnung«, erwiderte Charlene. »Das ist mir während all der Monate nicht klar geworden. Es wird sich schon was ergeben.«

Sie unterhielten sich noch eine Weile, dann verabschiedete sich Charlene und merkte, dass Johanna ihr eine Nachricht geschrieben hatte.

»Geh nicht gleich aus Skype«, bat sie. »Lass uns noch ein paar Minuten privat reden.«

Obwohl Charlene die anderen drei alle länger kannte, war es doch Johanna, die alles, wirklich alles, von ihr wusste – und Charlene wusste alles von ihr.

Vor sieben Jahren hatten sie sich zufällig in Henriettes Bistro getroffen. Charlene war der hübsche, sanfte Enddreißiger mit den femininen Zügen gleich aufgefallen. Sie waren sich auf Anhieb sympathisch gewesen, sofort ins Gespräch gekommen und hatten tiefes Vertrauen zueinander verspürt. Mit kaum jemandem konnte Charlene so rückhaltlos reden wie mit Johanna.

Damals war Johann von der Frage zerrissen gewesen, ob er seinem Empfinden, im falschen Körper zu stecken, zumindest teilweise nachgeben sollte. Charlene wollte wissen, wie das war … wie er sich fühlte, was er sich wünschte, was in seinem Kopf herumging. Johann hatte sich geöffnet – zum ersten Mal in seinem Leben – und im Gegenzug hatte Charlene ihm ihre Geschichte erzählt.

Kurze Zeit später hatte Johann den Schritt gewagt und war zur Transfrau geworden. Da er allerdings einen verantwortungsvollen Posten als Finanzvorstand innehatte, den er nicht aufs Spiel setzen wollte, musste er zwei Leben führen. Er ging als Mann arbeiten und war den Rest des Tages Frau. Ein Umstand, der ihn belastete, weil er zum einen Angst hatte, von jemandem aus seiner Firma entdeckt zu werden, und zum anderen war sein Job so zeitintensiv, dass ihm wenig Raum blieb, seine Weiblichkeit auszuleben.

Charlene hatte schnell erkannt, dass Johann äußerst kompetent auf seinem Gebiet war und ihm schließlich den Posten des CFO bei *living dishes* angeboten.

Das Einstellungsgespräch, an dem auch die übrigen Vorstände teilgenommen hatten, würde Johanna nie vergessen. Sie war, in diesem Fall eher er, im Anzug und einer sehr dezenten Krawatte erschienen. Doch als Charlene ihn im Foyer hatte abholen wollen, war ihr merklich die Kinnlade heruntergefallen und sie hatte mit gerunzelter Stirn gezischt: »Wie siehst du denn aus?«

»Bitte?«, hatte Johann verdattert geantwortet und instinktiv seinen Anzug nach einem Fleck abgesucht. »Wie … was meinst du?«

Charlene hatte einen kurzen Blick auf die Uhr geworfen.

»Wie lange brauchst du, um wieder die Johanna zu sein, die ich kennengelernt habe?«

Bestürzt war Johann einen Schritt zurückgewichen. »Charlene! Du meinst doch nicht etwa, ich soll mich hier …«

»Genau das! Ich gebe dir zwei Stunden. Schaffst du das?«

Johann schluckte heftig.

»Ich weiß nicht, ob das gut ist, Charlene.«

»Doch, das ist es. Vertrau mir.«

Zwei Stunden später war Johanna mit rasendem Herzklopfen wieder am Empfang aufgeschlagen. Zu ihrer Überraschung hatte die Rezeptionistin angesichts der elegant gekleideten, blonden Frau keine Miene verzogen. Johanna war überzeugt, dass sie sie schlicht nicht wiedererkannte, bis ihr einfiel, dass die Dame ja ihre Personalien hatte. In diesem Moment wurde ihr klar, dass Charlene alle im Haus auf diese Situation vorbereitet hatte. Johanna wurde so zuvorkommend und respektvoll behandelt, dass ihr die Erinnerung daran noch heute die Tränen in die Augen trieb.

Charlenes Gesicht hatte gestrahlt, als Johanna fast schüchtern in der Tür des Konferenzzimmers gestanden hatte. Sie war aufgestanden, hatte sie zwanglos an die Hand genommen und sie der Runde vorgestellt: »Meine Lieben, das ist Johanna Lindig. Sie hat in namhaften Firmen gearbeitet und ist derzeit in ungekündigter Stellung bei Global-Tronics. Sie hat nicht nur das schönste Make-up, das ich je gesehen habe, sondern auch eine Vorliebe für Zahlen und Strategien – was ich absolut nicht verstehen kann, aber sehr bewundere. Ich glaube, sie ist wie geschaffen für diesen Job!«

Die anderen hatten gelacht, Johanna freundlich begrüßt und waren dann zu den üblichen Bewerbungsfragen übergegangen.

Tatsächlich hatte sie den Job bekommen. Nun konnte sie den ganzen Tag Frau sein – und das würde sie Charlene nie vergessen.

»Hey, Johanna«, sagte Charlene, als ihre Freundin allein auf dem Bildschirm erschien. »Alles gut bei dir?«

»Das wollte ich dich fragen. Kann doch nicht sein, dass du ein Jahr lang keinen interessanten Mann getroffen hast.«

»Genauso ist es aber. Hab eben hohe Ansprüche«, lächelte Charlene. In ihren Augen lag Wehmut.

»Ich weiß, ist alles nicht so leicht nach Bernie, aber Beziehungen müssen sich entwickeln, vielleicht …«

»Johanna«, brach es aus Charlene heraus. »Es war noch nicht einmal einer dabei, bei dem ich auch nur ansatzweise eine Chance auf Entwicklung gesehen hätte. Ich meine, die meisten sind in einem Alter, wo sich ihre Denkbahnen so verfestigt haben, dass eine Beziehung ein reiner Anpassungsprozess wäre. Und darauf habe ich keine Lust!«

»Aber was hast du vor, wenn du zurück bist?«

»Weiß ich nicht.«

»Hat dir das Jahr dann überhaupt was gebracht?«

»Ja.« Charlene dachte an das Bad im Tirta Empul. »Ja, es hat was gebracht. Ich öffne mich wieder dem Leben … und das fühlt sich spannend an!«

# ♫ Pieces ♫

Declan J Donovan

»Verdammt noch mal, ich hab die Schnauze so voll! Ich kann dich nicht mehr sehen! Hau ab!«

Ihr Schrei gellte unerträglich laut durch die kleine Wohnung, drang durch die Wände des Mietshauses und ihm war, als hielten alle anderen Bewohner in ihrer Tätigkeit inne, um zu lauschen, wie die Kontroverse wohl weiterging. Jeff war das furchtbar peinlich, aber das war nicht das Vorrangigste, was ihm Bauchschmerzen bereitete.

Juliane stand vor ihm, mit rotem Gesicht, aufgelöstem Dutt und geballten Fäusten, ein Abbild von Zorn und Frust.

Seine Augen flackerten. Das war die einzige Reaktion, zu der er fähig war, und seine Reglosigkeit erwies sich als weiterer Trigger für Juliane, die sich bückte und ihm wutentbrannt seine Schuhe entgegenschleuderte.

»Raus!«, kreischte sie. »Hau ab, du Loser! Ich ertrage das nicht mehr! Mach, dass du verschwindest! Verschwinde aus dieser Wohnung!«

»Juliane«, sagte Jeff erstickt. »Beruhig dich doch … bitte … ich kann doch nichts dafür, dass …«

»Ich will mich aber nicht beruhigen!«, brüllte sie. »Du kannst nichts dafür? Und ob du was dafürkannst! Schon wieder eine Absage!« Sie stieß einen Wutschnaufer aus: »Du! Kapierst! Es! Nicht! Immer willst du was Besseres sein und bist es einfach nicht!«

Er zuckte zusammen.

»Juliane, bitte …«

Trotz ihrer galligen Worte ging er einen Schritt auf sie zu, aber sie wich zwei zurück und fauchte: »Rühr mich nicht an! Du bist eklig!«

Zutiefst getroffen ging sein Blick zum Spiegel. Gut, er war gerade nicht in Form … aber … eklig? Fassungslos wandte er sich wieder seiner Lebenspartnerin zu.

»Was soll das?«, wehrte er sich sauer. »Ich habe dir doch erklärt, warum ich …«

Ein unbeherrschter Aufschrei unterbrach ihn und ein weiteres Paar Schuhe, begleitet von wüsten Schimpfworten, flog ihm entgegen. Er hob die Hände, um die Geschosse abzuwehren, aber ihre Worte konnte er nicht abhalten, die drangen tief in seine Seele.

»Du Nichtskönner! Du fadenscheiniger Möchtegern! Du Schmarotzer! Du Versager! Verpiss dich!«

Die Tatsache, dass mindestens drei Nachbarpärchen mithörten, potenzierte seine Qual und hielt ihn davon ab zurückzuschreien. Es hatte ohnehin keinen Sinn. Wenn sich Juliane in diesem Zustand befand, war nicht mit ihr zu reden. Jeff hasste Geschrei. Er hasste es, unangenehm aufzufallen. Er war an sich ein ruhiger, sonniger Typ und die jähzornigen, immer häufiger werdenden Ausbrüche seiner Freundin waren ihm zutiefst zuwider. Und doch war alles in ihm darauf ausgerichtet, sie zu besänftigen. Nervös wanderte sein Blick zum Fenster. Es war Nacht – und es war kalt.

Juliane jedoch war weit davon entfernt runterzufahren. Im Gegenteil – sie steigerte sich in eine Schreiattacke hinein und riss schließlich die Wohnungstür mit einer solchen Heftigkeit auf, dass sie laut gegen die Wand donnerte und wieder zurückschwang. Ihr ausgestreckter Zeigefinger richtete sich wie ein Speer nach draußen und böse quetschte sie hervor: »Mach. Dass. Du. Rauskommst!«

Stur sah sie dabei nach unten. Jeff gab auf … Er verkraftete diese Feindseligkeit schlicht nicht mehr.

Resigniert nahm er seine Jacke und ging. Es war das fünfte Mal in zwei Monaten, dass sie so eine Aktion brachte. Bitter vor sich hinbrütend lief er durch den Park. Ein leichter Nieselregen hatte eingesetzt. Feuchte Kälte durchdrang ihn, verstärkte seine düstere Stimmung. Durchgefroren setzte er sich auf eine Bank, rief sie nach zwanzig Minuten an. Sie ging nicht ran.

Er schrieb eine Message. Sie antwortete nicht. Je mehr er fror, je mehr vergebliche Versuche er startete, desto wütender wurde er. Schließlich stapfte er zurück und versuchte, die Wohnung aufzuschließen. Wie erwartet steckte der Schlüssel von innen. Er kam nicht rein.

Aufgeladen mit einer Wut, die kaum zu ertragen war, stürmte er laut polternd wieder die Treppe hinunter und schlug die Haustür zu. Doch die Einzigen, die reagierten, waren fluchende Nachbarn – von Juliane kam kein Pieps.

Ein unangenehmer Wind schnitt ihm ins Gesicht, als er erneut die Straße hinunterlief und Frank anrief.

»Sorry, Alter, ich weiß, es ist spät, aber Juliane hat mal wieder ihren Koller …«

»Nee du, nicht schon wieder«, stöhnte es ihm entgegen. »Hab grad 'ne Braut hier, nix für ungut, versuch's woanders.«

Er rief noch drei weitere Kumpels an, zwei nahmen nicht ab und der dritte, Fabian, war nur widerwillig bereit, ihn auf seiner Couch schlafen zu lassen.

»Ey, Mann, das grassiert allmählich«, knurrte er. »Wird Zeit, dass ihr zwei euch mal einig werdet. Ich hab morgen viel vor, also …«

»Bin früh gleich wieder weg«, versprach ihm Jeff. Fabian nickte kurz – deutlicher hätte er seine Geringschätzung nicht zeigen und mieser hätte Jeff sich nicht fühlen können.

Als er sich auf die viel zu kleine Couch legte, war ihm trotz der Decke kalt. Und diese Kälte kam nicht von außen. Sie kam von innen und lähmte sein ganzes Sein.

Das Leben kotzte ihn an. Juliane kotzte ihn an. Er kotzte sich selber an. Die ganze Welt kotzte ihn an. Und er hatte keine Ahnung, wie er dem entkommen konnte.

Schließlich schlief er ein mit dem für ihn einzig realisierbaren Schritt im Kopf: Er musste erst mal mit Juliane reden und sie beruhigen.

Den Rest der Zukunft klammerte er aus. Weil er keine sah.

♫ ♫ ♫

An der Südwestküste Englands herrscht mildes Klima. Im Winter blühen dort die Kamelien, die Wege sind von gelbem Stechginster umrahmt, Märzenbecher und Stiefmütterchen sprießen teilweise schon im Januar – selbst so manche Hortensie trotzt der eigentlich kalten Jahreszeit. Und da es im Sommer nie so heiß wird wie anderswo in Europa, hat man das Gefühl, einen ewigen Frühling oder Frühsommer zu erleben.

Charlene besaß zwei Häuser in England, ein Landgut aus dem 14. Jahrhundert und ein modernes Haus, das auf den Klippen stand. Es war ein großzügiger, etwas nach hinten versetzter Bau mit einer riesigen Glasfront, die Sicht auf einen idyllischen Garten und den weiten Ozean gab.

Der Anblick, wenn die Sonne am Abend im Meer versank, war atemberaubend schön. Auf der Rasenfläche, die sich bis zu den Klippen erstreckte, standen bequeme Loungemöbel, von deren Position aus man die ganze Küste überblicken konnte. Es war wohltuend still in diesem verschlafenen Örtchen, in dem es gerade mal einen Farmer's Shop und einen winzigen Grocery Store gab. Man hörte keinen Verkehrs- und kaum Fluglärm – ein Umstand, der in der heutigen Zeit immer seltener wurde und den Charlene umso mehr schätzte.

Sie war nicht mehr lange auf Bali geblieben, hatte einen Teil ihres Gepäcks nach Deutschland geschickt und war schließlich über Tibet und Indien zurückgereist. Zwei Wochen hatte sie noch in einem Ashram verbracht und sich in das Programm aus Singen, Meditieren und Arbeit eingegliedert. Im monotonen Ablauf dieser Tage kamen ihre Gedanken zur Ruhe und das Gefühl des Aufbruchs, der Neu-Erfindung ihrer selbst, das sie im heiligen Wasser von Tirta Empul verspürt hatte, intensivierte sich. Jeden Tag erdete sie sich mehr. Jeden Tag nahm ihre Lebenslust zu. Sie wusste zwar immer noch nicht, was sie jetzt tun sollte, aber vorerst musste sie sich ohnehin ihren Firmen widmen und wieder regelmäßig an den Aufsichtsratssitzungen teilnehmen.

An diesem Abend wartete sie auf Frederic Dubois, der während ihrer Abwesenheit ihre Geschäfte geregelt hatte. Frederic … Womanizer, Charmeur, Frauenflüsterer. Ein Mann, den sie sehr mochte – sie freute sich auf ihn.

♫ ♫ ♫

Jeff fror die ganze verdammte Nacht, obwohl er seine Jacke anhatte. Fabian hatte nicht geheizt und die Decke war so dünn, dass sie kaum wärmte. Sein Nacken schmerzte und war steif von der Seitenlehne der Couch. Er lag wach. Gedanken rannten in seinem Kopf umher wie Mäuse im Laufrad, fanden keinen Stopp und keinen Absprung.

Um halb sechs gab er auf, deaktivierte den Wecker, bedankte sich per Textnachricht bei Fabian, froh, dessen abschätzigem Blick nicht noch einmal begegnen zu müssen. Müde machte er sich auf den Weg. Juliane verließ um sieben Uhr das Haus, aber er hatte null Bock auf ein Zusammentreffen mit ihr und vertrieb sich die Zeit in einem Café.

In letzter Zeit hatte er heißen Appetit auf Süßes entwickelt und konnte, obwohl er wusste, dass er inzwischen einige Pfunde zu viel auf den Hüften hatte, der Auslage des Bäckers nicht widerstehen. Aber wer hatte schon eine Traumfigur? Juliane mit ihrem Quadrathintern bestimmt nicht! Die hatte überhaupt kein Recht, ihn deswegen anzumachen. *Verdammt*, dachte er in der nächsten Sekunde. *Was war nur aus dieser Beziehung geworden?* Es war zu Beginn so schön gewesen! So vielversprechend! Er wusste noch genau, wie ihr süßes Gesicht in einer Bar unter all den anderen herausgestochen und wie er sich innerhalb weniger Dates in sie verliebt hatte – und sie noch immer aufrichtig liebte. Sie war wie ein ruhiger Hafen gewesen nach der Sache mit Fiona und … ja, nach all dem anderen Mist.

Jeff kannte den Grund für Julianes Ausbrüche nur zu genau. Er entsprach nicht mehr dem Bild, das sie anfangs von ihm gehabt hatte. Ein Bild, an das er damals noch selbst geglaubt hatte. Doch irgendetwas war in ihm gebrochen, er kam einfach nicht mehr hoch, fühlte sich körperlich und seelisch wie ein Sack voller Steine. Wieder richteten sich seine Augen auf die verführerische Auslage des Bäckers. Nach dieser erbärmlichen Nacht brauchte er unbedingt etwas Zuckriges und ein paar Katastrophen aus der Bild-Zeitung dazu, damit er seine eigene Misere wenigstens für ein paar Minuten vergessen konnte.

# ♫ Isles ♫

## Fleet Foxes

Frederic Dubois fuhr von London nach Fairlight. Die Fahrt würde zwei Stunden dauern, er hatte Zeit, nochmals die Unterlagen durchzugehen, aber seine Gedanken glitten immer wieder zu Charlene. Er konnte nicht verhindern, ein wenig aufgeregt zu sein – das passierte ihm selten.

Jahrelang war sie die Frau seines besten Freundes Bernd Wittstein gewesen. Jahrelang hatte er deren Glück verfolgt, sie beneidet, weil sie eine so tolle Ehe führten – eine Bilderbuchbeziehung, entstanden aus einer Jugendliebe, denn laut eigenen Aussagen hatten Bernie und Charlene sich kennengelernt, als sie sechzehn und er sechsundzwanzig Jahre alt gewesen war. Bernie war für Charlene einfach alles gewesen und sie für ihn.

Diese Blicke zwischen ihnen! Als seien sie selbst nach zwanzig Jahren Ehe noch frisch verliebt. Noch nie hatte Frederic eine Frau getroffen, die ihren Mann so ansah, wie Charlene es tat – und noch nie hatte er selbst auch nur annähernd ein so tiefes Gefühl einer Frau gegenüber verspürt, wie Bernie es Charlene offen entgegenbrachte. Diese Beziehung war schlicht überwältigend.

Sie war innig. Sie fußte auf grenzenlosem Vertrauen und ließ Frederic ahnen, dass da mehr zwischen Mann und Frau sein konnte als das, was er bisher kennengelernt hatte. Doch so sehr er auch suchte, so sehr er sich auch bemühte – keine Frau war in der Lage, auch nur im Ansatz solche Gefühle in ihm zu erwecken. So oft hatte er Charlene im Kopf, wenn er Sex mit einer seiner Gespielinnen hatte. Ihren feingliedrigen Körper, den nicht allzu großen, aber weichen Busen, ihre moosgrünen Augen, ihren sinnlichen Mund … und oft war das auch der Auslöser, eine Liebschaft zu beenden und zur nächsten zu wechseln – nur, um das Gleiche wieder zu erleben.

Die Liebe zwischen den beiden schien mit den Jahren noch inniger zu werden. Frederic konnte kaum glauben, dass es so etwas gab. Aber sein Freund Bernd Wittstein war nicht bloß bezüglich seiner großen Liebe ein Glückskind.

Seine Kindheit hatte er in den Staaten verbracht. War infiltriert worden mit der Freiheits- und Make-peace-not-war-Bewegung, dem subversiven Denken der 60er und 70er, das so viele Tabus über den Haufen geworfen hatte. Ebenso hatte ihn die Mentalität der Amerikaner geprägt, die ihre Vorhaben einfach in die Tat umsetzten und denen nichts zu groß und zu gewaltig war. Als seine Eltern zurück nach Deutschland zogen, nahm er das Beste aus diesen Aufenthalten mit.

Bernie war ein Kraftwerk. Er hatte viele Ideen, fand alle gut und gründete daher mehrere Firmen kurz hintereinander, darauf setzend, dass mindestens eine davon funktionieren würde. Schlussendlich mauserten sich nahezu alle zu soliden, mittelständischen Unternehmen. Die Geschäfte boomten. Er und Charlene hatten alle Hände voll zu tun. Sie war von Beginn an mit dabei und lernte alles von der Pike auf. Etwa zehn Jahre nach Gründung der Unternehmen wurde Frederic von Bernd als Firmenanwalt eingestellt – ein weiterer Goldgriff, wie sich herausstellte, denn Fred war loyal, geschickt und weitblickend.

Bernie zog ihn mehr und mehr ins Vertrauen und schließlich avancierte er zu seinem besten Freund. Mit Bernies Firmen wuchs auch Frederics Anwaltskanzlei. Inzwischen führte er ein in ganz Europa angesehenes Haus voller Rechtsberater – spezialisiert auf gesellschaftsrechtliche Fragen und internationales Recht. Er kannte jede Wittstein-Firma bis ins letzte Detail und war auf allen geschäftlichen sowie privaten Events präsent.

Charlene war ebenso präsent. Eine Frau, die Frederic verwirrte, die er nicht einzuordnen wusste, deren feine, sexuelle Ausstrahlung ihn umfing wie ein zarter Schleier, die ihm die wildesten Fantasien in den Kopf schickte und mit der er trotzdem nicht flirten konnte. All die lockeren und charmanten Sprüche, mit denen er prüfte, wie weit er bei einer Frau gehen konnte, waren ihm bei Charlene nie über die Lippen gekommen. Jedes Mal, wenn sie neben ihm stand oder ihn anschaute, war sein Kopf leer. Mit solchen Frauen flirtete man nicht. Man liebte sie. Man band sich an sie. Aber das war genau das, was Frederic noch nie gekonnt oder gewollt hatte.

Anfangs hatte er sie fast als schüchtern und zurückhaltend wahrgenommen. Doch irgendwann war ein gewaltiger Ruck durch ihre Persönlichkeit gegangen, sie hatte aktiv die Führung von zwei Firmen übernommen und schließlich ein eigenes Unternehmen hochgezogen.

Frederic war von Beginn an fasziniert von ihr gewesen. Charlene lebte ihr Leben ungehemmt, als hätte sie Angst, etwas zu verpassen – und vor allem weigerte sie sich, sich auf eine Rolle festzulegen.

»Dazu hat der Mensch zu viele Facetten!«, sagte sie oft.

So war sie manchmal ganz die Firmengattin im eleganten Kostüm, ein anderes Mal gab sie die Diva, dann wieder kam sie in wehenden, bunten Hippieklamotten. Meist aber trug sie Schlichtes, am liebsten Jeans und T-Shirt, was ihre jugendliche Art unterstrich. Sie hatte einen riesigen Bekanntenkreis, zählte aber nur wenige zu ihren engen Freunden. An der sogenannten High Society war sie nicht interessiert und schlug oft Einladungen aus, nach denen andere sich die Finger geleckt hätten. Stattdessen verbrachte sie ihre Zeit mit schrägen Typen wie dieser Johanna oder Georgie, der aussah wie eine Mischung aus Harald Glööckler und Conchita Wurst. Man konnte nicht sagen, Charlene sei rebellisch, dazu war sie zu geerdet. Bernie und sie lebten ihre Werte, aber hängten sie nicht an die große Glocke.

Obwohl Bernies Firmen prosperierten und das Potenzial dafür da war, wollte er nie weltweit expandieren. Vielmehr legte er Wert auf überschaubare Unternehmensgrößen, die es erlaubten, kritische Angelegenheiten relativ zeitnah regulieren zu können. Sein Wahlspruch lautete: »Das Produkt muss gut sein. Den Mitarbeitern muss es gut gehen. Stimmt die Energie, ist es auch legitim, wenn wir ebenfalls daran verdienen.«

Seine Leute brannten für ihn. Und so floss das Geld. Wittsteins Vermögen wuchs fast mühelos.

Mit den Jahren nannten sie vier Häuser ihr Eigen, besaßen etliche Firmen, diverse Immobilien und liquides Vermögen. Ja, sie hatten fast alles – lediglich Kinder blieben ihnen verwehrt. Ein Umstand, den sie beide bedauerten, Charlene mehr als Bernie.

Charlene war dreiundvierzig, Bernie dreiundfünfzig, als sie beschlossen, sich aus den Firmen herauszuziehen und sie den Vorständen zu überlassen. Sie hatten fünfundzwanzig Jahre nonstop gearbeitet, und um sich klar zu werden, was sie mit dem Rest ihres Lebens anfangen wollten, planten sie ein Jahr Auszeit, in dem sie die Welt sehen wollten. Ein Jahr lang nur für sie beide! Charlene war außer sich vor Freude darüber und konnte es kaum erwarten, dass es losging. Ausschließlich ihre engsten Freunde wussten, dass sie mit diesen Reisen eine zusätzliche Hoffnung verband. Die Hoffnung auf ein Kind, das sie adoptieren wollten.

An dem Abend, an dem ihre erste große Reise bevorstand, fuhr Bernie von einer Geschäftsbesprechung nach Hause. Er schaltete das Radio ein und suchte einen Klassiksender, als ein Geisterfahrer mit hundertdreißig Sachen frontal auf seinen Wagen krachte.

Beide Fahrer waren sofort tot.

# ♫ You Dear ♫

## Eloise

»Frederic! Wie schön, dich zu sehen!«

»Geht mir ebenso, Charlene. Wir haben dich alle schrecklich vermisst!«

Er schlang seine Arme um sie, drückte sie fest und setzte einen Kuss auf ihre Wange.

»Kann ich mir nicht vorstellen«, schmunzelte sie. »Wenn ich mir die Zahlen anschaue – läuft ja besser als vorher. Aber komm doch erst mal rein!«

»Tja, wenn interessante Anregungen und Kommentare selbst aus Tibet per Mail geschickt werden …«

Charlene lachte, nahm ihn ungezwungen an die Hand und zog ihn ins Innere. Sie trug ein Swingkleid, das ihre Beine sanft umspielte, und er folgte mit den Augen ihrem Hüftschwung, als sie ihm voraus ins Wohnzimmer ging. Sie war auf aparte Weise muskulös, ihr Bauch flach, ihre Beine mit den schmalen Fesseln wohlgeformt – Charlene war eine begehrenswerte Frau, die sicher nicht perfekt, sich aber ihrer selbst sehr bewusst war. Ihr dunkles Haar schlängelte sich über ihre Schultern bis in die Mitte des Rückens und ihr Mund lud nur dazu ein, geküsst zu werden. Wie hypnotisiert starrte Fred auf ihren hübschen Po, fragte sich, ob sie Spitzenunterwäsche trug, wie sie wohl roch und schmeckte – und rief sich in der nächsten Sekunde innerlich zur Ordnung.

Ihre Haushälterin Stacy, die ihr Haus in Fairlight verwaltete, hatte Kanapees und ein Essen vorbereitet. Champagner stand auf dem Tisch, die Gläser daneben, der Tisch im Diningroom war liebevoll gedeckt. Gerade präsentierte sich die Sonne am Horizont als orangefarbener Streifen, über dem sich dunkelgraue Wolken stapelten, was die leuchtende Farbe umso mehr intensivierte – es war ein überwältigendes Naturschauspiel. Sein Blick glitt wieder zu ihr.

»Was für eine Kulisse! Es ist immer wieder anregend, hier zu sein«, sagte er zweideutig. »Du siehst gut aus, Charlene. Ich würde meinen, du bist sogar noch schöner geworden.«

»Danke, Fred.« Sie lächelte. »Dir mache ich lieber kein Kompliment. Du bekommst ja deine Wirkung auf Frauen jeden Tag bestätigt.« Sie zwinkerte ihm zu.

»Tja, allerdings nicht von den richtigen!«, sagte er. »Ähm, ich meine *der* Richtigen!«

»Oooch«, spöttelte sie. »Die große Liebe immer noch nicht gefunden?«

Amüsiert grinste sie ihn an und schenkte Champagner ein.

»Nein, aber du kennst mich ja … bin nicht unbedingt auf der Suche danach.«

Sie lachte leise. Frederic war drei Jahre älter als sie und ein Synonym für wechselnde Partnerinnen und Spaß am Liebesleben. Er liebte Frauen und Frauen liebten ihn – es war immer prickelnd, in seiner Nähe zu sein. Er war ein sehr auf sein Aussehen bedachter, interessanter Kevin-Costner-Typ, der sich seiner Wirkung aber nur allzu gut bewusst war. Er hatte einfach dieses gewisse Etwas, ein einnehmendes Wesen, sehr intensive Augen, die jeder Frau das Gefühl gaben, die Einzige zu sein und die Nacht ihres Lebens zu verpassen, wenn sie nicht auf der Stelle mit ihm ins Bett sprang.

Charlene schaute ihm lächelnd in die Augen, als sie ihm sein Glas reichte.

»Danke, Frederic, dass du während meiner Abwesenheit nach dem Rechten gesehen hast … wollen wir die Zahlen gleich durchgehen?«

»Unbedingt. Dann haben wir das hinter uns und du kannst mir beim Essen von deinen Erlebnissen erzählen.«

»Gute Idee! Ich gebe nur eben Stacy Bescheid.«

Sie informierte ihre Haushälterin, kam zurück und setzte sich zwanglos neben ihn. Ihr Parfüm schwebte an seiner Nase vorbei und sein Arm zuckte. Am liebsten hätte er sie gepackt und auf die Couch geworfen, sich auf ihren sich wehrenden Körper gelegt, ihr das Haar aus dem Gesicht gestrichen … Irritiert von der Stärke seines Verlangens räusperte er sich und klappte seinen Laptop auf, froh, sich die nächsten zwei Stunden mit Bilanzen, Strategien und Jahresplänen etwas abkühlen zu können.

»Wow«, staunte Charlene schließlich und lehnte sich beeindruckt zurück. »Es läuft tatsächlich sehr rund. Nochmals großen Dank für deine Hilfe, Fred.«

»Keine Ursache«, versetzte er und schloss den Rechner. »Ich wurde ja dafür bezahlt.« Dann wandte er sich ihr zu, schenkte ihr einen intensiven Blick, legte seine warme Hand auf ihr Bein und fragte leise: »Geht es dir gut, Charlene?«

Seine Finger wurden heiß. Charlene merkte, wie sich in ihr etwas regte.

»Ja, mir geht es gut, Frederic, danke«, erwiderte sie. Fred starrte sie weiter an.

Sie senkte ihre Lider. Diese Berührung tat gut, weckte Verschüttetes … etwas, was sie schon bei Ruben gespürt hatte.

Sie biss sich auf die Lippen, stand abrupt auf und sagte gespielt heiter: »Jetzt essen wir erst mal, du musst ja vor Hunger sterben!«

Frederic ahnte, was in ihr vorging, und es ließ ihn hoffen. Sich die Champagnerflasche schnappend folgte er ihr in den Diningroom, wo ein erlesenes Abendessen auf sie wartete. Doch das Gespräch wurde nicht so intim wie erhofft. Stacy überschlug sich fast, fragte alle fünf Minuten, ob alles passte, und der Abend schritt voran. Zum Teufel mit der Haushälterin! Lieber hätte er eine aufgewärmte Suppe gegessen und wäre dafür mit Charlene allein gewesen. Erst während des Desserts, bei dem ihm Charlene eine Unmenge an Fotos gezeigt hatte, zog sich Stacy in die Küche zurück. Endlich landeten sie mit dem Espresso wieder im Wohnzimmer.

Dort stellte ihr Frederic die Frage, die sie schon so oft gehört hatte: »Und was hast du jetzt vor?«

Sie seufzte. »Keine Ahnung, Fred. Eigentlich wollte ich mir ja während der Reise darüber klar werden, aber ich bin nicht recht weitergekommen.«

Sie spielte mit ihrem Weinglas, in Gedanken versunken.

Er zögerte ein wenig, dann sagte er: »Hör mal, Charlene, könntest du mir vielleicht einen Gefallen tun?«

Verdutzt stellte sie ihr Glas ab. »Aber natürlich. Immer! Wie kann ich dir helfen?«

»Stell dir vor, ich bin Anteilseigner einer Radiostation geworden und …«

Sie lachte überrascht: »Cool! Das ist ja mal originell!«

»Ist nur ein kleiner Lokalsender, etwa fünfzig Kilometer von unserer Stadt entfernt. Der vorherige Besitzer musste seine Anteile abstoßen, weil er für ein öffentliches Amt kandidierte, und ich habe sie gekauft. Ich dachte, vielleicht kann das ja mal nützlich sein.«

»Und wie komme ich ins Spiel?«

»Es ist … ich sitze gerade in der Klemme«, erklärte Fred. »Wir haben das Programm komplett neu bestückt. Tagsüber läuft Mainstream, abends wäre Zeit für Individuelles. Und da wollte ich Livetalks unterbringen, Interaktion mit den Hörern, eben mal was anderes, weißt du?«

»Hört sich doch gut an!«

»Na ja, der Programmleiter war strikt dagegen, weil die Hörer angeblich kein Interesse daran haben. Und weil es schnell ausufern kann. Du hast immer mal 'ne Labersocke dabei, die sich gerne reden hört und sich nicht bremsen lässt. Lange Rede, kurzer Sinn: Ich hatte einen Moderator, einen Philosophen, aufgetrieben – alles war perfekt, aber in letzter Minute springt der Kerl mir einfach ab! Fakt ist, dass ich laut rumgetönt und das Format gegen viel Widerstand durchgesetzt habe, nur um jetzt bei der nächsten Besprechung zugeben zu müssen, dass ich nichts in der Hand habe. Das ärgert mich. Es ärgert mich sogar sehr! Könntest … würdest du einspringen?«

Charlene kicherte über Freds verdrießliches Gesicht.

»Als Moderator? Ich? Warum ist dein Philosoph denn abgesprungen?«

»Weil sie mir die unattraktivste Sendezeit gegeben haben. Die keiner haben will! Na, klingt das spannend?«

»So ist das also!«, rief sie glucksend. »Also nix Primetime! Du brauchst jemanden, der Nachtschicht schiebt!«

»Unschön, aber wahr«, schmunzelte er. »Zwischen dreiundzwanzig Uhr und Mitternacht. Da will kein Familienvater mehr auf Sendung. Um null Uhr schaltet der Sender ab und beginnt erst wieder um sechs Uhr morgens.«

Wieder lachte Charlene. »Ui, das wird ja immer doller! Wenn ich das richtig sehe, brauchst du also nicht nur einen Nachtarbeiter, sondern auch ein Konzept.«

»So ist es.«

»Und bis wann?«

»Ähm … in fünf Tagen?«

»Ach du Sch…ande! Ist das dein Ernst?«

»Ja, leider! Normalerweise macht es mir wirklich nichts aus, auch mal zurückzurudern, aber der Programmleiter ist so eine elende Pissnelke! Dem will ich nicht klein beigeben. Würdest du aushelfen, bis ich Ersatz habe?«

Charlene überlegte nur kurz. Im Grunde hatte sie Zeit für so ein Abenteuer. Und es klang spannend. »Ja, natürlich«, erklärte sie daher. »Sehr gern sogar! Vor allem, wenn ich das Konzept gestalten darf.«

»Wunderbar …«, freute sich Fred, »dann müssen wir nur noch besagten Programmleiter überzeugen! Und wie ich dich kenne, hast du schon Ideen?«

»Ja«, antwortete Charlene mit leuchtenden Augen. »Ganz viele sogar! Den ganzen Tag hören die Leute Nachrichten und Negatives … Man könnte doch die Stunde für etwas Aufbauendes nutzen! Geschichten und Gedanken … Wir bleiben einfach philosophisch! Das hat deine Pissnelke doch sowieso schon genehmigt.«

»Ja, schon, aber …«

Doch Charlene hörte gar nicht mehr richtig zu. In ihrem Kopf ratterte es bereits. Das wäre etwas, womit sie sich identifizieren könnte, etwas, was ihr selbst etwas geben würde. Und man könnte so viel daraus machen! Tief in Gedanken versunken nahm sie einen Schluck Wein, und unbeobachtet glitt Freds Blick über ihren Körper … auf ihre Brust, die sich leise hob und senkte, auf die schlanken Beine, die Füße in den High Heels, die sie heute trug. Sie saß in einem weichen Sessel, der Saum ihres Kleides war ein wenig hochgerutscht und in seinem Kopf entstanden Bilder … wie er sie in den Polstern tief nach hinten drücken, ihre Beine spreizen, sich zwischen sie knien, den runden, weichen Ausschnitt ihres Swingkleides so weit nach unten ziehen würde, bis ihre Brüste daraus hervorquollen. Er malte sich aus, wie er eine ihrer Knospen in den Mund nahm, fühlte, wie sie erschauerte, hörte ihr Keuchen … seine Hände packten ihren festen Po, zogen ihr den Spitzenslip herunter … sein Finger glitt zwischen ihre …

»Okay, Fred«, unterbrach Charlene seine Fantasien, während er eilig ein Bein über das andere schlug, um zu verbergen, wo seine Gedanken gerade gewesen waren. »Das hört sich irgendwie gut an!«

Sie war total begeistert und bereits Feuer und Flamme für das Projekt. »Morgen arbeite ich ein Konzept aus, mit dem wir deinen Programmleiter umpusten.«

Fred musste lachen: »Ich hab es gewusst! Du bist unser Schmetterling, unser Paradiesvogel … unsere Pixie!«

»Pixie?«, wiederholte Charlene geistesabwesend, während tausend weitere Ideen durch ihren Kopf tanzten.

»Das ist das englische Wort für Elfe. Müsstest du doch wissen.«

Erneut strahlten ihre Augen auf. »Fred, das ist ja magisch! Das wird mein Deckname! Ich will ja nicht erkannt werden. Lässt sich irgendwie meine Stimme verändern?«

»Ach herrje«, stöhnte er. »Das nimmt ja ungeahnte Dimensionen an! Keine Ahnung, da muss ich mich erkundigen.« Fast besorgt fügte er hinzu: »Hey, Charlene, noch mal: Selbst, wenn die Ja sagen: Du wirst zu so einer späten Stunde kaum Publikum haben – mit großer Wahrscheinlichkeit redest du zu dieser Zeit bloß mit dir selbst.«

»Völlig egal! Hauptsache, es macht Spaß!«

In Charlene begann es regelrecht zu brodeln und Fred stöhnte nur noch, als er hörte, was sie alles vorhatte.

»Scheint, ich habe den kreativen Vulkan in dir erweckt«, seufzte er und wünschte sich sehnlichst, es wäre ein anderer Vulkan gewesen, den er entfesselt hätte.

Charlene kicherte. »Ich habe das Gefühl, du hast dafür fast etwas gut bei mir, Fred.«

Ihre Blicke trafen sich. Für den Bruchteil einer Sekunde zögerte er, dann fragte er leise: »Was würdest du tun, wenn ich es irgendwann einfordere?«

»Keine Ahnung«, erwiderte sie und schenkte ihm ein Mona-Lisa-Lächeln.

## ♫ Everything Trying ♫

### Damien Jurado – Caught in the Trees

Kurz nach sieben betrat Jeff mit einem erleichterten Seufzer die Wohnung, nahm eine lange, heiße Dusche und warf die Kaffeemaschine an. Die Welt sah ein klein wenig freundlicher aus. Das ganze Haus war wunderbar ruhig, niemand da, der an ihm herumkrittelte. Bis Juliane nach Hause kam, würde sie sich sicher wieder beruhigt haben.

»Und dann?«, fragte ihn eine innere Stimme.

Dann würden sie reden.

»Und worüber?«, bohrte sie beharrlich nach. »Habt ihr nicht alles schon x-mal besprochen?«

Verbissen blendete Jeff die Stimme aus. Wie ein Fremder schaute er sich in der kleinen Wohnung um. Sie bot wenig Privatsphäre. Sein Leben, diese Umgebung … alles war so ganz anders, als er sich das erträumt hatte.

Mit der Tasse Kaffee in der Hand setzte er sich auf die Couch, surfte im Netz nach Jobangeboten und erstellte eine Liste. Er war von jeher bemüht, in namhaften Firmen unterzukommen, in die mittelmäßigen wollte er nicht. Doch im Umkreis gab es wenig attraktive Angebote und Juliane wollte nicht umziehen.

Sie lehnte aber auch eine Wochenendbeziehung ab – ein ewiger Streitpunkt zwischen ihr und ihm.

Schließlich klappte er den Rechner zu, nickte weg, wachte wieder auf, zockte ein paar Stunden, ging danach widerwillig nochmals Stellenangebote durch und konnte sich nicht dazu aufraffen, eine Bewerbung zu schreiben.

Mein Gott, was war nur aus ihm geworden? Er hatte so viel erreichen wollen! Hatte sich so massiv gegen die Sprüche gewehrt, mit denen er aufgewachsen war. Der Lieblingssatz seiner Mutter lautete: »Man muss zufrieden sein mit dem, was man hat.« Und wie oft hatte sein Lehrer zu ihm gesagt: »Man muss wissen, wo sein Platz ist!«

Man muss wissen, wo sein Platz ist! Ja, bestimmt nicht da, wo seine Eltern standen!

Jeffs Vater war Trucker, ständig unterwegs – vermutlich hatte er dieser Tätigkeit zumindest zu verdanken, dass er nicht Hans oder Fritz hieß. Seine Mutter putzte für fremde Haushalte, für den Feuerwehrverein, die einzige Arztpraxis, die es in dem Kaff gab, aus dem er stammte, und für die kleine Schule – sie war bis in den Abend beschäftigt.

Eigentlich war Jeff ein sonniger, fröhlicher Junge gewesen, der sein Leben mochte, bis zu dem Tag, an dem die Kinder in der Schule die Berufe ihrer Eltern vorstellen sollten.

Seit diesem Tag war er abgestempelt gewesen. Seit diesem Tag war er nicht mehr Jeffrey, sondern der Sohn der Toilettenfrau. Seine Mitschüler rissen Witze, legten ihm Klobürsten auf den Schultisch und sagten Dinge wie: »Kannste mal deine Mutter vorbeischicken, hab aus Versehen danebengepinkelt. Ihr braucht doch das Geld.«

Wohl wies die Lehrerin die ihn hänselnden Kinder scharf zurecht, aber der Shift war geschehen und der Stachel gesetzt. Jeffrey redete nie mehr über sein Zuhause. Mehr noch: Er zog sich zurück – auch von seinen Eltern, die schließlich schuld waren an der Misere. Sie waren ohnehin nicht oft da. Sie mussten ja arbeiten. Trotzdem war Geld Mangelware und er konnte so manches Mal auf Klassenfahrten nicht mit. Als die ersten elektronischen Spielzeuge und PCs aufkamen, waren auch hierfür kaum Mittel frei. Jeff fühlte sich ausgegrenzt, wollte seine Geburtstage nicht feiern, weil er niemanden zu sich einladen mochte. Was hätten sie ihm wohl geschenkt? Klobürsten und Toilettenpapier? Nein, da verzichtete er lieber. Stattdessen las er viel, vertrieb sich die Zeit mit seinen wenigen Freunden und Tagträumereien. Das waren Stunden, in denen sein ursprünglich sonniges Gemüt aufblitzte, aber es durchdrang nicht mehr seine Persönlichkeit.

Wenn seine Mutter nach Hause kam, legte sie nur noch die Füße hoch und schaltete den Fernseher ein. Ja, es war das TV, das ihm neue, begehrenswerte Welten eröffnete. Da gab es Leute, die lebten so ganz anders, als er das kannte. Es gab so viel mehr zu entdecken! Die Welt war groß! Sie war bunt! Nein, er wollte nicht auf diesem Platz bleiben! Jeff wollte raus. Unbedingt.

Er schaffte es ins Gymnasium, wo die Dinge etwas besser wurden. Da gab es unvoreingenommene Lehrer, die ihn förderten, und er gewann neue Freunde, unter anderem Uli. Ulis Eltern waren weder reich noch Akademiker, aber sie vermittelten ihrem Sohn völlig andere Botschaften als die, die Jeff bisher kennengelernt hatte.

»Ohne Fleiß kein Preis.« Und: »Wer lernt, wird was.«

Standardsätze, Binsenweisheiten – aber für Jeff erheblich aufmunternder als: »Man muss wissen, wo sein Platz ist.« Ulis Eltern bestanden darauf, dass ihr Sohn paukte und seine Hausaufgaben ordentlich machte, und Jeff machte mit. Animiert von den daraus resultierenden guten Noten sah er einen Silberstreifen am Horizont.

Doch eines Nachmittags, er war sechzehn Jahre alt, verfolgte er eine Dokumentation, die darüber berichtete, wie sich der Status der Eltern auf deren Kinder auswirke und welche Folgen es habe, aus einer sozial schwachen Familie zu stammen. Jeff fiel buchstäblich der Bissen aus dem Mund. Eine Wissenschaftlerin erklärte, dass Kinder von armen und ungebildeten Eltern kleinere Gehirne hätten, ihr zerebraler Cortex weniger Furchen und Kerben aufweise, was schlechtere Konzentration, ein schlechteres Gedächtnis, schlechteres Denkvermögen sowie eine geringere Leistungsfähigkeit nach sich ziehe. Solche Kinder bekämen keine guten Jobs und wären öfter arbeitslos. Jeff glaubte, nicht richtig zu hören. Das konnte doch nicht sein! Das war voll unfair! Was konnte er denn dafür, dass seine Eltern waren, was sie waren?

Umso verbissener warf er sich auf den Schulstoff und schaffte ein gutes Abitur. Danach begann er eine Banklehre, weil er mit Geld zu tun haben wollte, darauf bauend, dass das sein Image steigern würde. Doch genau hier holten ihn seine Befürchtungen ein. Er war und blieb der Sohn der Toilettenfrau. Jeff hasste das.

»Woher willst du Rotzlöffel dich denn mit Geld auskennen?«, hatte ihm ein Bauer, der vor Geld nur so stank, an den Kopf geworfen, als Jeff ihm eine Anlage hatte verkaufen wollen. »Hast doch noch nie einen Furz besessen! Wirst du auch nie!«

Der Mann hatte sich schlicht geweigert, sich von Jeff beraten zu lassen, und lautstark den Leiter zu sprechen gewünscht – ein peinlicher Vorfall in der Filiale, der in den Käffern die Runde machte. Als Jeff mitbekam, dass er ab diesem Moment keine größeren Anlagen mehr verkaufen durfte, brannte er nur noch vor Wut und Frust.

Eine Arbeitskollegin, eine ältere Dame, hatte versucht, ihn zu trösten.

»Hör nicht auf das, was die Leute reden«, hatte sie voller Mitleid gesagt. »Beiß die Zähne zusammen und mach einfach weiter!«

Aber Jeff machte nicht weiter.

Er schmiss die Banklehre kurz vor dem Abschluss und entschloss sich zu studieren. Seine Mutter schlug die Hände über dem Kopf zusammen, aber Jeff wollte unbedingt fort.

Wild entschlossen, etwas Besseres aus seinem Leben zu machen, zog er für das Studium in ein anderes Bundesland und ackerte sich durch acht Semester. Er war ehrgeizig, er war bereit zu arbeiten. Hier, wo ihn niemand kannte, fühlte er sich endlich gleichberechtigt.

Zwei Dinge setzten ihn damals unter Strom: Zum einen bot seine Uni einen Kurs über Entrepreneurship an, der sich mit Chancen und Gesetzmäßigkeiten von Start-ups beschäftigte. Schon nach der ersten Vorlesung war Jeff wie im Fieber. Das war's! Ein Start-up, das lediglich mit einer Idee anfing, und wenn die lief, für Millionen verkauft werden konnte! Jeder in dem Kurs war infiziert von diesen Möglichkeiten und Jeff fand drei Leute, die mit ihm etwas starten wollten. Einer, Sebastian, hatte eine bahnbrechende Idee im Bereich IT. Er war der typische Nerd, der fest am Laptop klemmte, lediglich entwickeln wollte und jemanden brauchte, der das Vertriebliche erledigte. Das war Jeffs Ressort. Er sollte sich um die Vermarktung kümmern. Aber nachdem sich das mit der Programmentwicklung hinzog, kristallisierte sich als interessanteres Unternehmen ein weiteres heraus, das er mit zwei anderen Kommilitonen, Oscar und Leo, in Angriff nahm. In stundenlangen Sitzungen erarbeiteten sie ein Konzept.

Jeff brannte nur so vor Enthusiasmus. Es sah gut aus! Denn Oscar, Sohn vermögender Eltern, versicherte, er könne das Kapital für das Start-up beschaffen. Sein Vater allerdings, bewandert in solchen Dingen, riet ihnen zu einer GmbH, für die man ein Mindeststammkapital von 25 000 Euro einlegen musste. Das waren über achttausend Euro für jeden. Jeff hatte das Geld nicht. Aber er musste es auftreiben, sonst verpasste er die Chance seines Lebens. Seiner früheren Banklehre verdankte er, dass er es irgendwie schaffte, einen Kredit zu bekommen, und war nun stolzer Mitgründer einer eigenen Firma. Er glühte vor Ehrgeiz, arbeitete Tag und Nacht dafür, während die anderen beiden fast gar nichts taten. Für sie war das Ganze lediglich ein unterhaltsames Spiel. Für Jeff war es bitterer Ernst. Für ihn war es die Chance, etwas Großes zu erreichen. Die Eintrittskarte ins wahre Leben.

In dieser Phase – und das war der zweite Stromschlag – lernte er Fiona kennen: das schönste Mädchen der Welt und Tochter eines Großindustriellen. Aus irgendeinem Grund, den Jeff schon gar nicht mehr kannte, hatte sie sich ihm im Klub in den Weg gestellt.

»Hey, du siehst ja aus wie Mats Hummels! Du hast sogar seine Figur! Schick!«

Dann hatte sie ihn genauer angesehen. »Hummels mit Bradley-Cooper-Augen! Geile Kombi!«

Ungeniert war ihr Blick über seinen gut trainierten Körper geglitten und anzüglich hatte sie hinzugefügt: »Ich mag Hummels. Cooper finde ich auch nicht schlecht.«

Jeff hatte das Mädchen da vor ihm angestarrt. Fiona war ein Hingucker, eine Schönheit, der es egal war, was andere von ihr dachten, weil sie selbst so viel von sich hielt.

»Ehrlich«, hatte er schließlich herausgebracht und damit seine Sprachlosigkeit entschuldigt. »Bei dir fehlt mir jeder Vergleich. Da kommt kein Model oder Filmstar ran!«

Fiona hatte gelacht, vor allem war sie sichtlich gerührt über seine Ernsthaftigkeit.

Jeff beeilte sich nachzusetzen. »Mache ich irgendjemanden eifersüchtig, wenn ich dich auf einen Cocktail einlade?«

»Wenn du mir danach Frühstück ans Bett bringst, geht alles«, parierte sie.

Ihr Blick blieb ostentativ an seinem Unterleib haften, dann sah sie ihm in die Augen und um Jeff war es geschehen. Noch am selben Abend landeten sie im Bett und er verbrachte die ungewöhnlichste Nacht seines Lebens. Es war anstrengend, aber er war glücklich und schwebte wie auf Wolken, als er merkte, dass es nicht nur bei dieser Nacht blieb, dass sie ernsthaft an einer Beziehung interessiert zu sein schien. Niemals hätte er geglaubt, eine solche Frau erobern zu können.

Fiona war anspruchsvoll und Fiona wurde Ansporn für alles. Jeff trainierte für sie. Er strengte sich an für sie, träumte die kühnsten Karriereträume für sie. Er wollte sie glücklich machen – und Fiona brauchte viel, um glücklich zu sein. Sie war ein echtes Luxusweibchen, sah sich aber selbst als bescheiden an. Sie bekäme von ihren Eltern für ihr Studium lächerliche fünftausend Euro pro Monat, weil die sie nicht verwöhnen wollten, beschwerte sie sich.

Sie forderte Jeff gehörig im Bett, kannte keine Tabus, wollte es dauernd anders, prickelnder, neuer, abgefahrener …

Jeff las sich in sämtliche Sexpraktiken ein, derer er habhaft werden konnte, holte sich Tipps von seinen Freunden und lachte sich scheckig über so manchen Ratschlag. Jeder seiner Kumpels beneidete ihn um Fiona, jeder war schwer beeindruckt, dass die Beziehung hielt.

»Hat die noch nie gemacht, Alter, ehrlich. Nach spätestens zwei Wochen war die bisher mit jedem durch«, staunte Oscar.

Jeff tat alles, um Fiona zu halten. Er liebte sie. Sie eröffnete ihm in jeder Hinsicht neue Horizonte. Zu Beginn war er etwas schockiert über ihre sexuellen Ambitionen gewesen, aber inzwischen genoss er es, seinen Fantasien freien Lauf lassen zu können, was wiederum sie entzückte. Er überraschte sie immer wieder, einmal aus eigenem Spieltrieb heraus, aber auch, weil er spürte, dass Fiona nichts mehr hasste als Eintönigkeit und Langweile. Langweilig wurde es mit Fiona jedoch nie. Mit ihr lief alles auf Highspeed. Mit ihr war das Leben ein ständiger Rummelplatz. Es musste dauernd etwas los sein, sonst hatte sie das Gefühl zu ersticken. Abends vor der Glotze hängen und Pizza essen? Nur, wenn zeitgleich eine Party im Haus tobte. Ja, sie war anstrengend. Aber sie brachte ihn auch mit interessanten Leuten zusammen. Mit Künstlern, Unternehmern, Söhnen und Töchtern reicher Eltern, mit Entrepreneurs, die es schon geschafft hatten. Diese nahmen Jeff auf, als ob er zu ihnen gehörte. Er gewann Selbstvertrauen. Er fühlte sich wohl in dieser Gesellschaft und er liebte Fiona unendlich. Nicht nur, weil sie ihm den Eintritt zu dieser Welt ermöglicht hatte, sondern weil sie an ihn glaubte, weil sie nie fragte, wo er herkam, weil sie es für völlig selbstverständlich hielt, dass er die Millionen, die er vorhatte zu verdienen, auch verdienen würde. Längst hatte Jeff das Unternehmen ihres Vaters gegoogelt und gehörig nach Luft geschnappt, als er realisierte, wie weit verzweigt dessen Firmen waren. Obwohl er sich im letzten Jahr seines Studiums befand und Zeit zum Lernen brauchte, besuchte er heimlich einen Knigge-, einen Wein- und einen Tanzkurs. Das Leben mit Fiona war anregend – und teuer. Jeff japste. Er hatte gerade mal sein BAföG, und um sich die Restaurantbesuche oder auch mal einen Trip zum Gardasee leisten zu können, kellnerte er nebenbei.

Fiona fand das süß. Jeff hingegen war froh, auch damit aufwarten zu können, Gesellschafter einer GmbH zu sein, eines Start-ups, das hoffentlich bald durch die Decke schießen würde. Er tat jedenfalls alles dafür und langsam kapierten auch Oscar und Leo, dass damit was zu holen war.

Es kam der Tag, an dem Fiona ihm eröffnete, dass ihre Eltern ihn kennenlernen wollten. Jeffs Herz schlug Kapriolen.

»Alter!«, rief Oscar verdattert. »Wie hast du denn das hingekriegt? Ihre Eltern? Wollen dich sehen? Ich glaub, mein Schwein pfeift!«

Mit einem sündhaft teuren Rum und einem mächtigen Strauß Blumen im Gepäck fuhren sie in Fionas Porsche zu ihr nach Hause. Während der dreistündigen Fahrt telefonierte sie ununterbrochen, bis kurz vor dem Ende der Reise. Endlich war sie wohl selbst des Redens müde und versank in Schweigen. Jeff war schon die ganze Zeit seinen Gedanken nachgehangen.

Die Sonne schien zum Fenster herein; in ihm wurde es auf einmal merkwürdig still. Sein Herz weitete sich auf eine Weise, wie er es noch nie zuvor gespürt hatte: Dankbarkeit und Glück breiteten sich in ihm aus. Nicht, weil er gleich einem der reichsten Männer Deutschlands die Hand geben würde, nein, es war ein übergeordnetes, grundloses Glück. Es war wie ein Ruf, wie eine sanfte Erinnerung, die ihm gleichzeitig vertraut und fremd war. Für ein paar Minuten spürte er ihr verwundert nach, bis ihn Fiona aus diesem Zustand herausriss.

»Wir sind gleich da«, informierte sie ihn. »Aufgeregt?«

Er nickte. »Ja, kann ich nicht leugnen.«

»No worries. Meine Eltern mögen beide Mats Hummels.«

Sie lächelte, war mit den Gedanken schon wieder woanders. Aber Jeff nahm stumm ihre Hand und drückte einen Kuss darauf. Er war ihr so dankbar – eine Regung, die sie nicht verstand.

Sein Herz machte einen Satz, als Fiona in eine lange, lange Allee einbog, die zu einem schmiedeeisernen Tor führte, das auf Knopfdruck geräuschlos aufschwang. Und danach waren es noch mal gefühlt hundert Meter, bis das Gebäude in Sicht kam.

Jeff bekam schweißnasse Hände. Das war kein Haus, das war ein futuristisches Gebilde aus dem All! Noch nie im Leben hatte er so ein Domizil gesehen, geschweige denn betreten! Erbaut von einem Stararchitekten, eingerichtet von einem internationalen Designer und umgeben von einem Garten, der von einem preisgekrönten Landschaftsarchitekten gestaltet worden war.

Sein Adrenalinspiegel hätte vor einem Fallschirmsprung nicht höher sein können und er hatte immense Bedenken, in irgendwelche Fettnäpfchen zu treten. Aber er schlug sich von Beginn an äußerst respektabel, war höflich und eher zurückhaltend. Er merkte an den Blicken, die Fionas Eltern miteinander tauschten, dass er auf dem besten Weg war, den Einführungstest zu bestehen.

»Was machen denn Ihre Eltern beruflich?«, wollte Fionas Vater schließlich wissen.

Jeff war auf die Frage vorbereitet: »Mein Vater arbeitet im Transportwesen und meine Mutter führt eine Firma für Reinigungskräfte. Natürlich kein Vergleich mit dem, was Sie aufgebaut haben«, antwortete er.

»Sehr interessant«, sagte Fionas Vater. Ihm gefiel, dass Jeff ehrlich war. Vor allem gefiel ihm, dass Jeff ihn bewunderte. Seiner Frau gefiel, dass Jeff so höflich war und ein so schönes Lächeln hatte, und von ihrer Tochter wussten sie, dass er extrem ehrgeizig war. Und so verbrachte Jeff mit Fionas Familie ein wunderschönes verlängertes Wochenende, das ihm die Welt offenbarte, in der er leben wollte. Er golfte zum ersten Mal in seinem Leben, ging mit ihnen in die Oper, wofür er sich einen Smoking leihen musste, der Fiona so aufgeilte, dass sie Jeff schon fast auf der Rückfahrt vernaschte. Tags darauf fiel ihr ein, in ihr Wochenendhaus nach Salò zu fahren, weil es im Ort ein Restaurant gab, in dem sie am Abend essen wollte. Also flogen sie mit dem Hubschrauber zum Gardasee, streunten tagsüber durch die lauschige Altstadt und flogen am nächsten Tag zurück. Jeff fühlte sich wie im Traum und wusste eines: Er würde arbeiten bis zum Umfallen, damit sein Start-up Erfolg hatte, um Fiona das Leben zu bieten, das sie gewohnt war. Und wer weiß … vielleicht konnte er sogar ihren Vater für die Sache gewinnen?

Das Studium näherte sich dem Ende. Jeff lernte wie besessen und hatte weniger Zeit für seine Freundin. Neben dem Studium musste er arbeiten, er führte die GmbH – er stand unter Dauerstrom. Fiona hielt das gerade mal vier Wochen aus, dann sah sie sich anderweitig um.

Die Nachricht, dass sie einen anderen hatte, erreichte ihn in der Prüfungsphase. Ein Studienfreund schickte ihm ein unmissverständliches Foto. Jeff fiel im Sturzflug in die Tiefe. Völlig außer sich stellte er Fiona zur Rede, aber sie sah ihn nur verständnislos an. Sie hatte es noch nicht mal für nötig befunden, Schluss zu machen. Sie hatte einen anderen. Hatte er doch mitbekommen. Ja, und? Alles ganz normal! Worüber regte er sich eigentlich auf?

»Überhaupt«, erklärte sie, weil er es nicht kapieren wollte und einfach nicht ging. »Mein Vater hat sich erkundigt. Wegen deiner Eltern. Er hat dich nämlich wirklich gemocht.«

»Wie … was heißt das, er hat sich erkundigt?«, fragte Jeff heiser. Er war ohnehin mit den Nerven am Ende, aber dieser Satz ließ einen Schwall böser Ahnungen in ihm hochschwappen.

»Na ja, die Sache mit dem Transportunternehmen«, erwiderte sie gleichgültig. »Die Reinigungsfirma. Muss ich noch mehr sagen?«

Sie lachte zwar hämisch, war ihm aber irgendwie nicht böse. Es war, als würde sie sagen: »Netter Versuch, Honey, hat halt nicht gereicht.«

Und das war's. Sie wandte sich ab und tauchte wieder ein in ihre Welt. Sie hatte ihn genauso schnell vergessen, wie sie in der ersten Nacht im Bett gelandet waren.

Jeff hingegen bekam kaum noch Luft. Der Schmerz wütete wie verrückt in ihm. Er hatte noch nicht mal Zeit, um zu trauern.

Die Prüfungen standen an. Es kostete ihn unmenschliche Anstrengung, sich darauf zu konzentrieren.

Doch danach stürzte er in eine Phase tiefster Verzweiflung. Und inmitten dieses privaten Totalabsturzes eröffneten ihm seine zwei Geschäftspartner, Oscar und Leo, aus der GmbH aussteigen zu wollen.

Jeff fühlte sich wie vom Panzer überfahren. Er redete mit Engelszungen, sie sollten wenigstens ihre Einlage stehen lassen, aber dann fand er durch Zufall heraus, was wirklich gelaufen war. Er hatte die Idee salonfähig gemacht, aber Oscar und Leo hatten die passenden Kontakte, fanden einen finanzträchtigen Sponsor und machten nun mit seinem Konzept ihr eigenes Ding. Ehe sichs Jeff versah, war die GmbH aufgelöst und alle Träume verpufft. Er konnte es nicht fassen. Ihm blieben nur noch Sebastian und die IT-Sache. Verzweifelt rief er ihn an. Sebastian hatte längst schon einen festen Job und programmierte nur noch nebenbei für das Start-up, versicherte Jeff aber mehrmals, die Sache einzig und allein mit ihm durchzuziehen. Er würde sich melden, wenn er so weit wäre.

In Jeff drehte sich alles. Sein Traum war zerstört, bevor er ihn überhaupt ansatzweise hatte leben können. Statt eine aufstrebende Firma zu leiten, hatte er nun zehn Riesen Miese auf dem Konto – und das BAföG musste er ja auch noch zurückzahlen.

*Wer hoch hinaus will, fällt tief*, tönte es in seinem Kopf. *Man muss wissen, wo sein Platz ist!*

Er spürte lediglich noch müden Trotz in sich – aber immerhin Trotz. Nach ein paar Wochen rappelte er sich wieder auf. Er musste sich um seine Zukunft kümmern, musste einen Job finden. Er bewarb sich, aber sein Enthusiasmus war deutlich gebremst.

In dieser Phase lernte er Juliane kennen. Sie war Erzieherin, hatte ein süßes Gesicht und ein ehrliches Lachen. Sie war lieb, hörte sich seine Geschichte an und baute ihn wieder auf. Er erzählte ihr, wovon er träumte, welches Leben er sich vorstellte, und Juliane bekam glänzende Augen.

»Das kannst du doch alles immer noch erreichen«, meinte sie. »Ist halt beim ersten Mal blöd gelaufen. Verbuch es einfach unter Erfahrung.«

Jeff war dankbar für ihre Worte und rechnete ihr hoch an, dass sie trotz seines Tiefs zu ihm stand. Sie war das genaue Gegenteil zur fordernden Fiona, liebte es eher gemütlich und brauchte ihren geregelten Tag. Jeff, sensibel wie er war, merkte schnell, dass das Schlimmste für sie war, wenn man ihre Gewohnheiten durcheinanderbrachte. Aber ihr machte es nichts aus, dass sie sich wegen seiner Schulden nicht viel leisten konnten, und Jeff tat es schlicht gut, nicht ständig getrieben zu werden. Obwohl er das als wenig förderlich für seinen CV erachtete, nahm er auf ihr Drängen hin eine Stelle in einem kleineren Unternehmen an, lebte sparsam, zahlte seine Kredite ab, begann wieder freier zu atmen. Immer öfter grub er seine alten Träume aus … Da war immer noch Sebastian, der an seinen Programmen bastelte … Jeff schöpfte wieder Hoffnung.

Nur eines tat er nie mehr: über seine Herkunft reden. Nie wieder wollte er danach beurteilt werden, was und wer seine Eltern waren. Juliane erzählte er, sie seien nur an ihrem eigenen Leben interessiert, er hätte keine Verbindung zu ihnen und wolle auch keine. Sie bohrte nicht nach.

Aber sie hörte interessiert zu, wenn er von seinen Start-ups sprach, von einer gemeinsamen Zukunft im eigenen Haus, und machte kein Hehl daraus, sie mit ihm verbringen zu wollen.

Jeff wirkte auf Frauen. Durch sein Training war er muskulös, hatte eine ruhige, sympathische Art, ein entwaffnendes Lächeln und diese schönen blauen Augen. Zudem war ihm dieses Ritterhafte zu eigen, das jede Frau schwach machte. Stets öffnete er seiner Freundin die Türen, half ihr in den Mantel und brachte immer mal Blumen mit. Er war sanft, kuschelte gern und hatte durch seine Episode mit Fiona göttliche Erfahrung im Bett. Die konnte er allerdings mit Juliane nicht zur Entfaltung bringen, sie war wenig experimentierfreudig. Aber damit konnte er leben. Er wusste sie zu nehmen, wenn sie überreizt von der Arbeit nach Hause kam, übernahm oft das Kochen und Einkaufen – es klappte gut zwischen ihnen. Juliane wollte Kinder – und sie wollte, dass Jeff wahr machte, wovon er immer erzählte.

Die Familienpläne motivierten Jeff auf gehaltvollere Weise. Doch kaum hatte Juliane die Pille abgesetzt, als ihm sein Chef Knall auf Fall eröffnete, Insolvenz anmelden zu müssen. Jeff war wie vor den Kopf gestoßen.

Bei Juliane hingegen löste diese Nachricht regelrecht Panik aus. Er hatte alle Hände voll zu tun, ihr die Existenzangst zu nehmen … er könne doch nichts dafür … er würde etwas Besseres finden!

Mutig bewarb er sich bei größeren Unternehmen, aber die Tatsache, in einer kleinen Klitsche gearbeitet zu haben, machte keinen Eindruck. Juliane kniff bei jeder Absage auf eine Art die Lippen zusammen, die aussagte: »Ich hab's ja gewusst! Das wird nichts!«

Sie ließ ihn nicht mehr ran, wurde kratzbürstig und schlecht gelaunt. Jeff hielt die Wohnung sauber, ging einkaufen, kochte das Abendessen, aber Juliane schien der Anblick eines Mannes, der nicht zur Arbeit ging, schlicht zur Weißglut zu treiben. Immer öfter bekam sie Wutanfälle und schrie dabei das ganze Haus zusammen, was Jeff unerträglich fand. Er musste dem ein Ende setzen!

Wieder rief er Sebastian an – wieder vertröstete der ihn.

»Ich melde mich, wenn was ist«, versprach er. Aber er meldete sich nie.

Schließlich nahm Jeff entnervt einen Außendienstjob bei einer Versicherung an, obwohl er wusste, dass er kein Verkäufertyp war. Er tat das nur, um die Juliane wiederzubekommen, die er kennengelernt hatte. Er wollte sie glücklich sehen. Er wollte an das Leben glauben, das sie sich gemeinsam ausgemalt hatten.

Überraschenderweise lief es zu Beginn gar nicht mal so schlecht. Er bekam ein Dienstauto, ein respektables Festgehalt plus eine gute Einarbeitung – dafür wurde verständlicherweise Umsatz verlangt.

Juliane atmete sichtlich auf und war schlagartig wieder freundlich zu ihm. Sie schien ihr ungnädiges Gemurre zu bereuen und machte es mit ein paar Extrarationen Sex wieder wett. Entsprechend motiviert konnte Jeff einige Erfolge verbuchen. Er kassierte in den ersten Monaten zusätzlich zum Fixgehalt eine ansehnliche Provisionsprämie. Als die Summe, die höher war, als Juliane erwartet hatte, auf ihr gemeinsames Konto floss, machte sie große Augen. Aber Jeff, Gentleman, der er war und ehrlich in sie verliebt, hatte noch mehr Überraschungen parat. Zur Feier des Tages lud er sie in ein gehobenes Restaurant ein, warf sich in einen Anzug, kaufte rote Rosen und bescherte ihr einen wunderbaren Abend.

Juliane war überglücklich, sprudelte beim Essen nur so, genoss den Champagner, war ziemlich schnell betrunken, erkundigte sich nach Karrierechancen und Verdienstmöglichkeiten, redete plötzlich wieder wie selbstverständlich von einer gemeinsamen Zukunft und schenkte ihm obendrein eine zügellose Nacht.

Doch so schön der Abend auch war und so erfüllend der Sex – etwas daran war unrund und hielt Jeff wach.

Dieser Tag hatte ihn sensibilisiert. Juliane las mit Vorliebe Milliardärsschnulzen mit scharfen Sixpack-Typen auf dem Cover. War das ihre Vorstellung von ihm?

Energisch schob er diese Überlegungen zur Seite, froh, der unerträglichen Spannung während seiner kurzen Arbeitslosigkeit entkommen zu sein, aber bereits nach zwei Monaten hasste er den neuen Job aus tiefstem Herzen. Er bewarb sich heimlich.

Bekam Zusagen. Jeff versuchte, Juliane zu einem Umzug zu überreden – aber sie weigerte sich und er schlug deswegen ein paar richtig gute Jobangebote aus. Die Monate verstrichen. Er biss die Zähne zusammen, aber es lief nicht wirklich und sein Chef riet ihm dringend, wieder in die Gänge zu kommen, da das anfangs gezahlte Fixgehalt ein Vorschuss gewesen wäre, der mit nachfolgenden Provisionen verrechnet werden sollte. Da er aber gerade keine verdiente, hätte sich nun ein Defizit angehäuft. Jeff fiel aus allen Wolken.

»Ein Defizit?«, krächzte er entgeistert. »Was soll das heißen?«

»Das heißt, dass wir Ihnen mehr Vorschuss gezahlt haben, als Sie im Moment verdienen. Das heißt: Wir bekommen von Ihnen Geld.«

»*Sie* bekommen von *mir* …?«

Jeff konnte es nicht glauben. Nach zweieinhalb Jahren war nicht nur diese Karriere zu Ende, auch sein Konto war nach Begleichung des Defizits wieder im Minus.

Juliane war außer sich, als er es ihr mitteilte. Und wieder trug sie diesen verkniffenen, sorgenvollen Ausdruck im Gesicht, den er von seiner Mutter so gut kannte. Wieder gab es keine Zärtlichkeiten mehr. Wieder hing er zu Hause herum, fassungslos, wie das Leben spielte. Er fühlte sich komplett verarscht.

Doch diesmal war etwas in ihm zerbrochen. Mühsam versuchte er, seine Resignation vor Juliane zu verbergen, aber mit jeder Absage, die in sein Postfach trudelte, fiel er ein Stückchen tiefer. Mutlosigkeit hatte sich tief in seine Seele gefressen.

An dieser Stelle mit seinen Gedanken angekommen, sah Jeff auf die Uhr. Es war drei Uhr nachmittags und er entschied sich: Okay, diesen Tag würde er noch relaxen und morgen würde er wieder richtig loslegen.

Er holte sich die letzte Fertigpizza aus dem Gefrierfach, aktivierte die Playstation und zockte drauflos.

Eigentlich hatte er den Wecker gestellt, um aufzuräumen, bevor Juliane nach Hause kam. Aber das Spiel war gerade so verdammt spannend! Es forderte seine ganze Konzentration, lenkte ihn völlig vom unliebsamen Alltag ab. Erst als die Tür laut ins Schloss fiel, merkte er, dass er es verpasst hatte.

Hektisch schaltete er den Fernseher aus, schnappte sich seinen Rechner und tat so, als studiere er Stellenanzeigen. Sein Herz klopfte heftig und er verachtete sich selbst dafür. Das Wichtigste war jetzt: Er musste Juliane beruhigen. Irgendwie! Und morgen würde er sich endgültig auf die Hinterfüße stellen. Ganz sicher!

# ♫ Radio Ga Ga ♫

## Queen

»Nee, Leute, das läuft nicht. Nur über meine Leiche! Das ist ja noch haarsträubender als das erste Konzept!«

Die Worte schossen so aggressiv aus dem Mund des Programmleiters, dass alle erschrocken die Stifte sinken ließen und ihn anstarrten.

»Ach du lieber Himmel«, sagte Charlene. Sie war kurz nach Frederics Besuch in Fairlight ebenfalls nach Deutschland zurückgekehrt. »So weit wollen wir ja keinen treiben.« Ihr Blick ging zu Fred. »Dann lassen wir es einfach.«

»Nein, warten Sie«, hakte Frederic ein. »Das Format hat eine Chance verdient!«

Die meisten im Raum waren schlicht froh, jemanden für diese undankbare Nachtschicht gefunden zu haben. Noch dazu jemanden, der seine eigenen Playlists zusammenstellte. So wie die Frau aussah, würde sie nicht unbedingt Heavy Metal spielen – und wenn sie noch ein paar Texte zu ihrer schnulzigen Musik absondern wollte – nur zu! War eh nur ein Übergang, bis man was Besseres fand.

Aber Dörfler, der Programmleiter, stemmte sich mit voller Macht dagegen.

»Ich sehe das kritisch!«, rief er. »Äußerst kritisch! Wir setzen das Image des Senders aufs Spiel. Das können wir uns nicht leisten!«

»Oder wir gewinnen Fans dazu«, meinte der Eventmanager. »Das Ding hat was.«

»Die Idee ist absurd!«, bellte Dörfler, aber er schaute zu Fred und mied Charlenes Blick.

»Sie ist ungewöhnlich, aber nicht absurd. Und es gibt nichts Vergleichbares«, erklärte Frederic. »Wir wären die Ersten, die so etwas wagen.«

»Das ist doch ein Argument!«, tastete sich Charlene vor. »Mit diesem Konzept hätten Sie die Chance auf ein neues Publikum.«

»Diese Art von Publikum wollen wir ganz bestimmt nicht«, giftete Dörfler und musterte Charlene argwöhnisch. Sie hatte sich bewusst geschäftsmäßig angezogen und trug einen dunkelblauen Anzug mit weißer Bluse.

»Es wäre viel einfacher, eine Sendung aufzuzeichnen und abzuspielen«, setzte er hinzu. »Wenn jemand Spirituelles hören will, soll er in die Kirche!«

»Diesen Anstrich soll es ja nicht bekommen«, entgegnete Charlene freundlich. »Es geht eher um interessante Fakten aus der Wissenschaft, verflochten mit alten Weisheiten … so ähnlich, wie das der Dalai-Lama macht. Der verbindet auch diese beiden Bereiche – und das boomt.«

»Hört sich doch gut an«, warf Frederic ein. »Das interessiert die Leute!«

»Klar, vor allem die Schichtarbeiter und Trucker, die zu dieser Stunde die Einzigen sind, die eventuell zuhören«, biss Dörfler zurück.

»Eine aufgezeichnete Sendung wird Ihre Trucker auch nicht freuen! Die wollen die aktuellsten Verkehrsnachrichten hören – oder wir müssen schon früher abschalten.«

»… was die bessere Alternative wäre«, knurrte Dörfler. »Wenn nix läuft, kann man nix kaputt machen.«

»Sehe ich anders«, meldete sich ein anderer. »Wenn nix läuft, schalten die uns gar nicht mehr ein. Die Sendung mit diesem Pfarrer Fliege, die kam hervorragend an – das war doch auch religiös.«

»Das war wenigstens ein echter Pfarrer!«, konterte Dörfler.

»Mal eine andere Frage«, mischte sich Charlene in das Wortgefecht. »Wie kann man überhaupt den Erfolg einer Sendung messen? Gibt es wie beim TV Einschaltquoten?«

»Nein«, erwiderte der Technikleiter. »Wir können das lediglich an den Beiträgen auf unserer Internetseite ersehen oder wenn vermehrt auf das Webradio zugegriffen wird. Steigt da der Traffic, ist das ein Zeichen.«

»Wie wäre es, wenn wir die Sendung einstampfen, sobald die ersten negativen Kommentare kommen?«, schlug Charlene vor.

»Hervorragende Strategie! Wenn das Kind in den Brunnen gefallen ist?«, schnappte Dörfler und starrte sie so feindselig an, dass Charlene die Sache innerlich begrub. »Es wäre etwas anderes, wenn Sie unter Ihrem richtigen Namen senden«, forderte er. »Tragen Sie das Risiko mit! So sind Sie ja fein raus! Wenn das Ding den Bach runtergeht, haben allein wir den Imageschaden!«

»Nein, auf keinen Fall«, sträubte sich Charlene. »Mein Klarname ist tabu.«

»Gerade das Pseudonym macht es doch spannend«, setzte Griesig, der für die Internetredaktion zuständig war, Dörfler entgegen. »Wenn niemand weiß, wer sich dahinter verbirgt, erhöht das den Reiz!«

»Meine Herren, alles, was recht ist«, stoppte Charlene diese Überlegung. »Wo führt das denn hin? Es geht doch darum, eine Sendung mit niveauvollem Inhalt zu fahren.«

Sie fühlte sich unbehaglich, wollte aber wegen Fred nicht gleich die Brocken hinschmeißen und fügte hinzu: »Herr Dubois hat da eine tolle Idee konzipiert. Da das Format sowieso nur ein halbes Jahr läuft, wäre es zumindest einen Versuch wert.«

»Exakt«, stimmte Amann, der Eventmanager, zu, dem die Sache schlussendlich oblag. »Und daher machen wir das.«

»Was?«, schrie Dörfler. »Das entscheiden Sie jetzt einfach so?«

»Das entscheide ich jetzt einfach so«, wiederholte Amann ruhig. »Wir müssen mal neue Wege beschreiten, Leute, und nicht ewig bloß am Alten festhalten! Und wenn wir noch nicht mal mehr den Mut haben, etwas auszuprobieren, sollten wir uns schämen. In vier Wochen gehen Sie das erste Mal auf Sendung, Frau Wittstein.«

Der Blick, den Dörfler Charlene zuwarf, machte ihr unmissverständlich klar, dass sie in diesen Reihen einen Feind hatte. Er gab ihr noch nicht einmal die Hand zum Abschied – eine Geste, die den Kampfgeist in ihr weckte.

*Na warte, du Giftzwerg*, dachte sie und ein Funkeln erglomm in ihren Augen. *Dir zeig ich's!*

»Oh, oh«, grinste Frederic, als sie zum Wagen liefen und er ihren kämpferischen Gesichtsausdruck bemerkte. »Da kommt ja noch was auf uns zu! Armer Herr Dörfler!«

»Aber, Fred«, entrüstete sie sich. »Du solltest eher Angst um mich haben, nicht um Dörfler! Der hat mich ja geradezu gefressen!«

Fred lachte. »Um dich habe ich echt keine Angst, Charly.«

»Oh, danke! Aber nach dieser Besprechung bin ich nicht mehr sicher, ob du noch immer etwas bei mir guthast«, schnaubte sie angestachelt. Sie waren an ihrem Wagen angekommen. »Von wegen Gefallen und so!«

Fred wandte sich ihr zu. Seine Augen brannten und Charlene wich leicht zurück.

»Dann muss ich wohl einen anderen Grund finden«, entgegnete er.

»Hey, Fred, sei nicht so ernst«, flachste sie, aber ihr Lächeln schwand, als sie ihm in die Augen sah.

»Vielleicht ist es mir einfach *zu* ernst damit«, antwortete er und trat einen Schritt auf sie zu. Charlene stand bereits mit dem Rücken am Auto und konnte nicht ausweichen. Frederic stützte seine Arme rechts und links am Wagen ab, langsam, als wolle er ihr Zeit geben zu flüchten, aber Charlene regte sich nicht und verharrte bewegungslos zwischen seinen Armen. Frederic kam noch näher. Sein Duft erreichte sie, seine sinnliche Ausstrahlung … und Charlene konnte nicht anders: Sie schloss die Augen und genoss seine erotische Präsenz.

»Du weckst Wünsche, Frederic«, murmelte sie.

»Das ist gut«, hauchte er an ihr Ohr. »Dann haben wir etwas gemeinsam.«

Leicht strich seine Wange über die ihre, sein Atem hinterließ eine heiße Stelle an ihrem Hals. Oh, er war so sanft und gleichzeitig so herrlich männlich! Sie verstand sich mit ihm … er brachte alle Voraussetzungen mit, die ihr wichtig waren … Wie würde es sein, neben ihm aufzuwachen? Sie schlug die Augen auf. Fred stierte auf ihre Brust, hob seinen Blick zu ihr und sie las darin, was er alles mit ihr machen würde, wenn sie jetzt nachgab. In einer spontanen Regung fasste sie ihn am Arm und befreite sich aus ihrer Zwangslage.

»Fred«, sagte sie und lächelte unsicher. »Ich muss gehen.«

Er trat einen Schritt zurück. Der Ausdruck in seinem Gesicht war undefinierbar und Charlene vergrößerte den Abstand zwischen ihnen.

»Wir … wir sehen uns, okay?«

Er räusperte sich.

»Ja, okay. Bis bald, Charlene. Und danke, dass du die Sendung machst.«

»Keine Ursache. Ich hoffe, ich blamiere dich nicht.«

Nachdenklich sah sie ihm zu, wie er ins Auto stieg und davonfuhr. In all den langen Jahren, die sie sich nun schon kannten, war ihr Fred nie auch nur einen Schritt zu nahe getreten. Klar, das hatte sich von selbst verboten – er war der beste Freund von Bernie gewesen. Er war auch einer ihrer besten Freunde. Aber sie hatte sehr wohl seine Blicke gespürt. Sie fand ihn unglaublich sexy und charmant. Seine pure Gegenwart war erregend. Er gab jeder Frau das Gefühl, etwas Besonderes zu sein – für eine Nacht. Und genau das war es, was sie abhielt. Sie mochte nicht eine von vielen sein. Für Bernie hatte es nur sie gegeben – und umgekehrt. Trotzdem … in ihr kribbelte und vibrierte es gerade so herrlich! Fred schien es ernst zu meinen … Wenn er jetzt noch hier wäre … jetzt einen Mann im Bett zu haben … sich wieder körperlich zu spüren … o ja, Fred hatte Wünsche geweckt … Verlangen – und Neugier. Wie mochte der Sex mit ihm sein?

Energisch schob sie diese Gedanken weg und dachte an die Sendung. Und kaum saß sie in ihrem Wagen, schickte sie eine Gruppennachricht an ihre Freunde: »Mädels (und Georgie!) – es gibt Neuigkeiten! Wir feiern nicht nur, wir haben auch etwas zu besprechen. Ich brauche eure Hilfe!«

# ♫ Fail For You ♫

## Luke Sital Singh

Juliane war noch im Flur.

Hektisch schob Jeff einige Unterlagen auf dem Couchtisch zu einem Haufen zusammen, bemüht, beschäftigt auszusehen.

Zu seiner Erleichterung schien sie sich tatsächlich beruhigt zu haben – weder hatte sie ihre Tasche in die Ecke gefeuert, noch die Haustür zugeknallt. Jeff hoffte auf eine Chance zu reden, ohne zu wissen, worüber. Nervös rief er ein Jobcenterportal auf, stellte den Rechner so auf den Tisch, dass seine Freundin den Monitor sehen würde, wenn sie hereinkam. Aber Juliane kam nicht herein. Was machte sie denn? Sollte er aufstehen? Ihr entgegengehen? Schuldbewusst fiel ihm ein, dass er aufräumen und sauber machen gewollt hatte. Dass er genug Zeit gehabt hätte, ein Abendessen zu kochen. Auf einmal sah er sich mit ihren Augen – träge auf der Couch, in einer unaufgeräumten Wohnung, müde vom Nichtstun, während sie erschöpft von der Arbeit kam – mit der Aussicht, die Ordnung, die sie zum Entspannen brauchte, selbst schaffen zu müssen.

Er fühlte sich unendlich mies und schämte sich so fürchterlich, dass er am liebsten die Uhr zurückgedreht hätte. Er liebte sie doch! Sie hatten so viele schöne Stunden miteinander verbracht. Er musste das irgendwie wieder geradebiegen … Verdammt, wie lange wollte sie noch in dieser Scheißdiele bleiben? Nervös aktivierte er zum dritten Mal den Bildschirm, hörte, wie sie – jetzt erst? – bedächtig, fast behutsam ihre Tasche abstellte. Das beunruhigte ihn mehr als alles andere. Nun zog sie ihre Jacke aus. Hängte sie an den Haken. Herrgott, das lief ja in Zeitlupe ab!

Endlich trat sie ins Zimmer. Ihre Blicke trafen sich kurz, dann wandte sich der ihre ab, schweifte wortlos durch den kleinen Raum, erfasste die Unordnung, den Staub auf den Möbeln, die Krümel auf dem Boden, ein Stück Paprikaschote, das von der Pizza gefallen war. Auch Jeff starrte auf das Stückchen Gemüse, als sei es eine Bombe. Ihre Blicke trafen sich erneut.

Er räusperte sich: »Juliane, ich …«

Abwehrend schnellte ihre Hand hoch und brachte ihn zum Verstummen.

»Du hast eine Stunde Zeit, um deine Sachen zu packen und zu verschwinden«, sagte sie kalt. »Es ist aus zwischen uns. Unwiderruflich.«

»Juliane!«, stieß er hervor. Sein Herz sank in die Tiefsee. »Das kann nicht dein Ernst sein! Was sagst du denn da?«

»Du hast es gehört. Ich mache Schluss. Ich will nicht mehr. Pack deine Sachen und geh!«

»Sag mal, spinnst du? So Knall auf Fall?«

In Jeff kam Panik auf und er fühlte, wie sein Leben nun komplett zusammenbrach.

»Knall auf Fall ist Definitionssache«, gab sie kühl zurück. »Wie lange hängst du hier schon untätig rum? Monate! Wie oft habe ich dir gesagt, dass ich das nicht mehr mitmache? Unzählige Male! Und was ist passiert? Nichts. Weniger als nichts!«

»Aber dass ich noch keinen Job habe, ist doch nicht meine Schuld!«, wehrte er sich halbherzig.

»Sehe ich anders«, gab Juliane zurück. »Es *ist* deine Schuld!«

»Okay, Juliane, mag ja sein, aber sei doch vernünftig ... lass uns ... lass uns in Ruhe am Wochenende drüber reden! Mach es nicht so schnell ... nicht so abrupt! Das hat unsere Beziehung nicht verdient.«

Jeff hielt inne. Mein Gott, bettelte er? Ein fetter Kloß steckte in seinem Hals.

»Nein. Du gehst. *Jetzt*, verstehst du? Weil du nämlich sonst nie gehst!«

Jeff brach der Schweiß aus, als ihm bewusst wurde, was das bedeutete. Das konnte sie doch nicht bringen!

»Gib mir wenigstens Zeit, mich um eine Unterkunft zu kümmern! Ich meine, wo soll ich denn hin?«

»Ist mir schnurzpiepegal!«

Mit ruhiger Hand stellte Juliane den Timer ihres Smartphones auf sechzig Minuten und legte das Gerät auf den Tisch.

»Wenn die Zeit abgelaufen ist und du immer noch hier bist, rufe ich die Polizei«, erklärte sie eisig. Damit drehte sie sich um, stapfte in die Küche und begann wortlos, das von ihm verursachte Chaos zu beseitigen. Die Botschaft war klar: Sie löschte seine Spuren.

Jeff schluckte. Juliane drohte nicht blind. Sie hatte von jeher radikal reagiert, ohne jede Rücksicht auf Verluste. Panik bemächtigte sich seiner, Trotz mischte sich dazwischen ... Sie konnte ihn doch nicht einfach so rauswerfen! Aber der Mietvertrag lief auf ihren Namen, sie waren nicht verheiratet und überhaupt: Auf eine rechtliche Diskussion mit der Polizei hatte er weiß Gott keine Lust. Er hatte auch keine Lust auf eine Diskussion mit Juliane. Auf einmal fühlte er sich unendlich müde.

Ohne ein weiteres Wort nahm er den Koffer vom Schrank und fing an zu packen. Stück für Stück verschwanden die

Hinweise seiner Existenz aus der gemeinsamen Wohnung. Stück für Stück wurde er heimatlos.

Nach fünfundfünfzig Minuten hatte er seine Habseligkeiten gepackt. Ein Lebensabschnitt war beendet. Sein Kopf drehte sich. Es ging zu schnell. Seine Seele kam nicht mit und sein Herz tat höllisch weh.

Verwundet streifte sein Blick durch die Wohnung, über den Tisch, an dem sie so oft gesessen waren … die Möbel, die sie zusammen gekauft hatten. Dumpf drang Julianes Stimme an sein Ohr: »Das regeln wir noch …« Seine Augen blieben an einer Tasse mit der Aufschrift »Be my Champion« hängen, die sie ihm mal geschenkt hatte. *Be my Champion.* Was für ein Hohn. Er hatte es nicht geschafft. Er war kläglich gescheitert.

Sie nahm die Tasse vom Bord.

»Die nimm mit, *Champ*«, zischte sie. »Ich war so blöd, dass ich auf all deine Märchen reingefallen bin!«

Diese Worte gaben ihm den Rest. Sie wollte ihm die Tasse in die Hand drücken, aber er griff nicht zu. Sie fiel zu Boden und zerbrach. Sinnbild seines Lebens.

Eine Minute später stand er auf der Straße, einen Rollkoffer und eine Reisetasche neben sich, und konnte es nicht fassen.

Er war zweiunddreißig Jahre alt – und praktisch obdachlos.

♫ ♫ ♫

Der Frühling stand bevor, doch davon war nichts zu spüren. Im Februar hatte es zu schneien begonnen und nun, Anfang März, lag immer noch zu grau-schwarzen Klumpen verdreckter Schnee auf der Straße. Jeff hatte keinen Plan, war erst mal die Straße hinuntergelaufen, raus aus dem Viertel, und da er fror und nicht wusste, wohin, im Bahnhofsgebäude gestrandet. Inzwischen war es 19.30 Uhr. Das kleine Café hatte längst geschlossen, die Stühle standen angekettet an der Wand. Ein

Penner schlurfte durch die Halle, darauf wartend, dass die Aufsicht verschwand und er sich irgendwohin hinlegen konnte.

Jeff wurde es mulmig zumute. War das auch sein Schicksal? Was passierte da gerade mit ihm? Warum passierte es? Er hatte es doch ganz anders gewollt! Sein Kopf war leer, als weigere er sich, über all das nachzudenken, kreiste nur um eine Möglichkeit, die Nacht nicht draußen verbringen zu müssen. Aber er hatte erst gestern alle seine Kumpels durchtelefoniert, er konnte das vierundzwanzig Stunden später nicht schon wieder bringen! Schon gar nicht mit Koffer. Seine Kreditkarte war so gut wie am Limit, sein Konto ebenso – Hotel war nicht drin.

Nervös prüfte er den Akku seines Handys. Dreißig Prozent. Der Inhalt seiner Geldbörse betrug vierzig Euro und ein paar Münzen.

Seine Eltern kamen ihm in den Sinn. Bis auf ein paar Kurzbesuche und nichtssagende WhatsApp-Nachrichten hie und da hatten sie in den letzten Jahren kaum Kontakt gehabt. Sie lebten am anderen Ende Deutschlands, aber nirgendwo zog es ihn weniger hin als in dieses Kaff, dessen Bewohner ihm von klein auf das Scheitern seines Lebens prophezeit hatten. Trotzdem googelte er, was eine Zugfahrt kosten würde, und war erleichtert – okay, das konnte er vergessen. Über achtzig Euro, die hatte er nicht. Doch neben den Zugdetails poppte Werbung für den Flixbus hoch – für siebenundzwanzig Euro konnte er an seinen Geburtsort fahren.

Unentschlossen steckte er das Handy wieder weg. Holte es wieder vor. Tippte die Verbindung erneut ein. Noch zwei Plätze frei. Er überlegte. Er hatte weitere Freunde, aber die saßen in anderen Städten … letztendlich wäre das ohnehin nur ein Zeitaufschub, denn morgen stünde er vor dem gleichen Problem: Was um Gottes willen sollte er mit seinem Leben anfangen?

In einer plötzlichen Gefühlsregung buchte er den Bus, verschanzte sich zwischen den angeketteten Stühlen und verbrachte zum ersten Mal in seinem Leben die Nacht in einem kalten Bahnhofsgebäude, zusammen mit einem Penner, der auf dem dreckigen Steinboden hemmungslos furzte und laut schnarchend seinen Suff ausschlief.

Jeff hoffte, dass dies kein Omen war. Er fühlte sich hundeelend.

# ♫ Movement ♫

## Hozier – Wasteland!

Ausgelassen tanzte Charlene in ihrem mit Pailletten bestickten Cocktailkleid und einem Glas Sekt in der Hand zur Tür, an der es gerade geläutet hatte.

»Hey, Johanna!«, rief sie und umarmte sie stürmisch. »Bist wie immer die Letzte!«

»Tut mir so leid, Schätzchen, aber ich hab das ganze Make-up noch mal abmachen müssen – das hat ja nach gar nichts ausgesehen!«

Charlene lachte. »Du und nach gar nichts aussehen? Geht doch gar nicht. Du siehst toll aus. Wie immer!«

»Du aber auch, Kleines«, erwiderte Johanna mit tiefer Stimme und ging ein wenig in die Knie. Sie war ohnehin größer als Charlene, aber die High Heels, in die sie ihre Männerfüße gezwängt hatte, machten sie zur Riesin. Innig drückte sie Charlene an sich.

»Oh, es ist so schön, dich wiederzusehen! Du hast mir so gefehlt.«

»Du mir auch, Johanna«, sagte Charlene warm. »Aber jetzt komm erst mal rein – die anderen warten schon auf dich.«

Johanna legte ihren Mantel ab und stöckelte mit Charlene ins Wohnzimmer, wo sie mit großem Hallo und ein paar spöttischen Bemerkungen über ihr Zuspätkommen empfangen wurde.

Charlene drückte ihr ein Glas in die Hand.

»Okay, Leute!«, trällerte sie beschwingt. »Dann lasst uns auf unsere Wiedervereinigung anstoßen!«

»Yeah!«, schrie Georgie. »Charlene is back! Wir sind endlich wieder komplett! Und bereit für jede Schandtat!«

»Das nehme ich wörtlich«, lachte Charlene. »Auf unsere Mädelstruppe!«

»Ja, dringt denn das endlich mal durch – ich bin immer noch männlich!«, nölte Georgie. »Und ich hoffe, ich bleibe nicht allein hier auf weiter Flur.«

»Georgie braucht den halbfranzösischen Hintern von Fred zur Unterstützung«, meckerte Sophie.

»Der kommt nicht. Vergiss den Hintern! Du bist heute unser Herzchen«, informierte ihn Charlene.

»Ihr wisst aber schon, dass die Herzform eher einem hochgereckten Hinterteil entspricht«, informierte Georgie die Truppe. »Zwei perfekt geformten Pobacken! Der Herzmuskel sieht ja wohl ganz anders aus! Also stellt euch eine nackte Frau im Vierfüßlerstand vor, die ihren Oberkörper nach unten …«

»Georgie!«, riefen alle wie aus einem Mund, und Hennie schimpfte: »Deinetwegen muss ich jetzt jedes Mal, wenn ich ein Herz sehe, an einen Hintern denken!«

Georgie lachte sich scheckig, »Aber ich habe recht, oder?«, feixte er. »Ich habe übrigens immer recht! Nur einmal dachte ich, ich hätte unrecht, aber da hatte ich mich ausnahmsweise mal getäuscht.«

Die anderen brachen in Lachen aus und wie stets tanzten sie stimmungsmäßig innerhalb von Minuten an der Decke. Charlene liebte ihre kleine Gruppe. Sie waren schon immer durch dick und dünn gegangen und sie konnte sich auf jeden zu hundert Prozent verlassen. In bester Laune aßen und tranken sie, während ihnen Charlene das digitale Fotoalbum ihrer Reisen präsentierte, das sie angefertigt hatte.

»O mein Gott, das ist so wundervoll!«, hauchte Henriette hingerissen, als sie die Farben eines gigantischen Sonnenuntergangs auf Neuseeland betrachtete. »Ich kann verstehen, dass du nicht so schnell wieder nach Hause wolltest.«

»Ich fasse es nicht«, nörgelte Georgie unterdessen. »Sonne, Mond und Sterne! Weit und breit kein Mann zu sehen! Wie hast du das nur ausgehalten, Schnäuzelchen? In der großen, weiten Welt gab es nicht den Ansatz eines Traummannes? Hat dich denn gar keiner angesprochen?«

»Doch, Georgie, etliche … aber es ist eben keiner wie Bernie. Und es wird auch keinen wie Bernie mehr geben. Also bleibe ich lieber allein.«

Ein vierstimmiges Protestgeschrei erhob sich. »Mensch, Charlene, das ist kompletter Blödsinn! Du hast doch Bedürfnisse! Du bist fünfundvierzig! Da beschließt man nicht, alleine zu bleiben!«

Charlene hielt sich die Ohren zu. »Oh, bitte!«, wehrte sie ab. »Hört auf! Ich will das nicht hören! Es gibt wahrlich Wichtigeres!«

»Nein!«, kreischte Sophie. »Da muss ich Georgie ausnahmsweise mal recht geben. Heißt das, du willst keinen Mann mehr? Das werden wir zu verhindern wissen!«

»Sophie, du kriegst einen Haarschnitt umsonst!«, johlte Georgie begeistert. »Das ist das erste Mal in fünfzehn Jahren, dass wir einer Meinung sind!«

»Also, Charlene«, monierte auch Henriette. »Das ist wirklich Quatsch, was du da sagst.«

»Hennie, du bist auch Single!«

»Schon, aber ich verschließe mich nicht für Neues.«

»Das tue ich auch nicht!«, erwiderte Charlene. »Apropos Neues! Stellt euch vor, ich bin ab nächste Woche Moderatorin einer Radiosendung!«

»Was? Wie? Wo?«, fragten alle aufgeregt durcheinander.

»Ist nichts Großes«, wiegelte Charlene ab. »Ein Minisender … bin auch bloß Lückenfüller, aber ich möchte trotzdem versuchen, ein paar Inhalte zu vermitteln.«

»Mäuschen«, wandte Johanna ein. »Ist das nicht etwas heikel angesichts deiner Position? Du als allseits bekannte Unternehmerin moderierst bei einem No-Name-Sender?«

»Ich mache es unter einem Pseudonym und der Sender hat keine große Reichweite«, erklärte Charlene. »Außerdem brauchte Fred meine Hilfe.«

»Ja, aber dank Internetradio kann mittlerweile jeder übers Netz jeden beliebigen Sender einschalten«, gab Georgie zu bedenken.

»Schon, aber das interessiert doch keinen! Die Wahrscheinlichkeit, dass unsere Geschäftskontakte ausgerechnet diese Sendung hören, geht gen null. Und selbst wenn, dann hat halt jemand eine ähnliche Stimme wie ich.«

»Und worüber willst du reden?«

»Über angesagte Frisuren!«, schlug Georgie eifrig vor.

»Und über angesagte Bistros namens ›Kuschelecke‹«, schob Henriette nach. »Mit dem besten Cappuccino der Welt! Wir könnten über Rezepte und Qualitätsunterschiede …«

»Hey, Leute, Werbung geht gar nicht. Für den Programmleiter bin ich ohnehin schon Feindbild Nummer eins. Der hat die Sendung bereits vor der ersten Ausstrahlung für tot erklärt.«

»Und wie können wir dir helfen?«, wollte Johanna wissen. Ungerechtigkeit konnte sie nicht ausstehen und innerlich stieg sie bereits für Charlene auf die Barrikaden.

»Indem ihr die Sendung anhört. Vielleicht könnt ihr den Link auf eurer FB-Seite oder sonst wo teilen – vorausgesetzt, ihr findet gut, was ich mache. Und ihr könnt einen Kommentar beim Sender hinterlassen.«

»Das ist ja gar nichts!«, empörte sich Johanna enttäuscht.

»Also, für mich ist das mehr als genug. Nach ein paar Sendungen stampfen die das Ding sowieso wieder ein. Da bin ich sicher.«

»Warum willst du dann überhaupt Werbung dafür machen?«

»Weil Fred auch mit drinhängt. Und weil ich der Sendung eine reelle Chance geben will und keine Halbheiten abliefere, wenn ich was tue. Außerdem kann man nie wissen, ob vielleicht nicht doch ein Same auf fruchtbare Erde fällt. Wäre doch schön! Hört einfach mal rein und bildet euch eine Meinung!«

»Okidoki, Charlene«, sagte Sophie. »Kannst auf uns zählen!«

»Danke, ihr Lieben, dann stoßen wir mal an … auf das Moonlight-Radio!«

»Moonlight-Radio«, wiederholte Sophie. »Das klingt gut! Hoffentlich wird das so romantisch, wie es sich anhört.«

♫ ♫ ♫

Charlenes Konzept überzeugte jeden – nur nicht den Programmleiter. Sie hatte eine Liste mit Themen angefertigt, die sie mit Geschichten, Parabeln, wissenschaftlichen Beiträgen und Studien untermalen wollte. Überdies bot sie an, zu jeder Sendung ein Essay zu schreiben, das als Dokument, versehen mit entsprechenden Links und Quellenangaben, auf der Website des Radios hochgeladen werden konnte. Das Team war beeindruckt von ihrem Einsatz, aber Dörfler entlockte das lediglich ein empörtes Schnauben.

»Geht's noch?«, beschwerte er sich. »Jetzt soll auch noch wegen einer nichtssagenden Late-Night-Sendung die Homepage umgestaltet werden?«

»Ist doch 'ne tolle Idee!«, entgegnete der Eventmanager. »Ein Button mehr auf der Homepage ist keine große Sache … Fahr mal runter, Kollege.«

Dörfler war weit davon entfernt. Er grummelte und motzte, wo immer er konnte, verfolgte Charlenes Einweisung mit Argusaugen und machte keinen Hehl aus seiner Hoffnung, dass ihre erste Sendung der totale Reinfall wurde und die Hörer sie nach Strich und Faden verrissen. Sein Traumszenario war, bereits nach der zweiten Ausstrahlung mit dem berühmten Satz aufwarten zu können: »Ich hab es ja gleich gesagt!«

Doch selbst ihm war klar, dass das Projekt Anlaufzeit brauchte – und Werbung. Während der kommenden Wochen wurde tagsüber ständig auf die Sendung hingewiesen. Sie wurde im Display der Smartphones und Autoradios angezeigt, war plakativ auf der Homepage zu sehen – und da die Regionalzeitung auch ein Anteilseigner des Senders war, stand sogar ein halbseitiger Bericht über das bevorstehende »Moonlight-Radio« in der Presse, der den Titel »Ein Lokalsender auf ungewohnten Wegen« trug.

Statt des üblichen Profilfotos hatte Amann eine weibliche Silhouette in schwarz-weiß gesetzt, im Hintergrund einen Sichelmond und ihren Decknamen »Pixie« quer darübergeschrieben.

Niemand rechnete mit Publikum, dafür war die Sendezeit nun mal zu ungünstig – und dank Dörflers Unkerei teilten mittlerweile einige seine Meinung, dass Charlenes Themen zu anspruchsvoll seien.

»Die Leute wollen abgelenkt und nicht belehrt werden«, blökte Dörfler, »schon gar nicht mitten in der Nacht!«

Das war ein nicht von der Hand zu weisendes Argument, und so konnte Charlene eine gewisse Nervosität nicht unterdrücken, je näher ihr erster Sendetermin rückte.

»Mach dir keine Gedanken«, beruhigte Georgie sie, als sie sich bei Henriette im Bistro trafen. »Wir schreiben auf jeden Fall einen Kommi drunter!«

»Einen?«, protestierte Johanna. »Das Postfach muss platzen!«

»Macht wenig Sinn, wenn die Kommis alle vom gleichen Schreiberling sind, Jo. Mensch, denk doch mal mit!«

»Hab ich, Süßer, ich habe wahrscheinlich mehr darüber nachgedacht als du!«

»Dazu braucht man ein Gehirn und deines ist mal wieder in deinem schrecklichen Make-up ersoffen!«

»Aber ich habe auch ein überaus schreckliches Netzwerk, dagegen liest sich deine Kundenliste wie ein armseliges …«

»Kinder«, unterbrach Sophie mit strenger Stimme. »Wir haben doch alles zigmal besprochen und ich hoffe, ihr kommt euren Verpflichtungen nach.«

»Welchen Verpflichtungen?«, fragte Charlene verwundert.

»Na, dir die Daumen zu drücken!«, rief Hennie. »Und den Kommi zu setzen!«

»Ach so, ja«, seufzte Charly und lächelte breit. »Das reicht doch! Ach, ihr Süßen, ich liebe euch! Worüber mache ich mir eigentlich Gedanken? In einem halben Jahr kräht kein Hahn mehr danach. Dörfler ist zwar ein Misanthrop, aber mit einem hat er recht: Wenn die Sendung floppt, bin ich fein raus, weil niemand weiß, wer ich bin.«

♫ ♫ ♫

Doch Dörfler hörte nicht auf, weiter Druck und schlechte Stimmung zu versprühen, und versuchte bis zum Schluss, die Sendung zu verhindern.

»Jetzt ist noch Zeit für Änderungen«, beschwor er den Rest des Managements und rief sogar Frederic an, damit dieser auf Charlene einwirke. Er war so penetrant, dass er jeden mit seiner Schwarzmalerei ansteckte und schlussendlich alle nervös auf eine Sendung warteten, die vorher niemanden interessiert hatte.

Als sich Charlene kurz vor der ersten Ausstrahlung mit Fred zum Abendessen traf, äußerte selbst der Bedenken. »Bist du sicher, dass du das so durchziehen willst?«

»Fred!«, schnaubte sie ärgerlich. »Mir reicht Dörfler. Jetzt fängst du auch noch an!«

»Aber nur wegen des Aufwands«, rechtfertigte er sich. »Du schreibst Essays, liest massenweise Bücher, erstellst Literaturlisten, lädst Links und Studien hoch – das ist Wahnsinn! Du könntest doch einfach eine ruhige Kugel schieben. Ehrlich, das wollte ich nicht, dass du nun so viel Mühe hast.«

»Wieso sollte ich denn eine ruhige Kugel schieben wollen?« Ihr Blick drückte völliges Unverständnis aus. »Wenn ich was mache, dann ganz! Außerdem ist es zum Aussteigen ohnehin zu spät.«

Fred presste die Lippen zusammen und blieb stumm. Neugierig musterte sie ihn.

»Hey«, stellte sie amüsiert fest. »Du bist ja aufgeregter als ich! Mein Versagen ist dein Versagen – ist es deswegen?«

»Aber Charlene!«, wehrte er sich. »Ja, ich bin aufgeregt, natürlich, vor allem wegen dieser Live-Anrufe. Ich hoffe, da sind keine Kracherbsen dabei.«

»Es *werden* Kracherbsen dabei sein«, gab Charlene leichthin zurück. »Das ist okay, Fred. Das macht es doch erst spannend.«

Verblüfft über ihren Gleichmut wollte er etwas erwidern, aber der Ober brachte das Essen und Fred war ohnehin bestrebt, das Gespräch auf andere Themen zu lenken. Er hatte in seinem Lieblingsrestaurant gebucht, in dem es viele intime Nischen gab. Die Bänke hatten so hohe Rückenlehnen, dass jeder Tisch einer Kabine glich und die Gäste für sich sein konnten.

Ungehemmt verschlang er Charlene mit den Augen. Sie trug an diesem Abend ein kurzes, schwarzes Kleid mit hohen Stiefeletten, was ihre hübschen Beine zur Geltung brachte. Ihre Handgelenke waren mit Nieten-Lederriemen umwickelt, zudem hatte Georgie sie zu einem Vamp-Make-up überredet und ihr Haar entsprechend frisiert. Sie sah ziemlich verrucht aus und Frederic wurde nicht müde, sie zu betrachten.

Amüsiert registrierte Charlene seine Musterung.

»Mein Gesicht hat Georgie verschandelt«, erklärte sie ihm.

»Du siehst super aus, Charlene«, sagte er. »Ich mag dich als Vamp. Sehr sogar.«

»Kann ich mir vorstellen«, gab sie zurück. »Du stehst ja auf versauten Sex.«

Fred verschluckte sich fast an seinem Rotwein.

»Wie bitte? Wie kommst du denn darauf?«

»Hat mir ein Vögelchen gezwitschert.«

»Ach!« Betroffen lehnte er sich zurück. »Ein Vögelchen? Und wie heißt dieses Vögelchen?«

Charlene lachte. »Nicht jede deiner Gespielinnen ist so diskret wie du, Freddie. Aber immerhin weiß ich, dass du sexuell ziemlich … exzessiv zu sein scheinst. Und wenig Hemmungen hast … und sehr dominant bist.«

Sie drehte ihr Weinglas in ihren Händen. Fred erregte diese kleine, subtile Bewegung. So, wie ihn ihr Aussehen erregte.

Er fesselte sie mit seinem Blick und die Atmosphäre zwischen ihnen änderte sich augenblicklich. Sie war gespannt, aufgeladen … eine feine Erotik prickelte zwischen ihnen, breitete sich aus, wurde stärker. Sexuelle Pheromone legten sich wie ein feiner Nebel über sie. Charlene nahm das wahr wie einen Duft, den sie lange nicht mehr gerochen hatte – ein Duft, der ihren Körper ungewollt in Bereitschaft versetzte. War es das kurze

Öffnen ihrer Lippen oder der Ausdruck in ihren Augen – Frederic empfing ihre Botschaft. Seine Hand legte sich auf die ihre und er beugte sich leicht zu ihr vor. Die Wärme seines Körpers wehte ihr sein Aftershave zu, einen männlichen, herben Duft.

Nervös zuckten ihre Finger unter den seinen. Eine Kaskade an Empfindungen brandete mit dieser kleinen Muskelreaktion in ihm hoch, aphrodisierte ihn und ließ glühende Fantasien in seinem Kopf entstehen, als er in ihre schwarz geschminkten Augen sah.

»Stimmt«, raunte er und beobachtete sie forschend. »Ja, ich bin dominant. Ich weiß eben, was ich will … Vor allem weiß ich, was Spaß macht.«

»Du weißt vermutlich in erster Linie, was dir Spaß macht«, murmelte sie.

»Und?«, fragte er leise. »Beunruhigt dich das?«

»Ja«, erwiderte sie zögernd. »Es … ist ungewohnt.«

Sie zog ihre Hand aus der seinen, versank in Schweigen, und auch Fred sagte die nächsten Sekunden nichts. Dann tastete er sich weiter vor.

»Ungewohnt genug, um dich neugierig zu machen?«

Sie hob den Kopf und schaute ihm in die Augen.

»Worauf, Fred? Auf den Sex mit dir?«

»Nein«, antwortete er leise. »Auf mich.«

Sie zuckte ein wenig zurück. Wie meinte er das? Wollte er mehr als nur Sex? Fred?

»Neugier sollte nicht der Grund sein«, sagte sie vorsichtig, »… um sich auf etwas einzulassen.«

»Aber sie könnte ein Anfang sein.«

»Fred …« Sie biss sich auf die Lippen, suchte nach Worten. »Du … du weißt, wie Bernie war. Nach ihm hat es jeder schwer. Und ich weiß nicht, ob ich …«

Sie brach ab.

»Du weißt nicht, ob du …?«

Zart legte sich seine Hand wieder auf die ihre. Sie zog sie nicht zurück. Im Gegenteil. Als er ihre Finger spreizte, verflochten sich ihre Hände ineinander und ihre Blicke trafen sich erneut.

»Ich weiß nicht, ob ich den Geruch eines anderen Mannes in meinem Bad ertrage«, gab sie dann freimütig zu. »Und ob ich es in der Zukunft nicht einfach so wie du halte.«

»Was meinst du damit?«

»Mir nehmen, wonach mir ist. Bedürfnisse befriedigen. Mich nicht binden. Das käme dir doch entgegen, nicht?«

In ihre Augen mischte sich Trauer – eine Schwermut, die einen so großen Gegensatz zu ihrer sonstigen Heiterkeit bildete und die er so manches Mal an ihr festgestellt hatte, in scheinbar unbeobachteten Momenten, selbst, als Bernie noch gelebt hatte.

Fred streichelte ihren Handrücken, fuhr langsam mit seinen Fingern ihren Unterarm hinauf, nahm dann ihre Hand in seine und küsste sanft ihre Fingerspitzen. Charlene senkte den Blick. Ja, das vermisste sie. Sehr sogar. Berührung. Nähe. Jemanden, der am Morgen neben ihr aufwachte, ein Körper, an den sie sich schmiegen konnte. Arme, die sie umfassten. Hände, die sie streichelten. Aber stets hatte sie dabei Bernie im Sinn.

Auch Fred verlor sich in Gedanken. Immer nur hatte er unverbindlichen Sex gewollt. Und nun, da er ihm in aller Offenheit angeboten wurde, tat es ihm weh, dass es nicht mehr sein sollte.

»Vielleicht solltest du einfach mal in Erwägung ziehen, dass du dich neu verlieben kannst … dass es anders ist als mit Bernie, aber gerade deswegen schön«, sagte er.

Stumm sah sie ihm in die Augen, aber ihr Blick verlor sich.

»Wir könnten es miteinander versuchen«, flüsterte er. »Wir sind uns vertraut.«

Der Ausdruck in seinen Augen hatte sich verändert. Er war hoffnungsvoll, sehnsüchtig, doch Charlenes Geist war in die Vergangenheit gewandert, hatte sich dort verhakt. Sie war weit weg von Fred … weit weg von dem, was er sich erhoffte, als sie murmelte: »Ja, wir sind uns vertraut – und damit steht unsere Freundschaft auf dem Spiel.«

»Ich glaube daran, dass es klappen könnte.«

»Du weißt nicht alles von mir, Fred.«

»Das stimmt, *chérie*. Aber ich hoffe, dass sich das ändert. Ich hoffe, dass du mir dein Vertrauen schenkst … irgendwie passt casual Sex nicht zu dir.«

»Und irgendwie passt eine feste Beziehung nicht zu dir, Fred. Dazu müsstest du dich ändern – und ob du das wirklich willst, bezweifle ich.«

Sie löste ihre Hand aus der seinen, löste den Zauber. Enttäuscht lehnte sich Fred zurück.

»So etwas kann man nicht theoretisieren«, meinte er. »Wenn wir wissen wollen, ob es klappt, müssen wir es ausprobieren.«

Sie lachte ein wenig, um die Schwere zu vertreiben. Ihr Geist kehrte vollends in die Gegenwart zurück, ihre Augen wurden wieder klar und bekamen den üblichen warmen Glanz.

»Stimmt, Fred. Aber lass es gut sein für heute Abend.«

Mit einem Lächeln hob sie ihr Glas. »Morgen ist mein erster Sendetermin und immer, wenn ich daran denke, überkommt mich ein Kribbeln!«

»Bist du aufgeregt?«

»Ob ich aufgeregt bin? Ich könnte vor lauter Bammel senkrecht in die Hosen machen!« Sie lachte auf. »O Gott! Hoffentlich verhaspele ich mich nicht! Und hoffentlich zerreißen mich die Hörer nicht in der Luft! Stell dir vor, wie Dörfler sich freuen würde!«

»Ich wünsche ja jedem nur das Beste«, sagte Fred verdrossen. »Aber diese Freude gönne ich Dörfler nicht.«

»Du hast doch vorhin selbst Bedenken geäußert!«

»Ja, weil das Gros der Menschen eher auf Negatives als auf Positives aus ist, weil sie kein Niveau, sondern Sensationen wollen – da hat Dörfler leider recht.«

»Ich halte dagegen«, erklärte Charlene fest. »Ich glaube, dass jeder Mensch gut ist und dass die Leute sehr wohl Positives hören wollen. Und ich bin überzeugt, dass jeder Mensch sich nach Tieferem sehnt, aber sich in dem verliert, was eben geboten wird: Katastrophen, Missstände und Leid. Da hake ich ein. Das Moonlight-Radio ist eine Alternative.«

»Aber der Mensch ist ein Gewohnheitstier«, gab Fred zu bedenken. »Das ist wie schlechtes Essen. Das schmeckt besser und man kommt nicht davon los. Die Leute wollen auch gar nicht wissen, dass es sie krank macht. Im Gegenteil – sie verteidigen ihre schlechten Verhaltensweisen auch noch. Und du willst sie bekehren?«

»Nein, das liegt mir ganz fern. Ich will einfach zeigen, dass sie eine Option haben. Muss doch jeder selbst wissen, was er aus seinem Leben macht.«

»Du hast keinem wirklich verraten, wie du die Sendung aufziehst. Dörfler glaubt, es wird einfach bloß langweiliges, belehrendes Gelaber.«

»Das wird es wohl auch für viele.«

»Aber … du willst doch auch Erfolg, Charlene!«

Der Blick, mit dem sie ihn bedachte, machte jedes weitere Wort überflüssig, verriet Fred alles, was ihr Mund nicht aussprach.

*Weißt du, wie egal mir das ist? Materiell lebe ich in der Fülle, aber all das bringt mir Bernie nicht zurück. Ich habe die Liebe meines Lebens verloren. Irgendwann werde auch ich Staub sein – was, bitte schön, wiegt da der Erfolg einer Mini-Radiosendung? Gibt es überhaupt etwas, das es wert ist, sich darüber aufzuregen?*

»Ja, mein Gott«, sagte sie schließlich leichthin. »Im Grunde ist es völlig unerheblich. Ich gebe mein Bestes – und was daraus entsteht, wissen die Götter. Klar bin ich im Moment aufgeregt, aber in einem halben Jahr kräht kein Hahn mehr danach. Das sollten wir uns alle vor Augen halten.«

Charlene hatte nicht die geringste Ahnung, wie falsch sie damit lag.

♫ ♫ ♫

Sie konnte nicht verhindern, dass ihr Herz heftiger als sonst klopfte, als sie am großen, halbrunden Schreibtisch Platz nahm, unzählige Schalter und Regler, vier Monitore und ein dickes Mikro, das von der Decke herabhing, vor sich.

Neben ihr saß Harry Körner, ein Redakteur, der ihr in den ersten Sendungen assistieren sollte.

Je weiter sich der digitale Zeitmesser der 23-Uhr-Grenze näherte, desto stiller wurde Charlene. Bewusst hatte sie sich darauf programmiert, mit jeder Sekunde ruhiger zu werden. Die späte Stunde half ihr dabei. Zu Körners Überraschung schloss sie fünf Minuten vor elf Uhr die Augen und schien sich geistig auszukoppeln.

Sanft konzentrierte sie sich auf ihr Herz und auf ihren Atem. Mit jeder Sekunde ließ sie sich tiefer sinken, bis sie an einem ruhigen, friedvollen Punkt angekommen war. Dann dachte sie an Bernie und tiefe, zeitlose Liebe flammte in ihr hoch, wärmte ihr ganzes Sein. Charlene lächelte. Noch immer blieb sie still, badete in dieser Liebe … und wartete.

Ja, und da war es: Heiterkeit strömte hervor, füllte sie, bis sie ihren gesamten Körper wie ein vibrierendes, sonniges Kraftwerk wahrnahm. Ihre Schultern sanken nach unten. Sie entspannte sich, statt sich zu verkrampfen, saß relaxt auf ihrem Stuhl. Eine feine Energie begann sich auszubreiten.

»Ähm … meditieren Sie?«, fragte Körner verwundert, als sie endlich die Augen wieder öffnete.

»Ja, ein bisschen«, antwortete sie. »Stört Sie das?«

»Äh … nein, ist nur ungewöhnlich.«

Er war sichtlich verwirrt, aber es war nicht zu leugnen, dass sich in diesen paar Minuten die Stimmung im Raum deutlich verändert hatte. Eine leise Freude schwebte über allem, machte alles leicht und gleichzeitig erhaben. Körner tat fast andächtig seine Arbeit.

Um Punkt 23.00 Uhr ertönte der Gong, die Nachrichten wurden vom Band eingespielt, ein Sound-Logo folgte und Charlene verlas eine kurze Verkehrsmeldung. Dann erklang zum ersten Mal der Jingle des Moonlight-Radios und Charlene war auf Sendung.

Wieder schloss sie die Augen. Ein Lächeln umspielte ihre Lippen. Ihre Stimme war satt, warm und voller Energie: »Guten Abend, liebe Zuhörer, hier ist das Moonlight-Radio!«

Überrascht horchte Körner auf. Elektrisiert von ihrer Stimme, elektrisiert von dem, was sie übertrug, elektrisiert von ihrer Wärme.

»Ich begrüße euch zu dieser ungewöhnlichen Stunde und freue mich, dass ihr dabei seid!« Sie lachte. »Wir haben knapp sechzig Minuten, bis ein neuer Tag beginnt. Sechzig Minuten für Impulse, um Altes loszulassen, Unnützes in den Müll zu werfen und eure Gedankensuppe etwas aufzuwirbeln! Seid ihr bereit für neues Denken? Und – wer weiß? – für ein besseres Leben? Wenn ja: Bleibt dran!«

Ein verblüfftes, erfreutes Lächeln lag auf Körners Gesicht. Von der ersten Sekunde an war klar, dass das was Besonderes werden würde. Ihr weicher, samtiger Unterton drang tief ins Innere, war angefüllt mit etwas, was in der Seele kitzelte, was berührte … Unwillkürlich wollte man mehr davon. War das so, weil sie vorher meditiert hatte? Der ganze Raum schien aufgeladen zu sein und diese feine Schwingung übertrug sich in den Äther, sprühte wie Goldregen auf alle Zuhörer.

Unwillkürlich senkte Körner seinen Blick, als Charlene mit ihrem Text fortfuhr. Sein Körper prickelte und er spürte, wie sich eine Gänsehaut bildete. Still saß er auf seinem Stuhl, wartete atemlos auf ihre nächsten Sätze und fragte sich, ob es den Hörern da draußen ähnlich ging wie ihm. Plötzlich fand er es schade, dass kaum einer zuhören würde.

Musik flutete auf, perlende Pianoklänge, die die zauberhafte Stimmung vertieften.

»Manchmal erzähle ich euch eine Geschichte …«, drang Charlenes Stimme wieder an sein Ohr. Unwillkürlich schloss er die Augen, einfach, um dem Klang zu lauschen, und grinste bei den Worten, »… aber Vorsicht! Ich habe nicht die Absicht, ein Blatt vor den Mund zu nehmen!« Mit ihrem Aufruf: »Lasst uns etwas Großes starten! Und das Größte, was wir haben, ist unser Leben!«, wurde ihm zum ersten Mal bewusst, dass das Leben tatsächlich etwas Großes war. Und dass er das noch nie so gesehen hatte.

»Ich bin Pixie«, beendete sie heiter ihr Intro, »und für diese Stunde hoffentlich eine große, fette Nadel, die euch in eure vier Buchstaben pikst!«

Sie kicherte. »Das wäre mir eine verdammte Freude!«

Ein breites Lächeln lag um den Mund des Redakteurs, und als sie die Musik hochfuhr, gab er ihr ein Thumbs-up. Ob das für die korrekte Handhabung der Technik war oder für ihren Einstieg, wusste sie nicht. Körner blieb jedenfalls während der gesamten Sendung im Raum.

# ♫ Breakfast In America ♫

## Supertramp

»Hallo Mama, ich bin's. Jeffrey.«

»Jeffrey! Mein Junge! Wo bist du?« Ihre Stimme zitterte leicht, aber Jeff bekam es nicht mit.

»Ganz in deiner Nähe. Am Bahnhof.«

»Du … du bist hier?«

»Genau. Kann mich wer abholen?«

»Äh … nein. Papa ist auf Tour. Du musst den Bus nehmen.«

»Okay. Bist du da, wenn ich komme? Ich meine, damit ich reinkomme?«

»Nein, ich muss arbeiten. Warum hast du nicht angerufen? Dann hätte ich doch was eingekauft! Das bringt mir jetzt den ganzen Tag durcheinander.«

Jeff sah das gestresste Gesicht seiner Mutter vor sich und fühlte sich angepisst. Genau das hasste er: das Gefühl, nicht willkommen zu sein. Wäre er nur nicht hierhergefahren! Das Einzige, was ihn aufrecht hielt, war die Aussicht auf ein Bett, das ihm die letzten drei Nächte nicht vergönnt gewesen war. Seine Eltern besaßen ein kleines Haus am Ende des Dorfes. Es war klein und alt – aber immerhin ein Dach über dem Kopf.

»Wie lange bleibst du?«, fragte seine Mutter.

»Nicht lange«, erwiderte er verschnupft. »Ich kann auch wieder gehen, wenn es dir nicht recht ist.«

»Aber Jeff! Ich freue mich doch. Es kommt nur so unerwartet!«

»Mach dir meinetwegen keinen Stress. Leg mir einfach den Schlüssel unter die Matte, damit ich reinkann«, bat er. »Bin ziemlich müde.«

»Ja, okay. In deinem Zimmer steht aber ziemlich viel Gerümpel drin, hab ja nicht gewusst, dass du kommst. Im Schrank ist frische Bettwäsche.«

Jeff war alles egal. Er war so fertig! Die acht Stunden im Bus waren genauso wenig erholsam gewesen wie die Nacht im Bahnhofsgebäude. Alles, was er wollte, war ein Bett. Schlafen. Vergessen. Er legte auf und sah sich um.

Vergangenheit umfing ihn. Nichts schien sich hier geändert zu haben. Derselbe Imbissstand neben dem schmuddeligen Bahnhofsgebäude, das Postgebäude daneben. Zielstrebig bog er um die Ecke – und ja, da war sie, die Bankfiliale, in der er gelernt, und die Bäckerei Wedel, die er als Jugendlicher oft aufgesucht hatte. Es war alles genauso wie vor zehn Jahren. Mit einem seltsamen Gefühl im Bauch betrat er den Laden, kaufte sich etwas Süßes und wollte gerade wieder gehen, als er seinen Namen rufen hörte.

»Hey! Ich glaub's nicht! Bist du das, Jeffrey?«

Jeff wandte sich um. Ein junger Mann in Bäckerschürze stand hinter der Verkaufstheke und sah ihn mit leuchtenden Augen an.

»Wahnsinn!«, rief er. »Du bist es tatsächlich! Lange nicht gesehen.«

»Hi, Alfred«, grüßte Jeff und grinste schief. »Ich dachte, das Letzte, was du werden wolltest, war Bäcker.«

»Tja …« Alfred schaute sich nach seinem überautoritären Vater um. »Hat sich alles ein wenig anders entwickelt als geplant.«

Jeff merkte, wie ein bitteres Lächeln seine Lippen umspielte. Ja, so war das Leben. Es lief nie wie gewollt! Was hatten Wünsche für einen Sinn? Gar keinen! Aber Alfred schwärmte ihn an, als wäre er ein Promi, und das bremste Jeff, eine bissige Bemerkung abzusondern.

»Na, dann«, antwortete er, »hoffe, es macht dir trotzdem Spaß.«

»Geht so. Und du?«, fragte Alfred. »Bist bestimmt irgendwo ein dicker Fisch, was?«

»Ja, läuft super«, log Jeff und suchte nach einem schnellen Abgang. »War auf jeden Fall die richtige Entscheidung, von hier wegzugehen.«

»Glaube ich dir sofort!«, antwortete Alfred. »Ich habe das immer bewundert. Du hast dich einfach durchgesetzt! Ich meine, das war schon ein kleiner Aufstand hier, als du die Banklehre abgebrochen hast.«

Er lachte, als er sich erinnerte. »Jeder hat dich für meschugge gehalten, weil du mehr wolltest als das. Aber ich fand es stark.«

Jeff fühlte sich unwohl und merkte, wie seine Wangen sich röteten. Die heroische Ansicht, die der acht Jahre jüngere Alfred über ihn zum Ausdruck brachte, beschämte ihn zutiefst.

»Ist immer gut, mehr zu wollen«, brachte er heiser hervor, und etwas knackte in seinem Inneren.

»Sag ich mir auch oft«, erwiderte Alfred und lachte wieder. »Ich hab bloß den Dreh noch nicht raus.«

Vielsagend klopfte er an seinen Bäckerkittel.

Jeff musste lächeln. Alfred hatte etwas so Frisches an sich, etwas Unverdorbenes. Er gab die Dinge einfach zu. Und obwohl er offensichtlich in einer Lage war, die ihm nicht gefiel, bewies er dennoch Humor und gute Laune.

»Dann wünsche ich dir, dass du den Dreh noch findest«, sagte er freundlich und hatte das dringende Bedürfnis, nachdenken zu müssen. Doch Alfred ließ nicht locker.

»Bist du auf Urlaub hier?«, erkundigte er sich und kam hinter dem Tresen hervor.

»So ähnlich ... wollte mal nach meiner Mum schauen.«

Nächste Lüge. Dafür war er ja nicht gekommen. Mühsam brachte er seine Gedanken zu Alfred zurück. »Weißt du, wann der nächste Bus fährt?«

»Früh, mittags und abends, wie vor zehn Jahren auch.«

Jeff stöhnte auf und spähte auf die Uhr. Es war zehn Uhr vormittags und die Vorstellung, noch mal zwei Stunden warten zu müssen, beflügelte ihn keineswegs. Es waren acht Kilometer bis zu ihm nach Hause – mit Rollkoffer und Reisetasche war an Laufen nicht zu denken.

»Ich kann dich fahren«, bot Alfred ihm an. »Meine Schicht ist zu Ende.«

Überrascht sah Jeff auf.

»Das wäre toll, Alfie«, freute er sich. »Danke.«

Alfie entledigte sich der mehlbestäubten Arbeitsjacke, packte noch eine Tüte mit einem köstlich duftenden Brotlaib und allerlei Gebäck ein und lotste Jeff zu seinem alten, klapprigen Golf, der im Hinterhof der Bäckerei stand.

»Ist nicht so was Tolles, wie du fährst«, entschuldigte er sich, als er den Kofferraum aufschloss. »Du hast bestimmt einen BMW oder Mercedes, oder?«

»Ich fahre einen Dienstwagen«, antwortete Jeff unangenehm berührt. »In der Stadt lohnt sich kein eigenes Fahrzeug. Außerdem ist das umweltschädigend.«

»Ach ja, logisch. Wie lange bleibst du?«

»Maximal ein paar Tage.«

Verdutzt gingen Alfies Augen zu Jeffs riesigem Koffer.

»Ich reise danach weiter«, erklärte Jeff, instinktiv bemüht, sein Image bei Alf aufrecht zu erhalten. »Wahrscheinlich in die Staaten.«

»Die Staaten!«, wiederholte Alfie. Seine Augen glänzten umso doller. »Die Staaten! Das ist ja Hammer! Wo genau willst du denn da hin?«

»Kalifornien«, erwiderte Jeff, ohne nachzudenken.

»O Mann, wie geil ist das denn?«, japste Alfie aufgeregt. »Kalifornien! Da wollte ich schon immer mal sein! Mein Lieblingslied ist ›Breakfast in America‹ von Supertramp! Hör ich gerade Tag und Nacht!«

Völlig aufgedreht setzte er sich hinters Steuer, startete den Wagen und betätigte die Musikanlage. Besagter Lieblingssong dröhnte durch das Fahrzeug.

»Take a jumbo ’cross the water … like to see America!«, sang Alfie euphorisch und trommelte den Rhythmus auf dem Lenkrad mit, was Jeff fast wahnsinnig machte, vor allem, weil Alf ihn bei jeder Silbe bedeutungsvoll anschaute.

»Take a jumbo ’cross the water …!«

*Das wär's, Mann,* dachte Jeff verdrossen. *Einfach abhauen! Einfach über den großen Teich fliegen und all die Scheiße hier vergessen!* Das war die Botschaft, die Alf ihm klar vermittelte, und der hin und weg war von der Tatsache, jemanden neben sich zu haben, der ins Land seiner Träume flog.

Jeff hingegen geriet immer weiter an die Grenze. Im Gegensatz zu Alfie, dessen Lieblingszeile eindeutig »Take a jumbo ’cross the water« war, hämmerte sich ihm »Never seem to get a lot« in sein Gehirn, ebenso wie: »I'm a loser, what a joker …«

Sein Kopf rumorte von dem falschen Bild, das er in Alf geschürt hatte, rumorte von dem, was hätte sein können. Herrgott noch mal, was war denn heutzutage ein Flug nach Amerika! Jeder Trottel konnte sich das leisten!

Er drehte den Kopf weg, stierte aus dem Fenster, nahm das flache, an diesem grauen Märzmorgen für ihn besonders trostlose Land wahr, auf dem sich ab und an ein verfallenes Industriegebäude erhob. Die zwei Dörfer, durch die sie fuhren, wirkten verwahrlost und dreckig. Und neben ihm sang Alf von der Sonne Kaliforniens! Jeffs Elend hätte nicht größer sein können.

»Take a jumbo«, grölte Alf begeistert und mit trommelnden Fingern, »… 'cross the water! Like to see America …! Take a jumbo …!«

*Jesus, Maria und Josef*, dachte Jeff verzweifelt, *wann ist dieses Scheißlied endlich zu Ende?*

»… 'cross the water!«, trompetete Alf, misshandelte weiterhin das Lenkrad und jubelte dann: »Yeah! I like to see America!«

»Mein Gott«, entfuhr es Jeff entnervt. »Dann flieg doch hin! Wo ist denn das Problem?«

Sowie er das ausgesprochen hatte, bildete sich ein fetter Kloß in seinem Hals. Scheiße! Er musste gerade etwas sagen! Er hatte noch nicht mal genug Geld für eine Rückfahrkarte! Er hatte noch nicht einmal einen Ort, wo er hinkonnte! Der Gedanke schoss wie ein Pfeil in sein Gehirn und verursachte ihm schlagartig Übelkeit. Eben! Genau! Wie kam er wieder von hier weg? Und wo sollte er hin?

Sein Blick ging zu dem singenden Alfie, der völlig in seiner Amerika-Romantik gefangen war und Jeffs Schweigen für Lässigkeit hielt. Alf war hübsch. Er hatte ein jungenhaftes Gesicht, leuchtende, hellgraue Augen, deren Form und Farbe Jeff lebhaft an eine Manga-Figur erinnerten, einen sensiblen Mund, aber etwas abstehende Ohren, die aus seinem dichten, goldbraunen Haar hervorlugten. Alfred war generell ein besonderer Fall. Seine Mutter war bei seiner Geburt gestorben, es hatte wohl Probleme mit der Sauerstoffversorgung des Babys gegeben – nichts Drastisches, aber es hieß, Alfred sei … nun ja, nicht ganz so wie andere. Er dachte ein wenig langsamer als der Rest, man munkelte, er hätte ein paar Alltagsschwierigkeiten, aber ansonsten schien er ganz gut zu funktionieren. Jedenfalls war es für ihn sicher eine glückliche Fügung, dass sein Vater eine gut gehende Bäckerei und er somit keine Job- und Zukunftsprobleme hatte. Frustriert wandte Jeff sich ab.

Eine Minute später hielt der Wagen vor seinem Elternhaus.

»Okay, da wären wir.« Alf stellte den Motor aus. Jeff blickte durch das Fenster auf das kleine Haus. Er war wieder da angekommen, von wo er geflüchtet war. Er war nicht nur im Kreis gegangen, sondern in der Spirale weiter nach unten gerutscht.

Mit übermenschlicher Anstrengung zwang er sich ein Lächeln ab.

»Danke fürs Bringen, Alfie. Was bin ich dir schuldig?«

»Spinnst du? Hab ich doch gern gemacht.«

»Ja, dann nochmals danke, Alter.«

Mit steifen Gliedern stieg Jeff aus, öffnete den Kofferraum und wuchtete sein Gepäck heraus. Alf gesellte sich zu ihm und drückte ihm die Brottüte in die Hand.

»Hier, ein kleiner Willkommensgruß.«

Jeff schluckte. »Das ist sehr nett von dir.«

Alf zögerte. »Haste die Tage mal Zeit? Auf ein Bier oder so?«

»Klar«, antwortete Jeff, obwohl er null Lust dazu hatte.

»Sag mir unbedingt Bescheid, bevor du gehst«, beschwor ihn Alfie. »Unbedingt! Ich muss dich etwas ganz Wichtiges fragen.«

Erstaunt sah Jeff ihn an. Aber er war zu müde, um nachzuhaken, er wollte nur noch ins Bett.

»Okay, Alter, gib mir deine Nummer. Ich ruf dich an, okay?«

»Oh, danke!«, sprudelte Alfie überschwänglich. »Danke! Super! Dann … warte ich auf deinen Anruf. Danke, Jeff! Das ist Schicksal, dass du heute in unseren Laden gekommen bist. Ich freu mich so auf unser Treffen!«

»Okay, aber nicht vor morgen Abend«, baute Jeff vor und musste trotz allem ein wenig lächeln, weil Alfie wie ein Kind vor Freude herumhopste. »Hab drei anstrengende Tage hinter mir und muss mich erst mal regenerieren.«

Ihm fiel ein, dass er die ganzen Wochen davor mehr oder weniger untätig auf der Couch verbracht hatte, und fühlte sich erneut schlecht. Zügig verabschiedete er sich, holte den Schlüssel unter der Fußmatte hervor und betrat das Haus seiner Kindheit.

# ♫ Riverside ♫

## Agnes Obel

Das Haus roch komisch. Es roch nach Kaff. Nach Moder und Mäusekot hinterm Schrank. Als Jeff die Tür zu seinem Kinder- und Jugendzimmer öffnete, schien sich der Geruch noch zu verstärken. Wie seine Mutter angekündigt hatte, standen Kartons und Kisten mit altem Kram auf dem Boden. Es war eine Rumpelkammer und es roch darin noch modriger als im Rest des Hauses. Aber Jeff war zu kaputt, um Anstoß daran zu nehmen, bezog mit letzter Kraft das Bett, fiel hinein und war innerhalb von drei Minuten eingeschlafen.

Er wachte erst wieder auf, als seine Mutter abends nach Hause kam.

Benommen sah er auf die Uhr. Halb sieben – und er war immer noch müde. Aber er hatte Hunger, außerdem wollte er seine Mutter begrüßen, also wälzte er sich aus dem Bett.

Als wäre keine Zeit vergangen seit dem Tag, als er ausgezogen war, erblickte er das altvertraute Bild vor sich: seine Mutter vor dem Fernseher, die Füße auf dem Hocker, abgespannt von der Arbeit, einen resignierten, ferngesteuerten Ausdruck im Gesicht. Jeff blieb im Türrahmen stehen und wusste nicht, was er fühlen sollte. In dem Moment entdeckte sie ihn und stand unsicher auf.

»Hallo, mein Junge!«

»Hallo, Mama«, sagte er und trat ins Wohnzimmer. Ihr Blick glitt über seine mittlerweile behäbige Gestalt.

»Du siehst gut aus«, behauptete sie.

Jeff fühlte sich unbehaglich. Er wusste, dass sie eigentlich etwas anderes hatte sagen wollen. Die drei Krapfen, die er am Vormittag hinuntergeschlungen hatte, lagen ihm bleischwer im Magen, und er konnte förmlich das Fett fühlen, das sie auf seinen Hüften bildeten. Er hätte gern geantwortet: »Du siehst auch gut aus.« Aber anders als sie brachte er diese Lüge nicht über die Lippen. Ihr für ihn freudloses Gesicht ließ ihn die Rückkehr in dieses Haus wie ein böses Omen erscheinen. Er fühlte sich gefangen in einer Vergangenheit, die er doch hatte abstreifen wollen, und mit Entsetzen merkte er, wie alte Wut in ihm aufstieg, gegen ein Schicksal, das sich schieflachte über seine lächerlichen Versuche, ihm zu entkommen.

Die Hände seiner Mutter zuckten, als wollten sie ihm über die Wange streichen. Oder ihn umarmen. Sie standen circa zwei Meter voneinander entfernt und er hatte keine Ahnung, wie er sich verhalten sollte. Große Gefühlsäußerungen hatte es zwischen ihnen nie gegeben. Schließlich stellte sie die Frage, die alle Mütter stellen.

»Hast du Hunger?«

»Ja, sehr«, erwiderte er. »Aber ich kann mir selbst was machen.«

»Nein, warum denn? Ich habe noch was vom Mittagessen übrig.«

Sie ging in die Küche, Jeff sah sich um. Auch hier hatte sich nichts verändert: die alte, durchgesessene Couch, der abgenutzte Teppich. Es gab nichts Neues und das deprimierte ihn.

»Setz dich doch«, sagte seine Mutter, als sie zurück ins Zimmer kam. Sie lächelte scheu, aber Jeff bemerkte es nicht. »Wie geht es dir?«

»Gut so weit«, antwortete er einsilbig.

»Du … du hast einen großen Koffer mit, Jeff.«

»Ja, ich will danach weiterreisen. Hab gedacht, ich schau mal vorher hier vorbei.«

»Reisen?«, wiederholte sie, als sei es das Ungewöhnlichste, was sie je gehört hatte. Sie war noch nie weiter als hundert Kilometer von diesem Ort weg gewesen. Und das in der heutigen Zeit! Und das, obwohl ihr Mann Fernstrecke fuhr!

»Ja«, antwortete er daher etwas bockig. »Vielleicht in die Staaten.«

Ihre Stirn runzelte sich – wie immer machte sie sich Sorgen.

»Was heißt denn ›vielleicht‹? Du weißt nicht, wo du hinwillst? Hast du keine Arbeit? Du arbeitest doch was, oder?«

»Klar arbeite ich. Ich hab gerade Urlaub.«

»Wo bist du denn angestellt?«

»Bin Vertriebsleiter in einer Telefongesellschaft«, log er. Er brachte es nicht fertig, ihr die Wahrheit zu gestehen. »Aber da will ich nicht bleiben. Gefällt mir nicht. Im Urlaub will ich mir mal Gedanken machen.«

»Immer willst du höher hinaus«, missbilligte sie. »Sei doch mal zufrieden mit dem, was du hast. Du weißt doch, wer hoch hinauswill …«

Das war der Moment, in dem Jeff komplett dichtmachte. Zeitlebens hatte er sich gegen diese Sätze gewehrt, nur um festzustellen, dass das Leben ihm deren Gültigkeit hartnäckig bewies!

Er sagte nicht mehr viel. Das Gesprächsrepertoire seiner Mutter schien ohnehin erschöpft zu sein. Sie holte das Essen aus der Küche – eine aufgewärmte Bohnensuppe und zwei Scheiben von dem frischen Brot, das Alfie ihm mitgegeben hatte – und wandte sich wieder dem Fernseher zu. Er war Jahre nicht mehr zu Hause gewesen – und das war's jetzt. Bohnensuppe und eine Mutter, die Soaps guckte und nichts zu sagen hatte.

Eine Stunde später kam sein Vater nach Hause, brummelte einen überraschten Gruß, aß etwas und trank eine Flasche Bier dazu. Sein runder Bauch wölbte sich über dem Hosenbund, sein Blick ging beim Essen Richtung TV-Gerät.

»Warst lange nicht hier«, bemerkte er.

»Dürfte nicht weiter aufgefallen sein«, gab Jeff spitz zurück. Kurz verharrte der Suppenlöffel vor dem Mund seines Vaters, bevor er ihn in den Mund steckte.

»Deine Mutter hat dich jeden verdammten Tag vermisst«, knurrte er. »Hast nie angerufen.«

»Mich hat auch keiner angerufen. Seltsame Art, jemandem zu zeigen, dass man ihn vermisst.«

Wieder hielt sein Vater für eine Sekunde mit dem Essen inne. Dann musterte er seinen Sohn und in seinen Augen stand etwas, was Jeff nicht definieren konnte.

»Konntest ja nicht schnell genug von hier wegkommen«, grummelte er. »Wolltest ja immer was Besseres sein.«

Jeffs Stimmung sank endgültig auf Grundeis. Die alten Diskussionen. Dieselben Themen. Alles wie gehabt. Er war keinen Schritt weitergekommen. Er fühlte sich wie angekettet – und hörte das Schicksal höhnisch lachen, weil er geglaubt hatte, sich davon lösen zu können. Was, verdammt noch mal, machte er falsch in seinem Leben?

Verdrossen sah er sich in dem altmodischen Wohnzimmer um. Nein, das war nicht seine Welt! Und schon gar nicht sein Niveau!

*Komm schon*, höhnte eine Stimme in seinem Ohr. *Du redest von Niveau? Deine Eltern stehen besser da als du!*

Automatisch wandte sich Jeff dem Fernseher zu, auf dem gerade die Jacht der Geißens gezeigt wurde nebst dem exorbitanten Ereignis, Carmen Geißen beim Kauf eines Tausend-Euro-Gürtels zu beobachten, den sie wohl nie tragen würde.

Jeffs Kehle schnürte sich zu, als er merkte, dass ihn die gleichen Gedanken umtrieben wie schon damals als Dreizehnjähriger – er wollte raus. Er wollte mehr. Er wollte in diese andere Welt.

Bevor seine Eltern fragen konnten, wie es ihm denn in den letzten Jahren so ergangen war, drehte er sich um und verschwand in seinem Zimmer. Aber er konnte nicht schlafen. Konnte nicht vergessen.

♫ ♫ ♫

Am nächsten Tag rief er Alfie an und verabredete sich mit ihm für den nächsten Abend.

»Aber du gehst nicht vorher?«, fragte Alfie besorgt. »Du kommst zu unserem Treffen, oder?«

»Mann, Alfie, warum sollte ich mich mit dir verabreden und dann nicht kommen?«

»Weil du gesagt hast, dass du schnell wieder wegwillst.«

»Wenn ich sage, dass ich da sein werde, bin ich da«, antwortete Jeff.

»Gut, ich muss dich nämlich unbedingt was fragen … also, wir sehen uns, okay?«

»Ja, geht klar, Alf. Morgen. Im Pub. Aber du müsstest mich abholen.«

»Kein Ding! Bin um sieben bei dir.«

Jeff hatte bis in den Nachmittag hinein geschlafen und es genossen, dass ihn niemand deswegen anmachte. Schlafen war gut. Beim Schlafen musste man nicht denken.

Seine Mutter putzte in der Schule und würde erst gegen einundzwanzig Uhr zurückkommen, sein Vater war wieder auf Tour. Für den Moment fühlte er eine gewisse Freiheit, die ihm erlaubte, etwas herunterzufahren.

Er machte sich etwas zu essen und setzte sich in bequemen Jogginghosen vor den Fernseher. Am Nachmittag lief nur Mist und er klickte sich durch, bis er einen Doku-Sender fand.

Gerade informierte der Moderator darüber, wie die Palmölgewinnung die grünen Lungen der Erde zerstörte – und welchen Anteil die Ernährungsgewohnheiten der Menschen daran hatten. In allen Fertiggerichten, auch in veganen, wurde Palmöl verwendet, weil es billig war und in großen Mengen hergestellt werden konnte. Viele Menschen waren inzwischen zu bequem oder zu gestresst, ihr Essen aus frischen Zutaten selbst zuzubereiten, und griffen lieber auf Fertigmahlzeiten zurück. Um die Weltbevölkerung mit Tiefkühlpizzas und Nutella zu versorgen, wurden riesige Waldflächen im Amazonas gerodet und Tiger und Orang-Utans aus ihrem Lebensraum verdrängt. Obendrein stand Palmöl im Verdacht, Herz- und Kreislauferkrankungen sowie Diabetes zu fördern.

Jeff erfuhr, dass der daraus produzierte Biosprit dreimal so klimaschädlich war wie Treibstoff aus Erdöl. Interessiert hörte er zu – all das triggerte etwas in ihm und ihm wurde klar, dass es ihm nicht egal war, was mit der Erde passierte, weil er ein Teil davon und somit mitverantwortlich war. Aber der Gedanke streifte ihn nur kurz. Penetrant drängten sich wieder seine persönlichen Probleme in den Vordergrund und er schob das Weltgeschehen zur Seite. Vor allem, weil er selbst unglaublich gerne Fertigpizza und Nutellabrötchen aß.

Eine neue Reportage begann. Eine, die einen so provokanten Titel hatte, dass Jeff das Essen im Mund stecken blieb. Die Headline war: »Armut macht dumm.«

Ein Déjà-vu! Das hatte er doch schon mal gehört – das wollte er nicht wieder! Jeff wollte wegschalten, aber er saß wie gelähmt im Sessel und hörte zu.

Wissenschaftler, so der Moderator, hatten einen Zusammenhang zwischen dem sozialen Stand der Eltern und der geistigen Entwicklung ihrer Kinder festgestellt – und daraus folgernd ihrem weiteren Werdegang.

»Armut«, sagte er, »wirkt sich negativ auf das Gehirnwachstum aus. Besonders große Unterschiede werden in jenen Zonen des Gehirns festgestellt, die das Gedächtnis, die räumliche Vorstellungskraft und die Entschlussfähigkeit steuern. Kinder von wohlhabenden Eltern haben größere Gehirne als Gleichaltrige aus sozial schwachen Schichten.«

Der Moderator ging über zur KIGGs-Studie, die postulierte, dass Kinder aus armen Familien kein Unterscheidungsvermögen besäßen und weniger gebildet wären, weil ja auch ihre Eltern über wenig Allgemeinwissen verfügten. Da finanzielle Mittel für Nachhilfe oder sonstige Förderungen fehlten, befänden sich die Kinder in einer unaufhaltsamen Spirale nach unten ohne Auffangnetz. Kinder von armen Leuten rauchten mehr, tranken mehr, ernährten sich ungesund, waren öfter fettleibig und trieben kaum bis gar keinen Sport.

Jeffs Finger lag einsatzbereit auf der Stopptaste der Fernbedienung – und drückte sie nicht. Ihm war, als hätte er einen glühend heißen Bissen im Mund, den er weder ausspucken noch schlucken konnte. Entsetzt verfolgte er Clips und Bilder von in Jogginghosen gekleideten Menschen, die Fluppe zwischen den Fingern, die Flasche Bier in der Hand … registrierte in Detailschärfe Nasolabialfalten, verkniffene Lippen, trostlose Augen, die die Welt anprangerten, das System, den Staat … zeitgleich schlug ihm eine interviewte Professorin ein kompromissloses Resümee um die Ohren, das er nie hatte wahrhaben wollen: Der soziale Aufstieg sei erschwert, ein

Selbstwertgefühl könne sich gar nicht erst entwickeln. Solche Menschen seien labil ... latent aggressiv ... verminderte soziale Kompetenz ... oft beziehungsunfähig ...

Heftig presste Jeffs Finger endlich den roten Knopf.

Bis ins Innerste getroffen verharrte er auf dem alten, ausgeleierten Sessel. Dann stand er auf und stellte sich vor den Spiegel. Seine Mundwinkel tendierten mittlerweile nach unten, sein Gesicht hatte seine klaren Konturen verloren. Auf seinen Hüften saß Fett. Seine Haut war bleich. Sein Bauch wölbte sich wie der seines Vaters über den Hosenbund. Jeff liebte Jogginghosen. Natürlich liebte er Jogginghosen! Weil der weiche Bund und die weiten Hosenbeine ihm weismachten, dass doch alles gar nicht so schlimm war. Hätte er Jeans an, würden sie ihm bei jeder Bewegung klarmachen, dass er zu viele Pfunde auf die Waage brachte.

Julianes Rausschmiss kam ihm in den Sinn, die Worte, die sie ihm an den Kopf geworfen hatte ... *Du Nichtskönner! Du Schmarotzer! Du Versager! Du Loser!*

Jeff schluckte. Dann übertrug er die restlichen Inhalte der Studie auf sich.

Er hatte keinen Plan für die Zukunft und schob alles so lange weg, bis es nicht mehr ging. Es fiel ihm schwer, sich zu entscheiden. Er war über dreißig Jahre alt und hatte im Prinzip nichts erreicht.

*Was heißt »im Prinzip«*, höhnte sein Hirn. *Du hast NICHTS erreicht. Keine Familie. Keinen Job. Kein Einkommen. Keine Zukunft. Noch nicht einmal eine Perspektive!*

Jeff keuchte auf. Er erfüllte alle Kriterien, was diese Studie an Erkenntnissen herausgefunden hatte. Es war das zweite Mal, dass er damit konfrontiert wurde. Unmissverständlich machte ihm das Schicksal klar, dass es keinen Ausweg gab.

Du musst wissen, wo dein Platz ist.

Minutenlang stand er im Raum. Dann tat er einen tiefen Atemzug, riss seine Jacke vom Haken und stürmte nach draußen. Der Wind blies kalte Luft in sein Gesicht, als er durch das Dorf lief, an der Minitankstelle stoppte, mit tief ins Gesicht gezogener Kapuze eine Flasche Obstbrand kaufte. Er rannte weiter, bis er die Häuser hinter sich hatte und an den kleinen Fluss kam, der leise plätschernd vor sich hinfloss.

Dort hockte er sich hin. Dieser Bericht hatte alles bestätigt! Er war benachteiligt. Er hatte nicht die gleichen Chancen. Er würde sie nie haben. Er war mit der absoluten Arschkarte auf diese Welt gekommen. Alles war vorprogrammiert, weil er die falschen Eltern hatte, weil er in die falsche Umgebung geboren worden war. Das Schicksal war ungerecht! Es war parteiisch. Es war eine Hure! Es war ein gewissenloser, empathieloser, darwinistischer Moloch. Fahrig kramte er in seiner Jackentasche nach einem Taschentuch und stieß mit dem Ellbogen gegen die Flasche. Leise kullerte sie den Hang hinunter. In der Stille der Nacht hörte er, wie der Inhalt aus der Flasche gluckerte. Jeff hatte nur ein Stöhnen dafür übrig.

Seine Augen glühten. Diesmal stand er auf der Kippe.

# ♫ Where You Belong ♫

Blank & Jones & Markus Loeber

Es war stockdunkel, als er sich auf den Rückweg machte. Selbst der Mond hatte sich verzogen. Als er zu Hause ankam, fand er das gleiche Bild wie gestern vor. Seine Mutter auf dem Sessel, die Füße hochgelegt, den Blick auf den Fernseher gerichtet, die übliche Frage: »Hast du Hunger?«

Schweigend aß er den Teller leer, düster vor sich hinbrütend, als sein Handy piepte und WhatsApp aufsprang. Sein Herz setzte einen Schlag aus, als er sah, dass es Juliane war. Hatte sie sich es anders überlegt? Vermisste sie ihn? Sie hatte ihn schon mal gerettet – vielleicht wäre ein Neustart mit ihr möglich? Wenn sie ihm die Chance gäbe … mein Gott, wie würde er sie nutzen!

Hektisch öffnete er die Nachrichten und war schlagartig ernüchtert.

»Hier liegt Post für dich. Zwei Einschreiben. Ich lege alles vor die Tür.«

Enttäuscht schluckte er.

»Bin nicht im Land«, tippte er zurück. »Kannst du es einscannen?«

Seine Finger verweilten über dem Tastaturfeld, zögerten, dann schrieb er: »Wie geht es dir?«

Statt einer Antwort sendete sie lediglich die zwei Dokumente. Eines war von seiner Bank, die ihm mitteilte, dass sein Kontolimit überschritten war.

»Bis auf Weiteres können wir keine Überweisungen mehr durchführen.«

Das zweite Schreiben kam von seiner Telefongesellschaft, die erfolglos versucht hatte, die Gebühren einzuholen, und ihn in Kenntnis setzte, dass mit Ablauf dieses Monats die SIM gesperrt werde.

Ihm wurde schlecht. Was sollte er ohne Handy tun?

Dann folgte eine weitere Message von Juliane: »Kümmere dich um einen Nachsendeauftrag.«

Er rief sie an. Sie ging nicht ran. Er versuchte es wieder. Sie ließ es durchklingeln. Beim dritten Mal endlich nahm jemand ab.

»Hör zu, du Wichser«, dröhnte ihm eine männliche Stimme entgegen. »Falls du es noch nicht geschnallt hast: Sie will nicht mit dir reden. Sie will überhaupt nichts mehr mit dir zu tun haben. Wenn du noch einmal hier anrufst, kriegst du es mit mir zu tun.«

Klack.

Jeff ließ das Handy sinken.

*Loser*, brüllte sein Hirn. *Loser!*

♫ ♫ ♫

Warum er sich mit Alf traf, wusste er nicht. Vielleicht, um sich von seiner katastrophalen Lage abzulenken. Oder weil ihn die Tristesse des Hundert-Seelen-Dorfes schlicht erschlug. Am wahrscheinlichsten aber wohl einfach deswegen, weil er nichts anderes zu tun hatte. So duschte er und quetschte sich trotzig in seine Jeans.

Seine Nase war dicht und er suchte nach Taschentüchern, fand keine in der Küche und versuchte es im Nachtkästchen seiner Mutter. Wie immer füllten sauber aufgereiht mehrere Päckchen das erste Drittel der Schublade. Doch als er sich eines nahm, entdeckte er darunter vier Fünfzigeuroscheine. Jeff zögerte nur kurz, nahm sich zwei davon mit dem festen Vorsatz, es seiner Mutter zu sagen und sie ihr zurückzuzahlen.

Er fühlte sich besser mit einem anständigen Betrag in der Tasche – so blöd es auch klang: Das Geld gab ihm die Kraft, die Rolle, die ihm gleich abverlangt werden würde, spielen zu können.

Eine halbe Stunde später saß er mit einem übernervösen Alfred im Pub vor einem Bier. Schon während der Fahrt hatte er ständig auf das Lenkrad getrommelt, diesmal ohne Musik, und jetzt zappelte er auf seinem Barhocker herum, fuhr sich ständig mit der Hand durch das Haar, sah sich mit seinen großen Kinderaugen immer wieder um und hatte vor allem die Tür im Auge.

Jeff hatte sich noch vor dem Pub-Besuch ein paar kräftige Schlucke eines Cognacs gegönnt, den er im Wohnzimmerschrank entdeckt hatte. Das Geld in der Tasche und der Alk im Blut übertünchten seine düstere Stimmung. Er fühlte sich einigermaßen locker.

»Alter«, sagte er zu Alf. »Du wirkst ja wie auf der Flucht.«

Alf lachte gestresst. »Nee, alles gut«, antwortete er und blickte erneut über seine Schulter.

Jeff versuchte ein unverfängliches Gespräch. »Wie läuft's in der Bäckerei?«

»Gut. Kein Wunder – ist ja die einzige im Ort.«

»Und … macht's Spaß?«

»Das Backen schon. Ich soll den Laden übernehmen, aber ich will nicht. Ich meine … du kennst ja meinen Vater.«

»Ja, den kenn ich«, erwiderte Jeff. Alfs Vater war einer jener Kunden gewesen, die sich geweigert hatten, sich von ihm beraten zu lassen. Wie würde der wohl feixen, wenn er wüsste, wie es um ihn stand!

»Einen Laden zu haben ist nicht das Schlechteste«, statuierte er. »Deine Zukunft ist schon mal gesichert.«

»Ja, schon, aber mein Vater wird die Finger auch drin lassen, wenn mir der Laden mal ganz gehört. Ich kann nichts Neues ausprobieren und so. Der sperrt sich gegen alles.«

Fahrig zerfetzte Alf einen Bierdeckel, lugte wieder zur Tür, neigte sich dann zu Jeff und sagte mit gedämpfter Stimme: »Alter, und du fliegst echt nach Kalifornien?«

»Vermutlich.« Jeff nahm einen Schluck Bier.

»Was heißt ›vermutlich‹?«

»Das heißt, dass ich auch woanders hinfliegen könnte.«

»Aber … *wenn* du fliegst … wie lange bleibst du dann?«

»So zwei Wochen.«

»Und wohin fliegst du, wenn es nicht Kalifornien wird?«

»Könnte mir Australien oder Neuseeland vorstellen.«

Jeff war von seiner eigenen Antwort elektrisiert. *Mann,* dachte er, *das wäre wirklich eine Möglichkeit. Work und Travel! Wer weiß, was sich ergibt … ich bräuchte nur das Geld für den Flug und wäre weg! Vielleicht habe ich da drüben andere Chancen?*

»Nimmst du mich mit?«, riss ihn Alfs Stimme aus seinen Gedanken.

»Was?« Entgeistert starrte Jeff den Jungen an.

Diesmal beugte sich Alf so weit vor, dass sein Gesicht fast an das von Jeff stieß.

»Nimmst du mich mit?«, wiederholte er mit flehenden Augen.

»Spinnst du? Warum fliegst du nicht selbst?«, fragte Jeff erstaunt.

»Weil ich noch nie in einem fremden Land war. Weil ich die Sprache nicht kann. Ich meine, ein paar Brocken Englisch verstehe ich schon, aber … Jeff, ich schaff das nicht allein!«

Er brach ab. Jeffs Gesicht drückte pure Abwehr aus.

»Nee, Kumpel«, wehrte er ab. »Vergiss es. Ich will Urlaub machen und nicht babysitten. Außerdem will ich mich beruflich verändern und brauche Zeit für mich selbst. Zum Nachdenken und so.«

»Ich würde dich nicht stören«, beteuerte Alf. »Bestimmt nicht.«

Im Pub wurde es nun voller, die Geräuschkulisse lauter. Alf war sichtlich froh darüber.

»Hey, Alf«, sagte Jeff und musste trotz allem lächeln, weil der wie ein enttäuschter kleiner Bub auf seinem Hocker saß. »Das schaffst du schon. Gibt sogar Tutorials im Netz, die einem zeigen, was man beachten muss … der ganze Ablauf. Außerdem kann man überall fragen.«

»Nein, hör zu, die Sache ist komplizierter«, drängelte Alf und sah sich wieder gehetzt um.

»Fehlt dir das Geld?« Jeff durchfuhr es heiß. Alfie würde ihn doch nicht anpumpen wollen?

»Ach Quatsch, Geld habe ich genug. Ich verdiene ja und gebe kaum was aus. Siehst ja, ich fahr 'n altes Auto und brauche keine Miete. Noch nicht mal Lebenshaltungskosten. Wohn ja noch daheim. Nee, Geld ist nicht das Problem.«

»Was dann?«

»Mein Vater.« Alf schluckte. »Der überwacht einfach alles. Er behandelt mich wie ein Baby. Und der Typ von der Bank ist sein bester Freund. Der merkt sofort, wenn ich einen Batzen Geld abhebe oder einen Flug buche und steckt ihm das.«

»Hey, Alf!«, entgegnete Jeff bestürzt und senkte sofort wieder seine Stimme wegen des ängstlich-nervösen Blicks des Jungen. »Dein Vater kann doch nichts dran ändern, wenn du in den Zug steigst und einfach wegfährst. Ich meine … fuck, du bist vierundzwanzig Jahre alt!«

»Mann, das weiß ich selbst!«, rief Alf unterdrückt. »Aber sobald ich das Geld abhebe, kannst du sicher sein, dass mein Vater es eine Minute später erfährt.«

Betroffen lehnte sich Jeff zurück. So etwas gab es noch?

»Sag mal, Alf, das ist ja … wie soll ich denn das nennen? Freiheitsberaubung? Wehr dich doch!«

»Genau das mache ich gerade!«

»Nein, ich meine damit, dass du ihm deine Meinung geigst und …«

»Das nützt nichts. Das habe ich schon oft versucht.«

»Aber Alf … Eine Minute reicht, um abzuhauen! Was will er denn machen, wenn du im Auto sitzt und Richtung Highway fährst? Die Polizei kann er nicht auf dich ansetzen. Dazu hat er überhaupt keine Handhabe.«

Alf schwieg verstockt. Jeff fuhr fort: »Und er kann auch nicht wissen, wo du sein wirst. Du bist volljährig! Du kannst in irgendeinen Flieger steigen und woanders ein neues Leben anfangen.«

*Oh, verdammt! Das ist so viel mehr, als ich tun kann*, dachte er verbittert. Seine eigenen Probleme überrollten ihn wieder und er verstummte.

»Denk doch mal mit«, zwang Alf ihn zurück. »Wenn ich einen größeren Betrag von meinem Konto abheben will, muss ich das voranmelden, damit die Bank die Summe da hat. Also nix mit – in einer Minute ist das Geld abgehoben und ich bin weg.«

»Du hast doch ’ne Karte! Und ein Online-Konto!«

»Ich habe kein Online-Konto.«

Jeff entfuhr ein ungläubiger Schnaufer.

»Das lässt sich eröffnen. In jeder Stadt.«

»Genau – und damit kann mich mein Vater orten.«

»Nein, das ist Bankgeheimnis. Aber selbst wenn er herausfindet, wo du hinziehst … was soll denn sein? Dann kommt er, steht vor deiner Tür – und du lässt ihn nicht rein. Fertig! Also, Alf: Wenn du wegwillst: Pack einfach deine Sachen und geh!«

»Hör zu …« Alf wirkte wieder so, als mache er sich geradewegs in die Hosen. »Ich kann das nicht so wie du. Deswegen bewundere ich dich doch. Ich … ich war fast nie von hier weg. Ich … will dir wirklich nicht auf den Sack gehen, aber … würdest du mir helfen, in der Stadt, in der du lebst, eine Wohnung zu finden? Das würde mir schon reichen. Es geht nur um den Anfang.«

»Mensch, Alf! Ich will doch erst mal ins Ausland!«

»Dann gehe ich mit! Nur, um erst mal von hier wegzukommen! Kalifornien wäre ein mega Auftakt!«

Wieder beugte sich Alf zu ihm vor und himmelte Jeff an, als sei er ein Nationalheld.

»Jeff«, sagte er. »Du … du hast damals das gemacht, was ich nicht schaffe: Du bist einfach weg! Hast auf keinen gehört! Und hast dein Glück gemacht! Du hattest den Mut! Obwohl dir alle versichert haben, dass du scheiterst. Du bist trotzdem gegangen. Und du bist *nicht* gescheitert. Du hast es allen gezeigt! Du hast dein Leben so gestaltet, wie du es wolltest – und nicht, wie ein anderer das für dich vorgesehen hat.«

Jeff schluckte schwer und hatte unendliche Mühe, die Tränen zurückzudrängen. Er sah in diese ihn aufrichtig bewundernden Augen und hätte es um nichts in der Welt fertiggebracht, Alfs Illusion über ihn zu zerstören. Er wusste so verdammt genau, wie das war, wenn jede Hoffnung wie eine Seifenblase zerplatzte. O ja, dieses Gefühl kannte er nur zu gut!

Stumm starrten sie einander an, dann senkte Alf seinen Blick. Sehr, sehr leise sagte er: »Ich habe fünfzigtausend Euro liegen. Damit kann ich mir eine neue Existenz aufbauen. Bitte hilf mir beim Start.«

Seine hellgrauen Manga-Augen flehten wie die eines Kindes. »Bitte, Jeff«, setzte er nach.

Dieser Blick gab Jeff den Rest. Er wandte sich ab, völlig überfordert mit der Situation, während seine Gedanken wie ein Springkreisel herumsausten. Verdammt, er musste dem Jungen reinen Wein einschenken! Sofort! Jetzt!

»Alf …«, begann er mit rauer Stimme und brach wieder ab. Nein, er konnte ihm nicht klarmachen, dass er statt eines Helden einen absoluten Versager vor sich hatte! Er konnte nicht! Aber … Herrgott noch mal! Der Kerl hatte fünfzigtausend Euro auf seinem Konto! In Jeffs Kopf tobte der Kreisel in Highspeed. Er konnte keinen klaren Gedanken mehr fassen.

»Was … wie ist dein Plan?«, hörte er sich plötzlich heiser fragen. »Hast du überhaupt einen?«

Hoffnung leuchtete in Alfs Augen auf.

»Ja«, sagte er mit gedämpfter Stimme. »Seit du in der Bäckerei erschienen bist, wusste ich plötzlich genau, was ich tun muss. Wir gehen folgendermaßen vor: Du gibst mir deine Kontonummer und ich überweise dir fünftausend Euro …«

Jeff wurde es schlecht und sein Herz fing heftig an zu klopfen.

»Sekunde – das erfährt dein Vater doch auch!«, wandte er ein.

»Klar, aber ich sage ihm, dass ich ein gebrauchtes Motorrad von dir kaufe.«

»Und das erlaubt er dir?«

»Ja, weil ich die Wege hier kenne. Es wird ihm zwar nicht passen, aber die Kröte wird er schlucken. Als Nächstes erzähle ich ihm, dass ich Helm und Klamotten und so Zeugs brauche und hole mir zusätzlich zweitausend Euro Bargeld. Ich packe meine Sachen in Müllsäcke und fahre sie nacheinander zu dir, das fällt nicht auf. Und an dem Tag, wo wir die Fliege machen, leihst du dir offiziell mein Auto und parkst es bei euch. Und weil ich ja kein Auto habe, wird mein Dad überhaupt keinen Verdacht schöpfen! Nachts steige ich dann aus dem Fenster und wir treffen uns am Ortsausgang. Die Laterne dort ist seit Jahren kaputt und ein paar Bäume stehen da auch. Und dann … dann fahren wir los!«

Aufgeregt blickte Alf Jeff an, der mühsam zu verdrängen versuchte, dass Alf ihm fünftausend Euro überweisen wollte – damit wäre sein Konto wieder leicht im Plus! Mein Gott, das Geld würde ihm das Leben retten! Und Alf hatte noch mehr! Dem würde es überhaupt nicht wehtun, wenn er sich den Betrag vorübergehend auslieh. Und so wie er wieder festen Boden unter den Füßen hätte, würde er ihm das Geld zurückzahlen … Verdammt, verdammt, verdammt! Und ein Auto hätte er auch noch, mit dem er abhauen konnte! An dieser Stelle mit seinen Gedanken angekommen, stoppte er sich. Er schüttelte den Kopf und mahnte sich zur Vernunft.

»Nein, das geht nicht, Alf«, quetschte er hervor. »Das ist ein komplett unnötiger Zirkus. Ich würde vorschlagen: Schreib deinem Vater einen Brief, mach dein Auto startklar, leg deinen Müllsack rein, heb ein paar tausend Euro ab und fahr weg. Wir können uns nach meiner Reise treffen – ich helfe dir dann gern.«

Verzweifelt fiel ihm ein, dass er ja gar nicht das Geld hatte, von hier wegzukommen, und wenn, dann wäre er obdachlos. Er war es, der Hilfe brauchte! Und hier, hier stand jemand vor ihm, der ihm eine Lösung auf einem goldenen Tablett servierte! Er presste die Lippen zusammen und vermied es, in Alfs Augen zu schauen, der entsetzt seine Worte vernommen hatte.

»Mann, du verstehst nicht!«, rief er gedämpft. »Das Problem ist nicht nur das Wegkommen, sondern was danach werden soll!«

»Herrgott, Alf«, zischte Jeff, am Ende mit den Nerven. »Willst du mir ernsthaft erzählen, dass du dir nicht zutraust, außerhalb dieses Kaffs zurechtzukommen? In der heutigen Zeit? Mit Internet? Such dir eine Wohnung und einen Job! Als Bäcker kommst du immer unter.«

»Jeff«, sagte Alf leise. »Ich … ich kann das nicht. Und … nein, ich traue es mir wirklich nicht zu, weil …«

»Weil dein Dad ein so *böser* Mann ist?«, höhnte Jeff und wollte nur noch raus aus der Nummer. »Mann, Alf, das ist einfach … irre!«

»Mein Dad ist nicht böse«, widersprach Alf. »Überhaupt nicht. Es ist nur so, dass ich alles bin, was er hat. Er weiß, was ich kann und was nicht – er will mich eben beschützen. Das hat er schon sein Leben lang getan. Und ich bin ihm dankbar dafür.«

Völlig überrascht schaute Jeff in Alfs Augen. Sie waren bar jedes Hintergedankens und jeder Berechnung, bar jedes negativen Gefühls. Weder erkannte er Groll, noch Verbitterung, noch Frust darin. Es waren unschuldige Augen, ehrliche Augen. In Jeff setzte plötzlich etwas aus. Zum ersten Mal in seinem Leben beschlich ihn die Gewissheit, etwas wirklich Wichtiges verloren zu haben, etwas, was sich Alf bewahrt hatte. Aber was genau das war, wusste er nicht.

»Ich bin Legastheniker, Jeff. Ich kann nicht wirklich lesen. Mein Vater hat, ich weiß nicht wie oft, das Alphabet mit mir gebacken, aber es fällt mir trotzdem schwer. Er hat mit mir gepaukt und mich durch alle Prüfungen gehievt. Mein Kopf funktioniert nicht so wie bei anderen … Ich komme nicht gut alleine klar. Ich denke nicht so schnell wie andere. Die Schilder auf den Autobahnen zum Beispiel – bis ich entziffert habe, was draufsteht, bin ich dran vorbeigefahren. Ich kann keine Zug- oder Busfahrpläne lesen. Hier brauche ich das ja alles nicht. Oder Verträge. Ich entziffere sie und verstehe nix. Und manchmal stürzt so viel auf mich ein, dass ich einfach stehen bleibe. Dann fühlt sich mein Kopf ganz leer an. Das Einzige, was ich richtig gut kann, ist backen. Mein Papa weiß das. Er weiß, dass ich eine vertraute Umgebung brauche. Er hat mir alles abgenommen und sein ganzes Leben danach ausgerichtet, dass ich zurechtkomme, wenn er mal nicht mehr da ist. Ich bin ihm wirklich dankbar dafür, aber …«

Er brach ab, biss sich auf die Lippen, dann platzte er heraus: »Scheiße, Mann, ich bin vierundzwanzig und weiß gar nichts von der Welt! Und wenn ich nicht endlich gehe, wird das auch so bleiben! Ich kann es meinem Vater nicht sagen, Jeff … ich kann ihm nicht sagen, dass ich gehe, weil er dann weint. Und wenn er weint, dann …«

Wieder verstummte er. Auch Jeff schwieg. Alf ahnte nicht, welchen Sturm er in ihm entfacht hatte. Beunruhigt registrierte er, dass Jeff sich leicht abwandte und einen tiefen Schluck aus seiner Flasche nahm.

»Jeff, bitte …«, drängelte er und weinte fast. »Du kennst das Kaff hier. Ich … ich brauche nur den Absprung!«

Jeff nahm einen weiteren Schluck Bier und wandte sich ihm zu.

»Alf«, sagte er mit rauer Kehle. »Du hast das Ding nicht zu Ende gedacht. Klar kann ich dich in irgendeine Stadt in Deutschland bringen, aber wenn du so tickst, wie du mir das gerade erzählt hast, dann …«

»Ich … könnte ich nicht bei dir bleiben?«, bettelte Alf. »Nur für ein paar Tage? Bis ich einen Job habe? Und mich auskenne?«

»Ein paar Tage? Allein das mit dem Job kann dauern! Mann, Alf, sei ehrlich! Es wäre nicht nur der Absprung! Ich wäre voll dein Babysitter!«

»Nein!«, wehrte sich Alf verzweifelt. »Es ist nicht so schlimm! Ich kann ja lesen, ich brauche halt länger … außerdem hab ich ein Auto – mit Navi! Du musst mich nur in einem billigen Hotel absetzen – und mir noch ein paar Sachen erklären, danach bist du mich los. Ich zahl dir das auch!«

»Wie … was meinst du damit?«

»Na, deine Zeit! Sag mir, wie viel du dafür willst.«

Jeff schüttete den Rest des Bieres auf ex hinunter und stellte die Flasche hart auf den Tisch.

»Wenn's dir nichts ausmacht, würde ich jetzt gerne gehen«, sagte er. Und als Alf zusammenzuckte: »Ich denk drüber nach, okay?«

Schweigend rutschte Alf vom Barhocker und fuhr Jeff nach Hause. Er sprach kein Wort mehr, bis sie wieder vor dem kleinen Haus standen.

»Ich melde mich, Alf«, versprach Jeff.

»Okay«, sagte Alf heiser. »Ich warte.«

♫ ♫ ♫

Jeff war völlig durch den Wind, als Alf mit seinem alten Golf davontuckerte. Es war neun Uhr abends und erneut machte er sich auf den Weg zu dem kleinen Hügel, auf dem er gestern gesessen war.

Das Laufen tat gut. Der Wind blies ihm ins Gesicht, als er sich mit angewinkelten Beinen ins Gras setzte. Beharrlich schob sein Kopf die hilfreichen Seiten der Situation in den Vordergrund. Alf wollte ihm fünftausend Euro überweisen. Mit ihm könnte er von hier wegkommen. Aber früher oder später müsste er ihm die Wahrheit sagen – und Jeffs Magen drehte sich um, als er sich vorstellte, wie das Feuer und die Hoffnung in Alfs Augen erlöschen würden. Ein weiterer Mensch, der ihn als Loser sehen würde.

Das gab ihm den Rest.

Mit einem Mal brach er zusammen und weinte. Mein Gott, wie gern wäre er großzügig gewesen! Wie gern hätte er dem Jungen geholfen! Wie gern würde er so gut sein, wie Alf das von ihm annahm! Doch da saß er – völlig abgebrannt, geklautes Geld von seiner Mutter in der Tasche, Schulden auf dem Konto, arbeitslos, beziehungslos – und das Schlimmste: perspektivlos.

Die Tränen stürzten ihm nur so aus den Augen und er fühlte sich in diesen Sekunden so armselig, dass er sich ohne jedes Problem vor einen vorbeifahrenden Zug geworfen hätte.

Er musste endlich etwas tun! Ach, verdammt, wie oft hatte er sich das schon vorgenommen! Es war jedes Mal schiefgegangen.

Mit einem Mal schoss unsägliche Wut in ihm hoch und eine Stimme in ihm flüsterte ihm zu, dass die Welt ein Dschungel sei und er eben lernen müsse, sich mit der Machete seinen Weg zu bahnen. Ohne Rücksicht auf Verluste. Jeder machte das so! Jeder war für sich selbst verantwortlich. Er konnte es sich nicht leisten, großzügig oder lieb zu sein. Niemand konnte das. Juliane hatte ihn abserviert – ohne jeden Skrupel! Sie hatte einen anderen – wie lange schon? Ihre Bücher waren voll von Macho-Typen, die sich nahmen, was sie wollten, und der Kerl, den er am Telefon gehabt hatte, war bestimmt genau so einer.

Seine Tränen versiegten. Entschlossen stand er auf und ging nach Hause. Seine Mutter saß vor dem Fernseher. Er warf ihr einen kurzen Gruß zu und verschwand in seinem Zimmer. Sie hatte die Kartons weggeräumt und es einigermaßen gemütlich gemacht, aber Jeff bemerkte das noch nicht einmal.

Er öffnete seinen Rechner, checkte seinen Kontostand, zählte die offenen Rechnungen zusammen und dachte nach.

Szenario eins: Mit fünftausend Euro wäre sein Konto gedeckt – und mit Sicherheit konnte er Alf dazu bringen, ihm noch mehr zu geben. Alf hatte Gehaltsnachweise … damit konnten sie eine Wohnung bekommen, und mit der Erklärung, ihm helfen zu wollen, würde er sich den ersten Monat mit einmieten. Aber er musste die fünf Scheine wieder zurückzahlen, sobald sie die Wohnung hatten – und das konnte er nicht. Dann müsste er ihm die Wahrheit beichten – das konnte er auch nicht.

Jeffs Augen glühten. Es gab noch Szenario zwei. Und so lange er das Ding auch drehte und wendete – er hatte keine Wahl. Er musste es tun. Er musste endlich die Gesetze dieser Welt anerkennen, sonst ging er total vor die Hunde.

# ♫ Get It Right Next Time ♫

## Gerry Rafferty – Night Owl

Am nächsten Tag rief er Alf an.

»Hör zu, ich hab nachgedacht«, eröffnete er ihm ohne Umschweife. »Ganz rund ist dein Plan für mich nicht. Wir sollten uns noch mal zusammensetzen.«

Am anderen Ende der Leitung war Stille.

»Alf?«, fragte er unruhig nach. Endlich vernahm er ein Flüstern.

»Du machst es … du machst es! Oh, danke, Jeff! Danke! Ich … weiß gar nicht … o mein Gott … du machst es!«

»Wie gesagt, wir müssen reden, wann geht's bei dir?«

»Heute! Nachmittags ist es am besten.«

»Okay, dann kommst du her?«

»Fuck, ja! Auf jeden Fall! Jeff! Das ist … Mann, das ist so …«

»Wir sehen uns, Alf«, schnitt Jeff ihm das Wort ab und legte auf. Er fühlte sich seltsam klar, erledigte nüchtern seinen gesamten Schriftverkehr, schrieb seine Gläubiger an und telefonierte mit seinem Mobilfunkprovider. Anschließend surfte er lange und konzentriert im Netz, holte sich die Infos, die er brauchte – und wartete auf Alfred.

♫ ♫ ♫

Alf kam mit einer großen Tüte voller Brötchen und süßem Gebäck. Er war außer sich vor Freude und megaaufgeregt, sagte dauernd, er könne es noch gar nicht glauben und er sei Jeff so dankbar. Wieder hopste er wie ein kleiner Junge oder lief im Zimmer herum wie ein Tiger im Käfig und konnte kaum fassen, dass die Tür zu seiner Zelle bald geöffnet werden würde. Jeff kochte Kaffee und setzte sich mit ihm an den Küchentisch.

»Okay, Alter, zuerst möchte ich dir ein paar Fragen stellen.«

»Klar, schieß los!«, strahlte Alf ihn an.

»Wohin möchtest du? Ich meine, in welches Bundesland? In welche Stadt – wo soll deine nächste Heimat sein?«

Die Frage warf Alfie aus der Bahn.

»Ich … ähm …«, stotterte er. »Keine Ahnung!«

»Du hast dir noch nie Gedanken darüber gemacht? Das sollten wir als Erstes tun.«

Jeff rief eine Deutschlandkarte auf und schob dem Jungen den Rechner hin. Alf schaute mit großen Augen zurück und Jeff erkannte: Alfie konnte mit der Karte rein gar nichts anfangen.

Jeff fuhr sich mit der Hand durch sein Haar und deutete auf einen Punkt auf dem Bildschirm.

»Okay, Alfie. Wir sind hier. Und der ganze große Rest ist frei verfügbar. Also: Wo willst du hin?«

»Wo … wo würdest du denn hingehen?« Alf sah ihn vertrauensvoll an. Jeff konnte nicht verhindern, dass ihn das rührte.

»Dahin, wo es Arbeit gibt«, antwortete er weicher, als er wollte. »Wo es schön ist. Vielleicht möchtest du am Meer leben? Oder an einem See?«

»Oh, das wäre toll!« Alfies Augen leuchteten auf. »Wichtig ist: Möglichst weit weg von hier!«

»Gut, dann der Süden? So bist du schnell mal in einem anderen Land. Schweiz. Frankreich, Italien … ein Rutscher, und du wärst zum Beispiel am Gardasee.«

Jeff rief Bilder vom Lago di Garda auf und Alf bekam Schluckauf vor Aufregung, als er das blaue Wasser sah, den italienischen Lebensstil, die Lebensfreude, die aus den Fotos sprang, die Touris, die Eis schleckend an der Promenade entlangschlenderten oder Espresso in einem der vielen kleinen Cafés tranken. Dort könnte er sein!

»Wir könnten einen Abstecher dahin machen«, schlug Jeff auch schon vor. »Das wäre angebrachter, als nach Kalifornien zu fliegen. Vor allem, wenn du Müllsäcke statt Koffer dabeihast. Ich meine, du kannst nicht alles auf eine Überseereise mitnehmen.«

Alfred hatte es sichtlich für Sekunden die Sprache verschlagen, seine Wangen waren hochrot und seine Augen glänzten wie zwei Leuchtfeuer.

»Oh, verflixt, daran habe ich gar nicht gedacht! Und … du würdest … mit mir dahinfahren? An den Gardasee?«

»Klar, Mann, warum nicht?«

Jeff rief einen Wetterdienst auf und gab »Bardolino« ein. Hier bei ihnen im Ort war es unangenehm feucht und knapp über dem Gefrierpunkt – in Bardolino schien die Sonne bei fast zwanzig Grad. Alfie keuchte.

»Wir könnten uns ein Zimmer online buchen. Das kann ich ja über mein Konto machen. Und du überweist mir einfach … sagen wir mal, siebentausend Euro.« Jeff zwinkerte Alfie zu. »Vorher solltest du dir aber einen Ort aussuchen, an dem du danach dauerhaft leben willst.«

»Sag mir, was ich tun soll«, bat Alfie und klebte atemlos am Monitor, als Jeff einige romantische Städte mittlerer Größe anklickte, die ihn selber reizten und sie sich schließlich für eine davon entschieden. Bald war Jeff genauso elektrisiert wie Alfie, der sich bereits Wohnungsangebote ansah und darüber völlig aus dem Häuschen geriet.

»Schau dir diese hier an, Jeff!«, rief er. »So hell! Und der Blick ins Grüne! Oh, danke, danke, Jeff! Ich kann gar nicht glauben, dass es endlich losgeht! Nach all der Zeit! Mann, was bin ich dem Schicksal dankbar, dass ich dich getroffen habe!«

Jeff sagte nichts dazu. Er stierte auf die Anzeigen und klappte schließlich mit einem Ruck den Rechner zu. »Okay, Alf. Hier sind meine Bedingungen. Du schreibst deinem Dad einen Abschiedsbrief – und hältst ihn während unserer Reise auf dem Laufenden, damit er weiß, dass es dir gut geht. Aber du erwähnst mich mit keinem Wort, hörst du? Auf gar keinen Fall möchte ich mit deiner Flucht in Verbindung gebracht werden.«

»Geht klar, Jeff.« Alf nickte mit hochroten Ohren.

»Hier ist ein Zettel. Da steht drauf, was du unbedingt mitnehmen musst.«

Er händigte ihm eine Liste mit Dokumenten und Papieren aus, die Alf brauchen würde.

»Kannst du das auftreiben oder verwaltet das alles dein Vater?«

»Das kriege ich hin. Ich weiß, wo die Unterlagen liegen.«

Jeff sprach noch einige Punkte mit Alf durch, dann sah er ihm direkt in die Augen und fragte: »Und wann bist du bereit für deinen großen Abflug?«

Alf wurde bleich.

»Mein großer Abflug«, flüsterte er. Seine Augen wurden feucht und richteten sich mit einem Mix aus tiefem Vertrauen, Schuldbewusstsein und Aufregung auf Jeff.

Der zwang sich, an seinen gestrigen Entschluss zu denken, sich im Dschungel dieser Welt endlich zu behaupten. Er räusperte sich. »Dein Vater schaut hoffentlich nicht in deine Schränke?«

»Nein«, erwiderte Alf geistesabwesend. Er verlor sich in irgendwelchen Gedanken und schwieg so lange, dass Jeff Bedenken hegte, Alfie bekäme jetzt, wo es ernst wurde, gehörig Muffensausen. Der Kerl würde doch keinen Rückzieher machen? Sein Herz klopfte so laut, dass er Angst hatte, Alfred würde es hören.

Unvermittelt stand Jeff auf, Druck im Kopf, Druck im Herzen, und flüchtete ins Badezimmer. Als er zurückkehrte, hockte Alf immer noch am Tisch. Aber sein Blick war klar.

»In drei Tagen«, entschied er. »Von Dienstag auf Mittwoch – da schläft mein Vater länger, weil am nächsten Tag Feiertag ist.«

Jeff nickte. In drei Tagen.

♫ ♫ ♫

Alf packte nacheinander Müllsäcke mit Klamotten, Unterlagen und lieb gewordenem Krimskrams und schaffte zwei davon zu Jeff, der sie in der alten Scheune neben dem Haus unterbrachte.

Herr Wedel hatte das Ding mit dem Motorradkauf geschluckt und ging davon aus, dass sein Sohn mit Jeff das Zweirad holen wollte. Sie hätten eigentlich mitten am Tag abhauen können. Aber Alfie schob den Brief an seinen Dad bis zuletzt hinaus, außerdem hatten sie in der Nacht freie Fahrt und gewannen einen größeren Vorsprung, bis Alfs Fehlen entdeckt werden würde.

Beide waren sie aufgewühlt. Alf wurde sich bewusst, welche Konsequenzen sein Vorhaben hatte. In seinem Herzen war ein Loch. Er brauchte Stunden, bis er den Brief an seinen Papa geschrieben hatte, und es zerriss ihn fast dabei.

Danach fuhr er den dritten Kleidersack zu Jeff, warf sich in dessen Arme und weinte.

Jeff konnte das kaum ertragen. Diese Augen! Wie konnte man solch ehrliche, unschuldige Augen haben! Unwillkürlich drückte er den Jungen an sich und auch seine Augen wurden rot. Er hätte ihm so gern etwas Aufmunterndes gesagt, wenn es etwas Aufmunterndes gegeben hätte.

Schließlich schniefte Alfie und sah mit seinem Kinderblick zu Jeff hoch.

»Heute Nacht?«, fragte er heiser.

»Heute Nacht.«, nickte Jeff. »Ortsausgang. Ein Uhr. Und dann Richtung Süden, Kleiner.«

Er brachte Alfie nach Hause und fuhr wieder zurück. Packte die paar gebrauchten Klamotten in den Koffer, die seine Mutter ungefragt gewaschen und gebügelt hatte. Legte sich auf sein Bett. Sah auf die Uhr. Nur noch wenige Stunden. Er fühlte sich komisch. Er hatte so etwas noch nie gemacht.

Als seine Mutter nach Hause kam, lag er nach wie vor mit hinter dem Kopf verschränkten Armen in seinem Zimmer. Zaghaft klopfte sie an seine Tür.

»Hast du Hunger? Ich kann dir was machen – ich muss erst in einer Stunde wieder weg.«

»Nein, Mum, danke«, antwortete er. Ihm fiel ein, dass er Zeit genug gehabt hätte, mal ausnahmsweise ihr etwas zu kochen – hatte er diesen Gedanken nicht neulich erst bei Juliane gehabt? Aber bevor ihn das schlechte Gewissen übermannte, erinnerte er sich an seinen Entschluss, die Welt als Dschungel zu betrachten. Das half ihm. Er richtete sich aus seiner liegenden Position ein wenig auf und sagte: »Wollte noch Bescheid geben, dass ich heute Abend wieder verschwinde. Danke fürs Wäsche machen.«

Ihr Blick war längst auf seinem gepackten Koffer gelandet und sie nickte gottergeben.

»Wo gehst du hin?«, fragte sie traurig. »Nach Amerika?«

»Nein, hab meine Pläne geändert. Weiß noch nicht, wo es mich hin verschlägt. Hängt von meinem nächsten Job ab.«

»Warum willst du immer mehr und mehr und mehr?«, brach es mit einem Mal aus ihr heraus. »Warum kannst du nicht einfach mal zufrieden sein mit dem, was du hast?«

»Weil mir das Herrgott noch mal nicht reicht, Mama!«, stieß Jeff unbeherrscht hervor. »Weil ich das Leben, das du ständig in deinen Soaps guckst, selber haben will – und nicht nur als Wurst an der Stange!«

»Aber das ist Fernsehen! Das ist nicht wirklich!«, gab sie trotzig zurück. »Das ist nicht unser Leben!«

»Mama«, fauchte Jeff zornig und setzte sich nun vollends auf. »Verdammt noch mal, kannst du nicht verstehen, dass ich mehr will als … als das hier?« Seine Hand machte eine ausladende Bewegung durch das Zimmer. »Dass ich nicht Trucker werden will wie Papa? Wieso schätzt du es nicht, wenn ich nach mehr strebe? Statt mich ständig runterzuholen und mir zu sagen, wo angeblich mein Platz ist? Warum machst du mir nicht einmal in meinem Leben Mut statt Angst?«

Die Worte waren nur so aus ihm herausgesprudelt und beiden wurde bewusst, dass er das, was er fühlte, noch nie so klar ausgedrückt hatte wie an diesem Abend.

Seine Mutter rang sichtlich um Worte, aber kein Laut kam aus ihrem Mund. Schließlich schloss sie hilflos die Tür und ging einfach.

Jeff legte sich wieder hin, der Ausdruck in seinen Augen war bitter. Blick auf die Uhr. 19.30 Uhr.

Die Zeit tickte in den Raum. Langsam. Stetig.

Bis es so weit war.

# ♫ Will You Be There ♫

## Michael Jackson

»Für alle, die sich gerade erst zugeschaltet haben … Hier ist Pixie mit der ersten Folge des Moonlight-Radios! Woher der Name kommt? Ganz einfach! Schon immer war der Mond ein Zeichen für innere Einkehr. Den ganzen Tag seid ihr mit dem äußeren Leben beschäftigt, aber wenn es wahr ist, dass die äußere Welt durch unser Inneres zustande kommt, sollten wir uns die Zeit nehmen, wenigstens ein paar Minuten am Tag die Richtung zu ändern und dorthin zu gehen, wo Schicksal entsteht. Dorthin, wo Änderungen möglich sind.

Es heißt immer, man bekäme für alles eine zweite Chance. Ich persönlich glaube, dass das ganze Leben aus Chancen besteht! Aber eine weitere Chance bringt nur dann was, wenn du verstanden hast, warum es beim ersten Mal nicht geklappt hat. Oder, um es anders auszudrücken: Solange du das, was hinter dir liegt, nicht loslässt, kann nichts Neues entstehen. Aber – wie lässt man Altes los? Darum geht es hier! Das Moonlight-Radio beschäftigt sich mit *dir* – und deinem Glück … bleibt dran!«

♫ ♫ ♫

Mitternacht.

Alfie lag auf seinem Bett. Sein Herz flatterte. Es tat weh. Er hatte den Brief an seinen Vater immer wieder verändert und verfeinert – bis es nichts mehr zu verbessern gab. Nun lag das Kuvert auf seinem Nachttisch wie ein dicker Vorwurf, als stelle es die Frage: »Willst du ihm das wirklich antun? Nach allem, was er für dich getan hat?«

Alfie atmete schwer, er wollte nicht an seinen Dad denken. Nicht daran denken, dass ihrer beider Leben in wenigen Stunden völlig anders sein würde als jetzt.

Sein Kopf drehte sich zum x-ten Mal Richtung Uhr. Zwei Minuten nach Mitternacht. Ruhelos lag er auf dem Bett, hatte ständig das Gefühl, auf die Toilette zu müssen, spähte fast im Minutentakt auf den Wecker … bis die Digitalanzeige schließlich 0.45 Uhr anzeigte. Sein Herz fing an zu rasen.

In einer Viertelstunde würde er frei sein! In fünfzehn Minuten würde er sich auf dem Weg zum Gardasee befinden. Übernervös checkte er alle Unterlagen – Reisepass, Personalausweis, EC-Karte, Führerschein … sah sich noch einmal in seinem Zimmer um, nahm innerlich Abschied, stieg mit einem flauen Gefühl im Magen aus dem Fenster, schlich durch den Garten, erreichte die Straße. Mit jedem Schritt wurde ihm leichter. Mit jedem Schritt war er sich sicher, das Richtige zu tun, mit jedem Schritt spürte er den Duft der Freiheit.

Kältewolken quollen aus seinem Mund, während er Richtung Ortsausgang lief. Die Laterne leuchtete nicht. Die sie umgebenden Eichen befanden sich noch in der Winterstarre und Alf dachte daran, dass in Italien schon längst Frühling war, die Bäume grünten und die Blumen blühten. Heftiges Fernweh überkam ihn, Aufregung. Freude. Nur ein halber Tag – und er würde Sonne auf seiner Haut spüren! Wieder checkte er die Uhrzeit. Noch fünf Minuten! Dann begann ein neues

Leben für ihn. Er drückte seine Stirn gegen die kalte Rinde des Baumes.

»Papa«, flüsterte er. »Bitte versteh mich.«

Jeff sah ebenso auf die Uhr. Es war so weit. Er wuchtete seinen Koffer ins Auto, überprüfte, ob er alles hatte, und schrieb seiner Mutter einen Abschiedsgruß. Als er den Zettel auf den Tisch legte, fiel ihm ein, dass er ihr nicht gesagt hatte, sich Geld von ihr geliehen zu haben. Gut, er würde es ihr mit der Post schicken oder überweisen.

Jeff atmete tief durch. Dann schloss er leise die Tür.

Fünf nach eins. Nachtfrost überzog jeden einzelnen Grashalm mit Raureif. Alfie fror erbärmlich, schlang die Arme um sich, suchte Schutz vor dem Wind und vor möglichen Blicken hinter einem der Baumstämme.

Zehn nach eins.

Wo war Jeff? Verdammt, hatte er verschlafen? Nervös rief Alf ihn an. *No signal.* Jeffs Handy war abgeschaltet oder hatte keine Funkverbindung.

Zwanzig nach eins.

Kein Jeff. Alfs Herz klopfte wie verrückt. Was war nur los? Warum hatte er sein Handy nicht an? Verflixt! Er konnte schlecht die acht Kilometer in der Dunkelheit zu Jeffs Zuhause laufen, um ihn zu wecken! So unromantisch hatte er sich den Beginn seines neuen Lebens nicht vorgestellt! Wo blieb der Kerl bloß?

Halb zwei. In Alf begann sich ein unschöner Verdacht zu regen. Er hatte Jeff siebentausend Euro überwiesen! Er würde doch nicht … ein heißes, unangenehmes Gefühl durchströmte ihn. Nein, schalt er sich. Niemals würde Jeff so etwas tun! Jeff hatte ihm die Sonne Italiens gezeigt! War mit ihm Wohnungsangebote durchgegangen – hatte ihn gefragt, wo er leben wolle …

1.45 Uhr.

Kein Auto. Kein Jeff. In Alf stürzte etwas ab. Seine Beine und sein Gesicht waren taub vor Kälte. In seinen Augen brannten Tränen.

1.55 Uhr.

Langsam rutschte Alf am Baumstamm in die Hocke und atmete schwer. *Bitte, lieber Gott,* flehte er. *Lass das nicht wahr sein. Lass Jeff kommen. Bitte.*

Aber Jeff kam nicht.

Die Uhrzeit auf seinem Smartphone vermeldete 21.00 Uhr, als Jeff es komplett ausschaltete und den dritten Müllsack, der noch im Kofferraum war, zu den anderen beiden in die Scheune stellte.

Er setzte sich hinters Steuer und startete den Motor. Seine Kiefer pressten sich aufeinander, als er den Wagen aus dem Ort hinaus Richtung Autobahn lenkte. Jeder Meter brachte ihn weiter weg von dem Jeff, der er einst gewesen war und nicht mehr sein wollte. In diesen Tagen hatte er endlich kapiert, worum es wirklich ging.

Er zwang sich, nicht an Alf zu denken, nicht an dessen große Augen, nicht an die Unschuld darin, nicht an die Enttäuschung. Fahrig betätigte er die Musikanlage des alten Golfs. Supertramp mit »Breakfast in America« dröhnte ihm entgegen. Hastig schaltete er ab. Alfs Augen waren dauernd in seinem Kopf und er fluchte.

Wieder fingerte er an der Anlage herum und drehte das Radio an. Ein Kuschelrocksender. Schmalz. Herzschmerz. Verflucht – danach war ihm absolut gar nicht! Wie ein Verrückter veränderte er die Frequenzen. Er wollte Heavy Metal! Punk! Er wollte Schreie, Lautes, Hartes, Brutales – aber zu dieser Zeit spielten sie nur diese Scheiß-Schmusesongs.

Genervt drückte er auf »Aus«. Fuhr Richtung Süden. Nahm Kurs auf die Stadt, die sich Alfred für seinen Neustart auserwählt hatte. Mühsam zwang Jeff seine Gedanken immer wieder von dem Jungen weg. Er musste an seine eigene Zukunft denken.

♫ ♫ ♫

»Hier ist das Moonlight-Radio! Und Pixie! Meine erste Sendung starte ich mit der Geschichte um den Buddha von Sukhothai. Kennt ihr ihn? Dieser Buddha steht in Thailand, genauer gesagt in Bangkok, und er ist einer der größten Buddhas überhaupt. Ganze drei Meter hoch, satte 5,5 Tonnen schwer und über siebenhundert Jahre alt. Aber: Er war hässlich. Er bestand aus unansehnlichem Ton. Jahr für Jahr wurde die Statue geschrubbt, aber schöner wurde sie dadurch nicht. Doch dann entschied man sich, das Tempelgelände zu restaurieren, und im Zuge dessen wurde der Buddha beschädigt. An etlichen Stellen zerbrach die Tonschicht und zum grenzenlosen Erstaunen aller kam darunter eine Figur aus purem Gold zum Vorschein. Heute ist der Buddha von Sukhothai der größte goldene Buddha, den es je gab. Die Tonschicht hatte jeden über das wertvolle Innere getäuscht.

So ist es auch mit uns: Wir Menschen haben eine Tonschicht um uns, haben vergessen, dass wir alle aus purem Gold bestehen. Wie vielen von uns wird der Glaube an eine begrenzte Persönlichkeit von klein auf beigebracht? Wir haben vergessen, wer wir wirklich sind, und putzen nur am Äußeren herum – ohne die Dinge damit besser zu machen.

Wie viele wissen, wie wertvoll sie wirklich sind? Ich bin Pixie … und ich heiße all jene, die sich jetzt erst zugeschaltet haben, herzlich willkommen! Wir befassen uns damit, wie du deine Tonschicht zerbrechen und zu deiner wahren Größe finden kannst.«

♫ ♫ ♫

Verbissen fuhr Jeff Kilometer um Kilometer. Erst als er zwei Bundesländer durchfahren hatte, machte er eine Pause, tankte, holte sich einen Kaffee und versuchte es, während er sein Brötchen aß, wieder mit dem Radio.

Das konnte nicht sein – nichts als Romantikschnulzen! Es musste doch einen Nachrichtensender geben! Gereizt drehte er weiter, bis er endlich eine Stimme anstelle von Musik vernahm. Aufatmend fuhr er den Sitz für eine kleine Rast nach hinten und nahm einen Schluck Kaffee.

Es war 23.15 Uhr. Wieder gingen seine Gedanken mit gemischten Gefühlen zu Alf, der um diese Zeit noch nichts ahnend in seinem Bett lag.

Um sich abzulenken, drehte er die Lautstärke des Radios hoch und hörte der Moderatorin zu. Doch da verschluckte er sich fast.

»… sind Zufälle, die uns passieren, wirklich Zufälle? Oder einfach etwas, was uns zu-fällt? Wenn es so wäre: *Warum* fällt es uns zu? Das wird schon lange wissenschaftlich untersucht, und dabei tritt immer deutlicher zutage, dass wir auf unser Schicksal mehr einwirken können, als wir das bisher geglaubt haben. Schon Spinoza hat gesagt: ›Es gibt in der Natur nichts Zufälliges. Zufällig wird ein Ding nur mit Rücksicht auf einen Mangel unserer Erkenntnis genannt.‹ Wissenschaftler reden auch nicht von Zufällen. Sie reden von Synchronizitäten.«

Musik wurde eingeblendet. Jeff saß wie erstarrt auf seinem Sitz und ihm war unheimlich zumute. Wessen Stimme war das? Diese Stimme klang so … ja, wie klang die eigentlich? Tausend Attribute kamen ihm in den Sinn und doch fand er keines, das auch nur annähernd wiedergab, was diese Stimme in ihm auslöste. Sie war sinnlich, sie war sanft, sie drang tief in seine Seele. Und auch ihre Worte verstörten ihn. Synchronizitäten? Warum gerade jetzt dieses Thema? Das war ja doppelt pervers!

Doch in der nächsten Sekunde schon schaltete sich Frust hinterher – was hatte sie gesagt? Man könne auf sein Schicksal einwirken? Na, wunderbar! Mal sehen, ob die Lady im Radio auch klarmachte, dass das Leben Boxhandschuhe anhatte und fleißig Kinnhaken austeilte!

Jeffs Interesse war geweckt und er hörte weiter zu.

»Gerade in der heutigen Zeit wird so oft davon geredet, dass wir unser Schicksal selbst erschaffen können. Trotzdem sitzen viele inzwischen desillusioniert auf ihrem Hintern und fragen sich, was denn aus ihren Wünschen und Träumen geworden ist. Warum dauernd etwas dazwischenkommt. Warum es nicht klappt.«

»Exakt«, höhnte Jeff laut und war aus irgendeinem Grund überzeugt, sie spräche nur für ihn. »Weil wir ein Scheißsystem haben!«

»Wie ist das mit dir?«, fuhr sie fort. »Wie denkst du über dein Leben? Bist du der Meinung, man kann es formen? Oder gehörst du zu denjenigen, die davon überzeugt sind, dass das Schicksal ein mieser Verräter ist? Diese Frage ist so alt wie die Welt.«

Die Moderatorin lachte. Das konnte Jeff überhaupt nicht einordnen. Warum lachte die? Das war doch kein Thema, über das man lachte. Es war bitterer Ernst!

»Egal, welche Ansicht du verfolgst«, tönte es an sein Ohr. »Bleib auf meiner Frequenz! Es gibt spannende Studien dazu und vielleicht ist ja auch ein Impuls für dich dabei. Apropos: Ihr könnt jederzeit Kommentare, Fragen oder Meinungen auf der Homepage posten unter *moonlight@radio.com*! Oder ruft mich direkt an!« Sie gab die Nummer durch, dann fügte sie hinzu: »Ich freue mich jetzt schon riesig über eure Teilnahme! Also … seid nicht schüchtern!«

Jeff war verwirrt. Sein Eindruck, dass die Sendung wie auf ihn zugeschnitten war, verdichtete sich. Er sah auf die Uhr. Eigentlich hatte er sein Brötchen essen und danach für zehn Minuten die Augen zumachen wollen, aber er konnte es kaum erwarten, bis der Song zu Ende war und es weiterging.

»Kommen wir zu den Synchronizitäten!«, meldete sich Pixie zurück, »Ich greife das Thema von vielen Seiten an, möchte aber heute erst mal einen Rahmen skizzieren. Carl Gustav Jung war einer der Ersten, der den Begriff verwendet hat. Seitdem sind interessante Studien dazu betrieben worden. Die beiden Forscher McCraty & Deyle zum Beispiel haben 2016 bestätigt, dass um unseren Planeten herum große Energiefelder existieren. Die Existenz dieser Felder wurde schon im letzten Jahrhundert von Quantenwissenschaftlern erwähnt, einer der berühmtesten davon ist Einstein. Diese Felder beeinflussen das menschliche Bewusstsein, aber noch wichtiger ist, dass *wir* diese Felder beeinflussen. Das ist eine bedeutsame und weitreichende Feststellung: Nicht die Welt beeinflusst uns – sondern wir die Welt!«

Sie pausierte ein wenig, gab dem Hörer Gelegenheit, das Gehörte zu verdauen.

»Wodurch werden diese Felder beeinflusst? Durch Energie. Was ist Energie? Ein Gedanke zum Beispiel ist Energie. Wenn wir denken, erzeugt das eine elektrische Ladung. Ein Gedanke wiederum ruft ein Gefühl hervor und das ergibt eine magnetische Ladung. Diese Kombination aus Denken und Fühlen erzeugt ein messbares elektromagnetisches Feld um jeden physischen

Körper. Das lässt sich mit bildgebenden Geräten nachweisen. Spannend ist, dass die Felder eines jeden mit allem in Resonanz gehen. Um es vereinfacht auszudrücken: Mit jedem Gedanken und dem darauffolgenden Gefühl färben wir die Welt – und uns.«

Sie lachte ein wenig und fuhr begeistert fort: »Es gibt verschiedene Felder … elektromagnetische, geomagnetische, morphogenetische … die ein Netz bilden, in das wir alle eingewoben sind. Leute, macht euch klar: Durch diese Felder sind wir alle miteinander verbunden! Ob uns das nun schmeckt oder nicht! Darin liegen unser Risiko und unsere Chance! Denn mit jedem Gedanken beeinflussen wir nicht nur uns selbst, sondern auch alle Felder um uns herum – das heißt, wir tränken sie mit unserer Gesinnung. Aber es geht weiter! Denn es ist ebenfalls eine unbestrittene Tatsache, dass Moleküle, die auf gleicher Frequenz liegen, sich zusammenschließen – und gemeinsam feuern. Was heißt: Viele gleiche Gedanken und Gefühle verstärken die Wirkung – und das erschafft Synchronizitäten. Wenn Dinge in deinem Leben also nicht laufen, dann hat das einen Ursprung. Und der Ursprung bist immer du. Hört sich das unschön an? Ja! Denn damit trägst du die volle Verantwortung für dein Leben! Und nicht nur das: auch für unsere Welt. Dieses alte und so wahre Sprichwort, dass aus Gutem Gutes entsteht und aus Bösem Böses, hat für uns alle inzwischen existenzielle Bedeutung. Wir müssen erkennen, dass unsere Denkweise Wirkung hat. Das ist sicher nicht leicht zu akzeptieren … aber die gute Botschaft ist: Du bist tatsächlich dein eigener Schöpfer! Fragt sich nur, *was* du erschaffst!«

Wieder lachte sie und wieder war Jeff darüber verwundert. Ihr Lachen machte ihm klar, dass es ihr egal war, ob jemand diese Ansicht teilte oder nicht. Sie bot sie nur an.

»Indem wir also nach Glück streben«, fuhr sie fort, »– und damit meine ich echtes Glück! Dauerhaftes Glück! –, helfen wir nicht nur uns selbst, sondern auch der gesamten Welt. Jeder, der das tut, ist ein Gewicht auf der Waage zum Guten auf dieser Erde. Wenn du also dein Schicksal verbessern willst, dann gratuliere ich dir zu dieser Absicht! Denn das größte soziale Engagement, das du der Welt bieten kannst, ist deine eigene Entwicklung.«

Jeff war befremdet von ihren Worten. Noch nie hatte er sich und die Welt in diesem engen Zusammenhang gesehen.

»Ich weiß schon, was ihr jetzt entgegnet«, machte die Moderatorin weiter. »Es ist so schwierig, gute Gedanken zu haben und sie zu halten … Aber wenn wir ein gutes Schicksal haben wollen und eine intakte Welt, ist es essenziell, wie wir denken. Wir brauchen einen gesunden Geist. Und den gilt es zu kultivieren.«

Pixie machte eine kurze Pause. Jeff kam es vor, als wisse sie genau, was er dachte, denn ihre nächsten Worte klangen eindringlich und überzeugt.

»Es *ist* möglich, ein schönes Leben zu führen. Es *ist* möglich, glücklich zu sein. Alle spirituellen Lehren sagen, dass ein Bewusstsein ohne jede Negativität machbar ist. Wir glauben nur nicht mehr daran.«

Stumm kauerte Jeff im Wagen. Sein Kopf wartete mit all jenen Argumenten auf, die er in den letzten Wochen pausenlos ins Feld geführt hatte: Dass das Leben unfair war, dass es Menschen gab, die mit dem goldenen Löffel im Mund geboren wurden, dass er keine Chance hatte … Hatte er damit Synchronizitäten erschaffen? War das schon ein unangenehmer Nasenstupser, fühlte er sich von ihren nächsten Sätzen geradezu geohrfeigt.

»So viele meinen, sie müssten besonders intelligent, besonders gefördert oder was nicht alles sein, um in dieser Welt bestehen zu können. Aber Genialität hat nichts mit der Größe des Gehirns zu tun, sondern mit der Fähigkeit, auf ein schöpferisches Potenzial zuzugreifen, das jedem offensteht. Es kommt nur darauf an, wie weit du dich dafür öffnest. Schon Einstein hat gesagt: ›Jeder, der sich ernsthaft mit der Wissenschaft beschäftigt, gelangt zu der Überzeugung, dass sich in den Gesetzen des Universums ein Geist manifestiert – ein Geist, der dem des Menschen weit überlegen ist.‹«

Wieder schwieg sie für Sekunden. Und in diesem Schweigen lagen eine unendliche Fülle, ein unendliches Potenzial – und unendliche Hoffnung. Jeff war, als lege sie Zündstoff an die Mauern in ihm.

»An diesen schöpferischen Geist heranzukommen – darum geht es hier. Einstein nennt es ›Geist‹, andere nennen es ›Energie‹. Die alten Weisen bezeichnen es als unser Herz, unser Selbst, oder schlicht als Liebe. Es ist etwas, das uns umgibt. Etwas, das wir *sind.* Etwas, was *in* uns ist. Die Essenz, aus der wir entstanden sind. Liest man die alten Schriften, findet man im Wesentlichen immer wieder die gleiche Aussage: Du bist aus Liebe geboren und kehrst zur Liebe zurück. Ich meine damit nicht die Liebe zwischen zwei Menschen. Ich meine die Liebe, die dich leben lässt. Wenn du unglücklich bist, dann deshalb, weil du den Kontakt zu dieser ureigenen Energie verloren hast. Und es ist letztendlich das, wonach wir uns alle sehnen.«

Eine elektrisierende Stille schien über dem Sender zu liegen. Erst jetzt wurde Jeff bewusst, dass er nicht der Einzige war, der zuhörte, dass Pixies Worte ihn mit vielen anderen Menschen verbanden. Und doch war es so intim.

»Alles Unglück geschieht genau deswegen, weil wir im Außen verzweifelt suchen, was wir dort nie finden werden«, sagte Pixie weich. »Wir möchten, dass uns jemand liebt, möchten, dass andere uns schätzen. Wir meinen, wenn wir nur dies und jenes hätten, ginge es uns gut. Wir streben nach mehr und mehr und mehr. Und genau diesen Wahnsinn finden wir gerade in der Welt vor. Wäre es nicht toll, wenn wir das stoppen? Das geht nur durch dich. Siehst du, wie wichtig du bist?«

Wieder gab sie Verdauungszeit.

»Synchronizitäten«, fuhr sie dann leise fort, und Jeff gewann erneut den Eindruck, sie spräche nur zu ihm. »Du nützt niemandem, am wenigsten dir selbst, wenn du dich kleinmachst. Mit allem, was du denkst und tust, tränkst du die Felder um dich herum, programmierst sie, initiierst und schaffst deine eigene Wirklichkeit.«

In Jeff drehte sich alles. Synchronizitäten! Wenn dem so war – warum hörte er diese verdammte Sendung gerade jetzt? Ihre sanfte Stimme berührte ihn bis in jede Zelle seines Körpers. Er saß wie festgeschraubt auf dem Autositz, froh um die Musik, die sie immer wieder einflocht, und sehnte sich doch danach, dass sie weiterredete. Instinktiv drehte er lauter.

»Forscher der Universität New York haben herausgefunden, dass Studenten, die an Romantik glauben und überzeugt sind, ein Date zu bekommen, prozentual viel öfter eines haben als die, die das nicht tun. Man hat Golfern gesagt, man würde ihnen einen Glücksball geben – und obwohl sie darüber lachten, schnitten ausnahmslos alle besser ab. Hier geht es aber nicht nur um positives Denken, sondern um *Erwartungen*. Denn für das Gehirn sind Erwartungen hochwirksame Auslöser. Niedrige Erwartungen bedeuten geringe Resultate. Bevor ihr jetzt mit den Augen rollt, möchte ich klarstellen: Positives Denken allein nützt nicht unbedingt, trotzdem ist es wichtig, sehr wichtig sogar, damit anzufangen. Warum? Weil durch positives Denken die Amygdala, die für Angst zuständig ist, ausgeschaltet wird. Und wir alle wissen: Angst macht dumm. Angst lähmt. Aus Angst machen wir Fehler. Aus Angst lügen wir. Und aus Angst leben wir nicht unseren Traum.«

In Jeff drehte sich alles. Angst. Wie oft hatte er Angst verspürt? Er spürte sie auch jetzt. War er jemals ohne sie gewesen? Zum ersten Mal in seinem Leben fühlte er sich vollständig verstanden, hatte das Gefühl, dass da jemand war, der echte Lösungen parat hatte.

Ihre Sätze waren getragen von einer Intensität, die Jeff auf seinen Sitz bannte, sie machten ihm unerklärlicherweise Hoffnung auf eine bessere Welt und auf sein eigenes Glück. Es waren nicht nur die Worte – es war die Art, wie sie sie vermittelte. Sie tat es eindringlich, aber nicht aufdringlich. Sie schien tief von dem überzeugt, was sie sagte – und wollte doch keinen überzeugen. Ihre Worte waren wie Goldmünzen, die vom Himmel fielen – wer sich bückte, konnte sie aufheben und sie für sich verwenden.

»Wir sind so sehr an diese Angst gewöhnt, dass wir sie inzwischen als normal empfinden«, erklärte Pixie indessen weiter. »Es ist normal, unglücklich, depressiv oder krank zu sein. Es ist normal, daran zu glauben, dass im Alter alles schlechter wird, dass das Leben aus Kompromissen besteht und es echtes Glück nicht gibt. Und das, meine Lieben, stimmt nicht. Es ist schlicht nicht wahr. Wenn ihr allein diesen Gedanken aufgeben könntet, wärt ihr einen Riesenschritt weiter. Es *gibt* echtes Glück.«

Ein paar Klaviertöne tröpfelten nach ihren Sätzen in den Raum, verstärkten die zauberhafte, fast mystische Stimmung, die sich wie ein zarter Schleier um Jeff legte und die er so gar nicht verstand. Glaubte er denn an wahres Glück? Und wenn er es nicht tat, wie sollte es dann entstehen? Pixie hakte in seine Gedanken ein.

»Gedanken bewirken etwas, weil Gedanken Energie sind. Falls du zu jenen gehörst, die ihr Leben besser machen wollen, dann besteht der erste Schritt darin, darauf zu achten, wie du über dich selbst denkst. Und das erfordert Ehrlichkeit.«

Wieder stoppte sie kurz.

»Solltest du schlecht über dich denken, dann möchte ich, dass du weißt: Jeder Mensch ist edel und gütig. Auch du. Wenn du das nicht mehr fühlen kannst, hast du einfach vergessen, wer du wirklich bist. Du siehst den goldenen Buddha nicht mehr, weil deine Gedanken eine hässliche Tonschicht darum gebaut haben. Aber lass mich dir sagen: Du *bist* gut. Du *bist* edel. Du *bist* großartig. Es wäre so schön, wenn du das endlich glaubst. Wir sind alle Heilige im Entstehungsprozess. Ein indischer Mönch hat mir mal gesagt: ›In der Meditation siehst du, wie du wirklich bist. Du erkennst, dass in deinem Herzen Güte und Liebe existieren, dass du wahrhaftig das faszinierendste, wunderschöne Licht Gottes bist. Und ich möchte, dass du dich bemühst, wenigstens einen Schimmer davon zu sehen.‹

Lasst mich eure Aufmerksamkeit auf das Wort Meditation lenken. Denn das bedeutet nichts anderes, als dass ihr euch endlich mal nach innen, nämlich der Produktionsstätte eurer Welt zuwendet – und nicht nur den Produkten. Heutzutage wird so viel über Achtsamkeit geredet. Das ist schön, das ist gut, aber Achtsamkeit beginnt damit, dass du dich selbst achtest, dass du dir der Größe in dir bewusst wirst. So lange haben wir in die Gegenrichtung geschaut. Deshalb fällt das Nach-innen-Gehen am Anfang nicht leicht. Es dauert schon ein Weilchen, bis wir wieder ein Gefühl dafür entwickelt haben. Aber wenn du nicht damit anfängst, wirst du ewig an der Tonschicht herumputzen, ohne dass sich etwas ändert. Denk dran: Das Größte, was du hast, ist dein Leben! Und das solltest du nicht vergeuden.«

Nach diesen inhaltsschweren Sätzen verstummte sie und in dieser gesättigten Stille vibrierten ihre Worte nach wie die hochfrequenten Töne einer Klangschale. Für Jeff fühlte es sich an, als streue sie Samen in sein Herz, goldene kleine Funken, die sich sanft in seiner Seele niederließen.

Noch einmal erklang ihre Stimme.

»Daher ist deine wichtigste Aufgabe auf dieser Welt, glücklich zu sein. Ein Glück zu finden, das tiefer geht als deine materiellen Wünsche. Eines, das dir niemand nehmen kann. Mach dir bewusst, welche Synchronizitäten du dann für dich – und für die Welt – erschaffst, wenn du den Mut hast, diese Größe zu sehen. Dieser indische Mönch möchte, dass du wenigstens einen Schimmer deiner Großartigkeit siehst. Aber ich möchte, dass du nicht nur einen Schimmer siehst, sondern deinen vollen Glanz – das Spektrum aus Licht, das du bist. Auch Nelson Mandela hat es in seiner berühmten Rede zum Ausdruck gebracht, indem er sagte: ›Unsere tiefste Angst ist nicht, dass wir unzulänglich sind. Unsere tiefste Angst ist, dass wir unermesslich machtvoll sind. Es ist unser Licht, das wir fürchten, nicht unsere Dunkelheit.‹«

Erst als Musik eingespielt wurde, merkte Jeff, dass er das Brötchen noch immer in der Hand hielt und nichts davon gegessen hatte. Auch der Kaffee war kalt.

Er starrte auf die Uhr am Armaturenbrett. Fünfunddreißig Minuten nach elf. Alfies Augen kamen ihm in den Sinn. Pixies Worte mischten sich dazu.

*Du beeinflusst so vieles mit deinem Denken und Handeln. Du tränkst die Felder um dich herum mit deiner Gesinnung … Aus Gutem wird Gutes, aus Bösem Böses. Wie würde dein Leben aussehen, wenn du die Größe in dir entdeckst? Welche Synchronizitäten würdest du dann erschaffen?*

Sein Blick glitt über die Innenausstattung des Wagens und mit einem Mal realisierte er glasklar, was er da tat. Dass das nicht sein Wagen war. Dass auf seinem Konto Geld lag, das nicht ihm gehörte. Dass er mit seinem Verhalten Alfs Vertrauen in die Menschheit zerstörte. Und dass er gerade dabei war, komplett abzurutschen.

Ohne auch nur eine Sekunde weiter nachzudenken, drehte er den Zündschlüssel, scherte auf die Autobahn ein und raste mit Höchstgeschwindigkeit zurück.

# ♫ The Stars We Follow ♫

Frederico Albanese

Charlene lehnte sich zurück, Körner schaltete die Nachrichten rein. Fünf Minuten Pause, bevor es weiterging. Doch kaum hatte sie die Kopfhörer auf den Schreibtisch gelegt, als auch schon Dörfler hereinstürmte.

»Das ist keine Radiosendung, das ist ein gottverdammter Vortrag!«, schrie er. »Das ist viel zu viel Text! Da schaltet doch jeder ab! Dieses schwachsinnige Geschwafel will doch keiner hören! Felder! Die eigene Größe! Einstein! Indische Mönche! Herrgott noch mal, das ist ja schlimmer, als ich dachte!«

»Guten Abend, Herr Dörfler«, begrüßte ihn Charlene höflich. »Hab gar nicht gewusst, dass Sie auch hier sind.«

»Ich möchte Ihr Skript«, herrschte er sie mit sich überschlagender Stimme an. »Sofort!«

»Das haben Sie bereits. Ich habe es Ihnen per Mail zukommen lassen.«

»Da stand dieser Mist nicht drin!«

»Sie wollten ja auch nur eine grobe Ausarbeitung.«

»Stoppen Sie sofort dieses Gesülze! Schneller kann man einen Sender nicht ruinieren. Ich hoffe nur, dass keiner unserer Werbesponsoren zuhört. Die springen mir alle ab!«

Mit einem Ruck riss er ihre Blätter vom Schreibtisch und wollte sich durch den Rest der Sendung lesen, als Körner sich bemerkbar machte.

»Chef«, sagte er. »Bevor Sie das Ding zerreißen … schauen Sie mal hier!«

Er deutete auf die Internetseite des Senders, die sich fast sekündlich mit Kommentaren füllte. Die Lämpchen an seinem Desk blinkten wie verrückt – die Leitungen liefen heiß.

Auch Charlene starrte auf den Monitor.

»Was ist das denn?«, fragte sie entgeistert. »Sind das … sind das Hörer?«

»Natürlich!«, rief Körner. »Wer denn sonst? Lesen Sie doch!«

Charlene rollte ihren Stuhl neben seinen und ließ ihre Augen über die Texte fliegen.

»Sendung ist super! Endlich mal Inhalt!«

»Wow, was für eine Stimme! Wer ist diese Pixie? Pixie, wer bist du?«

»Das ist der größte Schmalz, den ich je gehört habe!«

»Das mit den Feldern habe ich schon mal gehört. Pixie, sagst du damit, dass wir als Einzelne Einfluss auf das Weltgeschehen haben? Das macht doch Hoffnung!«

»Fantastisch! Auf so etwas habe ich so lange gewartet! Chapeau!«

»Ich möchte unbedingt wissen, wie man sich und sein Schicksal beeinflussen kann. Ich will mehr davon! Tolle Sendung!«

»Wer ist Pixie? Wer hat das gesprochen?«

»Was ist denn das für ein Bauernfänger-Gequatsche?«

»Das war einfach wunder-wunderschön! Mir ist die Gänsehaut rauf- und runtergelaufen!«

»Ich hab auf eurer Seite gesehen, dass Pixie nur am Dienstag spricht. Viel zu wenig für diesen Stoff! Könnt ihr die Sendung nicht öfter machen?«

Auch die WhatsApp-Messages stapelten sich.

»Hallo, ich bin Frauke und Studentin – das ist ein superinteressantes Thema, über das ich gerne meine Facharbeit schreiben möchte … kann ich Pixie mal interviewen?«

»Hey, habe gerade das Moonlight-Radio gehört – geile Idee! Weiter so! Bin auf jeden Fall das nächste Mal wieder mit dabei!«

»Bin total begeistert! Habe gerade gesehen, dass der Text bei euch auf der Homepage steht – sogar Links zu den Studien! Megaklasse …!«

Sie konnten gar nicht alles checken, die Zeit lief und Charlene musste wieder auf Sendung.

»Scheint, das Ding kommt voll an«, grinste der Redakteur mit leicht schadenfrohem Blick auf Dörfler, der mit offenem Mund immer noch den Monitor anstierte.

»Okay, Pixie«, sagte Körner augenzwinkernd zu ihr. »Die Leute warten auf Sie. Ich nehme mal den Ersten rein, okay?«

In Charlene drehte sich alles. Wenn sie mit allem gerechnet hätte, aber nicht damit! Sie konnte das genauso wenig fassen wie Dörfler und merkte, dass sie auf Live-Anrufe nicht wirklich vorbereitet war. Mit leicht zitternden Händen und klopfendem Herzen rückte sie das Mikro zurecht und studierte verstört ihr nun zerknittertes Skript. Körner merkte, dass sie nervös geworden war, und fragte, ob er noch einen Song zwischenschalten sollte. Dankbar nickte sie, während sie weiterhin fassungslos registrierte, wie die Kommentarleiste ständig länger wurde und die sechs Telefonleitungen dauerblinkten. Sie warf Körner einen Hilfe suchenden Blick zu und instinktiv legte er die Hand auf ihren Arm.

»Alles ganz easy«, wisperte er beruhigend. »Reden Sie einfach, wie Ihnen der Schnabel gewachsen ist.«

Charlene hätte ihm am liebsten die Füße geküsst – das war genau die Ansage, die sie gebraucht hatte!

»Bereit?«, erkundigte sich Körner. »Nach dem Jingle sind Sie wieder dran.«

Sie nickte und lächelte. »Bereit.«

Beide versuchten zu ignorieren, dass Dörfler hinter ihnen stand und alles mit Elefantenohren belauschte. Charlene räusperte sich.

»Hey, Leute«, ihre Stimme zitterte ein wenig, »ich bin euch unendlich dankbar für diese wunderbaren Beiträge! Es sind so viele, dass wir in der kurzen Zeit nicht alle lesen konnten, aber wir antworten. Versprochen!«

Sie merkte, wie Dörfler hinter ihr abwehrend zuckte, legte ihre Hände auf die Muscheln der Kopfhörer, als ob sie ihn damit aussperren könne, und konzentrierte sich auf ihre Zuhörer. Ein Schwall von tiefen Gefühlen stieg in ihr hoch, trat nach außen und schwebte durch den Äther.

»Ich habe noch so viel dazu zu sagen! Aber zunächst möchte ich wie vereinbart auf ein paar Fragen eingehen. Hier blinkt es wie verrückt!«

Endlich lachte sie wieder. »Oh, ich freue mich total über eure Teilnahme! Danke! Und wen habe ich in der Leitung?«

Eine junge Stimme meldete sich: »Hi, hier ist Linda.«

»Hi, Linda, dann schieß mal los! Was möchtest du wissen?«

»Mich haben deine Worte sehr berührt«, sagte Linda. »Aber ich kann sie nicht bestätigen. Du behauptest, dass man mit positiven Gedanken Positives anziehen kann, aber das ist bei mir überhaupt nicht der Fall.«

»Ein hervorragender Einwand«, meinte Charlene begeistert. »Danke für diese Frage! So wie dir geht es sicher vielen! Wir kommen damit zu einem ganz entscheidenden Punkt. Zum einen: Synchronizitäten geschehen nicht über Nacht. Ich meine, du musst dir klarmachen, dass du jahrelang in eine bestimmte Richtung gedacht und dich damit geprägt hast. Dein Unterbewusstes ist immer noch stärker als das Neue. Diesem Prozess musst du Zeit geben.«

»Aber ich denke wirklich schon seit Längerem positiv«, hielt Linda dagegen.

»Und wie fühlst du dich dabei?«

Linda schwieg für zwei Sekunden, dann lachte sie ein wenig und überlegte laut. »Verkrampft? Oft denke ich mir, dass ich das nur so dahersage, weil man halt positiv denken soll.«

»Das heißt, es fällt dir schwer, das zu glauben, was du dir sagst?«, fragte Charlene mitfühlend.

»Ja, genau«, bestätigte Linda. »Weil es noch nie wahr geworden ist. Aber ich weiß schon, was du jetzt sagen wirst – dass ich dran glauben *muss*.«

»Nein, das sage ich dir nicht, weil das so nicht funktioniert. In dem Moment, wo das mit dem positiven Denken nicht klappt, ist die Wahrscheinlichkeit hoch, dass du ein Muster in dir hast, das dir deine Wünsche verbietet.«

»Und wie finde ich das raus?«

»Indem du Folgendes fragst: Warum glaubst du nicht daran, dass es wahr wird? Kann es sein, dass du insgeheim überzeugt bist, dass du das, was du dir wünschst, nicht verdienst?«

Am Ende der Leitung war es still. Und diese Stille hielt an. Charlene brach das Schweigen nicht, sie ließ es wirken. Sie war völlig auf Linda konzentriert, verband sich mit ihr, und das Empfinden war so stark, dass sie meinte, deren Herz klopfen zu hören. Nach einer halben Minute wurden Dörfler und sogar Körner neben ihr unruhig. Charlene hob die Hand und bat stumm um weitere Sekunden.

»Linda?«, fragte sie dann behutsam. »Bist du noch dran?«

»Ja«, antwortete die. »Ich … ich …«

»Hör zu, meine Kleine«, sagte Charlene sanft. »Ich weiß genau, wie es dir gerade geht. Und ich denke, das gehört nicht unbedingt in die Öffentlichkeit. Aber finde heraus, welcher Auslöser in deinem Leben dich zu der leidvollen Annahme gebracht hat, du seist die Erfüllung deiner Wünsche nicht wert. Und bitte, gib dir Zeit. Das geschieht nicht Knall auf Fall.«

»Okay«, sagte Linda. »Ich werde darüber nachdenken. Danke, Pixie. Aber wenn ich das gefunden habe – wie löse ich das auf?«

»Das erzähle ich in den nächsten Sendungen«, antwortete Charlene vergnügt. »Ganz ausführlich! Bis dahin wünsche ich dir viel Spaß beim Selbst-Erforschen! Und hey – hab Freude dran! Nimm's nicht so bierernst! Gute Nacht, Linda, und danke, dass du angerufen hast.«

Das Gespräch war beendet. Die Leitungen blinkten weiter. Charlene sah auf die Uhr – sie hatte nur noch zehn Minuten Sendezeit! Sie spielte den geplanten Song für nur eine Minute an und nahm den nächsten Anrufer entgegen.

»Guten Abend, hier ist Andreas«, meldete sich eine tiefe Stimme.

»Hi, Andreas, schön, dass du anrufst. Darf ich fragen, wie alt du bist?«

»Dreiundvierzig, und normalerweise rufe ich nicht bei Sendern an. Ist das erste Mal, aber das, was du gesagt hast, hat mich angesprochen. Vor allem, dass der Mensch von Natur aus gut ist. Glaubst du das wirklich?«

»Ja«, bekräftigte Charlene. »Das glaube ich aus tiefstem Herzen.«

»Da kann ich mit ein paar anderen Geschichten aufwarten …«, konterte Andreas. »Erst neulich hat mein Nachbar …« Er ließ eine Geschichte vom Stapel, was sein Nachbar alles tat, um ihn zu ärgern, und dass der nur darauf aus sei, ihm Schwierigkeiten zu bereiten. Er laberte und laberte und Charlene stoppte ihn rigoros. »Andreas, warte mal. Ich erzähle dir jetzt was, was dir nicht so schmecken wird, aber ich habe ja zu Beginn der Sendung gesagt, dass ich euch nicht mit Samthandschuhen anzufassen gedenke.«

Hinter ihr sog Dörfler scharf die Luft ein und sie merkte, wie sich alles an ihm anspannte. Sie holte ebenso tief Luft und pfefferte Andreas eine so gesalzene Antwort hin, dass Dörfler hinter ihr nur noch hechelte. Selbst Körners Schultern waren hochgezogen und um seinen Mund spielte ein ebenso ungläubiges wie belustigtes Lächeln. Doch was sich bei Linda schon angedeutet hatte, kam bei Andreas nun deutlich zum Vorschein: Pixie reagierte, als säße sie mit ihm bei einem Glas Bier und führte seine Ansicht auf so humorvolle Weise ad absurdum, dass Andreas laut auflachte und die übrigen Hörer dazu.

»Sorry, Andreas«, sagte sie am Schluss. »Ich habe nicht mehr viel Zeit, aber vielleicht kannst du wenigstens ein bisschen Mitgefühl für deinen Nachbarn aufbringen, das wäre ein Anfang. Sei nicht wie er! Ich weiß, es kostet weitaus mehr Mühe, das Positive in einem Menschen zu sehen als das Negative. Aber wenn wir anderen mit Achtung und Liebe begegnen, öffnen wir ihnen einen Weg zu ihrer eigenen Güte. Warte nicht auf deinen Nachbarn, Andreas. Sei du der Sonnenschein für ihn. Bleib auf deinem hohen Niveau und lass dich nicht von der Verhaltensweise eines anderen runterziehen. Noch ein Satz von Nelson Mandela dazu: ›Es tut nicht weh, wenn man gut von einem Menschen denkt. Häufig fühlt sich der Mensch dadurch geehrt und verändert sich tatsächlich.‹ Vielleicht magst du dem eine Chance geben?«

Sie vermutete, dass Andreas noch einen Riesenmonolog in petto hatte, schob daher wieder Musik dazwischen und unterhielt sich noch ein, zwei Minuten privat mit ihm.

Danach konnte sie gerade noch zwei sehr kurze Anrufe entgegennehmen, die aber Gott sei Dank lediglich ihre Begeisterung über den Inhalt der Sendung zum Ausdruck brachten – und schon war die Stunde vorbei, so schnell, dass Charlene bedauerte, nur sechzig Minuten gehabt zu haben.

»Es tut mir so leid für die, die heute nicht durchgekommen sind«, sprudelte sie angeregt in das Mikro. »Das war so wunderbar mit euch! Ich freue mich sehr auf nächsten Dienstag! Um dreiundzwanzig Uhr ist das Moonlight-Radio wieder für euch da. Wünsche euch allen schöne Träume und morgen einen Tag voller aufbauender Gedanken! Alles Liebe! Eure Pixie!«

Sie lachte noch einmal, dann markierten fünf Pieptöne die letzten Sekunden des Tages. Es war Mitternacht.

Mit einem Seufzer und strahlenden Augen nahm Charlene die Kopfhörer ab.

Körner lachte leise und hielt ihr seine Hand für einen High five hin.

»Bravo, Pixie!«, jubelte er. »Eine grandiose Premiere! Ehrlich – noch nie hatte jemand mit seiner ersten Sendung eine solche Resonanz! Meiner Meinung nach voll verdient!«

»Vielen Dank! Ich bin ehrlicherweise auch platt«, gab Charlene glücklich zu und wandte sich dann an den Programmleiter, der wie angewurzelt hinter ihnen stand. »Ich hoffe, Sie sind auch ein wenig beruhigter, Herr Dörfler.«

Er wollte etwas erwidern, aber in diesem Moment wurde die Tür aufgestoßen und Frederic stürmte mit einer Flasche Champagner herein.

»Hey, Charly!«, rief er begeistert. »Das war ja sensationell! Was für ein Auftakt! Einfach fantastisch, was, Dörfler? Darauf müssen wir anstoßen!«

Dörfler brummelte etwas Unverständliches, warf ihnen einen kurzen Abschiedsgruß zu und verschwand.

»Na, dann genießen wir das Tröpfchen eben zu dritt«, schmunzelte Frederic. »Sie trinken doch ein Glas mit, Herr Körner?«

»Aber immer! Herzlichen Glückwunsch, Herr Dubois!«, sagte der. »War 'ne tolle Idee, Frau Wittstein zu engagieren!«

♫ ♫ ♫

Jeff fuhr wie der Teufel und wusste, dass er es niemals bis ein Uhr zum vereinbarten Treffpunkt schaffen würde. Und ob Alf überhaupt noch da war! Vor allem wusste er nicht, welche Geschichte er ihm auftischen sollte, wenn er bei ihm eintraf. Doch diesen Gedanken schob er hartnäckig weg, sonst hätte ihn der Mut verlassen. Während der Fahrt auf der Autobahn hörte er noch einen Teil vom Moonlight-Radio, geriet irgendwann aus der Sendefrequenz und Pixies Stimme verlor sich im Äther.

»Bleib du auf einem hohen Niveau«, war ein weiterer Satz, der ihn triggerte. Genauso wie: »Sieh das Gute in anderen Menschen.«

Bisher war er immer darauf aus gewesen, dass andere etwas Gutes in ihm sahen!

Jeff war furchtbar durcheinander. Er verstand noch nicht mal wirklich, was genau ihn zum Umkehren bewegt hatte. Aber bei Gott, obwohl sein Kopf ihm dauernd versicherte, dass es vollkommener Blödsinn sei, fühlte sich das weit besser an als sein vorheriger Plan.

Erst als das Moonlight-Radio nicht mehr erreichbar war, fiel ihm ein, dass er sein Handy noch nicht wieder aktiviert hatte. Hektisch tippte er den Code während halsbrecherischer Geschwindigkeit ein. Das Display flammte auf – Alfie hatte acht Mal angerufen.

Jeff drückte das Mikrosymbol bei WhatsApp.

»Alter! Ich komme! Bin in zehn Minuten am Treffpunkt!«

In selben Moment fiel ihm ein, dass er ja noch Alfies Säcke holen musste. Fluchend trat er noch stärker aufs Pedal, fuhr zum Haus seiner Eltern, zerrte die Mülltüten aus der Scheune, stopfte sie auf den Rücksitz und warf sich wieder hinters Steuer.

Es war zehn Minuten nach zwei, als er mit Volldampf durch den kleinen Ort jagte und Ausschau nach Alfie hielt. Und da … da lief jemand am Straßenrand, Richtung Ortsausgang. Das war bestimmt Alfie, der nach einer Stunde Wartezeit nach Hause gewollt hatte, nun seine Nachricht bekommen hatte und wieder umgedreht war. Aber als Jeff näher kam, merkte er: Die Person war größer als Alf – und stämmiger.

Ihm blieb das Herz fast stehen, als er erkannte, dass das Alfies Vater war, der auf der Suche nach seinem Sohn das Dorf durchstöberte – gerade mal drei Gehminuten von ihrem Treffpunkt entfernt! Und Jeff saß in Alfies Auto – er konnte nicht an ihm vorbeifahren!

Abrupt riss er das Lenkrad herum, fuhr einen Bogen, schoss wieder auf die Hauptstraße hinaus und legte an der defekten Laterne eine solche Vollbremsung hin, dass die Reifen qualmten.

Alfie stand am Baum, kalt gefroren, geschockt – und total verheult. In fliegender Hast riss Jeff am Griff und stieß die Tür von innen so weit wie möglich auf.

»Alfie, steig ein!«, schrie er. »Dein Vater kommt!«

Zwei Sekunden später saß Alf auf dem Beifahrersitz und Jeff gab erneut Gas. Der Wagen heulte auf. Verdammt, der Gang war nicht drin! Gehetzt ruckelte er an der Schaltung. Mann, was war mit dem Getriebe los! Er brachte das Ding nicht rein! Mit hämmerndem Herzen sah Alf in den Außenrückspiegel und stieß einen entsetzten Laut aus.

Sein Vater hatte ihn entdeckt, fing an zu laufen, fing an zu rufen. Die Panik in seiner Stimme drang bis ins Wageninnere.

»Alfie!«, schrie er und fuchtelte verzweifelt mit seinen Armen. »Alfie! Was tust du denn da?«

Alfs Hände krampften sich um den Gurt und wie gebannt starrte er weiter in den Rückspiegel. Jeff hatte endlich den Gang drin und fuhr an. Doch Alfs Vater hatte den Wagen erreicht, versuchte, seine Finger irgendwo anzuklammern, griff in die Metallleisten – und lief mit. Jeff war geschockt. Er würde ihm die Hände blutig reißen, wenn er jetzt Gas gäbe!

»Alfred!«, brüllte Herr Wedel verzweifelt durch die Scheibe, während das Auto losrollte. »Mein Junge! Mach keinen Blödsinn! Das kannst du nicht machen! Bitte! Ich habe doch nur dich! Alfie! Lass mich nicht allein!«

Alfie stieß ein Heulen aus. Wie gelähmt verfolgte er seines Vaters Tragödie durch den Seitenspiegel. Jeff warf ebenso entsetzte Blicke nach hinten – er fühlte sich so schäbig wie noch nie und brachte es einfach nicht fertig, das Pedal durchzutreten. Doch Alf geriet immer mehr in Panik, krallte völlig überfordert die Hände ins Gesicht. Sein Vater schrie nach ihm. Ließ den Wagen nicht los … lief mit … Jeff gab vorsichtig Gas, Herr Wedel rannte schneller … Alf greinte, Jeff war geschockt. Das alles war einfach nur schrecklich und schließlich hielt er es nicht mehr aus. Sein Fuß neigte sich etwas mehr nach unten. Alfs Vater heulte in Panik auf, er begann, mit der flachen Hand auf die Heckscheibe zu schlagen, schrie umso lauter, bewegte sich umso schneller. Alf wimmerte vor Entsetzen und hielt sich die Ohren zu.

»Alfie!«, brüllte Herr Wedel. Beide konnten sehen, wie ihm die Tränen herunterliefen. »Alfie! Bitte! Tu mir das nicht an! Bleib bei mir!«

Alf entfuhr ein so klagender, jämmerlicher Laut, dass Jeff die Lippen zusammenpresste und endlich das Gaspedal durchtrat. Das Heulen des Wagens vermischte sich mit dem von Alfs Vater.

»Alfie!«, schrie er in höchster Not. »Alfie! Nein! Nicht! Geh nicht weg! Geh nicht weg!«

Er streckte die Arme nach ihm aus, rannte, während das Wasser ihm nur so über das Gesicht strömte.

»Alfie!«, brüllte er ein letztes Mal. »Alfie … mein Junge! Mein Junge …!«

Aber er hatte keine Chance. Er wusste es. Er wurde langsamer, blieb stehen, seine Arme sanken nach unten. Beiden brannte sich dieses Bild mit einer Vehemenz ins Herz, die nicht zu ertragen war. Alfie atmete stoßweise. Sein Blick war wie hypnotisiert auf den Außenspiegel gerichtet. Der Abstand zwischen ihnen vergrößerte sich schnell, machte Alfs Vater zu einer einsamen, gebrochenen Gestalt. Dann bog Jeff um eine Kurve – und das Bild verschwand.

Alf brach in Tränen aus. Er wusste, seinem Vater ging es genauso.

♫ ♫ ♫

Jeff biss die Zähne zusammen und fuhr. Er hörte Alf weinen, aber sie konnten es sich nicht leisten anzuhalten – immerhin bestand die Möglichkeit, dass Alfs Vater die Verfolgung aufnahm. Jeffs Herz schmerzte unsäglich. Alfies verheultes Gesicht, als er hinter dem Baum hervorgekommen war, diese Szene mit seinem Vater, berührten ihn auf eine Weise, wie er das nie für möglich gehalten hatte. Er fühlte sich hundsmiserabel.

Vorsichtig legte er nach einer Zeit die Hand auf Alfs Bein.

»Alfie«, sagte er leise. »Du hast es doch so gewollt.«

»Nicht so«, stieß Alf schluchzend hervor. »Nicht so! Das hätte nicht sein müssen! Wo bist du gewesen?«

Da war sie, die Frage, vor der Jeff so höllisch Angst hatte. Er presste die Kiefer zusammen. Kurz war er versucht zu sagen, er habe verschlafen, aber die Lüge wollte ihm nicht über die Lippen. Doch unversehens fiel Alfies Blick auf den Schacht der Mittelkonsole. Da stand der Pappbecher mit dem kalten Kaffee. Das zerknüllte Brötchenpapier mit der Aufschrift der Raststätte – und die Tankrechnung. Wortlos fischte Alf den Papierstreifen aus der Ablage und entzifferte langsam den Ort, an dem Jeff haltgemacht hatte.

Es fiel kein Wort. Das Schweigen war dicht und unangenehm.

Jeffs Kehle war wie von Stacheldraht umwickelt. Fieberhaft suchte er nach einer passablen Erklärung, aber es gab keine. Stumm saß Alf neben ihm. Ohne Vorwurf. Ohne jeden Kommentar. Jeff hielt es nicht mehr aus.

Er blinkte, lenkte das Auto auf einen Rastplatz und stellte den Motor ab.

Alf schaute ihn an und Jeff wusste, er musste ihm die Wahrheit gestehen. Oh, verdammt, das fiel so schwer! So verdammt schwer! Der Junge hatte ihm vollkommen vertraut. Es war das schlimmste Gefühl der Welt, zugeben zu müssen, dass er nicht nur kein Held, sondern ein Totalversager und obendrein auch noch ein Arschloch war!

Er räusperte sich dreimal und fand trotzdem keinen Anfang. Noch immer hielt Alf die Tankquittung in den Händen. »Du … du bist ohne mich los«, sagte er dumpf.

»Ja, Alf«, antwortete Jeff und starrte zur Windschutzscheibe hinaus. »Bin ich.«

»Warum?«

Jeffs Lippen zuckten, aber er brachte kein Wort über die Lippen.

»Wolltest du … wolltest du mein Geld klauen?«, fragte Alfie. »Mit den siebentausend Euros abhauen?«

»So … so ähnlich«, sagte Jeff heiser und schaffte es nicht, Alfie anzuschauen. »Hätte dir dein Geld in jedem Fall zurückgezahlt. Wollt's mir nur leihen. Und dein Auto auch.«

Mit großen Augen starrte ihn Alf von der Seite an. »Warum?«

»Was, warum?«, bellte Jeff überreizt. »Warum ich mit deinem Geld ab bin?«

»Nein, warum bist du zurückgekommen?«

»Weil … weil ich es nicht fertiggebracht habe.«

Er fuhr sich mit der Hand durch das Haar, warf Alfie einen kurzen Seitenblick zu. »Weil ich es nicht konnte. Weil ich …«

Er presste die Lippen zusammen, gab sich endlich einen Ruck. Es hatte ja doch keinen Sinn. Dann gab es eben einen mehr, der wusste, dass er ein Blindgänger war. Er wandte sich dem Jungen ganz zu. Wie erwartet saß Alfie mit diesem Blick vor ihm, der ihn jedes Mal aus der Fassung brachte. Auch jetzt.

Jeff wandte den Kopf wieder nach vorn, sein Hals war eng, die Augen waren feucht. Ungewollt löst sich eine Träne und lief ihm die Wange hinunter.

»Du hast dich an den Falschen gehängt, Alfie«, krächzte er mühsam. »Tut mir leid. Ich hätte dir wirklich was Besseres gegönnt.«

Er fühlte sich so unendlich beschissen und minderwertig. Konnte er denn nie etwas richtig machen? Musste denn alles schieflaufen, was er nur anfasste? Seine Kehle brannte. Seine Hände umfingen das Lenkrad, öffneten sich wieder, strichen über den Kunststoff, als er nach Worten suchte, als er plötzlich klar erkannte, dass er deshalb keine fand, weil sein Kopf immer noch versuchte, die Situation so vorteilhaft wie möglich darzustellen. Er gab auf. Holte tief Luft.

»Ich werde dir jetzt meine Geschichte erzählen, Alfie«, sagte er leise. »Sie hat nichts Heldenhaftes an sich. Sie wird dich enttäuschen, so wie sie mich enttäuscht hat – und sie ist keine Entschuldigung für das, was heute Abend passiert ist.«

Zögernd kam die Wahrheit aus seinem Mund – und doch war er nach diesen Stunden nicht mehr in der Lage, seine Geschichte auf die gleiche Weise wiederzugeben, wie er es vor einigen Stunden noch getan hätte. Anfangs war ihm nicht klar, worin der Unterschied bestand, doch dann kam es ihm: In dieser Version fehlte die Wut. Sie war voll von Mutlosigkeit, Resignation und Scham. Aber ohne jede Wut.

Alf hörte zu, als Jeff über seine Versuche sprach, sein Leben zu meistern, über seine Hoffnung, sich einen Platz in der Welt zu schaffen, und wie trotz aller Mühen jedes Mal alles wieder zusammengebrochen war. Er erzählte ihm von Fiona und Juliane, davon, dass er inzwischen weit davon entfernt war, an Liebe zu glauben oder so etwas überhaupt fühlen zu können. Er berichtete ihm sogar von der Studie über Armut, die er in den letzten Tagen gehört hatte, dass er nie eine echte Chance haben würde, weil bei ihm die Dinge nun mal falsch angelegt seien – und wie er in seiner Hoffnungslosigkeit geglaubt hatte, dann sei eben alles egal. Dann könne er auch betrügen und gemein sein – das Gesetz des Dschungels befolgen, denn die Welt war ein gefährlicher Ort.

Alf gab keinen Pieps von sich. Er nahm Jeffs Geschichte mit der ihm eigenen kindlichen Unvoreingenommenheit auf, die völlig anders war als das Schubladen-Zuhören, das Jeff bisher kennengelernt hatte. Und je länger der Junge zuhörte, desto ehrlicher wurde Jeff. Mit Erstaunen merkte er, wie sehr ihn sein Bekenntnis erleichterte, wie schön es war, offen sein zu können. Sich nicht verstellen zu müssen. Ein warmes Gefühl durchströmte ihn. Eines, das er noch nie empfunden hatte. Es war eine tiefe Zuneigung diesem Jungen gegenüber, dessen stumme, vorwurflose Art ihm die Tränen in die Augen trieb. Und mit jeder Träne löste sich etwas in Jeff, passierte etwas in ihm. Völlig andere Gedanken stiegen plötzlich in ihm hoch.

Hatte er diesen Jungen tatsächlich hintergehen wollen? Diese Frage erhöhte Jeffs Selbstbild nicht sonderlich.

»Es tut mir leid, Alf«, schloss er seinen Bericht. »So leid. Aber die Wahrheit ist: Ich bin der Totalversager. Mit mir hast du keine Chance, ein neues Leben aufzubauen. Ich muss selbst meins wieder auf die Reihe bekommen und bin der Letzte, der einem anderen dabei helfen kann. Ich hätte dir so gern unter die Arme gegriffen, ehrlich.«

Es war wieder kalt im Auto geworden. Alf war von der langen Wartezeit am Baum ordentlich durchgefroren und zitterte merklich. Aber Jeff war sich nicht sicher, ob das nur von der Kälte kam.

»Okay, Alf«, sagte er mutlos. »Sag mir, was du tun willst. Ich kann dich jederzeit heimfahren. Oder du lässt mich hier aussteigen und fährst alleine zurück. Wir sind noch nicht so weit von deinem Zuhause entfernt, das würdest du locker schaffen. Und ich … ich zahl dir dein Geld zurück, sobald ich …«

»Wir fahren weiter«, unterbrach ihn Alf entschlossen. »Ich will, dass du bei mir bleibst.«

Jeff erstarrte.

»Nach diesem Arschloch-Move von mir?«

Alfies Stimme drang wie durch Watte in sein Ohr. »Du bist nicht so, wie du sagst, Jeff. Du bist ein guter Mensch. Sonst wärst du nicht zurückgekommen. Ich glaube an dich.«

»Alfie«, krächzte Jeff unglücklich. »Gerade habe ich dir erklärt, dass alles, was ich anfasse, Mist wird.«

»Das ist doch Quatsch«, entgegnete Alfred. »Ich würde nicht so von mir denken wollen.«

Jeff schoss wieder das Wasser in die Augen. Gleichzeitig tönte Pixies Stimme in seinem Kopf: *Du nützt niemandem, am wenigsten dir selbst, wenn du dich kleinmachst.* Mühsam drängte er die Tränen zurück und sein Blick richtete sich auf Alfie, der seine Hände zwischen die Oberschenkel gesteckt hatte, um sie zu wärmen, und ihm den Kopf zuwandte.

»Du wolltest immer etwas Großes werden«, sagte er mit diesem Unschuldsblick, der Jeff gerade mehr denn je fertigmachte.

»Bin aber nichts Großes geworden«, brummte Jeff bedrückt.

»Mensch, Jeff, du redest, als wäre dein Leben vorbei!«, rüttelte Alf ihn auf. »Du hast doch noch so viel vor dir! Nimm mich mit! Zwei leben so billig wie einer und zusammen schafft man mehr.«

»Alf, ich ... auf meinem Konto sind fünf Miese. Du hast mir sieben überwiesen – ich kann dir maximal drei wieder zurückzahlen. Und weiß nicht, wie lange ich für den Rest brauche.«

»Ich leihe es dir hiermit offiziell. Lass uns weiterfahren.«

Mit ungläubigem Blick starrte Jeff Alfie an.

»Aber ich habe keine Ahnung, wie das alles weitergehen soll!«

»Dir wird schon was einfallen, Jeff«, beharrte Alfie. »Ich vertraue dir. Wir starten eben beide ein neues Leben. Lass uns fahren.«

»Bist du sicher?«

»Ganz sicher. Fahr endlich los, Mann, es ist arschkalt in der Kiste!«

Jeff atmete tief ein. Zum x-ten Mal an diesem Abend drehte sich sein Schicksal – er war völlig durcheinander. *Und das Größte, was wir haben, ist unser Leben,* lachte Pixie in seinem Kopf. *Jeder Mensch ist edel und gütig.*

Sein Blick ging zu Alf. Gerade widerfuhr ihm Güte und er hatte keine Ahnung, womit er das verdient hatte.

»Danke, Alf«, sagte er rau. »Danke für dein Vertrauen. Ich werde es nie mehr enttäuschen.«

»Schon gut, Alter. Jetzt fahr endlich!«

»Und wohin?«

»In die Sonne, Mann! An den Gardasee!«

Jeff startete den Motor. Eine vorsichtige Hoffnung glomm in ihm auf. Synchronizitäten. Vielleicht war ja doch was dran?

»Okay«, sagte er und atmete auf. »Dann ... auf zum Gardasee!«

»Genau! Ich will blauen Himmel sehen!«

Zufrieden lehnte sich Alfie zurück. Bald wurde es wieder warm im Auto, er deckte sich mit seiner Jacke zu und schlief ein.

Immer wieder wandte Jeff den Kopf zu dem Jungen und fasste den festen Vorsatz, Alfie nie mehr im Stich zu lassen. Nie mehr.

# ♫ As We Speak ♫

## Gløde

Charlene war vom Champagner gehörig angetüdelt und mindestens ebenso berauscht von der spektakulären Stunde, die sie soeben in der Radiostation erlebt hatte. Körner hatte nur ein Glas mit ihnen getrunken, den Rest der Flasche hatten Frederic und sie gekillt.

»Oh, Fred«, kiekste sie angeheitert, als sie zum Parkplatz liefen. »Das war so gigantisch! Ich kann gar nicht fassen, wie viele Leute kommentiert haben. Hättest du das gedacht?«

»Das hat niemand, meine Schöne«, schmunzelte Fred, während seine Augen hungrig über ihren durch den Alkohol nachgiebigen Körper fuhren. Charlene hatte ihren Arm um Frederic geschlungen und er den seinen um sie. Das war auch dringend nötig, denn sie knickte auf ihren High Heels immer mal wieder um.

»Hey, Charlene …«, Fred lachte, als sie zum zweiten Mal ziemlich wackelte. »Auf keinen Fall fährst du Auto. Ich bringe dich nach Hause.«

Charlene kicherte, wollte mit einem Witz kontern und stolperte erneut.

»Hoppla!« Beherzt griff Fred zu und stützte sie. »Das wird nix, Charly!«

»Ja, du liebe Zeit!«, giggelte sie. »Ich glaube, du hast recht.« Sie blieb stehen und holte ihr Handy aus der Tasche. »Aber ich rufe mir ein Taxi. Das ist ein viel zu großer Umweg für dich.«

»Er würde mir nichts ausmachen.«

Der Unterton in seiner Stimme und seine Hand, die sich fester um sie legte, ließen sie innehalten. Weinselig grinste sie ihn an. »O je, Fred! Jetzt erst recht Taxi!«

Sie ging einen Schritt vor, aber er fasste sie um die Taille, drehte sie um und zog sie an sich. Ein Stromstoß fuhr durch ihren Körper, als er sie an seine Brust drückte.

»Charlene«, flüsterte er. »Lass mich dich nach Hause fahren. Bitte.«

Sein Atem strich an ihrer Wange vorbei, erreichte ihr Ohr. Seine Arme hielten sie so wunderbar fest, seine Hand fuhr in den Nacken, griff höher in ihr langes Haar. Mit einem Seufzer legte sie ihre Wange an seine Brust, schmiegte sich an ihn, fühlte, wie Feuer in ihr aufloderte und lang unterdrücktes Verlangen aufbrach. Seine Wärme drang durch den Stoff ihres leichten Mantels und sein Unterleib deutete jetzt schon an, dass ihr eine Nacht voller Erfüllung und Lust bevorstand … eine hemmungslose, tabulose Nacht … Er würde sie erforschen, sie in Gebiete einweihen, die ihr noch fremd waren … Oh, warum zögerte sie eigentlich noch? Frederic bog ihren Kopf nach hinten und küsste sie. Fordernd drang seine Zunge in ihren Mund, schmeckte sie, erkundete sie, seine Hände fuhren unter dem Mantel seitlich nach oben, legten sich auf ihre Brüste, und Charlene spürte, wie sie darauf brannte, dass der Stoff zwischen ihren Körpern verschwand, sie die Wärme seiner Haut fühlte … O mein Gott, es war so lange her … so lange her … und morgen wäre er bei ihr, wenn sie aufwachte …

Fred setzte seine Lippen auf ihre pulsierende Halsschlagader, presste sie an sich, biss sacht in ihr Ohrläppchen und begann, ihr seine Fantasien einzuhauchen. »Charlene«, flüsterte er, während er die Bluse hochzog und seine warmen Finger sich auf ihre Haut legten. »Lass mich tun, was ich mit dir vorhabe …«

Diese Hand auf ihrem Körper! Und seine Vorstellungen in ihrem Ohr … sie waren beunruhigend und erregend zugleich. Charlene keuchte auf und war drauf und dran, ihm auf der Stelle das Hemd vom Leib zu reißen, als plötzlich eine Stimme quer über den Hof erschallte.

»Herr Dubois! Sie sind noch hier?«

Fred überlegte sichtlich, ob er sich stumm und taub stellen sollte, aber der Mann hatte ihn entdeckt. Es war Dörfler.

»Sie haben Ihr Handy oben liegen gelassen«, sagte er, reichte es ihm und gab mit einem süffisanten Blick zu verstehen, dass er die Situation durchschaut hatte. Hatte er vom Fenster aus gespannt?

Unwillkürlich schlug Charlene ihren Mantel fester um sich und rief sich ein Taxi.

»Hey, Charlene!«, sagte Fred entgeistert, als Dörfler endlich verschwand und er mitbekam, was sie tat. »Was …?«

»Nein, Fred«, murmelte sie. »Ich bin angeheitert. Ich denke nicht klar. Ich will nicht morgen aufwachen und es bereuen. Und das willst du auch nicht.«

»Ich würde es ganz sicher nicht bereuen.« Seine Augen brannten. »Niemals würde ich das bereuen«, setzte er leise hinzu. »Und ich verspreche dir: du auch nicht.«

»Ich … Sorry, Fred, aber irgendetwas sagt mir, dass das vernünftiger ist.«

»Zum Teufel mit der Vernunft! Stattdessen könnten wir Spaß haben!«

Entschlossen trat er einen Schritt auf sie zu. »Charlene … ich will dich!«

»Hey, Fred, du willst jede Frau, die dir einigermaßen attraktiv erscheint«, versuchte sie zu scherzen. »Und weißt du was? Ich bin nicht sicher, was dein Jäger-Gen dir sagt, wenn du dein Wild erlegt und …«

»Charlene!« Verletzt sah er sie an und sie verstummte. »Ich meine es ernst!«

Ihr Herz klopfte heftig und ihr Körper schrie: »Sag verdammt noch mal Ja!«, aber aus ihrem Mund kam ein: »Wir werden sehen, Fred.«

Resigniert wartete er, bis ihr Taxi kam und sie eingestiegen war, beugte sich zu ihr hinunter und blickte ihr in die Augen.

»Das war nicht mein letzter Versuch, Charlene.«

Damit schlug er die Tür zu und ging zu seinem Wagen.

Aufgewühlt sah sie ihm hinterher. Warum hatte sie das eben getan? Warum saß sie jetzt in einem Taxi? Seit dem Moment, wo Ruben sie in seine jungen Arme genommen und ihr ein unmissverständliches Angebot gemacht hatte, waren ihre körperlichen Bedürfnisse wieder voll präsent, war sie offen für Freds Avancen, lag sie im Bett, überflutet von sexuellem Verlangen – und kein Spielzeug der Welt konnte den Körper eines Mannes ersetzen, seine Wärme, seine Hände, Haut, die auf Haut traf, schon gar nicht die Erfüllung der Vereinigung. Warum hatte sie nicht Ja gesagt?

Sie war schwer versucht, Fred eine Nachricht zu schreiben, aber da sauste er gerade an ihr vorbei. Unschlüssig holte sie ihr Handy hervor. Ihre Finger fuhren über das Display, doch am Ende verfasste sie nur eine Notiz, sich zu erkundigen, wie Ruben sich bei *living dishes* machte.

Nachdenklich und etwas melancholisch betrat sie wenig später ihr großes, stilles Haus und bereute ein weiteres Mal, Fred abgewiesen zu haben. Ihr Körper brannte lichterloh und ihr fiel nichts Besseres ein, als nackt in den kühlen Pool zu springen und so lange zu schwimmen, bis sie erschöpft war.

»Hey, Bernie«, flüsterte sie, als sie im Bett lag. »Denkst du, dass Fred es wirklich ernst meint?«

Sie lauschte in die Dunkelheit. Aber Bernie blieb still.

♫ ♫ ♫

Zwei Tage später saß eine ausgelassene Rasselbande bei ihr im Wohnzimmer. Charlene hatte für ihre Freunde ein kleines Buffet organisiert und nun gratulierten ihr alle überschwänglich zur gelungenen Premiere.

»Mäuschen«, rief Johanna, die wie immer zu spät aufschlug, »ich habe mich fast nicht mehr eingekriegt! Du könntest egal was ins Mikro pusten und die Leute würden dir zuhören!«

»Ja, da hat dieser vollkommen geschmacklos verkleidete Kerl ausnahmsweise mal recht«, bestätigte Georgie. »Lass bloß nicht deine Stimme verzerren.«

»Ich war auch hin und weg!«, schwärmte Sophie begeistert. »Traumhaft! Dein Thema hat mich sehr angesprochen. Vor allem die Art, wie du es erklärt hast!«

»Alle waren platt und total von den Socken!« Henriette lachte. »Die dachten ja am Anfang, sie tun uns einen Gefallen, dann hat sich herausgestellt, dass wir ihnen einen getan haben. Aber das Beste ist, wir müssen die gar nicht mehr auffordern! Die können die nächste Sendung kaum erwarten. Was ich alles an …«

»Hennie!«, zischte Johanna. Aber es war schon zu spät.

Charlene hatte gerade das Glas an den Mund gesetzt und ließ es nun bestürzt sinken.

»Wie bitte?«, fragte sie. »*Die*? Wer … die? Und … auffordern, zuzuhören …? Wie hast du das eben gemeint?«

Hennie wurde puterrot. Alarmiert stellte Charlene ihr Sektglas auf den Couchtisch. Ihr Blick ging in die Runde, traf auf erschrockene und schuldbewusste Gesichter. Das Schweigen ihrer Freunde war beredter als jede Aussage. Ihr schwante etwas.

»Raus mit der Sprache!«, forderte sie. Sie sah dabei Hennie an, die immer noch ihre Hände vor den Mund hielt und verdammt schlecht im Lügen war.

Unglücklich stammelte die: »Ähm ... ich meinte doch nur ... dass die Studenten ... dass die Studenten das alles super fanden und ...«

»Welche Studenten? Woher weißt du, dass die Hörer ...«

Blitzartig wurde Charlene klar, wo der Hase im Pfeffer lag, und unversehens sprang sie auf die Füße.

»Jetzt versteh ich!«, ächzte sie entgeistert. »Das ist nicht euer Ernst, oder? Raus mit der Sprache! Habt ihr Leute bezahlt, die Kommentare abliefern?«

»Oh, sorry, sorry, sorry«, winselte Henriette. »Es tut mir leid ... aber Charlene, deine Sendung ist doch wirklich super angekommen ... die Reaktionen sind doch nicht gefakt!«

Fassungslos schüttelte Charlene den Kopf. »Ihr habt ... Studenten engagiert? Die Nachrichten schicken?«

»Nein! Nicht nur Studenten! Natürlich auch Ältere! Unsere Freunde und Bekannten! Die haben es auch weitergeleitet! Und außerdem Johannas Alumni-Netzwerk«, verteidigte sich Hennie, was den anderen ein gemeinsames Stöhnen entrang.

»Hennie! Geht's noch? Mann! Das darf nicht wahr sein!«, schallte es durch den Raum, während Charlene verstört weiterfragte.

»Und die WhatsApp-Anrufe? Die Live-Anrufe ... das war alles arrangiert?«

Außer sich blickte Charlene in die Runde. Betreten saßen die vier auf ihrem Sofa und wussten nicht, wohin sie schauen sollten. Johanna hatte sich als Erste im Griff.

»Gut, okay«, gab sie zu. »Wir haben was arrangiert. Weil wir wissen, wie lange es dauert, bis so etwas anläuft. Nämlich mindestens das halbe Jahr, das für die Sendung geplant ist. Das heißt, bevor das Ding Fahrt aufgenommen hätte, wäre es schon wieder vorbei gewesen. Also haben wir den Start ein wenig befeuert.«

»Aber … das ist … das ist Betrug!«

»Ach Quatsch! Das ist Werbung!«, meldete sich Georgie. »Du siehst doch, was passiert ist! Die Leute sind begeistert und hören das nächste Mal freiwillig zu. Weil du nämlich wirklich gut warst! Wo ist das Problem, verdammt noch mal?«

»Aber ihr hättet das auch weitergeführt, wenn ich gefloppt wäre!«

»Ja, für drei bis vier Sendungen vielleicht, aber es hätte gereicht, um deinem Dörfler den Mund zu stopfen, sodass du Ruhe gehabt hättest.«

»Leute, das geht nicht!«, echauffierte sich Charlene. Sie wandte sich ein wenig ab, um sich zu fassen, dann fragte sie bodenlos enttäuscht: »Heißt das, Linda war ein gefakter Anruf? Und Andreas? Und all die anderen?«

»Ähm … keine Ahnung … Wir kennen die ja nicht«, gestand Johanna nun doch ein wenig zerknirscht. »Aber sieh es doch mal realistisch: Wir haben unsere Bekannten aufgefordert, zuzuhören und einen Kommi zu schreiben, wenn es ihnen gefällt. Und wir haben Werbung auf Facebook gemacht und alle gebeten, den Post zu teilen. Das ist doch nichts Verbotenes. Das hat der Sender auch getan!«

»Und die Studenten?«

»Die haben wir mit einem Forschungsprojekt geködert. Wir haben vorgeschlagen, daraus eine Art Selbstversuch zu machen, indem sie anwenden, was du sagst … ihre Arbeiten darüber schreiben und so … Hat prima funktioniert! Die sind Feuer und Flamme!«

Charlene fiel dazu gar nichts mehr ein.

»Eben! Ist doch auch für dich spannend!«, verteidigte Sophie die Idee. »Die Studis sind wirklich hin und weg. Sie haben's auch schon überall geteilt. Also, häng dich rein! Die wollen mehr!«

»Ich … ich weiß wirklich nicht, was ich davon halten soll«, entgegnete Charlene verstimmt und biss sich auf die Lippen. Johanna legte den Arm um sie.

»Hey, Charly, die Sendung war gut. Du warst gut. Wir haben's gepuscht, na, und? Das kann allen Beteiligten nur recht sein. Inklusive deinem Dörfler!«

»Aber ihr versprecht mir, dass ihr das ab sofort sein lasst, okay?«

Eifrig gaben sie ihre Zustimmung. Nur Henriette saß niedergeschlagen und mit hochrotem Kopf auf ihrem Sessel und schämte sich.

»Hennie«, kicherte Georgie und knuffte sie grob. »Du siehst aus, als würdest du dir gerade einen Todeswind verkneifen, der unbedingt in die große Freiheit will.«

»Todeswind?«, stotterte Henriette verständnislos. »Was meinst du denn damit?«

»Er meint, du siehst aus, als müsstest du gleich furzen«, erklärte Sophie, die wie Georgie manchmal recht derb war. Sie konnte sich kaum das Lachen verkneifen. »So wie der Typ neulich in Georgies Laden … Dieser Promi …!« Sie wedelte mit der Hand vor ihrem Gesicht herum. »Meine Güte, das war heftig! Gekochter Kohl und faule Eier! Da sitzt doch dieser Promi in Georgies Laden und meint, es merkt niemand, wenn er sich seiner Blähungen entledigt. Mann, hat das gestunken!«

»Tja, so mancher Star sorgt für ein duftes Ambiente bei mir«, kicherte Georgie. »War mir selber voll peinlich.«

»Dass dir mal was peinlich ist«, stichelte Johanna.

»So einiges, meine Liebe! Deine Kleiderwahl zum Beispiel … oder Sophies Frisur!«

»Ja, fast so peinlich wie du auf Partnersuche!«, schlug Sophie zurück. »Stimmt deine E-Mail noch? Träumweiter@korb.de?«

Georgie zog eine Schnute, setzte zu einer Antwort an, aber Johanna kam ihm zuvor.

»Hey, Georgie!«, kicherte sie. »Mach nicht so ein Gesicht!«

»Wenn ich Gesichter machen könnte, hättest du schon längst ein neues!«, giftete Georgie. »Im Übrigen findet jeder Topf einen Deckel! Ich warte eben einfach auf einen besonders hübschen!«

»Du bist eindeutig ein Wok, mein Guter!«

Charlene lachte. Das Kabarett war wieder voll im Gange und sie legte den Arm um Hennie, die als Einzige nicht mitlachen konnte.

»Hey, Mäuschen, so super, dass du mir das verraten hast«, flüsterte sie ihr ins Ohr. »Bin dir echt dankbar!«

»Ehrlich?«

»Ehrlich! Nun kann ich das alles viel besser einschätzen! Wie geht es dir überhaupt? Immer noch kein Partner in Sicht?«

»Nein. Ich glaube, ich bin noch nicht so weit.«

»Lass dir Zeit. Irgendwann hast du das alles komplett hinter dir gelassen, dann findest du auch den Richtigen.«

»Ach, Charly«, seufzte Hennie und legte ihren Kopf an deren Schulter. »Ich wünschte, ich könnte das alles so sehen wie du.«

Charlene drückte das Mädchen an sich. »Bist doch auf einem guten Weg«, raunte sie.

»Hey, was ist denn das für eine Geheimkonferenz!«, beschwerte sich Sophie, die von Georgie gerade wieder gehörig in die Zange genommen wurde und sich Hilfe suchend umsah.

»Lasst uns endlich auf das Moonlight-Radio anstoßen!«, schrie Georgie.

»Und darauf, was daraus entsteht!«, setzte Johanna hinzu. »Auf die Romantik!«

Charlene lächelte und hob ihr Glas. »Möge es Gutes bewirken!«, brachte sie als Toast aus.

»Ja, möge es Gutes bewirken«, wiederholte Hennie. »Erzählst du das nächste Mal ein wenig mehr über Zufälle, die eigentlich gar keine sind? Ich werde das nämlich alles testen, was du sagst.«

»Super, Hennie, genau so soll es sein!«

Ausgelassen feierten sie bis in die frühen Morgenstunden. Charlene genoss es sehr, nicht allein zu sein. Isabelle bereitete ihnen am nächsten Morgen ein opulentes Frühstück zu, das bis in den späten Nachmittag dauerte. Danach gingen alle wieder ihrer Wege. Auch Charlene hatte einige gesellschaftliche Verpflichtungen, denen sie nachkommen musste. Aber immer wieder checkte sie die Nachrichten auf ihrem Smartphone. Fred hatte sich seit dem letzten Dienstag kein einziges Mal mehr gerührt. Sie vermisste ihn. Fragte sich, wie es mit ihm wäre. Jedenfalls würde es nicht langweilig sein! So viel war schon mal sicher.

♫ ♫ ♫

Der Erfolg der Sendung beeindruckte alle im Funkhaus, nur Dörfler brachte Vergleichszahlen, die klarmachen sollten, dass sich die Resonanz in einem gemäßigten Rahmen hielt.

»Herr Kollege, Sie vergleichen etablierte Programme in Primetime mit einer gerade gestarteten Sendung, die zu einer ungünstigen Zeit läuft«, merkte Amann an, der voll auf Charlenes Seite stand.

»Sendung ist Sendung«, behauptete Dörfler und warf Charlene einen grätigen Blick zu, den sie mit einer Kusshand erwiderte. Kurzzeitig irritiert fügte er verdrießlich hinzu: »Mal sehen, wie sich das Ding entwickelt. Ich nehme an, das war die erste Euphorie, danach schläft das ein.«

»Dann ist das halt so«, erwiderte Charlene gleichmütig.

Doch seine Vermutung bewahrheitete sich nicht. Die Beteiligung sackte bei der zweiten Sendung etwas ab, war aber für eine Late-Night-Sendung immer noch beachtlich.

Charlene machte es Freude, sich auf die Sendungen vorzubereiten – dann musste sie nicht über Lebenspläne nachdenken. Sie bedauerte es so sehr, keine Kinder zu haben, um die sie sich hätte kümmern können, und bezog die Themen, über die sie referierte, auch auf sich. Vor wenigen Monaten hatte sie an ein Glück ohne Bernie nicht geglaubt – und ihr war klar geworden, dass auch sie damit entsprechende Synchronizitäten schaffte, dass ihre Umstände sich erst ändern konnten, wenn sie diesen Gedanken aufgab. So oft hatte Bernie zu ihr gesagt, dass Glück und Liebe nicht von einem anderen Menschen oder einer Situation abhängig, sondern innere Zustände waren. Aber das zu leben, war gar nicht so leicht.

Immer öfter dachte sie an Frederic. An seinen hübschen Körper, seine angenehme Galanterie und seine prickelnden Annäherungsversuche. Sie mochte es, wenn er ihr nah kam. War so manches Mal versucht, ihn anzurufen. Fred wäre ihr zweiter Mann nach Bernie … und ein professionelles Comeback ins Sexleben. Aber er wollte eine Beziehung! Frederic und eine feste Beziehung! Das war so ähnlich wie ein Veganer, der Metzger werden wollte.

Doch seine geflüsterten erotischen Ankündigungen und das, was sie über ihn gehört hatte, erregten sie ungewollt. Diese Tatsache bereitete ihr im Moment die größte Qual. Mit vor Verlangen brennendem Körper lag sie jede Nacht im Bett und hatte die heißesten Wunschträume im Kopf. Ein Männerkörper neben ihr, auf ihr, in ihr. Hände, die sie berührten, packten, streichelten, Lippen, die sie an allen Stellen ihres Körpers küssten … stundenlang wälzte sie sich in ihrem Bett umher.

Aber auch ihre Zukunft war ein Grund für ihre Schlaflosigkeit. Sie war dankbar für das, was sie hatte. Es war so viel. Sie hatte Geld. Sie hatte Freunde. Sie könnte Sex haben. Sie konnte alles haben. Sie fühlte sich nicht leer. Aber sie wollte etwas, für das sie brennen konnte – und da gab es im Moment nur das Moonlight-Radio. Allerdings … in ein paar Monaten wäre auch das vorbei – und dann? Mit offenen Augen lag Charlene im Bett.

Alles, was ihr blieb, war, auf ein Zeichen zu warten, das ihr den Weg wies.

# ♫ Fingernail Moon ♫

Lance Allen

Auch in den nächsten Sendungen wurden Live-Anrufe zugelassen. Schnell wurde klar, was sich bei den ersten Anrufern schon abgezeichnet hatte: Charlene vergaß alles um sich herum, wenn sie mit den Leuten redete, vergaß, dass sie auf Sendung war, und ließ sich auf den Anrufer so sehr ein, dass der das genauso vergaß. Sie war undiplomatisch. Sie war direkt. Sie sagte den Leuten ihre Meinung, ohne sie zu verletzen, immer mit Verständnis, immer mit einem Witz auf den Lippen, und reagierte so unvorhergesehen und unüblich, dass der Anrufer plus die ganze Hörerschaft oft genug in Lachen ausbrachen.

Aber nie ließ sie von ihrer hohen Meinung ihrem Gesprächspartner gegenüber ab und auch nicht von ihrer hohen Einstellung über die Welt. Das spürten die Zuhörer. Es waren erhabene fünf Minuten im Studio, bevor sie auf Sendung ging – die Minuten, in denen sie meditierte. Die ersten Male war Körner, mit dem sie inzwischen per Du war, verlegen auf seinem Stuhl umhergerutscht, oder er hatte den Raum verlassen, um sie nicht zu stören. Aber jedes Mal, wenn er zurückkehrte, war die Atmosphäre mit dieser Stille und einem solchen Frieden gesättigt, dass er sie schließlich fragte, ob er mitmachen dürfe. Und so saßen sie zu zweit des Nachts an dem großen, halbrunden Schreibtisch und bereiteten sich mental auf die Sendung vor. Die Wirkung war jedes Mal überwältigend.

Innerhalb kürzester Zeit wurden Pixie und das Moonlight-Radio für viele zum Leuchtturm. Gerade junge Leute, die Angst um die Welt hatten, bestürmten sie mit Fragen, bildeten Facebook-Gruppen, diskutierten über ihre Themen und leiteten sie weiter. Andere wiederum waren einfach begeistert von diesem so anderen Format – das Moonlight-Radio wurde schneller weiterempfohlen, als ihr lieb war.

Besonders gut kam die Sendung an, in der sie erklärte, warum es so schwierig war, sich von negativem Denken zu lösen.

»Ich werfe jetzt mal ein paar provokante Aspekte in den Raum«, sagte sie, als die Frage immer öfter aufkam. »Wir wissen, dass Nachrichten ihren Fokus auf Negatives richten, was durch soziale Medien noch verstärkt wird. Das ist nichts Neues. Aber niemand verschwendet einen Gedanken daran, dass wir dieses Negative seit Jahrzehnten auf uns einwirken lassen. Was passiert dann in uns? Jeder Gedanke produziert Botenstoffe, die einen bestimmten chemischen Prozess in uns auslösen. Einen Prozess, an den sich unser Körper gewöhnt – und den er immer wieder möchte. Wir sind an Probleme und Konflikte so gewöhnt, dass uns etwas fehlt, wenn wir sie nicht haben. Viele lassen zu, dass Neid, Gier, Angst und Hass ungefiltert in sie hineinfließen – jeden verdammten Tag –, und das dringt in unsere Gene ein. Darin liegt die Gefahr. Nicht in der negativen Emotion an sich, sondern in der Sucht danach. Diese Leute wollen es unterbewusst gar nicht anders, und redet man mit ihnen über Glück, Frieden und Liebe, dann finden sie das komisch und unrealistisch. *Das* ist die Perversion unserer Welt. Da müssen wir ansetzen.

In diesem Zusammenhang möchte ich von einer Studie erzählen: Farmer aus den USA wissen schon seit Langem, dass sie sich das Geld für einen Weiderost sparen können. Es reicht, wenn sie ein paar Streifen auf die Straße malen. Selbst Rinderherden, die nie mit einem echten Weiderost in Kontakt gekommen sind, legen eine Vollbremsung hin, wenn sie die aufgemalten Streifen sehen. Warum? Rupert Sheldrake hat als Erster die Annahme geäußert, dass sich die Tiere über Felder informieren. Dass Erfahrungen auf eine uns noch unbekannte Weise weitergegeben werden. Die Rinder glauben, dass sie auf ihren engen Raum begrenzt sind. Und so unschön es klingt: Wir sind genauso konditioniert. Wir glauben nicht daran, glücklich sein zu können. Das Dumme ist: Je mehr diese Annahme grassiert, desto mehr verinnerlichen wir sie – und desto mehr Leute werden davon angesteckt. Was würde passieren, wenn wir das Gegenteil tun? Wenn wir uns gegenseitig damit infizieren, dass Freude und Liebe unser Geburtsrecht sind? Geht das?

Kann man den Rindern die eingebildete Angst vor einem aufgemalten Weiderost nehmen? Ja! Indem man sie auf die Streifen zutreibt! Irgendein Tier geht drüber – und die anderen folgen nach. Ihr wollt eine bessere Welt? Also kümmert euch um eure Muster und Blockaden! Geht über eure aufgemalten Streifen! Setzt einen Gegenpol zu dem negativen Trend in unserer Welt! Tut einfach so, als wärt ihr der Dalai-Lama, und behandelt euch selbst und eure Mitmenschen mit Respekt und Liebe!«

Als Charlene sich das aussprechen hörte, stoppte sie, und ungewollt flogen ihre Gedanken in die Vergangenheit. Eine Pause entstand. Eine Pause, die nicht nötig, war, die nicht an diese Stelle passte. Verwundert sah Harry sie an. Sie hatte die

Augen geschlossen und es war unschwer zu erkennen, dass sie Mühe hatte, sich zurückzuholen.

»Und das heißt nicht, sich alles gefallen zu lassen«, fuhr sie schließlich sehr leise fort. »Ich weiß genau, dass das eine anspruchsvolle Aufgabe ist, eine, die man sich jeden Tag neu vornimmt, aber denkt dran: Das Großartige in uns ist immer stärker als unsere schlechten Gewohnheiten.«

Sie richtete sich ein wenig auf und ihr Bewusstsein kam voll in die Gegenwart zurück.

»Evolution in Echtzeit ist möglich. Sie geschieht *jetzt.* Mit jedem Gedanken, den du hast. Und mit jeder Intention. Ich wünschte mir, jeder hätte die Intention, seinen wahren Wert zu erkennen. Nicht den Wert, den das Ego dir vorgibt. Dein Wert hat nichts damit zu tun, was du kannst und was du leistest. Sondern nur damit, wer du wirklich bist.«

♫ ♫ ♫

Dörfler raufte sich ob dieser pathetischen Worte oft die wenigen Haare, aber Charlenes Worte kamen an und berührten die Menschen.

Allen im Funkhaus war klar, es war nicht nur die ungewöhnliche Thematik, es war die Art, wie Charlene sie inszenierte. Tatsache war: Das Ding lief. Charlene bekam ständig mehr zu tun, so viel, dass man ihr sogar stundenweise eine Kraft zur Verfügung stellte, die Mails sortierte und Fragen bündelte, auf die Charlene entweder in der Sendung einging oder die sie mit einem hochgeladenen Dokument beantwortete.

Es dauerte nicht lange, da kam Fred auf sie zu und bat sie, auch am Donnerstag auf Sendung zu gehen.

»Nein, Fred«, lehnte sie ab. »Das wird mir zu viel. Außerdem erhöht das die Gefahr, dass meine Identität auffliegt.«

»Wenn es ein Flop wäre, könnte ich deine Bedenken verstehen, aber so …? Was wäre so schlimm daran?«

»Unsere Geschäftspartner müssen meine Gesinnung nicht kennen, Fred. Du weißt nie, wie sie darauf reagieren, und ich will weder die Firmen noch Arbeitsplätze gefährden.«

»Oh, bitte, Charlene! Die Sendung ist der Renner! Tu's für deine Hörer! Es ist doch nur für ein halbes Jahr!«

Sie presste die Lippen zusammen und sagte schließlich zu. Versonnen sah sie Fred nach, als er in sein Auto stieg. Er hatte seit Wochen keinen Annäherungsversuch gemacht. Es fehlte ihr.

## ♫ Volare ♫

### Dean Martin

Es war wieder kuschlig warm im Auto. Alf war fest eingeschlafen und Jeff schaffte noch drei Stunden. Dann fuhr er todmüde einen Parkplatz an, verriegelte die Tür, drehte die Rückenlehne nach hinten und war binnen einer Minute weggesackt.

Eine fahle Sonne weckte sie.

Jeff blinzelte. Es war acht Uhr morgens und er brauchte dringend einen Kaffee. Die nächste Raststätte war eine halbe Stunde entfernt, und dort angekommen merkte Jeff zum ersten Mal, wie unselbstständig Alf war. Er wusste nicht, dass man für den Toilettengang bezahlen musste, und stand völlig planlos vor dem Drehkreuz. Sein Glück war, dass Jeff nach dem Tanken ebenso die Waschräume aufsuchte und die Münzen für ihn einwarf. Alf rammte ein paar Mal die Stange, weil er nicht kapierte, dass er den Zettel abziehen musste, um durchzukommen. Er hatte Probleme mit dem sensorgesteuerten Wasserhahn und Jeff hatte ihn im Verdacht, dass er auch mit dem automatischen Flush nicht zurechtgekommen war. Im Restaurant brauchte er ewig, um die auf großen Tafeln angebotenen Gerichte zu entziffern. Um das Ganze abzukürzen, las Jeff sie ihm vor. Beladen mit einem Tablett voller Essen und Kaffee saßen sie schließlich am Tisch.

»Wo sind wir eigentlich?«, fragte Alf.

»In Franken«, erwiderte Jeff. »Noch sechs Stunden zum Gardasee. Wie lange willst du da eigentlich bleiben?«

»Eine Woche wäre toll! Du buchst uns ein Hotel, dann genießen wir einfach mal das Leben und lassen es uns gut gehen. Geht alles auf mich!« Alfred wurde wieder ganz aufgeregt. »Bin so gespannt auf den See!«

Jeff musste lächeln. »Und du bist sicher, dass du das alles bezahlen willst?«

»Ja, das ist dein Babysittergehalt«, grinste Alf. »Das mit dem Gardasee war ja meine Idee.«

»Okay«, Jeff lächelte. »Danke. Ich werde mich revanchieren, Alfie, das schwöre ich dir.«

Er war vorher am Bankautomaten gewesen und hatte satte tausend Euro abgehoben. Mann, das war ein so geiles Gefühl, einen anständigen Betrag in der Tasche zu haben! Seine Stimmung hob sich und Alfs Vorfreude war ohnehin ansteckend. Mit einer heißen Tasse Kaffee und einem buttrigen Croissant vor sich fühlte sich das plötzlich verdammt gut nach Abenteuer an. Die Aussicht auf Italiens Sonne und einen Teller Spaghetti im Freien beflügelte sie beide zusätzlich.

»Ich kenne ein süßes Lokal in Lazise«, sagte Jeff aufgeräumt. »Da steht ein Baum mitten im Restaurant. Dahin gehen wir heute Mittag essen!«

Alf strahlte. »Das ist ein Traum!«, rief er glücklich. »Ich bin raus aus unserem Kaff! In ein paar Stunden sind wir am Gardasee! In einem anderen Land!«

Jeff musste wieder lächeln, googelte die aktuelle Temperatur in Lazise und hielt Alf das Display hin: Zwanzig Grad und blauer Himmel waren gemeldet. »Wir essen heute auf der Terrasse!«, frohlockte er. »Mit Blick auf den See!«

»Das glaube ich erst, wenn ich es erlebe!«, antwortete Alf mit leuchtenden Augen.

Sie schmiedeten noch ein wenig Pläne, freuten sich beide tierisch darauf, das Ganze abends bei einem Bier in einer italienischen Bar vertiefen zu können.

Bevor sie ihren letzten Schluck Kaffee getrunken hatten, nahm Jeff Alfs Handy, das auf dem Tisch lag, und drückte es ihm in die Hand.

»Alf, du musst deinem Papa Bescheid geben, dass es dir gut geht.«

Alf wurde blass, nickte und brummte: »Mach ich dann im Auto.«

»Nein, das machst du jetzt. Hier. Und du zeigst mir die Nachricht.«

Jeff zog die Augenbrauen hoch, als Alf zögerte. »Ich kann für dich tippen, wenn du magst.«

»Nein, ich mach das schon«, murmelte er. Er hatte das Handy komplett ausgeschaltet gehabt, und als er es aktivierte, sprang ihn eine ganze Reihe von Nachrichten an.

»Wo bist du?«

»Wenn du dich nicht innerhalb der nächsten Stunden meldest, schalte ich die Polizei ein!«

»Bist du mit diesem Häfner ab? Hat er dir diese Flausen ins Ohr gesetzt? Den zeige ich an!«

»Alfie, was hast du vor? Mach keinen Fehler!«

Alf schluckte. Dann wandte er sich etwas von Jeff ab und drückte aufs Mikro: »Hey, Paps, mir geht es gut. Es … es tut mir leid, aber ich konnte es nicht anders machen. Und nein, ich komme vorerst nicht zurück. Warum, weißt du ja. Es steht alles in dem Brief.«

Er wollte das Handy in seine Tasche stecken, aber Jeff nahm es ihm aus der Hand und checkte, ob die Nachricht auch durchgegangen war. Dann nickte er: »Okay, lass uns gehen.«

»Warte, ich will noch Geld abheben«, sagte Alf.

Zusammen marschierten sie zum Geldautomaten und wieder merkte Jeff, wie ungeübt Alf war. Ratlos stand er vor dem Display und rief nach Jeff, weil er nicht weiterkam. Er hatte fünftausend Euro als Auszahlungsbetrag eingegeben.

»Alter, man kann maximal tausend Euro pro Tag abheben«, klärte Jeff ihn auf.

»Ach so«, sagte Alf erleichtert. »Ich kann mir ja in Lazise noch mal das Gleiche holen. Das geht doch, oder?«

»Morgen schon«, antwortete Jeff. »Aber du musst doch nicht so viel Bares mit dir rumschleppen.«

Aber Alf war vom alten Schlag – er fühlte sich sicherer mit Cash.

»Sag mal, wie hast du denn dein Leben verbracht?«, wunderte sich Jeff, als sie wieder im Auto saßen. »Ich meine, du musst doch Freunde haben, mit denen du was unternommen hast.«

»Klar, hab ich. Aber die meisten zocken bloß. Und ein Ausflug in eine größere Stadt ist eine Mordsgeschichte. Wir sind mal mit dem Verein zu einem Fußballspiel gefahren. Ohne Papa hätte ich das nicht gepackt. Diese Massen an Menschen und so.«

»Aber selbst in unserer kleinen Stadt gibt es doch Möglichkeiten.«

»Schon, ein bisschen was geht immer. Aber halt nix, was mich interessiert, und wenn ich mal weiter wegwollte, war Papa jedes Mal dabei, weil er Angst um mich hatte. Er liebt mich … aber er hat mir mein ganzes Leben lang klargemacht, dass ich … na ja … behindert bin.«

Alf wurde feuerrot, als er das aussprach, und Jeff warf ihm einen ungläubigen Blick zu.

»Behindert?«, fragte er fassungslos.

»Er hat das Wort nie ausgesprochen, aber …« Alf biss sich auf die Lippen.

»Alf …« Jeff fuhr sich mit der Hand durch sein Haar. »Das ist ja furchtbar! Ich meine, wenn man das ständig hört, dann glaubt man das ja irgendwann und …«

Jeff brach ab und musterte Alf, der ruhig auf seinem Sitz saß und nicht ein Gramm Groll in sich zu tragen schien. Seine eigene Haltung zu seinen Eltern fiel ihm ein – die hatten ihn stets machen lassen, was er gewollt hatte. Diese Einsicht veränderte seine Perspektive von einer Sekunde zur anderen. Vor allem begann er zu ahnen, welchen Mut Alf die jetzige Aktion kostete.

»Gibt ja Hörbücher«, erwiderte Alf auf seine Frage. »Und davon habe ich mir etliche reingezogen. In einem wurde erklärt, wie das Gehirn arbeitet und so. Der Text hat mich total aufgeweckt. Und es gab Übungen in dem Buch. Die hab ich gemacht.«

»Was waren das für Übungen?«, fragte Jeff.

»Zum Beispiel aufzuschreiben, was man so den ganzen Tag denkt.«

»Okay«, sagte Jeff erstaunt.

»Ehrlich, ich bin voll erschrocken. Da habe ich gemerkt, dass ich das denke, was mein Vater mir gesagt hat. Ich meine, das sind ja fremde Gedanken in meinem Kopf. Und ich wollte wissen, wie ich bin ohne diese Gedanken.«

Jeff lachte verblüfft. Alf brachte die Dinge auf so simple Weise auf den Punkt.

»Seitdem habe ich darauf geachtet«, fuhr Alf fort. »Und deswegen ist der Plan in mir entstanden, dass ich da rauswill.«

»Seit wann machst du das, Alf?«

»Ein bis zwei Jahre vielleicht.«

»Das ist nicht so lange.«

»Ja, und stell dir vor: Kaum hatte ich mich entschlossen wegzuziehen, standst du im Laden. Wenn das mal kein Zufall ist!«

»Ja«, antwortete Jeff nachdenklich. »Wenn das mal kein Zufall ist.«

Die Moderatorin fiel ihm ein. Pixie. Synchronizitäten schaffen. Hatte Alf das gemacht?

»Bin dir echt dankbar, Jeff«, sagte Alf.

»Mann, Alf, ich bin *dir* dankbar! Dass du nicht sauer bist, obwohl ich Scheiße gebaut habe!«

»Hast du ja nicht.«

In Jeff stieg wieder diese tiefe Zuneigung hoch und er lächelte Alf warm an.

»Schlaf noch ein bisschen«, schlug er vor. »Ich wecke dich kurz vor Österreich. Damit du es nicht verpasst, wenn du das erste Mal im Ausland bist.«

Zwei Stunden später war es so weit: Sie passierten die Grenze, was Alf zu einem Freudenausbruch veranlasste, und je weiter sie in den Süden kamen, desto mehr inhalierten sie das Gefühl der Freiheit. Alf staunte einfach über alles. Über die Stubaier und Zillertaler Alpen, den Schnee auf ihren Gipfeln, die schmucken Häuser … Er reagierte so ausgelassen wie ein kleines Kind, das die Wunder der Erde entdeckte.

Als sie Bozen und somit Italien erreichten, jubelte Alf, als hätte er ein Rennen gewonnen. Jeff fuhr in Nago-Torbole raus, weil er wusste, dass man von dort einen ersten Blick auf den See hatte.

Nie würde er den Ausdruck auf Alfies Gesicht vergessen, als sie an einer Parkbucht ausstiegen. Ein gigantischer Anblick erwartete sie: Im Hintergrund erhoben sich majestätisch die Berge, umarmten das tiefblaue, ruhige Gewässer. Es war Lebensgefühl pur. Es war Unterschied pur. In Deutschland war es bis zum Schluss feuchtkalt und grau gewesen, nun standen sie in der warmen Frühlingssonne, ein leichter Wind wehte ihnen um die Nase und vor ihnen breitete sich der riesige, glitzernde See aus.

Alf verschlug es die Sprache und er hielt sich an Jeff fest, während er mit offenem Mund über das grenzenlos scheinende Wasser starrte.

»O mein Gott, ist das schön!«, wisperte er hingerissen. »Jeff! Ist das schön!«

Er sah zu ihm hoch. In seinen Augen schimmerten Tränen.

»Ich habe nicht gewusst, dass die Welt so schön ist«, flüsterte er. »Das ist doch kein See! Das muss das Meer sein!«

Jeff lachte gerührt. »Nein, Dicker, das ist der Gardasee! Noch eineinhalb Stunden! Dann gibt es echte, italienische Spaghetti direkt am Seeufer!«

Alf hüpfte und juchzte, setzte sich aufgekratzt wieder ins Auto und ergötzte sich schlicht an allem: an den Blumen, die hier schon blühten, der Luft, die anders roch, der Sonne, die anders schien. Unwillkürlich wurde Jeff von Alfs Lebensfreude und Enthusiasmus angesteckt.

Ja, Alf hatte recht! Die Welt war schön! Plötzlich war Jeff begierig darauf, sein Leben neu anzupacken, fühlte zum ersten Mal seit Langem wieder Zuversicht. Diese Reise war ein so nützlicher Break in seinem Chaos. Freude breitete sich in ihm aus … oh, wie lange hatte er die nicht mehr gespürt? Zusammen mit Alf sang er während der Fahrt dessen Lieblingslieder – natürlich war auch »Breakfast in America« dabei –, wobei Alf die Arme in die Luft warf und schrie: »Wer braucht schon das olle Amerika, wenn wir das hier haben!«

Dann lachte er wie verrückt und kriegte sich partout nicht mehr ein vor Freude.

Jeff hatte sich in seinem ganzen Leben noch nie so gefühlt wie in diesen Stunden. Noch nie so frei, so übermütig, couragiert, hoffnungsvoll und – ja – glücklich! Noch nicht mal mit Fiona. Und auch nicht mit Juliane.

*Fuck*, dachte er. *Muss ich mit Alf hierherkommen, um zu spüren, was Glück ist? Blauer Himmel, Sonne und Wind?*

Auf einmal fiel ihm Pixie wieder ein, die gesagt hatte, dass die einzige Aufgabe der Menschen sei, glücklich zu sein. Ein Glück, das tiefer ging als die Erfüllung materieller Wünsche. Er hatte nach wie vor kein Geld und keinen Job – aber gerade eben war er glücklich. In diesen Sekunden erahnte er, was sie damit gemeint haben könnte. Ahnte, dass, würde er aus dieser Freude schöpfen, etwas anderes entstehen könnte als das, was er bisher produziert hatte. Gab es wirklich Glück? Auch für ihn?

Sein Blick glitt zu dem singenden, ausgelassenen Alf neben ihm und er dankte Gott dafür, sich auf diese Sache eingelassen zu haben, wenn auch anfangs aus falschen Motiven. Synchronizitäten. Vielleicht war ja doch was dran?

In superguter Laune und ohne jede Komplikation erreichten sie schließlich Lazise.

Alf war von der ersten Sekunde an vom italienischen Dauerurlaubsflair infiziert. Ihm gingen die Augen über, als er die vielen Lädchen und Stände sah, den kleinen Hafen, an dem sich die Boote tummelten, die Bistros, Eisdielen und Restaurants entlang der Promenade und den von der Sonne beschienenen, ruhigen See.

Immer wieder blieb er am Wasser stehen, schaute zum Himmel hinauf, entzückte sich am Spiel der Wolken und machte Jeff auf wunderschöne Formationen aufmerksam, an denen der sonst achtlos vorbeigelaufen wäre. Alfs Gesicht leuchtete, als er über das Wasser blickte, und seine Freude schnürte Jeff die Kehle zu. War er jemals in der Lage gewesen, so zu staunen, wie Alf es konnte? Sein Kopf suchte nach Erinnerungen aus seiner Kindheit, aber zu seinem Schrecken erschien ihm alles düster und grau. Das schockte ihn.

Er war gerade mal einen halben Tag mit Alf unterwegs – und schon hatte sich sein Blick auf die Welt verändert. Plötzlich bemerkte auch er überall einen Zauber: den Zauber des

Neuanfangs, den Zauber der Schöpfung. Spontan legte er den Arm um den kleineren Alf, der stumm seine Hand ergriff, die über seiner Schulter lag.

»Komm, Alfie«, sagte Jeff schließlich bewegt. »Wir gehen was essen!«

Das Restaurant, ein ehrwürdiger Bau mit hohen Räumen, lag direkt an der Promenade, die Gasträume befanden sich im ersten Stock. Sie bekamen problemlos einen Platz auf dem breiten Balkon, in dessen Bodenfundament, wie Jeff es angekündigt hatte, eine Aussparung für einen Baum war, sodass sie nun unter dessen Zweigen saßen und zugleich einen fantastischen Blick über den See hatten. Alf war hin und weg.

»In Deutschland hätten die den Baum einfach umgesägt. Ich bin in einem Traum!«, schwärmte er unentwegt.

Der Wind spielte in seinem Haar und seine Augen strahlten so sehr, dass selbst die Kellner auf den Jungen aufmerksam wurden. Der zuständige Ober brachte ihnen schließlich zwei Teller mit einem Stück Gemüsesülze und Salat, zwinkerte Alf zu und sagte: »Ein klein Vorspeise von Haus.«

»Das haben wir doch gar nicht bestellt!«, flüsterte Alf Jeff zu.

»Ja, das haben die uns gerade geschenkt«, erwiderte Jeff. Er wurde immer nachdenklicher. Der Ober unterbrach seine Gedanken, indem er ihnen die Karten in die Hand drückte. Mit Genuss suchten sie sich etwas aus und bestellten zur Feier des Tages einen Aperol Spritz dazu.

Ihre Laune und dieses wunderbare Lebensgefühl stiegen mit jeder Sekunde. Ein leichter Wind wehte, aus der Küche duftete es nach Knoblauch und Butter und Jeff erzählte Alf von Sirmione und den Grotten des Catull, dem ehemaligen Luxusanwesen eines Römers, zwanzigtausend Quadratmeter groß und knapp zweitausend Jahre alt, das sich an der südlichsten Spitze des Sees befand.

»Ist das weit von hier?«, fragte Alf aufgeregt.

»Nein, gar nicht. Eine halbe Stunde vielleicht.«

»Und das Meer? Wie weit ist das Meer von hier entfernt?«

»Ich schätze mal zwei Stunden.«

Alf verschluckte sich fast. »Wir wären in zwei Stunden am Meer?«

»Sag aber bitte nicht, dass du da jetzt hinfahren willst!«

Alfs Blick verriet ihm alles und Jeff entfuhr ein kleiner Lacher. »Alter, wir brauchen erst mal einen Plan!«

»Ja, stimmt!«, erwiderte Alf. »Und wir planen eine Fahrt zum Meer!«

Diesmal lachte Jeff laut auf.

»Ja, warum eigentlich nicht?«, schmunzelte er. »Aber jetzt lass uns erst das hier genießen! Wir suchen uns eine Unterkunft, bummeln durch die Stadt und gehen heute Abend noch mal richtig gut essen, was meinst du?«

Alf nickte, leuchtete, sprudelte und hielt mit einem breiten Lächeln sein Gesicht der Sonne entgegen – er war vollkommen glücklich.

Jeffs Blick ging so manches Mal zu dem Jungen, erstaunt über dessen Fähigkeit, scheinbar permanent und mühelos so empfinden zu können – vor allem nach der Dramatik der frühen Morgenstunden. Das bewegte ihn ungemein.

Dann buchte er übers Internet ein günstiges Hotel etwa drei Kilometer vom Stadtkern entfernt, kaufte zwei Handtücher und lief mit Alf die Promenade entlang, bis zu einer Stelle, wo sie sich hinlegen konnten.

Möwen segelten am Himmel, das Wasser plätscherte gemächlich gegen die Ufermauer und machte sie schläfrig. Beide nickten in der warmen Nachmittagssonne weg.

Am frühen Abend fuhren sie ins Hotel, duschten, zogen sich um und machten sich erneut auf den Weg in die Stadt.

Das nächtliche Lazise versprühte seinen sorglosen, mediterranen Charme und umfing sie mit einer Romantik, die beide in Höchstlaune versetzte. Es war so herrlich hier! Sie konnten Pläne schmieden, eine neue Zukunft planen. Hoffnung rann wie ein Lebenselixier durch Jeffs Adern. Vielleicht war es noch nicht zu spät, vielleicht konnte er seine Träume noch wahr machen. Seine Gedanken gingen zu Sebastian. Plötzlich war er sich sicher, dass der sich melden und ihr gemeinsames Projekt erfolgreich werden würde. Sebastian hatte so oft gesagt, er würde das nur mit ihm durchziehen, er brauche einen Vertriebsmann! Ja, er sollte nicht so negativ denken! Dann würde alles gut werden.

Bestens gelaunt schlenderten sie durch die Straßen. Jeff merkte, dass ihm die Blicke so mancher Mädchen folgten – was ihm guttat. Er nahm sich fest vor, sich wieder in Form zu bringen. Auch Alf erregte Aufmerksamkeit beim weiblichen Geschlecht, aber anders als Jeff war ihm das völlig egal. Seine Augen strahlten wie Sterne und er zauberte jedem, mit dem er zusammenkam, ein Lächeln ins Gesicht. Irgendetwas war an dem Kerl, das die Leute dazu animierte, ihn anzusprechen und ein paar Worte mit ihm zu wechseln. Jeff kam es mehr und mehr so vor, als wäre Alf ein Joker und Glücksbringer in Menschengestalt.

»Hat dein Dad schon auf deine Nachricht geantwortet?«, fragte er, als sie in einem Restaurant mit rot-weiß karierten Tischdecken saßen und Pizza bestellten.

Statt weiterer Erklärungen zeigte Alf ihm sein Handy. Ein Bombardement an Nachrichten reihte sich im Gesprächsverlauf auf – gesprochene wie schriftliche.

»Ach herrje!«, ächzte Jeff. »Was sagt er denn?«

»Dass ich zurückkommen soll, bevor mir was passiert. Dass ich undankbar bin. Und dass ich alleine nicht zurechtkomme.«

Jeff sah auf das Display. Alf hatte noch keine Antwort verfasst.

»Schreib ihm was, Alf. Komm schon, er macht sich Sorgen.«

Das Bild von Herrn Wedel, der verzweifelt versucht hatte, den Wagen festzuhalten, kam ihm in den Sinn. Aber Alf weigerte sich, so nahm Jeff kurzerhand dessen Smartphone in die Hand, tippte darauf herum und hielt ihm das Display hin.

»Gut so?«

Langsam entzifferte Alf, was Jeff geschrieben hatte: »Hey, Paps, es geht mir super! Bin mit einem Freund unterwegs, der passt auf mich auf. Lass mich ein bisschen leben!«

Sein Gesicht hellte sich auf. »Klingt gut«, meinte er. »Aber du wolltest doch nicht, dass ich dich mit reinziehe.«

»Er ahnt es vermutlich sowieso. Es geht ihm besser, wenn er sicher weiß, dass du nicht allein bist.«

Jeff hatte keine Ahnung, warum er plötzlich so viel Verständnis für einen Menschen aufbrachte, der ihm in früheren Jahren nur Missachtung gezeigt hatte. Vielleicht lag es daran, dass er an seine eigenen Eltern dachte, daran, als sein Vater gesagt hatte: »Deine Mutter hat dich jeden verdammten Tag vermisst.«

Alf lächelte ihn derweil an. »Man merkt, dass du deinen Eltern öfter schreibst.« Er drückte auf »Senden«.

Jeff gab es einen nachhaltigen Stich. Als Alf auf die Toilette ging, versuchte er, eine Message an seine Mutter zu verfassen – es fiel ihm unendlich schwer. Die hundert Euro kamen ihm in den Sinn und zögerlich tippte er: »Hallo, Mama, hab ganz vergessen, dir zu sagen …« Verflixt, wie formulierte er das am besten?

Er löschte die halbe Nachricht wieder und wählte stattdessen Sebastians Profil.

»Hey, Basti, bin gerade in Italien, habe ein paar neue Ideen – ruf zurück, sobald du kannst.«

Er hatte keine neuen Ideen, aber irgendwie musste er den Kerl dazu bringen, ihn zu kontaktieren! Nach einer Weile kam Alf zurück und sie stellten eine Art Kurzzeitplan auf. Beide waren sich einig, dass sie erst mal Abstand brauchten. Die ersten Tage wollten sie die Seele baumeln lassen, ans Meer fahren und ein paar Sehenswürdigkeiten anschauen. Das erleichterte sie beide und zum ersten Mal seit Langem ging Jeff ohne jeden Druck zu Bett.

Am nächsten Morgen lachte die Sonne von einem blauen Himmel, als sie bei einem sehr kargen, italienischen Hotelfrühstück saßen.

»Italiener kennen kein Frühstück wie wir«, erklärte Jeff. »Ein Espresso, das war's.«

»O Gott, das ist doch kein Brötchen! Das ist Weißmehlpampe!«, empörte sich Alf. »Dann gehen wir lieber in die Stadt. Ich will sowieso noch Geld abheben.«

»Du hast doch noch genügend.«

Aber Alf bestand darauf und so hielten sie am ersten Geldautomaten. Jeff stand in einem Abstand von etwa zwei Metern daneben, als Alf einen erschrockenen Laut ausstieß.

»Jeff!«, rief er. »Der Automat hat meine Karte gefressen!«

Er starrte auf das Display und versuchte, den Sinn des dort Geschriebenen zu erfassen. Alarmiert stellte sich Jeff neben ihn und las den Text halblaut vor: »Ihre Karte wurde aus Sicherheitsgründen gesperrt. Bitte setzen Sie sich mit Ihrem Kreditinstitut in Verbindung.«

»Kann das mein Vater gewesen sein?«, überlegte Alf erschrocken. »Der hat eine Vollmacht.«

»Bitte? Dein Vater hat eine Vollmacht?«, krächzte Jeff erschüttert. »Es ist doch *dein* Geld!«

»Es war immer unser Geld.«

»*Unser* Geld?«

»Die Bäckerei gehört zur Hälfte mir und ich hab sozusagen vom Umsatz gelebt. Es wurde alles auf ein Konto gewirtschaftet.«

»Alf! Alter!« Jeffs Stimme überschlug sich fast. »Das heißt, das Geld gehört gar nicht dir allein? Es gehört auch deinem Dad?«

»Ich weiß nicht«, stammelte Alf verwirrt. »Er hat immer betont, dass es meins ist, aber …«

Er brach angesichts Jeffs Gesichtsausdruck ab, und eine Zeit lang schwiegen sie beide.

»Was … was machen wir jetzt?«, fragte Alf schließlich mit zittriger Stimme. »Ich muss doch die Karte wiederhaben! Wie komme ich sonst an das Geld?«

»Alf«, brachte Jeff schwach hervor. »Wenn dein Vater die Hand drauf hat, funktioniert das nur mit seiner Zustimmung. Vielleicht war es doch keine gute Idee, ihm zu stecken, dass du mit mir unterwegs bist. Ganz sicher glaubt er, ich bin hinter eurem Geld her.«

Alf wich die Farbe aus dem Gesicht.

»Und selbst, wenn er das nicht denkt … er wird das Konto wohl erst wieder entsperren lassen, wenn du zurückkommst.«

Alf wurde noch bleicher.

»Das heißt ja … heißt das …?«

»Genau das heißt es«, bestätigte Jeff düster. »Jetzt bist du finanziell genauso am Arsch wie ich. Es sei denn, du fährst zurück zu Daddy.«

Für Sekunden stand Alf wie angewurzelt vor ihm, dann drehte er sich um und rannte zum See. Jeff folgte ihm langsam, überwältigt von den Konsequenzen: Ohne das Geld von Alf war alles schwieriger. Woher sollten sie die Kaution für eine Wohnung nehmen? Wovon sollten sie leben? Von wegen Pläne schmieden und Urlaub machen! Sie mussten sofort eine Arbeit finden, sie mussten zurück nach Deutschland!

Ein ungläubiger Schnaufer entfuhr ihm. Das war's jetzt gewesen? Ein halber Tag Freude und schon musste er dafür bezahlen?

*Nicht schon wieder*, kreischte es in ihm. Der zarte Sprössling der Hoffnung, des wunderbaren Lebensgefühls des gestrigen

Tages war totgetrampelt und schwarzer Frust zog in Jeffs Herz. Hätte es nicht einfach mal glatt laufen können?

Schweigend setzte er sich neben Alf auf die Ufermauer.

»Wie viel Geld haben wir noch?«, wollte Alf wissen.

»Ich habe eintausend Euro auf dem Konto und ungefähr fünfhundert in bar«, erwiderte Jeff. »Und du?«

»Die zwei, die ich mitgenommen habe, und das Geld von gestern, also knapp drei.«

Jeff fühlte sich wie abgestorben.

»Alf … Willst du nach Hause?«

»Nein«, trotzte Alf. »Jetzt erst recht nicht. Wir haben zusammen viertausendfünfhundert Euro. Und wir haben uns. Ich hoffe, du bleibst bei mir, Jeff.«

Jeffs Hals wurde eng. Er nützte Alf nichts. Fühlte sich mutlos und leer.

»Klar, Alf«, versprach er dennoch. »Aber … wir können es uns nicht leisten, hierzubleiben. Wir müssen zurück nach Deutschland.«

Mit wehmütigem Blick ließ Alf seinen Blick über den weiten See schweifen.

»Ich hätte so gern das Meer gesehen«, flüsterte er.

Jeff legte seinen Arm um die Schulter des Jungen.

»Das holen wir nach, Kumpel«, sagte er. »Ehrenwort.«

Er meinte es zwar ehrlich, aber merkte, dass er nicht wirklich daran glaubte. Sie waren voller Euphorie hierhergekommen – und nur wenige Stunden später sah die Welt wieder grau und gefährlich aus. Jeff schluckte. Er hatte Angst. Angst, dass Alfie ohne ihn besser dran wäre. Viel besser.

Er brachte Alf kein Glück. Niemandem brachte er Glück – und sich selbst schon gar nicht.

# ♫ Feel ♫

## Robbie Williams

In gedämpfter Stimmung packten sie ihre Sachen und machten sich auf den Rückweg. Ihr Ziel war eine mittelgroße Stadt, deren Mietspiegel vertretbar war und in der der Tourismus boomte – was Arbeit in Aussicht stellte.

Als sie eine lange Strecke auf der Autobahn vor sich hatten, ließ Jeff Alf eine Weile fahren und googelte nach Preisen für Jugendherbergen und Ferienwohnungen.

»Das Günstigste ist eine Ferienwohnung am Stadtrand«, stellte er fest. »Wenn wir verhandeln, kriegen wir ein Zimmer mit Küchenzeile und Bad für fünfunddreißig Euro die Nacht. Mietwohnung wäre günstiger, aber ohne Gehaltsnachweis …«

»Okay, also starten wir damit. Nach vier Wochen sollten wir beide einen Job haben.«

Jeff bezweifelte das. Alf vielleicht, der als Bäcker bestimmt unterkommen würde, aber er? Er bezog Arbeitslosengeld. Machte sich gar nicht gut im Lebenslauf. Wie sollte er jemals in ein Topunternehmen kommen? Das ging nur, wenn er irgendetwas vorweisen könnte … vielleicht könnte er mit dem Aufbau des Start-ups diese Auszeit begründen, immerhin hatte er viel Arbeit investiert. Mann, warum meldete sich Sebastian nicht? Hatte der das Projekt aufgegeben? Nervös rief er seine Nachrichten auf. Nichts. Jeff wurde mulmig zumute.

Alf spürte es. »Was ist?«

»Hey, Alf«, wich Jeff aus. »Dir ist schon klar, dass wir für Wochen im selben Bett schlafen müssen?«

»Stimmt«, stöhnte Alf und lachte. »Das ist der gruselige Teil!«

»Nein, gruselig wird's, wenn wir keine Arbeit finden.«

»Das wird schon«, sagte Alf voller Vertrauen. »Irgendetwas wird sich bestimmt auftun. Wir schaffen das, Jeff.«

Jeff teilte diese Zuversicht kein bisschen. Er suchte nach dem wunderbaren Gefühl von gestern, der Lebensfreude und dem Optimismus, aber nicht ein Hauch davon war mehr zu spüren.

Mit übermenschlicher Anstrengung hielt er sich zurück, eine weitere Nachricht an Sebastian zu schreiben. Der war seine letzte Hoffnung. Aber die war nun bereits so oft enttäuscht worden, dass sich sein Inneres gerade anfühlte wie ein großes Loch.

♫ ♫ ♫

Die Ferienwohnung war schnuckelig und schön gelegen, aber das Geld schmolz dahin wie Schnee in der Sonne. Vom ersten Tag an war Jeff auf Wohnungssuche. Er schrieb sich an der Uni ein, suchte nach Studentenwohnungen und WGs, stolperte schließlich über ein Fünfzehn-Quadratmeter-Zimmer, das sie in vier Wochen beziehen konnten, und verschwieg dem Vermieter wie den Mitbewohnern, dass sie zu zweit anrücken würden. Jeden Tag schrieb er für sie beide Bewerbungen, verschickte allein für sich mindestens dreißig Stück online und chauffierte Alf zu diversen Bewerbungsgesprächen.

Eine Stelle als Bäcker zu finden, war tatsächlich nicht schwierig, aber Alf zog eine Schnute. Er wollte wie Jeff sein eigenes Ding machen und nicht immer nur das, was andere ihm vorschrieben. Das hatte er ja zeitlebens von seinem Vater erdulden müssen und in ihm grummelte es gewaltig, als er merkte, dass es jetzt genauso lief.

»Ist doch bloß für den Übergang«, beruhigte ihn Jeff, als Alf befristet in einer Großbäckerei unterkam. »Und … wie gesagt … ich fahre dich jederzeit nach Hause. Vielleicht ist dein Vater inzwischen ja eher gesprächsbereit.«

Aber das wollte Alf absolut nicht.

»Ich hab so viele Ideen!«, sagte er. »Wenn ich nur an mein Geld rankäme!«

»Alter, ich will kein Spielverderber sein – aber was willst du denn auf die Beine stellen? Eine eigene Bäckerei?«

»Ja, vielleicht«, antwortete Alf. Aber Jeff hatte schon gemerkt, dass Alfs Träume ziemlich unkonkret waren. Er wollte lediglich backen dürfen, was er wollte, aber einen echten Plan hatte er nicht. Trotzdem blieb er auf eine Weise zuversichtlich, die Jeff immer aufs Neue erstaunte. Zudem war er ein angenehmer, unaufdringlicher Zeitgenosse. Er hielt die Wohnung sauber und beklagte sich nie. Manchmal sah Jeff ihn mit der Vermieterin reden, mit der Alf viel besser zurechtkam als er, und die ihm ihre bereits gelesene Zeitung überließ.

Dann saß er, die Zunge zwischen die Zähne geklemmt, am Tisch und entzifferte Stellenanzeigen. Obwohl das Geld knapp war, hatten sie Backutensilien und Zutaten gekauft, mit denen er nun mit Leidenschaft herumexperimentierte. Er backte für Jeff und die Vermieterin frische Brötchen und sogar Brot – so gut, wie das in einem Umluftherd gelang – und bat Jeff oft, ihm Berichte über Getreidesorten, deren Nährstoffgehalt oder Backmethoden vorzulesen. Er komponierte exotische Rezepte mit Linsen und Bohnen oder wollte, dass Jeff ihm die Kosten für einen eigenen Laden zusammenstellte. Das war auch für Jeff interessant und es lenkte ihn von seinen Sorgen ab.

»Ist ja 'ne Wissenschaft für sich!«, scherzte er, als er ihm einen Bericht über alte und neue Mehlsorten sowie Power-Zutaten wie Chiasamen, Gojibeeren, Waldbeerenpulver und was nicht alles vorlas.

»Ja, das ist es!«, bestätigte Alf begeistert. »Überall bieten sie jetzt neue Sachen an – nur nicht in unserer Bäckerei.«

Alf fing an zu schwärmen, wie das wäre, wenn er seiner Fantasie freien Lauf lassen könne, aber Jeff hörte nicht wirklich hin. Er machte sich Sorgen, weil das Leben wie immer war, weil wie gewohnt Absagen eintrudelten, Sebastian keinen Pieps von sich gab und er sich mit dem Gedanken anfreunden musste, eine schlecht bezahlte, unattraktive Stelle annehmen zu müssen. Im Prinzip war alles noch schlimmer als vorher.

Obwohl er sich dagegen wehrte, sprang mit jeder Absage diese verfluchte Reportage in seinen Kopf, die jede Unternehmung zur Sinnlosigkeit verdammte und ihm hämisch bewies, in eine Sackgasse hineingeboren worden zu sein. Das machte ihn schier wahnsinnig.

Und dann war da diese Scheißsendung! Dieses Moonlight-Radio! Die Tussi, die behauptet hatte, man könne auf sein Schicksal einwirken!

Inzwischen ortete es Jeff als totalen Fehler, das Moonlight-Radio im Beisein von Alfie eingeschaltet zu haben. Er hatte sich eines Abends weitere Folgen anhören wollen, in der Hoffnung, eine Erklärung dafür zu bekommen, warum ihm nur Scheiße passierte. Vielleicht auch, um wieder in diesen Zauber einzutauchen, der ihn zur Umkehr bewegt hatte. Aber diesmal war er kritisch. Diesmal stand er auf Konfrontationskurs. Und diesmal ging es auch nicht mehr um Synchronizitäten, sondern um andere Themen, denen er ungeduldig und genervt gelauscht hatte.

Alf jedoch war hellhörig geworden und hatte sofort einen Narren an der Sendung und an Pixie gefressen. So hörte Jeff zwangsweise mit halbem Ohr jeden Dienstag und Donnerstag das Moonlight-Radio und konnte der Sendung kaum noch etwas abgewinnen.

Meist regte er sich bereits nach den ersten Minuten über das Geschwafel dieser Pixie so sehr auf, dass er es kaum im Zimmer aushielt. Und nicht nur Pixie ging ihm auf die Nerven. Die Hörer, die beim Sender anriefen, waren noch ätzender! Wie die sich bauchpinselten, was sie nicht für gute Menschen wären, wie toll sie ihr Leben im Griff hätten und dass sie ja alles genauso machten und dachten, wie es diese Pixie predigte … Jesus, Maria und Josef, was für ein übles Gesülze! Das Ding troff nur so vor Schmalz und Selbstbeweihräucherung! Jeff kotzte bei so mancher Diskussion heftig ab, während Alf wie ein Junkie am Lautsprecher hing und jedes Mal begeistert war. Aber Jeff hatte inzwischen geschnallt, dass Alf von vielem begeistert war.

Das Einzige, was Jeff gut fand, war Pixies Stimme. Die war sexy, die berührte ihn jedes Mal, aber ihre Texte blendete er grundsätzlich aus. Es hatte ihm kein Glück gebracht, auf sie zu hören.

Auch heute hatte Alf den Sender eingeschaltet und Pixies Stimme füllte den Raum.

»Wir haben uns darüber unterhalten, wie wir beeinflusst werden und es nicht einmal merken. Aber wenn wir unseren freien Willen nicht nutzen, kann unser Geist nur so denken, wie er konditioniert wurde. Dann fährst du diese Schiene ständig ab und verdrahtest auf diese Weise dein Gehirn. Wenn du in deinem Leben etwas ändern willst, musst du dir erst mal anschauen, was du da geschaffen hast. Dafür ist Meditation unter anderem da. Meditation holt euch immer von da ab, wo ihr steht. In Indien sagt man: ›Es ist eine wunderbare Heldentat, wenn du tief in dein inneres Wesen eintauchen kannst – und dabei den höchsten Respekt für dich bewahrst.‹«

»Ey, Alf, mach den Mist aus!«, rief Jeff ungehalten.

»Warum denn? Das ist doch klasse!«, entgegnete Alf enthusiastisch.

»Ich weiß, die meisten von euch sagen: Ich kann nicht meditieren«, sprach Pixie weiter. »Aber könntet ihr bitte diesen Gedanken schon mal sein lassen? Setzt euch einfach hin und macht die Augen zu. Es passiert etwas. Es ist nur so subtil, dass ihr es zu Beginn nicht spüren könnt. Aber irgendwann taucht ihr ein in eine Fülle, die …«

Jeff rollte die Augen nach oben und spürte, wie sich die Wut in seinem Inneren zu einer Lawine ballte. Fülle! Meditation! Verdrahtetes Gehirn! Was für ein Schwachsinn!

Inzwischen hatte er trotz guter Vorsätze zwei weitere Nachrichten an Sebastian geschrieben und wieder keine Antwort erhalten, was seinen Zorn nicht kleiner machte. Er war Sebastian noch nicht mal eine Antwort wert! Noch nicht einmal ein »Ich melde mich« oder was auch immer!

Jeff fühlte sich, als hätte er eine Zeitbombe in seinem Bauch, während Pixie flötete: »Liebe und Freude sind hohe Frequenzen. Mach doch mal den Versuch, dich jeden Tag, bevor du dich in deine Aktivitäten stürzt, darauf einzustellen – und beobachte, was passiert.«

»Alf!«, schrie Jeff. »Setz die Kopfhörer auf, verdammt noch mal! Das ist ja kaum auszuhalten!«

Aber Alf drehte noch lauter.

»Ist es nicht erstaunlich, dass wir nicht die geringsten Schwierigkeiten haben, uns den ganzen Tag herunterzuziehen, es uns aber verdammt schwerfällt, gut über uns selbst zu denken?«

Pixie machte eine Pause, in die wie stets Musik eingespielt wurde, diesmal eine tiefe Bamboo-Flöte – in Jeffs Ohren klang das wie der billigste Schnulzenkram. Aber als sie weitersprach, war ihre Stimme so sanft, dass er sich doch wieder irgendwie angesprochen fühlte. Diese Frau machte ihn wahnsinnig!

»Ich weiß, das fällt so manchem schwer. Da wir unser unbewusstes Verhalten nicht untersuchen, nehmen sich viele als Opfer der äußeren Welt wahr. Das Problem ist: Was du fühlst, wird sich im Außen widerspiegeln. Dein Unterbewusstsein kommt schlicht deiner Erwartungshaltung nach. Daher geht es im Leben oft darum, sich von Erfahrungen und Erinnerungen aus der Vergangenheit zu befreien. So viele meinen, das sei nicht möglich. Aber das stimmt nicht. Unser Gehirn ist flexibel. Man kann alte, leidvolle Erfahrungen überschreiben. Doch der Mensch neigt nun mal dazu, faul zu sein – und es gibt alle möglichen Arten von Faulheit. Unser Intellekt ist oft zu faul, anders zu denken als gewohnt. Unser Körper ist zu faul, um sich zu bewegen … und manchmal ist unser Herz zu faul zu lieben.«

Jeff konnte darüber nur den Kopf schütteln. Er wollte diese Texte nicht hören und gewöhnte sich an, zur Sendezeit die Wohnung zu verlassen.

♫ ♫ ♫

Der Umzug in die Stadt stand bald an. In das Zimmer in der Studenten-WG passte gerade mal ein Bett, sie hatten aber keines, checkten Preise und entschieden sich für eine aufblasbare Matratze, die allerdings auch achtzig Euro kostete.

»Mann, Alf«, murmelte Jeff, als er sich in dem kahlen Zimmer umsah. »Willst du das wirklich? Du hättest es so viel einfacher bei deinem Dad.«

»Nein, wir schaffen das schon«, beharrte Alf. »Es sei denn, du willst mich loswerden, dann sag es mir.«

Aber das hätte Jeff nie übers Herz gebracht. Alf war so unselbstständig! Es konnte passieren, dass er mitten auf einer

Kreuzung mit dem Auto stehen blieb, weil er Schilder, Ampeln und Verkehrsteilnehmer nicht erfassen und koordinieren konnte. Manchmal verlor er sogar im Supermarkt die Orientierung. Diese Aussetzer dauerten zwar in der Regel maximal eine Minute, aber Jeff verstand Alfs Vater immer mehr. Er hatte auch kein gutes Gefühl dabei, Alf alleine zu lassen. In den paar Wochen hatte er ihm beigebracht, wie man Busfahrpläne las, wie man Wäsche wusch, wie man richtig googelte, alles, was er brauchte, um sich vertraut zu fühlen. Alf bewunderte Jeff für jede Kleinigkeit. Er war dankbar, dass er ihn zur Arbeit fuhr, ein Zimmer organisiert hatte und sich um so viele Details kümmerte, denen er selbst hilflos gegenüberstand. Aber nie empfand Jeff ihn als Klotz am Bein. Im Gegenteil – in dieser kurzen Zeit war ihm der Junge ans Herz gewachsen und irgendwo konnte er sich gar nicht vorstellen, wie das wäre ohne ihn.

In stillen Momenten merkte Jeff, dass er Alf mehr brauchte, als er je zugeben würde, denn oft genug riss er sich nur seinetwegen am Riemen. Wenn Alf seine Niedergeschlagenheit doch mal bemerkte, lächelte er Jeff mit dieser ihm so fremden Zuversicht an und sagte: »Das schaffen wir schon. Wir geben nicht auf. Dafür ist es zu früh!«

Jeff selbst hatte einige Vorstellungsgespräche in Firmen gehabt. Die Jobs reizten ihn nicht, er war überqualifiziert, hatte seine Gehaltsvorstellung kräftig nach unten schrauben müssen, aber eine würde ihn schon nehmen. Die Aussicht auf ein geregeltes Einkommen war trotz allem erleichternd.

Doch kurz vor dem Umzug in die Studenten-WG tauchte eine WhatsApp in Jeffs Account auf, die sein Herz schier zum Rasen brachte: Eine Nachricht von Sebastian – und was für eine!

»Alter! Es gibt Neuigkeiten! Wir müssen reden!«

Drei lachende Smileys und ein Paar Sektgläser beendeten die Nachricht und Jeffs Hände fingen an zu schwitzen. Das klang gut! Das klang nach Hoffnung! Er konnte nicht an sich halten und antwortete sofort.

»Sag mir, wo und wann!«

»Ich muss ohnehin in deine Ecke. Will es persönlich besprechen, das bin ich dir nach der langen Abstinenz schuldig!«

Jeff fühlte sich wie in der Achterbahn. Ständig betrachtete er die Sektgläser, die Smileys ... die ganze Botschaft war Hoffnung pur!

Diesem kurzen Wortwechsel folgten drei schlaflose Nächte und produktive Tage.

Fieberhaft arbeitete Jeff am Vertriebskonzept für Sebastians Programm, damit er etwas vorlegen konnte, wenn sie sich trafen. Wenn Sebastian es geschafft hatte, das Ding so zu erstellen wie geplant ... wäre das der Hammer! Wenn nur einer seiner anvisierten Interessenten darauf anspränge, könnten sie auf der Stelle Unsummen verdienen! Wenn, wenn, wenn! Aber was sollte die Nachricht denn sonst bedeuten? Jeff war kurz vor dem Durchdrehen. Sein Puls war im Dauermodus erhöht und er hielt die Wartezeit kaum aus.

Doch als wolle ihn das Schicksal an seinen gewohnten Verlauf erinnern, gab von einem Tag auf den anderen Alfs Auto den Geist auf.

Die Werkstatt teilte ihnen mit, dass die Kosten für eine Reparatur um die tausend Euro betrügen. Ihr letztes Bargeld! Den Wagen zu verkaufen hatte aber auch keinen Sinn – mit dem Schaden hätten sie ihn allenfalls verschenken können. Zähneknirschend zahlten sie.

Aber Jeff hoffte. Betete, dass das die letzten Prüfungen waren. Dass er übermorgen über diese Summe würde lachen können.

Einen weiteren Tag später hatte er das Ergebnis seiner Vorstellungsgespräche im Posteingang und traute seinen Augen kaum: Keine der Firmen hatte sich für ihn entschieden. Er hatte diese Jobs allesamt als unter seinem Niveau erachtet – und selbst für die war er nicht gut genug? Er schluckte hart.

Morgen. Morgen wurde er hoffentlich erlöst. Morgen traf er sich mit Sebastian. Jeff weinte fast vor Aufregung.

♫ ♫ ♫

Hart schlug sein Herz gegen seine Rippen, als er das kleine Café in der Innenstadt betrat. Er hatte ein Jackett aus dem Schrank gezogen, während Sebastian lässig in Jeans und Hoodie gekleidet war. Überschwänglich begrüßte er Jeff und erzählte ihm freudestrahlend, dass er das Programm fertiggestellt hätte, noch ein paar geile Features eingebaut habe und es ganz wunderbar funktioniere.

»Hört sich gut an«, sagte Jeff mit flackernden Augen. »Dann kann es ja losgehen, was?«

Er gierte nach der Bestätigung, dass sein Kreuzweg endlich zu Ende war. Die unendliche Spannung zerriss ihn fast.

»Es ist ja schon losgegangen!«, rief Sebastian frohgemut, die irrsinnige, verzweifelte Hoffnung in Jeffs Augen nicht registrierend. »Das Ding wurde mir geradezu aus der Hand gerissen!«

Jeff war, als hätte ihm Sebastian einen Kinnhaken versetzt.

»Was … was heißt das, es wurde dir aus der Hand gerissen«, unterbrach er heiser. »Du weißt doch, dass ich etliche Leute darauf angespitzt habe, die …«

»Ja, aber das ging alles superschnell!«, freute sich Sebastian völlig unsensibel. Er lehnte sich in seinem Stuhl zurück, breitete seine Arme aus, ein überglückliches, strahlendes Lächeln im Gesicht, und sagte mit gedämpfter Stimme: »Ich will ja nicht angeben, aber vor dir sitzt jemand, der einen Vertrag unterschrieben hat, der ihm schon mal jetzt zwei Millionen Euro aufs Konto gespült hat. Und das war erst der Anfang!«

Jeff wurde schwarz vor Augen.

»Was?!«, krächzte er. »Du hast das alleine durchgezogen?«

»Na, bei zwei Millionen musste ich wohl zuschlagen, oder? Hättest du auch gemacht! Aber ich wollte es dir zumindest persönlich sagen.«

In Jeffs tobte es nur noch. Seine Augen waren blind. Zwei Millionen! Mit dreißig!

Endlich aber begriff er in voller Klarheit, was sein Kumpel nicht ausgesprochen hatte: Er hatte ihn eiskalt ausgebootet. Sebastian war Millionär. Und er, Jeff, war wieder mal vollkommen leer ausgegangen.

Er verfiel in eine Schockstarre. Am Rande seiner Belastbarkeit, am Ende jeder Hoffnung. Fühlte sich tot. Wortkarg holte er Alf von der Arbeit ab, bohrte sich zu Hause die Kopfhörer in die Ohren und legte sich aufs Bett. Zu etwas anderem war er nicht mehr fähig. Und selbst das war eine Qual.

# ♫ Stairs Of Dreams ♫

Aysedeniz Gokcin

Wie er die Nacht herumgebracht hatte, wusste er nicht. Wie er den Tag überstanden hatte noch weniger. Alf wollte wieder das Moonlight-Radio hören und Jeff floh aus der Wohnung in die Stadt, wollte Geld abheben, aber der Automat empfahl ihm, sich mit seinem Banker auseinanderzusetzen. Sprich: Er gab ihm keinen Cent. Sprachlos stand Jeff vor dem Kasten. Er hatte Hunger. Er hatte sich in einem Fast-Food-Restaurant etwas kaufen wollen – und nun ging noch nicht mal mehr das?

Mit einem Aufschrei trat er gegen die Mauer. Ätzender Hass auf das Leben brach sich Bahn, wütete in ihm, bis er nur noch den unbändigen Drang nach Zerstörung verspürte. Mit dieser unseligen Wut im Bauch machte er sich trotzdem auf den Weg zum Fast-Food-Bunker, instinktiv auf der Suche nach Stunk. Niemals hätte er in dieser Stimmung nach Hause gehen können. Nach Hause! Eine Ferienwohnung! In zwei Tagen würde er noch weniger haben – fünfzehn Quadratmeter und eine Luftmatratze, die er sich mit einem einfach gestrickten Bäckerjungen aus dem Dorf teilen musste! Konnte man noch tiefer sinken? O ja, er wusste, diese Gedanken waren gemein!

Aber das war das Leben auch! Voller Bitterkeit dachte er an Sebastian, an dessen Millionen, daran, was der wohl jetzt machte. Mit seinen Akademikereltern Champagner trinken? Auf den Malediven Austern schlürfen mit seinen ach so tollen Geschäftspartnern? Oder wurde er gerade zum Entrepreneur des Jahres gekürt?

Jeffs Augen glühten vor Zorn, als er aggressiv die Tür zum Fast-Food-Restaurant aufstieß. Für einen Wochentag und die Uhrzeit war es gut besetzt. Seine Hand fuhr in seine Hosentasche, wo sich noch ein paar Münzen befanden, und er kaufte sich einen Kaffee. Ein blondes Mädel, das aussah wie eine Studierende, saß allein an einem Tisch und schob gerade ihr Tablett von sich, um Platz für ihren Notizblock zu machen, in den sie eifrig etwas hineinschrieb. Mit einem Blick erkannte Jeff, dass da noch jede Menge Fritten übrig waren. Und ein halber Burger. Er fühlte sich wie abgestorben, hatte jede Scham verloren. Fühlte, dass es von hier nur noch ein kleiner Schritt war, sich auch jeder Moral zu entledigen.

Ohne groß nachzudenken, setzte er sich zu ihr an den Tisch und fragte: »Isst du das noch?«

»Bitte?«

Er deutete mit dem Kopf auf ihr Tablett.

»Na, dein Burger. Die Fritten. Willst du das ernsthaft in den Müll werfen?«

Ihre Augen wurden groß, ihre Wangen röteten sich. Jeff wunderte sich über seine Kaltblütigkeit. Vor drei Monaten wäre er lieber gestorben, als so etwas zu tun. Aber jetzt hätte er noch viele andere Dinge getan.

»Du kannst es gerne haben.« Etwas misstrauisch schob sie ihm das Tablett hin.

Wortlos nahm er eine kalte Fritte und steckte sie in den Mund. Lehnte sich mit dem Rücken an die Wand, nahm ab und zu einen Schluck Kaffee und starrte vor sich hin. Er hatte wohl gemerkt, dass das Mädchen, Emma, wie er ihren Unterlagen entnommen hatte, sich nach einem anderen Platz umsah. Aber da er sie nicht weiter belästigte, wandte sie sich wieder ihren Notizen zu. Ab und an schaute sie auf die Uhr. Vermutlich wartete sie auf ihren Freund.

Doch plötzlich hörte Jeff laut und deutlich: »Und hier ist das Moonlight-Radio … und Pixie! Herzlich willkommen!«

»Ach du Scheiße!«, stöhnte er und hielt sich instinktiv die Hände vor die Augen, während seine Tischpartnerin aufgeregt ihren Stift hinlegte und erwartungsvoll lauschte.

»Hallo, meine Lieben! Wie geht es euch? Danke für eure so zahlreichen Zusendungen! Die meisten habe ich gelesen und ein wenig kategorisiert. Ich hoffe, einen Großteil eurer Fragen mit der heutigen Sendung beantworten zu können.«

Dann kam wieder dieses Lachen, von dem Jeff nicht wusste, ob er es hassen oder lieben sollte, das ihn anzog und abstieß. Ja, eigentlich stieß es ihn ab! Und heute ganz besonders! Er hasste es, weil es eine Heiterkeit ausdrückte, die er nie in seinem Leben empfunden hatte, die nur gespielt sein konnte! Niemand fühlte so! Es war Fake! Gottverdammter, schnulziger, verlogener Fake!

Zu seinem Entsetzen wurde die Lautstärke noch höher gedreht und er merkte, dass die Gäste in diesem Restaurant tatsächlich wegen dieser Mist-Sendung hier waren. Erst jetzt entdeckte er das Schild am Eingang: »Wir hören das Moonlight-Radio!«

Die machten Werbung mit der Sendung? Jeffs Augen glitten über die Gäste. Tatsächlich! Etliche lehnten sich gemütlich zurück, bereit zuzuhören.

Pixies Stimme klang nun klar durch den Raum und ihre nächsten Worte zündeten einen tödlichen Atomreaktor in ihm.

»Jeder, der sagt, äußere Umstände seien an seinem Unglück schuld, gibt im Prinzip die Macht ab. Ein provokativer Satz für die, die es schwer haben, ich weiß. Natürlich gibt es dabei viele Faktoren zu berücksichtigen, daher ist unser Thema heute: Was können wir tun, auch wenn die Umstände erdrückend sind? Wie vereinbart sich das mit der Aussage, Schöpfer seiner eigenen Welt zu sein?«

In Jeff setzte etwas aus. Ein Schalter in ihm kippte und änderte seine Wahrnehmung. Mit einem Mal wurde ihm die ganze Szenerie, die ihn umgab, in einer so krassen Art bewusst, als säße er in einem Theater und studiere die Bühnenaufmachung. Die roten Kunstledersitze im amerikanischen Stil, die angeschraubten Plastiktische, das Mädchen vor ihm, das mit entrücktem Blick der Sendung lauschte, der Kaffee im umweltschädlichen Pappbecher, auf dem Fetttröpfchen einer denaturierten Milch schwammen, das nervige Piepsen im Hintergrund der Theke … alles wurde Kulisse. Und mittendrin ertönte diese Stimme.

»Und deswegen möchte ich heute etwas zum Darwinismus sagen, der so lange unser Weltbild bestimmt hat – und das nach wie vor tut. Ich möchte Darwins These mit den neuesten wissenschaftlichen Erkenntnissen abgleichen. Das wird der Hammer, Leute!«

Sie lachte wieder leicht. Jeff stierte auf das Tablett und sein Magen drehte sich um. *Wenn sie noch einmal so dämlich lacht,* dachte er, *garantiere ich für nichts mehr.* Gleichzeitig war ihm, als habe ihm Pixie in die Kniekehlen gekickt. Darwin? Was konnte die blöde Kuh schon darüber wissen? Wut und Hass verklumpten sich in ihm zu einer glühenden Kanonenkugel, die zu heiß war, um in seinem Körper zu bleiben, die rauswollte. Oh, er konnte all die Attentäter verstehen, die nur noch in der Zerstörung ein Ventil fanden! Er hätte am liebsten alles hier kurz und klein geschlagen!

Sein Kopf ruckte ein Stück hoch. Finster blickte er um sich. Emma vor ihm bekam das dankenswerterweise nicht mit. Sie bückte sich gerade, um einen heruntergefallenen Stift aufzuheben, hörte aber ansonsten aufmerksam der Moderatorin zu – wie auch er. Er hätte ja aufstehen und gehen können, aber etwas hielt ihn an seinem Platz und er erkannte: Er wartete darauf, dass Pixie etwas besonders Provokantes sagte. Etwas, was ihm Grund gab, seiner Wut freien Lauf zu lassen. Er wartete darauf, dass sie diese überdimensionale Eiterbeule in ihm anstach, damit er die Brühe über ihre Scheißfröhlichkeit gießen, ihr zeigen konnte, wie das Leben wirklich lief! O ja, er hörte sehr genau zu! Jedes Wort von ihr filterte er durch seine negativen, enttäuschten Filter. Schöpfer seiner eigenen Welt? O mein Gott, was für ein saudummes Gelaber!

»Der Beginn für ein neues Leben besteht vor allem darin, die Hoffnung auf eine bessere Vergangenheit aufzugeben«, erklärte Pixie derweil. »Das ist ein ganz wichtiger Punkt, denn die meisten von uns kleben an dem, was war. Aber wie löst man sich davon? Erzähle ich gleich. Bleibt dran, meine Süßen!«

Jeff entfuhr ein verächtlicher Laut. In Gedanken äffte er ihre Stimme nach: *Bleibt dran, meine Süßen!* Diese Sendung war mieses Blendwerk, weil das Leben anders spielte! Diese dumme Lady im Radio streute Zucker über Bitteres! Verkaufte Drogen für das Prekariat!

»Ist alles okay mit dir?« Emma musterte ihn furchtsam.

»Klar«, quetschte er hervor, aber in seinen Augen stand eine so massive Aggression, dass sie automatisch ihre Sachen einzupacken begann.

Die Tür des Fast-Food-Restaurants wurde aufgestoßen. Ein paar Jugendliche kamen herein, bestellten lautstark Burger und Getränke und besetzten die letzten Plätze. Emma war wenig begeistert. Erst dieser finstere Kerl da an ihrem Tisch, dann übertönten die Teenager auch noch Pixies Stimme! Nur noch Bruchstücke waren zu hören.

»Die große Frage lautet: Warum gelingt es dem einen, sein Leben zu meistern, und dem anderen nicht …?«

Der Rest ging im Gegröle der Jugendlichen unter. Aber ihre Frage war zumindest so passgenau, dass Jeff reflexhaft versuchte, die Antwort zu hören.

»Ey!«, rief einer der Gäste endlich. »Seid doch mal leise! Pixie läuft!«

»Pixie läuft!«, quietschten die Mädchen. »Yeah! Moonlight-Radio! Leute, seid still!«

Sofort wurde es ruhiger und Pixies Stimme hallte wieder gut verständlich durch den Raum.

»Was hat die Darwin'sche Lehre nun mit Schicksal zu tun? Einiges! Denn geht es nach Darwin, beruht es auf Zufall, ob du zu den Starken gehörst oder nicht. Nach seiner Theorie beruht alles auf Zufall. Das wäre unfair, oder? Aber wir haben auch schon über Synchronizitäten geredet – was dem ja widerspricht. Heute geht es noch einen Tick tiefer. Darwin sagt, alles hängt von unserem Genmaterial ab. Doch die Wissenschaft weiß inzwischen, dass wir unsere Gene beeinflussen können. Mittlerweile ist es erwiesen, dass Gene durch die Umwelt gesteuert werden – nicht umgekehrt. Doch die direkteste Umwelt, die auf unsere Genetik einwirkt, sind wir selbst. Was uns formt, sind unsere Gedanken, unsere Filter, die wir im Kopf haben, die Gefühle, die wir produzieren und an uns heranlassen. Damit ziehen wir Furchen in unser Gehirn – wir schaffen Schaltkreise. Du kannst Schaltkreise schaffen, die dich zum Glück führen, oder welche, die das Gegenteil auslösen. Alles, was dir widerfährt, alles, was du denkst, wird in deinen Zellen aufgezeichnet. Und mit jedem Gedanken wirkst du aktiv an der Evolution mit – du kreierst jeden Tag ein neues Genom. Für dich und die Welt! Schöpfer unserer eigenen Welt können wir sein, weil wir Menschen eine sehr wertvolle Gabe besitzen: Wir können unsere Gedanken und Gefühle hinterfragen. Das kann kein Tier. Das ist unser freier Wille. Schon die alten Weisen haben stets betont, dass ein wichtiges Mittel zum Glück die Selbstbefragung ist. Wenn du zu denen gehörst, die sagen, die anderen sind schuld, die Umstände sind schuld, die Welt ist mies, dann mach dir bewusst, dass derjenige, mit dem du die meiste Zeit verbringst, du selbst bist. Wenn du etwas ändern willst, musst du dich um dich kümmern, um das Unbewusste, das dich steuert, um nicht dessen Opfer zu sein.«

Heiße Lava wälzte sich Jeffs Magen hinunter, eine Lava, die die dort vorhandene Wut so anfeuerte, dass er tatsächlich den Eindruck hatte, lichterloh zu brennen. Sein Blick war stur auf sein Handy fixiert, gleichzeitig hatte er das Gefühl, überall Augen zu haben. Glasklar spürte er Emmas schwer beunruhigte Blicke – keine Frage: Er war ihr nicht geheuer. Das war er sich selbst nicht.

Noch immer starrte er auf sein Smartphone. Sein Finger drückte den »Home«-Button. Neun Prozent Akku. Seine zornverdunkelten Augen richteten sich auf Emma, die merklich zurückwich.

»Kann ich mal kurz dein Handy benutzen?«, fragte er sie mit tonloser Stimme.

»Wenn ich es wiederbekomme«, erwiderte sie unsicher.

»Aber klar doch.«

Er grinste sie leicht an und zögernd schob sie ihm ihr Handy hin.

Jeff reagierte wie ein Automat. Er rief das Internet auf, fand die Nummer des Senders und drückte auf »Anrufen«.

Eine freundliche, männliche Stimme begrüßte ihn.

»Ich möchte einen Kommentar abgeben«, sagte Jeff mühsam beherrscht. »Ich möchte mit Pixie sprechen.«

Er hörte, wie Emma nach Luft schnappte und sich überrascht vorbeugte.

»Sie ist toll, nicht?«, flüsterte sie mit kugelrunden Augen.

Jeff würdigte sie keines Blickes und stand auf. Die Wut in seinem Bauch hatte die Form einer glühenden Rakete angenommen, ein Geschoss, das er auf diese dämliche Pixie abschießen wollte, die mit Sicherheit nie irgendwelche Härten im Leben kennengelernt hatte, die von Beginn an gepampert worden war und nun mit leeren Gesprächshülsen Naivlingen eine rosarote Welt vorgaukelte. Am liebsten hätte er eine Bombe gezündet und das ganze Funkhaus in die Luft gesprengt.

»Hi, hier ist Pixie,«, meldete sie sich vergnügt. »Mit wem spreche ich denn?«

Jeffs Kiefer war verkrampft und sein Gehirn so sehr mit einer saftigen Antwort auf ihre bescheuerten Phrasen beschäftigt, dass ihn die einfache Frage nach seinem Namen tatsächlich aus dem Konzept warf.

Gestresst zerkrümelten seine Finger in seiner Jackentasche ein halb leer gegessenes Päckchen Dextro Energy.

»Ich bin … Dex«, quetschte er hervor.

»Dex«, wiederholte Pixie gut gelaunt. »Toller Name! Gefällt mir. Schieß los, Dex! Ich höre!«

Diesmal klang ihre Stimme direkt in sein Ohr und Jeff wurde ungewollt heiß dabei. Er konnte sich der Wirkung einfach nicht entziehen. Sie machte was mit ihm, diese Stimme, sie war zu sympathisch, zu sanft, zu … aber, verdammt noch mal, er wollte diese Scheißwut loswerden! Er suchte nach dieser Emotion in seinem Bauch und hatte Mühe, sie zu finden. Er verstand das nicht. Plötzlich rang er nach Worten, plötzlich war sein Kopf leer, aber Pixie tat ihm den Gefallen und drückte auf einen fetten roten Knopf in ihm.

»War es zu dem letzten Satz?«, half sie ihm freundlich. »Dass du dich um dich selbst kümmern musst und wir durch unser Unterbewusstes …«

Jeff schloss die Augen. Halleluja! Da war sie, die Wut! Was für ein geiles Gefühl! In einer erlösenden Fontäne schoss sie nach oben und die Worte prasselten nur so aus seinem Mund.

»Was für eine Scheiße ist das?«, schrie er. »Hast du blöde Tussi überhaupt irgendeinen Schimmer vom wahren Leben? Ich könnte KOTZEN! Ja, genau, KOTZEN könnte ich, wenn ich dieses Geschwafel höre! Du hast keine Ahnung! Keine Ahnung, wie das Leben läuft! Du bist nichts anders als ein esoterischer Windbeutel, der sich selbst gerne reden hört und die Welt mit lächerlichen Zitaten zukleistert, die kein Mensch braucht!«

Alles um ihn herum erstarrte. Lediglich ein paar erstaunte Kicherer waren zu hören. Es war, als hielte der ganze Landkreis, alle Zuhörer, wo sie auch saßen, die Luft an. In diesem Restaurant war es besonders gespenstisch. Jede Unterhaltung war verstummt. Die Bedienung an der Theke glotzte ihn an, die Köche kamen aus der Küche, die Blicke aller Gäste waren auf Jeff gerichtet. Sie hörten den Sender über Lautsprecher und hatten gleichzeitig den Anrufer live vor sich. Besser ging's nicht! Mit offenem Mund stierten sie ihn an und schon hob einer sein Handy und filmte. Jeff drehte sich weg. Emma saß mit aufgerissenen Augen und heruntergeklappter Kinnlade vor ihm und überlegte sichtlich, wie sie ihres Handys wieder habhaft werden konnte.

Auch Jeff hielt inne. Er wusste, was jetzt kam. Er würde als geisteskrank, alkoholisiert, anderweitig berauscht oder was auch immer abgetan und aus der Leitung sowie aus dem Restaurant geworfen werden.

Aber nichts dergleichen geschah. Nach seinem Ausbruch war eine Pause entstanden, eine Pause, die nicht leer war, das konnte er spüren. Sie war gefüllt mit etwas, was ihn zutiefst verwirrte und ihn zu seinem Entsetzen an den Rand eines Tränenausbruchs brachte. Dann ertönte ein höchst amüsiertes, anerkennendes Lachen. Er konnte es nicht fassen: Pixie lachte. Aber sie lachte ihn nicht aus. Sie war erfreut.

Bestürzt hielt Jeff das Handy vor sein Gesicht, als hätte es einen Defekt.

»Wow, Dex – das war ja mal eine Ansage!«, ließ sie sich deutlich begeistert vernehmen. »Endlich mal eine kontroverse Ansicht! Erzähl mir, warum du so denkst.«

»Warum ich so denke?«, presste Jeff hervor. »Weil das Leben ganz anders spielt, als du es darstellst. Weil du nichts als Euphemismen absonderst! Und weil du höchstwahrscheinlich mit einem goldenen Löffel im Mund geboren wurdest, mit deinem Arsch auf einem angewärmten Stuhl sitzt und noch nie etwas von Existenzminimum und Armut gerochen hast. Du hast kein Recht, Leute mit der Hoffnung zu betäuben, sie könnten alles in ihrem Leben erreichen.«

»Wenn ich jemals den Eindruck erweckt habe, dass man alles im Leben erreichen kann, dann tut mir das leid«, erwiderte Pixie. »Das war nie meine Absicht. Und nie meine Ansicht. Aber wovon ich doch fest überzeugt bin, ist, dass man sein Leben immer verbessern kann. Es gibt stets Luft nach oben.«

»Das ist nicht wahr«, begehrte Jeff auf. »Wenn du einmal unten bist, bist du ewig unten! Weil wir ein System haben, das es manchen schlicht versagt, das Leben zu führen, das sie gerne hätten!«

»Okay, Dex, warte eine Sekunde. Du machst genau das, was man nicht tun sollte. Du schiebst die Schuld auf etwas im Außen. Die Politik, die Welt, das System … solange du das tust, bist du ein Gefangener, also …«

»Oh, ich kann diese Scheiße nicht ertragen!«, brach es aus ihm heraus. »Das ist esoterischer Schwachsinn!«

»Warum ist das esoterischer Schwachsinn, Dex?«, fragte Pixie freundlich. »Hast du es schon mal ausprobiert, damit du mitreden kannst? Denn wenn nicht, wärst du derjenige, der umstrittene Phrasen aufstellt. Nicht ich.«

»Ja, ich habe das ausprobiert«, biss Jeff zurück. »Lange! Ich habe mich von Kleindenkern abgesondert und mich immer dazu angehalten, positiv zu denken.«

»Wenn du die Sendung ein wenig mitverfolgt hast, müsstest du wissen, dass das nur bedingt nützt. Sei ehrlich, Dex – hast du je hinter die Kulissen deines Lebens geschaut? Hattest du schon mal den Mut, deine Denkweisen beziehungsweise deine Programmierungen zu beleuchten? Ich meine, in ihrer ganzen Bedeutung und Tiefe?«

»Tiefe!«, höhnte er. »Das ist etwas so Relatives, dass es sich nicht messen lässt!«

»Doch, das lässt sich messen. Sehr gut sogar. An deinen Resultaten. Ich gehe mal davon aus, dass dein Leben ein Desaster ist, sonst hättest du nicht so eine Wut im Bauch.«

»Ich bin nicht wütend!«, zischte Jeff angepisst. »Und mein Leben ist kein Desaster!«

Pixie lachte und auch die anderen Gäste im Restaurant kicherten belustigt.

Jeff bekam das im Hintergrund mit und es machte seinen Zorn nicht kleiner.

»Komm schon, Dex«, fuhr Pixie gleichmütig fort. »Deine Wut dringt so deutlich über den Äther, dass ich die Wolke über deinem Kopf sehen kann. Mach dir doch nichts vor!«

»Ich bin nicht derjenige, der sich was vormacht! *Du* hast keine Ahnung! Du bist diejenige, die den Leuten vorgaukelt, sie könnten an ihrem Schicksal etwas ändern, dabei …«

»Ich gaukele das nicht vor, Dex«, unterbrach ihn Pixie, ernst geworden. »Ich weiß, dass es so ist.«

»Das ist totaler Blödsinn!«

»Warum wendest du es nicht einfach mal an?«, schlug sie vor. »Statt hier rumzunölen und heiße Luft abzulassen. Das macht dein Leben auch nicht besser! Wenn jemand keine Ahnung hat, dann bist du das!«

»Das verbitte ich mir«, fauchte Jeff. »Das lasse ich mir von einer Möchtegern-Psychologin, die ein fragwürdiges Zertifikat aus einem Wochenendkurs an der Wand hängen hat, ganz bestimmt nicht sagen.«

»Ich habe überhaupt kein Zertifikat«, erwiderte Pixie gelassen. »Ich habe auch keinen Wochenend- oder sonstigen Psychologiekurs besucht. Wozu denn? Mir geht es offensichtlich trotzdem besser als dir. Vielleicht ist das ein Ansporn?«

Sie lachte leicht und brachte Jeff damit vollends auf hundertachtzig.

»Das ist das einzig Positive an dir«, ätzte er. »Dass du zugibst, weder Ahnung noch Qualifikationen zu haben. Es ist eine Schande, dass so jemand wie du Scheiße ins Mikro pusten darf und dafür auch noch bezahlt wird!«

»Mal langsam«, fiel ihm Pixie ins Wort, nicht im Mindesten von seinen Angriffen berührt, obwohl sein letzter Satz unverschämt gewesen war. »Ich *habe* Qualifikationen. Lebensqualifikationen. Alles real passiert, getestet und durchlebt. Das sind die besten Qualifikationen, die man vorweisen kann. Ich fürchte, ich muss mich wiederholen: Wenn jemand keine Ahnung hat, dann bist du das. Du laberst nur blöd rum.«

Das ganze Restaurant lachte unterdrückt nach Pixies Antwort. Blind vor Wut wurde Jeff mit einem Mal bewusst, dass er im Mittelpunkt stand und von allen Personen in diesem Restaurant beobachtet wurde. Das hatte er gerade noch gebraucht, dass die dumme Nuss ihn in aller Öffentlichkeit bloßstellte!

»Ich labere nicht«, ballerte er zurück. »Und wenn du meinst, dass du mich hier fertigmachen kannst, dann bist du schief gewickelt!«

»Oh, doch, mein Freund, du laberst. Und zwar gewaltig. Im Übrigen will ich dich nicht fertigmachen, ich fürchte, das versuchst du gerade umgekehrt mit mir. Wie alt bist du?«

»Geht dich nichts an!«

»Deinem Sturkopf nach könnte man denken, du bist achtzig«, spöttelte Pixie gutmütig. »Aber deine Stimme klingt jung … Vielleicht geht ja noch was bei dir!«

»Hör mal«, zischte Jeff. »Ich …«

»Komm schon, Dex, lass uns Tacheles reden«, fiel sie ihm ins Wort. »Was ist dein Problem? Kein Job? Keine Frau? Kein Geld?«

Jeff wurde rot. »Nichts dergleichen. Mir geht es gut.«

»Klar, dir geht es so gut, dass du beim Sender anrufst, um mir zu sagen, dass das Leben niemals so schön sein kann, wie ich es beschreibe. Lass mich raten: *Weil* dein Leben nicht schön ist? Und warum ist es nicht schön, Dex?«

»Weil die Umstände es dazu gemacht haben«, gab er sauer zurück und merkte, wie er in ihre Falle geriet.

»Nein, Dex, weil du es so gemacht hast.«

Jeff sah rot.

»Verdammt noch mal, wer zum Teufel sucht sich freiwillig so eine Scheiße aus?«, schrie er unbeherrscht.

»Du zum Beispiel«, gab Pixie ungerührt zurück und brachte damit wieder das ganze Restaurant zum Lachen.

Jeff stieg die Hitze ins Gesicht. Auf einmal wollte er nur noch raus aus der Nummer. Aber einfach das Gespräch zu beenden – noch dazu, wo ihn jeder hier gerade beobachtete –, das war ihm dann doch zu billig.

»Okay, Pixie. Um es auf den Punkt zu bringen: Du verbreitest sinnlose Theorien, die im realen Leben keinen Sinn ergeben, und …«

»Stopp mal, Süßer, wie bereits erwähnt: Das sind keine Theorien. Mach sie doch einfach zur Praxis.«

»Was?«

»Mach sie real! Lass sie wahr werden! Dafür ist die Sendung doch da!«

»Wie meinst du das? Was soll ich denn wahr werden lassen?«

»Welch eine Frage! Was wünschst du dir denn vom Leben?«

»Geld«, schoss es aus Jeff heraus. »Endlich mal Glück! Aber das ist nicht berechenbar – egal, was du sagst. Deinen Worten fehlt jeder Beweis.«

»Dann sei du doch mein Beweis. Oder du deiner.«

»Dein Beweis?«

»Genau! Mach doch einfach, was ich so in den Sendungen bespreche – und dann siehst du, was passiert.«

»Ich weiß genau, was passieren wird«, knurrte er. »Nichts.«

»Klar, was soll auch anderes passieren, wenn du so denkst. Du wirst immer recht haben! Mann, Dex, du solltest dich mal selbst reden hören! Du servierst uns gerade eine selbst erfüllende Prophezeiung nach der anderen. Hast du nicht die Nase voll davon? Das tut ja richtig weh!«

Er konnte sie nicht sehen und ein Lächeln kann man nicht hören, aber er wusste, dass sie lächelte – auf eine Weise, die ihren Worten ein Mitgefühl verlieh, das schmerzte, das grenzenlose Sehnsucht in ihm entfachte. Fast war ihm, als sähe sie ihm in die Augen. Welche Farbe die ihren wohl hatten? Und welche Farbe ihr Haar? Sie griff ihn nicht an. Ihre Stimme war zu sanft dafür. Und aus irgendeinem Grund spürte Jeff sehr deutlich, dass sie nicht darauf aus war, ihn in die Ecke zu stellen. Der Gedanke, dass sie ihm ernsthaft helfen wollte, blitzte durch sein Hirn – und machte ihn schwach. Wann hatte ihm das letzte Mal jemand geholfen? Wann hatte ihm überhaupt je jemand geholfen? Zu seinem Entsetzen merkte er, wie etwas in ihm zu fallen begann. Noch entsetzter spürte er, wie ihm Tränen in die Augen schossen, die seine Stimme zum Zittern brachten, als er zu einer Antwort ansetzte. Ein Zittern, das die Gäste im Restaurant sowie die vielen Tausend anderen Zuhörer wahrnahmen und das ihm im Bruchteil einer Sekunde die Sympathie und das Mitgefühl aller einbrachte. Und dieser Schwenk machte ihn erst recht fertig.

»Es ist nicht meine Einstellung, die wehtut, sondern das Leben«, sagte er heiser und mit den Nerven am Ende. Verzweifelt suchte er Halt im Zynismus. »Für dich ist es leicht zu behaupten, das Leben sei schön, wenn das Schlimmste, was dir je passiert ist, ein abgebrochener Fingernagel war.«

Pixie lachte nicht.

»Warum gehst du davon aus, Dex?«, fragte sie ernst. »Ich weiß, wovon ich spreche. Ich weiß es sehr genau. Ständig redest du davon, dass das Leben Scheiße ist. Und was findest du vor? Scheiße. Warum beweist du dir nicht das Gegenteil? Fang einfach an! Was verlierst du denn? Dein Scheißleben vielleicht? Wäre ein guter Tausch, scheint mir.«

»Ich war nicht immer so«, verteidigte sich Dex ohnmächtig und versuchte, diesen hässlichen Kloß in seinem Hals hinunterzudrücken. »Ich habe lange an ein gutes Leben geglaubt. So lange – und doch lief alles schief.«

»Und was hast du nach jedem Fehlschlag getan? Deine miese Meinung über das Leben verfestigt? Selbst wenn du das nicht absichtlich gemacht hast, weil du ja positiv denken wolltest, ist es unterbewusst passiert. Könnte das sein?«

Und als er nichts darauf antwortete, fragte sie sanft: »Dex?«

Er schwieg immer noch. Er wollte sie plötzlich vor sich haben. Er wollte wissen, wie sie aussah und ob der Ausdruck in ihren Augen so war, wie er sich das gerade vorstellte. Aber er hatte nur ihre Stimme, und diese Stimme drang wie ein zarter Hauch in sein Ohr, streichelte ihn, tröstete ihn. Mit einem Mal sehnte er sich so unglaublich nach einem Menschen, der ihn in den Arm nahm, so sehr nach einer Brust, an die er seinen Kopf schmiegen konnte, dass er es fast nicht mehr aushielt. Und er hatte das unheimliche Gefühl, dass Pixie genau das spürte. Denn er empfing etwas, was ihm schier die Luft abdrückte: Ein Hauch tiefer Liebe wehte zu ihm. Liebe, die nichts mit der gewöhnlichen Bedeutung des Wortes zu tun hatte. Liebe, in der alles lag: Trost, Mitgefühl, Erhabenheit und Kraft.

»Hey, Dex«, hörte er sie leise sagen. »Ich kann dich verstehen. Blöde Dinge, Katastrophen, Niederlagen … das erleben wir alle. Das können wir nicht verhindern. Aber es ist entscheidend, wie man damit umgeht. Wenn du an der Kreuzung, da, wo dir das erste Mal ein Missgeschick passiert ist, innegehalten hättest, stündest du vielleicht heute schon woanders. An diese Kreuzungen musst du zurück, Dex. Diese Wege bleiben dir nicht erspart, wenn du etwas ändern willst. Sie bleiben niemandem erspart auf der Reise zum eigenen Glück. Und genau das würde ich dir so sehr wünschen.«

Dex kam sich wie aufgerissen vor und reagierte entsprechend.

»Na, super«, brachte er hilflos hervor. »Und du meinst wirklich, dass die Zucker-Ratschläge aus deiner Puppenwelt auch in der harten Realität greifen?«

»Okay, Dex, ich gehe mal davon aus, dass meine Vermutung zutrifft: kein Geld, kein Job – und wahrscheinlich auch keine Beziehung. Oder keine gute. Das ist deine Ausgangslage. Dafür musst du dich nicht schämen. Du solltest dich nur schämen, wenn du weiterjammerst und nichts dagegen tust. Ich habe zu jeder meiner Sendungen ein Dokument auf der Website hochgeladen. Lies dir das durch. Such dir aus, was dich am meisten anspricht – und setz es um.«

»Das ist nicht so leicht.«

Das gesamte Restaurant stöhnte auf.

»Meine Fresse, mach's doch einfach!«, rief ihm einer zu.

»Ja, mach's doch einfach!«, rief auch Pixie und lachte wieder. »Mach es, Dex! Mach dich glücklich! Tatsächlich bist du der Einzige, der das tun kann.«

»Okay«, erklärte Jeff mit hochrotem Kopf. »Ich werde die Dokumente lesen. Und dir genau sagen, was passiert. Ich rufe wieder an.«

»Bist jederzeit willkommen! Tu dir aber bitte einen Gefallen: Wenn du das anwendest, dann nicht mit dem Hintergedanken, dass du mir das Gegenteil beweisen willst und es sowieso nicht funktioniert. Gib dir eine echte Chance!«

»Ich versuch's.«

»Das reicht nicht, Dex. Tu's. So oft, bis es klappt.«

»Ja, ist ja gut!«, entfuhr es ihm genervt.

»Na, dann … Auf Wiederhören, Dex! Ich wünsche dir von ganzem Herzen das Glück, das du dir so sehr wünschst und das du auch verdienst.«

»Sehr salomonische Antwort«, fauchte er verletzt, weil er sich all der belustigt-mitleidigen Blicke um sich herum gewahr wurde. Er nahm an, dass Pixie jetzt auflegte, aber das tat sie nicht. Sie blieb in der Leitung – und schwieg. Jeff ebenso. Durch das Handy am Ohr hörte er sie leise atmen. Unwillkürlich schloss er die Augen, atmete in ihrem Rhythmus – und war ihr nah, so nah, dass er meinte, sie lege den Arm um ihn.

»Okay, Dex …«, fuhr sie schließlich fort. Weich rann ihre Stimme durch seinen Gehörgang und ließ etwas in ihm schmelzen. »Dann lass es mich anders formulieren: Ich wünsche dir, dass du entdeckst, dass du alles Glück der Welt wert bist. Dass du erkennst, dass dein Inneres das Äußere widerspiegelt. Ich wünsche dir, dass du den Reichtum in deinem Inneren findest, damit er nach außen treten kann und deine Träume wahr werden. Es ist deine eigene Wertigkeit, die dich zu unendlichem Glück führt. Und es ist deine Aufgabe im Leben, deinen Wert zu entdecken. Also wünsche ich dir die Erkenntnis, wie großartig du bist. Das bist du nämlich, Dex.«

Wieder konnte Jeff nicht antworten. Die Sätze, ihr Tonfall, die Intensität darin warfen ihn um und brachten ihn endgültig an die Grenze. Zusätzlich flammte in ihm diese unerklärliche Sehnsucht wieder auf, die ihm schier das Herz abdrückte, die ihn wünschen ließ, Pixie säße neben ihm und würde ihm in die

Augen schauen. Ja, er wollte ihr Gesicht sehen, wollte wissen, wer diese Frau war, die es innerhalb weniger Minuten geschafft hatte, dass er sich nun seltsam leer fühlte und nicht das geringste Quäntchen Wut mehr in ihm war.

Auch Pixie sagte nichts mehr. Und in dieser gesättigten Stille spann sich ein Band zwischen ihnen, ein Band, das von ihrer Wärme durchtränkt war und Jeff die Gewissheit gab, dass es ihr nicht egal war, wie es ihm weiter erging. Instinktiv presste er das Handy an sein Ohr, um sie noch näher bei sich zu haben. Und da spürte er es wieder. Ihre Gefühle schwebten durch den Äther zu ihm wie ein Parfüm aus Trost und Verständnis – ihr ureigener Duft, ein liebevoller Hauch, der ihn sanft streichelte –, und mit Entsetzen bemerkte er, wie das Wasser nach oben drängte, eine Träne seine Wange hinunterrollte und hörbar auf die Fliesen tropfte. Als wäre das ein Signal für sie, sagte Pixie leise: »Gute Nacht, Dex«, und klinkte sich aus.

Erstarrt stand Jeff mit dem Handy am Ohr und wagte kaum zu atmen.

Wie ein Postludium perlte mit ihrem Gute-Nacht-Gruß Musik auf. Ein wunderschönes Klassikstück füllte den Raum. Töne regneten auf ihn herab wie Goldflitter. Langsam ließ er das Handy sinken und hörte ihre melodiöse Stimme über die Lautsprecher – es war so surreal. Ihm war, als käme sie von oben, aus dem Himmel.

»Das ist für dich, Dex. Das Stück heißt ›Stairs of Dreams‹ und ist von Aysedeniz Gokcin. Pass auf dich auf! Wo immer du auch bist.«

Dieser Abschied gab ihm den Rest. Seine Augen wurden rot, wurden nass, das Wasser lief über – und sein Bewusstsein kehrte voll zurück ins Restaurant. Emma starrte ihn noch immer an, jeder starrte ihn an. Niemand sagte ein Wort.

Noch voll unter dem Einfluss des eben Erlebten legte Jeff das Handy auf den Tisch und schob es Emma hin.

»Danke«, krächzte er. Dann zog er die Kapuze seines Hoodies über den Kopf und verließ das in Musik getauchte, aber ansonsten vollkommen stille Restaurant.

♫ ♫ ♫

Langsam fuhr er die malerische Strecke Richtung Ferienwohnung. Aufgewühlt bis zum Anschlag, unfähig, die Enge von vier Wänden zu ertragen, lenkte er den Wagen in einen kleinen Waldweg. Mechanisch holte seine Hand den Flachmann aus dem Handschuhfach und schraubte ihn auf. Das Gesöff verbreitete einen scharfen Geruch, der in totalem Widerspruch zu der Szene eben stand, und Jeff hielt inne. Klappte die Sonnenblende herunter und betrachtete sein Gesicht im Spiegel. Es war aufgeschwemmt, das Innere seiner Augen nicht klar. Aus Nachlässigkeit hatte er sich einen dichten Bart wachsen lassen. Er wirkte finster.

Unversehens öffnete er die Tür, schüttete den Inhalt des Flachmanns auf den Waldboden und warf die Flasche vom Auto aus in einen Eimer. Es schepperte laut, als das Metall zielgenau im Drahtgeflecht landete, als gehöre es dahin.

Eine Weile starrte Jeff in den schemenhaften Wald. Zog sein Handy hervor. Fünf Prozent Akku. Er googelte den Song »Stairs of Dreams« und spielte ihn ab. Jeder einzelne Ton tat ihm weh. Der Zauber der letzten Sekunden im Restaurant erfasste ihn wieder – Pixies Gegenwart, ihr leichter Atem, ihre Stimme in seinem Ohr … Er erlebte das in einer Stärke, die ihm schier die Luft abschnürte. Jeff wusste nicht, wie ihm geschah, aber auf einmal brach er in Tränen aus. Er heulte wie ein Schlosshund, wegen so vielem … wegen seinem Leben, seinem Unvermögen, es zu meistern … Diese verdammte Sehnsucht brach wieder auf, so stark, dass Weinkrämpfe seinen gesamten

Körper schüttelten. Dieser letzte warme Hauch von Pixie, den er so deutlich gespürt hatte! Dieser unausgesprochene Trost, das grenzenlose Verständnis, das in ihrem Schweigen gelegen war – nein, das hatte er sich nicht eingebildet. Das war echt gewesen. Und er wollte mehr davon.

Der Hunger nach einem anderen Leben, nach der Größe, auf die Pixie ständig in ihren Sendungen hinwies, nach dem Ausbruch aus seinem eigenen Gefängnis brannte in ihm. Oh, wie oft hatte er das schon gefühlt! Wie oft waren seine Träume zerronnen! Und doch war es diesmal anders. Zum ersten Mal erkannte er, dass er mehr tun musste, als am Außen herumzuschrauben. Er musste nach innen gehen – was immer das auch bedeutete. Er musste verdammt noch mal die Synchronizitäten schaffen, die ihm zu seinem Traumleben verhalfen.

Lange stand er in diesem Waldstück, lange rannen die Tränen seine Wangen hinab, aber er schämte sich nicht dafür, eher fühlte er sich befreit. Es war, als ob sie etwas fortwuschen. Was, wusste er nicht. Er wusste nur, dass etwas mit ihm geschehen war.

♫ ♫ ♫

Alf schlief schon, als er nach Hause kam. Leise nahm Jeff seinen Rechner vom Tisch, ging ins Bad und zog vor dem Spiegel unerbittlich Resümee. Sein Gewicht war in den letzten Wochen nicht weniger geworden, weil er falsch aß und sich kaum bewegte. Im hellen Badezimmerlicht wirkte sein Gesicht noch düsterer. Er setzte sich auf die Toilette, klickte die Fotos aus der Zeit mit Fiona an und bekam einen Schock. Auf diesen Bildern sah er im Gegensatz zu jetzt wie ein Model aus. Seine Augen strahlten. Seine Haut war klar. Seine Figur war top. Hatte er tatsächlich mal solche Muskeln gehabt? Mann, er hatte richtig gut ausgesehen!

Da fiel ihm ein, dass Pixie ihm die Dokumente auf der Homepage empfohlen hatte. So rief er zum zweiten Mal in dieser Nacht die Seite des Senders auf und klickte auf den Reiter »Moonlight-Radio«.

Ein heißer Strahl durchfuhr ihn, als er das neueste Dokument entdeckte. Es war um 0.31 Uhr hochgeladen worden mit dem Titel »Für Dex«.

> Lieber Dex,
> das war heute sicher nicht leicht für dich. Aber du hast den ersten Schritt gemacht. Du hast deine Wut rausgelassen – und das ist gut, denn sie sollte nicht in dir schwären. Diese Aggression fühlt nämlich jeder, der mit dir zu tun hat, und das kann mit ein Grund sein, warum du bisher noch kein Glück hattest. Ich weiß nicht, was du alles in deinem Leben verbessern willst, und du musst es mir auch nicht sagen. Schreib es für dich auf. Mach eine Liste und geh sie an. Schritt für Schritt. Aber fürs Erste möchte ich, dass du dir das Essay über das Gutsein der Menschen durchliest – und danach lebst. Denn die Menschen *sind* gut, Dex. Die Welt ist gut. Du bist gut. Ich möchte, dass du jeden Tag, bevor du aufstehst, dir genau dies klarmachst. Ich möchte, dass du deinen Tag damit beginnst, Liebe zu fühlen, für dich und für andere – so gut du es vermagst. Auch, wenn du jetzt sagst, du weißt nicht, was das ist – deine Seele weiß es. Dein Inneres weiß es. Also geh in dein Herz und beginne den Tag mit dem Vorsatz, in jedem Menschen und allem, was dir passiert,

das Gute zu sehen. Materie wird von Energie organisiert. Wenn du eine Änderung willst, solltest du also an deiner Energie arbeiten. Denn wenn du ein gutes Leben willst, geht das nur, wenn du das aus einer guten Energie heraus tust. Und daher ist es wichtig, diese Energie in dir zu entdecken. Damit meine ich nicht deine Power, sondern die Essenz, die dir überhaupt Power gibt.

Alles Liebe, vor allem alles Gute für deine Zukunft.

Deine Pixie

Jeff wurde fast schwindlig. Sie hatten keinen Drucker, aber sein Bedürfnis, diese Worte physisch vor sich zu haben, war so groß, dass er im Badezimmer ihren Brief abschrieb. Erst danach ging er ins Bett, konnte nicht schlafen und lag mit offenen Augen auf dem Rücken.

Plötzlich hörte er Alf wispern: »Jeff? Das warst du heute, im Moonlight-Radio … Du warst Dex!«

Jeff stockte für eine Sekunde. Dann sagte er leise: »Ja, Alf. Ich war Dex.«

Alfs Hand tastete nach der seinen und Jeff drückte sie.

»Du … du hast scheiße Angst, dass du es nicht schaffst, oder?«

»Ja, Alf«, flüsterte Jeff. »Ich hab brutale Angst.«

»Was wirst du jetzt tun?«

»Ich … ich werde trotzdem dran glauben, dass wir es hinkriegen. Irgendwie.«

Er hörte, wie der Junge neben ihm ausatmete. »Das ist gut. Damit sind wir schon zwei. Ich glaub an dich, Jeff.«

Er schloss die Augen und schlief wieder ein.

Jeff brauchte dafür noch eine Weile.

# ♫ Grace (We All Try) ♫

## Rag 'n' Bone Man

Als Charlene Dex aus der Leitung klickte, atmete sie tief ein und lehnte sich zurück, vollkommen in Gedanken versunken.

Harry, der neben ihr saß, starrte sie mit großen Augen an und riss sie aus ihrer Versenkung.

»Was zum Teufel war das denn eben?«, fragte er.

»Ja, der Junge hatte einen ziemlichen Ausbruch«, antwortete Charlene einsilbig. Sie wusste, dass Harry es anders gemeint hatte. Genau wie sie, genau wie alle anderen hatte er diese besondere Stimmung gespürt. Er hatte das gefühlt, was sie selbst nicht einordnen konnte und was sie gerade ein wenig aus der Fassung brachte.

»Das war ja fast mystisch«, setzte Harry hinzu und aktivierte den Bildschirm. Mechanisch folgte sie seinem Blick auf die Kommentarleiste, die sich nach dem Dialog mit Dex rasend schnell füllte.

»Das war der Hammer!«

»Super, wie Pixie reagiert hat!«

»Der Kerl tut mir echt leid, hoffe, der macht noch was aus seinem Leben!«

»Wenn man das hört, wird einem erst bewusst, wie negativ man selbst denkt.«

»Geht das weiter mit Dex? Bitte! Das war sooo spannend!«

»Ich kann Dex voll verstehen. Ich denke oft genauso wie er. Bin gespannt, was Pixie draus macht.«

»Mann, hatte der 'ne Wut im Bauch!«

»Hab's schon auf meinem Account geteilt!«

»Er hat gesagt, dass er wieder anruft. Bin gespannt auf die nächste Sendung!«

»Ein sagenhaft ehrliches Gespräch! Pixie, Hut ab! Das war klasse!«

So ging das in einer Tour.

»Meine Güte, da hast du ja ganz schön was losgetreten.« Harry grinste.

»Ach, das beruhigt sich schon wieder«, erwiderte sie und lachte angespannt. »In den nächsten zwei Wochen haben die das wahrscheinlich längst vergessen.«

Aber zum ersten Mal, seit Harry sie kannte, wirkte sie nervös. Charlene bemerkte seinen Blick, brachte ein Lächeln zustande und begann, ihre Sachen zusammenzupacken.

Warum hatte der Disput sie so mitgenommen? War es die Art, wie dieser Dex geredet, die Art, wie er geschwiegen hatte? Seine fast greifbare Wut? Seine Hoffnungslosigkeit?

»Was machen wir, wenn er noch mal anruft?«, unterbrach Harry ihren Gedankengang.

»Wir müssen ihn ja nicht reinschalten. Du siehst doch seine Nummer.«

»Okay, also block ich ihn?«

»Ist sicher besser, sonst zerredet er die nächsten Sendungen.«

»Alles klar.« Harry klang enttäuscht.

Unschlüssig stand Charlene im Raum, dann setzte sie sich nochmals an den Rechner, schrieb eine Nachricht an Dex, lud sie hoch und schloss mit dem Thema ab. Ja, es würde so sein, wie sie es Harry gerade gesagt hatte. Dex würde seiner Wege gehen – und die Zuhörerschaft hätte ihn nach spätestens zwei Wochen wieder vergessen.

Diese Annahme zerschlug sich ziemlich schnell.

Schon am nächsten Tag hatte jemand ein YouTube-Video vom Restaurant hochgeladen, das das Livetelefonat mit Dex wiedergab.

Dex war zwar aus datenschutzrechtlichen Gründen komplett verpixelt, aber der User hatte darunter den Link zur Radiosendung gestellt und der wurde rasend schnell auf Twitter, Instagram und Facebook geteilt. Charlene war das unangenehm. Damit gewann die Sendung einen völlig anderen Verbreitungsgrad als anfangs vermutet. Es war ohnehin schon mehr, als sie jemals gedacht hatte. Was, wenn jemand ihre Stimme erkannte? Zwar war es unwahrscheinlich, dass einer ihrer Geschäftspartner sich für eine solche Aufnahme interessierte, aber dem Zufall waren ja bekanntlich keine Grenzen gesetzt.

Die Belegschaft des Funkhauses allerdings beglückwünschte sie zu ihrem Auftritt. Der Zugriffsbereich des Senders war rasant in die Höhe geschnellt und Amann, der Eventmanager, steckte ihr, dass er Dörfler noch nie so gut gelaunt erlebt und dieser seine Meinung über ihr Programm vollständig geändert habe.

»Ich dachte, man kann die Einschaltquoten nicht messen«, sagte Charlene verdutzt.

»Das stimmt, aber wir merken es an den Werbeeinnahmen. Normalerweise laufen wir den Unternehmen hinterher – gerade ist es umgekehrt: Die rennen uns die Bude ein! Aus Ecken, die wir niemals vermutet hätten. Aus ganz Deutschland!«

Charlene vernahm das alles mit gemischten Gefühlen. Das Netz heizte sich auf, jeder wartete auf die nächste Sendung. Das war mühelos der ellenlangen Kommentarleiste auf der Internetseite und dem Facebook-Account des Senders zu entnehmen. Der Dialog mit Dex hatte nicht nur das Moonlight-Radio angeheizt, sondern auch Dörfler. Er hatte tatsächlich Dex' Ausbruch in einem Zeitungsbericht thematisiert – hervorgehoben mit der reißerischen Headline: »Unbekannter beschimpft beliebte Moderatorin!«, einem sensationsträchtigen Text und der standardisierten Frage zum Schluss: »Wer ist Pixie?«

Darüber war Charlene so sauer, dass sie sich mit Dörfler stritt, der süffisant auf die Pressefreiheit hinwies.

»Okay, wenn das so ist, werde ich Ihrem ursprünglichen Wunsch nachkommen und nur noch Musik abspielen«, erwiderte sie aufgebracht.

Zu ihrer Überraschung lenkte er ein, entschuldigte sich sogar und fragte, ob sie sich vorstellen könne, ihren Vertrag zu verlängern.

Aber auf diesem Ohr war Charlene vollständig taub.

»Auf gar keinen Fall«, schnaubte sie. »Darauf brauchen Sie mich überhaupt nicht mehr anzusprechen!«

♫ ♫ ♫

Einen Tag nach der Sendung räumten Alf und Jeff die schnuckelige Ferienbehausung und zogen in die Studentenwohnung. Die Wände hier waren dünn, der Verkehrslärm drang von der Straße herauf, sie lagen zu zweit auf einer Luftmatratze mit gerade mal ein Meter zwanzig Breite in einem fünfzehn Quadratmeter großen Zimmer und teilten sich ein Bad sowie eine Küche mit zwei Studierenden.

Alf scheute vor dem Stadtverkehr zurück und wollte das Auto nicht nehmen. Jeff schrieb ihm die Busroute auf, aber das Fahren mit öffentlichen Verkehrsmitteln stresste Alf ebenso. Er fühlte sich heillos überfordert mit allem, was an Neuem auf ihn einstürzte, und Jeff fuhr die Route mit ihm so oft, bis er es ihm zutraute, sie allein zu schaffen. Dennoch zitterte er jedes Mal, ob Alf auch da ankam, wo er hinsollte, und ließ sich stets als Bestätigung einen Smiley schicken.

Nach dem Telefonat mit Pixie war Jeff fest entschlossen, etwas zu ändern. Er stellte seinen Wecker auf sieben Uhr morgens und die Sneakers vor die Matratze, um den Tag mit Joggen zu beginnen. Als sein Handy klingelte, drehte er sich noch einmal im Bett um, froh, sich ausbreiten zu können, weil Alf auf der Arbeit war, und wachte nicht vor zehn wieder auf. Erst am dritten Tag schaffte er es, sich eine Stunde nach dem Weckerklingeln aus dem Bett zu wälzen, und startete schlecht gelaunt seinen ersten Lauf.

Es war die Hölle. Schon nach zweihundert Metern brannten Lunge wie Oberschenkel, und sein Ziel, sieben Kilometer zu laufen, war nach dreien beendet. Er fühlte sich noch erbärmlicher als vorher.

Als er nach Hause kam, in ein mit Müllsäcken und Koffern vollgestopftes Zimmer, packte ihn wieder mal die Verzweiflung. Unterwegs hatte er sich ein Croissant gekauft, auf das er sich nicht freute, weil es nicht das war, was er essen sollte. Missmutig ging er duschen, begutachtete sich im Spiegel, was seine Laune nicht besser machte.

Als er sich anzog, fiel sein Blick auf Pixies nächtliche Botschaft. Was hatte sie geschrieben? Er sollte das Gute in den Dingen und in den Menschen sehen? Was, zur Hölle, war an diesem Tag, der gerade mal zwei Stunden alt war, gut?

»Hey, du bist immerhin drei Kilometer gelaufen!«, hörte er ihre Stimme in seinem Kopf. »Das sind drei Kilometer mehr als sonst!«

Jeff verkniff sich ein Lächeln. Er machte sich Kaffee, ließ das Croissant liegen, fragte seinen Mitbewohner Henning, ob er sich ein paar Haferflocken leihen dürfe, und bereitete sich einen Porridge zu. Während des Kochvorgangs blieb Henning in der

Küche, streute in Jeffs Haferbrei ungefragt Gewürze hinein und erklärte dabei deren Eigenschaften. Jeff, erstaunt über dessen Wissen, hörte interessiert zu.

»Das sind Kardamom, Zimt, Ingwer … und Kurkuma zur Entgiftung«, erklärte Henning. »So … und jetzt tust du noch ein paar Rosinen dazu … oder klein geschnittene Datteln, das ist natürliche Süße … Du wirst doch nicht im Ernst Industriezucker verwenden!«

Er redete ziemlich viel und klärte ihn auf, dass er Ernährungswissenschaft studiere und überzeugter Veganer sei.

»Dann isst du ausschließlich Gemüse und Obst?«, fragte Jeff.

»Ja, im Wesentlichen.«

»Ist das nicht etwas schwierig, wenn du unterwegs bist?«

»Schon. Ich ärgere mich oft, dass ich gezwungen bin, Mist zu essen, wenn ich auf Reisen bin.«

Jeff tat das Gespräch gut und er merkte, wie abgekapselt er in den letzten Wochen gewesen war. Auch die Wissbegierde Hennings beeindruckte ihn – ja, so war er auch mal gewesen!

Nach dem Frühstück unterzog Jeff zu Hennings Erstaunen Küche und Bad einer Komplettreinigung und setzte sich danach mit seinem Laptop an den Tisch.

Tief in ihm schwelte wieder leise Hoffnung und sein Blick fiel auf den gefalteten Zettel mit Pixies Botschaft. Etwas Gutes in allen Dingen sehen. Wie so oft durchforstete er das Netz nach Stellenangeboten, las sich sein bisheriges Anschreiben durch und beschloss, es neu zu formulieren.

Angeregt öffnete er sein E-Mail-Postfach – und mindestens fünfzehn Absagen purzelten ihm entgegen. Das darauffolgende flaue Gefühl in seinem Magen war ihm nur allzu bekannt. Ein kurzes Hoch – und schon machte das Leben einem klar, dass es so nicht lief! Sein Gehirn assoziierte und hielt ihm die Dokumentation vor, den wissenschaftlichen Beweis seines Scheiterns. Sein Blick streifte die Latte abgewiesener Bewerbungen, schwenkte über zu Pixies Worten, die ihm plötzlich weltfremd und unsinnig erschienen.

Und doch … er wünschte sich so sehr, dass nicht seine Einstellung, sondern die ihre richtig war.

# ♫ You Say ♫

## Lauren Daigle

Dienstagabend. Jeff stand mit dem Auto auf einem menschenleeren Parkplatz und läutete mit dem Mut der Verzweiflung beim Sender durch. Er wusste, dass die Wahrscheinlichkeit, dass sie ihn drannahmen, gering war, aber er hatte viele Fragen an Pixie und er wollte sie beantwortet haben.

Harry erkannte die Nummer nicht, da Jeff das erste Mal über Emmas Smartphone angerufen hatte, nahm ab und setzte ihn in die Warteschleife. Stumm schob er Charlene einen Zettel hin, auf dem nur ein Wort stand: DEX.

Ein heißer Stich durchfuhr sie, ließ sie zögern. Was bewegte sie so an dem jungen Mann? Sein trotziges Bestreben, sich einen Platz in der Welt zu schaffen? Ihre Gedanken flogen zurück zum ersten Gespräch. Sie hatte deutlich gespürt, dass er den Tränen nahe gewesen war. Und natürlich hatten ihr alle die Aufnahme aus dem Restaurant gezeigt. Das hatte viel in ihr ausgelöst. In einer spontanen Regung gab sie Harry ein Zeichen, Dex freizuschalten. Harry lächelte befriedigt.

»Hi, Dex«, begrüßte sie ihn freundlich. »Du schon wieder!«

»Ja, ich schon wieder. Danke, dass ihr mich reingeschaltet habt.«

»Keine Ursache, wie geht es dir?«

»Erst mal danke für deine Nachricht. Ich habe auch deine Dokumente gelesen – und die Studien. Und heute habe ich eine für dich.«

»Fein, lass hören. Um welche Studie geht es?«

Von der ersten Sekunde an hatte Dex das Gefühl, sie säßen zusammen bei einer Tasse Tee. Nein, bei einem Glas Rotwein. Oder einem Glas Champagner! Das würde irgendwie zu ihr passen. Seine Vorstellung zeichnete eine Frau, die leger vor dem Kamin lag, eine Tasse oder ein Glas in der Hand, eine Frau, die ihn erwartungsvoll ansah. Jeff schluckte, schüttelte das Bild aus seinem Kopf und räusperte sich.

»Okay, in dieser Studie wurde festgestellt, dass Kinder, die in Armut aufwachsen, weniger Chancen im Leben haben. Sie haben einen niedrigeren IQ, bekommen weniger Bildung – sie befinden sich in einer Spirale nach unten, und das nur, weil sie ins falsche Milieu geboren wurden, was …«

»Und du glaubst das?«, unterbrach sie ihn mit gerunzelter Stirn.

»Es ist nicht die einzige Studie, die das beweist«, erklärte Jeff. »Deine Ansicht, dass man sein Schicksal selbst gestalten kann und dass das Leben fair ist … Was nützt die so jemandem? Oder willst du solchen Menschen verkaufen, dass die Reichen zwar ein schönes Leben haben, aber dafür nicht in den Himmel kommen? Dass man mit seinem Los zufrieden sein muss?«

»Fasst du die Inhalte der Sendung tatsächlich so auf?«

»Ich weiß nicht, wie ich sie auffassen soll«, entgegnete Jeff. »Tatsache ist, dass es Benachteiligte gibt.«

»Sprichst du von dir?«

»Ja. Ich komme aus einer Schicht, in der der Cent dreimal umgedreht wird. Und ich kann aufgrund meines gesamten

Lebenslaufs die Ansicht dieser Wissenschaftler bestätigen. Es ist einfach so: Stammt man aus einer höheren Schicht, stehen dir mehr Wege offen. Alles ist einfacher mit Geld.«

»Das stimmt nicht. Geld ist nicht alles, Dex.«

»Das sagen nur die, die es haben!«, fauchte er, unwillkürlich aggressiv werdend. »Weißt du überhaupt, wie das ist, wenn es einem nicht gut geht?«

»Ja, ich weiß, wie das ist, wenn es einem nicht gut geht.«

Die Antwort kam so spontan und so klar, dass Jeff die Spucke wegblieb. Währenddessen fuhr sie fort: »Dex … ich kenne einige Familien, die haben nicht viel, aber sie lieben sich, sie sind glücklich und ihre Kinder sind …«

»Und was ist, wenn man selbst das nicht hat?«, schnitt er ihr hart das Wort ab. »Wenn man auch auf dieser Ebene benachteiligt ist?«

Sie stockte kurz und Jeff beschlich das unheimliche Gefühl, dass er mit dieser Frage etwas in ihr bewegt hatte. Spürte eine unausgesprochene Verbindung zwischen ihnen – und wollte das unwillkürlich festhalten.

»Es mag sein, dass es schwieriger aussieht«, antwortete sie ruhig. »Aber ich bleibe bei meiner Meinung, dass man sein Schicksal formen kann. Bleibe dabei, dass man auch fehlende Elternliebe überwinden kann. Wann bist du mit der Studie in Berührung gekommen, Dex?«

»Das erste Mal vor meinem Abitur. Und vor Kurzem erst wieder.«

»Okay, du hast also trotz schlechterer Voraussetzungen dein Abitur gemacht«, stellte sie fest. »Und studiert?«

»Ja. Ich habe ein abgeschlossenes Studium. Ich war immer schon ehrgeizig, wollte mich hocharbeiten, aber stets wurden Leute mit Geld oder Elite-Uni-Absolventen bevorzugt. Die sind den Firmen lieber.«

»Das kann ich absolut nicht bestätigen«, widersprach Charlene. »Gerade heute zählt die Persönlichkeit mehr denn je – und es ist deine Aufgabe, sie zu entwickeln. Trotz oder vielleicht gerade wegen deiner Umstände. Hör mal, Dex, ich habe das Gefühl, dass du mit der falschen Einstellung an die Dinge rangehst. Du hältst dich mit Ausreden auf. Wenn du die Energie, die du in die Aufrechterhaltung deiner selbst aufgestellten Thesen investierst, in deine Karriere und vor allem in deine Lebenseinstellung stecken würdest, wärst du sicher schon etliche Schritte weiter.«

»Pixie«, sagte er und strich sich mit der Hand durch sein dichtes Haar. »Ich kann hart arbeiten. Ich war von jeher engagiert. Aber ich erlebe es tagtäglich: Die besseren Jobs kriegen andere. Also muss ich einen unterdurchschnittlichen Job annehmen, was meinen CV nicht attraktiver macht – und so bin ich auf einer Spirale nach unten.«

»Das ist doch Quatsch, Dex! Was, bitte schön, ist ein unterdurchschnittlicher Job? Arbeit ist wertvoll – egal, welche du tust. Du benachteiligst dich selbst, weil du dich als benachteiligt betrachtest. *Das* ist deine wahre Benachteiligung! Diese Annahme würde ich mal als Erstes verwerfen! Weil sie nämlich eine bequeme Ausrede dafür ist, dem Leben die Schuld zuzuschieben. Geh das Ding mit Humor an! Und nicht mit diesem Trotz und dieser Wut im Bauch! Dann führt dich ein Schritt zum nächsten.«

»Ich *bin* einen Schritt nach dem anderen gegangen. Es hat trotzdem nicht funktioniert.«

»Okay, Dex. Lass uns mal auseinanderklamüsern, was da passiert ist. Welchen Schluss hast du gezogen, als es nicht funktioniert hat? Dass die Studie recht hat? Dass die Welt dir keine Chance gibt? Heißt das, du bist mit einer geschwächten Einstellung an deine Projekte herangegangen, und wenn es schieflief, hast du als Antwort darauf lediglich deine Meinung über die Studie verfestigt – statt zu erkennen, dass es vielleicht der Glaube daran sein könnte, der dir ein Bein gestellt hat?«

Jeff fühlte sich, als hätte sie ihn mit einer einzigen Bewegung auf die Matte gestreckt. Er war völlig schachmatt gesetzt. Und so schnell! Ja, verflixt, es stimmte: Er hatte die Studie nie mehr aus seinem Kopf bekommen. Hatte er sich wirklich davon schwächen lassen? In ihm rumorte es gewaltig, als Pixie ihn schon mit der nächsten Frage konfrontierte.

»Hast du schon mal was von Präkognition gehört? Darüber gibt es nämlich auch jede Menge Studien. Würde ich dir sehr empfehlen, dich da mal einzulesen. Ein klassisches Beispiel ist ein Test mit Studentinnen, die einen Mathetest machen sollten. Der einen Gruppe wurde vorher ein gefälschter Bericht zu lesen gegeben, in dem stand, es sei genetisch bewiesen, dass Frauen in Mathe schlechter wären als Männer. Der anderen Gruppe wurde gesagt, die These, Männer könnten besser rechnen, sei lediglich ein böses Klischee. Dreimal darfst du raten, welche Gruppe besser abgeschnitten hat! Ich könnte dir zig Studien auflisten, die beweisen, dass man Schöpfer seiner eigenen Welt ist. Warum orientierst du dich nicht daran? Lässt du tatsächlich eine negative Studie dein Leben bestimmen?«

Mit hochrotem Kopf hing Jeff am Telefon und verfluchte sich, dass er überhaupt angerufen hatte. In diesem Moment wurde ihm allzu deutlich bewusst, dass das kein Privatgespräch war. Gleichzeitig gewann er Spaß daran, mit Pixie die Messer zu wetzen.

»Aber die Ergebnisse meiner Studie kannst du auch nicht negieren«, insistierte er.

»Nein«, stimmte ihm Pixie zu. »Das will ich auch nicht. Meines Erachtens ist das ein heikler Punkt. Denn was Studien nicht berücksichtigen, ist: Was geschieht, wenn es Menschen gibt wie dich, die weiterkommen wollen? Und zwar egal, unter welchen Umständen? Was wäre gewesen, wenn du von dieser Studie nie erfahren und stattdessen eine gelesen hättest, die nachweist, dass Kinder aus sozial nicht so gut betuchten Schichten besonders ehrgeizig, fleißig und erfolgreich sind? Du wärst voller Zuversicht vorwärtsmarschiert und hättest dein Ding durchgezogen. Im Leben geht es nicht darum, gute Karten zu haben, Dex, sondern auch mit einem schlechten Blatt gut zu spielen – falls du je ein schlechtes Blatt hattest! Das bezweifle ich nämlich. Ich glaube, du bewertest es bloß schlecht! Außerdem: Jeden Tag kannst du deine Karten neu mischen. Jedem Tag wohnt der Zauber eines Neuanfangs inne, weil du ständig neue Gedanken denken, höhere Gefühle entwickeln und dich somit in Echtzeit ändern kannst. Also jammere nicht rum! Wie wäre es, wenn du im Rahmen der Übung damit beginnst, deine Vergangenheit anders zu betrachten?«

»Genau! Deine Übung! Wie soll mir das weiterhelfen, das Gute in den Menschen zu sehen?«

»Weil es deinen Blick für das Schöne in der Welt stärkt, Dex«, erläuterte sie. »Weil du damit deinen Geist darauf trainierst, auf das Gute zu achten – nicht auf das Miese. Weil du auf diese Weise dankbar sein kannst und somit deine Felder anders tränkst. Wie oft bemerkst du etwas Schlechtes und machst es daraufhin noch mieser? Warum suchst du nicht stattdessen die Großartigkeit in dir? Was soll die Welt dir denn antworten, wenn du denkst, du seist ein Mensch zweiter Wahl?«

Bumm! Schon wieder hatte sie ihn ausgeknockt! Jeff war verblüfft, wie stark ihre Worte auf ihn wirkten, aber sein Inneres wehrte sich immens dagegen und so entgegnete er zynisch: »Mann, Pixie, wie toll ist das denn? Im Handumdrehen ist man ein neuer Mensch! Einfach, weil man anders denkt! Aus deinem Mund hört sich das dermaßen sensationell und wundervoll an, dass man es sogar glauben könnte!«

Sie stieg nicht eine Sekunde auf seinen Spott ein.

»Deswegen habe ich das Wort ›Übung‹ verwendet, Dex«, erwiderte sie freundlich. »Um klarzumachen, dass das kein simples Umschalten, sondern ein Prozess ist. Und der fällt am Anfang schwer, weil du deine alten Programme erst überschreiben musst. Außerdem ist es praktisch ein Naturgesetz, dass eine Million Schwierigkeiten auftauchen, wenn du dir vornimmst, dein Leben zu ändern. Zum Beispiel, sobald du den Entschluss fasst, jeden Morgen zu meditieren oder Sport zu machen. Sei versichert, dass alles Mögliche dich daran hindern wird! Aber Wandlung ist möglich. Sie ist nicht die Ausnahme, sondern die Regel.«

»Tja, das ist ja mal wieder eine Binsenweisheit schlechthin«, stichelte er.

»Immerhin eine Weisheit«, schleuderte sie zurück. »Und was ich noch sagen will …«

Sie brach ab und Jeff hatte das intensive Gefühl, sie beuge sich zu ihm vor. Fasziniert hing er am Telefon, spürte, wie sich ihre Augen verengten, ihre Lippen sich schürzten, wie sich ihr ganzes Sein darauf vorbereitete, ihm ihre nächsten Sätze ins Gesicht zu pfeffern.

»Dein Leben ist nicht dein Problem, Dex, dein Denken ist es! Mach dir klar … sich zu ändern, kostet Mut. Aber Herrgott noch mal, du solltest kapieren, dass du diesen Mut auch hast! Oder bist du so verliebt in deinen Jammermodus?«

»Verliebt in meinen … sag mal, geht's noch?«

Seine Defensive war halbherzig. In ihm tobte es gewaltig. Himmel, ja, er jammerte, verdammt noch mal! Er spürte die Wahrheit hinter ihren Worten – vor allem aber wollte er eines nicht: dass dies das letzte Gespräch mit ihr war.

Pixie lachte derweil. »Na, super, jetzt gehen dir die Argumente aus! Würdest du es einfach mal versuchen, bevor du weiter negativen Studien nachhängst?«

»Okay«, brach es spontan aus ihm heraus. »Wenn du mich beim nächsten Mal wieder reinschaltest und mich sagen lässt, ob es was gebracht hat!«

Pixie lachte noch mehr. »Sehr geschickt! Was wird das hier, Dex?«

»Ganz einfach – du hast gesagt, ›sei du doch mein Beweis‹. Also: Hier bin ich. Ich bin bereit, dein Beweis zu sein!«

Sie kicherte amüsiert. »Ich habe nicht das geringste Bedürfnis, dass du mir etwas beweist, woran ich schon lange unverrückbar glaube. Überhaupt: Wie stellst du dir das vor?«

»Dass wir in Verbindung bleiben. Über die Sendung! Dass ich anwende, was du sagst, berichte, wo ich stehe, und du das mit mir besprichst.«

»Hey, Dex! Ich bin kein Coach! Ich habe noch nicht einmal ein Zertifikat für einen Wochenendkurs in was auch immer – schon vergessen? Und ganz sicher bin ich nicht für dein Leben verantwortlich. Das bist nur du!«

»Schon klar. Aber mit mir hast du jemanden, der deine Theorien in die Praxis umsetzt. Wenn du mich reinschaltest.«

»Du kannst sie auch ohne das in die Praxis umsetzen. Außerdem wäre das den anderen Hörern gegenüber unfair. Das wäre ja ein Dialog zwischen dir und mir. Wir wollen hier Inhalte vermitteln und nicht jemandes private Situation aufarbeiten.«

»Wäre doch ein interessantes Format!«

»Wir *haben* bereits ein interessantes Format! Mensch, Dex, du weißt nicht, was du da verlangst! Das hieße ja …« Sie brach ab und stieß ein verblüfftes Lachen aus. »Sag mal, ist dir klar, dass du gerade vorschlägst, deinen Werdegang öffentlich zu machen? Das wäre ja … Reality-Radio!«

»Ist mir sehr klar, aber ich kann ja anonym bleiben. Ich muss mein Foto nirgendwo hochladen, wobei ich selbst das machen würde, wenn du …«

»Nein«, schnitt ihm Pixie entschieden das Wort ab. »Auf gar keinen Fall!«

»Warum nicht?«, gab er hitzig zurück. »Glaubst du nicht an das, was du sagst?«

Sie stieß einen unwilligen Laut aus.

»Lass das, Dex, darum geht es nicht!«

»Worum dann?«

»Es geht nicht um Beweise! Ganz sicher weiß ich, wovon ich rede! Und ganz sicher bin ich schon etliche Wege gegangen, von denen du nicht einmal etwas ahnst!«

Charlene hätte sich nach dieser Antwort am liebsten auf den Mund geschlagen. Das war viel heftiger herausgekommen, als sie gewollt hatte. Was war nur in sie gefahren? Überhaupt: Was war das für ein Disput? Was machte dieser Kerl mit ihr?

Jeff hingegen klebte am Telefon. Er spürte sie. Er roch sie. Er wusste, dass sie schwitzte. Sie musste schwitzen nach diesem Schlagabtausch! Er hatte das Gefühl, nur einen Hauch von ihr entfernt zu sein. Instinktiv schloss er die Augen, als ob er damit die Verbindung zwischen ihr und ihm noch intensivieren könnte. Er wollte sie wieder spüren, so wie beim Abschied am Donnerstag. Er wollte wieder ihren Atem hören. Er ahnte, dass er sie auf irgendeine Weise getroffen, dass er eine Kerbe geschlagen hatte, eine Öffnung – in die er eindringen wollte. Er wollte wissen, welche Wege das waren, die sie gegangen war, wollte wissen, was sie erlebt hatte, und sein Bedürfnis, ihr nah zu sein, drang so stark durch den Äther, dass Pixie auf der anderen Seite der Leitung für alle hörbar die Luft einsog.

Sekunden voller Stille tickten in den Raum. Und in diese Stille hinein sagte Jeff leise: »Bitte, Pixie … Wenn du den Weg kennst, dann geh ihn mit mir.«

Charlene zuckte zusammen und unversehens entfuhr ihr ein Laut. In ihrem Kopf herrschte vollkommene Leere.

»Pixie?«

Wie durch Watte drang seine Stimme an ihr Ohr. Und da sagte er es wieder.

»Geh den Weg mit mir – bitte.«

Charlenes Augen schlossen sich, ihr Herz pochte wie verrückt. Diese Worte hatte sie schon einmal gehört und sie zerrissen sie fast. Die Bindung zwischen ihr und Dex war fast greifbar. Mit Mühe versuchte sie, sich aus dieser Intimität zu lösen, sich bewusst machend, dass das halbe Bundesland zuhörte.

»Das ist nicht Sinn der Sendung«, wehrte sie heiser ab und räusperte sich. »Und nicht im Interesse der Hörer.«

»Woher willst du das wissen? Frag sie doch! Lass sie abstimmen!«, schlug er vor. Jeffs Hände waren schweißnass. O mein Gott, was hatte er da losgetreten? Was, wenn sie Ja sagte? Wollte er das eigentlich?

»Dex«, drangen ihre Worte in seine Gedanken hinein. »Bitte versteh doch: So ist die Sendung nicht konzipiert. Und falls du es nicht weißt – sie läuft nur ein halbes Jahr. Danach wird das Format durch ein anderes ersetzt – und auch ich werde nicht mehr da sein.«

»Was?« Jeff war entsetzt. »Da läuft mal was richtig Gutes im Radio und dann nur für ein paar Monate?«

»Das liegt weniger am Sender als an meinem Lebens- und Zeitplan«, erklärte sie und gewann allmählich ihre Contenance zurück. »Allein deswegen kann ich auf deinen Vorschlag nicht eingehen.«

»Doch! Jetzt erst recht!«, rief er mit dem Mut der Verzweiflung. »Wenn nur noch so wenig Zeit bleibt! Das ist ein Argument mehr!«

»Nein, Dex«, sagte sie, mit den Nerven am Ende. »Das … das geht nicht. Es tut mir leid, aber ich werfe dich jetzt aus der Leitung, damit ich noch ein paar Inhalte loswerden kann, auf die du und andere Hörer eigentlich warten. Und ich gebe dir den gleichen Tipp wie letzte Woche: Tu's einfach. Beweis es dir selbst.«

»Nein, warte!«, hakte Jeff hastig ein. »Was muss ich tun, damit du das Experiment mit mir startest?«

»Gar nichts, Dex. Ich mache das nicht.«

Wieder entstand eine Pause. Charlenes Blick huschte zum Monitor, dann zu Harry, dem die Spannung ins Gesicht geschrieben stand und der sich mit ihrer letzten Antwort ruckartig bewegt hatte, als wolle er gegen ihre Worte aufbegehren. Abwartend visierte er sie von der Seite an. Würde sie Dex aus der Leitung werfen?

Sie hob gerade den Finger, als Dex' Stimme erneut über die Kopfhörer direkt in ihr Ohr drang. Und seine Stimme war warm. Sie prickelte ihre gesamte Wirbelsäule hinunter. Sie fuhr ihr zwischen die Beine. Zum dritten Mal vernahm sie die Worte, die sie so verstörten: »Bitte, Pixie. Du verlierst doch nichts dabei. Lass die Hörer abstimmen. Und wenn sie dafür sind … Geh den Weg mit mir.«

Charlenes Augen waren tiefdunkel. Auch Jeff war verstummt, aber zwischen ihnen schwang eine so starke Verbindung, dass es schon unheimlich war. Tausende hörten zu. Diejenigen, die noch im Funkhaus waren, die Menschen aus der Umgebung, Autofahrer … so viele verfolgten diese Unterhaltung mit angehaltenem Atem. Charlene fühlte den Druck physisch – und entschloss sich.

»Nein, Dex«, antwortete sie. »Ich denke nicht, dass der Sender damit einverstanden wäre. Tut mir leid. Aber ich wünsche dir alles Glück der Welt. Das musst du mir glauben, okay?« Sie zögerte kurz, dann sagte sie leise, aber bestimmt: »Auf Wiederhören, Dex. Und alles Gute.«

Bevor Jeff antworten konnte, klinkte sie ihn aus und rollte energisch mit ihrem Stuhl nach hinten, als ob sie den Abstand zu ihm damit vergrößern könne. Harry brauchte volle fünf

Sekunden, bis er reagierte und Musik einspielte. Stur hielt er seinen Blick dabei auf seine Geräte gerichtet. Es waren nur noch vier Minuten Sendezeit übrig. Nach dem Song sprach Charlene ein paar Schlussworte, dann nahm sie mit einem seltsamen Gefühl im Bauch die Kopfhörer ab.

Sie konnte es nicht fassen – war das gerade wirklich geschehen? Sie hatte sich on air mit einem Hörer gezofft? Die Presse würde über sie herfallen! Dörfler würde sie rausschmeißen! Bei dem Gedanken atmete sie tief durch. Und wenn schon! Das wäre keine schlechte Fügung. Dieser Dex machte sie ganz kirre!

Sie warf Harry einen Blick zu, den er mit einem undefinierbaren Ausdruck im Gesicht erwiderte. »Bin gespannt, wie die Hörer reagieren«, meinte er schließlich und lächelte schief.

Sie wollte gerade etwas antworten, als die Tür zum Studio mit einer solchen Vehemenz aufgerissen wurde, dass sie beide erschrocken zusammenfuhren.

Dörfler stand im Türrahmen, einen so strahlenden Ausdruck im Gesicht, dass ihnen synchron die Kinnlade herunterfiel.

»Das ist einfach mega!«, schrie er. »Körner, ich hoffe, Sie haben die Nummer von dem Typen im Speicher! Schickt den Mann hier rein! Er soll unterschreiben! Reality-Radio! Auf die Idee muss erst mal einer kommen!«

Perplex tauschten Harry und Charlene einen Blick. Charlene fasste sich als Erste.

»Moment mal, Herr Dörfler, ich habe gerade öffentlich verkündet, dass ich das nicht mache!«

»Wen interessiert, was Sie verkündet haben!«, schnauzte Dörfler mit leuchtenden Augen. »Natürlich machen wir das! Habt ihr den Traffic auf der Seite mitbekommen? Sensationell! Das hatten wir noch nie!«

Simultan richteten sie ihre Augen auf den Monitor, auf der sich die Nachrichten überschlugen.

»Pixie soll dem Typen helfen!«

»Was für ein Gespräch war das denn? Habt ihr das gespürt? Pixie, hilf ihm!«

»Also, das hat bei mir auch ziemlich viel getriggert! Will mehr davon!«

»Wenn Dex doch schon mal den Mut hat, so was zu starten ...!«

»Was war denn das für ein Volltrottel?«

»Könnte man den Sender bitten, die Hörer abstimmen zu lassen? Ich bin dafür!«

»Der Typ ist krass! Finde auch, dass er ganz schön mutig ist!«

»Leute, das Ding ist voll gefakt! Lasst euch nicht verarschen! Wer lässt denn freiwillig so die Hosen runter?«

»Bin total begeistert! Pixie soll das machen!«

»Hey, Dex! Bleib dran! Und an Pixie: *Geh den Weg mit Dex!*«

»Die Truman-Show wäre ein Dreck dagegen! Bei mir ist voll das Kopfkino abgelaufen! Was für ein Dialog!«

Mit offenem Mund starrte Pixie auf die Seite, dann blies sie heftig Luft aus.

»Das ist ja Wahnsinn!«, stammelte sie. »Das ... das geht doch nicht!«

»Und wie das geht!«, rief Dörfler mit sich überschlagender Stimme und rieb sich die Hände. »Wir haben schon jetzt dreißig Prozent mehr Werbeeinnahmen als sonst – was glauben Sie, wie das steigt, wenn Sie erst mal ...«

»Auf keinen Fall werde ich so ein Projekt mittragen!«

»Ja, aber warum denn nicht?«, fragte Dörfler völlig entgeistert. »Sie haben einen Vertrag, Frau Wittstein!«

»Nicht für dieses Format!«

»Das dürfte doch kein Problem sein – dieser Dex unterschreibt uns eine wasserdichte Vereinbarung und alles ist gut! Hat doch jeder gehört, dass der das von sich aus will!«

»Nein«, fauchte Charlene und wollte nur noch nach Hause. »Das ist … nicht ethisch!«

»Nicht ethisch?«, gab Dörfler verständnislos zurück. »Nicht ethisch? Liebe Frau Wittstein, ich denke, es wäre nicht ethisch, den jungen Mann einfach so hängen zu lassen, wenn er um Hilfe bittet!«

»Das ist eine interessante Verdrehung der Tatsachen zugunsten Ihrer Interessen«, zischte Charlene. Zornig reckte sie ihr Kinn vor und starrte ihn an. »Was ist bitte schön ethisch daran, aus Profitgründen mit dem Leben eines Menschen zu spielen?! Nein, mein Bester, alles, was recht ist … ohne mich!«

Sie nahm ihren Mantel, warf ein »Gute Nacht!« in den Raum, bedachte Dörfler mit einem vernichtenden Blick und schlug die Tür hinter sich zu.

Der hatte sie doch nicht mehr alle!

# ♫ Neue Luft ♫

## Clueso – Neuanfang

Sie floh aus dem Gebäude, froh um die vierzig Minuten, die sie für die Rückfahrt brauchte. Dex' Stimme, vor allem seine Worte, waren in ihrem Kopf und verfolgten sie. Nie war ihr das Haus leerer erschienen als in dieser Nacht. Sie ging ins Bad, streifte die Kleidung ab, stieg unter die Dusche und ließ lange heißes Wasser über ihren Körper strömen. Selbst das beruhigte sie nicht – sie blieb aufgewühlt.

Schließlich hüllte sie sich in ein Negligé, setzte sich vor den Rechner und scrollte mit blindem Blick durch Hunderte von Kommentaren. Auch das E-Mail-Postfach des Moonlight-Radios quoll aus allen Nähten. Sie musste diese Nachrichten nicht lesen – das würde Frau Maier für sie machen –, doch da stolperte ihr Auge über eine Betreffzeile, die mit einem roten Ausrufezeichen versehen war und in der stand: »Für Pixie. Von Dex. Bitte lies mich.«

Nervös schob sie ihren Stuhl zurück, stand auf, trat einen Schritt zurück, starrte mit verschränkten Armen auf die Mail, als könne sie sie anfallen. Fast fluchtartig lief sie in die Küche, schenkte sich ein Glas Rotwein ein, lehnte sich gegen die

Küchenzeile und nahm einen tiefen Schluck. Kurz erwog sie, seine Nachricht erst morgen zu lesen, aber sie ahnte, dass sie das auch nicht ruhiger machen würde. So ging sie zurück in ihr Office und öffnete die Mail.

Liebe Pixie,
in einem deiner Dokumente schreibst du, dass in jedem Menschen etwas Großes schimmert. Obwohl mir dieses Große völlig fremd ist, hat mich der Satz sehr berührt. Auch wenn ich das in meinem ersten Gespräch mit dir angezweifelt habe, glaube ich daran, dass du weißt, wovon du sprichst. Und nicht nur das – ich glaube, dass du *lebst*, wovon du sprichst. Es ist diese Gewissheit, die mich dazu getrieben hat, meine Bitte zu äußern. Ich wollte dich nicht unter Druck setzen und habe es doch getan. Das tut mir sehr leid, ich möchte dich wirklich nicht zu etwas drängen, was du nicht willst. Ich weiß nur eines: Dass ich zu meiner Bitte stehe und vielleicht nicht nur ich etwas davon habe, wenn du dich entschließt, darauf einzugehen, sondern auch andere Hörer.

Ich bin nicht so negativ, wie ich bei diesen Anrufen erschienen bin. Ich bin im Moment einfach nur am Tiefpunkt und habe keine Ahnung, was ich falsch mache. Du hast mir mit den wenigen Sendungen schon ein paar Lichter aufgesteckt, aber ich möchte mehr. Ich möchte es ganz verstehen. Ich will das Leben verstehen.

Und so bitte ich dich nochmals: Geh den Weg mit mir. Nur ein Stück. Nur für diese paar Monate. Als Pixie und Dex. Für dich ist das wenig. Für mich ist es viel.

Noch nie in meinem Leben hatte ich das Gefühl, eine einzigartige Chance zu haben – und noch nie in meinem Leben war ich so davon überzeugt, dass es mit dir eine einzigartige Chance sein könnte.

Ich wäre dir unendlich dankbar.

With love, Dex

PS: Du musst auf diese Mail nicht antworten. Ich warte die nächste Sendung ab und respektiere jede Entscheidung von dir.

Charlenes Kehle schmerzte. Ihr Herz pochte. Dex berührte sie. Immer schwang bei ihm etwas mit, was sie nicht definieren konnte. Sie druckte die Nachricht aus, nahm einen Leuchtstift und markierte den Satz: »Geh den Weg mit mir.«

Starrte auf die Worte. Nahm einen weiteren tiefen Schluck aus dem Glas, dann griff sie zum Hörer und rief Johanna an.

»Hey, Johanna. Hast bestimmt schon geschlafen. Sorry, wenn ich dich geweckt habe.«

»Alles gut, hab mir eh gedacht, dass du anrufst … wegen der Sendung.«

»Du hast es gehört?«

»Ja«, sagte Johanna nachdenklich. »Das war … bewegend. Sehr sogar. Ehrlich, ich habe mehrmals die Luft angehalten. Dieser Dex hat was. Ich weiß nicht, was genau, Charlene, aber er ist kein Vollpfosten.«

»Nein, das ist er sicher nicht.« Sie biss sich auf die Lippen und stierte auf seine Zeilen.

*Ich bin im Moment einfach nur am Tiefpunkt und habe keine Ahnung, was ich falsch mache.*

»Johanna, irgendetwas warnt mich … und ich weiß nicht, was das ist.«

»Soll ich mal ein bisschen stöbern, um herauszufinden, wer er ist?«

»Nein, das will ich nicht.«

»Wovor hast du dann Angst?«

»Weiß nicht«, murmelte Charlene. »Vielleicht, weil es nicht jeder schaffen kann. Es hat nichts mit der Herkunft zu tun. Man muss einfach reif für gewisse Dinge sein. Vielleicht habe ich auch Angst, weil das Ding immer größer wird, dass sie herausfinden, wer Pixie ist. Wäre nicht gut. Und falls sie meine Identität knacken, werden sie mir vorwerfen, was Dex beim ersten Mal angesprochen hat: Die hockt auf ihrem goldenen Klo und hat leicht reden!«

»Und wenn schon. Du weißt, dass das nicht stimmt. Das mit den Firmen sehe ich allerdings auch sensibel. Wobei ich glaube, dass das nicht deine alleinige Angst ist.«

Charlene schwieg. Johanna sprach aus, was sie nicht sagte.

»Du hast Angst, dass sie tiefer graben.«

»Johanna, ich …« Charlene brach ab. Dann aber platzte es aus ihr heraus.

»Ja, ich habe Angst, dass sie tiefer graben. Und ich fühle mich unsicher und schutzlos ohne Bernie!«

»Hey, Charly«, sagte Johanna weich. »Vielleicht geht es genau darum. Dass du merkst, dass du es auch ohne Bernie schaffst. So gesehen ist Dex vielleicht ein Geschenk des Himmels, um das loszuwerden, was dich noch bindet.«

»Hm«, brummte Charlene verdrossen. »Ich wüsste nicht, was Dex damit zu tun haben sollte. Und weißt du was? Ich habe die Nase so voll davon! Ich habe so viele Jahre und so hart an mir gearbeitet! Ich dachte, ich kann endlich die Früchte von all dem genießen … und dann passierte das mit Bernie …«

Erneut verstummte sie und ihre Augen füllten sich mit Tränen. »Ich verstehe es nicht«, flüsterte sie. »Warum musste er gehen?«

»Ach, meine Süße«, seufzte Johanna mitfühlend. »Wer hat gesagt, man soll die Hoffnung auf eine bessere Vergangenheit begraben? Bernie hätte nicht gewollt, dass du leidest. Du hast dein Leben noch vor dir.«

»Ich weiß, Johanna«, erwiderte Charlene mutlos. »Bin heute Abend nur einfach schlecht drauf. Ist morgen wieder vorbei … hoffe ich.«

Johanna lachte leise. »Und wenn nicht: Vergiss nicht, du hast die besten und schrägsten Freunde der Welt! Wir gehen mit dir durch dick und dünn!«

Charlene musste lächeln. »Ja«, sagte sie warm. »Das stimmt – ich habe die besten Freunde der Welt.«

»Und was diesen Dex angeht: Du hast selbst von Synchronizitäten gesprochen. Wer weiß, was das alles noch bedeutet. Lass es laufen.«

»Mensch, Johanna«, murrte Charlene ungehalten. »Das hört sich so an, als wärst du dafür, dass ich es machen soll. Ich kann meine Themen auch ohne Dex bearbeiten.«

»Warum ist er dann aufgetaucht?«

»Ich bin gerade dabei, ihn wieder in der Versenkung verschwinden zu lassen!«

»Aber er *ist* aufgetaucht«, beharrte Johanna. »Schlaf doch erst mal drüber. Und später halten wir Kriegsrat. Ich informiere die anderen und gebe dir Bescheid, wann wir uns treffen, okay?«

»Okay. Danke, Johanna. Schlaf gut.«

Sie hatte kaum aufgelegt, als Fred anrief.

»Hey, Charlene«, begrüßte er sie erfreut. »Bist ja noch wach.«

»Ja, ich habe mit Johanna telefoniert. Rufst du wegen der Sendung an?«

»Ja, ich … Charlene, dieser Dialog war so … so ergreifend. Besser als jeder Film! Einfach unglaublich! Ich wollte wissen, wie du drüber denkst.«

»Ach, Fred, es ist spät und ich bin zu müde zum Denken.«

»Kann ich kommen?«

»Bitte?«

»Ich würde dich jetzt so gern im Arm halten, Charlene. Ich spüre, dass es dir gerade nicht gut geht.«

Charlene lachte kurz auf: »Ist das der alleinige Grund?«

»Nein«, gestand er. »Absolut nicht. Für mich gibt es tausendundeinen Grund, dich im Arm zu halten. Und ich würde nicht nur das tun! Ich würde dich ganz sicher von deinen Sorgen ablenken.«

»Fred, jedes Mal, wenn wir uns sprechen oder sehen, machst du mich an!«

»Ich habe mich lange zurückgehalten, *chérie*.«

»Ja, ich weiß«, murmelte sie.

»Hast du mich vermisst?«

Die Frage klang nicht kokett und Charlene fasste sie auch nicht so auf.

»Ja«, gab sie zu und wusste nicht, wo das Gespräch enden sollte. »Ja, ich habe dich sogar sehr vermisst.«

»Das ist doch ein Zeichen«, konstatierte er hoffnungsvoll. »Ich werde es immer wieder versuchen. Bis du endlich Ja sagst.«

Charlene kaute auf ihrer Lippe. Sie sehnte sich so sehr nach Zärtlichkeiten, dass sie es fast nicht mehr aushielt. In dieser Nacht war es besonders schlimm. Sie schaute zur Decke. Hörte Fred atmen. Hörte ihn warten. Ziellos schweiften ihre Augen umher und blieben schließlich an der rosa markierten Zeile hängen.

»Geh den Weg mit mir.«

Und da schaltete etwas in ihr um.

»Nimm's mir nicht übel, Fred«, bat sie. »Ich … der Tag war lang. Ich denke, für so etwas bin ich nicht in Stimmung. Es … es ist nicht der richtige Zeitpunkt … Und was die Sendung angeht … wir reden morgen drüber, okay?«

»Schade«, raunte Frederic in einem Tonfall, der alle ihre erogenen Zonen zum Leben erweckte. »Dann … schlaf gut, Charlene, und träum was Schönes. Träum von mir und davon, was ich heute Nacht alles mit dir angestellt hätte. Und ruf mich an, wenn dir die Fantasien ausgehen. Ich stehe bereit für Nachschub.«

Sie musste lachen. »Okay, Fred«, schmunzelte sie. »Aber ich fürchte, du hast eine eher ruhige Nacht vor dir.«

Zehn Minuten später wälzte sie sich schlaflos in ihrem Bett umher. Verdammt, warum hatte sie Fred nicht kommen lassen? Er hätte sie von diesen immerwährenden Gedanken abgelenkt – mit einem der schönsten Dinge der Welt! Oh, sie sehnte sich so sehr nach Berührung! Fred wäre prädestiniert dafür gewesen, ihr Bedürfnis zu befriedigen. Männer wie er sahen zu gut aus, waren zu meisterhafte Liebhaber, um treu zu sein. Sie wäre auf Dauer keine Verpflichtung eingegangen, egal, was er sagte.

Doch schlagartig überfiel sie die Erinnerung an die Nächte mit Bernie und die Vorstellung fiel in sich zusammen. Es wäre heute nicht möglich gewesen, auf keinen Fall. Nicht nach diesem Disput mit Dex. Verflixt, warum wühlte sie das alles so auf? Sie schloss die Augen, die rosafarbene Zeile tanzte in ihrem Geist.

»Geh den Weg mit mir.«

Wie er wohl aussah? Wie alt er war? Würde sie das erfahren, wenn sie sich auf seinen Vorschlag einließ? Wollte sie das überhaupt wissen?

Verdrossen legte sich Charlene auf die Seite und starrte die Wand an. Sie hatte keine Ahnung, was sie tun sollte.

♫ ♫ ♫

Zwei Tage später fand das von Johanna organisierte Treffen in Henriettes Bistro statt.

»Hey, Charly, die Sache mit Dex war mega«, verkündete Georgie. Sie saßen am Fenster, damit die Leute sahen, dass in der Bude was los war. Sie hatten die Karte rauf und runter bestellt, obwohl sie wussten, dass sie das niemals essen würden und Henriette protestiert hatte.

»Ihr müsst das nicht tun, wisst ihr?«, grummelte sie etwas gereizt. »Das wird schon wieder mit den Kunden … Das sind eben so Phasen … Mal ist man in und dann halt wieder nicht …«

»Ja, genau, so ist das. Und für die Out-Phasen hast du uns, Schnäuzelchen«, säuselte Johanna. »Vielleicht solltest du auch mal deine Karte überarbeiten.«

»Darüber denke ich schon lange nach«, sagte Hennie. »Aber es gibt Leute, die genau wegen dem kommen, was sie schon mal hier gegessen haben, und enttäuscht sind, wenn es nicht mehr auf der Karte steht.«

»Okidoki, Hennie, dein Geschäftsmodell steht hiermit an dritter Stelle auf unserer Krisenliste«, erklärte Georgie. »Punkt zwei ist Sophies Frisur und Punkt vier deine Beziehungskiste – wieso findet ein so schnuckeliges Mädel wie du keinen Anschluss?«

Henriette wollte gerade zu einer Antwort ansetzen, als Sophie sich einmischte: »Leute, jetzt geht es erst mal um Charlene!«

»Kinder«, wehrte die ab. »Ich fürchte, das macht wenig Sinn, darüber zu reden.«

»Sei doch nicht so auf dich fixiert«, grinste Georgie. »Könnte doch sein, dass der Kerl einen stylishen Haarschnitt braucht …«

»Also, ich kann deine Bedenken voll verstehen«, sagte Sophie resolut. »Um ehrlich zu sein, finde ich Dex' Bitte unmöglich. Am Ende macht er dich dafür verantwortlich, ob er Erfolg hat oder nicht … und stampft dich ein, weil er 'ne Lusche ist und nix zustande bringt.«

»Ja, die Gefahr besteht«, pflichtete ihr Charlene zerstreut bei. Sie wirkte etwas verloren und schützend legte Johanna ihren Arm um sie.

»Aber das Ding ist voll spannend!«, wandte Georgie ein. »In meinem Salon ist es *das* Thema Nummer eins.«

»Ein Grund mehr, es nicht zu machen.« Charlene runzelte die Stirn. »Ich meine, was soll ich dem Typen denn sagen? Das ist eine Radiosendung und kein Mentalcoaching!«

»Also, wenn jemand was zu sagen hat, dann du«, widersprach Henriette. »Ich verfolge die Sendung wirklich als Hörer, nicht als deine Freundin, und es ist immer eine Anregung dabei, die mein Leben besser macht. Und deshalb, finde ich, solltest du Dex helfen.«

»Aber Sophie hat recht«, entgegnete Charlene. »Wenn Dex nix draufhat, kämpfe ich gegen Windmühlen, und er wird behaupten, ich sei gescheitert, nicht er.«

»Aber so hört sich Dex nicht an. Er hört sich an, wie jemand, der es ehrlich meint«, trotzte Hennie. »Und … selbst wenn er so reagiert, wie ihr das befürchtet, dann haben deine Hinweise vielleicht vielen anderen geholfen.«

»Wow, Hennie, das war ja mal ein super Beitrag!« Warm lächelte Johanna sie an. »Du bist goldig, weißt du das?«

»Ja«, grinste Hennie schief. »Weiß ich. Das ist ja mein Problem! Ich bin zu lieb und alle Männer wollen schlagfertige, toughe Businessfrauen, die Karriere machen.«

»Auf jeden Topf passt ein Deckel«, erklärte Johanna kategorisch. »Und du bist ganz sicher kein Wok! Also, Charlene – was wirst du tun?«

»Ich werd's nicht machen. Das werde ich heute schon im Netz vorsichtig andeuten. Morgen ist eine Konferenz angesetzt. Und wenn das Management informiert ist, werde ich eine klare Absage auf die Homepage setzen.«

»Hey, Charly«, sagte Georgie enttäuscht. »Damit haust du mehr Leuten eine vor den Bug, als du meinst!«

♫ ♫ ♫

Georgie sollte recht behalten. Charlene schrieb auf die Website, dass sie es für nicht sinnvoll hielt, Dex' Wunsch nachzukommen, was einen Ansturm an Protesten und Bitten nach sich zog. Die letzte Sendung mit dem zweiten Auftritt von Dex war über hunderttausend Mal aufgerufen worden – das Thema wurde im Netz heiß diskutiert und das Management der Radiostation stand kopf.

Als Charlene ins Office kam, legte ihr Frau Maier, die etwa fünfzigjährige Sekretärin, eine weitere Mail von Dex auf den Tisch.

»Vielen Dank, Frau Maier.«

Charlene zwinkerte ihr zu und rechnete damit, dass sie wie stets eilig den Raum verließ, da sie Charlene zusätzlich betreute und daher dauernd unter Zeitdruck stand. Doch diesmal blieb sie zögernd stehen und erkundigte sich besorgt: »Werden Sie weitermachen mit Dex?«

Charlene warf ihr einen verwunderten Blick zu. »Warum ist Ihnen das wichtig?«

»Ja, weil … weil der junge Mann einfach irgendwie toll ist«, erwiderte die Sekretärin.

»Sie finden ihn toll?«, fragte Charlene interessiert nach. »Warum?«

»Er ist so aufrichtig! Und beim ersten Mal klang er vollkommen verzweifelt … Ich dachte wirklich, er weint. Und seine Bitte kam doch direkt aus dem Herzen …« Frau Maier suchte sichtlich nach Worten. »Ich weiß nicht … wir möchten alle wissen, wie es mit ihm weitergeht.«

»Aber ich habe kein universales Erfolgsrezept«, gab Charlene stirnrunzelnd zu bedenken. »Ich meine, es hängt im Prinzip von Dex selbst ab.«

»Ja, aber er will doch! Ganz ehrlich, ich finde, sein Mut und seine Offenheit sollten honoriert werden. Aber lesen Sie erst mal, was er schreibt. Ich finde seinen Vorschlag prima.«

Sie ging und Charlene nahm das Blatt in die Hand.

> Liebe Pixie,
> nach wie vor würde ich mich freuen, wenn du mit mir den Weg gehst. Aber ich verstehe deine Bedenken. Was hältst du von folgendem Vorschlag: Rede mit mir für ein paar Sendungen. Dann machst du wie gewohnt weiter und füllst das Moonlight-Radio mit dem, was du für richtig hältst. Ich hingegen werde deine Inhalte anwenden und in einem eigenen Blog, unabhängig vom Sender, darüber berichten. Das Einzige, worum ich dich bitte, ist, mir meine Fragen zu beantworten, wenn ich welche habe. Per Mail, per Telefon, über die Sendung – wie auch immer. Damit wäre doch uns beiden gedient, nicht?

Charlene lächelte erfreut.

»Ja«, sagte sie leise. »Damit wäre uns beiden gedient! Danke, Dex! Das erleichtert mich gerade sehr.«

Mit einem erheblich besseren Gefühl im Bauch setzte sie sich ein paar Minuten später an den Konferenztisch. Im Zimmer herrschte aufgeregte Spannung und alle Blicke waren auf sie gerichtet.

»Wir können das Ding unmöglich einstampfen«, erklärte Amann mit glänzenden Augen. »Noch nie haben wir eine dermaßen große Resonanz auf eine Sendung gehabt!«

»Die Werbeeinnahmen haben sich verdoppelt«, berichtete der Finanzvorstand. »Und ich gehe davon aus, dass das nicht das Ende der Fahnenstange ist.«

»Wir haben Anfragen aus dem ganzen Bundesgebiet«, verkündete ein anderer. »Sie wollen Pixie interviewen und eventuell ein passendes TV-Format dazu gestalten.«

Aufgelöst redeten sie durcheinander und Charlene wurde mulmig. Sie suchte Frederics Blick. Er war der Einzige, der sich nicht an der lebhaften Debatte beteiligte – im Gegenteil –, er hob die Hand und unterbrach die Diskussion.

»Meine Herren, ich möchte doch darauf hinweisen, dass Frau Wittstein diesem Projekt eine klare Absage erteilt hat.«

Er erntete abruptes Schweigen. Charlene dankte ihm mit einem winzigen Lächeln.

Amann fasste sich als Erster.

»Das war hoffentlich nicht Ihr letztes Wort, Frau Wittstein, oder?«

»Jein«, antwortete sie. »Ich habe hier einen Vorschlag von Dex – einen, den wir ohnehin nicht verhindern könnten, der es aber erlaubt, das Ganze in einem moralisch vertretbaren Rahmen zu halten.«

Sie las den Text vor und sah dann in die Runde.

»Darauf würde ich mich vielleicht einlassen – unter ein paar Bedingungen.«

»Die wären?«, wollte Dörfler begierig wissen. Charlene hatte den Eindruck, er würde ihr alles versprechen, nur damit sie weitermachte.

»Das Geld, das Sie mir zahlen …«

»Wir können gerne aufstocken!«, unterbrach Dörfler sofort. »Wir haben inzwischen ja mehr als …«

»Nein, Herr Dörfler, ich möchte nicht mehr Geld. Ich habe den Betrag bislang an eine gemeinnützige Organisation überwiesen, aber ich möchte, dass das nun offiziell von Ihnen übernommen und auf Ihrer Homepage publiziert wird, damit klar ist, dass ich von dieser Sendung nicht profitiere.«

»Kein Ding«, sagte Amann hoffnungsvoll. »Das ist gut! Sehr gut sogar!«

»Das Zweite: Meine Anonymität muss auf jeden Fall gewahrt bleiben. Auf Ihre Kosten. Wenn Gefahr besteht, dass die Deckung auffliegt, bin ich raus. Das möchte ich bitte schriftlich.«

Dörfler bekam einen roten Kopf. »Wie? Sie würden dann einfach mittendrin gehen?«

»Exakt. Ich würde mittendrin gehen. Es liegt an Ihnen, so zu agieren, dass Sie meine Anonymität gewährleisten können. Bitte instruieren Sie diesbezüglich alle Ihre Mitarbeiter.«

»Aber wir müssen die Sache jetzt groß aufziehen. Das erfordert ganz andere Maßnahmen. Die Presse ist total scharf auf Pixie!«

»Genau das finde ich besorgniserregend«, erwiderte Charlene. »Ich hoffe, Sie übertreiben das nicht. Des Weiteren werde ich nicht in jeder Sendung mit Dex reden. Ich möchte manche Sendungen so aufzeichnen, als ob live gesendet wird. Das dient meiner Tarnung. Denn wenn ich mich an den Sendetagen auf irgendwelchen Kongressen oder Veranstaltungen aufhalte, kann ich ja nicht gleichzeitig Pixie sein.«

Charlenes Blick war auf Amann gerichtet, der ihre Konditionen recht locker sah.

»Prima Idee! Ist doch selbstverständlich, dass wir Ihre Anonymität wahren. Wir setzen einen entsprechenden Zusatz in Ihren Vertrag«, versprach er. »Wir haben ja selbst großes Interesse daran.«

Er zwinkerte ihr zu. »Dann … dürfen wir davon ausgehen, dass Sie das machen?«

Charlene zauderte. Noch immer fühlte sie sich unwohl damit. Das ging alles so schnell! Wieder suchte ihr Blick den von Frederic, der aber offensichtlich mit seinen Gedanken ganz woanders war. Sie fühlte physisch, wie sein Blick von ihren Lippen ihren Hals hinunterwanderte, an der empfindlichen, leicht pulsierenden Stelle am Kehlkopf verweilte, sich danach in den V-Ausschnitt senkte, wo sich eine Kette mit einem länglichen Anhänger zwischen ihren Brüsten verlor. Charlene richtete ihre Augen auf den Tisch. Ihr Herz pochte, ihr Puls beschleunigte sich und unerklärlicherweise kam ihr Dex in den Sinn. Bevor sie noch einen weiteren kritischen Gedanken fassen konnte, hob sie den Kopf.

»Vielleicht ist das der größte Fehler meines Lebens, aber gut … okay … ich mache es.«

Die Männer rissen die Arme in die Höhe und jubelten.

»Super! Klasse!«, rief Amann. »Unsere Hörer werden begeistert sein! Herr Griesig, geben Sie Pixies Entscheidung ins Netz! Ganz groß auf die Homepage! Herr Dörfler, Sie kümmern sich um alles Weitere! Wir rufen das erste Reality-Radio ever ins Leben. Danke, Frau Wittstein! Hoffen wir mal, dass Dex seinen Arsch hochkriegt. Das wird mega!«

Unversehens musste Charlene lachen.

»Jetzt setzt uns mal nicht so unter Erfolgsdruck!«, wiegelte sie ab. »Und ich hoffe sehr, dass ihr Dex mit allen guten Gedanken unterstützt, die ihr habt.«

Ihre Augen gingen zu Dörfler, der blickte zurück, mit diesem Funkeln im Auge, das sie nicht deuten konnte – und das den Rest eines unguten Gefühls bestehen ließ.

# ♫ Horizon ♫

## Silent Skies (Instrumental)

Jeff befand sich in der sonderbarsten Stimmung seines Lebens. Nach der Sendung hatte er nicht schlafen können, war nach Hause gefahren, hatte sich die Kopfhörer aufgesetzt und sich die ersten Aufzeichnungen des Moonlight-Radios reingezogen. Einer ihrer Sätze hallte wie ein stetes Echo in ihm nach: »Lasst uns etwas Großes starten!«

Er hörte sich das mindestens zwanzig Mal hintereinander an. Nicht nur, weil es ausdrückte, was er gerade empfand – vor allem auch wegen Pixies Stimme. Sie erregte ihn, sie gab ihm Power und spornte ihn an.

»Lasst uns etwas Großes starten! Und das Größte, was wir haben, ist unser Leben!«

Die Worte fielen in sein Herz, verankerten sich dort, schafften ein Fundament, das er nie zuvor gefühlt hatte. Seine Gedanken flogen zu Sebastian. Und auf einmal wusste er: Er konnte seine Träume wahr machen. Er hatte es nur falsch angefangen. Er würde es schaffen – mit Pixie.

Noch einmal hörte er sich den Satz an, ließ ihre Stimme in sich nachklingen. Wie sie wohl aussah? Wie alt mochte sie sein?

Welches Leben führte sie? War sie verheiratet? Hatte sie Kinder? Würden sie sich irgendwann persönlich gegenüberstehen?

Er biss sich auf die Lippen. So wie er jetzt beieinander war, wollte er das gar nicht. Erneut drückte sein Finger auf »Play«.

»Lasst uns etwas Großes starten!«

»Okay, Pixie«, flüsterte er. »Ich starte etwas Großes. Ich mache ein Reset für mein Leben. Ich beginne es neu. Mit dir.«

Noch in derselben Nacht lud er sich eine App mit einem Trainingsprogramm auf sein Smartphone. Als der Wecker am nächsten Morgen um halb sieben klingelte, kostete es ihn gerade mal fünf Minuten, um aufzustehen und sich in seine Joggingklamotten zu werfen. Alf war schon auf der Arbeit, sie hatten sich seit der letzten Sendung nicht mehr gesprochen. Im Badezimmer traf er auf Henning und Lukas, die ebenfalls gerade zum Frühsport wollten.

»Wir könnten zusammen laufen!«, bot Henning freundlich an. Aber Jeff wehrte ab.

»Ich muss erst wieder reinfinden«, erklärte er. »Ihr seid mir zu trainiert. Aber könnt ihr mir ein paar gute Wegstrecken empfehlen? Ich will nicht durch die Stadt.«

Sie nahmen ihn mit zum Stadtrand, an den sich ein großer Wald anschloss, mit vielen gekennzeichneten Wegen für Jogger und Spaziergänger. Lukas, der Sportökonomie studierte, gab Jeff Tipps bezüglich des Laufstils und der Atmung. Die ersten drei Kilometer hielt Jeff noch gut mit, dann merkte er, dass seine Kondition ihn verließ, und vereinbarte mit den anderen zwei, sich später am Auto zu treffen. Etwas gefrustet sah er ihnen hinterher. Das hatte er auch mal draufgehabt! Er wählte einen Vier-Kilometer-Rundweg und trabte zwischen den Bäumen entlang. Das Grün tat gut. Die Luft war sauber. Die Vögel zwitscherten. Je länger er lief, desto freier fühlte er sich, und seine Gedanken wanderten wie immer zu Pixie. Ob sie Ja sagen würde? Schon nach diesen zwei Begegnungen hatte sich seine Denkweise verändert. Diese Frau löste definitiv etwas in ihm aus.

Früher als die anderen beiden kam er am Wagen an und hielt sich mit Gymnastikübungen warm. Sein Körper dankte es ihm. Seit Langem war er mal wieder durchblutet und sein System in Bewegung gebracht, was frische Gedanken in seinen Kopf strömen ließ. Erstaunlich, wie schnell das ging! Warum hatte er sich eigentlich nie mehr seine alten Start-up-Ideen angesehen? Und warum hatte er sein Netzwerk nicht weiter gepflegt? Er dachte an die Kontakte, die ihm Fiona damals vermittelt hatte. Wieso hatte er die nie genutzt? Jeff schüttelte über sich selbst den Kopf. Wie blöd war er eigentlich?

All dies durchflutete ihn mit weiterer Energie, so sehr, dass er tatsächlich noch mal einen Kilometer in den Wald hinein und wieder zurücklief, weil er irgendetwas tun musste. Schließlich kamen Henning und Lukas zurück und sie machten sich auf den Heimweg. Jeff saß auf dem Rücksitz und war in Gedanken versunken, als Lukas fragte: »Meinst du, Pixie lässt sich auf die Sache ein?«

Jeff durchfuhr ein Schock, da begriff er, dass Lukas die Frage an Henning gestellt hatte.

»Hoffentlich!« Henning grinste. »Für mich wäre das irre interessant! Vielleicht steht es ja schon im Netz? Ich würde es Dex wünschen!«

»Na ja, ist schon 'ne Nummer, was der vorhat. Ich meine, der muss sich ja voll outen! Also, ich könnte das nicht.«

»Wird sich rausstellen, wie weit er sich outet. Das kann man ja steuern«, meinte Henning. »Und so wie ich Pixie einschätze, macht sie das anständig. Wär 'ne geile Sache!«

»Ja, Pixie ist super. Ich wüsste zu gern, wie die aussieht!«

Die beiden verloren sich im Gespräch, aber Jeff war sensibilisiert. Wie lange würde es dauern, bis sie ihn an seiner Stimme erkannten?

Zu Hause angekommen war Jeff froh, dass die beiden es eilig hatten, für eine Vorlesung in die Uni zu kommen.

»Wir könnten abends zusammen kochen«, schlug Lukas vor, bevor er ging. »Damit wir uns alle ein wenig besser kennenlernen.«

»Gute Idee«, stimmte Jeff zu. »Wenn ihr mir sagt, wann ihr kommt, bereite ich was vor.«

Die beiden sahen sich an: »Könnte schwierig werden. Wir sind beide Veganer.«

Jeff kratzte sich am Kinn. »Okay«, sagte er. »Aber ich find schon was für euch. Ich bin euch ziemlich was schuldig, weil ihr nicht gemotzt habt, dass ich euch Alf untergejubelt habe.«

»Ach, der Kleine ist doch drollig!«, schmunzelte Lukas.

»Alter, der Kleine ist älter als du!«, informierte ihn Henning.

»Was jetzt? Nicht dein Ernst!«

»Doch, er ist vierundzwanzig!«

»Der wirkt wie süße Siebzehn. Und du machst das mit dem Essen heute, Jeff?«

»Ja, natürlich!«

Kaum waren die beiden weg, setzte Jeff sich an seinen Rechner. Aber bevor er Rezepte googelte, klickte er unter Höchstspannung das Moonlight-Radio an.

Fett spannte sich die tägliche Headline über die Seite.

Pixie hat Ja gesagt!

Mit klopfendem Herzen las Jeff die Kommentare durch, die sich unter dieser Nachricht sammelten. O mein Gott – so viele Menschen waren gespannt, was er aus seinem Leben machte! Was Pixie machte! Aber am gespanntesten war er.

»Pixie hat Ja gesagt!«

Still verharrte er vor den Tasten. *Lasst uns etwas Großes starten!* Sein Herz war so voll und er wollte einen Dankesbrief verfassen, doch irgendwie hörte sich alles falsch an. So schrieb er lediglich ein schlichtes »Danke, Pixie« unter die Headline – und erschrak, als sie sofort antwortete.

»Gerne, Dex. :-) Bis Donnerstag! Auf das Leben!«

♫ ♫ ♫

Eine halbe Stunde später schon rief der Sender bei ihm an und lud ihn für ein Gespräch in das Funkhaus ein. Aber Jeff bestand darauf, anonym zu bleiben, und bat darum, die Unterlagen per Mail geschickt zu bekommen. Er besprach alles Nötige mit einem Herrn Dörfler, der sich ihm als Ansprechpartner vorstellte und ihm die Bedingungen nannte.

»Wir werden auf unserer Website darauf hinweisen, dass Sie kein Geld von uns bekommen«, informierte er ihn. »Und dass Sie das freiwillig tun.«

»Das ist okay«, antwortete Jeff. »Und ich möchte umgekehrt, dass Sie meinen Klarnamen nicht preisgeben, solange ich mich nicht selbst oute.«

Nachdem alles besprochen war, fragte Jeff: »Wenn die Sendung zu Ende ist, ließe sich dann ein Treffen zwischen Pixie und mir arrangieren?«

»Also, das würde ich mir an Ihrer Stelle komplett abschminken«, erwiderte Dörfler barsch.

»Warum?«, wunderte sich Jeff.

»Fragen Sie sie selbst!«, empfahl ihm Dörfler. »Vielleicht bekommen Sie ja eine Antwort!«

♫ ♫ ♫

Als Alf eine Stunde später nach Hause kam, hatte Jeff einen Blog angelegt, aber noch nicht aktiviert, googelte vegane Rezepte und checkte sein Geld für die nötigen Einkäufe. Doch der Ausdruck in Alfs Gesicht ließ ihn innehalten.

»Alter, was ist los?«, fragte er.

»Mein Vertrag wurde nicht verlängert – ich bin ab nächste Woche arbeitslos«, erwiderte Alf dumpf.

Normalerweise hätte Jeff aufgrund dieser Nachricht sein Gesicht in seinen Händen vergraben, aber er war so angefüllt mit neuen Impulsen, dass er völlig anders reagierte.

»Gut, dann teilen wir uns eben noch etwas länger die Luftmatratze. Wir schaffen das schon, Alf.«

»Hey!«, rief Alf erfreut. »Das ist mein Satz! Toll, dass du ihn bringst! Und Pixie hat auch Ja gesagt! Das ist ein gutes Zeichen, oder? Alle haben heute bei der Arbeit darüber gesprochen.«

»Echt jetzt? Die hören die Sendung?« Jeff wurde es nun doch ein wenig mulmig zumute. Er war froh, dass niemand sein Gesicht kannte und er hier fremd war.

»Klar, die sind total scharf drauf!«, grinste Alf. »War 'ne super Unterhaltung gestern zwischen dir und Pixie! Ihr zwei seid irgendwie der Hammer!«

Jeff musste lachen.

»Und irgendwann fahren wir ans Meer, Jeff!«

»Ja, Kleiner, irgendwann fahren wir ans Meer«, antwortete er warm. »Das verspreche ich dir.«

»Was machst du denn da?« Alf nickte mit dem Kopf zum Monitor.

»Oh … ja, genau. Heute Abend ist Einstandsessen mit unseren Mitbewohnern«, erklärte Jeff. »Und beide sind Veganer! Hab keine Ahnung, was ich kochen soll.«

»Wie wäre es mit einem Gemüsestrudel?«, schlug Alf eifrig vor. »Der Teig wird mit Öl gemacht und das Gemüse muss man nur kleinschnippeln.«

»Woher kennst du denn vegane Rezepte?«, staunte Jeff.

»Interessiert mich schon lange. Gemüsestrudel schmeckt super! Kann man kalt und warm essen und hält sich zwei Tage im Kühlschrank.«

In Jeff passierte etwas. Sein Gehirn versuchte, diese Information mit einer bestehenden zu verknüpfen – und fand sie nicht. Doch die Leitung war gelegt und das lose Ende schwang in seinem Kopf, bereit, irgendwo anzudocken.

»Okay, Alf, dann machen wir jetzt Folgendes: Du schreibst mir die Zutaten auf, anschließend gehen wir einkaufen und planen mal wieder unsere Zukunft.«

»Ich will nicht mehr in eine Großbäckerei.«

»Wir werden was Passendes finden. Hast du deinem Dad geschrieben?«

»Die letzten Tage nicht mehr.«

Jeff nahm Alfs Handy und aktivierte WhatsApp. »Mein Gott«, ächzte er, als er die vielen Sprechblasen sah. »Er schreibt dir noch immer so viele Nachrichten?«

»Jeden Tag ein paar.«

Jeff schob Alf das Handy hin. »Antworte ihm, Alf. Du siehst doch, dass er sturzunglücklich ist.«

»Schreib du was!«

Jeff zögerte. Dann tippte er: »Hey, Dad, mir geht es nach wie vor gut. Ich denke oft an dich«, und hielt es Alf hin. »Gut so?«

Alf nickte befriedigt und verließ den Raum, um sich hinzulegen. Sein Handy ließ er auf dem Tisch und ungefähr eine Minute nach Absenden der Nachricht hatte Alfs Dad zwei Antworten verfasst.

»Alf, mein Junge, wo bist du?«

»Ich mache mir Sorgen! Bitte, komm wieder!«

Zögernd nahm Jeff das Handy in die Hand, dann tippte er entschlossen.

»Hab dir doch gesagt, es geht mir gut.«

»Aber mir geht es nicht gut! Ich brauche dich! Warum redest du nicht mit mir? Warum bist du weg?«

»Weil ich meinen Weg gehen will.«

»Warum? Was habe ich falsch gemacht?«

In einer spontanen Regung sandte Jeff ihm den Link für das Moonlight-Radio mit den Worten: »Tu mir einen Gefallen und hör da mal rein!« Er wartete, bis alles angekommen war, und löschte danach die letzten Sprechblasen.

Dann holte er seine ersten Start-up-Entwürfe heraus, fand sie jedoch enttäuschend reizlos. Das Meiste konnte er löschen – es waren schlicht unreife Ideen. Kurz flackerte wieder Resignation auf, begleitet von alten Gedanken.

*Du kannst das nicht. Die Studie hat recht. Dir fehlen die Voraussetzungen!* Gefolgt von: *Andere können das viel besser als du.*

Sein Geist switchte zu Pixie. *Du benachteiligst dich selbst. Also wünsche ich dir die Erkenntnis, wie großartig du bist. Das bist du nämlich, Dex.*

Der letzte Satz wirkte wie ein Auslöser. Ja, das war eines seiner hemmenden Credos: *Andere können das viel besser als ich.* Wie verbannte er diese Überzeugung nur aus seinem Kopf?

Nachdenklich beobachtete Jeff, wie Alf zwei Stunden später die Zutaten für den Strudel zusammenschrieb. Instinktiv bat er ihn: »Hey, Alf, wenn du schon dabei bist, dann notier die Tage doch mal, was du sonst noch an veganen Gerichten kennst.«

»Mann! Das ist richtig Arbeit! Ich kenne viele!«

»Sag mal, du bist doch gar kein Veganer, wieso kennst du dich damit so aus?«

»Ich hatte mal ein Mädel, die hat das knallhart durchgezogen.«

»Was? In unserem Kaff gibt's Veganer? Ich dachte, das ist eine Großstadtkrankheit!«

Alf lachte.

»Und was ist mit diesem Mädel passiert?«, erkundigte sich Jeff interessiert.

»Die hat sich voll mit meinem Dad gezofft – und irgendwann hat's ihr gereicht. Aber sie war toll und hat mir klargemacht, wo ich stehe. Dass mein Vater mit mir so nicht umspringen sollte und so. Na ja, so fing das an. Wegen ihr habe ich vegan gekocht und gebacken. Spicy Mangosoßen, Burger … war richtig gut! Ihretwegen wollte ich auch das Sortiment ändern. Aber Papa war dagegen.« Er grinste schief.

»Mangosoße! Hört sich toll an! Das könnten wir doch heute Abend machen! Hier essen die das wenigstens! Bei uns da oben hätte das Zeug sowieso keiner gekauft!«

»Doch, auf jeden Fall. Gibt ja nicht nur Veganer, sondern auch alle möglichen Allergiker.«

»Ja, stimmt«, sagte Jeff. »Interessantes Gebiet! Aber jetzt gehen wir erst mal los. Du fährst! Damit du dir den Weg zum Supermarkt einprägst!«

Alf bereitete mit Jeff zusammen den Gemüsestrudel, Linsenburger sowie Basilikum- und Mangosoße zu. Das drapierten sie alles mit grünem Salat und allem möglichem in Streifen geschnittenem Gemüse auf einem Brett. Alf ließ es sich nicht nehmen und backte noch raffiniert gewürzte Brötchen dazu, weil er diese labbrigen Weißmehlkatastrophen, wie er sie nannte, schlicht verabscheute. Henning und Lukas kriegten sich fast nicht mehr ein, als sie das opulente Mahl sahen, und noch begeisterter waren sie vom Geschmack.

»Alter, ich brauche unbedingt die Rezepte!«, rief Henning. »Das Brötchen ist der Hammer! Und die Soßen dazu! Göttlich!«

Die erste Hälfte des Abends diskutierten die vier ausgiebig über Ernährungsgewohnheiten.

»Als Veganer im Laden was Schmackhaftes und Gesundes zu kriegen, ist fast unmöglich«, berichtete Henning.

»Genau«, bestätigte Lukas. »Entweder ist es ebenso mit Chemie versehen wie Wurst oder es schmeckt total bescheuert und hat 'ne fette Panade außenrum. Und die Firmen sind ähnliche Umweltsünder wie Fleischhersteller.«

»Jedenfalls toll, dass wir einen Bäcker in der WG haben«, sagte Henning zufrieden. »Kannst du auch ohne Ei und Zucker backen?«

»Klaro. Ich mache dir morgen mal einen Apfelkuchen! Danach isst du nie mehr einen anderen!«

Die vier lachten, dann wandten sich die zwei Studierenden an Jeff: »Was machst du eigentlich?«

»Ich hatte ein paar Start-ups am Laufen, aber leider etwas Pech mit meinen Geschäftspartnern«, erklärte Jeff. »Bin gerade dabei, was Neues hochzuziehen.«

Er wurde leicht rot dabei, aber Gott sei Dank war das Licht heruntergedimmt und so fiel es nicht auf.

»Dann bist du sicher bei Optio, was?«, fragte Henning.

»Optio? Nein. Was ist das denn?«

»Das ist ein Verein, der Start-ups unterstützt. Man kann sich auf Meetings und Veranstaltungen mit anderen austauschen, fragen, wie die es machen … oder sich zusammenschließen. Die haben ein Riesennetzwerk. Für den Fall, dass du dein Start-up mal verkaufen willst. Oder Gesellschafter brauchst. Bei Optio treiben sich viele Unternehmer herum, die auf der Suche nach lukrativen Ideen sind.«

»Das hört sich toll an! Und da kann man einfach rein?« Jeff war total angestachelt.

»Sicher, ich bin auch seit einigen Wochen Mitglied.«

»Willst du auch was hochziehen?«

»Am liebsten. Aber mir fehlt die zündende Idee. Hast du eine? Überzeug mich und ich steig mit ein!«

Er lachte. Jeffs Blick fiel auf das letzte Stück Gemüsestrudel und wieder versuchte er, etwas miteinander zu verbinden. Es gelang ihm nicht. Aber der Impuls war da.

♫ ♫ ♫

Dörfler war nach Charlenes Zusage wie im Fieber und handelte so rasch und effizient, dass ihr schwummrig wurde. Er erfand eine marktschreierische Headline für die Homepage, ließ für das Moonlight-Radio einen eigenen Facebook-, Instagram- und Twitter-Account erstellen, verknüpfte das mit allen erdenklichen Gruppen und ihm zur Verfügung stehenden Netzwerken und sorgte dafür, dass in der Lokalzeitung eine wöchentliche Kolumne erschien, die die Inhalte der Sendung wiedergab – oder über die Sendung selbst berichtete. Zu Charlenes Leidwesen blieb seine heiß geliebte Schlussfrage »Wer ist Pixie?« bestehen, und auf ihre Bitte, das zu lassen, log Dörfler ungeniert: »Darauf habe ich leider keinen Einfluss!«

Im nächsten Schritt teilte er ihre einstündigen Sendungen in viele fünf- bis zehnminütige Abschnitte auf und veröffentlichte alles auf YouTube. Die Anzahl der Follower auf den Social-Media-Konten stieg daraufhin sprunghaft an. Charlene wurde das unheimlich. Genau wie in der Zeitung war als Profilbild nur das Stockfoto einer weiblichen, leicht abgewandten Silhouette zu sehen. Sie registrierte mit Besorgnis, dass immer mehr Menschen außerhalb des Sendegebietes auf das Internet-Radio zugriffen und das Moonlight-Radio mitverfolgten.

Die von ihren Freunden angespitzten Studentengruppen waren ihr nicht nur treu geblieben, sondern immens gewachsen, da sie weitläufig vernetzt waren und Pixies Dokumente in alle möglichen Gruppen schickten. Einige schrieben tatsächlich

Facharbeiten über diese Themen, schöpften Hoffnung aus ihren Worten. Bald hatte sich ein »Moonlight-Klub« gegründet, in dem die jungen Menschen über die Inhalte diskutierten. Das berührte Charlene sehr: Das Engagement dieser jungen Menschen, die merkten, dass es mit der Welt nicht mehr so weiterging und sich gegen ein Establishment, das nur auf Profit und Wachstum ausgerichtet war, wehrten. Das war eine Generation, die bereit war umzudenken und keine Scheu vor gravierenden Änderungen hatte … Studenten und Schüler, die Fridays-for-Future-Demos organisierten, die für den Planeten kämpften – und um ihre Zukunft. Es war ein Umbruch zu verzeichnen, und Charlene wollte ihren Teil dazu beitragen.

Unvermutet füllten die zwei Sendungen pro Woche ihr Leben ziemlich aus. Stets bereitete sie sich akribisch darauf vor, meditierte viel, las viel, schrieb Essays, beantwortete Fragen online und suchte die Musik, die in ihren Sendungen gespielt wurde, selbst aus.

Dazwischen nahm sie ihre Pflichten als Aufsichtsratsvorsitzende in ihren Firmen wahr, kümmerte sich um ihre Wohltätigkeitsorganisation und ließ sich auf einschlägigen Veranstaltungen der High Society sehen, auf denen sie auch immer mal ihre Freunde traf – und Fred.

Fred, der ihr wie angekündigt weiterhin den Hof machte, der sie ausführte, mit dem sie prickelnde Abende verbrachte und der fortgesetzt durchklingen ließ, sich mit ihr etwas Langfristiges vorstellen zu können.

Eine Partnerschaft mit Fred … Was hielt sie denn ab? In erster Linie immer wieder die Gerüchte, die sich um sein Sexleben rankten. Sie ahnte, dass er Dinge von ihr verlangen würde, die zu geben sie nicht bereit war, dass er zu Beginn zärtlich wäre, dann aber Neigungen offenbaren könnte, die ihr weniger gefielen. Und für gelegentlichen Sex – ja, es hörte sich blöd an und sie hatte auch schon oft Lust dazu verspürt –, dafür war sie sich letztlich zu schade.

Es war eine Zwickmühle. Sie hatte Bedürfnisse, die sich von Nacht zu Nacht zu steigern schienen. Allein bleiben wollte sie auf Dauer auch nicht. Ob es allerdings eine Beziehung wie mit Bernie jemals wieder geben würde, bezweifelte sie sehr. Dann wiederum könnte sie doch wenigstens casual Sex mit Fred haben? Charlene seufzte. Sie war hin- und hergerissen.

Ihre Gedanken zappten zu Dex und sie beschloss, sich zunächst auf ihn und die Sendung zu konzentrieren. Wenn sie das Ding dann von der Backe hatte, war immer noch genügend Zeit, sich um ihr Liebesleben zu kümmern.

# ♫ Philosophize ♫

Parekh & Singh

Dienstagabend. Harry saß an seinem Platz, Charlene setzte die Kopfhörer auf und bemühte sich, nicht daran zu denken, wie viele Menschen gerade zuhörten. Jeffs Herz klopfte aus anderen Gründen. Es klopfte vor allem wegen Pixie.

»Herzlich willkommen!«, begrüßte sie ihre Hörer gut gelaunt. »Hier ist wieder euer Moonlight-Radio! Und auf vielfachen Wunsch haben wir ab heute einen Dauergast in der Leitung. Guten Abend, Dex!«

»Hey, Pixie«, meldete er sich. »Danke, dass du zugestimmt hast. Ich freue mich sehr darüber.«

Sie lachte: »Wer weiß, ob du dich noch freust, wenn das erst losgeht! Ich werde dich nicht schonen, Dex!«

»Das ist okay. Ich hoffe, es wird gut – für alle.«

»Das ist doch schon mal ein toller Wunsch«, lächelte sie. Dex klang ganz anders als sonst. Die Aggression war weg, sein höflicher und sympathischer Charakter kam zum Vorschein und seine Stimme war irgendwie … samtig. Charlene merkte, wie sich ihr Gesicht rötete.

»Wie geht es dir?«, fragte sie warm.

Jeffs Herz öffnete sich mit diesen Worten. Er fühlte, dass sie ganz bei ihm war, sich völlig auf ihn konzentrierte.

»Grundsätzlich besser. Ich versuche, Dinge zu ändern. Hab meine alten Ideen wieder ausgegraben. Könntest du vielleicht das Thema Synchronizitäten vertiefen? Weißt du, ich habe wirklich hart für meine Ziele gearbeitet – warum hat das keine Synchronizitäten ausgelöst?«

»Ich nehme mal an, es *hat* gewisse Synchronizitäten ausgelöst«, erwiderte sie. »Es ist sicher nicht alles schiefgelaufen.«

»Nein, am Anfang sah immer alles ganz gut aus. Aber egal, was es war: Am Ende stand ich jedes Mal wieder am Nullpunkt. Bist du der Meinung, jeder kann seine Träume verwirklichen? Oder gibt es tatsächlich Menschen, denen Erfolg nicht vergönnt ist?«

»Das ist eine vielschichtige Frage, Dex. Und Erfolg ist Definitionssache. Ich denke, es ist besser, wenn wir uns am Glücklichsein orientieren und das als Maßstab nehmen. Denn das ist jedem vergönnt. Was Erfolg angeht: Dafür muss man reif sein.«

»Wie meinst du das?«

»Vorher würde ich gerne wissen wollen, warum du so am Erfolg hängst. Was treibt dich an?«

»In erster Linie will ich nicht da kleben bleiben, wo meine Eltern stehen«, rutschte es Jeff heftiger heraus, als er wollte. »Aber dieser Ehrgeiz wurde nie gewürdigt. Im Gegenteil, er wurde ewig runtergemacht.«

»Wo stehen denn deine Eltern?«

Er zögerte mit der Antwort.

»Sie … sind eben nicht da, wo ich sein will«, gab er verhalten zurück.

»Arbeiten sie?«

»Ja, natürlich.«

»Arbeitest du?«

Jeff wurde brandrot und blieb ihr für satte fünf Sekunden eine Antwort schuldig. Endlich quetschte er heraus: »Wie gesagt … ich habe meine Ideen wieder ausgegraben und …«

»Okay, Dex, warte mal«, sagte Charlene stirnrunzelnd. »Haben deine Eltern dich misshandelt?«

»Nein!«

»Waren sie in irgendeiner Weise gemein zu dir?«

»Nein … das auch nicht.«

»Warum denkst du dann so schlecht über sie?«

»Ich denke nicht schlecht über sie. Ich will nur mehr als das, was sie haben.«

»Es sieht eher danach aus, dass sie mehr haben als du. Sie arbeiten. Du nicht.«

Jeff wäre am liebsten im Erdboden versunken.

»Ich … das kann ich nicht so stehen lassen«, stammelte er. »Was ich meine, ist: Ich will nicht einen stumpfen Job tun und mich abends vom Fernsehprogramm berieseln lassen. Was ist falsch daran, mehr zu wollen als das? Ich meine …«

Er brach ab. Das hatten sie schon mal gehabt. Sie würde ihn wieder fragen, was er unter einem stumpfen Job verstand. Verflixt! Das hatte er sich irgendwie anders vorgestellt. Aber Pixie reagierte erneut unerwartet.

»Dex, ich verstehe dich«, half sie ihm aus seiner Verlegenheit. »Natürlich will jeder einen sogenannten guten Job. Aber überhaupt eine Beschäftigung zu haben ist mit Sicherheit besser als gar kein Job. Arbeit heißt nicht nur Geld verdienen. Arbeit bedeutet auch Respekt vor der eigenen Leistung und der Leistung anderer. Sie gibt dir Selbstwert, wenn du die richtige Einstellung dazu hast. Und das ist mit keinem Geld der Welt aufzuwiegen. Arbeit adelt! Also, tu was! Du wirst dich besser fühlen, glaub mir!«

»Pixie, ich bin nicht faul«, stürzte es aus ihm heraus. »Ich …«

»Das wollte ich auch nie damit sagen«, erwiderte sie ernst. »Trotzdem haben wir doch hier eine wichtige Hürde gefunden. Sag mir, wann hast du aufgehört, deine Eltern zu respektieren? Und wann hast du aufgehört, *dich* zu respektieren?«

Jeff war perplex. Zum einen regten ihre Fragen eine Flut an Gedanken an, aber da war noch etwas anderes zwischen ihren Zeilen. Eine Nuance, ein Hauch … hatte gerade ihre Stimme ein wenig gezittert? Doch bevor er das herausfinden konnte, trieb sie ihn schon weiter.

»Ich glaube, das ist einer deiner Knotenpunkte, Dex.«

»Warum ist das ein Knotenpunkt?«

»Weil der Respekt vor dir selbst wichtig ist, wenn du vorankommen willst«, erklärte sie. »Du ziehst deine Eltern runter, identifizierst dich aber mit ihnen beziehungsweise ihrem Status, was bedeutet: Du ziehst auch dich runter. Der Status ist aber etwas im Außen – und deine Eltern sind doch mehr als das. *Du* bist mehr als das. So oft habe ich in den Sendungen gesagt, wir sollten uns mit der Größe in uns identifizieren. Du sagst, du strengst dich an, aber gleichzeitig glaubst du tief unten, du kannst dich niemals aus dem Schatten deiner Herkunft befreien. Dabei ist sie noch nicht einmal ein Schatten. Es ist einfach eine leidvolle Sichtweise, die du irgendwann übernommen hast. Etwas, was du nicht glauben musst. Wie wäre es, wenn du anders darüber denkst? Wärst du dann nicht frei? Frei von Groll und Ohnmacht, die sich um dich legen wie eine graue Aura? Und die die wahren Gründe sein könnten, warum deine Unternehmungen bislang gescheitert sind?«

Schweigen breitete sich aus. In Jeff rotierte es. Zum einen, weil sie ihn ganz schön rannahm und mit Dingen konfrontierte, mit denen er absolut nicht gerechnet hatte, zum anderen, weil er immer mehr den Eindruck bekam, dass dieser Dialog auch etwas mit Pixie machte. Er hätte seine Seele verkauft, um zu wissen, was das war.

Charlene war tatsächlich blümerant zumute. Dex kam ihr auf eine Weise nah, die eine Vielzahl an Erinnerungen lostrat – und das wollte sie nicht. Obendrein streifte sie der Verdacht, dass er ihre Gefühlslage mitbekam – und das wollte sie noch weniger. Beide waren auf sich konzentriert, hatten alles andere ausgeblendet. Eine tiefe Verbindung war zu spüren, als versuchten sie beide, die unausgesprochenen Worte zwischen ihnen zu deuten.

»Das mit dem Schatten ...«, begann Jeff zögerlich. »Weißt du ... ich bin so häufig wegen meiner Eltern gehänselt worden. Und mir ist so oft eingebläut worden, dass ich wissen sollte, wo mein Platz ist. Dass ich zufrieden sein soll mit dem, was ich habe.«

Charlene lachte leicht.

»Tja, das wäre nicht so schlecht, wenn du zufrieden wärst. Zufriedenheit ist eine tolle Grundlage für Erfolg. Zufriedenheit impliziert Dankbarkeit gegenüber dem, was du hast. Und Dankbarkeit öffnet dir den Himmel für die Erfüllung deiner Wünsche. Könnte es sein, dass du diese Dankbarkeit nie gefühlt hast? Sondern aus Mangel und Wut gehandelt hast? Dann kommt eben genau dieses zu dir zurück.«

Jeff entfuhr ein verblüfftes Lachen.

»Mann, Pixie, wie machst du das nur?«, staunte er. »Wir reden gerade mal fünf Minuten miteinander und du hast mich schon wieder total geflasht ... aber ... es eröffnet mir ganz neue Horizonte!«

Er lachte verwundert und sein Lachen perlte so ehrlich und ungezwungen über den Äther, dass Charlene völlig gebannt am Schreibtisch klebte. Auf ihrem Gesicht breitete sich ein Lächeln aus, und sie war sicher, auf den Gesichtern aller Zuhörer ebenso. Eine tiefe Zuneigung zu dem jungen Mann flutete in ihr hoch, türmte sich auf, brach sich wie eine Welle und ergoss sich über ihn wie die ganze Zuhörerschaft. Die Stimmung war plötzlich aufgeladen von einem romantischen, heiteren Zauber.

»Na ja, das ist unser Job hier«, sagte sie warm. »Dass uns bewusst wird, wie wir denken. Damit wir anders denken können über das, was war. Um schlussendlich mit der Vergangenheit Frieden zu schließen. Denn wenn die uns andauernd aufwühlt, denken und handeln wir immer nur in der Vergangenheit – und was entsteht daraus? Dass, was wir ständig erlebt haben. Kommt dir das bekannt vor?«

»Sehr«, gab Jeff zu, und ein Wasserfall an Erkenntnissen stürzte auf ihn ein. »Ist das der Grund, warum Schwierigkeiten auftauchen und es nicht klappt? Weil ich nicht an mich glaube?«

»Herausforderungen gibt es immer. Das ist nicht der Punkt, sondern wie du sie empfindest und darauf reagierst. Sie müssen dich nicht aus der Bahn werfen. Und das mit dem Glauben … es geht eher darum, keinem falschen, belastenden Gedanken zu glauben. Damit das so ist, musst du auch die innere Arbeit tun – nicht nur die äußere. Wie soll eine gute Zukunft entstehen, wenn du komische Sachen denkst?«

»Komische Sachen?« Er lachte leicht. »Was meinst du denn damit?«

»Das wirst du wohl selbst am besten wissen!«, gab sie schmunzelnd zurück. »Ich hab ja schon erklärt, dass Gedanken in deinen Zellen etwas bewirken. Mit jedem Gedanken produzierst du bestimmte Hormone und Neurotransmitter, an die dein Körper sich gewöhnt. Je öfter du etwas wiederholst, desto häufiger werden bestimmte Neuronen aktiviert, miteinander vernetzt und desto langlebiger ist diese Verbindung. Diese Verhaltens- und Denkweisen sinken ins Unterbewusste und laufen automatisch ab. Es sind Dinge, die uns vertraut sind. Und der Mensch *will* Vertrautes, weil es Sicherheit bedeutet. Mit der Zeit funktioniert das aber wie ein Suchtverhalten. Ihr kennt das: Wenn wir es gewohnt sind, zwei Löffel Zucker in unseren Kaffee zu tun, fehlt uns der, wenn wir ihn nicht haben. Unsere Zellen reagieren. Sie *wollen* den Zucker – und es fällt uns schwer, uns davon zu lösen, weil wir den Mechanismus dahinter nicht durchschauen. Was aber für Nahrung gilt, trifft auch auf Gedanken und Emotionen zu. Mach dir klar: Das Unterbewusstsein reagiert eine Million Mal schneller als das Gehirn. Und dein Schicksal hängt zu fünfundneunzig Prozent von abgespeicherten Programmen ab, die du noch nicht einmal kennst. Viele denken zudem Gedanken, die nicht mal ihre sind! Es ist so wichtig, das zu untersuchen. Sonst sind wir schlicht und ergreifend fremdgesteuert.«

»Wie kann man das ändern?«, wollte Jeff wissen.

»Tolle Frage!«, freute sich Pixie. »Ich komme zu den berühmten Synchronizitäten! Es wird spannend! Juhu!«

Charlene warf die Arme in die Luft. Harry neben ihr lachte und hatte das Gefühl, dass alle Zuhörer mit ihr schmunzelten und gebannt vor ihren Lautsprechern hingen.

»Erinnert ihr euch an die Felder?«, fragte sie eifrig und voller Enthusiasmus. »Ihr wisst sicher noch, dass die Schleife aus Denken und Fühlen ein messbares elektromagnetisches Feld um den physischen Körper herum erzeugt. Je höher Gefühle und Emotionen schwingen, desto stärker ist das Feld. Das Herz produziert übrigens das stärkste Magnetfeld im Körper – fünftausend Mal stärker als das des Gehirns! Klasse, was? Und stellt euch vor: Der Puls des Herzens strahlt nicht nur in jede Körperzelle aus, sondern erzeugt auch ein Feld um den Körper herum.«

»Wie bitte?«, meldete sich Jeff. »Ich beeinflusse mit meinen Gedanken und Emotionen meine Zellen – und die strahlen das ab? Hört sich einigermaßen schräg an.«

»Was soll daran schräg sein?«, gab sie leichthin zurück. »Das ist eine völlig normale Tatsache. Jeder von uns erkennt eine depressive Person, wenn sie den Raum betritt. Oder wir behaupten, der oder der habe eine tolle Ausstrahlung. Nun gibt es eben auch wissenschaftliche Nachweise dafür.«

»Pixie, ich kann dir versichern, dass ich positiv gedacht habe. Vielleicht in den letzten Monaten nicht unbedingt, aber vorher bestimmt!«

»Glaube ich dir. Ich meine, ich glaube dir, dass du glaubst, positiv gedacht zu haben. Aber wenn dein Denken nicht mit deinem Gefühl zusammenpasst, kannst du positiv denken bis zum Sankt Nimmerleinstag – es wird nichts nützen. Du denkst zum Beispiel: ›Ich werde das schaffen.‹ Aber dein Gefühl unten drin flüstert dir zu: ›Ich habe Angst, dass ich es nicht schaffe.‹ Oder: ›Ich bin nicht gut genug.‹ Oder, um auf deine Studie zurückzukommen: ›Kinder aus sozial schwachen Schichten haben keine Chance.‹ Was bitte schön soll sich denn da verwirklichen, wenn du das glaubst? Ich meine, was *hat* sich letzten Endes verwirklicht?«

»Oh, verdammt«, ächzte Jeff. »Das ist hart.«

Charlene kicherte. »Hab ja gesagt, dass ich dich nicht schone! Also ... wenn du dich als benachteiligt empfindest, dann passt deine Energie nicht zu dem, was du erreichen willst. Sie hängt voll in der Vergangenheit, also ziehst du das an, was in deiner Vergangenheit war. Immer und immer wieder. Das ist, als ob du ständig Käsekuchen essen musstest, der dir aber nicht schmeckt. Jetzt willst du Orangentorte backen, kaufst aber aus reiner Gewohnheit Zutaten für Käsekuchen ein und wunderst dich, warum keine Orangentorte rauskommt. Obwohl du dich doch so bemühst! Sag mir, Dex, wie soll für dich eine neue Zukunft entstehen, wenn du sie aus der immer gleichen geistigen und emotionalen Verfassung heraus ansteuerst?«

»Fuck!«, entfuhr es Jeff verblüfft. »Aber ... wie kann ich etwas fühlen, was ich noch nie erlebt habe?«

»Das ist das Einfachste.« Charlene lächelte. »Es ist schlicht eine Frage, welcher Emotion du dich zuwendest. Bisher waren es Wut und Angst. Du kannst dich aber auch auf höhere Frequenzen einstellen. Und weißt du was? Diese höheren Frequenzen sind *in* dir – während Wut und Angst anerzogen sind. Deswegen sagen die Weisen oft: *Du musst dich er-innern.* Sag mir, Dex, wann hast du das letzte Mal bewusst dein Herz aktiviert? Bewusst Liebe gefühlt? Und wenn ich an die Felder erinnern darf: Du hilfst nicht nur dir, wenn du das tust, sondern der Welt. Uns allen! Wir sind nun mal miteinander verbunden und so ist die Entwicklung jedes Einzelnen wichtig. Das ist das Kernstück der Evolution. Und genau deshalb wünsche ich dir und mir und der ganzen Welt von Herzen, dass du die Zutaten deines Lebens änderst. Dass du Liebe, Dankbarkeit, Größe, Freundlichkeit, Fülle und Freude wählst. Back damit deinen Kuchen!«

»Wow«, sagte Jeff getroffen. »Das hebt alles auf ein ganz anderes Level!«

»Ja, das tut es«, bekräftigte sie. »Wäre toll, wenn du so viel an positiven Emotionen und Gefühlen aktivierst wie möglich! Dann legt dein Gehirn nach und nach die entsprechenden neuronalen Netze an, die eine andere Schwingung erzeugen und die wiederum eine andere Realität anzieht. Um fliegen zu können, musst du Ballast abwerfen, Dex. Und das heißt nicht, reich zu sein. Erfolg ist kein Garant für Glück, aber Glücklichsein zieht definitiv Erfolg an. Und was das Hänseln angeht …«

Sie stoppte kurz, und als sie weitermachte, klang sie plötzlich anders. Es war eine kaum wahrnehmbare Nuance, doch übersensibel registrierte Jeff jede Feinheit, jeden Unterschied, jeden kleinen Kratzer in ihrer Stimme.

»Ich weiß, wie weh das tut«, fuhr sie leiser als zuvor fort. »Aber … alle Menschen, mit denen du zu tun hast, sind Schlüssel-Schloss-Geschichten und zeigen dir, wie du denkst. Einer spielt das Opfer, der andere den Täter. Es gibt nur einen

Weg, sich daraus zu lösen: Selbst auf eine höhere Ebene zu wechseln, sodass der Schlüssel nicht mehr ins Schloss passt. Daher war meine erste Übung: Sieh das Gute in den Menschen, damit du auch das Gute in dir sehen lernst und dich selbst schätzt. Kannst du Gutes in deinen Eltern sehen? Dass sie arbeiten, schon immer gearbeitet haben, um dir zu kaufen, was ihnen möglich war? Kannst du die hinter dir lassen, die dich …«

Charlene verstummte. Ihre Kehle war plötzlich wie zugeschnürt und sie brachte kein Wort mehr hervor. Erschrocken sah Harry zu ihr hinüber. Ihre Augen waren dunkel, ihre Lippen bebten – sie wirkte vollkommen abwesend und es wurde totenstill im Studio.

Jeff spürte ihren Stimmungsumschwung geradezu physisch, spürte den Druck, der sie am Weiterreden hinderte, spürte, wie sie um Fassung rang. Unwillkürlich hielt er den Atem an und seine Hand krampfte sich um das Handy.

Blind starrte Charlene für ein paar Sekunden ins Nichts, dann riss sie sich zusammen.

»… kannst du die hinter dir lassen, die dich verletzt haben, weil sie … weil sie es nicht besser wussten? Weil sie mit dem Finger auf das zeigen, was du lösen sollst? Kannst du trotz allem dankbar sein? Und Dex: Kannst du lieben?«

Atemlos hing Jeff am Telefon und wusste nicht, was er denken sollte. Die letzte Frage resonierte in ihm: Kannst du lieben? O ja, er konnte! In diesem Moment flammte eine so intensive Liebe in ihm auf, dass ihm fast schwindlig davon wurde. Sehnte er sich so sehr danach, sie in die Arme nehmen zu können und herauszufinden, was da gerade in ihr vorging, dass er es auf seinem Autositz fast nicht aushielt. Erfuhr er live, dass ihre Worte wahr waren: Dass Gedanken und Gefühle Wirkung hatten, denn ein Strom an verwirrenden Botschaften kam bei ihm an, prasselte auf ihn ein, so stark, dass er kaum damit fertigwurde.

Unwillkürlich konzentrierte er sich auf sie, verband sich mit ihr und setzte um, was sie ein paar Minuten zuvor empfohlen hatte. Er aktivierte sein Herz, ließ alles, was darin war, zu ihr strömen: seinen Wunsch, sie zu umarmen, sie zu spüren – und hatte die tiefe Gewissheit, dass es bei ihr ankam. In diesem beredten Schweigen klang ihre Frage »Kannst du lieben?« wie eine Glocke in ihm nach, und leise antwortete er: »Ja, Pixie. Ich kann lieben.«

Sein Satz traf sie mitten ins Herz. Seine Präsenz war in diesen Sekunden wie ein Berg. Wer gab hier eigentlich wem Trost? Charlene merkte, wie etwas in ihr schmolz und ihre Seele mit ihm in Resonanz ging.

»Das ist schön, Dex«, sagte sie warm. »Dann … stimm dich darauf ein, bis dein gesamtes System daran gewöhnt ist, okay?«

»Okay«, erwiderte Jeff, noch immer gebannt von diesem gefühlsschwangeren Erlebnis. Charlene nahm einen Schluck Wasser.

»Weißt du«, fuhr sie fort. »Der Mensch ist das einzige Lebewesen, das sich bewusst selbst Liebe geben kann, wenn sie von außen fehlt. Also warte nicht darauf, bis jemand dich liebt. Liebe einfach. Dich. Das Leben. Jemanden, mit dem du zusammen sein möchtest. Warte nicht darauf, bis etwas eintritt, wofür du dankbar sein kannst. Sei dankbar. Wenn du ein besseres Leben willst, Dex, musst du deine alten Erinnerungen für etwas Größeres aufgeben. Reich wirst du nicht, wenn du aus Mangel handelst, sondern den Reichtum in dir findest – den goldenen Buddha eben.«

Endlich lachte sie wieder. Das tat gut, es lockerte auf. Aber Jeffs Puls war immer noch beschleunigt. Nervös spähte er auf die Uhr. Verflixt! Die Zeit war fast um! Er wollte sich nicht von ihr trennen. Wollte diese Intimität weiter spüren!

»Und Dex«, hörte er sie verschmitzt sagen. »Wenn du vorhast, ein Unternehmen zu gründen, dann stell dir folgende

Fragen: Ist es gut für die Welt? Ist es gut für andere Menschen? Erst, wenn du beides mit Ja beantworten kannst, fragst du dich: Ist es gut für mich? Erfüllt es mich? Macht es mir Freude? Wenn das alles stimmig ist, gibt es keinen Grund, auf seinem Hintern sitzen zu bleiben. Dann mach dein Ding!«

»Okay.« Jeff wünschte sich nichts sehnlicher, als wieder in diese satte Verbindung mit ihr einzutauchen. Sein Herz schlug so laut, dass er meinte, sie müsse es hören. »Ich … ich bin überwältigt, Pixie. Wirklich. Und ich möchte dir von Herzen danken.«

»Oh, ich danke *dir*«, gab sie heiter zurück. »Und warte … ich habe noch was für dich – für euch alle! Ein Zitat von Goethe – der perfekte Abschluss für heute!«

Pianoklänge begannen durch den Äther zu rieseln und vermischten sich mit den Worten des alten Dichters.

»›In dem Augenblick‹«, zitierte sie mit ihrer sanften Stimme, »›in dem man sich endgültig einer Aufgabe verschreibt, bewegt sich die Vorsehung auch. Alle möglichen Dinge, die sonst nie geschehen wären, geschehen, um einem zu helfen. Ein ganzer Strom von Ereignissen wird in Gang gesetzt durch diese Entscheidung und sorgt zu den eigenen Gunsten für zahlreiche unvorhergesehene Zufälle, Begegnungen und Hilfen, die sich kein Mensch vorher so erträumt haben könnte.‹ … Hey, Dex, das hört sich doch gut an, oder?«

Jeff konnte nichts sagen. Sein Herz schwang nach dieser Sendung auf einer ganz anderen Frequenz. Pixie hatte ihn in eine höhere Dimension gehievt.

Charlene sah auf die Uhr.

»Die Zeit ist um! Bis zum nächsten Mal! Gute Nacht euch allen!«

Dann fügte sie mit einem warmen Unterton hinzu: »Gute Nacht, Dex.«

Er spürte, wie sie lächelte. Und das machte ihn schlicht glücklich.

Sie hatte die Verbindung schon längst gekappt, als er flüsterte: »Gute Nacht, Pixie.«

♫ ♫ ♫

Harry neben ihr lachte leise und lehnte sich zurück, als das letzte Musikstück erklang. Seine Augen waren wie stets auf den Monitor gerichtet und seine Mundwinkel zogen sich von einem Ohr zum nächsten, als er die begeisterten Kommentare las.

»Mann, Mann, Mann«, frohlockte er. »Charlene, das war bravourös! Ich kann mich Dex nur anschließen: Wie machst du das bloß?«

Charlene schenkte ihm ein kleines Lächeln.

»Keine Ahnung, Harry, darüber denke ich nicht nach.«

Ihre Gedanken weilten bei Dex, sie war überrascht von seiner Feinfühligkeit. Er verstand, was sie sagte, auch die Zwischentöne, und das deutlicher, als ihr lieb war. Der Stoff ihres T-Shirts war feucht und sie fühlte sich merkwürdig. Schon wieder hatte er sie an eine Grenze gebracht!

Unruhig überflogen ihre Augen die Kommentare, die sekündlich eingingen, aber wenn sie auch nicht alle lesen konnte, so entdeckte sie in keinem eine Bemerkung über ihren kleinen Aussetzer. Es schien nur Dex aufgefallen zu sein. Und Harry.

Da riss Dörfler die Tür auf und damit Charlene aus ihren Grübeleien.

»Wir haben fünf Interviewanfragen und ein handfestes TV-Angebot von einem *großen* Sender, der das Format übernehmen will!«, trompetete er. »Frau Wittstein, ich muss sagen, ich bin beeindruckt!«

»Vielen Dank, Herr Dörfler«, sagte sie zurückhaltend.

Der meinte doch nicht etwa, das würde sie umstimmen? Sie war nur froh, dass Dörfler genauso interessiert daran war, ihre Identität geheimzuhalten, wie sie – wenn auch aus völlig anderen Beweggründen. Mit Genuss schmetterte er alle Interviewanfragen mit Hinweis auf Geheimhaltung ab, wohl wissend, dass er damit das Interesse nur noch mehr schürte.

Dörfler verwickelte Harry in ein Gespräch. Charlene nahm ihre Tasche. Sie hatte nun eine Woche Pause, da sie eine Aufzeichnung zwischenschalten würden, und sie war froh darum. Was würde Dex in dieser Woche tun? Gedankenversunken setzte sie sich nochmals an den Rechner und schrieb ihm eine kurze Nachricht.

# ♫ Only ♫

RY X

Jeff war nach dieser Sendung so verwirrt wie noch nie. Sein Herz war in Aufruhr und er wusste, dass das nicht allein mit dem Gehalt ihrer Worte zu tun hatte, sondern mit ihr. Was war das eben gewesen? Wie konnte man eine so tiefe Verbindung zu jemandem spüren, den man gar nicht kannte? Von dem man rein gar nichts wusste?

Wie immer stand Jeff mit Alfs Auto auf einem menschenleeren Parkplatz außerhalb der Stadt. Doch der Innenraum wurde ihm zu eng für die vielen Gefühle, die in ihm tosten. Er stieg aus und lief ziellos die Straße hinunter.

*Warum denkst du so schlecht über deine Eltern? Wann hast du aufgehört, sie zu respektieren? Wann hast du aufgehört, dich zu respektieren?*

Das traf ihn so sehr, weil er die Wahrheit darin erkannte. Damals, als seine Klassenkameraden ihn ausgelacht hatten, da war der Switch passiert. Wenn er sich minderwertig fühlte, konnte ja nur das gespiegelt werden! Und seine Eltern … Plötzlich sah er alles ganz deutlich vor sich: Wie er an diesem Tag nach Hause gekommen war. Wie ihn seine Mutter wie immer zur Begrüßung hatte umarmen wollen. Wie er ausgewichen war und seitdem nie mehr irgendwelche Zärtlichkeiten zugelassen hatte. Ihre Versuche herauszufinden, was los war, hatten ihn nur genervt. Jedes Mal hatte er sie barsch abgewiesen. Wie musste sie sich gefühlt haben? Plötzlich erkannte er so vieles. Klar, sie hatte irgendwann aufgegeben. Alles, was sie hatte tun können, war, ihn seinen Weg gehen zu lassen. Sie hatte sich nie beklagt.

Jeff schnürte es die Kehle zusammen. Seine Hand umschloss das Handy in der Jackentasche und er wollte eben eine Nachricht an seine Mutter schreiben, als es zu vibrieren anfing. Hektisch zog er es heraus – in der blinden Hoffnung, es sei Pixie – und tatsächlich, es war die Nummer des Radiosenders! Aber zu seiner Enttäuschung meldete sich Dörfler.

»Herr Häfner«, schnarrte er. »Das war ja mal ein gigantischer Einstieg, was?«

»Guten Abend, Herr Dörfler«, erwiderte Jeff reserviert.

»Tut mir leid, wenn ich so spät noch störe«, fuhr Dörfler fort. »Aber ich habe eine Nachricht von Pixie und die wollte ich doch gleich loswerden.«

»Eine Nachricht von Pixie? Warum hat sie sie nicht als Dokument hochgeladen wie immer?«

»Weil es diesmal eine persönliche Bitte ist.«

»Und die wäre?«, fragte Jeff gespannt.

»Sie möchte ein Foto von Ihnen.«

»Sie möchte ein ...«

»Ja, sie meinte, wenn es Ihnen nichts ausmacht, wäre es toll, wenn Sie auf Ihrem Blog und auf dem FB-Account eines hochladen. Sollten Sie das tun – stellen Sie dann auch bitte uns ein Foto für die Radio-Website zur Verfügung? Ihr Blog wird ja sowieso damit verlinkt.«

»Lädt Pixie ihr Foto dann auch hoch?«, fragte Jeff mit klopfendem Herzen.

»Kann ich mir nicht vorstellen.«

»Warum sollte ich mich dann outen?«

»Müssen Sie ja nicht. Ist nur eine Bitte unserer Moderatorin. Mehr nicht. Denken Sie drüber nach und sagen Sie mir Bescheid, okay?«

»Ja, ich überleg's mir.«

Dörfler verabschiedete sich. Jeff lief zum Wagen, setzte sich ans Steuer und starrte zur Windschutzscheibe hinaus. Nach einer Weile zückte er noch einmal sein Handy und ging auf die Internetseite.

Um 0.11 Uhr hatte Pixie eine Nachricht hinterlassen! Ob sie ihn darin auch nach einem Foto fragte? Das klang nach persönlichem Interesse und Jeff rann es heiß den Rücken hinunter. Aufgeregt öffnete er das Postfach.

> Hi, Dex! Das war gewaltig heute, oder? Hoffe, du kommst damit klar. Ich wollte dir noch einen kleinen Einstieg in die neue Woche mitgeben. Ein Zitat von Martin Luther King! Er sagte: ›Wenn ein Mensch Straßen kehrt, um sich seinen Lebensunterhalt zu verdienen, sollte er dies tun wie Michelangelo ein Bild malt, Beethoven komponierte und Shakespeare seine Stücke schrieb.‹
> Gute Nacht, Dex. Hab eine schöne Zeit!

Daneben hatte sie einen Smiley gesetzt. Jeff lächelte, als er das sah. Sie dachte an ihn und das bedeutete ihm viel. Immer, wenn er mit ihr zu tun hatte, ging es ihm danach besser. War es wegen der höheren Emotionen, die sie verinnerlicht hatte? War ihre Ausstrahlung deswegen so stark, dass sie jeden damit über den Äther erreichte? Er jedenfalls fühlte sich voller Elan, voller Tatendrang und hätte am liebsten sofort mit irgendetwas losgelegt.

Aber es war spät und das Einzige, was er um diese Uhrzeit tun konnte, war, seiner Mutter eine Nachricht zu senden.

»Hallo, Mum«, tippten seine Finger. »Wollte dir nur sagen, dass ich an dich denke. Oft.«

Er zögerte, wollte noch etwas dazu schreiben, aber schaffte es nicht. Diese drei Worte – er hatte sie so lange nicht gesagt. Sie klangen komisch. Sogar, wenn man sie nur schreiben sollte. Endlich aber schnaufte er tief durch und tippte: »Hab dich lieb.«

Als er den Wagen startete und nach Hause fuhr, war wie immer Pixie in seinem Kopf.

*Kannst du lieben, Dex?*

Er lachte leise. Ein warmes Gefühl durchströmte ihn und öffnete sein Herz.

»Ja, Pixie«, flüsterte er. »Ich lerne es wieder. Ich habe es heute deutlich gefühlt.«

♫ ♫ ♫

Trotz einer wenig erholsamen Nacht, die er diesmal vollständig mit Alf auf der viel zu kleinen Luftmatratze hatte verbringen müssen, war der Esprit der letzten Nacht nicht verflogen.

Während er mit Henning und Lukas Waldwege entlangjoggte, dachte er über Dörflers Frage nach. Sollte er ein Foto hochladen? Wenn ja, würde er eines aus der Zeit mit Fiona wählen – jedenfalls war er umso motivierter, sich diesem Bild wieder zu nähern. Sein Körper erinnerte sich an seine frühere Fitness und gewann recht schnell die Form wieder. Außerdem war es äußerst gesund, mit zwei Veganern zu leben.

Jeden Morgen warf Lukas Gurken, Apfel, Ingwer oder was der Kühlschrank sonst an Gemüse gerade hergab in einen Entsafter und mixte ein Gebräu, vor dem Jeff vor Wochen noch

Reißaus genommen hätte, das er aber nun mit Leidenschaft trank.

Beide, Lukas und Henning, achteten darauf, vom Biobauern zu kaufen, und waren seit dem Abendessen mit Alf in lebhafte Diskussionen über gesunde Backwaren verstrickt. Alf war ein anregender Gesprächspartner und auf dem Gebiet eindeutig ein verkanntes Ass. Jeff war einmal mehr erstaunt über den Jungen.

»Alles ist auf Massenproduktion und Suchtverhalten ausgerichtet«, moserte Henning. »Du bekommst kaum etwas ohne Zucker, noch nicht mal Müsli. Selbst Biobeeren sind radioaktiv bestrahlt, von Tomaten und Paprika aus Spanien gar nicht zu reden.«

Jeff machte das nachdenklich. Er hatte noch nie so bewusst auf seine Ernährung geachtet wie in diesen Tagen. Aber es tat ihm gut und sein Körper dankte es ihm.

Als er von seinem Lauf nach Hause kam, hatte Alf schon Frühstück zubereitet. Da sein Arbeitstag seit Jahren um zwei Uhr morgens begonnen hatte und er das erste Mal in seinem Leben arbeitslos war, wirkte er ziemlich desorientiert.

»Mach dir keine Gedanken, wir finden was«, sagte Jeff zu ihm. »Wir melden dich heute erst mal arbeitslos und machen uns im Anschluss beide auf die Suche nach einem Job.«

Alf nickte erleichtert.

»Das mit Pixie gestern war übrigens klasse«, meinte er. »Ich habe nicht alles verstanden, aber ihr zwei führt so tolle Unterhaltungen. Ich höre euch verdammt gern zu.«

»Ich sage doch fast nichts.«

»Aber du fragst genau das, was ich auch wissen will.«

Jeff lächelte. »Wissen eigentlich Lukas und Henning, dass ich Dex bin?«

»Ich glaube, sie ahnen es. Wegen der Stimme und weil du nie da bist, wenn die Sendung läuft.«

»Pixie hat mich gefragt, ob ich ein Foto online stelle. Meinst du, ich soll das machen?«

»Stellt sie dann auch eines von sich ein?«

»Nein. Sie will nach wie vor anonym bleiben.«

»Vielleicht ändert sie ja ihre Meinung, wenn sie dich sieht. Und mit dem Namen *Dex* kann keiner was anfangen. Hier kennt dich doch kaum jemand.«

»Ja, stimmt«, sagte er nachdenklich.

Beiden war kein bisschen bewusst, wie stark die Sendung frequentiert wurde. Sie wussten lediglich, dass das Moonlight-Radio im Landkreis ein Renner war. Jeff hatte zwar seinen ersten Blogbeitrag geschrieben, aber noch nicht hochgeladen. Auch den Facebook-Account hatte er angelegt und wieder vergessen – darum wollte er sich die nächsten Tage kümmern. Er fand es ohnehin besser, ein wenig Zeit ins Land gehen zu lassen, um etwas zu berichten zu haben.

Am Vormittag verbrachten sie beide einige Zeit bei der Agentur für Arbeit und wollten danach in der Fußgängerzone etwas essen gehen. Als sie nach etwas Passendem suchten, entdeckte Jeff einen Aushang in einem Fenster: Aushilfe gesucht.

»Warte, Alf«, sagte er. »Lass uns da mal reingehen.«

Sie betraten den gemütlich eingerichteten Laden, eine Mischung aus Restaurant, Café und To-go-Produkten. Es war Mittagszeit, und obwohl nicht so viel los war, kam die Bedienung an den Tischen nicht wirklich hinterher. Sie verschusselte viel, servierte den Leuten falsche Gerichte und war unglaublich langsam. Die überarbeitet wirkende Inhaberin, eine ältere Frau, stand hinter dem Tresen, vor dem sich eine Schlange gebildet hatte. Jeff stellte sich mit Alf dazu und beobachtete das Ganze. Einige lösten sich aus der Reihe, weil es ihnen zu lange dauerte und gingen wieder. Die Inhaberin warf ihnen verzweifelte Blicke hinterher.

Jeffs Blick glitt über die Kaffeemaschine des Restaurants. Es war ein Modell, mit dem er sich auskannte – er hatte früher viel gekellnert. Einem plötzlichen Impuls folgend ging er hinter den Tresen, stellte sich neben die sprachlose Frau und fragte den Nächsten in der Schlange: »Was darf es denn sein?«

»Einen Latte mit Sojamilch und Karamell«, orderte der. »Und bitte schnell. Ich muss wieder zur Arbeit.«

Als stünde er schon seit Jahren hinter dieser Theke, organisierte Jeff den Latte und fragte bereits den Nächsten nach seinem Wunsch. Das Geld drückte er der fassungslosen Chefin in die Hand. Sie waren nun zu zweit und alles ging viel schneller. Zügig arbeiteten sie die Schlange ab und erst, als keiner mehr vor ihnen stand, drehte sich die Frau zu ihm hin und lächelte breit. »Danke! Sie sind eingestellt! Ich meine, falls Sie den Job haben wollen!«

Jeff grinste. »Natürlich will ich den. Sonst wäre ich ja nicht hier.«

»Ich freue mich! Das war ja mal eine positive Überraschung! Übrigens: Ich bin Susanne Lechner.«

»Ich bin Jeffrey Häfner – und das ist mein Freund Alfred.«

Alfred hatte inzwischen die Auslage des Cafés inspiziert und flüsterte Jeff zu: »Die haben hier null Veganes!«

In diesem Moment ließ die Bedienung zum zweiten Mal einen Teller fallen. Frau Lechner seufzte entnervt.

»Du brauchst nicht zufällig auch einen Job?«, fragte sie Alf.

»Doch, schon. Aber ich weiß nicht, ob ich das kann. Ich hab das noch nie gemacht!«

»Du kannst das. Da bin ich sicher«, sagte Frau Lechner resolut. »Ich meine, mehr Porzellan kannst du mir gar nicht zerschlagen.« Verdrießlich sah sie zur Bedienung, die gerade behäbig die Scherben auflas.

Alf und Jeff wechselten einen Blick und in ihre Augen kam ein Leuchten. Ja, warum nicht? Sie würden zusammen zur

Arbeit fahren, und wenn Jeff bei Alf war, würde er ihm immer helfen können.

»Okay«, freute sich Alf. »Aber ich will Ihnen trotzdem vorher sagen, dass ich … ähm …«

»Er meint, dass er Legastheniker ist und Sie ihm daher manche Dinge etwas anders beibringen müssen«, vollendete Jeff.

»Das ist doch kein Problem! Wenn ich das weiß, kann ich darauf Rücksicht nehmen«, erwiderte seine neue Chefin. »Also, ihr beiden, das ist irgendwie eine ganz wunderbare Fügung!«

Alf strahlte.

»Das hätte ich ja nicht gedacht, dass ich so schnell wieder einen Job finde«, sagte er, und die Freundlichkeit seines Wesens durchzog den Raum. Frau Lechner lud sie zu einem Essen ein, bei dem sie Arbeitszeiten und Lohn besprachen – der nicht allzu üppig ausfiel. Aber Alf und Jeff war das egal. Es sollte ja für sie beide nur ein Übergang sein.

Jeden Tag praktizierte Jeff das, was Pixie ihm geraten hatte. Er suchte das Gute überall, versuchte, dankbar zu sein, las ihre Texte immer wieder durch – und schrieb seinen zweiten Blogbeitrag.

Das machte ihm richtig Spaß. Er schrieb mit Humor, hatte nicht die geringste Scheu, sich über sich selbst lustig zu machen, was ihm half, die Dinge aus einer leichteren Perspektive zu sehen. Beim Schreiben erkannte er mehr und mehr, wie er durch sein negatives Denkmuster stetig weiter abgerutscht war und schließlich nur noch eine böse Welt vor sich gesehen hatte.

»So langsam verstehe ich das mit den Synchronizitäten«, tippte er. »Pixie hat recht: Wenn ich darüber nachdenke, liegen viele Dinge für meine jetzige Situation in der Vergangenheit. Sie hat gesagt, ich müsse an diese Kreuzungen zurück, und erstaunlicherweise eröffnen sich mir ganz neue Horizonte, wenn ich vergangene Erlebnisse aus einer höheren Perspektive betrachte. Die Kinder, die mich gehänselt haben … Mir wird klar: Ich hätte auch damals schon mitlachen können. Ich hätte es nicht schwernehmen müssen. Vor allem aber sollte es mich Jahrzehnte danach nicht mehr belasten. Diese Erkenntnis befreit mich!«

Er schickte beide Blogeinträge an Dörfler, der ihm umgehend eine Mail zurückschrieb, er möge doch endlich seinen Facebook-Account und den Blog aktivieren, damit er das verlinken könne. Am besten mit Foto.

»Das überlege ich mir noch«, schrieb Jeff zurück. »Den Facebook-Account eröffne ich, wenn es etwas zu berichten gibt. Dafür ist es jetzt noch zu früh.«

Im Grunde konnte er kaum die nächste Ausstrahlung erwarten. Er vermisste Pixie. Er hätte am liebsten jeden Tag mit ihr geredet.

♫ ♫ ♫

Auch mit den nächsten Sendungen taten sich neue Perspektiven auf. Jeff fragte nicht lange, er wendete einfach an – und Charlene bewunderte das, sie war beeindruckt von seiner Sensibilität. Seine Lebensanschauung veränderte sich zusehends und erstaunt registrierte er, wie die Welt auf diese andere Ausstrahlung reagierte. Er machte Sport, er aß gesund, er arbeitete, fühlte sich voller Lebenslust und wartete jedes Mal sehnsüchtig darauf, wieder mit Pixie reden zu können. Stets war ihm, als wäre er mit ihr allein. Sie war immer so locker, so heiter und wirkte so … sexy! Mit ihr konnte er herrlich witzeln, die Zeit verflog mit ihr und jede Sekunde war ihm kostbar. Pixie war mitfühlend, ohne weich, fordernd, ohne streng zu sein. Ihm war, als lege sie ihm Juwelen vor, aus denen er wählen dürfe, und er nahm sie alle, weil er keines missen wollte. Jedes Wort von ihr, das ihm wichtig erschien, schrieb er in ein Notizbuch, das er immer dann aufschlug, wenn er nicht mehr weiterwusste.

Jeff begann zu ahnen, was wahres Glück war.

♫ ♫ ♫

Wenige Wochen nach der Einstellung bei Frau Lechner eröffnete er seinen Facebook-Account, stellte seinen ersten Post ein, mit dem er seinen neuen Job beschrieb, und setzte das Zitat von Martin Luther King darunter, das ihm Pixie geschickt hatte.

»Also, Leute«, schrieb er dazu. »Ich werde kellnern, als ob ich J.K. Rowling wäre, die gerade Harry Potter schreibt! Kaffee servieren, als ob ich gerade einen Millionendeal einfädele! Und Brötchen verkaufen, als ob ich mit der schönsten Frau der Welt beim Candle-Light-Dinner sitze!«

Alf lachte, als ihm Jeff das vorlas.

»Na, mal sehen, ob das je einer lesen wird«, unkte Jeff mit Blick auf die Zahl Null bei den Followern. »Meinst du, ich soll ein Foto von mir hochladen?«

»Warum nicht? Wenn Pixie schon darum bittet? Du bist doch attraktiv! Und außerdem würde ich posten, wo du arbeitest. Vielleicht kommt sie mal vorbei? Ich möchte so gern wissen, wie sie aussieht.«

Jeff lachte. »Das wäre ’ne Nummer, was? Aber wir würden sie ja noch nicht einmal erkennen. Verflixt, ich weiß wirklich gar nichts von ihr, noch nicht einmal, wie alt sie ist!«

»Hm.« Alf zog die Nase kraus. »Möglicherweise erkennst du sie doch.«

»Wie denn?«

»Mensch, Jeff, an ihrer Stimme natürlich! Kann ja sein, dass sie einen Latte bei dir bestellt. Ich hoffe, du kannst sie dann bedienen!«

»Alf! Ich wusste gar nicht, dass du so versaut bist!«

Alf lachte sich weg. »Aber das wär's doch, oder? Na, los, ich hab ein Bild von Frau Lechners Ess-Bar. Stell beide Fotos ein!«

♫ ♫ ♫

Jeff ahnte noch nicht mal im Ansatz, was diese Bilder auslösen würden. Zunächst sandte er Herrn Dörfler sein Foto und endlich den Link seines FB-Accounts. Fünf Minuten später lud er sein Profilbild und das Foto des Cafés hoch. Weitere fünf Minuten später bekam er den ultimativen Schock.

»Alf!«, schrie er. »Alf! Sieh dir das an! Ich glaube, ich spinne!«

Aufgeregt kam Alf angerannt und beide sahen entgeistert zu, wie sich unten links im Bildschirm zig Fenster nacheinander öffneten mit dem Vermerk: »xyz gefällt deine Seite.« Sprachlos verfolgten sie, wie die Zahl der Abonnenten explodierte und Jeff eine Ahnung bekam, wie frequentiert das Moonlight-Radio tatsächlich war. Er fing an zu schwitzen.

»Scheiße, Mann«, hechelte er. »Wie viele hören da eigentlich zu?«

Mit dem Hochladen seines Fotos schien sich das Ganze noch zu potenzieren. Ein Kommentar nach dem anderen erschien auf seiner Seite. Zeitgleich traf eine Mail von Dörfler ein: »Sie sind online! Ich nehme an, dass unsere Abonnenten Sie jetzt alle im Laufe des Tages bei Facebook begrüßen!«

In einer wilden Geste stieß Jeff seinen Stuhl zurück und hielt sich die Hände vors Gesicht.

»Alf«, flüsterte er, den Blick weiterhin auf den Monitor gerichtet. »Das gibt es doch nicht!«

Dreißig Minuten nach der Verknüpfung war die Zahl der Abonnenten auf satte 1 500 geklettert und es war kein Ende in Sicht. Jeff erging es so wie Charlene vor einigen Wochen. Fassungslos starrte er auf die vielen Kommentare unter seinem

Post. Er konnte es nicht glauben. Auch Alf hatte es die Sprache verschlagen.

»Oh, Mann, Jeff!«, stieß er schließlich hervor. »Du bist irgendwie berühmt!«

Jeffs Herz klopfte bis in den Hals. Er hatte keine Ahnung, wo das hinführen sollte. Aber er hatte Bedenken, große Bedenken, dass die Qualität der Sendungen darunter leiden könnte. Dass dies die Intimität, die sich so schnell zwischen ihm und Pixie aufgebaut hatte, zerstören könnte – und das wollte er nicht. Diese Innigkeit wollte er sich unbedingt bewahren! Aber nun war die Brühe verschüttet – er konnte es nicht mehr rückgängig machen. Er musste die nächste Sendung abwarten.

Er sehnte sich ohnehin nach Pixie. Sie hatte ihn innerhalb so kurzer Zeit in Höhen geführt, die ihm vorher vollkommen fremd gewesen waren. Sie war sein Licht. Sie war seine Hoffnung, sein Leitstern. Und sie bewegte sein Herz auf eine Weise, wie er das noch nie zuvor gespürt hatte.

Mit ihr war es leicht, all das zu fühlen, was sie ihm empfohlen hatte: Dankbarkeit und Liebe.

♫ ♫ ♫

Am nächsten Morgen schauten Lukas und Henning Jeff mit großen Augen an.

»Alter …«, krächzte Lukas. »Ich hab's ja geahnt! Henning hat gemeint, ich bilde mir das ein … aber jetzt …«

»Tja, Leute, jetzt ist es raus. Seid so gut und behaltet's für euch, solange es geht.«

»Das wird nicht lange der Fall sein«, prophezeite Henning. »Mit der Google-Bildersuchmaschine ist dein Klarname ruckzuck geknackt. Hoffe, du hast wenigstens deinen echten Account bei FB lahmgelegt.«

»Ja, der ist deaktiviert.«

»Das nützt doch nichts«, warf Lukas ein. »Wirst sehen, morgen steht dein Name im Netz!«

Jeff fühlte sich unwohl, die Überlegungen der beiden waren nicht unbegründet. Egal, das ließ sich nicht mehr ändern.

An diesem Morgen lief er schneller und länger als die anderen zwei. Sein Normalgewicht hatte er wieder erreicht, sein Kinn war wieder kantig, sein Mats-Hummels-Bart und seine Frisur waren gepflegt und seine Augen leuchteten mehr denn je.

Er hätte zu gern gewusst, wie Pixie auf sein Foto reagiert hatte. Und war gespannt, ob sie es in der Sendung erwähnen würde.

Aber sie verlor kein Wort darüber. Nicht eines.

♫ ♫ ♫

Charlene hatte anstrengende Wochen vor und hinter sich. Neben dem Moonlight-Radio und sonstigen Verpflichtungen bereitete sie sich auf die quartalsmäßig stattfindenden Aufsichtsratssitzungen vor, las sich in Bilanzen und Ergebnisberichte der jeweiligen Firmen ein und war rund um die Uhr eingespannt.

Die Konferenzen begannen um neun Uhr morgens und endeten nach einem Dinner spät in der Nacht. Die Tage waren voll, aber alle freuten sich, Charlene mal wieder zu sehen.

Johanna, im dunkelblauen, eleganten Kostüm und mit dezentem Make-up, freute sich besonders. Charlene allerdings war leicht belastet.

»Ich hoffe, dass keiner von denen das Moonlight-Radio hört«, murmelte sie, als sie mit Johanna in einer ruhigen Ecke stand.

»Bis jetzt habe ich noch nichts vernommen.« Johanna zwinkerte ihr zu. »Ich lasse es dich wissen, wenn ich was mitbekomme.«

»Danke«, sagte Charlene. »Sag mal, wie macht sich eigentlich Ruben?«

»Der Rastalocken-Ruben?«

»Ach, er hat sie noch?«

»Aber immer! Ruben liebt seine Zöpfe. Und nicht nur er! Jedes weibliche Firmenmitglied steht auf ihn. Er ist in jeder Hinsicht unser Shootingstar! Und jetzt hat er auch noch angefangen zu trainieren. Warte, ich zeig ihn dir mal!«

Johanna rief Facebook auf und hielt ihr das Smartphone hin.

»Na? Bereust du, dass du damals Nein gesagt hast?«

»Oh, wow!«, entfuhr es Charlene und nahm Johanna das Handy aus der Hand. Ruben blitzte sie mit seinen blaugrünen Augen an. Sein Oberkörper war deutlich breiter als vor ein paar Monaten. Er trug einen Anzug und ein weißes Hemd ohne Krawatte, und sein Blick war atemberaubend sexy.

»Du liebe Zeit!«, japste sie. »Sieht so aus, als ob ich mir da wirklich etwas habe entgehen lassen.«

Sie gab Johanna das Gerät zurück und grinste: »Aber er ist immer noch ein kleiner Junge.«

»Apropos kleiner Junge«, sagte Johanna. »Da kommt der homophobe Fred. Der wird ja auch nicht erwachsen!«

»Johanna! Er ist nicht homophob!«

Und schon spürte Charlene Freds Hand an ihrer Taille. Mit einer vertraulichen Geste zog er sie an sich und küsste sie auf die Wange.

»Guten Abend, *chérie*«, sagte er mit gedämpfter Stimme. »Ich muss dir unbedingt zu deiner letzten Sendung gratulieren. War grandios! Hast du schon Dex' Foto auf der Website gesehen?«

Entgeistert starrte sie ihn an.

»Er hat sein Foto hochgeladen? Warum das denn?«

»Keine Ahnung. Vielleicht hofft er, dass du auch deines einstellst?«

Charlene wollte entrüstet protestieren, als sich noch andere Vorstände der Runde anschlossen und sie das Thema wechseln mussten.

Erst in der Nacht, als sie in ihrem Kingsize-Bett lag, fiel ihr Freds Hinweis wieder ein. Sie stand auf, setzte sich an ihren Schreibtisch und rief mit klopfendem Herzen die Moonlight-Seite auf. Ein Stromschlag durchfuhr sie. Zwei stahlblaue Augen schienen ihr direkt in die Seele zu blicken.

Dörfler hatte Dex in Großformat plakativ auf die erste Seite geknallt und sein Bild erschlug sie fast.

»O mein Gott«, entschlüpfte es ihr leise.

Diese Augen! Sein leichter Bart ließ ihn verwegen aussehen. Er hatte ein total gewinnendes Lächeln. Er war hübsch! Und … Charlene schluckte … so jung! Verdammt jung!

Unwillkürlich legte sie ihre Hand auf ihr Herz, konnte ihren Blick nicht von dem Foto lösen und fühlte sich unwohl. Warum? Forschend suchte sie in seinem Gesicht nach dem Grund – und fand keinen. Sein Lachen kam ihr in den Sinn, das so oft durch die Kopfhörer in ihren Gehörgang geprickelt war – bis hinunter zu ihrer Wirbelsäule.

Wie gebannt saß sie in ihrem Shortie vor dem Rechner, rief seinen Facebook-Account zwecks weiterer Fotos auf und erschrak über die Zahl seiner Abonnenten. Aufgewühlt ging sie wieder zu Bett.

Plötzlich wurde ihr klar, woher ihr Unbehagen kam: Sie war fünfundvierzig. Er sah aus wie Anfang dreißig. Das war ernüchternd. Äußerst ernüchternd.

Nun lag ihr umso mehr daran, dass er niemals herausfand, wer sie war.

## ♫ So Much Magnificence ♫

### Miten with Deva Premal – Songs for the Inner Lover

»Hallo Leute! Hier ist wieder euer Moonlight-Radio! Letztes Mal ging es ja ziemlich hoch her! Und es bleibt anspruchsvoll! Hi, Dex, bist du da?«

»Klar, bin hier.«

»Wie geht es dir?«

»Mir geht es super!«, sagte er aufgekratzt. »Ich fühle mich komplett anders. Ich arbeite, habe neue Ideen, treibe Sport, ernähre mich gesund ... Und das mit den höheren Emotionen funktioniert auch! Ist das eigentlich alles, was man tun muss, um seine Ziele zu erreichen?«

»Nicht ganz!«, lächelte Charlene, angetan von seinem Elan. Wie so oft röteten sich ihre Wangen, vor allem, da sie nun wusste, wie er aussah. Es verwirrte sie stets aufs Neue, wie sehr er sie berührte, wie schnell er ihr Herz aufschloss – und wie offen er war. Sie versuchte, sachlich zu bleiben, was ihr genau drei Sekunden gelang.

»Was du brauchst«, antwortete sie auf seine Frage, »ist eine klare Intention. Kennst du den Roboterversuch mit den Küken?«

»Nein! Keine Spur! Hey, Pixie, sag mal, verbringst du deine Tage damit, Studien zu lesen, um sie mir um die Ohren hauen zu können?« Seine Stimme kitzelte angenehm in ihrem Ohr, als er ein leises, fast zärtliches Lachen von sich gab.

»Tja … das ist nun mal mein Steckenpferd!«, lachte sie. »Welches ist deins?«

»Oldtimer!«, schoss es aus Jeff heraus. »Classic Cars! Unter anderem!« Wieder schwang ein Unterton in seiner Stimme mit, der unwillkürlich die Frau in ihr ansprach.

»Oh, wow!«, hörte er sie zu seinem Erstaunen rufen. »Was ist dein Lieblingsauto?«

»Der Ghibli und der GT 3500! Ich will unbedingt nach Goodwood!«

»Du stehst auf Maserati? Und Goodwood? Als was gehst du?«

»Sag bloß, du kennst dich mit Classic Cars und dem Goodwood Revival aus?«

»Ein wenig«, schmunzelte sie. »Jedenfalls bin ich jedes Jahr dort.«

Oops! Zum ersten Mal waren ihr private Details entschlüpft. Noch dazu eine klare Orts- und Zeitangabe!

»Bisher zumindest«, setzte sie daher schnell nach. Jeff klebte hingegen am Telefon.

»Welches Kostüm hattest du letztes Jahr?«, wollte er wissen.

»Ein grün-blaues Hosenkleid! Ich hab auf Hippie gemacht! Und du? Warst du schon mal dort?«

»Ja, einmal. Ich habe mich als Pilot verkleidet. Was ist dein Lieblings…«

»Oh, Dex, warte! Bevor das hier ausartet, kümmern wir uns mal lieber um die Küken und den Roboter!«

Sie lachte, um die spürbare Intimität zu vertreiben. Es war wie jedes Mal – sie mussten sich ins Gedächtnis rufen, dass sie auf Sendung waren. Charlenes Gesicht war nun ziemlich erhitzt, weil der Einstieg eher zu einem privaten Abendessen gepasst hätte, und ein kurzer Seitenblick auf den anzüglich grinsenden Harry bestätigte ihre Bedenken.

»Okay, meine Lieben«, riss sie sich zusammen. »Die Küken und der Roboter! Das ist eine Studie, die vom französischen Wissenschaftler René Peoch durchgeführt wurde. Sie zeigt auf sehr faszinierende Weise, dass Intentionen starke Kräfte sind. Wie ihr alle wisst, laufen frisch geschlüpfte Küken dem ersten beweglichen Objekt, das ihnen nach ihrer Geburt begegnet, hinterher und halten es für ihre Mutter. Peoch hatte einen Roboter gebaut, der mit einem Zufallsgenerator ausgestattet war. Der Roboter bewegte sich gleichmäßig durch das Areal – fünfzig Prozent der Zeit nach rechts und fünfzig Prozent nach links. Dann wurden die Küken hinzugenommen, die ihn als seine Mutter akzeptierten, und sie folgten dem Roboter überall hin. Im nächsten Schritt brachte man die Küken in einen Käfig, wo sie den Roboter zwar sehen, aber nicht zu ihm hinlaufen konnten. Natürlich quiekten sie aufgeregt durcheinander und wollten unbedingt wieder zu ihrer Metallmama. Und da passierte etwas Seltsames: Der Roboter bewegte sich nach einer Zeit nicht mehr über das ganze Areal, sondern nur noch in der Hälfte, die näher am Käfig mit den Küken lag. Die Intention der Küken hatte sich auf die Zufallsbewegungen des Roboters ausgewirkt. Also, Leute, wenn die Intention von Küken einen Roboter beeinflussen kann, dann werden wir das doch hoffentlich auch mit unserem Leben schaffen! Oder du mit deinem, was, Dex?«

Jeff lachte laut. »Und weil die Küken ihre Robotermama so liebten, hat es besonders gut funktioniert!«

Pixie stimmte in sein Lachen ein. »Genau. Intentionen verstärken sich, wenn man sie mit einer hohen Emotion verbindet, vollkommen richtig! Und …«

Sie stoppte, und in die Pause hinein spöttelte Jeff gut gelaunt: »Lass mich raten, Pixie: Du hast schon wieder die nächste Studie dazu im Kopf.«

Sie kicherte. »Nein, nicht ganz! Das Atommodell!«

»Ach, herrje«, stöhnte Jeff. »Wie du das mit meinen Wünschen zusammenbringen willst, ist mir schleierhaft!«

»Ich hoffe, du hast nur gute Wünsche!«, rief sie vergnügt.

»Wenn du wüsstest, was ich mir so alles wünsche«, gab er zurück und klang auf einmal verflucht männlich. »Seit ich dich kenne, sind nämlich noch ein paar mehr …«

»Dex!«, fiel sie ihm mit hochroten Wangen ins Wort und wandte sich betont sachlich an alle Hörer. »Ich möchte euch vereinfacht erklären, wie Materie entsteht, und wie …«

»Hey, Pixie, habe ich dich verärgert?«, unterbrach Jeff sie und klang so ehrlich besorgt, dass sie lächeln musste.

»Nein, Dex, ist schon okay«, versicherte sie ihm. »Ich wollte nur auf das Atommodell überleiten.«

Er blieb stumm – und wieder breitete sich das Fluidum zwischen ihnen aus, das sie so irritierte. Leicht verunsichert machte sie weiter.

»Okay … also … seit Heisenbergs Unschärferelation wissen wir, dass das Atom von einer Elektronenwolke umgeben ist und die Elektronen völlig willkürlich um es herumfliegen. Die meisten kann man gar nicht sehen, sie sind reine Energie. Erst, wenn jemand seine Aufmerksamkeit darauf richtet, wird das Elektron sichtbar, wird aus Energie Materie. Sobald der Beobachter aber wieder wegschaut, wandelt sich das Elektron zurück zu Energie.«

»Heißt das, sobald ich mir etwas vorstelle, mache ich aus geistiger Energie Materie? Das ist doch schlicht Visualisieren.«

Jeff klang skeptisch.

»Guter Einwand«, erwiderte Pixie. »Zum einen: Deine Intention braucht eine hohe Emotion wie Freude, Liebe oder Dankbarkeit, denn damit erhöhst du die Frequenz der Atome, was ein größeres Energiefeld erschafft und Materie stärker beeinflusst. Zum anderen: Solange unterbewusst

Konditionierungen in dir bestehen, werden erst mal die hochkommen. Wenn du das alles nach und nach löst, wirst du immer freier. Du erlebst Glücksgefühle, die du dir niemals hättest vorstellen können! Ob du dann noch willst, was du anfangs wolltest, sei dahingestellt.«

Jeff blieb still. Aber als Pixie sagte: »Es geht im Leben nicht nur darum, materielle Wünsche zu verwirklichen«, unterbrach er sie.

»Gehören die denn nicht dazu?«

»Doch, natürlich. Ich finde, jeder sollte sich um ein glückliches Leben bemühen. Und jeder braucht etwas anderes dafür. Aber es sollte ein Spiel sein, spannend, heiter – und nicht verbissen, verstehst du? Wenn du glücklich bist, laufen die Dinge leicht.«

»Aber … ich bin glücklich, wenn ich habe, was ich möchte!«

»Für eine bestimmte Zeit sicher. Bis neue Wünsche aufkommen. Aber bist du auch glücklich, wenn du nicht bekommst, was du willst? Darum geht es doch hier! Es gibt etwas in dir, was dich völlig unabhängig vom Lauf der Welt macht, das dich aus jedem Dunkel herausholt, dass dir tatsächlich dauerhaftes Glück beschert – und das zu finden, dafür ist das Leben da.«

»Und … wie finde ich das?«, hakte Jeff nach. »Vor allem: Wie soll ich etwas finden, von dem ich noch nicht mal weiß, was das sein soll?«

Pixie lachte.

»Du weißt nicht, was das sein soll? Erinnerst du dich, wie ich dich mal gefragt habe: Kannst du lieben? Du hast Ja gesagt. Woher kommt diese Liebe, Dex? Hast du sie irgendwo gekauft? Nein. Sie ist in dir. Einfach so! Du lebst aus ihr … und behauptest gleichzeitig, du wüsstest nicht, wonach du suchen sollst? Was gibt dir denn die Kraft zu denken? Was gibt dir deine Existenz? Ist es nicht erstaunlich, dass sich kaum einer damit beschäftigt, woher er kommt?«

Sie lachte wie stets, wenn sie das Pathos ihrer Worte entschärfen wollte, aber ihre nächsten Sätze brachte sie mit einer Leidenschaft und Überzeugung, dass jeder wie festgenagelt vor dem Radio hing.

»Dafür ist Meditation da. Nicht nur dafür, ruhiger zu werden, es ist so viel mehr! Du kommst mit der Energie in Berührung, die dich erschaffen hat. Natürlich klappt das nicht sofort. Wir sind es so gewohnt, die Sinne nach außen zu richten, dass die Gegenrichtung schwerfällt. Das ist wie mit einem Enneagram. Kennt ihr das? Am Anfang seht ihr nur ein wirres Muster. Aber wenn man die Augen entspannt, wird das Bild plötzlich dreidimensional und man erkennt eine Figur oder einen Schriftzug. Mit Meditation ist es ähnlich. Irgendwann, wenn du dranbleibst, kommt der Switch und du siehst die Welt mit völlig anderen Augen. Du siehst sie in einem Licht, das dich vor Ehrfurcht niederknien lässt. Du verliebst dich in das Leben und in dich selbst. Du spürst, dass du Liebe bist, und verstehst auf einmal all die blumigen Zitate der alten Weisen, die sagen, dass wir daraus entstanden sind. Und je mehr du aus dieser Essenz heraus lebst, desto weniger belasten dich Herausforderungen. Du wirst immer glücklicher, egal, was passiert. Du empfindest dich eher als eine Masse von Energie denn als Materie. Diese Energie ist Liebe und Freude. Dann befindest du dich im Feld der unendlichen Möglichkeiten und dort kannst du eine Intention setzen. Dort kannst du deine Zukunft wählen. Auf diese Weise bekommst du auch gute Ideen, die der Welt helfen, denn aus Freude und Liebe entsteht nichts Schlechtes. Und es ist mir sehr wichtig, das zu betonen, denn es gibt genug Idioten da draußen, die den Leuten weismachen, sie könnten alles in ihrem Leben erreichen, wenn sie einfach nur visualisieren, was sie haben wollen – egal, zu welchem Preis, und ohne je etwas zurückzugeben. Diese Gier ist genau das, was sich auf der Erde manifestiert hat. Von solchen Leuten hat unsere Welt genug – es ist Zeit umzudenken! Ich appelliere an euch alle da draußen: Es ist

Zeit, andere Schwingungen in die Welt zu setzen! Es ist Zeit, die Welt von innen heraus zu ändern – und das geht nur über jeden Einzelnen von euch!«

Jeff war total fasziniert. Er hatte ihr Bild klar vor sich. In seiner Vorstellung blitzten ihre Augen, waren ihre Wangen heiß vom Feuer, mit dem sie sprach. Alles in ihm war wieder einmal aufgemischt und inmitten dieser Gedankenstaubwolke fühlte er sich, als hätte sie ihn mit einem Ruck vollständig aus dem Sumpf geholt.

Die Stille hielt an. Sie spielten keine Musik und Jeff fühlte sich aufgerufen, etwas zu sagen.

»Ich … ich habe noch nie in meinem Leben meditiert«, ließ er sich mit rauer Stimme vernehmen.

Pixie antwortete nicht gleich. Sie wirkte fast verträumt, als sie antwortete: »Egal. Fang einfach an. Mach dir keine Gedanken, dann geht das ganz leicht!«

Jeff lachte leise aufgrund dieser Doppeldeutigkeit und Charlene lauschte mit glänzenden Augen seinem Lachen nach.

»Tja, genau das ist die Challenge«, schmunzelte er. »Könnten wir das nicht zusammen machen?«

»Bitte?«

»Könnten wir das nicht zusammen machen?«, wiederholte er. »Hier? Im Radio? Jetzt?«

Sie lachte. »Mann, Dex, du hast echt komische Ideen!«

»Das ist nicht komisch!«, erwiderte er angestachelt. »Das … das wäre doch fantastisch!«

Ohne groß nachzudenken, wandte er sich an die Hörer.

»Hey, ihr da draußen!«, rief er ins Telefon. »Was sagt ihr dazu? Das wäre doch mega, oder?«

»Dex!«, stieß Pixie entrüstet hervor. »Du spinnst doch! Das … das sprengt den Rahmen! Eindeutig! Leute … also … wisst ihr was? Ich bin erst mal raus! Ich brauche eine Pause!«

Heftig zogen ihre Finger die Regler runter. Sie schob ihren Stuhl zurück und sah Harry kopfschüttelnd an.

»Mensch, Harry, das wird ja immer verrückter!«

Aber Harry grinste nur. »Warum denn?«, fragte er angeregt. »Du meditierst doch sowieso am Anfang jeder Sendung. Das ist jedes Mal so schön! Ach herrje … guck mal! Ich fürchte, du kannst gar nicht mehr anders.«

Eine Flut an begeisterten Zurufen erschien auf dem Monitor.

»Bin bereit!«

»Unbedingt! Dex hat recht!«

»Pixie, mach das, bitte!«

Hunderte hackten ihre Kommentare in die Tasten oder sprachen sie ins WhatsApp-Mikro, und Charlene wusste nicht, was sie davon halten sollte.

»Das geht zu weit!«, keuchte sie aufgelöst.

Ihr Blick fiel auf den Monitor: »Bitte, Pixie!«, las sie dort in hundertfacher Ausführung. Es war erstaunlich, wie verbunden man sich fühlen konnte, ohne sich zu sehen, ohne zu wissen, mit wem man es zu tun hatte – und mit wie vielen!

»Was ist?«, fragte Harry gespannt. »Machst du's?«

Sie gab sich einen Ruck.

»Also gut, Harry, ich mach's! Könntest du das Stück mit der Bamboo-Flöte raussuchen?«

Harry nickte befriedigt und Charlene schob die Tasten wieder nach oben.

»Für alle, die neu hinzugeschaltet haben – Sie hören das Moonlight-Radio und ich bin Pixie! Danke für eure zahlreichen Kommentare eben …«

Sie machte eine kleine Pause, sah auf die Uhr. Erwartungsvolle Stimmung kam auf, hervorgerufen von den vielen Hörern, die ihrer Antwort entgegenfieberten.

»Wir haben dreiundzwanzig Uhr fünfundzwanzig und beginnen in wenigen Minuten mit einer Meditation.«

Charlene meinte, die vielen erfreuten Ausrufe zu hören, die daraufhin erfolgten. Die Stimmung schien sich noch mehr zu heben, obwohl noch gar nichts geschehen war. Auch Harry spürte das. Auf seinem Gesicht lag ein heiteres, stilles Lächeln, als er Charlene zuhörte.

»Ich weise darauf hin, dass ihr auf eigene Verantwortung teilnehmt. Wir übernehmen keinerlei Haftung für was auch immer. Wer also Bedenken hat, sollte nicht mitmachen. An alle, die in ihren Trucks oder im Auto zuhören: Fahren Sie entweder an den Straßenrand oder drehen Sie den Sender ab. Und an alle, die zu Hause sind: Wählt einen bequemen Platz, an dem ihr möglichst mit geradem Rücken sitzen könnt und Ruhe habt. Wenn ihr wollt, könnt ihr eine Kerze anzünden. Wir spielen noch einen Song, damit ihr euch vorbereiten könnt. Bis gleich!«

Sowie das Instrumentalstück anlief, ließ Charlene sich nach innen sinken. Sie hatte völlig vergessen, dass sie noch mit Dex verbunden war, der sich seinerseits auf die Meditation einstellte. Er verriegelte den Wagen und drehte die Lehne des Sitzes hoch. Schon lange telefonierte er mit Pixie über Headset, weil sie ihm damit so viel näher schien. Und so hörte er sie atmen. Ganz deutlich. Sie atmete tief ein und wieder aus und Jeff passte sich ihrem Rhythmus unwillkürlich an, atmete mit ihr und merkte schon in den ersten Sekunden, wie ein leichtes Glücksgefühl in ihm hochperlte. Ohne sein Zutun zog es ihm die Lider nach unten und in ihm wurde alles heiter und sorglos. Oh, war das schön! Noch nie hatte er so gefühlt! Er hatte das Empfinden zu schweben, dabei hatte die Meditation doch noch gar nicht angefangen. Er war so erfüllt von diesem stillen Glück, dass ihm allein das schon genügte.

Doch plötzlich vibrierte sein Herz. Es flatterte geradezu und erschrocken griff er sich an die Brust. Sein unterer Rücken begann, wie Feuer zu brennen, und in der nächsten Sekunde drehten sich seine Augen nach hinten-oben, so sehr, dass ihm schwindlig wurde. Jeff sank. Und je tiefer er kam, umso geborgener fühlte er sich, umso sicherer und beschützter, bis er an einem Ort landete, in dem nicht ein Hauch von Angst oder Minderwertigkeit vorhanden war. Sein Mund öffnete sich leicht. O Gott, war das herrlich! Es war so leicht und doch so erhaben, so tief und doch so schwebend! Es war ein Zustand, den er niemals mehr verlassen wollte! War es das, wovon Pixie dauernd sprach? Pixie … Ihre Worte tönten wie aus weiter Ferne an seine Ohren, holten ihn aus dieser Tiefe etwas hervor. Noch einmal sprach sie eine Warnung für die Autofahrer aus, erklärte etwas zur Sitzhaltung. Ihre Stimme war warm. Sie war ruhig, sie war sanft. Sie gab eine Atemtechnik vor und Jeff empfand den Moment, als Tausende von Hörern ihren Atem synchronisierten, wie einen planetarischen Schub. Dieses Atmen schuf einen Gleichklang, der eine solche Energie freisetzte, dass Jeff in seinem Auto meinte, mit dem Kopf durch die Wagendecke zu stoßen und in den Nachthimmel katapultiert zu werden. Wie war es möglich, eine solche Fülle in sich zu haben? Wie war es möglich, sich je leer gefühlt zu haben? Dieses gemeinsame Atmen mit Tausenden von Menschen, die über ganz Deutschland verteilt waren, war so gewaltig, dass ihm war, als schwebten sie alle in einem Schleier aus Licht empor. Auf einmal verstand er die Worte der Heiligen, wenn sie sagten: »Du bist großartig. Du bist Licht«, in ihrer vollen Bedeutung.

Eine tiefe Bamboo-Flöte setzte ein und ihr Ton schien etwas in Jeffs Lendenbereich zu zerreißen. Er stieß einen Schmerzenslaut aus. Ein heißer Strahl wanderte seine Wirbelsäule hinauf bis nach oben zu seinem Scheitel. Er bekam fast Panik und alles, woran er sich festhielt, war Pixies Stimme.

»Schau in diese Schwärze«, hörte er sie hauchen. »In diesen unendlichen Raum. Er ist nicht leer. Er ist voll von allem, was du brauchst. In dir ist alles, wonach du dich je gesehnt hast. Unendliche Liebe … unendliches Glück … schau hin – und lass dich einfach fallen.«

Jeff fiel. Seine Wirbelsäule war eine Lichtsäule. Sein Scheitel brannte und in seinem Kopf zerbarst etwas. Ein Lachen entfuhr seinem Mund. Er spürte die Schönheit des Lebens mit einer Vehemenz, die ihn schier umwarf. Er schwelgte in diesem Zustand und hörte plötzlich wieder Pixies Worte: *Schau hin.* Mit geschlossenen Augen schaute er. Er schwebte in einem unendlichen Raum. *Es ist alles da, wonach du dich jemals gesehnt hast.*

Im selben Moment brandete eine so überirdische Liebe in ihm hoch, dass ihm buchstäblich die Luft wegblieb. Jeff atmete nicht mehr, spürte, wie diese Liebe durch den Scheitel hindurchschoss, ihn umhüllte, gleichzeitig ausfüllte und er sich vollkommen auflöste. Es gab keinen Jeff mehr. Es gab keine Sorgen, keine Angst, keine Komplexe und keinen Frust. Es gab nur noch diesen Zustand voller Glück und Liebe. Sein Herz füllte sich an damit, strahlte es ab in jede Zelle. Er bestand daraus. Jeff kam es vor, als erlebe er seine wahre Geburt.

Charlene war mit allen, besonders aber mit Dex verbunden. Sie hörte sein Lachen durch ihre Kopfhörer, seinen Schmerzenslaut – und schaltete den Ton nicht ab. Eine machtvolle Energie breitete sich aus, erreichte jeden Hörer, sättigte jedes Partikel. Die Schwärze, die sie umfing, war wie Samt. Die Stille gewaltig und schön. Zusammen mit allen anderen tauchte sie vollständig darin ein.

Als nach zwanzig Minuten der Timer vibrierte, kam sie nur langsam zurück. Fühlte sich transparent und leicht. Behutsam fuhr sie die Musik runter, spielte den silberhellen Klang eines Windspiels ein und ließ dann drei matte Gongschläge ertönen.

Mit sanften Worten holte sie alle in die dreidimensionale Welt zurück.

»Hey«, sagte sie bewegt. »Danke euch allen! Das war so wunderschön! Geht damit schlafen. Und habt eine selige Nacht.«

Die Stille war so erhaben, dass sie sie nicht zu stören wagte. Aber Charlene spürte Dex, als säße er neben ihr. Als sähe er sie liebevoll an. Als streichle er sie. Als verschmölzen ihre Körper miteinander.

»Gute Nacht, Dex«, flüsterte sie.

»Gute Nacht, Pixie«, hauchte er in ihr Ohr. »Ich werde das nie vergessen. Danke.«

Sie schloss die Augen. Und wünschte, er wäre hier.

♫ ♫ ♫

Jeff saß noch lange im Auto. Er hätte nicht fahren können. Er fühlte sich zum ersten Mal in seinem Leben heil. Endlich konnte er ihre Sätze in ihrer Tiefe nachvollziehen: Wenn er aus dieser Fülle heraus sein Leben anging, hatte es eine ganz andere Chance. Oh, er verstand plötzlich so viel! Er verstand, warum es bisher nicht hatte klappen können! Verstand alles, was sie ihm in diesen Wochen hatte sagen wollen, verstand, dass er diese Quelle aufsuchen musste, um glücklich zu sein. Er trug eine unermessliche Schatzkammer in sich und hatte sich arm gefühlt! Dieser Abend war ein Meilenstein in seinem Leben. Ein gewaltiger.

Pixie war den schmalen Grat mit ihm gegangen. Sie hatte ihn gestützt, gelenkt, geleitet. Sein Herz flammte auf. Es brannte – für sie.

# ♫ My Narrow Road ♫

Roo Panes – The Quiet Man

Als Jeff in dieser Nacht nach Hause kam, lag Alf noch wach.

»Jeff«, flüsterte er. »Hast du gewusst, dass es so etwas gibt?«

»Nein, Kleiner. Für mich war es auch das erste Mal.«

»Ich hoffe, sie macht das wieder.«

»Ja, das hoffe ich auch. Hast du deinem Vater geschrieben?«

Alf schwieg.

Wie so oft nahm Jeff Alfs Handy. Herr Wedel hatte in dieser Woche tatsächlich nur eine Nachricht abgesondert: »Alf, mein Junge, lass uns reden. Bitte.«

Das klang irgendwie anders. Wie so oft wollte Jeff für Alf eine Nachricht tippen. Dann entschied er sich dagegen.

»Lieber Herr Wedel«, schrieb er. »Alfie geht es gut. Ich kümmere mich um Ihren Sohn und passe auf ihn auf. Er wird sicher mit Ihnen reden. Er braucht nur noch ein bisschen Zeit und ich hoffe, Sie geben sie ihm.«

Als er die Nachricht abschickte, dachte er daran, dass es Alf eigentlich nicht wirklich besser ging als vorher. Er hatte keine feste Anstellung – wie er. Und immer noch keine richtige Zukunft – wie er.

Und doch war Jeff in dieser Nacht voller Zuversicht. Er sah plötzlich das Leben aus einer völlig anderen Perspektive. Er fühlte sich nicht nur anders als sonst, sondern verspürte auch das dringende Bedürfnis, jeden Tag zu meditieren. Was er auch tat.

♫ ♫ ♫

Reinhold Häfner drehte am Knopf und fand keinen Sender, der ihn wach hielt. Er fuhr nun schon seit Stunden und musste von Gesetz wegen Pause machen. Noch acht Kilometer, dann würde er eine Raststätte anfahren. Sein Rücken tat ihm weh und er war froh, dass er sich gleich ein wenig hinlegen konnte. Er war so müde! Die paar Kilometer schienen sich unendlich in die Länge zu ziehen. Er konnte es kaum erwarten, das Bett herunterzuklappen und sich endlich ausstrecken zu können.

Wieder fingerte er am Frequenzknopf des Radios herum und vernahm endlich eine aufmunternde Stimme.

»… es ist Zeit, andere Schwingungen in die Welt zu setzen. Es ist Zeit, die Welt von innen heraus zu ändern – und das geht nur über jeden Einzelnen von euch.«

Was sollte das denn bitte schön sein?! Und jetzt sagten die gar nichts mehr? War er wieder aus der Frequenz herausgerutscht? Gerade wollte er entnervt nachjustieren, als ihn die nächsten Worte wie ein Stromschlag trafen.

»Ich … ich habe noch nie in meinem Leben meditiert.«

Die Stimme kannte er doch! Das war … Jeffrey! Sein Sohn! Hastig drehte er lauter. Das konnte nicht sein!

»Fang einfach an«, sagte eine Frau, und mit der nächsten Antwort war sich Häfner sicher, todsicher, dass das Jeffrey war. Da sprach sein Junge im Radio! Er sah auf das Display: Moonlight-Radio.

»Könnten wir das nicht zusammen machen?«, hörte er Jeff fragen.

Häfner wurde es anders zumute, als er höchst konzentriert der Unterhaltung der beiden folgte und mitbekam, wie Jeffrey die Moderatorin zu überreden versuchte, eine Meditation zu machen. Er drückte aufs Gas, beeilte sich, den schweren Truck abzustellen, und hörte gebannt weiter zu. Die beiden hatten einen kurzen Wortwechsel, einen so persönlichen Wortwechsel, dass Häfner sich fragte, was das für eine Sendung war. Die Moderatorin klinkte sich aus, doch nach einem Song meldete sie sich mit folgender Botschaft zurück: »Wir haben dreiundzwanzig Uhr fünfundzwanzig und beginnen in wenigen Minuten mit einer Meditation.«

Jeffs Vater hatte partout nicht vor, da mitzumachen. Er blieb aber auf der Frequenz, weil er hoffte, noch etwas von seinem Sohn zu hören. Doch als plötzlich diese Musik begann und die Moderatorin eine Atemtechnik vorgab, schoben sich seine Augenlider wie schwere Vorhänge nach unten. Er fühlte sich wie in einem Sog, als fiele er in einen Schacht. Ihm war schwummrig zumute, doch die Dame im Radio schien zu wissen, wie es ihm ging, denn sie sagte: »Lass dich einfach fallen.«

Häfner atmete noch einmal tief ein und aus – und fiel. Er kam erst wieder zu Sinnen, als er einen silberhellen Klang und drei Gongschläge hörte. Verwirrt blinzelte er in die Dunkelheit. Was war das eben gewesen? Hatte er geschlafen? Aber es hatte sich nicht so angefühlt! Schließlich drang die verträumt wirkende Stimme der Moderatorin an sein Ohr. Er verstand gar nichts von ihren Worten, bis sie flüsterte: »Gute Nacht, Dex.«

Sein Sohn antwortete: »Gute Nacht, Pixie. Ich werde das nie vergessen. Danke.«

Noch nie hatte Häfner seinen Jeff so sanft sprechen hören. Und noch nie war er ihm so nah gewesen wie in diesen Sekunden, obwohl er keine Ahnung hatte, wo sich sein Sohn gerade befand. Völlig verwirrt legte er sich schließlich auf seine Pritsche und wollte den Wecker auf seinem Handy stellen. Doch stattdessen tippte er auf das WhatsApp-Foto seines Sohnes. Er hatte ein neues eingestellt. Darauf sah er so aus, wie seine Stimme geklungen hatte: weich.

Am nächsten Morgen, als er wieder auf Tour war, hörte er sich die erste Sendung des Moonlight-Radios an. Aber die Internetverbindung riss dauernd ab, er konnte nur Teile verstehen, gab schließlich auf und kontaktierte seine Frau.

»Elli«, fragte er. »Hat sich Jeffrey mal wieder gemeldet?«

»Ja! Stell dir vor!«, antwortete sie selig. »Er hat mir neulich eine Nachricht geschickt … dass er an mich denkt! Und … mich lieb hat.«

Ihre Stimme zitterte. Jeffs Vater wusste genau, was seiner Frau das bedeutete.

»Und hast du schon mal was vom Moonlight-Radio gehört?«

»Moonlight-Radio? Nein. Was …?«

»Hör mal, ich glaube, unser Sohn ist im Radio.«

»Was heißt das, er ist im Radio? Jeff? Was macht er da?«

»Ich glaube, er kämpft.«

»Er kämpft? Worum denn?«

»Um sein Leben«, sagte Häfner. »So hört sich das jedenfalls irgendwie an. Ich komme heute Abend heim, dann gehen wir mal ins Internet.«

Gespannt riefen sie am Abend zusammen die Seite auf und hörten sich einige Folgen an. Ihre Blicke trafen sich. Fassungslos saß Frau Häfner auf ihrem Sessel. Sah auf den Kalender, der auf der Homepage vermerkt war: In zwei Tagen würde ihr Sohn wieder über sein Leben berichten. Und sie würde dabei sein. Jede Sekunde.

♫ ♫ ♫

Dörfler leuchtete wie ein Glühwürmchen.

Nach dieser Meditationssendung war der blanke Wahnsinn ausgebrochen. Noch nie hatten so viele Leute beim Sender angerufen, ihn angeschrieben, gewhatsappt oder einen Kommentar hinterlassen. Sie waren aus dem Häuschen, erzählten, was sie erlebt und was sie empfunden hatten, verlangten nach einer Fortsetzung und wollten unbedingt, dass die Sendung nach diesem halben Jahr weiterging. Klar gab es auch kritische Stimmen – wie man so etwas nur machen könne, wie gefährlich das sei, was für ein Quatsch das wäre und so weiter, aber das war ein so verschwindend kleiner Prozentsatz, dass selbst Dörfler darüber verwundert war. Sein größtes Problem war tatsächlich, ein Argument zu finden, mit dem er Charlene zum Weitermachen bewegen konnte. Mit Geld konnte man die ja nicht locken! Aber noch hatte er ein paar Monate Zeit und so wehrte er weiterhin alle Reporter auf eine Weise ab, die deren Neugier auf ein Höchstmaß schraubte. Das war seine ganz persönliche Challenge – die Meute zu reizen und das Geheimnis zu wahren. Diese Balance zu halten war seiner Meinung nach das Erfolgsrezept der Sendung.

Selbst Boulevardzeitungen erwähnten mittlerweile das Moonlight-Radio und alle stellten die von ihm initiierte Frage: »Wer ist Pixie?« – was Charlene allerdings nicht mitbekam, weil sie solche Blätter nicht las. Auch die Auflage der Zeitung war gestiegen, was Dörfler einen Extrabonus eingebracht hatte.

Die Studentengruppen waren längst schon mit anderen Universitäten vernetzt, baten um die Bearbeitung bestimmter Themen, wollten mit Pixie sprechen, sie für ihre Aktionen gewinnen, wollten, dass sie Vorträge an der Uni hielt … kurz: Die Sache entwickelte sich zum Hype. Und Dörflers einziges Bestreben war, diesen auch wirklich gewaltig werden zu lassen.

♫ ♫ ♫

Zusammen mit Alf machte sich Jeff am nächsten Morgen zur Ess-Bar auf. Die öffnete zwar schon um sieben, aber bis zehn Uhr schmiss Frau Lechner den Laden allein, da in den frühen Stunden noch nicht so viel los war.

Doch als Alf und Jeff sich diesmal dem Eingang näherten, stand da eine ziemlich lange Schlange.

»Herrje!« Unwillkürlich beschleunigte Jeff seinen Schritt. »Komm, wir beeilen uns besser. Frau Lechner dreht bestimmt schon am Rad.«

Das war schwer untertrieben. Sie drehte nicht nur am Rad, sie war kurz vor einem Kollaps. Ihre Augen waren geweitet, sie kam mit dem Kaffeemachen gar nicht hinterher und das Ungewöhnlichste war, dass die Leute sich mit ihrem Coffee to go vor ihrem Eingang sammelten, statt ihrer Wege zu gehen.

»Da!«, kreischte plötzlich ein Mädchen. »Da kommt er! Da kommt Dex!«

»Ja, das ist er! Da ist Dex!«

»Dex! Dex!«

Geschockt blieb Jeff stehen. Alf glotzte ihn an.

»Alter!«, flüsterte er überflüssigerweise. »Die meinen dich!«

In der nächsten Sekunde war Jeff von Teenagern und Frauen aller Altersklassen umringt.

»Dex! Hi! Wollte dir nur sagen, das ist toll, das mit Pixie!«

»Und die Meditation war der Hammer! Super, dass du drauf bestanden hast!«

»Ich freu mich schon auf die nächste Sendung!«

»Kennst du Pixie?«

»Wir drücken dir auch alle Daumen, dass du wieder auf die Füße kommst!«

Jeff wusste nicht, wie ihm geschah, da fragte eine: »Krieg ich ein Selfie mit dir?«

Völlig überrumpelt stimmte Jeff zu, das Mädchen hielt ihr Handy hoch, während alle um ihn herum ebenfalls ein Foto nach dem anderen von ihm machten.

»Leute, seid so gut, lasst mich mal durch, ich fürchte, meine Chefin kriegt gerade die Krise«, sagte Jeff einigermaßen nervös und wühlte sich durch die Gruppe.

Frau Lechner atmete sichtlich auf, als sie ihn sah. Jeff warf seine Jacke in eine Ecke, flüsterte ihr ins Ohr: »Könnten Sie mich bitte Dex nennen?«, stellte sich neben sie und fragte den Ersten nach seinem Wunsch.

»Ein Kaffee und ein Selfie, bitte!«

»Kaffee kommt. Selfie ist gerade ungünstig«, erwiderte Jeff und wusste nicht, ob er richtig reagierte.

»Ach, komm! Dauert doch nicht lang! Bitte! Für meine Freundin!«

»Ja, okay, dann mach schnell, ist 'ne Riesenschlange hinter dir.«

Jeff beugte sich über die Theke und lächelte in die Kamera.

»Krass!«, freute sich der Junge und grinste. »Gibst du mir noch ein Autogramm auf die Quittung? Meine Freundin rastet aus, wenn ich ihr das mitbringe!«

Verwundert tat ihm Jeff den Gefallen und fragte: »Warum ist dir das wichtig? Ich habe doch nichts Nennenswertes gemacht?«

Der Junge zuckte mit den Schultern. »Ich find's cool. Ist besser als das Zeug, was im Fernseher läuft.«

»Warum?«

»Weil es echt ist. Du bist doch echt, oder?«

»Klar bin ich echt.« Jeff schüttelte den Kopf. Was passierte da gerade? Viel Zeit zum Nachdenken hatte er nicht.

»Dex!«, quiekte das Mädchen, das nach dem Jungen drankam. »Ich bewundere dich! Und du siehst so gut aus! Ich würde mit dir jeden Weg gehen! Egal, wie hart er ist! Krieg ich ein Selfie?«

»Toll, wie du kämpfst, Junge!«, lobte ihn eine ältere Frau, die als Nächste in der Reihe stand. »Ich wünschte, mein Kevin machte das auch so! Ich hab ihm so oft die Sendung empfohlen. Schöne Grüße auch an Pixie. Die ist ja der Wahnsinn!«

So ging das den ganzen Tag. Unaufhörlich tauchten Leute auf, vorwiegend Mädchen, die mit dem Finger auf ihn zeigten und quietschten: »Das ist Dex! Da ist er!«

Alf lachte sich weg. Jeff war fassungslos.

Das war aber auch Frau Lechner. Als sie am Abend Kassensturz machten, staunte sie: »Mein Gott, Jeff, Sie sind ein echter Glücksfall! Heute hatte ich tatsächlich zweieinhalbmal mehr Umsatz als sonst!«

»Und das, obwohl Sie keine veganen Produkte anbieten«, meinte Alf, der für Frau Lechner ebenso ein Hauptgewinn war. Seine strahlende Art kam super an und er fühlte sich total wohl unter Menschen, mit denen er immer ein wenig scherzen konnte.

Jeff begriff das nicht. Er stand doch noch am Anfang! Was würde erst passieren, wenn er jeden von Pixies Tipps anwandte?

Frau Lechner jedenfalls war überglücklich.

»Ich habe dieses Moonlight-Radio noch nie gehört«, gab sie zu. »Aber bei der nächsten Sendung bin ich dabei! Und was euch angeht: Wir könnten doch aus den drei Tagen fünf machen, oder?«

»Ich glaube nicht, Frau Lechner«, lehnte Jeff ab. »Wir haben ja beide eigentlich was anderes vor, was, Alf?«

»Ja, was denn?«, fragte Frau Lechner enttäuscht.

»Ist noch in der Schwebe, aber ich hab so das Gefühl, dass es nicht beim Kellnern bleibt.«

Sie seufzte. »Das ist so schade! Was mach ich nur, wenn ihr nicht mehr da seid?«

»Vielleicht vegane Produkte anbieten?«, bohrte Alf wieder. »Heute waren mindestens fünf Gäste da, die total Hunger hatten – und es war nichts da, was sie essen konnten.«

»Ja, das ist mir alles zu kompliziert mit dem veganen Zeugs«, grummelte Frau Lechner. »Was soll denn bitte an Butter und Milch schlecht sein? Wir haben doch genug Gesundes in der Theke!«

»Es gibt halt Leute, die allergisch auf Milch reagieren. Muss man doch Rücksicht drauf nehmen. Und was ist bitte an einem Salamibrötchen gesund?«, gab Alf zurück.

In Jeff klickte es wieder. Und diesmal klickte es gewaltig. Diesmal hatte eines der losen Enden in seinem Gehirn Kontakt gefunden.

»Alf«, sagte er elektrisiert. »Los, lass uns gehen! Frau Lechner, wir sehen uns dann übermorgen!«

»Aber, Jeff! Morgen werden die Leute wieder hier Schlange stehen! Das schaffe ich nicht alleine!«

»Nein, morgen kommen nicht so viele – auf Facebook steht, an welchen Tagen ich hier bin. Und jetzt müssen wir los – Alf, komm! Wir müssen nach Hause!«

»Hey, Bro, warum hast du es so eilig?«, hechelte Alf, als sie fast zum Auto rannten.

»Weil mir gerade eine richtig geile Idee gekommen ist!«, rief Jeff mit leuchtenden Augen. »Und das will ich mit dir aufziehen, Kleiner! Wir gründen ein Start-up!«

♫ ♫ ♫

Jeff war aufgedreht wie sonst was. Er setzte sich an den Küchentisch und machte ein Brainstorming. Was hatte Henning neulich gesagt? Es war schwierig, gesundes veganes Essen zu bekommen, wenn er auf Reisen war? Oder in Hotels? Und wie oft waren Schüler in die Ess-Bar gekommen und hatten nach Veganem gefragt? Jeff hatte sie jedes Mal hungrig wieder rausschicken müssen. Überall war Hühnereiweiß oder Milch enthalten. Und Zucker! Neulich in der Autobahnraststätte das Gleiche: Eine junge Frau hatte etwas ohne tierisches Eiweiß gesucht. Der Verkäufer hatte ihr ein Sandwich mit Gurken und Frischkäse angeboten. Ein Lachsbrötchen mit Ei. Labbriger, in Plastik verpackter Toast, belegt mit phosphatgetränktem Käse, radioaktiv verseuchten Tomaten oder schwermetallversetztem Thunfisch. Verdammt – es war für einen Veganer wirklich schwierig, sich auf Reisen zu ernähren! Es war für *jeden* schwierig, sich auf Reisen *gesund* zu ernähren! Wer darauf Wert legte, musste alles selbst mitnehmen! Das Einzige, was manchmal in Tanken angeboten wurde, war Obst. Aber das war garantiert nicht bio. Jeffs Gedanken gingen zurück zu der Frau in der Raststätte, die obendrein vom Verkäufer ziemlich blöd angemacht worden war: »Also, so ein affiges Getue …«, hatte er gegrantelt und sie so böse angesehen, als hätte sie Kaviar verlangt.

Eigentlich pervers, dachte Jeff, dass man angegriffen wird, weil man gesund essen möchte. Die Frau hatte echten Hunger geschoben und am Ende resigniert nach einem Kaffee mit Sojamilch gefragt, was den Ärger des Verkäufers, der natürlich nur normale oder Kondensmilch im Angebot hatte, zum Überlaufen gebracht hatte.

»Wie kann man sich nur das Leben so kompliziert machen!«, hatte er geblafft. »Essen Sie was Anständiges!«

»Was ist daran kompliziert?«, hatte sie genervt geantwortet. »Das ist so einfach wie nur was! Und chemikalienverseuchte Wurst nennen Sie anständig?«

*Das ist so einfach wie nur was?* Jeff fragte das Netz – und das war voll mit Vorschlägen, was man auf ein Brötchen tun konnte. Aber er wollte mehr. Wurst- und Fleischersatzprodukte waren oft auch nicht besser und genauso chemisch behandelt wie tierische Produkte. Obendrein schmeckte vieles nicht, sodass einige Hersteller zu Geschmacksverstärkern griffen. Jeffs Gehirn rotierte. Vegan war nicht die Lösung. Zucker und Wodka waren auch vegan! Er aber wollte vegan, gesund, lecker und frisch! Seitenweise schrieb er sich Ideen, Rezepte, Zutaten, Nährwerte, Haltbarkeitsdaten und Zubereitungstechniken heraus.

Es war schon weit nach Mitternacht und er war immer noch nicht müde, als er begann, sich über Vertriebskonzepte, Großproduktionen und Transportwege zu informieren. Und je mehr er aufschrieb, desto mehr Ideen kamen ihm. Er war wie im Fieber. Hoffte so sehr, dass diese Idee realisierbar war, dass sie Gewinn abwerfen könnte. Aber er brauchte Hilfe, niemals konnte er das alleine stemmen! Und da meldete sie sich wieder: die alte Angst. Angst, ausgetrickst zu werden, seine Idee an Leute zu verlieren, die das Geld hatten. Abrupt hielt er inne und starrte auf den Monitor. Instinktiv öffnete er das Moonlight-Radio und las das letzte Essay von Pixie durch.

»Alles ist im Feld der Möglichkeiten vorhanden. Beobachtet man ein Elektron, wird es zu Materie. Allein dadurch, dass du etwas deine Aufmerksamkeit schenkst, holst du es in die Realität.«

Er öffnete ein weiteres Dokument: »Wenn du etwas starten willst, solltest du dir drei Fragen stellen: Ist es gut für die Welt? Ist es gut für andere Menschen? Ist es gut für dich? Wenn ja, dann mach dein Ding!«

»Pixie«, flüsterte er. »Ich kann alle Fragen mit Ja beantworten. Das konnte ich bei keiner anderen Idee!«

*Dann mach dein Ding*, klang es in seinen Ohren. Ein Lächeln erschien auf seinem Gesicht und sein Herz klopfte heftig. Tief atmete er ein und mit dem nächsten Ausatmen fiel sein Blick auf das Zitat von Goethe.

»In dem Augenblick, in dem man sich endgültig einer Aufgabe verschreibt, bewegt sich die Vorsehung auch. Alle möglichen Dinge, die sonst nie geschehen wären, geschehen, um einem zu helfen. Ein ganzer Strom an Ereignissen wird in Gang gesetzt …«

Jeff wusste: Das war eine Idee, der er sich verschreiben konnte. Und er betete, dass der Rest des Zitates auch auf ihn zutraf.

Diesmal hatte er echte Hilfe. Er hatte Pixie. Sie war sein Guardian Angel, sein Guide, sein Leitstern. Sein Alles.

♫ ♫ ♫

Die Woche ging genauso unerwartet weiter, wie sie angefangen hatte. Seit er sein Foto hochgeladen hatte, stapelten sich Liebeserklärungen, Date-Anfragen und Flirtattacken unter seinen Posts und die Zahl der Follower wuchs weiter. Alf hatte ein Foto von der Schlange vor Frau Lechners Ess-Bar gemacht und auf einmal trudelten Mails von Restaurantbesitzern ein. Jeff bekam große Augen: Die fragten ihn tatsächlich, ob sie ihn eventmäßig buchen könnten! Zu einem festen Tagessatz!

Als er äußerst verwundert darüber mit einem dieser Inhaber telefonierte, sagte der: »Für mich ist das ein Schub, verstehen Sie? Sie sind für mich eine Maßnahme, auf meinen Laden aufmerksam zu machen und die Kundschaft zu erweitern.«

Der Gedanke hatte was und einmal mehr war Jeff sprachlos – wer hätte jemals an so etwas gedacht? Als er die Restaurants googelte und darüber nachdachte, ob er das machen sollte, kamen ihm spontan wieder neue Ideen, die er mit fliegender Hand aufschrieb, bevor sie wieder weg waren.

»Alf!«, rief er aufgeregt. »Wo bist du? Ich muss was mit dir besprechen!«

Vor wenigen Tagen hatte Alf zum Abendessen selbst gebackenes Tomatenbrot mit Chia, Leinsamen und Gojibeeren serviert.

»Mensch, Alf, das Brot ist der Hammer«, hatte Lukas gesagt und sich eine weitere Scheibe aus dem Korb genommen. »Voll gesund! Und so weich und fluffig!«

»Man kann es auch etwas fester backen«, hatte Alf erklärt. »Als Brötchen ... und dann mit Räuchertofu, Rucola, Hummus und sauren Gurken füllen. Schmeckt total super. Und hält sich – bis auf den Rucola natürlich.«

Alf hatte viele solcher Rezepte auf Lager! Als er kam, deutete Jeff auf seinen Monitor.

»Schau dir mal das Restaurant an«, sagte er. »Die wollen, dass ich da kellnere.«

»Cool!«, freute sich Alf. »Und? Machst du's?«

»Bin am Überlegen. Aber ich fände es doof, wenn die Leute nur wegen mir kämen.«

»Was meinst du damit?«

»Na ja, die könnten doch zum Beispiel Gojibeeren-Tomatenbrot anbieten. Mit gesundem Essen werben. Weißt du, ich will nicht für einen Laden arbeiten, der Tütenfutter in der Mikrowelle heiß macht.«

»Hey, Jeff, was genau hast du vor?«, fragte Alf verwirrt.

»Mir schwirren gerade tausend Ideen im Kopf herum, Kleiner. Es sind so viele, dass ich gar nicht weiß, wo ich anfangen soll!«

In wenigen Worten skizzierte Jeff ihm seine groben Ideen.

Alf sog die Luft ein, als er begriff, was das bedeuten konnte. »Mann, ich bräuchte einen guten Ofen!«, sagte er und hopste vor Aufregung im Zimmer umher.

»Ich schreibe das auf meine Liste. Hast du deine Rezeptsammlung hier? Welche Zutaten verwendest du?«

Jeff erstellte eine weitere Liste, informierte sich, wo er diese Sachen in Bestqualität herbekam, schrieb Großhändler an, fragte nach Preisen – ihm wurde schwindlig, als er erkannte, wie groß er das Ding aufziehen könnte … wenn er Geld hätte! Wenn er Investoren und Partner hätte, auf die er sich verlassen könnte!

Plötzlich waren die vierundzwanzig Stunden am Tag viel zu wenig angesichts dessen, was er erledigen wollte. Er war so voller Elan und Esprit, dass er vor Kreativität nicht wusste, wohin, und immer wieder wurde ihm bewusst, dass ein paar Wochen mit Pixie das in Gang gesetzt hatten. Pixie, die ihm klargemacht hatte, dass nicht sein Leben oder die Umstände das Problem waren, sondern seine Gedanken darüber. Ihm war, als hätte sie einen Stöpsel entfernt und einen Strom zum Laufen gebracht.

Aufgedreht wandte er sich an seinen Mitbewohner.

»Henning, kannst du mich mit diesem Verein in Verbindung bringen? Optio? Ich muss unbedingt mit ein paar Leuten sprechen.«

»Alter«, wunderte sich der. »Du wirkst so komplett anders! Was ist los?«

»Ich fühle mich auch ganz anders! Sag mal, kennst du einen Jura-Studierenden, mit dem ich mich mal unterhalten könnte?«

»Hey!«, rief Henning total aufgeregt. »Du hast was vor!«

»Ja, Mann, das habe ich!« Jeff blitzte ihn an. »Aber ich will nicht drüber reden, solange es nicht spruchreif ist!«

Er drehte sich wieder zum Laptop, aber Henning blieb im Raum stehen.

»Jeff«, sagte er. »Es hat was mit veganer Ernährung zu tun, oder? Wenn es so ist, dann lass mich teilhaben. Bitte! Lass uns das Ding gemeinsam aufziehen! Ich … ich könnte mitinvestieren!«

Jeff verharrte. Ungewollt tauchten ungute Erinnerungen auf. Wie oft hatte er schon Ideen und Zeit eingebracht, nur um am Ende leer auszugehen? Würde es diesmal wieder so sein? Wiederholte sich gerade lediglich seine Vergangenheit, statt dass sich etwas Neues entfaltete?

Er beschloss, ehrlich zu sein.

»Henning, du kennst meine Situation ein wenig. In die bin ich nur geraten, weil ich mich auf Menschen verlassen habe, die so wie du mit mir was starten wollten. Aber dann haben sie das Ding alleine gemacht und …«

Er brach ab. Henning war sichtlich vor den Kopf gestoßen.

»Na ja …«, beendete Jeff seinen Satz verlegen. »Du siehst ja, wohin mich das gebracht hat.«

»Ja, schon«, entgegnete Henning gekränkt. »Aber ich bin nicht wie deine alten Geschäftspartner. Ich hoffe, du stülpst mir deine Vergangenheit nicht über.«

Damit drehte er sich um und ging. Betroffen blickte ihm Jeff hinterher.

Pixies Worte fielen ihm ein.

*Ja, das ist vielleicht unser Job hier … Dass wir anders denken über das, was war … Dass wir Frieden schließen mit der Vergangenheit … Du willst eine neue Zukunft? Dann lass deine Vergangenheit los.*

Wie konnte er anders denken über das, was war? Es war nun mal genauso passiert!

Er fand keine Antwort und schrieb seine Frage als Kommentar auf die Moonlight-Seite.

»Pixie, wie kann ich verhindern, dass sich die Vergangenheit wiederholt?«

Eine Stunde später hatte Pixie geantwortet.

»Indem du aus ihr lernst – ohne Groll zu fühlen. Nutze deine Erfahrung, statt dich von ihr benutzen zu lassen. Wenn du die Dinge leichter nimmst, kannst du auch das, was dich belastet, leichter loslassen, und das, was du dir wünschst, kann leichter zu dir kommen. Denk an die höheren Emotionen! Damit spielst du in einer ganz anderen Liga. Das ändert alles.«

»Ach, Pixie«, flüsterte Jeff mit leuchtenden Augen. »Was würde ich nur ohne dich tun?«

♬ ♬ ♬

Charlene saß in ihrem Büro zu Hause, als Dex' Frage hereinkam. Sie lächelte, als sie die Antwort an ihn abschickte – und wartete. Aber nichts tat sich mehr. Unschlüssig strichen ihre Finger über die Tastatur. Sollte sie noch etwas nachsetzen? Aber die Kommentare waren öffentlich, sie hätte ohnehin nur Unverfängliches schreiben können.

Sie wandte sich ihren Mails zu, und jedes Mal, wenn eine Push-up-Nachricht vom Moonlight-Radio aufleuchtete, klickte sie sie an. Aber keine war von Dex.

Enttäuscht lehnte sie sich nach einer halben Stunde zurück. Ein nervöses Lachen entfuhr ihr. *Mensch, Charlene*, schalt sie sich. *Was soll das?* Aber sie konnte nicht verhindern, dass ihre Gedanken weiter bei Dex weilten. Bei der letzten Sendung. Das war so gigantisch gewesen … diese Verbundenheit mit ihm … dieser Gleichklang … das verwirrte sie zutiefst. Warum? Sie könnte es doch einfach nur schön finden!

In einer plötzlichen Regung klickte sie in den archivierten Audiofiles die allererste Sendung mit ihm an. Innerhalb von Sekunden tauchte sie wieder in diese Stimmung ein, in seine damalige, abgrundtiefe Verzweiflung, seine Hoffnungslosigkeit, merkte, wie es sie triggerte, wie es etwas wachrief, was sie niemals wieder hatte fühlen wollen.

Sie spulte vor an die Stelle, wo seine Aggression sich merklich verändert hatte. Als er gesagt hatte: »Es ist nicht meine Einstellung, die wehtut, sondern das Leben«, erlebte wieder die Momente danach, wo er geschwiegen, in denen sie so deutlich gespürt hatte, wie heftig er sich nach zwei Armen sehnte, die sich um ihn legten. Sie konnte sich noch so gut an das Gefühl erinnern, an ihren Wunsch, bei ihm zu sein, ihm zu helfen, zu trösten, ihn wissen zu lassen, dass jede Situation im Leben überwindbar war. Aber nicht ein Wort hätte ihm das vermitteln können. Alles, was sie hatte tun können, war, ihm Liebe zu schicken. Und er hatte das gespürt. Hatte es angenommen. War es das, was sie so verwirrte? Seine Empfindsamkeit?

Nachdenklich sprang sie zur nächsten Sendung.

»Bitte, Pixie … Wenn du den Weg kennst, dann geh ihn mit mir.«

Wieder überlief es sie heiß, als sie diesen Satz vernahm. Für sie bedeutete seine Bitte Größe. Wie viele versteckten sich hinter ihrem Ego und gaben nicht zu, wenn sie Hilfe nötig hatten? Wie viele hatten nicht das Selbstbewusstsein, klein anzufangen, um groß werden zu können?

Dex hatte die Größe, Ratschläge anzunehmen und sie anzuwenden. Das imponierte ihr gewaltig. Sicher würde es einige Zeit dauern, bis er wieder Fuß im Leben gefasst hatte, aber er hatte sich auf den Weg gemacht, er war tatkräftig und … hartnäckig.

Ihr Blick fiel auf sein Foto auf der Homepage des Moonlight-Radios und unversehens reagierte die Frau in ihr. Er wirkte verdammt männlich. Verdammt sexy. Ob er tatsächlich so aussah? Seine blauen Augen schienen ihr zu folgen, fixierten sie, als wollte er herausfinden, was sie dachte, wie sie fühlte … wie oft hatte sie dieses Empfinden auch während der Sendungen gehabt? Dass er ahnte, was in ihr vorging?

Sie klickte die letzte Sendung an. Den Einstieg mit Goodwood … sein zweideutiger Halbsatz: »Wenn du wüsstest, was ich mir alles wünsche« … der entschlossene Touch dahinter … und ein Lächeln huschte über ihr Gesicht. Ein Lächeln, von dem sie selbst nicht wusste, ob es wehmütig oder freudig war. Seine Stimme im Ohr, lehnte sie sich zurück.

Oh, er hörte sich inzwischen so anders an! Er war so voller Elan! So offen! Die Frau, die mal ihr Leben mit ihm teilen würde, konnte sich glücklich schätzen. Sehr glücklich sogar. Dex war ein Edelstein und arbeitete tagtäglich an sich. Das war etwas, was sie am meisten schätzte. Wer tat das schon?

Und doch war da etwas, was sie noch immer warnte, was ihr nach wie vor ein ungutes Gefühl verursachte. Eines, das sie abrupt ihren Laptop zuklappen ließ, eines, das ihr riet, vorsichtig zu sein. Und den Kontakt mit ihm nicht zu vertiefen.

♫ ♫ ♫

Jeden zweiten Tag schrieb Jeff einen Blogeintrag, stets humorvoll und ansprechend. Er präsentierte seine Fortschritte auf Facebook, teilte seine positive Entwicklung mit seinen Followern und den Hörern des Moonlight-Radios. Er wirkte so lebensbejahend und gut gelaunt, dass, ehe er sichs versah, die User auch Fragen an ihn zu stellen begannen.

»Wie schaffst du es, jeden Tag zu trainieren? Stimmt das, dass du so viel abgenommen hast?«

Manche schrieben ihm sogar ihre Lebensgeschichten und baten ihn um Rat.

»Wie würdest du mit dieser Situation umgehen?«

Für Jeff fühlte es sich fast vermessen an, darauf zu antworten, da er doch selbst noch tief in seinem eigenen Prozess steckte. Aber durch sein Bemühen, anderen zu helfen, gewann er oft für seine eigenen Belange mehr Klarheit und vor allem Gleichmut.

Er barst vor Lebenslust, Kraft und Freude. Noch nie hatte er sich so vital gefühlt. Er wollte diese Emotionen in die Welt bringen, wollte positive Gefühle in seine Gene einkerben – das war sein Beitrag für eine bessere Welt.

Ein Schalter hatte sich in ihm umgelegt. Jeden Tag war er dankbar dafür, dass es Pixie gab, nach wie vor hungerte er nach den Abenden, an denen er ihre Stimme wieder hören, in denen er ihr nah sein und diese Magie zwischen ihnen spüren konnte.

Pixie war sein fixer Punkt in seinem Leben und er hoffte, dass ihre Beziehung nach Absetzen der Sendung nicht abbrach … Dass sie ihn treffen wollte … dass sie sich sehen würden … der Gedanke spornte ihn an, noch mehr und noch härter zu trainieren, spornte ihn an, sein Leben fest in seine Hände zu nehmen, die Vergangenheit, vor allem die miesen Gedanken darüber, hinter sich zu lassen und an einer guten Zukunft zu arbeiten.

Henning hatte ihm einen Kontakt zur juristischen Fakultät und eine Einladung zum nächsten Optio-Treffen vermittelt. Er tat alles, um Jeff zu beweisen, dass er eine Partnerschaft wert war.

»Vielen Dank, Henning«, sagte Jeff. »Ich bin noch in der Kalkulationsphase. Sobald ich eine Chance sehe, die Idee verwirklichen zu können, stelle ich sie dir vor, okay?«

»Okay«, antwortete Henning mit leuchtenden Augen. »Ich warte.«

# ♫ Full Recovery ♫

Curtis Walsh

Eine Woche später war Jeff aufgedreht wie ein Springkreisel. Er hatte etliche Gespräche geführt, die erfolgversprechend klangen. Sein Tag war inzwischen komplett ausgefüllt. Er stand um fünf Uhr morgens auf und meditierte, mit einer Atemtechnik, die Pixie auf der Seite hochgeladen hatte. Danach ging er mit Henning und Lukas laufen, duschte, frühstückte und saß um acht Uhr morgens am Küchentisch. Drei Tage in der Woche arbeitete er mit Alf bei Frau Lechner und kellnerte zusätzlich in anderen Restaurants. Den Rest der Zeit widmete er seiner Geschäftsidee, sozialen Medien und seinem Blog.

Letzterem maß Jeff allerdings keine so große Bedeutung bei. Stattdessen war ihm wohl bewusst, dass er Alf noch immer siebentausend Euro schuldete. Das waren die Momente, in denen ihm doch wieder mulmig zumute wurde. Zwar hatte er eine Geschäftsidee – aber für die brauchte er ja erst recht Geld! Woher sollte er das nehmen? Er zwang sich, einen Schritt nach dem anderen zu gehen.

Bezüglich der Restaurant-Anfragen hatte er eine eigene Vorgehensweise entwickelt. Bevor er zusagte, sah er sich die

Location an und verpflichtete den jeweiligen Inhaber, eine Spezialität von Alf anzubieten. Das war dann das »D'n'A-Special«. Passend zum Stil des Lokals stellte Alf entweder würzige und süße Snacks her oder backte ungewöhnliche Brotsorten.

Beides kam riesig an. Viele bestellten aus Neugier das D'n'A-Special und es schmeckte ihnen meist so gut, dass die Inhaber nach den Rezepten fragten, die ihnen Alf aber nicht verriet.

Jeff kam stets im Anzug. Er hatte Ausstrahlung, schäkerte mit den Gästen, unterhielt sich mit ihnen über das Moonlight-Radio und war so charmant, dass die Leute schlicht begeistert waren.

Seine Facebook-Seite hatte die Maximalgrenze längst gesprengt und er hatte eine Fanseite eröffnen müssen. Sein Blog verzeichnete eine stetig wachsende Followerzahl, ebenso sein Twitter- und Instagram-Account. Jeff war das nicht ganz geheuer – da gab es wahrlich bemerkenswertere Schicksale als das seine! Er war doch ein ganz normaler Mensch! Aber genau das machte es aus. Genau das motivierte viele andere. Er war eben kein Wunderkind, Überflieger, Promisprössling oder was auch immer. Jeff war Mr Normal, der seinen Weg ging und damit den Menschen Hoffnung machte, auch ihre Träume verwirklichen zu können – seien sie nun groß oder klein. Tatsache war: Innerhalb von drei Monaten war er zum gefragten Blogger avanciert, gehypt vom Sender, befeuert von der Mystik um Pixies Identität und nicht zuletzt von der Intimität, die fraglos zwischen ihm und ihr vibrierte. Die Boulevardpresse wurde zunehmend auch auf ihn aufmerksam.

Jeff wähnte sich manchmal wie in einem Film, wenn die Leute ihn auf der Straße ansprachen und nach Selfies fragten.

Jeden Tag fand er weitere Anfragen von Restaurantbesitzern in seinem Postfach, die Jeff als Publikumsmagnet buchen wollten. Damit wurde diese Restaurantsache zu einem echten Hit. Es wurde schnell bekannt, dass er penibel auswählte, und wenn er sich für eines entschied, lud er das Foto der Location hoch sowie das zu erwartende Programm. Die Läden waren stets voll und der Erfolg zog weiteren nach sich.

Er konnte kaum glauben, dass die Leute seinetwegen kamen. Aber sie kamen. Sie wollten Selfies, fragten nach Pixie und wollten ihrerseits nicht glauben, dass er sie noch nie getroffen hatte.

»Nein«, betonte er immer und immer wieder. »Ich habe keine Ahnung, wie sie aussieht, wie alt sie ist … ich weiß nichts von ihr. Niemand weiß das.«

♬ ♬ ♬

Kurz danach überschlugen sich die Ereignisse.

Die Agentur für Arbeit saß Alf im Nacken und wollte ihm einen neuen Job vermitteln, vorzugsweise in Industriebäckereien – und genau da wollte Alf nicht hin. Der Job bei Frau Lechner warf aber nicht genügend ab. Außerdem wollte Jeff Alf in sein Geschäftsmodell einbeziehen. Es war realisierbar – es könnte etwas ganz Großes werden … wenn er nur das Startkapital hätte! Das war der Punkt, der ihn schier zur Verzweiflung brachte.

Er überlegte, wie er diese Frage an Pixie stellen konnte, ohne seine Idee preisgeben zu müssen, denn die Post wurde ja gelesen und gefiltert. Es gab keine Chance, sie privat zu erreichen.

Unschlüssig trommelte er auf der Tastatur herum, als auf einmal die Mail einer bekannten Modemarke in sein Postfach flatterte.

In der Meinung, das sei Werbung, löschte er sie, doch im letzten Augenblick erhaschte er die Betreffzeile. Was hatte da gestanden? Eilig holte er das Schreiben wieder aus dem Papierkorb. Betreff: »Ihr Blog und das Moonlight-Radio.«

Okay, das klang persönlich. Doch schon mit den ersten Zeilen entfuhr ihm ein verblüffter Laut.

»Hallo, Dex, wir verfolgen nun seit einigen Wochen Ihren Blog und Ihre Facebook-Auftritte – und haben festgestellt, dass Sie einen Anzug unserer Marke tragen. Könnten Sie sich vorstellen, ein Fotoshooting mit unserer neuesten Kollektion zu machen?«

Fassungslos flogen Jeffs Augen über die weiteren Zeilen. Sie wollten ihn nicht nur für ihren Katalog, sie boten ihm auch Geld dafür, wenn er ein paar Aufnahmen mit Nennung der Marke auf seinen sozialen Kanälen postete – und eine zusätzliche Summe, um eigene Werbung auf seinem Blog machen zu dürfen.

Jeff sprang auf. Sein Herz klopfte wie wild. Wie viel bekam man für so etwas? Weiter unten war ein Kontakt angegeben, ein Herr Loskamp, eine Telefonnummer … bestimmt war das unprofessionell, wenn er sofort reagierte. Er beherrschte sich eine Stunde lang, dann aber hielt er es nicht mehr aus und rief an.

Ein sympathisch klingender Mann hob ab, mit dem er sich sofort verstand. Als Jeff nach einer Weile so lässig wie möglich nach den Konditionen fragte, räusperte sich Loskamp verlegen.

»Wir sind keine so große Firma«, erklärte er. »Wir wären wirklich dankbar, wenn Sie uns eine Chance geben. Wir dachten für den Anfang an zwanzigtausend Euro.«

Jeff verschlug es die Sprache. Er brachte kein Wort hervor, während Loskamp sein Schweigen falsch deutete und meinte, Jeff suche nach einer gut klingenden Absage, weil er bessere Angebote habe.

»Ich kann noch mal mit der Geschäftsleitung reden«, meinte Loskamp schnell. »Vielleicht geht ja noch was. Aber wir dachten, Sie haben Verständnis für kleine Firmen wie uns.«

Mit übermenschlicher Anstrengung zwang sich Jeff, einigermaßen cool zu bleiben. Loskamp wollte ihm die Vertragsdetails zur Prüfung gleich im Anschluss an das Telefonat per Mail zusenden und schlug bereits vorsichtig Auswahltermine für das Shooting vor.

Als Jeff auflegte, war er total durchgeschwitzt und sein Herz raste, als hätte er einen Sprint hingelegt. Er war zum Telefonieren in das Fünfzehn-Quadratmeter-Zimmer gegangen, das er nun schon seit Monaten mit Alf teilte, und sein Blick schweifte über die Klamotten, die sich an der Wand stapelten, weil das Geld für einen Schrank fehlte, über die billige Bettwäsche, die sie immer wieder wuschen und gleich wieder aufzogen, weil sie nur eine hatten … Sein Hals schnürte sich zu. Seine Augen wurden feucht und aus seinem Mund kam ein ungläubiges Keuchen. Zwanzigtausend Euro! Erst in dieser Sekunde katapultierte sich die Zahl in sein Gehirn und ihm wurde in voller Deutlichkeit bewusst, was das bedeutete. Zwanzigtausend Euro! Damit war er sofort alle Schulden los! Er konnte Alf auszahlen! Und … er hatte das erste Startkapital für seine Firma!

»O mein Gott«, flüsterte Jeff. Sein Blick fiel auf einen Sonnenstrahl, in dem Staubkörner tanzten, folgte ihm nach draußen. Ein Baum wiegte sich sanft im Wind, seine mit Sonnenlicht übergossenen Blätter raschelten leise, als applaudierten sie ihm, und Jeff merkte, wie sich Tränen in seine Augen schoben, sein Mund sich öffnete und er, statt einen Jubelschrei von sich zu geben, mit dem Rücken an der Wand nach unten fuhr, sein Gesicht in seine Hände legte und weinte – bis in die letzte Faser seines Herzens dankbar für diese Chance, für diese Kehrtwende, für dieses Wunder.

Ein brennendes Verlangen nach Pixie loderte hoch. Mein Gott, wie gern hätte er diesen Moment mit ihr geteilt! Warum war sie nicht hier? Warum konnte er sie nicht einfach sprechen? Auf gar keinen Fall wollte er diese Nachricht in eine Mail stecken, die ihre Sekretärin lesen würde. Er wollte ihr Gesicht sehen, wenn er es ihr sagte! Er wollte den Ausdruck in ihren Augen sehen, den Glanz, ihre Farbe, die Form ihres Mundes, wenn er vor Freude lachte … Er wollte sie kennenlernen! Er musste sie sehen! Überwältigt von dieser Sehnsucht schloss er die Augen und ehe er überhaupt nachdenken konnte, flüsterte er: »Pixie … ich liebe dich.«

Es war niemand in der Wohnung, niemand hier, mit dem er das teilen konnte. Aber er spürte solche Power in sich, dass er etwas tun musste, zog seine Laufschuhe an und joggte zehn Kilometer durch die Stadt.

Als er wieder nach Hause kam, war er endlich ruhiger. Alf war vom Einkaufen zurück. Und auch Henning hielt sich in seinem Zimmer auf.

Jeff klopfte an dessen Tür.

»Henning«, sagte er. »Wenn du immer noch interessiert bist, dann lass uns heute Abend über mein Geschäftsmodell reden. Ich glaube, es ist so weit, und ich kann jede Hilfe gebrauchen.«

Hennings Augen leuchteten auf. »Danke, Mann! Ich weiß das zu schätzen, wirklich! Ich freu mich!«

»Ich mich auch«, erwiderte Jeff. »Ich freu mich sogar sehr.«

»Kann Lukas auch dabei sein?«

»Wenn er will? Klar!«

Ein paar Stunden später saßen die vier dann zusammen und Jeff präsentierte ihnen seine Geschäftsidee.

»Sich vegan ernähren ist der absolute Trend«, erläuterte er. »Es gibt zwar inzwischen eine Fülle an veganen Lebensmitteln, Kochbüchern und so weiter, aber in Restaurants ist das eine Schwachstelle. Und am allerschlimmsten ist es in Schulen und in Raststätten. Was wird in Schulen angeboten? Würstchen, Pizza, Leberkäse, Wurst- und Käsesemmeln und Gebäck. Und dann wundern die Leute sich, wenn Kinder fettleibig sind! Dabei ist es so einfach, einen nahrhaften, veganen Imbiss zuzubereiten. Kein Panaden-Fleischersatz, sondern vitales, gesundes Essen! Das ist unsere Nische. Wir produzieren frische, gesunde Snacks und beliefern alle, die daran interessiert sind. Wie viele Schulen gibt es in Deutschland? Wie viele Raststätten ... oder vielleicht sogar auch Supermärkte, die Bedarf hätten? Henning, du hast gesagt, sobald Masse im Spiel ist, wird es giftig. Ich habe eine Idee – und eine finanzierbare Logistik – wie wir alles bio bekommen könnten. Wir fördern Kleinbauern, Gärtner, Leute mit Gemüsegärten – überall! Wir ziehen ein Netz an kleinen Produktionsstätten hoch, die durch ein ebenso regionales Transportwesen verbunden sind. Wir machen die Welt grüner und fruchtbarer! Wir verwenden nur organische Verpackungen – kein Plastik ... nur Bambus oder Hanf ... Wir brauchen ein Vertriebssystem. Wir brauchen einen Namen, Werbung, Flyer ... Leute, ein Berg an Arbeit wartet auf uns! Alf, du hast doch in einer Großbäckerei gearbeitet – könnte man da deine Kreationen herstellen? Kann man sich so etwas für den Anfang mieten? Und zu guter Letzt brauchen wir Geld. Genauer gesagt, Investoren!«

»Oh, fuck! Deine Idee ist super! Genau mein Ding! Dafür brenne ich! Ich bin unbedingt dabei!«, rief Henning. »Ich habe ein bisschen Geld – nicht viel, aber das bringe ich ein!«

»Bin auch drin!«, entschied Lukas sofort. »Ich kümmere mich um das Rechtliche und die Lebensmittelverordnungen!«

»Und ich kann endlich das machen, was ich schon immer wollte!«, strahlte auch Alf.

»Bei Optio können wir Kontakte knüpfen«, sprudelte Henning. »Da sind so viele Entrepreneurs und Investoren! Mann, Jeff, das kann was werden! Das kann was werden! Wir müssen den Leuten die Idee nur schmackhaft machen! Buchstäblich!«

»Ja, schon, aber die können uns die Idee auch klauen«, gab Jeff zu bedenken. »Ich wünschte so sehr, ich hätte selber das Geld.«

»Aber Alfs Rezepte sind exklusiv! Die kann keiner nachmachen …!«

»Du musst deine Idee anmelden!«, drängte ihn Lukas. »Dein Logistikkonzept vor allem! Das kann zwar dauern, aber es lohnt sich.«

Aufgedreht diskutierten sie Stunden über Stunden. Es war schon weit nach Mitternacht, als sie die Runde mit tausend To-dos auf der Liste auflösten. Aber Jeff war immer noch nicht müde und beschloss noch einmal, seine Mails zu checken und das Moonlight-Radio aufzurufen. Denn Pixie lud in unregelmäßigen Abständen Gedanken und Zitate hoch, um auch auf die Probleme anderer Hörer einzugehen, und er hoffte auf ein Gute-Nacht-Schmankerl von ihr. Er wurde nicht enttäuscht und fand drei neue Sprüche auf der Homepage.

»Leiden ist eine freiwillige Entscheidung.«

Er musste lachen, als er das las. Ja, inzwischen konnte er das nachvollziehen.

»Leiden zeigt dir nur, dass du nicht in deiner Mitte bist – mach das nicht zu einem unvermeidlichen Teil deiner selbst.«

Da war er drauf und dran gewesen – besser gesagt, einen Großteil seines Lebens hatte er das genauso gemacht.

»Versuche nicht, die angenehmen Dinge zu verlängern oder die unangenehmen zu verkürzen – entdecke die Weisheit dahinter. Das nennt man Leben im Jetzt. Erwarte einfach, dass alles anders kommt, als du denkst. Dann freut es dich, wenn sich dein Leben nach deinen Plänen entwickelt, und wenn es anders läuft, freust du dich auch. Verlieb dich in das Ungewisse! Denn dort findest du Ruhe.«

»Ach, Pixie, meine Süße«, murmelte Jeff. »Wo bist du nur? Warum bist du jetzt nicht hier?«

In diesem Moment vermeldete Outlook den Eingang einer weiteren Mail. Als Jeff sie öffnete, präsentierte sich ein besonderes Gute-Nacht-Leckerli: Die Anfrage eines TV-Senders purzelte ihm entgegen. Sie baten ihn um ein Interview.

Das Fernsehen! Es war lediglich ein Lokalsender, aber diese Anfrage eröffnete Jeff eine weitere Welt. Völlig von der Rolle starrte er auf die Mail. Dann auf den Satz von Pixie, den er vor wenigen Minuten abgeschrieben hatte: »Erwarte einfach, dass alles anders kommt, als du denkst …«

Oh, warum konnte er jetzt nicht mit ihr sprechen! Er hätte so gern mit ihr gejubelt! Er hätte sie so gern in die Arme genommen und sie herumgeschwenkt vor Freude!

Er schrieb einen Kommentar – manchmal antwortete sie ja darauf. Aber an diesem Abend blieb sie stumm. Jeff hätte sein Leben dafür gegeben zu wissen, wo sie gerade war und was sie in diesem Augenblick machte. Er konnte seine Sehnsucht kaum noch ertragen.

♫ ♫ ♫

Als er am nächsten Tag mit dem Fernsehteam sprach, eröffneten sie ihm, dass er zwar kein Geld für die Reportage bekommen würde, er sie aber gerne als Imagewerbung und auf seinen sozialen Kanälen nutzen könnte. Sie fragten, ob es möglich sei, ihn in Aktion zu erleben – also beim Kellnern oder Modeln. Jeff war das Geld egal, er schlug ein und versprach, sich zeitnah um ein schönes Lokal zu kümmern.

Als Nächstes rief er Herrn Loskamp von der Modemarke an und informierte ihn über den bevorstehenden TV-Auftritt. Der kriegte sich fast nicht mehr ein vor Freude, war Feuer und Flamme, beschwor Jeff, auf ein kurzfristig angesetztes Shooting zu ihnen zu kommen, damit das TV Bilder zum Einblenden hätte.

»Ich weiß, dass Sie viel zu tun haben, aber ich wäre Ihnen dennoch wahnsinnig dankbar, wenn Sie so bald wie möglich in unserer Zentrale aufschlagen könnten!«, rief er.

»Natürlich«, erwiderte Jeff einigermaßen verdutzt. »Ist doch selbstverständlich.«

Dafür zahlten sie die Fahrtkosten, das Hotel und die Spesen. Jeff wusste gar nicht, wie ihm geschah. Er verstand auch nicht, warum sich Loskamp so überschwänglich bei ihm bedankte. Es war doch an ihm, das zu tun! Aber mit dessen nächstem Satz wurde es klar.

»Herr Häfner«, sagte er. »Wenn Sie hier sind, könnten wir dann auch darüber reden, wie Sie unserer Marke treu bleiben? Ich meine, Sie haben ja sicher viele Angebote vorliegen, und uns ist klar, dass wir Ihnen nicht das zahlen können, was eine weltweite Firma veranschlagen würde, aber …«

Jeff fand es angebracht, nichts dazu zu sagen. Er hatte ja keine weiteren Angebote. Doch das sollte sich im Laufe der Woche ändern, denn es erreichten ihn etliche Anrufe und Mails von weiteren Firmen, die seinen Blog für Werbung nutzen wollten und ihm Summen dafür boten, dass ihm schwindelig wurde.

Wieder sehnte er sich nach Pixie. Er wollte mit ihr reden! Er musste sie sprechen! Es musste doch möglich sein, sie außerhalb des Moonlight-Radios zu erreichen!

Sein Leben drehte sich in einer Geschwindigkeit, die ihm fast schon unheimlich war.

♫ ♫ ♫

Charlene hatte sich vom Sender und ihren Hörern eine Woche Pause erbeten und ihre Freunde in ihr Landhaus nach England eingeladen. Sie genoss es, mit ihrer quirligen Bande abzuhängen, Ausflüge zu machen und einiges zusammen zu unternehmen.

Jetzt saßen sie auf der sonnigen Terrasse beim Tee und ließen die Seele baumeln.

»Also, die Sendung ist ein ganz schöner Renner geworden«, staunte Sophie. »Bin ehrlich – hätte ich niemals gedacht! Ich war eher Dörflers Meinung, dass die Leute mit diesen Themen nichts anfangen können. Diese Meditation! Also, die hat selbst mich mitgerissen. Und Dex …«

»Dex ist der Hammer!«, fiel ihr Henriette ins Wort. »Das ist so fantastisch, wie der alles umsetzt! Und hübsch ist er obendrein! Wenn der lächelt, geht echt die Sonne auf!«

»Ach herrje, Hennie, hast du dich verliebt?«, neckte sie Georgie. »Dex würde irgendwie zu dir passen.«

»Nein! Der liebt doch Pixie!«

»Was?«, protestierte Charlene und wurde rot. »So ein Unsinn! Was redest du denn für einen Stuss?«

»Das ist kein Stuss! Das wissen alle!«

»Das *wissen* alle?« Charlenes Gesichtsfarbe wurde womöglich noch dunkler.

»Sag mal, liest du überhaupt die Kommentare unter den Facebook-Posts?«, sprudelte Hennie, nicht ahnend, welchen Sturm sie in Charlene entfachte. »Und, Kinder, stellt euch vor: Nächste Woche kommt Dex in *mein* Bistro! In *meine* Kuschelecke!«

»Was?«, kreischte Georgie. »Du hast ihn gebucht?«

»Ja! Ein wenig Publicity tut meinem Lädchen ganz gut. Dex hat ein tolles Konzept. Er kellnert nicht nur, er bringt sogar jemanden mit, der besondere Snacks macht!«

»Und das zieht?«, wunderte sich Charlene. »Ich dachte, das war nur ein- oder zweimal …«

»Mann, Charlene, Dex ist voll gefragt! War total schwierig, einen Termin zu bekommen, weil er das nicht bei jedem macht!«

Henriette lachte, hopste auf ihrem Stuhl herum, dass der Petticoat nur so wippte, und warf die Arme in die Luft. »Und ich habe ihn gekriegt! Das ist allein schon ein Qualitätsmerkmal!«

»Na, dann hoffe ich ja, dass das auch ein Anreiz für Gäste ist«, sagte Charlene immer noch verdutzt. So gut lief das bei Dex?

»Halloho?«, wunderte sich Hennie. »Wo lebst du denn? Überall, wo Dex auftaucht, ist die Bude voll! Und das Beste ist … das Beste ist …«

Sie sah alle erwartungsvoll an und kiekste dann aufgedreht: »… dass das Fernsehen kommt! Die interviewen ihn! Live! In *meinem* Bistro!«

Die vier jubelten laut, Johanna holte Champagner und Charlene wurde ganz anders zumute. Fernsehen? O mein Gott, das hatte ihr gerade noch gefehlt! Wie lange würde es dauern, bis ihre Identität aufflog?

»Und … das interessiert die Leute?«, fragte sie entgeistert.

»Und wie! Mein Bistro ist knallvoll!«

»Das weißt du jetzt schon?«

»Klar, ich habe Tickets verkauft«, antwortete Henriette mit roten Wangen. »Die Leute können das mit ihrer Bestellung verrechnen, ich muss ja planen. Sonst stehen die vor der Tür und machen Terror, weil sie nicht reindürfen!«

»Coole Idee«, ächzte Charlene, um Fassung bemüht. »Und wer ist das, der da mitkommt? Seine Freundin?«

»Keine Ahnung. Könnt ihr ja dann selber sehen! Ich habe euch selbstverständlich einen Platz freigehalten!« Sie strahlte in die Runde. »Ihr kommt doch, oder?«

»Na, aber immer! Ist doch klar!«, sprudelten alle durcheinander.

Nur Charlene schüttelte den Kopf und sagte laut und deutlich: »Auf gar keinen Fall!«

»Was?«, fragte Sophie verdattert. »Das lässt du dir entgehen?«

Alle starrten sie an und Hennie meinte verständnislos: »Wieso willst du Dex nicht live erleben? Er weiß doch nicht, wie du aussiehst! Wir setzen dich in eine stille Ecke, dann kannst du ihn beobachten.«

»Nein, Hennie, das fühlt sich nicht richtig an. Das will ich nicht.«

Charlenes Blick ging zu Johanna. Sie war die Einzige, die nichts dazu sagte.

»Warum hast du ein Problem damit, Dex kennenzulernen?«, erkundigte sich Sophie ehrlich erstaunt.

»Ja, warum machst du so ein Ding draus?«, wollte auch Georgie wissen.

Ja, warum? Unvermutet klopfte ihr Herz, als sie daran dachte, Dex persönlich gegenüberzustehen. Wenn das jemals geschehen sollte, wäre es sicher angebrachter, das nach der Sendung zu tun. Ihre Gedanken gingen einen Schritt weiter.

Was würde er denken, wenn er sie sähe? Der Ausdruck seiner blauen Augen kam ihr in den Sinn, seine Stimme, die so oft von ihrem Ohr bis hinunter in den Bauch gekribbelt und dort ein angenehmes Ziehen verursacht hatte. Sein junger Körper … die Muskeln, die er auf dezente Weise auf Facebook zeigte. O ja, sie schaute sich seine Bilder an! Sie wusste, wie gut er im Anzug aussah. Wie sexy in seinen Jeans. Er wirkte so frisch und sie … Charlene schluckte. Sie kannte zwar sein genaues Alter nicht, aber eines war sicher: Er war viel jünger als sie. Und sie viel zu alt für ihn. Nein, sie wollte ihm nicht begegnen. Sie wollte nicht die Enttäuschung in seinem Gesicht sehen. Als sie sich dieses letzten Gedankens gewahr wurde, schüttelte sie verärgert über sich selbst den Kopf. Herrgott noch mal, was dachte sie da eigentlich?

Mühsam wandte sie sich wieder der Unterhaltung zu, die sich mittlerweile Gott sei Dank und wie gewohnt um Sophies Frisur drehte. Sie würde an diesem Nachmittag einfach zu Hause bleiben, sich auf ihr Sofa kuscheln und nicht daran denken, wie der von allen angehimmelte Dex sich in Hennies Bistro der Kamera stellte. Ja, das wäre das Beste!

# ♫ Earth Song ♫

Michael Jackson

»Und hier ist euer Moonlight-Radio! Hallo Leute! Ich hoffe, ihr habt mich vermisst!«

»Und wie!«, murmelte Jeff. Er war noch nicht auf Sendung, so schloss er die Augen, um sie noch intensiver spüren zu können. Wie so oft ließ sie ihr ansteckendes Lachen in die Musik einfließen und hingerissen lauschte er ihm nach. Er saß wieder im Auto. Niemals hätte er im Beisein seiner Mitbewohner mit Pixie reden wollen. Er brauchte das Gefühl, mit ihr allein zu sein, obwohl er es ja nie war. Aber das würde er ändern!

»Hey, Dex«, begrüßte sie ihn. »Meine Güte! Bei dir ist ja ganz schön was los! Ich staune!«

»Ja, das kann man wohl sagen.« Er lächelte. »Ich bin so dankbar, dass du dich auf diese Sache eingelassen hast!«

Die Unterhaltung ihrer Freunde und die damit verbundenen Gedanken ließen sie seine Gegenwart ganz anders wahrnehmen als sonst. Subtiler, tiefer, inniger.

Währenddessen fuhr Jeff fort: »Es geht alles so schnell, Pixie! Und manchmal bekomme ich fast ein wenig Angst, dass …«

»Oh, warte, sag das nicht!«, unterbrach sie ihn warm. »Angst ist das schlechteste Zimmer im Haus, da möchte ich dich gar nicht untergebracht wissen, Dex. Vergiss das einfach.«

Sie hörte ihn aufatmen und eine Welle an Zuneigung stieg in ihr hoch, schwappte über, erreichte ihn wie einen Duft – und das tiefe Gefühl in ihm drängte umso stärker nach außen.

»Ich habe es ja neulich schon erwähnt«, erklärte sie. »Damals warst du voller Wut. Heute agierst du aus einer anderen Quelle.«

»Ja, das merke ich deutlich. Die Meditation war so toll! Aber in dieser Stärke hat sich das nicht wiederholt.«

»Klar, du hattest ja das große Glück, deine erste Meditation gleich mit Tausenden zusammen zu machen. Da geht schon was ab! Danke übrigens euch allen da draußen!«, lachte sie ins Mikro. »Ihr wart großartig!« Und an Jeff gewandt: »Bleib einfach dran. Es wird dir viel, viel mehr geben als nur das Erreichen deiner Ziele.«

»Ja, so langsam ahne ich, was das heißt. Es verleiht mir die Stärke, Widrigkeiten gut zu überstehen. Oder ihnen gegenüber gelassen zu bleiben.«

»Wow, Dex. Das war ein echtes Zitat! Da fällt mir doch glatt auch eines dazu ein«, sagte Pixie eifrig, und Jeff musste lächeln. Sie war so süß! Sie war so enthusiastisch, bei allem, was sie sagte und tat! Strich sie sich gerade eine Haarsträhne aus dem Gesicht und steckte sie hinters Ohr? Leuchteten ihre Augen? Eine Flut an Liebe wallte in ihm empor, verbunden mit dem leidenschaftlichen Wunsch, sie damit zu überschütten. Vor seinem inneren Auge stellte er sich vor, wie dieser Schwall aus Liebe sie sanft übergoss und einhüllte.

Charlene hatte gerade angesetzt, ihr Zitat loszuwerden, als seine Emotion warm und zärtlich über ihren Körper rann und so stark in ihr Innerstes drang, dass ihr ein verblüffter Laut entfuhr.

»Hey«, ließ sie verwundert vernehmen. »Was war denn …«

Sie unterbrach sich, wurde sich bewusst, dass andere zuhörten, die sich auf all das keinen Reim machen konnten, und sah, Halt suchend, auf ihren Notizzettel. Ihr Kopf war leer, dafür reagierte ihr Körper umso heftiger. Zwischen ihren Beinen kribbelte es, ihre Brust spannte und jedes Körperhaar war aufgestellt wie eine empfindsame Antenne, die nach mehr rief. Flammend rot räusperte sie sich, froh, dass keiner der Hörer sie sehen konnte. Froh, dass Dex sie nicht sah.

»Also … das Zitat. Es ist von … Sai Baba von Shirdi«, brachte sie verwirrt zustande, »der Anfang des 19. Jahrhunderts gelebt hat und …«

Jeff war nicht minder irritiert. Diese kleine Szene versetzte ihn in Aufruhr. Seine Botschaft war angekommen! Was war auf dieser Ebene noch alles möglich?

Er zwang sich, sich auf ihre Worte zu konzentrieren.

»Sai Baba sagte: ›Ich gebe den Menschen, was sie wollen, in der Hoffnung, dass sie eines Tages wollen, was ich ihnen zu geben habe.‹«

»Vor einigen Wochen noch hätte ich kein Wort davon begriffen«, kommentierte Jeff. »Aber heute weiß ich, was du meinst. Trotzdem, Pixie … darf ich dich was Persönliches fragen?«

Sie stockte kurz.

»Kommt darauf an, was es ist!«, erwiderte sie vorsichtig.

Was kam jetzt? Charlene konnte nicht verhindern, dass ihr der Schweiß ausbrach. Verflixt, immer brachte der Kerl sie aus dem Konzept!

»Ich habe mehrere Fragen. Du hast gesagt, dass man in der Meditation eine Intention setzen kann. Betrifft das alle Bereiche des Lebens? Auch Partnerschaften? Ich meine, wenn man sich zum Beispiel einen bestimmten Menschen an seine Seite wünscht?«

Charlene antwortete nicht gleich. Die vorangegangenen Schwingungen hingen noch dick in der Luft und gaben seiner Frage eine völlig andere Note, als der pure Wortlaut es vermuten ließ – und ein Blick auf Harrys grinsendes Gesicht bestätigte ihr, dass die Unterhaltung mal wieder viel zu intim war. Sie bemühte sich um Gleichmut.

»Sehr gute Frage«, merkte sie an. »Dazu habe ich einiges zu sagen. Meditation gibt einem nicht das, was man will, sondern das, was man braucht. Man kann die Dinge damit nicht manipulieren, Dex.«

»Mir geht es nicht um Manipulation. Ich möchte nur dieses wunderbare Gefühl nicht mehr verlieren.« *Und ich möchte dich nicht mehr verlieren,* setzte er wortlos hinterher.

»Aber Dex«, gab Charlene zurück, »du kannst deine eigene Essenz nicht verlieren. Du kannst sie lediglich vergessen. Wir sind nur alle von Geburt an auf Materie fixiert worden – und nicht auf die Energie, die hinter der Materie steht. In einer Meditation kehren wir das Ganze um. Es ist, als ob du eine Sprache wieder erlernst. Die wichtigste Sprache überhaupt – die Sprache der Schöpfung. Und was den Rest deiner Frage angeht … sich etwas zu wünschen … Es geht um mehr. Um viel, viel mehr.«

Sie verstummte und Jeff sah sie vor sich, wie sie sich auf die Lippen biss. Woher er das wusste? Er wusste es einfach! Währenddessen fuhr Pixie fort.

»Wisst ihr, es ist so schade, wenn Meditation nur dafür benutzt wird, den Blutdruck zu senken und Wünsche zu erfüllen. Könnten wir dieses ergebnisorientierte Denken nicht einfach mal lassen? Ich meine, versteht mich nicht falsch: Ich habe sicher nichts gegen Wünsche, aber mit unserem kleinen Verstand sehen wir meist nicht das große Bild und wünschen uns vielleicht etwas, was gar nicht gut für uns ist. Wenn ich euch ans Herz lege, nach innen zu gehen, dann deshalb, weil das viel, viel größere Kreise zieht, als es auf den ersten Blick scheint.«

Wieder stoppte sie. Und wieder war Jeff klar, dass sie zögerte, die nächsten Sätze auszusprechen, weil sie Bedenken hatte, als zu weltfremd rüberzukommen, und das Gefühl war so stark und so echt, dass er sie unversehens aufforderte.

»Sag es, Pixie. Wenn es einer rüberbringen kann, dann du. Ich glaube, es ist wichtig, dass du das jetzt raushaust. Ich stelle meine restlichen Fragen am Schluss, okay?«

Charlene lachte verblüfft. Sie fühlte sich mit ihm mental komplett verkoppelt, anders als sonst. Auf anderer Ebene als sonst. Jeff hatte zum ersten Mal das Empfinden, diesmal ihr Kraft und Mut geben zu können – und das machte ihn schlicht froh.

Er konzentrierte sich noch mehr auf sie und schickte ihr all seine Liebe. Charlene fühlte sich wie von einem powervollen Fluss durchströmt. Sie wollte das ausblenden, aber ihr Körper fragte nicht. Er empfing, er reagierte. Ihr war heiß, alles schrie nach Berührung, machte sie stumm. Ihr Schweigen schuf eine delikate Pause. Eine Pause, in der diese unausgesprochenen Botschaften wie Banderolen durch den Äther schwangen, eine Pause, die mehr verriet als jedes Wort.

Sie tat einen tiefen Atemzug.

»Danke, Dex«, sagte sie schließlich. »Du hast recht. Ich kann damit auch auf viele Zuschriften antworten. Zuschriften von Menschen, die sich Sorgen um die Erde machen, um unsere Umwelt und unsere Zukunft. Inzwischen haben sich so viele Gruppen gebildet, die für das Wohl unseres Planeten aufstehen. Junge Leute, Studierende, Schüler, so viele, die fragen, wie wichtig das Glück eines Einzelnen ist angesichts der aktuellen Weltproblematik … Ob es nicht sinnvoller wäre, über größere Themen zu sprechen – und meine Antwort ist: Nein.«

Charlenes Herz war voll. Voll von dem, was Dex ihr geschickt hatte, voll von dem, was sie ihren Hörern mitteilen wollte ... Es strömte nur so über, ergoss sich über ihre landesweite Zuhörerschaft, in dieser magischen Stunde vor Mitternacht, wob einen Zauber der Verbundenheit, getragen von dem Ziel, die Erde und ihre Bewohner nicht aufzugeben, getragen von dem Glauben an eine gute Zukunft und gemeinsam für etwas Besseres und Höheres zu stehen.

»Ich habe schon einmal erwähnt: Das stärkste soziale Engagement, das du der Welt bieten kannst, ist deine eigene innere Entwicklung. Wer sich um sich selbst kümmert, kümmert sich auch um die Welt. Jeder Einzelne, der aufhört zu leiden, wütend, hasserfüllt oder deprimiert zu sein, erhebt unsere Erde. Jeder Einzelne, der daran glaubt und danach strebt, grundlos glücklich zu sein, der sein Leben mit Liebe und Freude füllt, hilft unserem Planeten. Es ist das, was unsere Welt bitter nötig hat.«

Instinktiv schaltete Harry eine epische Backgroundmusik dazu. Charlene bekam es gar nicht mit. Harmonisch verbanden sich ihre Sätze mit den Klängen.

»Warum ist das so? Ich habe es in so vielen Nächten erklärt. Das Innere spiegelt das Äußere. Was ist in eurem Inneren? Glaubt ihr denn an Glück? Oder lächelt ihr nur müde darüber? Was tut ihr den Tag über? Lästert ihr? Hetzt ihr? Und wenn ja, warum? Warum regen sich Menschen so gerne auf und suchen stets den schwarzen Fleck auf der weißen Leinwand? Die Antwort ist: Weil damit Adrenalin in ihr System gepumpt wird. Weil sie sich damit lebendig fühlen. Aber es ist eine falsche Lebendigkeit! Eine gefährliche! Sie führt uns geradewegs in die Sackgasse. Diese Art von Vitalität ist wie Kokain. Unser Geist ist angefüllt mit Gedanken, die wir übernommen haben – vor allem von Medien, die uns den Eindruck vermitteln, die Welt bestehe aus Gewalt, Krieg und Katastrophen. Ich habe euch erklärt, dass wir uns an Negatives so stark gewöhnt haben, dass wir es immer und immer wieder erzeugen. Und das wirklich Beunruhigende daran ist, dass den meisten diese Kausalität nicht bewusst ist. Warum hängt euer persönliches Glück eng mit dem Schicksal unseres Planeten zusammen? Weil alles, was ihr fühlt, alles, was ihr glaubt, nicht mit euch stirbt. Nein, ihr vererbt es weiter.«

Pixie lachte leise. »Ich weiß, das hört sich reichlich theatralisch an, aber ich habe wieder mal eine Studie für euch! In dieser brachten Wissenschaftler Mäusen bei, auf einen Orangenblüten ähnlichen Geruch mit Angst zu reagieren. Jedes Mal, wenn die Mäuse den Duft rochen, wurde ihnen ein schwacher, elektrischer Schlag versetzt. Die Mäuse zitterten, hatten Angst, standen unter Stress. Nach einer Zeit waren die Stromstöße nicht mehr nötig – es reichte der Duft und die Mäuse zeigten alle negativen Symptome. Der eigentliche Clou der Studie ist aber folgender: Diese Angst, samt ihrem Auslöser, wurde an die Nachkommen vererbt, sogar noch an die nächste und übernächste Generation. Obwohl also die Kinder und Kindeskinder der Mäuse nie auch nur einen Stromstoß erhalten hatten, fingen sie bei dem Geruch von Orangenblüten an zu zittern und ihr Immunsystem fuhr nach unten.«

Charlene meinte, die Herzen vieler klopfen zu hören, die erahnten, welche Tragweite diese Studie hatte.

»Ich bin überzeugt«, sagte sie leise, »dass ein neuer Zeitgeist angebrochen ist. Ein neues Denken. So bitter für manchen die Vergangenheit auch gewesen sein mag – es ist nicht sinnvoll, sie unser Leben bestimmen zu lassen, noch ist es fair, negative Gefühle und ungelöste Traumen an unsere Kinder weiterzugeben. Hört auf damit! Gebt ihnen eine Chance! Gebt *euch* eine Chance – egal, wie schwer euer Schicksal ist oder war! Jahrzehntelang hat uns die Wissenschaft mit der unheilvollen Aussage gegeißelt, dass es nicht möglich sei, einmal im Gehirn angelegte Muster zu verändern. Dieser Mythos ist tot. Wir sind

Lebewesen, die aktiv auf ihre Gene einwirken können – bis ins hohe Alter. Jeder neue Gedanke gestaltet unser Gehirn um. Unser Genom ist beeinflussbar. Das ist Evolution in Echtzeit. Lasst nicht zu, dass negative Vererbungen immer und immer wieder geboren werden. Wenn wir das Spiel beenden wollen, müssen wir an uns selbst arbeiten. Wir brauchen Menschen, die ihre Vergangenheit hinter sich lassen, die ihre Seelenknoten lösen und negative Emotionen überwinden. Und ich *weiß*, dass das möglich ist.«

Charlene biss sich auf die Lippen. Sie redete schon viel zu lange, aber sie musste das alles sagen und hatte das Gefühl, dass es dringend war.

»Die Erde befindet sich an der Grenze, weil sie von Leuten, die ihren negativen Gefühlen und Trieben freien Lauf lassen, ausgebeutet und zerstört wird. Aber die Erde ist stark, stärker als wir – sie wird überleben. Ob wir das auch tun, liegt an uns.

Wir leben in einer Zeit, in der Evolution beschleunigt abläuft. Das ist unsere Chance. Ich bin dankbar für jeden, der aufsteht und etwas unternimmt. Ich achte und ehre jede gewaltlose Aktion. Doch wenn ihr mit Wut und Zorn Änderungen fordert, gibt es lediglich kurzfristige Erfolge. Dann seid ihr nicht besser als die, die ihr anklagt. Kultiviert einen noblen Charakter! Martin Luther King hat es auf den Punkt gebracht, als er sagte: ›Gebt der Verbitterung nicht nach. Wenn ihr euch für Gerechtigkeit einsetzt, dann tut das mit Würde und Disziplin. Benutzt die Werkzeuge der Liebe.‹ Nur so erzeugt ihr einen positiven Sog. Wenn ihr Frieden in der Welt wollt, müsst ihr Frieden mit euch selbst schließen. Erst wenn ihr das Paradies in eurem Inneren entdeckt, kann es auch im Außen wahr werden – es wird nie umgekehrt sein.«

Jeff starb fast, als ihre Worte in sein Ohr rieselten. So weich und fast liebkosend, als striche sie mit leicht geöffneten Lippen über seine Wange. Sein Mund bebte, seine Hände umfassten das

Lenkrad, als wäre es Pixie, die er an sich zog. Mit den nächsten Sätzen wurde ihre Stimme noch sanfter.

»Lasst uns ein neues Genom bauen«, raunte sie. »Lasst uns auf eine höhere Frequenz wechseln! Wonach wir streben, bestimmt das Schicksal unseres Planeten. Meditation kann uns von negativ gespeicherten Energien befreien, weil unser Geist sie in höhere Emotionen umwandeln kann. Tränkt die Felder in und um euch mit Liebe, mit Dankbarkeit und Respekt, damit sich *das* manifestiert ... Gestaltet euer Erbgut neu! Geht über euren persönlichen Weiderost! Ihr wisst, wenn einer läuft, folgen die anderen. *Deswegen* ist es wichtig, dass du als Einzelner dein Glück findest. Denn wenn einer sich ändert, gibt er auch anderen die Chance. Lasst uns diesen Weg gemeinsam gehen – in eine gute und friedvolle Zukunft. Eine Zukunft, an die ich glaube ... und die unsere Kinder verdient haben.«

Sie verstummte.

Eine erhabene Stimmung lag über dem Sender. Das Empfinden, als riesele feiner, feenhafter Regen auf Samen, die bereit waren aufzubrechen.

Charlene fühlte sich benommen. Auch Harry reagierte langsam. Es dauerte, bis er den Song auf dem Display anklickte: *Stairs of Dreams.*

Jeff gab es einen Ruck, als er das Lied vernahm. Es war das erste Stück gewesen, das Pixie für ihn gespielt hatte, damals im Restaurant. Elektrisiert saß er im Wagen, Gänsehaut überzog seinen gesamten Körper. Ihm war, als hätte Pixie ihm mit ihren Worten die Macht gegeben, die Welt zu ändern – auf sanfte, gewaltlose und machbare Weise.

Die Stunde war fast um. Eine hohe Schwingung füllte den Raum. Reglos saß Charlene auf ihrem Platz und Harry hätte nur zu gern gewusst, welche Gedanken ihr gerade durch den Kopf gingen. Sein Blick fiel auf den Zettel in ihrer Hand, auf dem lediglich ein paar Stichpunkte vermerkt waren. Und obwohl lange Reden ein absolutes No-Go für eine Radiosendung waren, hatte er doch den tiefen Eindruck, dass ihre Worte sich wie feiner Goldstaub über die Hörerschaft legten und Hoffnung und Mut verbreiteten. Eine friedvolle Welt – das Rezept war so simpel. Ein friedvolles Herz war die Grundlage dafür.

Charlene stand auf. Zu Harrys Erstaunen verabschiedete sie sich weder von ihren Hörern, noch von Dex. Wortlos schob sie ihren Stuhl zurück und nahm ihre Jacke.

»Gute Nacht, Harry«, murmelte sie und wirkte noch immer, als wäre sie gar nicht da.

»Gute Nacht, Charly.«

Harry zögerte, wollte noch etwas sagen, aber sein Mund blieb zu. Er war sich nicht sicher, ob Charlene ihn hören würde.

# ♫ Reckless ♫

Alex Hepburn

Als Charlene auf den Gang trat, stand Frederic vor ihr.

Sein Blick war intensiver, seine Ausstrahlung erotischer denn je und beides traf Charlene umso direkter, da sie sich noch in einer so offenen Frequenz befand. Fred holte sie mit seiner markanten Präsenz in die Wirklichkeit zurück.

»Guten Abend, mein Schmetterling«, sagte er leise. »Es ist eine so laue Nacht und ich dachte, wir könnten noch was trinken gehen.«

Sie sah ihn an. Registrierte seine schönen Augen, sein apartes Gesicht, seinen so attraktiven Körper, fühlte wieder dieses Kribbeln, das ihre Haut überzog, die nach Sich-Spüren und Berührung lechzte … und etwas setzte in ihr aus. Heute Nacht konnte sie nicht alleine sein.

»Ja, gern, warum nicht?«, erwiderte sie mit einem winzigen Lächeln.

Noch während sie mit ihm die Treppe hinunterlief, merkte sie, wie weich sie in ihrem Inneren war, wie bereit, jemanden zu lieben, zu tun, wonach ihr war – und ja, ihr war gerade sehr nach einem prickelnden Glas Champagner oder zwei … oder drei … ihr war nach Vergessen dieser verwirrenden Gefühle oben im Studio … nach handfestem Sex, nach Impulsivität … es konnte kein Zufall sein, dass Fred genau an diesem Abend hier war!

Dex schoss ihr in den Sinn. O mein Gott, sie hatte sich nicht von ihm verabschiedet! Sie hatte seine Fragen nicht beantwortet! Sein gewinnendes Lächeln und seine blauen Augen waren in ihrem Kopf, seine Emotionen zu Beginn der Sendung, die verantwortlich für ihre jetzige Stimmung waren. Sie warf Fred einen Seitenblick zu. Fred, der sie fest um die Taille gefasst hatte und der heute, ebenso wie sie, zu allem entschlossen zu sein schien.

Ja, ein wenig Alkohol war genau das Richtige, damit sie nicht mehr denken musste, damit sie diese blauen Augen aus ihrem Kopf bekam. »Verflixt, Charlene«, schimpfte sie mit sich. »Mach dem ein Ende! Triff dich endlich mit ihm! Soll er doch enttäuscht sein!« Dann konnten sie beide wieder ihrer Wege gehen.

Mit Fred war alles so viel sicherer. Fred wusste, wie alt sie war – und umwarb sie trotzdem hartnäckig. Fred, der Freuden versprach, die sie so lange nicht genossen hatte. Freuden, die sie noch nicht einmal erahnen konnte.

Seine Hand strich über ihren Rücken und er schlug vor, mit seinem Auto in die Stadt zu fahren.

»Ich bringe dich danach nach Hause«, bot er wie neulich an, lässig dahingesagt, doch die Spannung lag greifbar in der Luft.

»Gute Idee, Fred«, antwortete sie. »So machen wir das.«

Fred atmete etwas tiefer und drückte sie an sich. Charlene wehrte sich nicht und ohne hinzuschauen wusste sie, dass sich seine Wangen leicht gerötet hatten. Es war ein prickelndes, ein aufregendes Gefühl, das nach Leben roch. Charlene konnte es kaum erwarten, mit ihm in der Bar zu sitzen – konnte es kaum erwarten, wieder aus der Bar herauszukommen. Ihr gesamter Körper stand unter Hochspannung.

Sie waren gerade mal zehn Meter gegangen, als ein Mann, der gegen sein Fahrzeug gelehnt stand, sich davon abstieß und auf sie zukam.

»Guten Abend«, sagte er. »Ich bin Journalist und hätte ein paar Fragen an Sie, Pixie.«

Charlenes Hand krampfte sich um Freds Oberarm, aber sie reagierte schnell.

»Pixie?«, wiederholte sie mit verstellter Stimme und breitem Dialekt. »Die isch no obbe im Studio!«

Geistesgegenwärtig drückte Fred ihr die Wagenschlüssel in die Hand.

»Geh schon mal vor, Schatz!«, rief er und stellte sich dem Reporter in den Weg. Freundlich sagte er zu ihm: »Sie wissen doch sicher, dass Pixie ihre Anonymität wahren will, das sollten Sie respektieren. Das hier ist ein privater Parkplatz und Sie dürfen hier nicht stehen. Also gehen Sie bitte.«

»Hey, ich bin Journalist! Und hier ist ein Verlagshaus! Sozusagen eine Heimat für jemanden wie mich!«

Er grinste dreist.

»Das hier ist Privatgelände und Pixie hat eine Privatsphäre«, stellte Fred richtig. Er zückte sein Handy und rief Harry an: »Herr Körner? Hier steht ein Journalist, der Pixie sprechen will. Sagen Sie ihr bitte, dass sie einen anderen Weg wählen soll als sonst.«

Mit hochgezogenen Augenbrauen sah er dem Mann ins Gesicht.

»Wäre besser, wenn Sie zu Bett gehen«, empfahl er. »Es ist ja schon nach Mitternacht.«

Damit marschierte er zu seinem Wagen. Als er losfuhr, beugte sich Charlene nach vorne, als wolle sie etwas vom Boden auflesen. Gerade rechtzeitig. Ein Blitzlichtgewitter prallte gegen die Scheiben des Wagens. Fred fluchte, drückte das Gaspedal durch und fuhr mit quietschenden Reifen vom Platz.

♫ ♫ ♫

»Verfolgt er uns?«

Erst, als sie spürte, dass Fred auf die Autobahn gefahren war, wagte sich Charlene wieder hoch. Fred warf ständig Blicke in den Rückspiegel.

»Sieht nicht so aus. Es ist niemand hinter uns.«

Sie atmete auf.

»Mann, Fred, so langsam bin ich froh, wenn das alles vorbei ist!«

Fred lachte und legte seine warme Hand auf ihr Bein. »Du bist wahrscheinlich die Einzige, die sich das wünscht.«

»Mag sein«, knurrte sie. »Ich hoffe, der Typ war eine Ausnahme!«

»Also, ich fürchte eher, dass er ein Anfang war«, erwiderte er grimmig. »Amann hat schon seit Wochen alle Hände voll damit zu tun, die Reporter abzuwimmeln. Offen gestanden wundere ich mich, dass da nicht schon früher einer in der Redaktion aufgetaucht ist.«

»Wie bitte? Fred! Warum weiß ich davon nichts?«

»Weil wir dich nicht beunruhigen wollten. Und weil dir bisher noch keiner nachgestellt hat.«

Sie stieß einen entsetzten Laut aus. »Fred, du weißt, ich will die Firmen nicht gefährden. Wir sollten das Ding beenden!«

»Charlene«, sagte Fred, bemüht, ihre anlehnungsbedürftige Bereitschaft von vorhin wiederherzustellen. »Ich verspreche dir, wir denken darüber nach. Aber nicht heute. Nicht nach dieser wunderbaren Sendung!«

Sie lächelte verhalten. »Du fandest die wunderbar? Du? Frederic Dubois?«

»Ja! Irgendwie hast du die Gabe, solche Inhalte auf eine Weise rüberzubringen, dass sie selbst einen eingefleischten dreidimensionalen Realisten erschüttern.«

Charlene lachte, und das tat nach all den merkwürdigen Gefühlen der letzten Stunden verdammt gut. Spontan nahm sie seine Hand. »Ach, Fred«, seufzte sie. »Ich habe total Lust, mich mit dir zu betrinken!«

»Oh, wow! Das hört sich … vielversprechend an!«

Sanft drückte er ihre Finger und streichelte über ihren Handrücken. Sie ließ ihre Hand in der seinen und Fred war überglücklich über diese Geste. Charlene fühlte sich jetzt schon berauscht.

»Gott, ich glaube, es ist zwanzig Jahre her, dass ich betrunken war!«

»Fein! Das wird ein billiger Abend. Ich nehme an, du bist nach zwei Gläsern Champagner alle.«

»Die Chance ist hoch«, kicherte sie und streichelte seine Finger. Das tat gerade so gut! Leichtsinnig sein! Sie wollte nicht denken. Nein, sie wollte absolut nicht denken! Fred hatte romantische Musik laufen, seine Hand war so warm, und als sie zu der kleinen Bar liefen, schlang er wieder den Arm um ihre Taille. Charlene ließ es nicht nur zu, sondern schmiegte sich noch enger an ihn. Fred wusste gar nicht, wie ihm geschah. Dabei hatte sie doch noch gar nichts getrunken! Er hauchte ihr einen Kuss auf die Wange und sie antwortete, indem sie ihren Arm fester um ihn legte. Freds Herz klopfte stärker, als er seine Hand an ihrem Brustkorb etwas weiter nach oben rutschen ließ bis zu ihrem Brustansatz. Für Charlene war diese kleine Geste wie ein Streichholz, das er in einen vollen Gastank warf. Alles an ihr brannte und glühte, und wären sie nicht gerade über eine leicht belebte Gasse gelaufen, hätte sie ihm am liebsten die Kleider vom Leib gerissen. Auch ihr Herz pochte. So heftig, dass Fred es an seiner Hand spüren musste, die doch direkt unterhalb ihrer Brust lag. Aber sie waren angekommen und er musste sie loslassen, um ihr die Tür zu öffnen. Es waren kaum noch Gäste hier und mit geübtem Blick suchte er einen Stehtisch in einer Ecke.

Charlenes Körper bebte. Wenn Frederic sie jetzt küssen würde … sie würde sich nicht wehren. Sie war so bereit, dass sie den Champagner kaum erwarten konnte, den sie so schnell wie möglich trinken wollte, damit sie so schnell wie möglich wieder von hier wegkonnten … warum hatten sie eigentlich den Umweg über die Bar gemacht?

»Dieser Dex ist schon 'ne Nummer«, meinte Fred und riss sie aus ihren begehrlichen Gedanken. »So gefühlsduselig! Der redet dir ja komplett nach dem Mund.«

Die Bemerkung versetzte Charlene einen Stich … und entzauberte die Stimmung etwas.

»Er ist sympathisch, Fred. Er hat schlicht die Inhalte verinnerlicht.«

»Mag ja sein, aber hast du mal sein Foto in die Google-Bildersuchmaschine eingegeben?«

»Warum sollte ich so etwas tun?«

Erstaunt schaute ihr Frederic in die Augen. »Um zu wissen, wer er ist? Also, ich hab's gemacht. Er heißt Jeffrey Häfner und …«

»Hör auf, Fred. Ich will das nicht hören.«

»Du willst nicht wissen, mit wem du jede Woche sprichst?«

»Ich weiß, mit wem ich spreche. Und sogar, wie er aussieht. Das reicht mir.«

»Das kommt ihm sicher gelegen.«

»Wie meinst du das?«

»Na ja … kein Wunder, dass der jede Menge Komplexe hat. Seine Mutter ist Putzfrau. Der Vater fährt Langstrecken und …«

»Fred«, schnitt sie ihm scharf das Wort ab, endgültig ernüchtert. »Das sind arbeitende Leute! Was soll das?«

Wütend funkelte sie ihn an und in seinen Augen blitzte es auf.

»Entschuldige, Charlene, natürlich. Es tut mir leid.«

Freds Kopf hatte Mühe, auf ihren Vorwurf zu reagieren. Stattdessen reagierte sein Unterleib auf die Blitze, die sie auf ihn abfeuerte und die ihn aufs Äußerste erhitzten. Sein Kopf zeichnete ein Bild … Charlene unter ihm mit diesen zornigen Augen … oder mit halb entsetztem, halb devotem Blick … ihr Oberkörper, der sich aufbäumte, ihre Brust, die sich ihm entgegenwölbte … er kannte da einige Techniken, mit denen er sie zum Wahnsinn treiben würde …

»Mann! Du bist so ein verdammter Snob!«, schimpfte Charlene unterdessen weiter, stürzte ärgerlich einen Gutteil des Champagners hinunter und schürte damit noch mehr Fantasien in ihm. Ja! Genauso liebte er sie! Wenn sie die Wildkatze rausließ! Wenn sie kratzte und fauchte, wenn sie nicht mehr wusste, was sie tat … oder alles tat, was er wollte … wenn sie sich unter ihm wand und er sie festhielt … Sein Kopf produzierte fleißig pornografische Szenen, während sie ihm weiter die Leviten las und seine Glut noch mehr schürte. In der Gewissheit seiner männlichen Ausstrahlung trat er auf sie zu, fasste ihre Arme, zog sie nach oben, drückte sie an die Wand und verschloss ihr den Mund mit einem heißen Kuss. Charlene wehrte sich, spürte seinen Körper an dem ihren, seine Zunge in ihrem Mund und sein Gesicht nah an ihrem, als er sich auch schon wieder von ihr löste, nur noch ihre Handgelenke festhielt.

»Genau«, raunte er. »Ich bin ein verdammter Snob. Der unendlich in dich verliebt ist.«

»Fragt sich nur, für wie lange«, gab sie mit feinem Spott und brennenden Augen zurück.

»Charly, ich wusste es von der ersten Sekunde an: Du bist die Einzige, mit der ich zusammen sein könnte.«

»Das sind seltsame Worte aus dem Munde eines Profi-Charmeurs, der Frauen über alles liebt. Vor allem ihre Vielfalt. Und ihre Jugend. Du stehst auf Frischfleisch! Auf Zwanzigjährige!«

Sie befreite sich aus seinem Griff und schnappte sich ihr Glas.

»Ich stehe auf dich, Charlene. Schon immer. Wenn ich bisher oft gewechselt habe, dann, weil du nicht frei warst. Aber jetzt bist du es. Ich kann dir ein schönes Leben bieten. In jeder Hinsicht!«

»Ich dachte, du kannst nur casual Sex! Willst du mir ernsthaft weismachen, dass du mehr willst als das?«

»Ja, ich will mehr als das. Ich will dich. Ich will dich ganz.«

»Fred … Du kannst nicht treu sein. Du bist es nie gewesen!«

Sie lachte leicht, stürzte erneut einen guten Teil Champagner nach hinten. »Und im Übrigen: Ich *habe* ein schönes Leben.«

»Nein, Charlene, du führst ein einsames Leben.«

»Unsinn! Ich habe Freunde! Die du übrigens alle nicht magst! Und außerdem kämst du mit meinen vielen Facetten nicht klar.«

»Im Gegenteil! Ich bin sicher, ich kann noch ein paar mehr aus dir rauskitzeln!«

Für Sekunden starrten sie sich an, dann senkte sich ihr Blick zu seinem Glas, aus dem er noch nicht viel getrunken hatte. Charlene stieß ein leises Lachen aus.

»Tja, Fred. Ich weiß gerade nicht, ob ich mich darauf freuen oder davor Angst haben sollte.«

»Find's raus«, schlug er vor. »Ich werde alle deine Facetten lieben, im wahrsten Sinne des Wortes.«

Amüsiert beobachtete er sie. Er wusste, dieses Geplänkel war lediglich eine Schutzmaßnahme. Sie scheute wie ein übernervöses Pferd und das gefiel ihm. Seine Finger streichelten ihren Nacken, sein Daumen fuhr über ihr Gesicht. Irritiert setzte sie erneut ihr Glas an. Der Alkohol wanderte in ihren Kopf, während Fred gelassen nachschenkte.

»Irgendwie hört sich das aus deinem Mund beunruhigend an«, stellte sie finster fest.

Er lachte leise, seine Hand lag an ihrem unteren Rücken, er zog sie zu sich heran, strich ihr eine Strähne aus dem Gesicht. Sein Atem hauchte in ihr Ohr, ließ sie erschauern, radierte alle Bedenken aus, entfachte ein Feuer in ihr.

»Charlene«, flüsterte er. »Was deine Facetten angeht: Ich liebe dich im Abendkleid, wenn du ein Glas Champagner in der Hand hältst. Niemand tut das mit dieser Leichtigkeit wie du. Ich liebe dich als Vamp. Als Schlampe. Als Grande Dame. Als meine Elfe.«

Charlene starrte ihn an.

»Und gefesselt auf der Folterbank. Ziehst du schwarze Lederhandschuhe an, wenn du Sex mit Frauen hast?« Ihr Herz klopfte heftig, als sie das sagte.

»Manchmal«, antwortete er, ohne den Blick von ihr zu nehmen. »Wenn es zur Situation passt. Aber ich würde dir nie wehtun … wenn du das nicht willst.«

Ein Schock durchfuhr sie. Wie meinte er das? Ihre Augen flackerten unruhig und er fuhr mit einem Finger über ihren Hals, die heftig pulsierende Halsschlagader entlang … Seine Erregung wuchs. Ihr Busen war nicht groß, aber wohlgeformt und weich … Fred wollte diese Weichheit physisch in seiner Hand spüren, ebenso wie den Rest ihres Körpers. Ihre Augen waren auf ihn gerichtet und der Ausdruck darin ließ ihn endgültig die Beherrschung verlieren.

Wieder drängte er sie gegen die Wand. Erbebend registrierte Charlene sein erregtes Glied an ihrem Becken. Sie stieß ein Keuchen aus, drückte ihren Unterleib an den seinen. Sie konnte sich nicht wehren, wollte sich nicht wehren … Seine Hände wühlten in ihrem Haar, umfassten ihr Gesicht, ihr Blick war verschleiert, seine Lippen zuckten.

»Lass mich tun, was ich tun will«, flüsterte er. »Vertrau mir.«

Ein zittriger Atemstoß flatterte aus ihrem leicht geöffneten Mund. Ihre Augen waren halb geschlossen und vermittelten Fred einen Eindruck, wie es wäre, wenn er sie unter sich hätte … auf sich hätte … vor sich hätte …

Ein paar erwartungsvolle, süße Sekunden lang verharrten seine Lippen vor ihrem Mund, dann senkten sie sich auf die ihren, küssten sie, strichen über ihr Gesicht. Sein Atem, seine Stimme vibrierten durch ihr Ohr bis in ihren Unterbauch hinunter. Charlene konnte sich nicht mehr beherrschen, presste sich ihm entgegen. Ihr Gesicht glühte, ihre Haut war heiß, ihre Zunge schmeckte süß. Freds Arme schlossen sich noch fester um sie, und Charlene war es, als versinke sie. Seine Zunge spielte mit ihr, machte ihr klar, was sie erwartete, wenn sie sich ihm hingab.

»Fred«, flüsterte sie. »Lass uns gehen …«

»Ja, lass uns gehen«, murmelte er, beglückt über ihre Trunkenheit. Er mochte betrunkene Frauen. Sie waren so herrlich hemmungslos und das liebte er über alles. Doch ihr nächster Satz riss ihn etwas zurück.

»Du bist mein Wiedereintritt ins Leben, Fred«, wisperte sie ihm ins Ohr. Er spürte ihr Herz rasen. Ihr Wiedereintritt nach Bernie! Blitzartig wurde ihm das Ausmaß dieser kleinen Bemerkung bewusst: dass Charlene nur einen einzigen Mann in ihrem Leben gehabt hatte. Dass es diesmal nicht darum ging, eine unverbindliche Nummer zu schieben. Er war drauf und dran, sich zu binden! Aber er wollte Charlene! Er hatte sie von jeher gewollt! Sie war die einzige Frau, die ihm Gedanken einer monogamen Beziehung in den Kopf setzte. Und sie würde auf Dauer nichts anderes akzeptieren, egal, was sie gerade sagte.

»Fred«, hauchte Charlene in sein Ohr und presste sich wieder gegen ihn. »Nicht denken. Nicht jetzt!«

Fred konnte sich an keine Situation in seinem Leben erinnern, in der er so durcheinander gewesen war. Noch nie hatte er auf eine Frau so lange gewartet wie auf sie. Er entschloss sich. Er würde ihr die Nacht ihres Lebens bescheren. Er würde sie süchtig nach ihm machen! Zur Hölle mit dem, was danach sein könnte!

Noch einmal drückte er ihr das Glas in die Hand. Er wollte sie vollkommen enthemmt, wollte, dass sie diese Nacht nie mehr vergaß.

Der Ober brachte die Rechnung. Fred zahlte, nahm Charlene an die Hand und zog sie mit sich.

Grelles Licht blitzte durch das Fenster. Verwundert drehte der Ober sich um. In seinem Schatten stehend vermutete Charlene zunächst noch, die Scheinwerfer eines Autos hätten in das Lokal geleuchtet, doch schon die nächste Sekunde belehrte sie eines Besseren. Kameraflashs feuerten im Dauerbeschuss durch die Scheiben. Chaos brach aus. Sie hörten Lärm an der Vordertür. In Charlene drehte sich alles, ihr Herz hämmerte, Fred fluchte, drängte sie geistesgegenwärtig gegen die Wand, verdeckte sie mit seinem Körper und zischte dem Ober zu: »Gibt es hier einen Hinterausgang?«

»Äh … ja«, stotterte der verdattert.

»Okay, dann zeigen Sie uns den! Schnell! Und bleiben Sie hinter uns!«

Fred schob Charlene vor sich her und schockiert lief sie vor den beiden Männern, während der Ober ihr den Weg wies.

»Nach links, dann scharf rechts … in die Küche … der Lieferanteneingang ist hinten …«

»Könnten Sie den checken?«, bat Fred.

Der Ober tat wie geheißen und kam nach einer Minute wieder.

»Im Moment ist noch alles frei«, verkündete er. »Aber am Eingang vorne und in der Gasse stehen einige Leute.«

Charlene entfuhr ein entsetzter Laut. Die beiden Männer diskutierten kurz, was zu tun sei, dann erklärte sich der Ober bereit, Charlene mit dem Lieferwagen zu einem Taxistand zu bringen.

Aber das war ihr zu heikel, also fragte sie den hilfsbereiten Mann, ob er sie zu einem etwas entlegenen Parkplatz fahren könne, rief Johanna an, die sofort ins Auto sprang und sie von dort abholte. Auch Fred ließ sein Auto stehen und bemühte einen Freund.

Erst als Charlene in die Polster von Johannas Wagen sank, die zu dieser nachtschlafenden Zeit eher nach Johann aussah, atmete sie ein wenig auf.

»Schätzchen, was war los?«, fragte Johanna beunruhigt.

»Paparazzi!«, rief Charlene verstört. »Jede Menge! Kannst du dir das vorstellen? Die haben mich vom Funkhaus bis in die Bar verfolgt! Wenn einer mein Gesicht vor die Linse gekriegt hat, zählen die eins und eins zusammen!«

»Verflixt! Klingt nicht gut. Und jetzt?«

»Das ist mir zu gefährlich.« Charlene rieb sich die Schläfen. »Ich beende das Ding.«

»Ja, wäre sicher besser, rechtzeitig einen guten Absprung zu finden.«

Charlene nickte, ihre Gedanken flogen zu Fred. Zur vereitelten Nacht. Wanderten zu Dex. Was war mit ihm?

Johanna stellte ihr genau diese Frage: »Und was ist mit Dex?«

»Johanna«, brach es aus Charlene statt einer Antwort heraus. »Würdest du heute Nacht bei mir bleiben? Und in meinem Bett schlafen?«

»Natürlich, Charly«, sagte Johanna sanft. »Ich lasse dich nicht allein. Das weißt du doch.«

# ♫ You ♫

## Ten Sharp

Von all dem ahnte Jeff nichts. Die Tage wurden für ihn immer verrückter.

Henning, Alf und Lukas waren seit Jeffs Präsentation wie aufgezogen. Ideen und Aufgaben kreisten unaufhörlich in ihren Köpfen.

Alf war so aufgedreht, dass er am nächsten Tag einkaufen ging und in der Küche die abenteuerlichsten Experimente mit pflanzlichen Burgern, Gewürzen, Brotsorten und speziellen Soßen durchführte.

»Jeff!«, beschwerte er sich mit hochroten Wangen. »Ich brauche einen richtigen Ofen! Das Ding hier ist eine Vollkatastrophe!«

»Das gehen wir als Nächstes an, Kleiner«, versprach ihm Jeff, der vor Tatendrang nur so strotzte. »Mach dich fertig! Wir müssen heute in dieses Bistro!«

»Welches Bistro?«, fragte Alf, der mit seinen Gedanken bei seinen Rezepten war.

»Hab ich dir doch erzählt! Die Kuschelecke! Wo das TV-Interview stattfindet!«

»Ach ja, stimmt! Mensch, Jeff, das ist so super! Das gönne ich dir so sehr!«

Wie so oft leuchtete ihn Alf mit seinen Manga-Augen an, in dieser aufrichtigen, unverfälschten Freude, und Jeff konnte nicht anders: Er lief zu ihm hin und umarmte ihn fest.

»Alter, das habe ich dir zu verdanken«, sagte er bewegt. »Du hast an mich geglaubt, obwohl ich es nicht verdient habe. Du hast mir dein Geld geliehen. Du warst mir nicht böse, als ich …«

Er brach ab, überwältigt davon, was der Junge ihm bedeutete. »Danke, Mann«, sagte er leise. »Ohne dich wäre ich nicht da, wo ich heute bin!«

»Alter, werd jetzt bloß nicht gefühlsduselig! Und lass mich los! Die Amaranth-Brötchen verbrennen in diesem Scheißofen!«

Jeff gab ihn frei und lachte.

»Hoffentlich hat das Bistro eine anständige Küche!«, maulte Alf. Inzwischen waren sie ziemlich desillusioniert, was Restaurantküchen anging. So einige waren alles andere als professionell, was Alf zum Verzweifeln brachte, weil seine Produkte nicht so wurden, wie er das wollte.

Als sie zwei Stunden später vor der Kuschelecke standen und auf die Inhaberin warteten, linste Alf kritisch durch die Glasscheiben.

»Das ist ja nicht besonders groß«, stellte er fest. »Und da drin willst du dein Interview machen?«

»Ich hab's Frau Schreiber versprochen, also halte ich mich dran.«

»Also, ob der Laden eine anständige Küche hat, bezweifle ich«, unkte Alf. »Die hat bestimmt nur 'ne Billig-Küchenzeile mit 'ner Mikrowelle. Kennst du Frau Schreiber?«

»Nur von ihrem Profilfoto und dem Gespräch. Da kommt sie übrigens.«

Alf drehte sich um und spähte die Straße hinunter. Im selben Moment klappte sein Unterkiefer nach unten und er wich einen so heftigen Schritt zurück, dass er gegen die Schaufensterscheibe prallte. Verwundert sah Jeff ihn an, aber Alfs Blick war unverwandt auf die blonde Gestalt gerichtet, die ihnen tänzelnd entgegenkam und deren hellblaues Petticoatkleid mit jedem ihrer Schritte wogte und schwang. Durch ihr lockiges, blondes Haar zog sich ein Band, ihr Kirschmund war knallrot geschminkt und ihre braunen Augen blitzten freudig, als sie die beiden vor ihrem Laden stehen sah.

»Hi!«, lachte sie schon von Weitem und streckte bereits drei Meter, bevor sie bei ihnen war, ihre Hand zu ihnen aus. »Ich bin Henriette. Wie schön, dass ihr da seid! Ich bin so überglücklich, dass du mein Bistro ausgewählt hast, Dex!«

Mit beiden Händen ergriff sie die seine und schüttelte sie kräftig. Dann erst wandte sie sich mit strahlenden Augen Alf zu, der sie mit offenem Mund anstarrte.

»Und du bist …?«

»Das ist Alfie«, erklärte Jeff und rempelte ihn an, damit er den Mund wieder schloss. »Er ist der Erfinder des Gojibeeren-Tomatenbrots und von anderen Köstlichkeiten und er hofft von Herzen, dass du einen anständigen Ofen in deiner Küche hast!«

»Aber klar doch!« Henriette lachte übermütig, ergriff mit beiden Händen Alfs Rechte, die er vergessen hatte, ihr hinzustrecken, und schüttelte sie so heftig, dass der ganze Kerl wackelte. Sie ließ Alfs Hand nicht los – oder er die ihre nicht. Die Blicke der beiden klebten aneinander, versanken ineinander und sie lächelten sich selig an. Jeff räusperte sich – und Henriette schreckte auf.

»Also, dann mal rein in die gute Stube!«, sagte sie errötend.

Während sie aufschloss, tauschten Jeff und Alf einen Blick. Alf war völlig weggetreten. Vielsagend zog Jeff die Augenbrauen hoch und grinste, aber Alf registrierte das gar nicht. Sein ganzes

Augenmerk war ausschließlich auf Henriette gerichtet und folgte jeder ihrer Bewegungen. Sie zeigte ihnen zunächst ihre Küche, die zwar klein, aber top ausgestattet war. Alfs Gesicht hellte sich auf, als er den Hightech-Ofen begutachtete, den sie sich angeschafft hatte.

»Das ist ja der absolute Profi-Ofen!«, rief er entzückt. »Und du benutzt den auch?«

»Was soll denn die blöde Frage! Klar benutze ich den! Was denkst du denn? Dass er als Deko hier steht? Ich backe damit Brot, wie du! Aber deine Kombis sind sagenhaft … da muss man erst mal draufkommen!«

»Das ist gar nicht so schwierig«, wiegelte Alfie ab und strahlte sie an. »Vor allem kann ich das in deinem Ofen so backen, wie es sein soll. Ich freue mich schon drauf!«

»Oh, und ich erst! Jetzt sogar noch mehr!«

Er wurde rot, Hennie nicht minder und sie leuchteten sich an wie zwei Glühbirnen.

»Bekannte haben mir erzählt, dass deine Brötchen so saftig sind … wie kriegst du das hin ohne Zusatzstoffe?«, fragte sie dann eifrig. »Ich habe schon alles ausprobiert, aber …«

Innerhalb von Sekunden waren die beiden in ein intensives Gespräch über Öfen und Backvorgänge eingetaucht. Jeff konnte nicht ausmachen, wer von ihnen mehr sprudelte – sie hatten ihn völlig ausgeblendet.

Mit einem Grinsen im Gesicht setzte er sich an einen Tisch im Restaurant und checkte seine Mails. Loskamp hatte ihm geschrieben, dass er sich für das Shooting Mallorca oder Ibiza vorstellen könne. Das war ja sensationell! Da würde er unbedingt Alf mitnehmen. Er würde das Meer früher sehen als gedacht! Er antwortete ihm gleich, gab seine Zeitfenster durch und widmete sich der nächsten Mail. Sein Herz setzte einen Schlag aus.

Sie war von Juliane.

Hallo Jeff,
ich verfolge schon seit Längerem das Moonlight-Radio und deine Entwicklung. Ich bin sehr beeindruckt. Auch mich haben Pixies Worte berührt. Das Gute zu sehen – ich fürchte, das habe ich nicht mehr gekonnt. Ich schäme mich, dass ich dich an deinem tiefsten Punkt rausgeworfen habe. Erst als du weg warst, habe ich gemerkt, was ich verloren habe. Ich bin sehr unglücklich und vermisse dich schrecklich. Können wir reden?

Jeffs Gedanken gingen zurück zu der Zeit mit ihr: ihre Millionärsromane auf dem Nachttisch, der Abend, als er sie so glamourös ausgeführt hatte, die zerbrochene Tasse, der Typ am Telefon, als er sie hatte sprechen wollen.

Das war gerade mal ein paar Monate her! Es kam ihm vor wie aus einem anderen Leben. Eines, das nicht mehr seins war. Automatisch kam ihm Pixie in den Sinn und sein Herz schlug heftiger. Es schlug auf eine Weise, wie es für Juliane nie geschlagen hatte. Pixie war sein Leuchtstern. Sie war es, die die Gratwanderung mit ihm gegangen war, diesen schmalen Pfad, der ihn vom Dunkel ins Licht geführt hatte. Egal, was sonst noch in seinem Leben passierte, Jeff wusste eines: Das, was er mit ihr und durch sie kennengelernt hatte, würde ihn nie mehr verlassen. Sie hatte ihm nicht Kraft gegeben, sondern ihn seine eigene Kraftquelle finden lassen. Und diese letzte Sendung … als er ihr seine Liebe geschickt hatte … Pixie war in Resonanz damit gegangen. Dessen war er sich sicher.

Er schob Julianes Mail in einen Ordner und sah auf die Uhr. Henriette und Alf waren noch immer in der Küche und quasselten höchst angeregt miteinander. Seine Mundwinkel bogen sich nach oben, als er ihren beschwingten Stimmen lauschte.

Er wartete weiter, hörte Musik – die beiden kamen nicht. Gerade als er sich auf den Weg in die Küche machen wollte, tauchten sie auf, mit strahlenden Augen und lebhaft miteinander diskutierend. Hennie erschrak, als sie Jeff bemerkte, als erinnere sie sich erst jetzt daran, warum er und Alf überhaupt hier waren.

»Oh, Dex, entschuldige! Ich habe dir gar nichts angeboten!« Dann sah sie entgeistert zur Uhr. »Ach, du liebe Zeit! Es ist ja schon eine Dreiviertelstunde um! Wo ist denn die Zeit hin?«

Schnell bereitete sie für jeden einen Cappuccino, besprach alles Weitere mit Jeff, aber immer wieder landeten ihre Blicke mit einem errötenden Lächeln bei Alf. Der sah völlig verzaubert zurück und wirkte, als müsse er sich am Riemen reißen, um sie nicht einfach zu packen und zu küssen. Er war ja schon immer ein Leuchtkäfer gewesen, aber dass sich das so steigern ließ, warf selbst Jeff um. Der ganze Kerl schien zu schweben!

Als sie nach zwei Stunden – geplant war eigentlich nur eine gewesen – wieder auf der Straße standen, war Alf wie im Fieber. Seine Wangen waren hochrot und Jeff kam es vor, als setzten dessen Füße gar nicht auf der Erde auf.

»Hast du schon mal so was Süßes gesehen?«, brach es aus ihm heraus. »Die ist ja Zucker pur! Und hat richtig Ahnung von Kochen und Backen! Und dieses Kleid! Das hat voll zu ihr gepasst! Und hast du das hübsche Band in ihrem Haar bemerkt? Und die Schuhe, ich meine, ihre Füße! Sie hat total hübsche Füße! Und ihre Hände! Jeff, sie hat einen wunderbaren Kirschmund! Und die schönsten Augen der Welt!«

So ging das in einer Tour und Jeff kriegte sich fast nicht mehr ein vor Lachen.

»Ach, Alf«, schmunzelte er. »Hoffentlich verbrennen dir an dem Tag nicht die Brötchen, weil du dauernd nur auf Henriette schaust!«

Aber Alf hörte ihm gar nicht zu. Der schwebte im siebten Himmel.

Jeff ging es ähnlich. Er war glücklich. Er fühlte sich geerdet und schaute mit einer Zuversicht in die Zukunft, die er noch nie so gefühlt hatte. Natürlich ging es auch für ihn noch rauf und runter, gab es Dinge, die nicht klappten, Zweifel, die ihn befielen, auch Angst, die sich meldete. Angst, die ihm sagte, das könne doch so nicht weitergehen … der tiefe Fall käme schon noch … aber nun wusste er, wie er damit umgehen konnte. Nur eine Angst verließ ihn nicht: Was mit seinem Leben passieren würde, wenn es Pixie nicht mehr gäbe.

Alles in ihm war darauf ausgerichtet, sie live zu sehen.

♫ ♫ ♫

Charlene hingegen war entschlossen, das Moonlight-Radio zu beenden.

Das Management redete mit Engelszungen auf sie ein, sperrte den Parkplatz ab 21.00 Uhr für hereinkommende Fahrzeuge, aber jeder wusste, dass das keine Lösung war.

»Frau Wittstein, die paar Wochen werden wir doch noch irgendwie schaffen!«, beschwor sie Amann.

Es folgte eine heiße Diskussion, in der sie ihr versprachen, alle möglichen Maßnahmen zu ergreifen, und Charlene baten abzuwarten, was nach den nächsten Sendungen passierte.

»Die Parkplatzsperre ist ein Witz!«, erklärte Fred nach der Sitzung unzufrieden. »Wie viele Autos fahren ab Mitternacht von hier weg? Es ist ein Leichtes, denen zu folgen. Du kannst nicht mehr mit deinem eigenen Wagen kommen, Charly.«

Das verkomplizierte alles sehr, und obwohl ihr die Sendung Spaß machte und sie auch unglaublich gerne mit Dex sprach, wünschte sie sich ihre Freiheit zurück. Es war unschwer zu erkennen, dass Amann und seine Leute das Ganze immer weniger im Griff hatten.

Nach der nächsten Sendung waren wieder zwei Reporter aufgetaucht, und sie hatte es nicht gewagt, ein Taxi zu rufen. Harry hatte ihr schließlich einen Blaumann und eine Schiebermütze hingehalten und sie auf Umwegen nach Hause gebracht.

Charlene war schockiert. Stets standen nun ein oder zwei Autos vor der Absperrung – oder in der Seitenstraße, Reporter, die jedem Auto folgen würden, das das Gelände verließ. Bis jetzt hatte sie jedes Mal unentdeckt verschwinden können, aber es wurde immer schwieriger.

Das mehrstöckige Gebäude war nur in den oberen beiden Etagen vom Sender besetzt. Unten befanden sich Versicherungsbüros sowie Arztpraxen und im Erdgeschoss ein großes Bad- und Fliesengeschäft. Es gab die Möglichkeit, das Gebäude durch einen Hintereingang des Badezimmerausstatters zu betreten, aber es war lediglich eine Frage der Zeit, bis die Reporter auch das entdecken würden. Verkleiden hatte wenig Sinn – das Gebäude lag abgelegen am Stadtrand. Jede Person, die das Haus verließ, würde Verdacht erregen. Trotzdem besorgte sie sich eine blonde Perücke.

Schließlich erklärte der Hausmeister, es gebe einen Schleichweg, der in einem Erdkeller im angrenzenden Wald begann und im Lagerraum des Fliesengeschäfts endete. Das war ein Gang von zehn Minuten durch einen vermoderten Tunnel, bei dem Charlene ständig Angst hatte, dass er einstürzte und sie unter sich begrub. Sie war jedes Mal froh, wenn sie im Wald herauskam und dort von jemandem abgeholt wurde. Oft war es Fred. Sie war dankbar, dass er da war. Fred vermittelte Sicherheit. Fred beschützte sie.

♫ ♫ ♫

Bei Jeff ging es weiter hoch her. Die Modemarke hatte bereits den vollen Betrag überwiesen, was er mit Alf gefeiert hatte. Beide kündigten zu Frau Lechners Leidwesen ihren Job und stürzten sich in ihr neues Unternehmen. Sie waren beim Notar gewesen, hatten ihre Firma »Pep to go« eintragen lassen, und im Bewusstsein, sich das leisten zu können, hatte Jeff einen guten Champagner gekauft und mit Lukas, Henning und Alf die Geburt ihres Start-ups begossen.

In einigen Tagen würde sein TV-Interview stattfinden und er war aufgeregt. So viele Gedanken schwirrten ihm durch den Kopf, die ihn nicht schlafen ließen. Unruhig wälzte er sich von einer Seite auf die andere, aber es war eng auf der Matratze und mit jeder Bewegung störte er Alf. Schließlich stand er auf, zog sich an und lief nach draußen, durch die menschenleeren Straßen. Wie ein Gummiband schnellten seine Gedanken wieder zu Pixie. Wo sie wohl jetzt gerade war?

Er sehnte sich dermaßen nach dieser Frau, dass er es fast nicht mehr aushielt. Nachts träumte er von ihrer Stimme und es zerriss ihn fast, wenn er sich bewusst machte, dass sie irgendwo in seiner Nähe lebte, vielleicht nur einen Katzensprung von ihm entfernt. Der beste Satz, den er jemals in seinem Leben gesagt hatte, war: »Bitte geh den Weg mit mir.«

Sie war den Weg mit ihm gegangen und Jeff wollte nicht, dass dieser nach der Sendung zu Ende war. Er zählte die Tage und Stunden bis zum Moonlight-Radio und strengte sich in allem, was er tat, an, um etwas vorweisen zu können. Und er hoffte, hoffte so sehr, dass sie sich als anonymer Follower bei Facebook eingeloggt hatte und irgendwann privat Kontakt mit ihm aufnehmen würde.

Aber nichts dergleichen geschah. In seinem Postfach drängelten sich Frauen aller Art, chatteten mit ihm, flirteten mit ihm, machten ihm eindeutige Angebote … Es war so überwältigend, dass sich Jeff eher zurückzog – was ihn umso begehrenswerter machte. Und ständig bestürmten ihn seine weiblichen Follower mit Fragen.

»Läuft da was zwischen dir und Pixie?«

»Bist du in Pixie verliebt, Dex?«

Was sollte er denn darauf antworten? Wie verdammt noch mal sollte er etwas erklären, was er selbst nicht verstand? Dass er sie liebte, weil sie sein Leben gerettet hatte? Weil sie eine so wunderbare Stimme hatte und eine noch wunderbarere Geisteshaltung? Wer um Gottes willen wollte das verstehen? Und wie verrückt war es, eine Frau zu lieben, die er noch nie gesehen hatte?

So schrieb er regelmäßig: »Ich habe Pixie noch nie persönlich getroffen. Ich habe keine Ahnung, wie sie aussieht oder wie alt sie ist. Ich weiß gar nichts von ihr. Aber ich bin ihr unendlich dankbar – für alles, was sie für mich getan hat.«

Je mehr Zeit verstrich, desto klarer wurde ihm, dass er die Initiative ergreifen musste. Er fasste einen Plan und wartete auf die nächste Sendung. Auf die er sich mental diesmal besonders vorbereitete.

♫ ♫ ♫

»Und hier ist wieder euer Moonlight-Radio! Leute, die Zeit tickt! Der Countdown läuft! Wir haben nur noch wenige Sendungen … und Dex …«, leitete Pixie gut gelaunt zu ihm über. »Du rennst ja immer schneller!«

»Ja, und ich bin noch lange nicht da, wo ich hinwill! Aber ich bin dran!«

»Alle Dinge brauchen Zeit, Dex«, schmunzelte sie. »Hast du für heute eine bestimmte Frage?«

»Mehrere!«

»Dann fang an! Wie lautet deine erste?«

»Wie alt bist du?«

Charlene verschlug es die Sprache. Da fiel ihr ein, dass sie das Gleiche ja von ihm wissen wollte.

»Wie alt bist du?«, fragte sie heiter zurück.

»Ich werde demnächst dreiunddreißig«, antwortete er, in der Hoffnung, sie würde daraufhin auch ihr Alter preisgeben.

Aber Pixie lachte nur und sagte: »Eine Schnapszahl! Ich hoffe, du feierst gebührend!«

»Ich hoffe, du feierst mit mir!«, erwiderte er, und sein Puls raste wie verrückt. »Ich könnte mir nichts Schöneres vorstellen, als mit dir ein Glas Champagner zu trinken.«

Wieder lachte sie laut. »Das hättest du wohl gerne, was?«

»Ja, genau! Das hätte ich gerne! Sehr gerne! Überaus gerne sogar! Was muss ich tun, damit das passiert?«

»Gar nichts. Weil es nicht passieren wird.«

»Warum nicht? Warum können wir uns nicht sehen?«

»Weil … ich das nicht angebracht finde. Zumindest nicht während der Sendung.«

»Das heißt, wenn es das Moonlight-Radio nicht mehr gibt, erfahre ich, wer du bist?«

Eine Pause entstand. Jeff hielt die Luft an – und mit ihm das gesamte Bundesgebiet.

Aber Pixie antwortete nicht auf seine Frage.

»Hey, Dex«, ließ sie vernehmen, »könnten wir mal zu gehaltvolleren Themen übergehen?«

»Natürlich!«, beharrte Jeff stur. »Wenn du mir verraten hast, wie alt du bist!«

»Wenn du mein Alter wüsstest, würdest du deine Bitte nach einem Treffen sicher überdenken«, gluckste sie. »Nur so viel: Ich könnte deine Mutter sein! Zufrieden?«

»Das glaube ich nicht!«

»Es ist aber so! Bist du jetzt enttäuscht? Und können wir jetzt weitermachen?«

»Nein! Ich … Pixie … egal, wie alt du bist … was ist mit einem Treffen? Nach der Sendung? Du weißt, wie ich aussehe … du weißt ziemlich alles von mir – und ich nicht das Geringste von dir!«

»Das ist nicht das Schlechteste«, gab sie zurück. »Ist sicher besser, wenn es so bleibt.«

Sie hörte sich kühl an, aber ihr war unerträglich heiß. Was war das jetzt schon wieder für eine Unterhaltung? Sein Bild drängte sich in ihren Kopf. Seine Muskeln, sein junger Körper und sein dunkelblauer Blick. Gleichzeitig fragte sie sich, welche Vorstellung er von ihr hatte … da musste doch Enttäuschung vorprogrammiert sein! Aber Dex hing wie ein Süchtiger am Telefon. Sie spürte sein Verlangen fast körperlich durch die Leitung und das ließ sie nicht unberührt. Im Gegenteil: Es ließ ihr Herz rasen, es machte ihren Kopf leer. Spannung lag über dem Sender. Atemlosigkeit. Hoffnung. Erwartung. Charlene merkte, wie ihr der Schweiß aus allen Poren brach.

»Pixie, bitte!«, bohrte Jeff indes weiter. »Du hast mein Leben gedreht, du hast mir so geholfen … ich möchte dich unbedingt live sehen!«

»Ja, vielleicht vereinbaren wir mal was im Funkhaus, wenn das hier vorbei ist«, wich sie aus. »Wir werden sehen, was sich ergibt.«

»Das können wir doch planen«, insistierte er. »Damit es sich auch tatsächlich ergibt.«

»Dex, bitte! Stell doch lieber deine anderen Fragen!«

»Okay!«, schoss es aus ihm heraus. »Bist du liiert?«

»Dex!«

Ihre Wangen waren brandrot.

»Das reicht jetzt! Wenn du so weitermachst, werfe ich dich aus der Leitung!«

»Wenn du Ja sagst, frage ich dich auch nicht mehr nach deinem Alter«, versuchte Jeff zu scherzen, aber es war spürbar, dass ihm todernst damit war. »Ich meine, wenn du sagst, dass du gebunden bist, respektiere ich das natürlich«, setzte er nach. »Auch wenn ich dir nicht glaube, dass du meine Mutter sein könntest.«

»Ach, Dex!«

Diesmal lachte Pixie leise. Es klang irgendwie zärtlich und Jeff drückte mit klopfendem Herzen seine Kopfhörer dichter an seine Ohren. Er wollte ihren Körper spüren, wollte, dass sie ihre Arme um ihn legte und genauso wie jetzt direkt in sein Ohr lachte. Ohne Kopfhörer. Er schloss die Augen und all die Liebe, die er in seinem Herzen trug, schoss wie ein Pfeil zu ihr – und traf sie.

Charlene erstarrte. Was machte er da? Sie spürte, wie eine alterslose, bedingungslose Liebe sie umfing, und ein Atemstoß entfuhr ihr. Ein Keuchen, das Jeff innerlich jubeln ließ, und ihre Antwort bestätigte ihn erst recht.

»Dex«, sagte sie mit rauer Stimme. »Das … in deinem Kopf … das sind pure Wunschgedanken! Und mein Beziehungsstatus geht niemanden etwas an.«

Wieder blitzten seine Augen in ihre Seele, in ihr Herz, setzten ihren Körper in Brand. Herrgott noch mal! Das konnte doch nicht sein, dass sie so stark auf die Avancen eines Unbekannten reagierte? Mit Mühe rief sie sich zur Ordnung. Sie war auf Sendung! Er war dreiunddreißig! Dreiunddreißig! O mein Gott, wie würde es wohl sein, wenn …

Geschockt von sich selbst zwang sie sich zur Vernunft. Aber die Atmosphäre im Studio war dermaßen geschwängert von der unausgesprochenen Erotik zwischen ihnen, dass die Zuhörer das hautnah mitbekamen. Charlenes Wangen wurden noch heißer, wenn das überhaupt noch möglich war. Und ihr Kopf fand keine brauchbaren Sätze.

»Pixie«, hörte sie Dex' Stimme. »Ich weiß, dass ich gerade indiskret bin. Entschuldige, das war nicht richtig von mir.

Trotzdem will ich es wissen. Du musst es nicht öffentlich machen … schreib es mir einfach. Bitte.«

»Ich glaube, du verrennst dich gerade in etwas, Dex«, presste sie mühsam hervor und brachte ein kleines Lachen zustande. »Ich klinke dich mal aus, damit du ein wenig abkühlst! Und nach der Musikpause sind erst mal alle anderen Hörer herzlich aufgefordert, ihre Fragen loszuwerden. Ruft an!«

Es gelang ihr, einigermaßen gleichmütig zu klingen – was Jeff zutiefst störte. Ihm war es ernst – und sie tat ihn einfach ab!

Frustriert lehnte er sich in seinem Autositz zurück. Nach diesem fetten Korb wurde ihm unangenehm bewusst, wer alles zuhörte. Juliane. Alf. Lukas und Henning. Weiß der Geier, wer noch! Mann, er hatte Pixie gerade öffentlich angemacht! Er wurde tiefrot. Trotzdem. Er würde alles tun, um an diese Frau heranzukommen. Aber er sollte wissen, ob sie gebunden war, bevor er wieder so etwas startete. Und sehen wollte er sie in jedem Fall.

»So leicht gebe ich nicht auf, meine Süße«, knurrte er, und seine Augen funkelten.

In dem Moment schoss ihm eine bahnbrechende Idee in den Kopf. Eine Möglichkeit, Pixie zu einem Treffen zu bewegen. Wie zur Bestätigung piepte in der nächsten Sekunde sein Handy. Die einkommende Nachricht schickte einen heißen Strahl durch seinen Körper, bestärkte ihn in seinem Entschluss und machte ihm Hoffnung. Extreme Hoffnung.

♫ ♫ ♫

Charlene stieß in der kurzen Musikpause einen dicken Seufzer aus. »Du meine Güte, Harry! Das artet aus!«

Harry antwortete nicht und fixierte nachdenklich sein Pult. Sie wollte ihn gerade fragen, was ihn umtrieb, als die Tür aufgerissen wurde und Dörfler hereinstürmte.

»Herr Dörfler«, sagte Harry wenig erfreut. »Was tun Sie denn noch um diese Uhrzeit hier?«

»Das war ja wieder mal ein Ding!«, rief der enthusiastisch, als habe Harry nichts gesagt. »Scheint, als ob der Junge in Sie verknallt wäre, Frau Wittstein! Wie wäre es, wenn Sie ihm ein Date in Aussicht stellen, dann …«

»Herr Dörfler! Was soll das?! Ich sage einfach, dass ich liiert bin. Dann ist Ruhe!«

»Aber Sie sind doch nicht liiert!«

Sie rollte die Augen nach oben und er beeilte sich zu sagen: »Ähm … ja, klar, versteh schon. Gute Idee.«

Sein Gesicht drückte zwar etwas anderes aus, aber Charlene hatte keine Lust, sich mit seiner Physiognomie zu beschäftigen, und setzte sich verstimmt die Kopfhörer auf. Dörfler verließ den Raum und dachte nach. Ein paar Sekunden später schrieb er über den WhatsApp-Account des Moonlight-Radios eine kurze Nachricht an Dex.

»Vertrauliche Info: Sie ist nicht liiert. Sie sucht seit über zwei Jahren einen Partner.«

Er wartete, bis er die zwei Häkchen sah, danach löschte er die Nachricht mit einem befriedigten Grinsen wieder. Wie alt sie war, verriet er ihm nicht.

Er würde sich doch nicht die Lovestory des Jahres kaputt machen lassen und damit seine Werbeeinnahmen gefährden! Sein Blick ging nach unten auf die Einfahrt des Parkplatzes. Da tummelten sich etliche Reporter. Und das gefiel ihm.

# ♫ If Our Love Is Wrong ♫

## Calum Scott

Alf saß zusammen mit Lukas und Henning in der Küche und lachte sich einen ab, als er den Dialog zwischen Jeff und Pixie verfolgte.

»Mann, Mann, Mann«, prustete er. »Unseren Jeff hat's voll erwischt!«

»Das kann man so nicht sagen«, erwiderte Lukas. »Solange er nichts über Pixie weiß?«

»Der glüht«, gab Alf zurück. »Merkt doch jeder!«

»Schon! Aber was, wenn Pixie hundertfünfzig Kilo wiegt, Warzen im Gesicht und graue Haare hat?«, gab Henning zu bedenken. »Da vergeht die Glut ganz schnell.«

Alf lachte. »Tja … die berühmteste Frage zurzeit lautet: Wer ist Pixie?«

»Hey, Leute!«, meldete sich die gerade wieder zurück. »Ich finde es wunderbar, dass es Dex so gut geht – und dass wir heute andere Hörer drannehmen können, die eine Frage auf dem Herzen haben. Mit wem spreche ich denn?«

Eine männliche Stimme krächzte ein verlegenes Hallo, räusperte sich in einem fort und fühlte sich so offensichtlich unwohl, dass er jedem schon im Vorfeld leidtat.

»Hier ist … mein Name ist … ähm … ich heiße Wilfried«, brachte er mit Mühe hervor.

»Guten Abend, Wilfried«, sagte Pixie freundlich, bemüht, ihm die Aufregung zu nehmen. »Darf ich Du sagen?«

»Ähm … ja. Sicher.«

»Gut, erzähl uns, warum du anrufst.«

»Ja … ich möchte wissen … du hast über Dankbarkeit gesprochen«, stammelte Wilfried. »Wie wichtig das ist. Ich finde auch, dass man dankbar sein sollte. Aber was ist, wenn das nicht zurückkommt? Wenn man alles für jemanden getan, seine eigenen Bedürfnisse stets zurückgestellt hat – und man statt Dankbarkeit einen Tritt in den Hintern kriegt? Wenn …«

»Sprichst du von einer Frau, Wilfried?«, unterbrach ihn Pixie sanft.

»Nein«, antwortete er. »Von meinem Sohn.«

»Wohnt dein Sohn bei dir zu Hause?«

»Nein, er ist weg! Er ist weg!«, brach es aus Wilfried heraus. »Von einem Tag auf den anderen! Einfach so!«

»Wie alt ist er, Wilfried? Und wie lange ist das her?«

»Fünf Monate«, antwortete er, und man konnte hören, wie er mit den Tränen kämpfte. »Er ist vierundzwanzig.«

»Rufst du in der Hoffnung an, dass er dich hört?«

»Ja«, sagte Wilfried heiser. »Ja, ich hoffe, dass er mich hört. Und ich möchte wissen, was ich falsch gemacht habe.«

»Möchtest du das von mir oder von ihm wissen?«

»Egal«, schnauzte Wilfried. »Hauptsache, er kommt zurück.«

»Oh, okay, das ist es also, was du wirklich willst.«

»Ja, er soll wiederkommen! Dahin, wo er hingehört!«

Pixie schwieg eine Weile. Dann sagte sie. »Ich habe eine Geschichte für dich, Wilfried. Sie beleuchtet nur einen Aspekt deiner Situation – aber einen sehr wichtigen. Wenn du mir eine Mail-Adresse hinterlassen möchtest, schreibe ich dir noch ein wenig mehr dazu. Und was die Parabel angeht: Sie ist etwas länger, also lehn dich einfach entspannt zurück, okay?«

»Okay«, brummte Wilfried mürrisch. Es passte ihm nicht, statt einer klaren Antwort mit einer Geschichte abgefertigt zu werden. Aber es blieb ihm nichts anderes übrig und Charlene begann.

»Im Altertum, als es noch viele Könige gab und auf den Gipfeln vieler Berge Burgen und Festungen thronten, brach zwischen zwei Königen ein Streit aus. Ihre Reiche grenzten aneinander – beide wollten das des anderen haben. Bald trugen ihre Armeen den Kampf auf den Feldern und Tälern zwischen den Schlössern aus. Und eines Abends, es war schon spät, wurde einer der Könige von der feindlichen Armee gefangen genommen. Sie steckten ihn in einen leeren Brunnenschacht, aus dem er nicht entkommen konnte. Danach schlugen die Soldaten ein Lager auf und feierten ihren Sieg. Im Laufe der Nacht kam zufällig ein Einheimischer vorbei, der sich für einen bedeutenden Gelehrten hielt. Er hörte eine Stimme, die aus dem Brunnenschacht kam und um Hilfe rief. Vorsichtig spähte er hinein.

›Wer seid Ihr?‹, fragte er, ›und was macht Ihr da unten?‹

›Ich bin der König‹, flüsterte der Monarch zurück. ›Bitte rettet mich! Holt mich hier raus – es soll Euer Schaden nicht sein!‹

Der andere hatte alle möglichen Gedanken im Kopf, vor allem aber einen: Da unten saß ein König! Der gesagt hatte, es solle sein Schaden nicht sein, wenn er ihn rettete! Also holte er ein Seil und half dem König aus dem Brunnen heraus. All das geschah schnell und leise und im Nu entfernten sie sich vom feindlichen Lager. Die Grenze war nicht weit. Aber als der

König neben seinem Retter ging, Schulter an Schulter, war das für diesen fast zu viel.

›Ich kann es nicht fassen‹, sagte er. ›Ich habe Euch gerettet! Ich habe den König gerettet! Ich! Ist das nicht großartig?‹

Der König war genauso glücklich.

›O ja‹, sagte er. ›Mein lieber Freund, tausend Dank! Ich danke Gott von ganzem Herzen, dass er Euch hierhergeschickt hat. Ich danke Euch, ich danke Euch.‹

Dann gingen sie weiter. Aber nach ein paar Schritten hielt der Mann den König wieder auf und sagte: ›Ihr müsst mich kneifen. Ist das wirklich wahr? Zwickt mich! Ich kann es immer noch nicht glauben!‹

Der König kniff ihn in den Oberarm. Der Mann strahlte und sagte: ›Das ist der größte Tag meines Lebens! O König! Versteht Ihr das? Ich habe *Euch* gerettet! Wenn meine Nachbarn das erfahren! Und Euer Hofstaat! Ich nehme an, Ihr werdet es allen am Hof erzählen, oder? Ich meine, in ihren Augen bin ich doch ein Held!‹

Der König stimmte zu. Er versprach, allen davon zu erzählen, und bot ihm als Belohnung schöne Geschenke an. Er sagte, es sei ihm ein Vergnügen, denn er sei wirklich sehr dankbar und würde nie vergessen, was passiert war. Aber jetzt – wenn der andere nichts dagegen hätte – täten sie besser daran, leise zu sein, denn sie seien noch immer auf Feindesgebiet und in Reichweite der Soldaten.

›Sie feiern da drüben‹, sagte er mit gedämpfter Stimme. ›Und wenn wir nicht aufpassen, können sie uns hören. Lasst uns also still sein und schnell die Grenze überschreiten.‹

Der Mann war einverstanden. Zwei Sekunden später hatte er es aber wieder vergessen.

›Ich bin so aufgeregt!‹, sprudelte er. ›Ihr werdet mich so vielen Leuten vorstellen und ihnen sagen, dass ich Euch gerettet habe! Es wird – unglaublich sein!‹

Der König blieb stehen. Er schaute den Einheimischen sehr streng an. Dann blickte er gen Himmel und stieß einen Schrei aus.

›Der König entflieht!‹, rief er. ›Fangt ihn! Fangt ihn!‹

Die feindlichen Wachen kamen angelaufen, legten den König in Ketten, zusammen mit dem Gelehrten, der vor Angst nur sc schlotterte.

Als sie den König zum Brunnen zurückgeleiteten, sagte einer der Männer: ›Eure Majestät, Ihr hättet ganz leicht entkommen können. Ihr wart schon so nah an der Grenze! Weshalb habt Ihr Euch wieder fangen lassen?‹

Der König erwiderte: ›Ich bin lieber hier in Ketten, als dass ich den Rest meines Lebens im Gefängnis der guten Tat dieses Mannes verbringe.‹«

Pixie spielte keine Musik ein nach dieser Story. Wilfried atmete schwer. Es klang, als würde er weinen. Über dem ganzen Sender lag eine gespannte Stille.

»Wilfried?«, fragte sie nach ein paar Sekunden. »Bist du noch dran?«

»Ja«, flüsterte Wilfried rau und räusperte sich wieder.

»Die Sendung ist gleich zu Ende und ich möchte der Geschichte noch etwas hinzufügen: Wenn du das Gute siehst, das du für andere Menschen getan hast, siehst du umso mehr ihre Fehler. Aber wenn du dich an die guten Dinge, die du getan hast, nicht erinnern kannst, ignorierst du nicht nur ihre Mängel, sondern siehst auch ihre Größe. Sei deinem Sohn dankbar, dass er gegangen ist. Damit hat er dir gezeigt, dass du für dein Glück verantwortlich bist, nicht er. Wenn du glücklich bist, kannst du das an dein Kind weitergeben, damit es auch glücklich werden kann. Und das willst du doch, oder? Dann musst du es nicht mit deinen guten Taten unter Druck setzen.«

Am anderen Ende der Leitung war ein Schniefen zu hören. Dann legte Wilfried ohne ein weiteres Wort auf.

♫ ♫ ♫

In der Küche der Studentenwohnung saß Alf wie erstarrt. Seine Augen waren riesengroß.

»Das war mein Vater«, flüsterte er. »Mein Papa war im Radio!«

Auch Jeff saß nach diesem Anruf alarmiert im Auto. Alfs Vater! Wie schwer musste es ihm gefallen sein anzurufen. Dunkel erinnerte er sich, dass er ihm den Link zum Moonlight-Radio geschickt hatte. Hatte er die Sendungen wirklich gehört?

Mit erhöhter Geschwindigkeit fuhr er nach Hause. Zusammengesunken hockte Alf am Tisch in der Küche. Er sah nicht auf, als er die Tür klappen hörte. Jeff schnappte sich einen Stuhl und setzte sich zu ihm. Alf rührte sich nicht.

»Hey, Alf«, tastete sich Jeff behutsam vor. »Sobald wir eine Lücke finden, sollten wir mal zu deinem Dad hochfahren, was meinst du?«

Alf nickte. Seine Augen waren feucht. »Er … leidet so«, stammelte er heiser.

»Hey, Kleiner«, sagte Jeff so sanft wie möglich. »Hast doch gehört … es ist seine Verantwortung. Hast du ihm geschrieben?«

Alf schüttelte den Kopf, schob ihm mechanisch auf diesen immerwährenden Appell sein Handy hin, aber Jeff weigerte sich diesmal.

»Nein, Alf. Sprich ihm was auf. Er ist sicher froh, deine Stimme zu hören.«

Alf nickte zögernd. Drückte auf das Mikro.

»Hallo … hallo, Papa. Hab dich heute im Moonlight-Radio gehört.«

Er legte das Handy wieder auf den Tisch, als wäre es eine Bombe. Jeff schob es ihm wieder hin.

»Sag ihm ein wenig mehr, Alf. Er braucht das jetzt.«

»Aber ich weiß nicht, was ich ihm sagen soll«, flüsterte Alf. »Ich … ich will nicht zurück. Schon gar nicht jetzt.«

Jeff verstand. Alf dachte an Henriette, an sein neues Leben, an alles, was er in dieser Zeit dazugewonnen hatte.

»Dann … dann sag ihm doch einfach, dass du ihn lieb hast«, schlug Jeff leise vor. »Und dass du ihn besuchen kommst.«

Auffordernd hielt er Alf das Handy vor den Mund. Alf zuckte kurz, als der Signalton erklang.

»Ähm … wollte noch sagen, ich fand's toll, dass du mit Pixie gesprochen hast. Ja … und … ich … ich hab dich lieb, Papa.« Alf schniefte, dann liefen Tränen seine Wangen hinunter. »Ich hab dich wirklich lieb«, weinte er ins Mikro. »Und ich besuche dich bald, okay?«

Jeff löste seinen Finger vom Button, legte die Arme um Alf und drückte ihn stumm an sich. Zwei Minuten später vibrierte das Handy.

»Danke, mein Junge«, stand im Display. »Ich liebe dich auch. Und ich wünsche dir, dass du glücklich bist. Das will ich wirklich. Bitte glaub mir das.«

Das Wasser schoss Alf aus den Augen. Dicke Tränen purzelten seine Wangen hinunter und er presste sein Gesicht an Jeffs Brust.

»Hey, Alf«, sagte Jeff bewegt und streichelte ihm den Rücken. »War dein Papa eigentlich schon mal am Meer?«

♫ ♫ ♫

»Harry!«, rief Charlene nervös, als sie nach der Sendung einen Blick aus dem Fenster warf. »Hast du das gesehen?«

Vor der Absperrung tummelten sich diesmal mindestens zehn Fahrzeuge. Harry stellte sich neben sie, spähte hinunter und schubste Charlene jäh vom Fenster weg.

»Verdammt, die haben Teleobjektive!«, knurrte er. Charlene presste die Lippen zusammen. Es waren noch sechs Wochen bis zum Ende der Sendung. Fred war nicht da, Harry sollte sie diesmal nach Hause bringen. Gemeinsam machten sie sich auf den Weg durch den feuchten Kellergang und kamen problemlos und unentdeckt im Wald heraus. Sie atmete auf, als sie zu Hause ankam. Diesmal hatte es geklappt ... aber wie lange noch?

Charlene wollte das Schicksal nicht herausfordern – und hatte keine Ahnung, dass sie das längst schon getan hatte.

♫ ♫ ♫

Als Alf eingeschlafen war, gingen Jeffs Gedanken zur Sendung zurück. Er ahnte, dass Pixie die Verbindung abreißen lassen wollte. Das verletzte ihn. Konnte sie ihn wirklich einfach so in der Versenkung verschwinden lassen? Hatte er sich diese Gefühle alle nur eingebildet? Diese Schwingungen, diese Verbundenheit zwischen ihnen? Oder hatte er zu viel über sich verraten? Sich uninteressant gemacht? Aber wenn er ihr egal war, wäre ein Treffen doch keine große Sache! Immer wieder las er die Nachricht: »Sie ist nicht liiert. Sie sucht seit zwei Jahren einen Partner.« Hatte sie Scheu, sich zu zeigen, weil sie nicht gut aussah? Vor allem, nachdem sie so glorifiziert wurde? Er musste auch mit so etwas rechnen. Es machte ihn schier wahnsinnig, rein gar nichts über sie zu wissen. Seine Gedanken drehten sich ausschließlich um sie.

Morgen fand sein TV-Auftritt statt – auf den er sich mit allen Fasern seines Seins vorbereitete.

♫ ♫ ♫

Jeff meinte, er sei aufgeregt, aber sein Adrenalinspiegel war nichts gegen den von Alf. Der hatte einen großen Strauß Rosen gekauft und fragte alle anderen in einem fort: »Kommt das blöd? Ist der Strauß zu groß? Bin ich damit zu früh dran?«

»Alter, du bist voll zu früh dran!«, gab Henning zurück. »Kannst ihr ja gleich ein Kondom überreichen!«

»Seh ich auch so!«, stieß Lukas ins gleiche Horn. »Was soll die denn denken?«

Doch Jeff beruhigte ihn.

»Das passt schon, Alf, lass dich mal nicht kirre machen.«

Stunden vor dem Interview fuhren sie zum Bistro, nur um festzustellen, dass Alf zwar an die Rosen gedacht, aber seine Teiglinge vergessen hatte. Als er dann endlich vor Hennie stand, die in ihrem schwarz-roten Kleid einfach hinreißend aussah, brachte er keinen Ton hervor und Jeff musste ihn anstupsen, weil seine Kinnlade mal wieder nach unten hing.

»Hennie!«, brach es aus Alf hervor, als hätte Jeff mit dem Rempler seinen Mechanismus wieder in Gang gesetzt. »Du bist das schönste und wundervollste Mädchen der Welt!«

Es war ein Bild zum Niederknien süß: Alf mit roten Wangen, dem dichten hellbraunen Haar, den leuchtenden Manga-Augen, die Rosen in der Hand – und die kleine, blonde Henriette, die nicht minder errötet war. Sie schienen wie ein Gemälde aus einem Poesiealbum. Jeff grinste breit, als sie sich glückselig anstarrten, Henriette schließlich die Initiative ergriff und Alf in die Küche zog.

Je weiter der Zeiger nach vorne rückte, umso nervöser wurde Jeff. Der letzte Disput zwischen Pixie und ihm hatte die Spannung der Leute noch mehr geschürt. Nicht nur das Bistro war gerammelt voll, auch auf der Straße bildete sich eine Traube von Leuten, die hofften, durch die Scheiben etwas sehen zu können.

Jeff spürte, wie ihm der Schweiß ausbrach, während um ihn herum massive Betriebsamkeit herrschte, seine Nase gepudert und sein Gesicht ausgeleuchtet wurde. »Keine Sorge«, sagte der

Moderator, ein sympathischer Endzwanziger. »Das hier ist zwar live, aber in der Version, die wir hochladen, schneiden wir alles Störende raus.«

Jeff nickte nervös. Solche Auftritte waren immer noch surreal für ihn. Er saß mit der Visagistin hinter der Theke, während etliche der hereinkommenden Gäste neugierig darüberlugten, ihm zuwinkten, Fotos machten oder albern kicherten.

Sein Blick glitt über all die Leute. War Pixie unter ihnen?

Links hinten saß eine seltsame Gruppe. Eine aufgestylte hübsche Blondine, die ihn herzlich anlächelte und blaue Augen hatte wie er. Er musste dreimal hinschauen, bis er erkannte, dass das eine Transfrau war. Und wenn das Pixie war? Ihm wurde anders zumute. Neben der Transfrau saß ein Mann mit schwarzem, verrückt gestyltem Bart, falschen Wimpern und mit Khol umrandeten Augen. Die Nächste in der Runde und totaler Gegensatz zu den zwei ungewöhnlichen Gestalten war eine unscheinbare Frau in Jeans und T-Shirt, der Henriette gerade etwas zu essen brachte und die ihm fröhlich zuwinkte. Etwas unsicher winkte Jeff zurück. Auch das könnte Pixie sein!

Es dauerte, bis alle ein Getränk und die von Alf zubereiteten Snacks vor sich hatten und das Interview begann. Jeffs Herz klopfte bis zum Hals. Der Moderator wollte wissen, was ihn dazu getrieben hatte, beim Sender anzurufen und Pixie seine inzwischen berühmte Frage zu stellen.

»Ich war seelisch im Nirgendwo gelandet«, erklärte er. »Ich hatte so viele Wünsche und Träume – und meine Vorurteile über die Welt und die Menschen darin. Pixie hat es auf den Punkt gebracht: Jede meiner Erfahrungen hat meine miese Einstellung nur verfestigt. Ohne sie wäre ich nie auf die Idee gekommen, das Ding umzudrehen – und meine miese Einstellung als Grund für meine Misere zu sehen.«

»Bei Ihrer rasanten Verwandlung könnte man ja annehmen, dass Gedanken tatsächlich mehr vermögen als man glaubt«, lächelte der Moderator. »Oder hatten Sie einfach nur Glück?«

»Glück kann man sich schaffen. Das ist das, was ich von Pixie gelernt habe. Sie hat mich über den Weiderost getrieben. Und was ich besonders großartig finde, ist, dass sie stets darauf hinweist, dass wir damit nicht bloß uns selbst helfen, sondern auch unserer Welt.«

»Was genau meinen Sie damit?«, fragte der Moderator nach.

»Dass wir es in der Hand haben, unsere Welt besser zu machen, indem wir den Krieg, den wir mit uns selbst führen, beenden. Wenn wir aufhören, Groll, Neid und Hass zu empfinden.«

Diese Aussage wurde von begeisterten Pfiffen und Ausrufen belohnt und überrascht sah sich der Moderator im Raum um.

»Wow«, entfuhr es ihm. »Sie haben das ja ziemlich verinnerlicht. Wie gesagt, das lief verblüffend schnell! War das, weil Sie wegen der Sendung unter Druck standen? Weil Sie mussten?«

»Ja, das ist sicher ein Grund. Ich bin auf jeden Fall Pixies Beweis, dass es geht«, lächelte Jeff und erntete wieder ein positives Pfeifkonzert, in das sich einzelne Rufe mischten: »Super, Dex!«

Jeff schickte ein gewinnendes Lächeln in die Runde. Schon mit seinen ersten Sätzen hatte er die Sympathie aller gewonnen. Die Transfrau hinten links hob begeistert ihren Daumen, während der Conchita-Wurst-Typ leise in die Hände klatschte.

»Was genau haben Sie mit Ihrer Zukunft vor?«

»Ich habe zusammen mit tollen Kollegen ein Start-up gegründet, einer davon ist dieser begnadete Bäcker und Rezepte-Erfinder Alfie …«

Er deutete auf den am Tresen lehnenden Alf, auf den sofort die Kamera schwenkte und der daraufhin hochrot anlief. Henriette quietschte auf und klatschte wie verrückt in ihre Hände, worauf der Rest des Publikums automatisch mitapplaudierte. Jeff lachte leicht.

»Alfie hat ein Faible für gesunde Backwaren. Ein paar davon werden gerade hier in Henriettes Kuschelecke angeboten. Das ist das, was wir machen – vegane, gesunde, originelle und vor allem schmackhafte Snacks!«

»Hört sich super an!«, befand der Talkmaster anerkennend. »Das wird vor allem meiner Frau gefallen! Die findet nämlich nie was, wenn wir unterwegs sind.«

»Genau, und so wie Ihrer Gattin geht es vielen. Uns liegen schon etliche Angebote von Investoren vor.«

Erneut lächelte er in die Kamera und seine Augen blitzten.

»Ich hoffe, euch schmecken die Sachen!«, rief er ins Publikum. »Alles handgemacht. Wir haben nur die besten Zutaten verwendet. Ihr esst echtes Powerfood!«

Das Publikum johlte und klatschte wieder. Angetan von der guten Stimmung im Raum, wandte sich sein Gesprächspartner wieder Jeff zu.

»Nun eine Frage, die Ihnen sicher schon häufig gestellt wurde, die ich aber hier stellvertretend für alle noch mal wiederholen möchte: Sie haben Pixie wirklich noch nie getroffen?«

»Nein. Ich habe keine Ahnung, wer sie ist. Aber ich würde es gerne wissen.«

»In der letzten Sendung hat sie deutlich klargemacht, dass sie das nicht will.«

»Ich weiß«, erwiderte Jeff. Dann senkte er seinen Blick, sammelte sich und wurde still. Automatisch reckten die Gäste erwartungsvoll die Köpfe und fingen an zu tuscheln, als das Schweigen sich hinzog. Der Moderator wollte es gerade unterbrechen, als Jeff aufstand und sich der Kamera zuwandte.

»Pixie«, sagte er und blickte direkt in die Linse, als wäre sie darin verborgen. »Wenn du nicht hier bist, dann siehst du hoffentlich die Ausstrahlung. Ich … ich weiß nicht, wo ich heute ohne dich wäre. Ich habe dir so viel zu verdanken. Du hast mir das Laufen auf eine Weise beigebracht, die es mir erlaubt, nach jedem Fall wieder aufstehen zu können. Du hast mein Herz berührt.«

Er brach ab. Er hörte ihre sanfte Stimme in seinem Ohr, ihr Lachen, schloss die Augen, stand stumm vor der Kamera und barst vor Gefühlen, die aus ihm herauswollten und für die er kaum Worte fand. Die Sehnsucht nach ihr schoss hoch wie eine Rakete und regnete ihr Feuerwerk über die Gäste ab. Es war so spürbar, dass Jeff Pixie in dieser Sekunde hier haben wollte, dass sich vielen die Kehle zuschnürte. Alles an ihm drückte seine Liebe für sie aus. Seine Augen waren feucht, als er sie erneut auf die Kamera richtete.

»Ich verdanke dir mein Leben«, sagte er heiser. »Und ich möchte der Frau in die Augen sehen, die das geschafft hat. Ich möchte wissen, wem diese wunderschöne Stimme gehört, die immer die richtigen Worte für mich fand. Es ist mir egal, wie alt du bist und wie du aussiehst. Und deshalb bitte ich dich hiermit offiziell um ein Date. Bitte, Pixie, geh mit mir aus.«

Er schluckte hart. Starrte in die Kamera, als sähe Pixie ihn an – als wäre sie hier.

Atemlose Stille füllte das kleine Bistro. Die Gäste fühlten mit Jeff und wirkten wie ein Verstärker. Der Ausdruck in seinen Augen war so intensiv, dass jede Frau im Raum sich wünschte, dieser Blick, diese Sehnsucht, dieses Herzklopfen gälte ihr.

Für Sekunden fiel kein Wort. Selbst dem Moderator hatte es die Sprache verschlagen, bis er sich wieder auf seinen Job besann. »Also, Pixie«, nahm er den Faden auf. »Ich weiß nicht, ob du jemals auf diese Weise um ein Date gebeten worden bist, aber wenn ich du wäre, würde ich Ja sagen.«

# ♫ No Matter What ♫

Calum Scott

Was danach folgte, war ein Tsunami, der das Leben aller Beteiligten massiv durcheinanderwirbelte und nichts mehr ließ, wie es war.

Das Interview raste durch das Netz.

»Liebeserklärung an ein Phantom«, »Die schönste Date-Anfrage der Welt«, »Pixie und Dex – eine hoffnungslose Liebe?«, »Verliebt in eine Unbekannte« und: »Pixie! Oute dich!« … alle möglichen Headlines und Reaktionen füllten die Medien.

Jeffs Facebook-Account explodierte.

»Dex! Vergiss Pixie! Geh mit mir aus!«

Ebenso reagierten Twitter und Instagram, wo schon die ersten Fotos der Modefirma zu sehen waren, deren Verantwortliche sich, obwohl das eigentliche Shooting noch gar nicht stattgefunden hatte, schon jetzt über reißenden Umsatz freuten und Jeff ein noch attraktiveres Angebot sandten, weil sie Angst hatten, dass er zu einer anderen Firma wechseln könnte.

Aufgrund dieser enormen Resonanz wurde das Interview nicht nur in dem kleinen Lokalsender gezeigt, sondern auch an die großen öffentlichen Sender verkauft. Jeff wurde in Studios eingeladen, der Anrufbeantworter der Studentenbude platzte vor Anfragen von Boulevardzeitungen und sein Postfach war voll mit Werbeanfragen, die ihm Summen boten, dass ihm fast schlecht davon wurde.

Jeff fand sein Foto in Zeitungen, die Kolumnen und Artikel schrieben, und alles gipfelte in der Frage: »Wer ist Pixie?«

Eine Hexenjagd war ausgebrochen.

♫ ♫ ♫

Außer sich vor Bestürzung setzte Charlene mit der nächsten Sendung aus und floh nach England in ihr Haus am Meer. Doch selbst dort fand sie keine Ruhe. Dörfler rief permanent an und auch die anderen vom Management drängten sie, mit ihnen zu sprechen, um eine Lösung zu suchen.

Charlene sah ein, dass das dringend nötig war. Aber sie brauchte Zeit, um sich zu fangen. Dass sie die Donnerstagssendung hatte ausfallen lassen, war ein eindeutiger Fehler, denn das hatte den Hype umso mehr angeheizt.

»Pixie untergetaucht!«

»Was hat sie zu verbergen?«

»Warum outet sie sich nicht?«

Diese und ähnliche Schlagzeilen brachten ihr ihre Freunde mit, als sie am Wochenende in ihrem Haus aufschlugen.

Mit einem äußerst mulmigen Gefühl im Bauch blätterte Charlene die Boulevardblätter durch, die Henriette auf den Tisch gelegt hatte. Es konnte nur noch eine Frage der Zeit sein, bis ihre Identität gelüftet werden würde.

Zum ersten Mal, seit ihre Freunde Charlene kannten, flackerte Angst in ihren Augen, und sie war so fiebrig und hibbelig, wie sie sie noch nie zuvor erlebt hatten.

»Warum diese Panik?«, wunderte sich Sophie und legte beruhigend den Arm um sie. »Du hast einen super Job gemacht! Das hebt dein Image doch eher, als dass es dir schadet!«

»Das würde ich nicht unbedingt schlussfolgern«, antwortete Charlene wie so oft. »Unsere Geschäftspartner sind teilweise sehr konservativ. Drei meiner Firmen sind an der Börse notiert – ihr wisst, wie verrückt der Aktienkurs oft spielt, und ich will keine Arbeitsplätze gefährden. Außerdem … wie kommt das rüber, wenn ich als Unternehmerin mit einem Unbekannten flirte?«

Nervös fuhr sie sich mit der Hand über die Stirn.

»Ich kann mir nicht vorstellen, dass jemand so engstirnig und negativ darüber denkt«, widersprach Sophie. »Außerdem ist Dex ein absolutes Vorzeigeexemplar.«

»Womit wir beim Thema wären!«, warf sich Georgie mit leuchtendem Blick dazwischen. »Also, ich muss sagen: Ich bin begeistert! Er hat einen so natürlichen Charme, Charly! Er ist einfach … ich weiß nicht … wie würdest du ihn beschreiben, Johanna?«

»Er ist ehrlich«, statuierte sie ruhig. »Er ist dankbar. Ich habe kaum jemanden erlebt, der sich so schnell entwickelt wie er. Er hat jeden Ratschlag von dir aufgesogen und beherzigt. Das tun wenige. Die meisten brauchen unendlich Zeit. Die meisten kleben an ihrem Leiden und wollen gar nicht loslassen.«

»Dex war ganz einfach reif. Bei solchen Menschen reicht ein Fingerstups und sie schießen nach oben«, murmelte Charlene.

Natürlich hatte sie sich das Interview angesehen, geschockt, wie sehr sie auf ihn reagierte. Waren seine Stimme und seine Fotos schon oft ein Grund für schlaflose Nächte gewesen, riss sie dieser Live-Auftritt förmlich aus der Bahn. Sie mochte die Art, wie er sich bewegte, mochte seinen Körper, seinen zwingenden und doch humorvollen und sanften Blick. Ihre Augen waren wie gebannt zu seinem sensibel wirkenden Mund, der von einem kleinen Bart umrahmt war, gewandert. Bernie hatte keinen Bart getragen, aber auf einmal wollte sie unbedingt wissen, wie das war, wenn Barthaare ihr Gesicht kitzelten, wenn diese jungen Lippen sich auf die ihren senkten, wie sich sein dichtes Haar anfühlen würde, wenn sie ihre Finger darin vergrub. Ja, Charlene wälzte sich nachts im Bett und bekam den Blick seiner Augen nicht aus dem Kopf. *Geh mit mir aus. Gib mir ein Date.*

Auf einmal erkannte sie, dass sie rasend gern mit ihm ausgegangen wäre, wenn die Situation nicht so furchtbar vertrackt gewesen wäre. Dass sie sich rasend gern in diesen blauen Blick versenkt hätte, wenn nicht zwölf Jahre Unterschied zwischen ihnen lägen. Worauf lief das alles hinaus? Auf diese Frage fand sie keine Antwort – und suchte Halt bei Fred.

»Wir kriegen das hin, Kleines«, beruhigte er sie, als sie mit ihm telefonierte. »Ich werde alles tun, um dich zu schützen.«

Charlene atmete tief durch. Das hörte sich gut an. Das war genau das, was sie brauchte. Sicherheit. Und vielleicht war ja das die Message dahinter: zu wissen, auf wen sie sich verlassen konnte.

Der Montag kam schneller, als ihr lieb war – sie musste zurück.

♫ ♫ ♫

Eine erneute Krisensitzung mit dem Management wurde anberaumt, die in den Privaträumen von Herrn Amann stattfand, denn die Reporter strolchten inzwischen zu jeder Tag- und Nachtzeit um das Gebäude herum.

»Also, das ist zwar unangenehm für Sie«, eröffnete Dörfler unsensibel wie stets die Runde. »Aber die Kasse klingelt!«

»Mann, Dörfler, wenn Sie nichts Besseres zu sagen haben, halten Sie besser den Rand!«, fuhr Fred ihn an.

»Ich würde vorschlagen, wir stellen die Sendung ein«, warf Charlene ein, bevor andere Argumente aufkamen. Sie wirkte nervös und war ziemlich weiß um die Nase. Fred betrachtete sie besorgt.

»Ja, das ist die beste Lösung«, stimmte er zu. »Wie unser händereibender Herr Dörfler bereits anmerkte, hat die Kasse ja genügend geklingelt und Frau Wittstein ihren Job mehr als erfüllt. Auf die vier Sendungen kommt es nicht an.«

»Sie hat einen Vertrag!«, nölte Dörfler. »Und …«

»Den ich beenden kann, wenn meine Anonymität gefährdet ist«, unterbrach Charlene. »Und das ist sie schon seit Langem!«

»Das ist sie auch noch, wenn Sie aufhören! Sie können doch die Hörer nicht einfach so hängen lassen. Wie stellen Sie sich das vor?« Dörfler war geradezu erschüttert.

»Ja, das kommt ein bisschen krass rüber«, stimmte Amann ihm zu. »So abrupt können wir das nicht beenden. Eine Sendung müsste in jedem Fall noch laufen.«

»Dann zeichnen wir eben eine auf und …«

»Ohne Dex noch mal zuzuschalten? Ich weiß nicht, das passt nicht zum Stil des Moonlight-Radios«, warf ein anderer ein. »Damit machen wir alles nur noch schlimmer! Sieht man doch allein an der ausgesetzten Sendung! Sie müssen mit Dex reden! Wenigstens noch einmal!«

»Ich kann mich von ihm auch in einer Aufzeichnung verabschieden!«, rief Charlene genervt. »Wo ist das Problem?«

»Das Problem ist die Begründung!«, echauffierte sich Dörfler. »Dex bittet Sie in aller Öffentlichkeit um ein Date – und Sie steigen einfach aus? Jeder würde das als feige werten.«

Nach diesem Statement herrschte betretenes Schweigen. Dörfler hatte den Nagel auf den Kopf getroffen und blickte sich befriedigt um.

»Vielleicht sollten wir eher darüber nachdenken, wie wir mit den Journalisten fertigwerden«, meinte Amann schließlich.

»Das haben Sie mir schon mal versprochen! Ohne Erfolg!«

»Aber bis jetzt hat noch keiner den Kellergang und den Ausstieg im Wald entdeckt«, wandte Amann ein. »Der ist sicher! Nach wie vor! Frau Wittstein, wir werden alles tun, um Sie zu schützen. Aber bitte halten Sie noch diese letzten Sendungen durch … Das sind wir unseren Hörern schuldig.«

»Ja, bitte«, sagten auch die anderen. »Führen Sie die Reihe zu Ende … mit einem gefühlvollen Finale, wie es das Moonlight-Radio verdient!«

Eine Bitte folgte der nächsten. Und dann machte Griesig den Vorschlag, die letzten vier Folgen auf vier Wochen zu verteilen – mit zwei aufgezeichneten Sendungen dazwischen.

»Damit können wir die Reporter aushungern«, argumentierte er. »Die warten niemals so lange! Und die zwei Live-Auftritte kriegen wir hin!«

»Aber ich muss für die Aufzeichnungen ins Studio! Das hilft gar nichts!«

»Die Aufzeichnungen können wir in einem befreundeten Studio machen. Und wenn Sie an den Sendenächten nicht auftauchen, verlieren die Reporter schnell die Lust.«

Gereizt stand Charlene auf und stellte sich ans Fenster. Vier Sendungen … und noch zweimal Dex. Danach würde sie seine Stimme nie wieder im Ohr haben. Sie konnte es sich auch nicht leisten, sich danach mit ihm zu treffen. Jede Frau an seiner Seite würde durchleuchtet werden. Auf einmal wurde ihr klar, dass das tatsächlich die allerletzten Male waren. Für sie. Und für ihn. Sie drehte sich um.

Gespannt waren alle ihre Augen auf sie gerichtet.

»Okay«, gab sie schließlich nach. »Ich nehme Sie beim Wort. Sie schützen mich – auf Ihre Kosten. Und ich warne Sie: Das kann teuer werden!«

»Was immer Sie wollen!«, rief Amann erleichtert. Die Gesichter aller hellten sich auf und angeregt unterhielten sie sich über Sicherheitsmaßnahmen. Charlene stand stumm am Fenster.

Zwei Sendungen. Ihr Herz klopfte.

*Gibst du dich danach zu erkennen*, klang Dex' Frage in ihrem Ohr. *Gib mir ein Date! Bitte, Pixie, geh mit mir aus!*

Dex konnte nicht ahnen, wie verfahren die Situation wirklich war. Niemand ahnte das.

Das wusste nur sie.

♫ ♫ ♫

Jeff hatte nach wie vor kaum Zeit zum Durchatmen. Zum einen gab er das eine oder andere Interview, zum anderen wurde er seit seinem TV-Auftritt mit Werbeangeboten überschüttet. Jeff wählte die Unternehmen sorgsam aus und ging mit jenen in Verhandlung, die seiner Gesinnung entsprachen. Aber auch Investoren rannten ihm die Bude ein. Sie kontaktierten ihn per Mail, riefen ihn an und beschworen ihn, das Ding mit ihnen hochzuziehen.

Jeff ließ vorerst alle Offerten liegen. Zwei Tage später besuchte er seine erste Optio-Veranstaltung und sammelte fleißig Visitenkarten von Geschäftspartnern aller Art ein. Er war danach wie berauscht – der Abend war ein voller Erfolg gewesen! Es war genauso, wie Pixie das vorausgesagt hatte: *In dem Augenblick, in dem man sich endgültig einer Aufgabe verschreibt, bewegt sich die Vorsehung auch …* Die Vorsehung bewegte sich – und zwar gewaltig!

Erhitzt und motiviert von den vielen anregenden Gesprächen holte er sich an der Theke etwas zu trinken, als ein interessanter Typ im maßgeschneiderten Anzug und mit Rastalocken vor ihm stand.

»Hey«, begrüßte der ihn und streckte ihm die Hand hin. »Ich bin Ruben Mersberg – der Präsident von Optio in

Deutschland. Und wer du bist, weiß ja wohl jeder.« Er grinste gewinnend.

»Freut mich.« Jeff schüttelte Rubens Hand. »Coole Frisur.«

Ruben lachte. »Ja, die kommt meist gut an. Hör mal, wegen deinem Pep to go ... dich haben sicher schon etliche Investoren angesprochen, oder?«

»Jede Menge! Ich muss die Angebote erst mal alle checken.«

»An welchen Operationsradius hast du denn gedacht?«, erkundigte sich Ruben.

»Erst mal Deutschland. Von Bundesland zu Bundesland. Wir müssen klein anfangen.«

»Warum das denn?« Ruben grinste ihn entwaffnend an. »Wie wär's, wenn ihr gleich richtig einsteigt?«

Erstaunt ließ Jeff das Glas sinken. Was meinte er?

»Hier kommt zu deinen Angeboten noch eines dazu«, klärte Ruben ihn auf. »Von *living dishes*, der größten Firma für nachhaltige, gesunde Ernährung europaweit. Wir bieten dir an, den Vertriebsweg und Teile der Produktion zu übernehmen.«

»*Living dishes*!«, ächzte Jeff und wich unwillkürlich einen Schritt zurück. Ihm wurde flau im Magen. »Europaweit! Sorry, Ruben, das überfordert mich gerade ein wenig!«

»Kann ich nachvollziehen. Nur kein Stress ... denk drüber nach, okay? Hier hast du meine Nummer. Kannst mich jederzeit anrufen.«

»Alles klar. Danke, Ruben«, beeilte sich Jeff zu sagen. »Ich fühle mich geehrt. Wirklich. Es geht nur gerade alles so rasend schnell, dass ich manchmal nicht mehr weiß, wo mir der Kopf steht.«

»Ginge mir genauso«, lächelte Ruben. »Pixie ist ja auch eine Granate. Eine Wahnsinnsfrau!«

Die Art, wie er das sagte, ließ Jeff aufhorchen.

»Warte – kennst du sie etwa?«, fragte er, und sein Herz fing heftig an zu pochen.

»Nein, natürlich nicht«, wehrte Ruben ab. »Aber, glaub mir, ich würde sie mindestens genauso gern daten wie du!«

Er lachte leise über Jeffs enttäuschten Gesichtsausdruck.

»Sieht so aus, als ob dir ein Treffen mit Pixie wichtiger ist als der Deal, den ich dir gerade vorgeschlagen habe«, stellte Ruben fest und grinste. »Lässt ja tief blicken. Ich schick dir 'ne Mail, okay?«

Er klapste ihm auf die Schulter und ging.

Jeff hatte wieder mal das dringende Gefühl, seine Gedanken über die Ereignisse der letzten Tage sortieren zu müssen.

Es war kurz vor zehn, als er von der Veranstaltung nach Hause kam. Er wollte *living dishes* googeln, checkte aber vorher wie immer sein Postfach und seinen Facebook-Account. Ein Bild mit fetter Headline knallte ihm entgegen, ein Foto, das Tausende Male schon geteilt worden war und alle weiblichen Follower unter Strom hielt: Fiona und er.

Dex datet Millionärstochter!

Fiona hatte Bilder von ihm hochgeladen und mit zweideutigen Bemerkungen versehen. Was würde Pixie denken, wenn sie diese Bilder entdeckte?

Er beeilte sich, auf seinem Account zu versichern, dass Fiona eine verflossene Liebe sei, die einen anderen Weg eingeschlagen habe als er, und stellte unmissverständlich klar, dass die Beziehung seit Jahren beendet war.

Seine weibliche Fangemeinde beruhigte sich daraufhin wieder. Aber Fiona, die bekanntlich keine Tabus kannte, schrieb unter seinen Post: »Hey, Dex! Es war schön mit dir! Es könnte wieder schön werden! Falls Mama Pixie nicht mit dir ausgeht …!«

Jeff musste lachen. Dann sagte er halblaut: »Erst gehe ich mit Pixie aus, bevor ich auch nur irgendetwas anderes starte!«

Wie er es in den letzten Monaten so oft getan hatte, rief er in den Raum: »Alf! Bist du noch wach?«

Er bekam keine Antwort. Schlief der etwa schon? Jeff stand auf und sah ins Zimmer. Es war leer. Ein Zettel lag auf der Luftmatratze.

»Bin bei Hennie.«

Jeff entfuhr ein kleines Lachen. Alf war bei Hennie! Oh, wie schön! Das gönnte er Alf von ganzem Herzen. Die zwei passten so gut zusammen! Und er konnte sich heute Nacht komplett ausbreiten. Die Matratze gehörte ihm.

Doch blitzartig wurde ihm auf einmal klar: Er hatte das Geld für eine neue Wohnung! Er konnte sich ein Auto kaufen! Daran hatte er bei all dem Trubel gar nicht gedacht!

Ein verwundertes Lachen entschlüpfte seinem Mund. Er ging zum Laptop, rief die Seite auf, auf der er die Firmen aufgelistet hatte, für die er bereit war zu werben, und erstellte eine Excel-Liste mit den ihm angebotenen Summen. Bislang hatte er das gar nicht wirklich registriert, weil er ja das Geld in seine Firma hatte stecken wollen.

Unbeteiligt rechnete das Programm eine mehrfach sechsstellige Summe zusammen, die Jeff einen so gewaltigen Schlag versetzte, dass er nach hinten taumelte. Im selben Moment erhielt er eine Mail von Ruben, in der er vorsichtig anklingen ließ, welche Zahlen Jeff erwarten dürfe, wenn er mit ihnen kooperiere.

Jeff war wie vor den Kopf gestoßen. Das war ein handfestes Angebot von *living dishes*! Und ohne das Unternehmen weiter gegoogelt zu haben, ohne dass Ruben klare Zahlen genannt hatte, wusste er, dass es sich um eine siebenstellige Summe handeln würde. Er stieß ein Keuchen aus. Eine siebenstellige Summe! Seine Augen fielen auf die sechsstellige, fett markierte

Zahl auf der Excelliste. Er brauchte eine ganze Weile, bis er es endlich kapierte. Er war finanziell durch! Er hatte es geschafft!

Diese Erkenntnis war wie eine Bombe, die in seinem Inneren hochging. Er konnte sich im Prinzip morgen eine neue Bleibe suchen und eine neue Einrichtung kaufen! Ein tiefes Glücksgefühl erfasste ihn und einmal mehr hielt er es in der Wohnung nicht aus. Oh, warum war jetzt niemand hier, mit dem er das teilen konnte!

*Pixie*, schrie es in seinem Inneren. *Wo bist du?*

Die Sehnsucht nach ihr brannte in ihm wie eine unkontrollierbare Feuersbrunst und kein vernünftiges Argument konnte das eindämmen.

Die Nacht war mild, es war noch warm draußen. Jeff lief raus in den kleinen Stadtpark, den Kopf voller Gedanken, das Herz voller Gefühle. Still setzte er sich auf eine Bank, blickte zum Mond hoch. Dachte an Pixie.

*Pixie*, flüsterte er tonlos. *Bitte, triff dich mit mir. Bitte, hab den Mut. Bitte … Ich will dich bei mir haben!*

Sein Handy klingelte und hektisch zog er es aus der Hosentasche. Aber es war nicht das Moonlight-Radio – die Nummer seines Vaters leuchtete auf.

»Hey, Paps«, meldete sich Jeff etwas beunruhigt. »Ist alles okay bei euch, weil du so spät anrufst?«

»Hallo, Jeff … ja … sicher. Sicher. Alles okay.« Sein Vater wirkte nervös. »Wir wollten eigentlich eine Nachricht auf Band sprechen, aber jetzt bist du ja rangegangen.«

»Ja, ich bin rangegangen. Wollt ihr lieber morgen …?«

»Jeffrey«, unterbrach ihn sein Vater. »Ich … wir … deine Mutter und ich … wir haben dein Interview gesehen. Und das Moonlight-Radio gehört … kannst du skypen? Dann kann Elli besser mithören und dich sehen.«

»Klar«, sagte Jeff, aktivierte Skype und hielt das Handy vor sein Gesicht. Seine Eltern saßen auf der alten Couch dicht nebeneinander und sahen schlicht rührend aus. Erneut wurde Jeff bewusst, durch welchen miesen Filter er bis vor Kurzem noch seine Eltern – und nicht nur sie – betrachtet hatte. Sein Herz weitete sich.

»Hallo, ihr zwei«, begrüßte er sie und lächelte warm. »Wie geht es euch?«

»Gut … gut, Jeff, und wir hoffen, dir auch. Wir wollten mit dir über das Geld reden.«

»Welches Geld? Meinst du …« Siedend heiß fielen Jeff die hundert Euro ein.

»Hallo, mein Junge!«, rief seine Mutter aufgedreht dazwischen. Sie wirkte ganz anders als sonst. »Du siehst gut aus!«

»Du auch, Mama.« Immer sagte sie, dass er gut aussah! Das war so lieb von ihr! »Hör mal«, wandte er sich direkt an sie. »Es tut mir schrecklich leid, aber als ich das letzte Mal da war, war ich ziemlich abgerissen und habe mir hundert Euro von dir genommen. Ich habe es dir nicht gesagt und …«

»Deswegen rufen wir an«, sprudelte seine Mutter los. »Wir haben das vorgestern gehört … mit deinem neuen Geschäft … und dass du kein Geld hast. Jeff, es tut uns so leid, dass wir dir nie viel geben konnten. Ich habe gewusst, dass du darunter leidest, dass ich nur Putzfrau bin und dein Papa …«

»Mama!«, rief Jeff peinlich berührt. »Bitte! Sag das nicht! Das war mein Fehler. *Ich* hab das falsch gesehen … völlig falsch und …«

»Ich wollte so oft mit dir darüber reden«, unterbrach sie ihn. »Aber ich wusste nicht, wie, weil …«

»Ich weiß, Mama. Wahrscheinlich hätte ich es auch nicht verstanden.«

»Du hast so dichtgemacht, Jeff«, schluchzte sie. »Und ich hab mich geschämt, weil ich nur …«

Jeff hielt das fast nicht aus. »Bitte, Mama«, sagte er wieder. »Wirklich, das war meine Schuld. Du hast es richtig erkannt: Ich habe dichtgemacht … du hattest keine Chance. Mir ist das heute klar und es tut mir so leid, dass …«

»Wir wollten dir jedenfalls sagen, dass wir dich lieben, Jeff«, mischte sich sein Vater ein, weil seine Elli zu heulen anfing und nicht weiterreden konnte. Gerührt sah Jeff, wie er den Arm um seine Frau legte. »Egal, was ist und was war. Wir lieben dich und es tut uns wirklich leid, dass wir dich finanziell nie unterstützen konnten.«

»Aber Papa«, krächzte Jeff, mit den Nerven am Ende. »Das muss dir nicht leidtun! Bitte … ich …«

»Wir haben uns unterhalten«, schniefte seine Mutter. »Dein Vater und ich. Wir haben ein wenig Geld gespart. Es ist nicht viel. Nur fünftausend Euro, aber wir würden dir das gerne geben für dein Geschäft.«

Jeff schossen die Tränen in die Augen.

»Mama …«, stieß er hervor. »Danke. Danke euch beiden … ich … ihr seid die besten Eltern der Welt! Ich war so dumm! Bitte – behaltet euer Geld. Ich war ein Idiot … ich …«

Ihm versagte die Stimme. Er saß auf der Parkbank, seine Eltern auf dem kleinen Bildschirm vor sich, sah, wie seine Mutter ihr Gesicht an die Brust seines Vaters drückte, und hatte keine Ahnung, wie er jemals hatte schlecht über sie denken können. Wieder fiel ihm ein Satz von Pixie ein: *Wenn du das Große in dir siehst, siehst du es plötzlich überall.*

In diesen Sekunden erkannte er, was Demut war. Demut war Größe. Dieser Anruf seiner Eltern war Größe. Ihre Fähigkeit, ihn seinen Weg gehen zu lassen, war Größe.

Sie redeten noch lange, bis tief in die Nacht hinein, und es war eines der schönsten Gespräche, die Jeff je geführt hatte.

# ♫ Alles brennt ♫

## Johannes Oerding

Frederic rief Charlene an.

»Hör mal, gerade habe ich erfahren, dass dein Rastalocken-Karriererocker deinem Pep-to-go-Shootingstar ein Angebot gemacht hat. Hast du das etwa arrangiert?«

Charlene war wie vom Donner gerührt. Was? Ruben hatte Dex ein Angebot gemacht? Sie schnappte nach Luft, fühlte, wie sich ihr der Magen zuschnürte und Panik in ihr aufstieg.

»Wie bitte? Nein, natürlich nicht!«, rief sie außer sich. »Ich … ich …«

»Kümmer dich darum, Charlene, und zwar schnell.« Fred zögerte. »Heute war dieser eine Reporter, der uns das erste Mal auf dem Parkplatz nachgestellt hat, in der Firma. Bei *living dishes.*«

»Oh, Gott.« Charlene wurde bleich. »Das heißt, er weiß es? Er weiß, wer Pixie ist!«

»Er hat zumindest eine Vermutung. Aber er muss es ja auch beweisen. Deswegen wäre es gut, wenn du Ruben sofort anrufst. Du kannst dir denken, was passiert, wenn rauskommt, dass Dex mit einer deiner Firmen zusammenarbeitet.«

Charlene wurde schlecht. Ihr Herz raste wie verrückt und ihre Hände zitterten, als sie schwer beunruhigt Rubens Nummer heraussuchte. Unter Höchstspannung klingelte sie bei ihm durch.

Ruben hingegen kriegte sich fast nicht mehr ein, als er begriff, wer da bei ihm anrief.

»Ich glaube es nicht!«, rief er begeistert. »Charly! Du rufst mich an! Endlich! Nach all der Zeit! Wie wunderbar, deine Stimme direkt und nicht nur über Radio zu hören!«

»Okay, du weißt es also.«

»Deine Stimme würde ich unter Millionen herausfiltern«, sagte er. »Ich denke so oft an Bali! Und ich freu mich so, dass ...«

»Ruben, ich würde gern auch sagen, dass es erfreulich ist, dich zu hören«, unterbrach sie ihn, »aber der Anlass ist alles andere als das!«

»Schieß los!«, erwiderte Ruben fröhlich. »Wie kann ich dir helfen?«

»Du hast Dex einen Vertrag angeboten, Ruben? Das geht nicht. Zieh das zurück.«

»Wie bitte?«, stammelte Ruben verdattert. »Aber warum denn? Dex ist super! Die Idee ist super. Er macht das Ding!«

»Darum geht es nicht. Es ist zu gefährlich. Ich will nicht als Firmenchefin mit der Sendung in Verbindung gebracht werden. Das könnte unserem Image schaden! Du weißt, wie empfindlich Aktienkurse sind! Wenn wir Aufträge verlieren, sind Arbeitsplätze gefährdet!«

»Wieso sollte die Sendung dem Image schaden?«, wehrte sich Ruben bestürzt.

»Das sind Dinge, die ich dir jetzt nicht im Detail erläutern kann«, sagte sie etwas genervt. »Zieh den Vertrag zurück.«

»Aber Dex' Konzept ist absolut zukunftsträchtig. Wir verpassen eine Riesenchance, wenn wir da nicht miteinsteigen. Und es ist auch der Deal *meines* Lebens. Charly, das kannst du mir nicht antun! Das kannst du Dex nicht antun! Ich habe ihm das Angebot doch schon gemacht … sogar schon die Verträge geschickt.«

»Herrgott noch mal!«, entfuhr es Charlene. Hätte sie geahnt, in welche Zwickmühle sie das bringen würde, hätte sie nie diese Sendung angenommen! Oder doch? Das, was sie mit den Hörern erlebt hatte, war so schön, die vielen Gruppen, die nach wie vor bestanden, die Samen, die gesät waren … und Dex …

»Charly«, drängte Ruben. »Wie sollen wir es vor unseren Aktionären verantworten, dass wir diese Chance *nicht* wahrnehmen? Ich könnte es noch nicht mal begründen. *Damit* gefährdest du Arbeitsplätze! Dann nämlich, wenn die Konkurrenz den Zuschlag bekommt! Und denk dran, wie viele Arbeitsplätze entstehen, wenn wir das hochziehen!«

Charlene biss sich auf die Lippen. Was sollte sie tun?

»Ruben«, versuchte sie es noch einmal schwach. »Es muss doch eine Alternative geben. Verschieb das Ding nach hinten! Bis keiner mehr über das Moonlight-Radio spricht!«

»Das kann lange dauern – und dazu fehlt uns die Zeit«, gab Ruben zu bedenken. »Bitte, Charly, tu es mir zuliebe … und Dex zuliebe.«

»Aber heute war ein Reporter in der Firma, der kräftig geschnüffelt hat. Das heißt, die Lunte brennt schon!«, rief sie nervös.

»Charly, ich verspreche dir, dass ich sie austreten werde«, erklärte Ruben. »Ich kümmere mich um den Mann – ich lasse mir was einfallen, Ehrenwort! Wir kriegen das hin!«

Er redete weiter auf sie ein, sagte, der Börsenkurs sei schon leicht gestiegen, weil er mit Jeff gesehen worden sei, sie den Deal ohnehin vermuteten, dass alle Vorstände den Vertrag ebenso wollten, und versicherte immer wieder, die Sache mit der Presse in den Griff zu bekommen.

»Und wie willst du das machen?«, wollte sie wissen. »Ich meine, konkret?«

»Da gibt es rechtliche Möglichkeiten«, entgegnete er selbstbewusst. »Bitte, Charly, unsere Firma würde so an Image gewinnen, wenn wir das machen!«

»Ruben«, wandte sie keineswegs beruhigt ein, »du weißt, ich kann als Aufsichtsratsvorsitzende nicht gegen den Vorstand entscheiden, aber ich habe massives Bauchweh mit dieser Sache.«

»Musst du nicht! Ich kümmere mich.«

»Ich will deine Maßnahmen schriftlich – in zwei Tagen!«

»Selbstredend, Chefin!«, versprach Ruben, bereits wieder gut gelaunt. »Und wann gehst du mit mir essen? Apropos! Kriegt Dex sein Date? Das ist *die* Frage in allen Medien.«

»Nein! Und wenn du so weitermachst, kannst du mich von deiner Dinnerliste ebenso streichen!«, fauchte sie entnervt.

Ruben lachte.

»Charly, du bist einfach grandios! Ich habe jede Sendung mit Genuss verfolgt. Die Geschichte, die du Wilfried erzählt hast, war göttlich.«

Charlene musste trotz allem ein wenig lachen. Ruben war einfach so herrlich unkompliziert. Das ging auf sie über und tat ausnehmend gut.

»Wegen euch werde ich schlaflose Nächte haben!«, beschwerte sie sich halb scherzend. »Hör mal, du machst Dex klar, dass er auf keinen Fall den Namen *living dishes* in den Mund nehmen darf, hörst du?«

»Natürlich, Charly!«, beteuerte er. »Think big! Es wird bestimmt alles gut!«

»Na, hoffentlich hast du recht«, murmelte sie, als sie auflegte.

♫ ♫ ♫

»Ich will nicht unken, Liebes, aber du spielst russisches Roulette.« Johanna war ehrlich besorgt. Sie hatte die letzten Tage bei Charlene verbracht, weil die nicht hatte allein sein wollen. Ungeschminkt saß sie auf der Couch und Charlene hatte ihren Kopf auf ihre Beine gelegt. Oder auf seine. Ohne Make-up sah Johanna eben aus wie ein Mann, und dann fiel es ihr schwer, das weibliche Pronomen zu benutzen. Aber Johanna nahm ihr das nicht krumm.

»Du hast immer darauf geachtet, nicht in der Öffentlichkeit zu stehen«, sagte sie, »... und nun das!«

»Was denkst du denn, wie es mir geht? Wer hätte geahnt, dass das Ganze eine solche Wendung nimmt! Dass Dex auf den Plan tritt, konnte ja wirklich keiner wissen.«

»Apropos Dex! Wie gehst du jetzt mit ihm um? Ich meine während der Sendung? Oder schaltet ihr ihn einfach nicht mehr rein?«

»Das geht nicht – gerade seinetwegen muss ich ja weitermachen.«

Sie schwiegen eine Weile. Dann sagte Johanna: »Weißt du eigentlich, dass deine Studentengruppen so etwas wie eine Petition gestartet haben und Unterschriften sammeln, damit das Moonlight weiterläuft?«

»Ist nicht wahr!« Charlene richtete sich überrascht auf. »Die sammeln Unterschriften?«

»Wenn ich es dir sage! Ich bin ja auch in diesen Kreisen – und mindestens schon dreimal zur Unterschrift aufgefordert worden!«

Charlene musste ein wenig lachen. »Das ist das Schöne an dem Ganzen«, sinnierte sie. »Diese Bewegung der Menschen ... ich bewundere das.«

»Ja, das ist das Schöne. Noch vier Sendungen, Charlene.«

»Das werden lange vier Wochen«, seufzte sie. »Hoffen wir mal, dass der Hype dann in sich zusammenfällt.«

»Und du kannst dir danach überlegen, ob du Dex datest.« Sie grinste Charlene an. »Hat er eine Chance?«

»Nein«, antwortete Charlene spontan. »Wie du gesagt hast – es ist jetzt schon russisches Roulette. Ich habe keine Lust, das fortzusetzen.«

Sie dachte an Fred. Sie war in letzter Zeit viel mit ihm ausgegangen, hatte sich mit ihm in der Öffentlichkeit gezeigt. Sie galten schon als Paar – es fühlte sich sicher an. Und mit all den Andeutungen, die er ihr ständig ins Ohr flüsterte, mit denen er sie anheizte, sie gewollt unter Strom setzte und dann eiskalt stehen ließ, garantierte eine Partnerschaft mit ihm neben der Sicherheit auch Aufregung und Abwechslung. Das war's, was sie brauchte!

Noch vier Sendungen.

♫ ♫ ♫

Jeff wartete auf den Donnerstag wie aufs Jüngste Gericht. Ruben hatte ihn angerufen und ihn bei seiner Seele schwören lassen, nichts von dem Deal zwischen *living dishes* und ihm verlauten zu lassen.

»Du weißt nie, was die Presse daraus macht«, hatte er argumentiert. »Wir wollen in diesen Medienrummel nicht mit hineingezogen werden.«

»Verständlich«, sagte Jeff. »Aber der Rummel findet doch mehr in den sozialen Medien statt. Die Leute auf Facebook interessieren sich doch nicht für …«

»Da bist du aber schief gewickelt«, informierte ihn Ruben, »beziehungsweise siehst nur deine Seite. Pixie wird ja übelst verfolgt – da findet ohne Übertreibung eine Hetzjagd statt.«

»Eine Hetzjagd? Auf Pixie?« Jeff fiel aus allen Wolken. »Wie bitte?«

»Sag mal, Alter, unter welcher Käseglocke lebst du denn? Liest du überhaupt Zeitung?«

»Klar«, entgegnete Jeff beunruhigt. »Ich weiß, dass jeder wissen will, wer Pixie ist. Das will ich ja auch, aber … Ruben, sagst du mir gerade, dass sie *verfolgt* wird?«

Ruben stieß ein kurzes Lachen aus. »Ob sie verfolgt wird? Nein! Sie wird *gejagt*! Mann, Jeff! Das ganze Land ist hinter ihr her!«

Dieses Gespräch hatte Jeff zutiefst erschüttert und auf seinen öffentlichen Date-Antrag noch mal ein ganz anderes Licht geworfen. Er hatte bisher lediglich Anfragen für Interviews bekommen, meistens per Mail. Ein paar Reporter hatten ihn auch ab und an auf der Straße angehalten, aber von einer Verfolgung war das weit entfernt. Er machte ja auch aus seiner Existenz kein Geheimnis. Über ihn konnte man alles nachlesen. Trotzdem beschlich ihn seit einiger Zeit das Gefühl, nicht unbeobachtet zu sein, vor allem nach dem TV-Interview. Und ja, natürlich irritierte es ihn, sein Konterfei in Boulevardzeitungen zu finden, doch Rubens Telefonat eröffnete ihm eine ganz andere Dimension. Die Sendung musste ja für Pixie inzwischen eine Tortur sein! Ihr Privatleben musste enorm darunter leiden! Kein Wunder, dass sie dichtmachte! Er hatte das total falsch angepackt! Verflixt, wie bekam er diese Kuh wieder vom Eis?

Dazu fiel ihm leider überhaupt nichts ein. Hatte er ohnehin dringlichst auf die Sendung gewartet, war die Spannung diesmal kaum auszuhalten.

♫ ♫ ♫

Donnerstagnacht, 22.30 Uhr.

Charlene wartete auf Harry. Zusammen schlüpften sie durch den mit Efeu und Gestrüpp überwucherten Eingang des Erdkellers im Wald, schalteten ihre Taschenlampen ein und liefen den feuchten Tunnel entlang, bis sie in den Kellerräumen des Fliesengeschäftes angekommen waren. Harry ging vor und checkte die Lage. Nach ein paar Minuten kam er zurück und flüsterte: »Alles sauber.«

Mit dem Aufzug fuhren sie nach oben und Charlene atmete auf, als sie im Studio angekommen waren. In einer Stunde musste sie den gleichen Weg wieder zurück. Sie war kein Angsthase, hatte auch kein Problem mit Spinnen, Mäusen und anderem Getier, das in den dunklen Kellergängen wohnte, sie ertrug nur die Anspannung immer weniger, ob die Flucht aus dem Gebäude gelang.

Heute Nacht wollte Fred sie mit dem Motorrad abholen. Es war unauffälliger als ein Auto und die Sturzhelme boten zusätzlichen Schutz. Charlene war inzwischen mehr denn je bereit für eine Beziehung. Sie wollte nicht allein sein … Fred versprach so viel und sie mochte es, wenn sein Blick auf ihr ruhte.

Und Dex … dieser junge Mann, der auf so sonderbare Weise ihr Herz erobert hatte … Jedes Mal, wenn sie mit den Gedanken an dieser Stelle war, schüttelte sie den Kopf. Das war Irrsinn! Es war … ja, was eigentlich? Es war nichts weiter als eine romantisierte, hochgepuschte Gefühlsduselei, in die dieser Hype sie hineingetrieben hatte. Sie brauchte dringend wieder Normalität in ihrem Leben.

Charlene sah auf die Uhr. Sie hatte noch zwanzig Minuten, bis sie auf Sendung ging … und keine Ahnung, wie sie diesmal mit Dex umgehen sollte.

Wie immer meditierte sie, aber an diesem Abend fiel es ihr schwer, in die Ruhe zu finden. Harry merkte es und legte seine Hand auf die ihre.

»Wir meditieren zusammen«, sagte er. »Gib mir noch zwei Minuten.«

Sie nickte dankbar. Als sie sich beide mit dem Rücken zur Wand setzten und Harry entspannende Musik laufen ließ, fand sie endlich wieder ihre Mitte, kam wieder an den Kern ihres Seins. Dahin, wo es keine Probleme gab. Sie tankte auf.

♫ ♫ ♫

Der Jingle ertönte. Kurz danach war sie live.

»Hey, guten Abend euch allen!«, begann sie. »Kaum zu glauben, aber nach dieser wird es nur noch drei Sendungen geben … dann geht ein fantastisches halbes Jahr zu Ende. Und dass es so fantastisch war, haben wir Dex zu verdanken. Hi, Dex! Dein TV-Auftritt war sehr bewegend. Im wahrsten Sinne des Wortes! Ich nehme an, dein Leben ist dadurch noch mal aufgemischt worden, was?« Sie lächelte.

»Hey, Pixie!«, antwortete er. »Ja, das stimmt. Es geht ziemlich rund seitdem.«

Er wirkte ruhig, fast vorsichtig, und automatisch vermisste sie seine übliche Spontaneität und die Zuneigung, die er ihr sonst so offen entgegengebracht hatte. Was hatte er?

»Nachdem das hier bald zu Ende ist«, ließ er sich vernehmen, »… darf ich in der letzten Ausgabe so etwas wie eine Rede halten?«

»Wenn du mich darin nicht wieder um ein Date bittest!«, rutschte es ihr heraus. Eine Hitzewelle stieg in ihr hoch.

»Ich werde dich immer um ein Date bitten«, erwiderte er ernst. »Mein Leben lang.«

Puff. Da war es wieder. Stets brachte er Sätze, die sie mundtot machten! Stets brachte er sie dazu, dass ihr Herz klopfte … Verflixt noch mal, das war doch unsinnig!

»Dex«, fing sie schließlich ein wenig gequält an. »Bitte … ich …«

»Nein, sag nichts«, unterbrach er sie in einem Ton, der so warm und zärtlich klang, dass sie unwillkürlich die Lider senkte und ihm nachlauschte. »Sag nichts«, raunte er. »Lass es einfach offen, okay?«

»Okay«, flüsterte sie zurück. »Wenn du es auch offenlassen kannst.«

Eine Sekunde später biss sie sich auf die Lippen. Wie schaffte es Dex, sie jedes Mal öffentlich in eine private Unterhaltung zu verwickeln?

Sie nahm sich zusammen. »Na, dann«, sagte sie bemüht heiter, »lasst uns mal über eure Kommentare reden. Viele haben geschrieben, dass sie kaum glauben können, wie schnell das bei Dex ging. Das war aber auch turbo – du bist voll auf der Überholspur, Dex! Aber ich möchte betonen, dass das nicht die Regel ist. Wenn es bei ihm so rasant nach oben ging, dann deswegen, weil er nicht mehr bereit war zu leiden. So viele Menschen jammern über ihre Lage, sagen, dass sie es nicht länger ertragen, aber wenn es darum geht, sich davon zu lösen, stellt sich heraus, dass sie daran kleben, als sei es ihr Leben. Und genau das ist es auch letztendlich!«

Pixie lachte und Jeff fiel ein Stein vom Herzen. Sie lachte wieder! Er war so froh darum! Er wollte sie glücklich sehen, denn niemand hatte das in seinen Augen mehr verdient als sie.

Sie redete weiter und er hörte zu. Diesmal stand er mit dem Wagen im Wald, unter alten, ehrwürdigen Bäumen, deren Zweige sanft in einer lauen Brise wogten. Es roch würzig nach Harz und Erde, die Nacht war warm. Ein schöner, klarer Sichelmond lugte zwischen den Ästen hervor und einige Glühwürmchen tanzten in der Dunkelheit. Jeff lag halb in seinem Sitz und versank in ihrer Stimme, hörte der Musik zu, die sie spielte, horchte ihrem Lachen nach und war allein schon darüber so glücklich, dass er kaum mitbekam, was sie sagte. Er träumte mit offenen Augen von ihr und war so darin verloren, dass er erst beim dritten Mal merkte, dass sie ihn etwas gefragt hatte.

»Dex? Bist du noch da? Oder hast du dich etwa schon ausgeklinkt?«

»Nein … nein, natürlich bin ich noch da«, beeilte er sich zu sagen und richtete sich etwas auf.

»Hast du noch eine Frage?«

»Ja, ich habe noch eine Frage. In einer der ersten Sendungen hast du gesagt, dass alle Begegnungen Schlüssel-Schloss-Geschichten sind. Wenn das so ist: Was bin ich dann für dich?«

Ein Schnaufen entfuhr ihr, gefolgt von einem leichten Lachen.

»Oh, Dex!«, rief sie zwischen ärgerlich und amüsiert. »Ich wusste, du bringst mich heute Abend noch aus dem Konzept!«

»Habe ich das?«, lächelte er und wäre am liebsten durch das Telefon zu ihr geflogen.

»Ja!«, gab sie zu. »Ich habe keine Ahnung, was ich darauf sagen soll!«

»Stell dir vor, diesmal habe ich eine Antwort!«

»Okay, und die wäre?«

»Wenn wir beide eine Schlüssel-Schloss-Beziehung haben, dann bist du mein Schlüssel zum Glück. Du bist der Schlüssel, der mein Herz geöffnet hat – und ich möchte, dass du das weißt.«

Charlene blieb still. Seine Wärme und Liebe strömten zu ihr, machten ihr Herz weit, ließen einen angenehmen Schauer durch ihren Körper rieseln und unversehens schickte sie ihm einen Strahl an Liebe zurück.

Jeff atmete hörbar aus. »Oh, danke, Pixie«, raunte er, und nur sie wusste, warum er das sagte. Ihre Augen waren verträumt, ihre Lippenenden nach oben gebogen.

»Gute Nacht, Dex«, hauchte sie. »Gute Nacht euch allen … und bis zum nächsten Mal.«

Ein tiefes Lächeln lag auf ihrem Gesicht, als sie die Kopfhörer absetzte.

Harry warf ihr einen unergründlichen Blick zu. Leise sagte er: »So schade, dass du ihn nicht treffen willst, Charly. Eure Beziehung ist so innig, dass es kaum auszuhalten ist! Mich flasht das als Zuhörer jedes Mal.«

Er deutete auf den Monitor. »Und nicht nur mich!«

»Boah, ey! Wenn die sich mal nicht lieben …«, stand da.

Und: »Habt ihr das gespürt? Die Truman-Show ist ein Dreck dagegen!«

»Ich habe ja schon immer gesagt, dass zwischen denen was läuft!«

»Hm«, machte Charlene, ohne die Kommentare zu lesen. »Bin froh, wenn erst mal wieder Ruhe einkehrt. Noch drei Sendungen!«

»Noch drei Sendungen. Ich werde dich vermissen, Charly.«

»Ich dich auch, Harry.«

Sie schob ihren Stuhl zurück und wollte gerade die Kopfhörer abnehmen, als ein markerschütternder Schrei durch den Gang gellte. Durch die Tür. An ihr Ohr.

»Halt!«, schrie jemand. »Stehen bleiben! Das ist Hausfriedensbruch!«

Charlene erstarrte. Unheilverkündendes Gebrüll hallte durch die Räume, Menschen rannten, Schuhe klackerten laut über die Fliesen, eine Frau kreischte auf, Männer schrien aggressiv, dröhnend, hektisch … Worte, die sie nicht verstand.

Zu Tode erschrocken sah sich Charlene im Raum um, suchte instinktiv nach einem Versteck, nach einer Fluchtmöglichkeit, als auch schon die Tür zum Studio mit einem solchen Karacho aufgetreten wurde, dass sie lautstark gegen die Wand donnerte. Mehrere Männer drängelten sich gegen den Widerstand anderer in das Zimmer, und bevor Charlene auch nur den Hauch einer Chance hatte zu reagieren, blendete sie ein derartiges Blitzlichtgewitter, dass sie blind zurücktaumelte, die Hand schützend vor ihrem Gesicht. Harry war aufgesprungen, stellte sich vor sie, aber es war zu spät. Viel zu spät.

Fünf Reporter, verfolgt von der unfähigen und übertölpelten Security, verteilten sich im Raum, drückten unentwegt auf ihre Auslöser, fertigten Hunderte von Bildern von ihr an. Charlene mit aufgerissenen Augen, Charlene vor dem Studiotisch, Charlene mit den Kopfhörern in der Hand … während laut schreiende Männer miteinander rangelten, ohrenbetäubendes Geschrei ihre Ohren füllte.

In Charlene drehte sich alles. Ihr war übel, schwindlig, sie war unfähig, sich zu rühren – es hätte ohnehin keinen Sinn gehabt. Angst flutete in ihr empor, ungehindert, ungezügelt, verdichtete sich zu einem ohnmächtigen, lähmenden Gefühl.

Um sie herum wütete das Chaos. Fred war da – Fred, der ins Telefon brüllte, nach der Polizei rief, Dörfler, entsetzt, die Hände im Gesicht, Harry, der immer noch versuchte, Charlene zu decken … Sekunden später schon drehten sich die Eindringlinge auf dem Absatz um. Die Männer aus dem Sender versuchten noch, sie aufzuhalten, versuchten, ihnen die Kameras aus den Händen zu reißen … doch unter Einsatz ihrer Ellbogen und Knie flohen die Reporter aus dem Gebäude.

In Charlene fiel alles zusammen. Totenbleich sank sie auf ihren Stuhl.

Pixie war enttarnt.

♫ ♫ ♫

Das hilflose Schweigen danach wirkte umso tödlicher. Bis auf das Keuchen der Kollegen war nichts zu hören. Niemand machte sich etwas vor: Selbst wenn die Polizei jetzt kam – die Reporter waren längst über alle Berge und würden die Fotos verkaufen. Und bis eine einstweilige Verfügung griff, würde jeder wissen, wer Pixie war. Dörflers Schultern zuckten, als wollte er weinen. Harry blickte erschüttert und besorgt auf Charlene, dann aus dem Fenster. Der Eingang des Parkplatzes war regelrecht belagert – und sie vermuteten, dass auch am Felsenkeller Reporter standen. Die Paparazzi waren nicht durch das Treppenhaus gekommen. Sie hatten den Schleichweg entdeckt. Sie waren Fred gefolgt. Charlene musste trotzdem durch den Tunnel, dort stand Freds Bike.

Ihr Herz raste wie verrückt. Am liebsten wäre sie einfach davongelaufen – aber genau das konnte sie nicht. Sie war so blass, dass Harry es mit der Angst zu tun bekam.

»Charly«, versuchte er, sie aufzumuntern. »Ich kann mir beim besten Willen nicht vorstellen, dass deine Geschäftspartner verteufeln, was du gemacht hast. Das kann doch gar nicht sein. Nicht diese wunderbaren Sendungen! Und schon gar nicht das, was du bewirkt hast!«

Charlene blieb stumm. Sie allein wusste, was das nach sich ziehen konnte – und sie ahnte, dass dieser Kelch nicht an ihr vorübergehen würde.

# ♫ The Impossible Dream ♫

Sean Christopher

Fred war außer sich, als er mit Charlene durch den Tunnel ging, von dem sie wussten, dass er nicht mehr sicher war.

Auf dem letzten Stück setzten sie die Sturzhelme auf, und sowie sie durch die Tür traten, erhellte sich der Wald mit zischenden Flashs. Fluchend nahm Fred Charlene an die Hand und rannte mit ihr zu seinem Bike. Sie schwangen sich darauf, hektisch, das Ding wackelte gefährlich, während Fred schon Gas gab. Charlene stieß einen entsetzten Laut aus, als die Reifen auf dem feuchten Laub wegrutschten und Fred die Maschine gerade noch mit einem Bein abfing. Ein paar Meter weiter hatten sie endlich Asphalt unter den Rädern und jagten mit Höchstgeschwindigkeit davon.

Als sie vierzig Minuten später bei Charlene ankamen, war Gott sei Dank niemand zu sehen. Sie öffnete das Tor mit der Fernbedienung nur einen Spalt und stieg vom Motorrad.

»Hey, Charlene, was soll das?«, fragte Frederic bestürzt. »Ich bleibe bei dir! Ich lasse dich nach all dem Aufruhr doch nicht …«

»Nein, Fred«, unterbrach sie ihn rau. »Ich … es tut mir leid, aber ich möchte allein sein. Wir sprechen uns.«

Bevor er noch etwas sagen konnte, schlüpfte sie durch die schmale Öffnung. Surrend schob sich das schwere Eisen hinter ihr zu und rastete mit einem dumpfen Geräusch ein.

Fred starrte auf das massive, fest verschlossene Tor. Eine ungute Ahnung stieg in ihm hoch.

♫ ♫ ♫

Johanna war die Erste, die am nächsten Tag anrief.

»Süße, lies die Zeitung«, sagte sie mit belegter Stimme. »Ich mache es kurz: Dein schlimmster Albtraum ist eingetreten – und ich fürchte, der deiner Aktionäre auch. Ich hoffe, deine Firmen überleben das.«

Charlene schwieg. Es war also so weit. Hatte sie Bernies Erbe verspielt? Ihre Existenz? Die Existenz vieler Menschen? Wegen einer Radiosendung?

Ihr Herz hämmerte wild gegen ihre Brust, als sie nach unten ging, wo Isabelle wie stets die Zeitung auf den Frühstückstisch gelegt hatte. Nicht das Lokalblatt. Das hatte Charlene nie groß gelesen. Es war eine bundesweite Zeitung.

Sie hatten ihr tatsächlich eine ganze Seite gewidmet. Ihr Bild war auf Seite drei. Das Foto aus dem Studio. Eine totenbleiche Frau, Kopfhörer in der Hand, die Lippen leicht geöffnet, starrte ihr entgegen. Weiter unten die Schnappschüsse aus dem Wald, das kippende Motorrad, »Sinnlose Flucht einer Heuchlerin« der Untertitel.

Beklommen las Charlene die Schlagzeile.

Wer ist Pixie? Die Mogelpackung des Jahres!

Darunter folgte etwas kleiner das Intro.

Monatelang kursierte die Frage in den Medien: Wer ist Pixie? Heute wissen wir es: ein Synonym für Scheinheiligkeit.

Charlene setzte sich. Sie las jedes einzelne Wort.

Von der Kunst, eine Heilige zu mimen … ein Artikel von O. Görtlich.

Reality-TV ist gescriptet. Bei Reality-TV geht es um Einschaltquoten. Jeder weiß das, wer trotzdem schaut, ist selber schuld. Doch bei der Sendung mit dem idiotischen Namen »Moonlight-Radio«, die sich rühmt, das erste Reality-*Radio* zu sein, geht es um etwas mehr.

Die Beteiligten dieses Schmierenstückes sind gut gewählt.

Die zweifelhafte Heldin: ein moderner Möchtegern-Guru mit dem lächerlichen Pseudonym *Pixie.* Jeff Häfner: ein angeblich Gestrandeter. Und eine Radiostation, die händeringend Publikum und Einnahmen braucht.

Das ist die Konstellation, die zahlreiche Hörer ein knappes halbes Jahr genarrt hat. Die Mittel der Wahl, um die Sendung zu hypen, sind so billig und alt wie nur was: eine Moderatorin, die unsäglichen Schmalz von sich gibt und ein Mordsgeheimnis um ihren Namen macht. Natürlich möchte jeder wissen, wer sich hinter der (zugegebenermaßen) sympathischen Stimme verbirgt, die wahlweise nichtssagende Phrasen aus der

Bhagavad Gita, schmalztriefende Zitate von New-Age-Esoterikern mit nicht bewiesenem Schwachsinn aus der pseudowissenschaftlichen Front vermengt. Da werden haarsträubende Weltverbesserungsgedanken und die immer hilfreiche Behauptung »Du bist für dein Leben selbst verantwortlich« aufgestellt, was die Schuld stets schön dem Einzelnen zuschiebt und verhindert, dass Missstände aufgedeckt und angeprangert werden. Da wird von Liebe geschwafelt und ihrer ach so großen Macht. Liebe, die angeblich alles heilt und selbst schwerste Schicksalsschläge relativiert. Eine gefährliche und anmaßende Bagatellisierung, zudem ein Genickschlag für alle wahrhaft Traumatisierten! Da wird über Mitgefühl und Nächstenliebe sowie von der Kraft des Guten und dem Ändern seiner Energiefrequenz auf eine höhere Bewusstseinsebene schwadroniert, denn damit, so Pixie, seien alle Probleme der Menschheit gelöst. Das ist nur ein Auszug aus den unsäglichen Texten einer mehr als fragwürdigen Sendung.

Was denkt sich eigentlich eine seriöse Radiostation dabei, mit solchen Themen aufzuwarten? Der Erfolg der Sendung lässt sich lediglich mit Schwarmverhalten und Massenhysterie erklären. Und natürlich mit der bis zum Abwinken hochgepuschten Frage: Wer ist Pixie?

Die Aufdeckung ihrer Identität beweist, dass diese Sendung eine Mogelpackung und PR-Kampagne von besonderer Dreistigkeit ist.

Pixie ist Charlene Wittstein. Wer ist Charlene Wittstein? Eine millionenschwere Frau, die fünf Firmen, mehrere Häuser und Grundstücke in besten Lagen überall auf der Welt sowie einen Fuhrpark mit Classic Cars ihr Eigen nennt, wovon der billigste Wagen, ein 1960er Maserati Vignale Spider, auf schlappe 750 000 Euro geschätzt wird.

Diese mehrfache Millionärin setzt sich nun also vor ein Mikrofon und behauptet, man könne alles im Leben erreichen, wenn man nur will. Sie tratscht über Mitgefühl und darüber, dass man – ich zitiere – »das Licht in jedem« sehen solle. In jedem stecke ein goldener Buddha, den es zu entdecken gelte – und schon läuft das Leben ganz wunderbar. Aber geht man ein wenig in die Tiefe, ist sie eine besonders gewissenlose Heuchlerin, die mit ihrem Licht-und-Liebe-Geschwätz Menschen zu blenden versucht. Eine von vielen, die Wasser predigen und Wein trinken.

Charlene Wittstein hat überhaupt kein Recht, auch nur einem Menschen auf der Welt irgendwelche Ratschläge zu geben, denn Charlene Wittstein kommt aus der tiefsten Gosse. Ist ihr Reichtum durch Licht und Liebe entstanden? Nein.

Sie hatte lediglich das große Glück, einen Mann wie Bernie Wittstein zu treffen, den sie zu umgarnen verstand, der sie aus irgendeinem Grunde ehelichte und sie in höhere Kreise einführte, in denen sie sich nachweislich nie wohlfühlte. Welch Wunder!

Und wie sieht es mit ihrem Mitgefühl aus, das sie in ihren Sendungen so oft besungen hat und anderen ans Herz legte? Gab es da nicht eine Folge, in der sie ihrem Schützling Dex – über den ich auch noch drei Worte verlieren werde – klarmachte, man solle seine Eltern respektieren?

Das hätte sich Charlene Wittsteins Mutter sicher sehnlichst gewünscht. Denn diese hat vom Reichtum ihrer Tochter nie etwas abbekommen. Im Gegenteil. Sie lebte in entsetzlicher Armut (siehe Fotos unten) und ist im letzten Jahr einsam und in tiefstem Elend gestorben. Obwohl doch Frau Wittstein Millionen besitzt, hat sie ihrer Mutter nie ein besseres Leben ermöglicht. Sie hat sie noch nicht einmal besucht. Sie selbst verprasst also ihr Leben mitfühlend in Fünf-Sterne-Bunkern, während ihre Mutter kaum zu essen hatte. Frau Wittstein hielt es auch nicht für nötig, zur Beerdigung zu erscheinen. Ob sie ihrer Mutter wenigstens einen Kranz aufs Grab hat legen lassen, bleibt ungeklärt.

Kommen wir zu Dex. Jeffrey Häfner. Die Sendung wurde als Livesendung deklariert, ist aber letztendlich gescriptet wie jedes billige Reality-TV auch.

Man sollte den Eindruck gewinnen, durch die Ratschläge Pixies würde Dex Glück und Erfolg in seinem Leben erfahren. Nun ja, das hat er auch. Er hat nämlich einen Vertrag mit *living dishes* ergattert, einer Firma, die Frau Wittstein gehört, und nun geht es ihm – man höre und staune – plötzlich wieder gut und sein Leben ist von Freude gekrönt. Nicht, weil er irgendwelche Fähigkeiten aufweist, nicht, weil er einen Bäckerjungen im Schlepptau hat, der ein ach so sagenhaftes Gojibeeren-Tomatenbrot backt, sondern lediglich, weil er schamlos genug war, sich auf einen Deal mit dem Moonlight-Radio einzulassen. Weil er den »Mut« hatte, öffentlich die Hosen herunterzulassen.

Fragt sich nur, wie lange dieser Vertrag zwischen *living dishes* und Dex halten wird, der doch lediglich als Show dazu dient, einer kleinen Radiostation zu ein bisschen Erfolg zu verhelfen. Und warum das alles? Weil Frau Wittstein mit einem der Anteilseigner befreundet ist. Da hilft man sich doch gerne gegenseitig aus. Eine Win-win-Situation würde man das in Geschäftskreisen nennen. Aber das ist sie nur, weil man die Verlierer einfach ausklammert. Nämlich die Menschen, die ein halbes Jahr lang aufs Übelste getäuscht wurden.

Die Welt ist gut, Frau Wittstein? Ich wünschte, sie wäre es. Menschen wie Sie machen es schwer, daran zu glauben.

Ein Beitrag von Oskar Görtlich.

Charlenes Herz hämmerte hart gegen ihre Rippen, als sie die Zeitung sinken ließ. Dann stand sie auf, setzte sich an den Rechner und tat sich das ganze Programm an.

In den sozialen Medien war ein Shitstorm über das Moonlight-Radio, speziell über Pixie, hereingebrochen – und ein Ende war nicht in Sicht.

»Ich könnte heulen, so enttäuscht bin ich!«

»Sie hat kein Recht …«

»Für die ist es leicht! Die schwimmt ja in Geld …!«

»Die haben uns voll verarscht! Alle beide! Alle miteinander!«

»O nein, ich kann das nicht glauben …«

»Die hat ihre Mutter verhungern lassen?«

»Ich hab gewusst, die Welt ist schlecht.«

Das Netz war voll mit Fotos von ihr. Sie hatte sich nie groß ablichten lassen, aber die Reporter hatten die wenigen Aufnahmen ausgekramt und online gestellt.

*Mein Gott*, fuhr es ihr siedend heiß durch den Kopf. Dex würde alle seine Aufträge verlieren! All die Werbeeinnahmen, die er schon sicher in der Tasche gehabt hatte!

Charlene atmete schwer. Und sie … ihre eigenen Firmen, Bernies Arbeit … all die Jahre, die sie gebraucht hatten, um das aufzubauen … die Mitarbeiter … das war alles gefährdet! Sie hatte die Existenz so vieler Menschen aufs Spiel gesetzt!

Warum in aller Welt war sie nicht ausgestiegen, als sie erkannt hatte, zu welch einer Blase das aufgepumpt wurde? Nun war sie geplatzt.

In ihrem Kopf war nur noch Leere. Und doch ahnte sie: Das war ihre Katharsis, ihre ultimative Prüfung, die sie diesmal allein durchstehen musste – ohne Bernie.

Ihre Freunde wollten zu ihr und ihr beistehen, aber außer Johanna ließ sie keinen an sich heran.

Alte Ängste brachen sich Bahn und sie konnte sich nicht dagegen wehren. Der Ansturm war zu groß. Weinend überließ sie sich ihm.

♫ ♫ ♫

Jeffs Entsetzen kannte keine Grenzen, als er am Morgen die Schlagzeilen las. Ihm war, als fiele er im Sturzflug hunderttausend Meter in die Tiefe. Das konnte nicht sein! Das durfte nicht sein! Was war das für ein blöder Schreiberling? Wie konnte man mit einem Artikel eine Nation entzweien und den Glauben an das Gute zerstören? Wie konnte in einer Nacht etwas so Schönes und Ehrliches wie das Moonlight-Radio in den Dreck gezogen und vernichtet werden? Nicht eine Sekunde glaubte er, was dieser Journalist von sich gegeben hatte. Und Pixie … wie musste ihr zumute sein? Wie sehr hatte er sich gewünscht, zu wissen, wer sie war? Nun wusste er es, offenbart auf eine Weise, die schrecklicher nicht hätte sein können. Sah eine Frau, die schöner für ihn nicht hätte sein können. Es war grotesk.

Fassungslos saß er vor seinem Rechner. Auch Alf, Lukas und Henning waren bis in die Grundfesten schockiert. Mit trockener Kehle las Lukas Alf ein paar der Artikel vor und schon bei den ersten Zeilen fing Alfie zu weinen an. Henning war der Erste, der die Frage stellte, an die Jeff in erster Linie gar nicht gedacht hatte. Seine Gedanken waren ausschließlich bei Charlene.

»Heißt das, dass unser Start-up gar nicht erst ins Rennen geht?«, fragte er mit rauer Stimme und stieß Jeff damit vollends in den Abgrund. »Dass es schon vorbei ist, bevor es überhaupt starten konnte?«

Blind stierte Jeff vor sich hin und atmete schwer.

»Ich weiß es nicht«, krächzte er. »Ich weiß nicht, was *living dishes* machen wird. Ich weiß nicht, wie die Werbeleute reagieren werden. Im Moment weiß niemand etwas.«

In seinem Hals wuchs ein dicker, fetter Kloß. Alte, längst tot geglaubte Gefühle versuchten, sich Bahn zu brechen, warteten hämisch lachend im Hintergrund. Mit einem Ruck stieß er den Küchenstuhl zurück, griff sich die Autoschlüssel und rannte aus der Wohnung. Völlig planlos raste er auf die Autobahn und fuhr eine Stunde lang stur geradeaus, unfähig, etwas zu denken. Doch dann schossen sie hoch … vertraute, bittere Gedanken.

Es war wieder passiert! Immer wenn er dachte, nun sei alles auf einem guten Weg, schlug ihm das Schicksal mitten ins Gesicht! Dank Pixie hatte er an Glück geglaubt … und wieder war es zerstört worden. Es war also doch so: Es war ihm nicht vergönnt! Irgend so ein Arsch konnte mit einem Federstrich alles kaputt machen! Die Wut war nicht zu ertragen. Unbeherrscht hieb er mit der Handkante auf das Lenkrad und stieß einen Schrei aus. Das Leben war unfair! Ein Scheißspiel!

Doch genau dieser Gedanke ließ ihn schlagartig innehalten. Er nahm den Fuß vom Gas und lenkte den Wagen auf einen Parkplatz. So etwas hatte er nie mehr in seinem Leben denken wollen! Diese Einstellung hatte ihn ins Nirgendwo geführt. Aber da befand er sich trotz allem auch wieder … es war sogar noch schlimmer als vorher!

Erschlagen von all dem stieg er aus und setzte sich auf eine Bank. Er brauchte eine Weile, bis er in der Lage war, die Informationen zu sortieren.

Pixie war eine schwerreiche Frau. Deswegen war er für sie so völlig uninteressant. Deshalb hatte sie sich nie mit ihm treffen wollen. Hatte sie sich insgeheim über seine Avancen lustig gemacht? Er war sich sicher, dass sie – trotz dieser Krise – auch weiterhin Millionen haben würde. Sie hatte ja Besitz, war das Oberhaupt von etlichen Firmen, in denen er sich beworben hatte. Sie war die Gründerin von *living dishes*! Und er hatte sie angebaggert! Öffentlich! Er hatte sich für alle sicht- und hörbar vollständig zum Idioten gemacht!

Doch da riss ihn ein Satz des Schreiberlings in eine andere Richtung: Charlene Wittstein komme aus der Gosse. Stimmte das?

Jeff wusste nicht, was er denken sollte. Was war das zwischen ihnen gewesen während der Talks im Radio? Er wusste ja selbst am allerbesten, dass zumindest seine Rolle nicht gescriptet war … aber was war mit ihr? Was war mit dem Radioteam? Hatten sie mit ihm gespielt? Dieser Dörfler … der war ihm eh nie so richtig geheuer gewesen.

Jeff zog sein Handy hervor und googelte »Charlene Wittstein«.

Bisher hatte er nur das Bild in der Zeitung gesehen. Ein Foto, das ihn an ein verschrecktes Reh erinnerte. Ein Foto, das eine Vielzahl an Empfindungen in ihm ausgelöst hatte – und die erste war Faszination gewesen.

Hier, in der Abgeschiedenheit des Parkplatzes, konnte er Pixie nun endlich in aller Ruhe betrachten. Sein Bildschirm füllte sich mit einer Fotoserie, die jedes negative Gefühl im Bruchteil einer Sekunde wegschwemmte. Als er das erste Bild von ihr sah, setzte sein Herz für einen Schlag aus, um danach umso heftiger weiter zu pochen.

Die Reihe begann mit dem Schnappschuss aus dem Studio.

Diese großen Augen! Das lange, dunkle Haar! Ihre weichen Lippen … ihre schlanke Statur … Sie hieß Charlene. Sie war fünfundvierzig. Und in seinen Augen wunderschön. Jeff blickte in ihr blasses Gesicht und das, was er schon immer gefühlt hatte, flammte ungehindert in ihm hoch: Liebe. Sehnsucht nach ihr – und das Bedürfnis, sie in den Arm zu nehmen.

Mit einem versonnenen Lächeln im Gesicht klickte er ein Foto nach dem anderen an. Charlene auf einer Gala, am Tisch sitzend, die Augen zur Bühne gerichtet. Als junge Frau mit ihrem Mann. In Jeans und T-Shirt an einem Strand – und Charlene im Abendkleid, Perlenschnüre auf ihrer nackten Haut.

Der Fotograf hatte sie erwischt, als sie gerade über ihre Schulter schaute. Sie trug ein rückenfreies, langes Kleid, ihr Haar war hochgesteckt. Jeff vergrößerte das Foto, bis ihr Gesicht den kleinen Bildschirm ausfüllte, und strich leicht mit dem Daumen über ihre Wange. Plötzlich wusste er: Niemals war diese Frau fähig, das zu tun, was dieser Journalist ihr unterstellte. Niemals war das nur Show gewesen. Niemals hatte sie ihre Worte aus Jux und Tollerei gesagt. Sie meinte, was sie sagte. Charlene war echt. Alles an ihr war echt. Sie war keine Mogelpackung.

Bedrückt las er die vielen Kommentare durch, die all jene Menschen geschrieben hatten, die zuerst so begeistert von ihr gewesen waren und sich nun durch einen einzigen Artikel hatten umdrehen lassen. Die jetzt gegen Pixie hetzten und jeden Satz, jede Weisheit, jeden schönen Impuls mit Gift verätzten und in den Wind schossen. Hatten die denn gar nichts kapiert?

Jeff erkannte: Das waren Menschen, die süchtig nach Katastrophen und Sensationen waren und eine merkwürdige Befriedigung darin fanden, sich über andere aufzuregen und sie schlecht zu machen. *Lasst uns ein neues Genom bauen*, tönte Pixies Stimme in sein Ohr. *Lasst nicht zu, dass negative Vererbungen immer und immer wieder geboren werden … Wonach wir streben, bestimmt das Schicksal unseres Planeten.*

Seine Hand klammerte sich so fest um sein Smartphone, dass die Knöchel weiß hervortraten.

Sein Start-up. Seine Zukunft, seine Träume … alles war mal wieder den Bach heruntergegangen. Es hatte, wie Henning so schön gesagt hatte, aufgehört, bevor es angefangen hatte. So, wie es ihm immer und immer wieder in seinem Leben passiert war. Mit einem Unterschied: Diesmal würde er nicht so reagieren, wie er immer reagiert hatte. Diesmal würde er nicht auf die leidvolle Schiene rutschen und sein Schicksal beklagen. Diesmal würde er seinen Zellen zeigen, wer der Herr im Hause war! Er würde ihnen andere Botschaften schicken! Er würde anders agieren! Er würde um sein Glück kämpfen!

Er spürte, das war seine Prüfung. Mit wilder Entschlossenheit stand er auf, startete den Wagen und rief Alf an.

»Alf«, sagte er. »Ich bin in einer Stunde zu Hause. Koch Kaffee und sag den anderen Bescheid. Wir halten Kriegsrat. Wir werden etwas unternehmen.«

♫ ♫ ♫

Jeff, Alf, Lukas und Henning reagierten schnell und effizient. Innerhalb der nächsten Stunden verfassten sie auf allen Kanälen Gegenbeiträge und stellten sie online. Die Wirkung ließ nicht lange auf sich warten. Viele waren erleichtert, dass endlich andere Töne angeschlagen wurden, waren froh, dass jemand die Fahne hochhielt – und begannen erneut umzuschwenken.

Die vier arbeiteten die ganze Nacht. Jeff schrieb einen Blogeintrag, verfasste Posts, wehrte sich vehement gegen die Vorwürfe und schlug verbal auf eine Weise zurück, die jeden ansprach. Er kommunizierte offen mit seinen Followern auf Facebook und schrieb die Studentengruppen an, die so stark auf das Moonlight-Radio reagiert hatten.

»Lasst nicht zu, dass diese Inhalte verramscht werden«, bat er sie. »Glaubt nicht diesen Mist. Steht zu euren Werten, steht zum Guten – das ist das, was uns diese Situation lehren soll.«

»Alter, du solltest eine Videobotschaft an deine Follower schicken!«, sagte Henning mit vor Eifer roten Wangen. »Eine, die sie von den Socken haut! Ich weiß, dass Pixie gesagt hat, dass sich negative Nachrichten schneller verbreiten als gute, aber es werden doch verdammt noch mal ein paar Menschen dabei sein, die was von ihr gelernt haben.«

»Super Idee!«, fand auch Lukas. »Du musst so gut wie nur möglich aussehen!«

Jeff empfand das als geeignete Maßnahme, schrieb einen Zeitungsbericht für das Lokalblatt, um den ihn ein verzweifelter Dörfler gebeten hatte, und dachte im Anschluss darüber nach, was er in die Videobotschaft packen wollte.

»Lass dir deine Haare noch mal schneiden«, empfahl ihm Alf. »Ich kenne inzwischen einen super Friseur!«

Jeff lächelte.

»Hat dir den Hennie empfohlen?«

Alf schlief inzwischen mehr bei Hennie als in der WG. Der ersten Nacht waren weitere gefolgt und Jeff hatte die Luftmatratze nun meist für sich allein.

»Ich vermisse dich ja fast im Bett!«, scherzte er. »Ist so ungewohnt, wenn man plötzlich so alleine liegt … nach all der Zeit!«

Alf lächelte verträumt.

»Mensch, Jeff«, sagte er. »Niemals hätte ich gedacht, dass es so ein Mädchen gibt wie Hennie. Sie ist sooo süß!«

»Ja, das ist sie. Ist aber trotzdem schnell gegangen zwischen euch.«

»Wir schlafen nicht miteinander«, erklärte Alf in einer Offenheit, die Jeff sehr rührte. »Wir liegen nur zusammen. Ich glaube, Henriette braucht da ein wenig Zeit. Wir reden viel.«

»Hört sich doch gut an«, erwiderte Jeff lächelnd. »Es hört sich genauer gesagt fantastisch an.«

»Ja«, bekräftigte Alf und kam mit seinem Blick wieder zu ihm zurück. »Und weißt du was? Ich wollte es dir eigentlich nicht verraten … aber jetzt stehen die Dinge ja anders …«

»Willst du mich etwa ganz verlassen?«, witzelte Jeff.

»Nein, ich wollte dir sagen, dass Henriette Pixie kennt. Also Charlene. Genauer gesagt ist sie eine ihrer besten Freundinnen.«

Entgeistert ließ Jeff den Stift sinken. »Hennie … kennt … Pixie?«

»Jep! Die ganze Truppe in dem Bistro … erinnerst du dich? Die Transfrau, der Conchita-Wurst-Typ und so …«

»Ja, natürlich erinnere ich mich! Die waren ja auffallend genug.«

»Das sind Charlys engste Freunde«, erklärte Alf selbstzufrieden.

»Charlys …?«

»Sie nennen sie Charly«, erklärte Alf, stolz, dass er Jeff vollkommen mundtot gemacht hatte. »Kommt von Charlene!«

»Alter, darauf wäre ich beim besten Willen nicht gekommen«, krächzte Jeff. Mit großen Augen starrte er auf Alf. Dann lachte er kurz auf.

»Das heißt … das heißt, wir haben eine Verbindung zu ihr! Eine direkte! Das heißt …«

»Jeff, ich will keine Spaßbremse sein«, unterbrach ihn Alf. »Aber das muss erst mal unter uns bleiben. Ich habe hoch und heilig versprechen müssen, dir das nicht zu verraten!«

Jeff blieb stumm. Seine Gedanken rotierten. Pixie … Charlene … nun hatte er eine echte Chance, an sie heranzukommen! Sein Puls raste wie verrückt. Aber Alf holte ihn aus dem Traumland zurück.

»Jeff, jetzt haben wir erst mal andere Probleme«, erinnerte er ihn.

»Ja, du hast recht. Lass uns weitermachen!«

♫ ♫ ♫

Auch im Sender fanden Krisensitzungen statt. Frederic hatte sofort am nächsten Tag versucht, mit Charlene zu sprechen, aber zu seiner Überraschung weigerte sie sich. In seiner Verzweiflung wandte er sich an Johanna – die Einzige, die Kontakt mit ihr hatte.

»Wir haben eine Besprechung im Funkhaus«, sagte Fred zu ihr. »Wäre wichtig, wenn sie dabei wäre.«

»Ich richte es aus«, erwiderte Johanna. »Aber ich glaube nicht, dass sie kommen wird.«

»Warum nicht?«, fragte Fred beunruhigt. »Wie geht es ihr?«

»Schwer zu sagen«, antwortete Johanna mit belegter Stimme. »Es ist alles ein bisschen anders, als du dir das so denkst, Fred. Es … ich darf dir nichts sagen … vielleicht nur so viel: Es hat nichts mit dir zu tun und es geht nicht nur um den Artikel.«

»Es geht nicht nur um den Artikel?« Seine Stimme überschlug sich fast. »Heißt das, sie hat noch was an der Backe? Jesus, Maria und Josef – was denn?«

Johannas Augen waren tiefdunkel und sie zögerte, aber Fred schaute sie so flehend an, dass sie schließlich antwortete: »Wenn sie es dir jemals sagt, hoffe ich, du weißt das zu schätzen.«

Frederic beunruhigten ihre kryptischen Worte sehr, vor allem aber hatte er ein immens schlechtes Gewissen, weil er Charlene in die Sache hineingetrieben hatte.

»Johanna«, stieß er unglücklich hervor. »Sag ihr, dass mir das alles unendlich leidtut. Es ist meine Schuld und ich wünschte, ich könnte es rückgängig machen.«

Zu seiner Überraschung legte Johanna den Arm um ihn.

»Charlene hat gewusst, dass du so denkst«, erwiderte sie weich. »Und sie will nicht, dass du dir Schuld gibst. Sie hat selbst der Sendung zugestimmt.«

»Aber warum will sie nicht mit mir sprechen?«

»Weil sie nicht kann. Weil sie erst mal selbst herausfinden muss, was jetzt richtig ist.«

Fred blieb stumm. Er würde alles dafür tun, um Charlene aus dieser Situation wieder herauszuhauen. Er war verdammt noch mal nicht umsonst Rechtsanwalt!

Fieberhaft machte er sich an die Arbeit, sicher, alles widerlegen zu können. Das brauchte er auch für sich. Für sein eigenes Bild, das er von Charlene hatte. Und weiterhin haben wollte.

♫ ♫ ♫

Das Radiomanagement drehte erst recht am Rad – waren sie doch ebenso der Klüngelei angeprangert worden wie Charlene.

»Warum habt ihr Charly nicht aufhören lassen, als sie es wollte?«, schimpfte Harry zornig. »Nur, damit die Kassen weiter klingeln! Weil ihr den Rachen nicht voll genug kriegt! Und dieser Hype mit: *Wer ist Pixie?* Das musste ja eskalieren!«

Sein Blick ging zu Dörfler, der aufgelöst am Tisch saß. Er wusste selbst, dass er den Bogen total überspannt hatte.

»Harry, das nützt jetzt keinem was«, beschwichtigte Amann. »Lasst uns darüber reden, wie und ob wir noch die Kurve kratzen können. Ich brauche euch nicht zu sagen, wie mir der Vorstand den Marsch geblasen hat!«

»Der!«, stieß Dörfler hervor. »Der soll mal ganz schnell seine Klappe halten! Solange alles gut lief, war er der Erste, der voll des Lobes war. Und jetzt dreht er sein Fähnchen nach dem Wind. So wie diese Windeier auf Facebook und Twitter! Die genau das machen, was Pixie ihnen auszutreiben versucht hat!«

»So läuft das nun mal«, seufzte einer.

»Nein«, rebellierte Dörfler, und alle sahen erstaunt auf. »Das ist es doch! So muss es nicht laufen! Ich meine, so ist es bisher gelaufen, das stimmt«, setzte er, tiefrot geworden, hinzu. »Aber wieso muss es denn diesmal so laufen? Ich habe nun von dieser verdammten Sendung so viele Botschaften vernommen, warum wenden wir nicht mal eine davon an, statt dumm herumzulabern?«

Unisono klappten nach seinen Worten mehrere Unterkiefer nach unten.

»Ähm … war das gerade der Dörfler, der unermüdlich Pixies Inhalte als spirituellen Schwachsinn bezeichnet hat?«, fragte Fred perplex nach.

»Vielleicht ist ja nicht alles Schwachsinn!«, bellte Dörfler aufgebracht zurück. »Ich bin zumindest bereit, es mal auf einen Versuch ankommen zu lassen!«

»Ja, wie soll denn der Versuch aussehen, Herr Kollege?«, warf Amann ein. »Genau das wissen wir doch gerade nicht!«

»Was gibt es denn da zu überlegen?«, rief Dörfler. »Wir gehen zum Gegenangriff über! Wir zerfetzen diesen miesen Schreiberling in der Luft! Wenn wir jetzt kuschen, hat der doch gewonnen! Pixie *muss* ins Studio!«

»Ach, das ist es, was Sie wollen!«, zischte Frederic erbost.

»Nein, ist es nicht! Ich …«

»Niemals mehr wird Charlene in dieses Studio gehen«, unterbrach Fred im Brustton der Überzeugung. »Das werde ich zu verhindern wissen!«

»Das wäre der mieseste Schachzug, den Sie bringen können!«, fauchte Dörfler zurück. »Sie hat noch drei Sendungen vor sich.«

»Dörfler! Was soll das? Das können Sie jetzt weiß Gott nicht verlangen! Sie hat genug am Hals!«

»Da muss ich Herrn Dubois recht geben«, sagte auch Amann. »Das können wir Frau Wittstein nicht zumuten. Mir tut das so unendlich leid, wie sie gerade fertiggemacht wird.«

»Mir doch auch!«, verteidigte sich Dörfler verzweifelt. »Herrgott, ihr versteht nicht! Sie *muss* mit ihren Hörern kommunizieren! Das ist die einzige Lösung! Und sie hat nicht gesagt, dass sie nicht kommt! Sie hat gesagt: ›Bis zum nächsten Mal!‹«

Amann entfuhr ein entnervter Schnaufer.

»Mensch, Dörfler, was soll das!«, schnaubte er. »Geben Sie bekannt, dass das Moonlight-Radio nicht mehr …«

»Ich setze nichts dergleichen auf die Homepage!« Dörflers Stimme überschlug sich fast. »Sie hätte uns geschrieben, wenn sie vorhat, nicht mehr zu kommen!«

»Das ist wahr«, stimmte Harry zu. »Das hätte sie getan.«

Nachdenklich ruhte sein Blick auf dem aufgeregten PR-Mann.

Aber Amann winkte ab. Sie diskutierten über gängige Maßnahmen und beschlossen, den Hörern mitzuteilen, dass das Moonlight-Radio offiziell beendet wäre.

Verbissen lehnte sich Dörfler zurück. Das würde er zu verhindern wissen!

♫ ♫ ♫

Krisensitzung Nummer drei.

Ruben raufte sich die blonden Zöpfe, als er das Ausmaß des Desasters erkannte. In allen Wittstein-Firmen lief das Krisenmanagement auf Hochtouren, wurden Geschäftspartner beschwichtigt, Gegendarstellungen verfasst und darauf hingewiesen, dass das Ganze aus einem einzigen Artikel heraus entstanden sei, dessen Wahrheitsgehalt gleich null war.

Weitere Journalisten bestätigten zwar die Sache mit Charlenes Mutter und schlachteten sie aus. Doch ihre Freunde und auch Ruben waren überzeugt, dass die Berichte samt Fotos Fake waren.

Ruben war zutiefst unglücklich, weil er Charlys Bitte nicht nachgekommen war. Sie hatte ihm den Job seines Lebens verschafft und er dankte es ihr auf diese Weise? Er hatte nur an seine eigene Karriere gedacht!

Als Jeff ihn anrief, um zu fragen, wie *living dishes* die Sache sah, antwortete er niedergeschlagen: »Es ist noch nichts entschieden. Wir haben einige Großkunden, die sich von den Wittstein-Firmen distanzieren wollen. Es hängt alles in der Schwebe.«

»Schwebe heißt, dass es zur einen oder zur anderen Seite kippen kann«, erwiderte Jeff bestimmt. »Und ich würde gern meinen Teil dazu beitragen, dass es auf die richtige Seite kippt. Dazu brauche ich dich.«

»Hey«, sagte Ruben und richtete sich aus seiner geknickten Stellung auf. »Sag bloß, du hast eine Idee!«

»Ja, eine gewagte! Von der ich selbst nicht weiß, ob sie gut ist. Und noch weniger, ob sie funktioniert.«

Er lachte leicht und Ruben wunderte sich, dass Jeff in einer solchen Situation ein Lachen zustande brachte. Er hatte seine Autoschlüssel in der Sekunde in der Hand, als Jeff fragte: »Kannst du vorbeikommen? Ich will das nicht am Telefon besprechen.«

♫ ♫ ♫

Krisensitzung Nummer vier: Charlenes Freunde besprachen sich in Hennies Bistro.

»Unmöglich kann das wahr sein!«, regte sich Sophie auf. »Charlene hat ja erwähnt, kein gutes Verhältnis zu ihrer Mutter zu haben, aber nie und nimmer hätte sie sie so behandelt!«

»Kinder …«, sagte Georgie traurig. »Das kann doch nicht sein, dass Charly ein halbes Jahr lang Menschen aufbaut und dann nur noch Scheiße über sie gekippt wird.«

»Tja«, resümierte Sophie düster. »So ist die Welt.«

»Nein, so ist sie nicht!«, protestierte Hennie. »Und ihr wisst das auch! Ihr kennt Charly schon so lange! Sie hat uns jeden Tag bewiesen, dass es Gutes gibt. Charly *ist* gut! Wir sind gut! Wir sind auch die Welt!«

»Tja, Schätzchen, aber die Masse ist … na ja … eben ferngesteuert. Bad-news-süchtig! Siehst du doch! Die bilden sich keine eigene Meinung. Was sollen wir denn tun? Wir paar Leutchen haben doch gar kein Gewicht!«

»Verdammt noch mal!«, schrie Hennie aufgebracht. »Das ist nicht wahr! Es wird nur wahr, wenn ihr das glaubt!«

Sie war so wütend, dass sie auf die Füße sprang, dabei an den Tisch rumpelte und die Getränke darauf gefährlich wackelten.

Erschrocken hielt jeder sein Glas fest. Nur Johanna wusste, was Hennie wirklich umtrieb, und ihr Blick ruhte auf ihr, während sie sich weiter aufregte: »Ich will nicht, dass solche Giftspritzen den Sieg davontragen!«

»Das ist ja das Blöde an Giftspritzen«, meinte Georgie. »Irgendwas bleibt immer hängen.«

»Aber ich will zumindest etwas dagegen tun«, trotzte Hennie, und ihre Augen wurden nass. »Ich liebe Charly. Und ich lasse nicht zu, dass die Leute Dreck auf sie werfen!«

»Der Dreck ist ja schon geworfen, Süße«, stellte Sophie nüchtern fest. »Und egal, wie sehr du hinterher rehabilitiert wirst – es bleibt trotzdem für alle Zeiten was an dir dran. Da hat Georgie leider recht.«

In diesem Moment klingelte Hennies Telefon. Sie sah drauf und ihr Gesicht fing an zu strahlen.

»Alf!«, sagte sie glücklich und nahm es in die Hand.

»Alf?«, wunderte sich Johanna. »Der Gojibeeren-Bäcker? Hä? Hab ich was verpasst? Läuft da was mit dem?«

»Und wie!«, bestätigte Hennie, drückte auf den Hörer und flötete: »Hallo, Alfie! Wie geht es dir?«

»Wenn ich deine Stimme höre, geht es mir immer gut! Sag mal, ist Georgie bei dir? Wir brauchen unbedingt einen Friseur! Wir starten eine massive Gegenoffensive!«

»Ihr braucht einen *Friseur* für eine Gegenoffensive? Was habt ihr denn vor?«

Als Alf zu reden anfing, stellte Henriette den Lautsprecher an und legte das Handy auf den Tisch. Konzentriert hörten die vier zu. Dann sahen sie sich mit leuchtenden Augen an. Ja, das war auf jeden Fall schon mal eine Maßnahme!

»Alf«, sagte Henriette aufgeregt. »Wir sind dabei!«

♫ ♫ ♫

Nach drei Tagen hatten sich zwei Lager gebildet. Eines, das über Charlene und das Moonlight-Radio bösartig herzog, es niedermachte und seine Enttäuschung zum Ausdruck brachte.

»Die hat gar kein Recht, überhaupt was zu sagen!«

»So eine Schlampe! Was die mit ihrer Mutter gemacht hat …!«

»Und Dex war mir anfangs so sympathisch! Wie kann man nur so lügen!«

»Der ist Schauspieler! Steht doch im Artikel!«

»Millionär sein und anderen erzählen, sie sollen mit dem zufrieden sein, was sie haben, na klasse. So eine elende …!«

Das andere Lager hielt dagegen. Das waren Menschen, die zu Pixie und dem Moonlight-Radio standen, die nicht glaubten, dass es Fake gewesen war, und extrem gespannt waren, wie es mit dem Moonlight-Radio weiterging.

Das Netz war gespalten. Es tobte ein Streit, der die Spannung, ob Pixie auf Sendung gehen würde, bis zum Anschlag hochschraubte. Die Boulevardzeitungen hatten längst Görtlichs Artikel abgeschrieben, noch ein paar Sachen dazu erfunden und ihn verzerrt, bis die abenteuerlichsten Dinge über Charlene behauptet wurden.

Deutschlands meistgelesenes Revolverblatt, das seit Jahrzehnten ohne Skrupel Hypes auf alles Mögliche schürte und sich damit brüstete, selbst Bundespräsidenten mit Negativberichten gestürzt zu haben, gipfelte schließlich mit seinen Headlines.

> Drogensüchtige Firmenchefin rekrutiert Sektenmitglieder über Rundfunk! Grausame Millionärin lässt eigene Mutter verhungern!

Der Sender versuchte, Charlene zu erreichen. Fred versuchte es. Ihre Freunde schickten ihr eine Nachricht nach der anderen, aber Charlene blieb stumm.

♫ ♫ ♫

Niemand wusste, wie es Charlene in diesen Tagen erging.

Sie hatte Isabelle freigegeben und sich vollständig eingebunkert.

Ihren Vorständen hatte sie eine Nachricht geschrieben, sich für den Vorfall entschuldigt und angekündigt, ihren Teil zur Schadensbegrenzung beizutragen. In der Zwischenzeit sollten sie alles unternehmen, was in ihren Händen lag.

Alle Vorstände hatten ihr versichert, nicht an diese üble Nachrede zu glauben, und sich sofort in Bewegung gesetzt. Längst waren Anwälte eingeschaltet – Handhabe für Klagen gab es genug: Hausfriedensbruch, weil die Reporter in das Gebäude eingedrungen waren, das Verkaufen und Publizieren ihrer Fotos – Charlene war keine Person des öffentlichen Lebens. Somit war auch das rechtswidrig.

Gleichwohl, es hatte wenig Sinn. Die Fotos waren zigtausend Mal im Netz verbreitet worden, ihr Name war in aller Munde und die Menschen urteilten über sie, hetzten und glaubten an das Böse, das ihnen serviert wurde.

Charlenes Gedanken gingen zu den Mitarbeitern ihrer Firmen.

Bernie hatte stets das Wohl seiner Leute im Sinn gehabt und das war auch ihr Ansinnen. Sie würde alles dafür tun, um Arbeitsplätze zu erhalten, saß lange am Rechner, schrieb viele Briefe.

Als alles, was sie tun konnte, erledigt war, fühlte sie sich wie in einem Vakuum. Ein Gefühl, das Johanna treffend umschrieben hatte: *Dein schlimmster Albtraum ist wahr geworden.* Nun musste sie sich mit ihrer letzten Angst auseinandersetzen.

Leicht angetrunken lag Charlene auf dem Teppich in ihrem Wohnzimmer und sinnierte darüber. War das ihr schlimmster Albtraum? Nein. Ihr schlimmster Albtraum war eingetreten, als Bernie gestorben war.

Tränen stiegen hoch und begannen langsam, über ihre Wangen zu laufen. Es hatte in ihrem Leben so manche Schlacht gegeben, die sie hatte schlagen müssen, aber immer hatte ihr Bernie zur Seite gestanden. Diesmal musste sie es alleine durchfechten.

Ihre Gedanken sprangen zu Jeff. Zu Dex … sie mochte beide Namen. Sie legte sich auf den Rücken, starrte die Decke an. Wie mochte er sich fühlen? Er musste bis in die Tiefen seiner Seele über den Verlauf frustriert sein, zeichnete sich doch gerade das gleiche Muster in seinem Leben ab, wie er es immer schon gekannt hatte.

Was hätte sie ihm für einen Tipp gegeben, hätte er ihr diese Frage im Moonlight-Radio gestellt? Sie hätte so gern gewusst, wie er über die Sache dachte. Aber es erging ihm wie ihr: Es war diesmal sein Kampf – er musste ihn alleine meistern.

Seine blauen Augen kamen ihr in den Sinn, seine Stimme. Sein Lachen, wenn es wieder mal klick bei ihm gemacht hatte … Wie oft hatte er ihr damit ein Lächeln ins Gesicht gezaubert!

Charlene wischte sich die Tränen aus dem Gesicht, stand auf und holte ihren Laptop. Schenkte sich noch ein Glas Wein ein, um den urteilenden Kopf abzuschalten, um Dinge denken zu können, die sie nüchtern nicht zu denken gewagt hätte.

Versonnen klickte sie Jeffs Homepage an. Sein blauer Blick rüttelte sie unversehens wach. Sie wechselte von der liegenden Stellung in den Schneidersitz und platzierte den Laptop auf einem Kissen.

»Oh, Dex«, flüsterte sie und hob ihre Hand, um über sein Gesicht zu streichen. »Es tut mir so leid! Hätte ich nur rechtzeitig aufgehört! Niemandem wünsche ich Glück mehr als dir. Du hast es so verdient. Die Zeit mit dir war so schön!«

Da bemerkte sie, dass er zwei Texte unter sein Bild gesetzt hatte. Ihr Herz schlug einen Purzelbaum, als sie den ersten las.

> Charlene, egal, wo du gerade bist: Ich glaube diesen Mist nicht. Ich bin bei dir. In jeder Sekunde meines Lebens. Und ich werde dich weiterhin um ein Date bitten. Jetzt mehr denn je. Ewig. Geh mit mir aus!

Sie schluckte. Ihre Augen wurden wieder feucht. Die zweite Nachricht war an seine Follower gerichtet.

> Nichts von dem, was dieser Reporter über mich in diesem Bericht geschrieben hat, ist wahr. Ich werde immer und immer wieder sagen, bis es euch allen zum Hals heraushängt: Pixie hat mein Leben gerettet. Alles ist besser geworden, seit ich anwende, was sie in ihren Sendungen gesagt hat. Das ist kein Licht-und-Liebe-Geschwätz. Das ist so viel mehr! Und ehrlich gesagt habe ich die Nase voll von Menschen, die nichts anderes zu tun haben, als negativ zu reden, die nicht nur ihren eigenen Geist, sondern auch unsere Welt verschmutzen. Die sich von ihrem Zucker im Kaffee nicht lösen können und Freude daran finden, anderen zu schaden. Dieser Mann hat mich als schamlos bezeichnet. Ich finde, es ist eher an ihm, sich zu schämen. Menschen

wie er haben lange genug das Sagen gehabt – aber es liegt an uns, entweder ihnen zu folgen oder endlich das Steuer herumzureißen und den Mut zu haben, anders zu denken. An Liebe glauben zu dürfen – ohne deswegen als Weichei oder Fantast verschrien zu werden.

Wir möchten alle eine gute Zukunft für unsere Welt. Pixie hat uns einen Weg gezeigt. Sie hat gesagt: »Ändert die Welt von innen heraus.« Was ist jetzt damit? Ich appelliere an euch alle mitzuhelfen, unseren Planeten lebenswerter zu machen. Nicht nur durch Aktivismus, sondern durch das Kultivieren eines guten Herzens – das die Grundlage für jede Aktion sein sollte, die wir unternehmen. Es ist die Grundlage für alles. Und ohne das ist alles nichts.

Euer Dex

»Oh, wow, Dex«, flüsterte Charlene und lächelte. »Grandiose Worte!«

Wieder sah sie in seine blauen Augen.

»Schade, dass du so jung bist«, wisperte sie. »Schade, dass du *zu* jung bist.«

Ihre Lippen bebten, als sie einen letzten Blick auf ihn warf, ihn wegklickte und sich der Seite des Radiosenders zuwandte. Das Management hatte ebenfalls eine Nachricht gepostet.

Als das Moonlight-Radio startete, rechneten wir kaum mit Resonanz. Dass das Gegenteil eingetreten ist, empfinden wir als Kompliment an unsere Hörerschaft, die die Sendung und ihre Inhalte wertgeschätzt haben. Frau Wittstein hat mit ihrem Engagement immens viele Menschen bewegt. Sie hat unerschütterlich an das Gute geglaubt und ist stets für eine bessere Welt eingetreten. Für eine Welt, in der die Menschen anständig, mit Respekt und in Liebe miteinander umgehen.

Das können wir nun aktiv tun. Wir distanzieren uns in aller Form und in jeder Hinsicht von diesem abscheulichen Artikel – und stehen auf für Pixie, für die Werte, die Inhalt des Moonlight-Radios waren.

Eines bleibt unangefochten: Es war ein grandioses halbes Jahr. Unsere Bitte an euch: Macht das nicht kaputt.

Das Statement war in allen Farben kommentiert worden.

»Find ich toll, dass ihr zu Pixie steht!«

»Pixie, ich glaube an das, was du gesagt hast!«

»Ach, kommt schon! Wie dumm kann man sein!«

»Wie kann man nur einen Menschen verurteilen, der sich selbst noch gar nicht dazu geäußert hat? Du hast aber auch gar nichts kapiert!«

»Die hat uns verarscht! Schlimmer geht's nicht!«

»Sie hat uns nicht verarscht! Ich bin sicher, sie lebt, was sie sagt!«

»Logisch. Und lässt ihre eigene Mutter verhungern. Keine Augen im Kopf? Die Bilder sprechen Bände!«

Charlene klappte den Rechner zu. Legte sich wieder auf den Rücken. Dachte nach. Aber egal, welche Drehungen sie durchging – es endete stets in derselben Lösung.

♫ ♫ ♫

Der Samstag verging, der Sonntag, der Montag. Niemand wusste, ob Charlene auftauchen würde. Dörfler hatte sich bis zuletzt geweigert, das Moonlight-Radio für tot zu erklären. Am Mittwochmorgen fragte Harry Herrn Amann, ob er am nächsten Tag gebraucht werde.

»Sie waren doch immer ein Herz und eine Seele mit Frau Wittstein!«, quengelte Dörfler wie ein kleiner Junge, der sich das Pinkeln verkniff. »Dass sie auf meine Nachrichten nicht antwortet, kann ich ja noch verstehen … aber warum antwortet sie Ihnen nicht?«

»Weil sie niemandem antwortet«, erklärte ihm Harry. »Noch nicht mal Herrn Dubois!«

Amann raufte sich mehrmals das Haar, dann entschied er sich: »Wir warten bis heute Abend. Wenn wir dann keine Reaktion haben, setzen wir auf die Seite, dass das Moonlight-Radio gestorben ist.«

Er war schwer beunruhigt. Das sah Frau Wittstein nicht ähnlich, sich gar nicht zu melden! Klar, der Artikel und alles, was in dieser Woche gefolgt war, war absolut unter der Gürtellinie, aber sie hätte mit ihnen kooperieren müssen! Er wählte die Nummer von Frederic Dubois, der in einer ähnlichen Verfassung war wie er. Eigentlich fast noch schlimmer.

»Ehrlich, Herr Amann«, sagte er. »Wenn ich nicht bald ein Lebenszeichen von ihr bekomme, benachrichtige ich die Polizei.«

»Sie glauben, sie hat sich etwas angetan?«

»Nein! Charly ist doch nicht instabil, so etwas …« Fred brach ab. Geschockt fiel ihm ein, dass sie in früheren Jahren öfter mal schwermütig gewirkt hatte. Aber das war doch so lange her? Trotzdem … nach Bernies Tod … Eine tiefe Unruhe erfasste ihn und er vollendete seinen Satz mit äußerster Anstrengung: »Das passt nicht zu ihr.«

»Es passt auch nicht zu ihr, sich überhaupt nicht zu melden!«

Freds Unbehagen verstärkte sich. Er musste sich Zutritt zu ihr verschaffen! Notfalls mit Gewalt! Johanna! Johanna könnte einen Schlüssel für Charlenes Haus haben! Er wählte gerade deren Nummer, als ein Anrufer anklopfte. Er verabschiedete Amann, versprach, sich zu melden, wenn es Neuigkeiten gäbe, und nahm das Gespräch an.

Sein Herz machte einen so gewaltigen Satz, dass er meinte, es spränge aus seiner Brust. Es war Charlene.

»Hallo, Freddie«, sagte sie.

»Charlene!«, rief er mit sich überschlagender Stimme. »Du lebst!«

»Fred, sag mal, hast du sie noch alle?«, fragte sie entgeistert zurück. »Noch hat man mich nicht umgebracht!«

Sie lachte leicht ob der Doppeldeutigkeit ihrer Worte und Fred kriegte sich fast nicht mehr ein. Sie lachte? Und dann fragte sie ihn: »Wie geht es dir?«

»Wie … wie es *mir* geht?« Fred krächzte nur noch. »Das frage ich dich! Wie geht es *dir*?«

»Gut so weit. Ich hoffe, du redest noch mit mir, obwohl ich aus der Gosse komme.«

»Charlene!«

Auch Frederic hatte eine überaus harte Woche hinter sich. Diese Enthüllungen, die zum Teil wahr zu sein schienen … Er brannte darauf, mit ihr zu reden. Er wusste gerade gar nicht, was er denken und fühlen sollte. Erleichterung, weil sie so ruhig war? Ärger, weil er sie schon mit den Tabletten in der Hand gesehen hatte und sie jetzt geradezu heiter klang? Besorgnis, weil sich einige Behauptungen nicht widerlegen ließen? Oder einfach nur Frust, weil sie ihn nicht bei sich haben wollte?

»Entschuldige, Freddie, das war nicht fair von mir«, drang ihre Stimme an sein Ohr. »Ich bin ein wenig nervös … ich hoffe, du verzeihst mir das.«

»Aber Charlene! Was redest du denn da? Ich …«

Sie fiel ihm ins Wort.

»Warum ich anrufe: Ich brauche deine Hilfe.«

»Alles, was du willst! Was genau brauchst du?«

»Ach, Fred«, gab sie gerührt zurück. »Du bist so lieb! Ich brauche eine Möglichkeit, heil aus dem Studio zu kommen.«

»Du … du fährst die Sendung?«

»Klar fahre ich die Sendung. Was hast du denn geglaubt? Dass ich kneife? Aber ich möchte unmittelbar danach nach Fairlight.«

»Natürlich, Charlene, ich kümmere mich um alles.«

Tausend Gedanken tanzten in seinem Kopf, fanden keinen Auslass, als sie mit dunkler Stimme fragte: »Und, Fred … würdest du dann mit mir kommen?«

Ihm wurde heiß.

»Ob ich …«

»Genau. Ob du mit mir kommst. Nach Fairlight. Und bei mir bleibst.«

»Ja, Charlene«, stieß er hervor, während sein Herz total verrücktspielte. »Mit dir gehe ich überall hin.«

Sie antwortete nicht sofort. Er wusste, dass sie nicht lächelte.

Leise sagte sie schließlich: »Ich hoffe es, Fred. Wir werden sehen.«

Damit legte sie auf.

♫ ♫ ♫

Die Nachricht raste wie ein Lauffeuer durch die Radiostation. Amann und Dörfler sowie alle anderen waren überglücklich und kündigten die Sendung auf allen Kanälen an. Dörfler initiierte wie stets einen Zeitungsbericht, der sich diesmal so emotional las, dass das ganze Team nur noch mit dem Kopf schüttelte. Jeder schob es auf die Tatsache, dass auch er seinen Ruf retten musste. Zu ihrer aller Überraschung verbreitete sich dieser Artikel in Windeseile im Netz, schürte die Spannung darauf, was Pixie zu sagen hatte. Wie sie reagieren würde. Es war, als hielte die Welt in Deutschland die Luft an – und würde erst wieder ausatmen, wenn die Sendung vorbei war. Erneut begann ein Hype, der jedem unmittelbar Beteiligtem, allen voran Charlene, massives Herzklopfen verursachte.

Nur sie wusste, was wirklich auf sie zukam.

»Das Moonlight-Radio lebt!«, titelte die Lokalzeitung. »Morgen Nacht wird Pixie wie gewohnt auf Sendung gehen!«

Die Studentengruppen jubelten. Auf ihren Facebook-Accounts standen Transparente mit Sprüchen wie »Nieder mit der Niedertracht!«, »Schluss mit falschem Denken!« oder: »Wir wollen wert-volle Menschen! Und eine wert-volle Welt!«

Reporter und einige Privat-TV-Sender rückten an und richteten enorme Teleobjektive auf das Gebäude. Sie sammelten sich schon am frühen Morgen am Funkhaus, besetzten den Parkplatz, belagerten das gesamte Gelände, sodass es gar keinen Sinn mehr ergab, ihn abzusperren.

Was würde Pixie sagen? Würde sie einfach da weitermachen, wo sie aufgehört hatte? So tun, als ob nichts gewesen wäre? Würde Dex wieder dabei sein? Das Netz war voll von Meinungen und Kommentaren unterschiedlichster Art. Die Vermutung der meisten aber war, dass Charlene mit scharfen Geschützen gegen den Journalisten schießen und sich verteidigen würde. Hoffentlich zeigte sie diesem Stinkstiefel so richtig, was eine Harke war!

♫ ♫ ♫

Donnerstagmorgen. Harrys Handy läutete.

»Charly!«, rief er beglückt ins Telefon. »So schön, deine Stimme zu hören!«

Sie lachte leicht. »Ebenso, Harry. Geht es dir gut?«

»Ja, vielen Dank. Aber wie geht …«

Sie unterbrach ihn. »Harry, wann muss ich heute Nacht spätestens im Studio sein?«

»Wie immer … eine Viertelstunde vorher«, antwortete er. »Aber Charly … vor dem Gebäude steht schon seit heute Morgen eine Phalanx an Reportern.«

»Ich weiß, Harry. Wie lange werde ich brauchen, um da durchzukommen?«

»Du willst … da durch? Charly! Warum tust du dir das an?«

»Weil der Waldweg ebenso bevölkert sein wird. Weil sie im Tunnel sein werden. Und weil ich nichts zu verbergen habe. Also, was schätzt du?«

»Schwer zu sagen. Wenn wir wissen, wann du kommst, lassen wir eine Gasse bilden. Im besten Fall brauchst du für die hundert Meter zehn Minuten.«

Sie schwieg ein paar Sekunden. Dann sagte sie: »Ich komme zwanzig vor elf. Kümmert euch darum, dass ich rechtzeitig im Studio sein kann.«

Ohne ein weiteres Wort legte sie auf. Ihr Blick ging zur Uhr. Noch wenige Stunden. Das Adrenalin schoss nur so durch ihren Körper. Ihre Hände waren feucht. Ihr Hals schnürte sich zu und sie senkte den Kopf.

»Bernie«, flüsterte sie. »Bitte hilf mir. Bitte sei da.«

# ♫ The Hanging Tree♫

## James Newton Howard

Ein heißer Spätsommertag ging zu Ende. Die Nacht war lau, ein leichter Wind strich durch die Bäume. Der Himmel war teilweise bewölkt, verdeckte den Mond, der in unregelmäßigen Abständen immer wieder hervorlugte, als wolle er fragen: »Braucht ihr mich? Ist sie schon da? Geht es los?«

Die gesamte Belegschaft hatte sich im Gemeinschaftsraum versammelt. Amann, Dörfler, Griesig, Frau Maier, diejenigen, die enger mit Charlene zusammengearbeitet hatten, bildeten eine Gruppe. Alle anderen stauten sich nervös und seltsam still im Aufenthaltsraum, instinktiv lauschend, worüber die Verantwortlichen halblaut diskutierten.

»Mit wem hat sie telefoniert außer Harry?«

»Weiß jemand, was sie vorhat? Dörfler? Hat sie Ihnen was gesagt? Fährt sie eine normale Sendung?«

»Was ist mit Dex? Schaltet sie ihn rein?«

Die Fragen häuften sich und perplex sahen sie sich an. Jeder hatte vom anderen erwartet, dass er etwas wusste.

»Hat überhaupt jemand eine Ahnung, was heute abläuft?«, fragte Griesig schließlich.

Die ratlosen Blicke sprachen für sich.

»Sie wird diesem Schmierfinken, der das alles angezettelt hat, hoffentlich gehörig eins aufs Maul hauen!«, mutmaßte Amann.

»Das hoffe ich allerdings auch«, stimmte Dörfler düster zu. »Herr Dubois, Sie haben ihr doch sicher rechtliche Tipps gegeben?«

»Ja, wie denn? Sie hat mich ja nicht konsultiert.«

»Wie bitte? Die Sendung ist nicht mit Ihnen durchgesprochen?«

»Nicht ein Wort!«

Die Männer schauten sich an. »Was zur Hölle hat sie vor?«, ächzte Amann.

Instinktiv schauten alle auf die Uhr: 22.35 Uhr. Noch fünf Minuten, dann sollte sie erscheinen! Ihre Herzen begannen simultan stärker zu klopfen und jeder trat ans Fenster.

Harry ging nach unten, um Charlene in Empfang zu nehmen und dafür zu sorgen, dass die Haustür hinter ihr wieder fest verriegelt war.

Kurz danach ertönte auf des Hausmeisters Funkgerät ein Signal. Es knarzte ein paar Mal und eine blecherne Stimme vermeldete: »Frau Wittsteins Taxi ist hier. Der Wagen versucht noch durchzukommen. Die Reporter haben die Gasse dichtgemacht. Außerdem sind inzwischen Massen an Studenten und Schülern mit Transparenten aufmarschiert.«

Nervös richteten alle erneut ihren Blick auf die Uhr.

»Wir schicken Ihnen zwei Leute runter.« Amann gab ein paar Männern einen Wink. Wie auf Kommando sahen sie danach synchron auf die Leinwand. Die privaten Sender hatten sich zugeschaltet und gaben das Geschehen detaillierter wieder als ein Blick aus dem Fenster.

Die zwei Männer, die nun auf dem Parkgelände zu sehen waren, drängelten sich zum Taxi vor, das sich zentimeterweise vorwärts bewegte. Am Wagen angekommen, machten sie ausladende Armbewegungen und schrien die Reporter an, zur Seite zu gehen.

»Warum hat sie nicht ihren Wagen genommen?«, murmelte Fred. »Der hätte wenigstens verdunkelte Scheiben gehabt.«

»Na, wenn sie durch den Vordereingang reinwill, ist das ja nun auch egal.«

Aufs Höchste angespannt beobachteten sie, wie sich zäh und zögernd eine Gasse bildete, wie die Reporter wie die Wahnsinnigen ins Innere des Wagens fotografierten, sinnlos Fragen gegen die Scheiben brüllten und die Weiterfahrt immer wieder behinderten.

Fred drehte sich bei diesem Anblick das Herz um. Wie musste sich Charlene nur fühlen? Sie, die nie darauf erpicht gewesen war, in der Öffentlichkeit zu stehen! Warum ging sie diesen Kreuzweg?

Alle Blicke hingen an dem Taxi, das sich durch die Menschenmasse zu wühlen begann. Der Tumult um den Wagen herum war unglaublich. Die Studenten schwangen ihre Schilder und Banderolen. Hubwagen mit Teleobjektiven filmten. Reporter fotografierten ins Wageninnere. Scheinwerfer leuchteten gnadenlos alles aus. Und dann bekam das erste Teleobjektiv der TV-Sender Charlene aufs Bild. Sie saß im Fond des Wagens wie eine Statue. Ihr Gesicht war ruhig. Sie hatte noch nicht mal eine Sonnenbrille auf.

Harry stand an der Glastür und sein Herz tat mit jedem Meter, den sie durchstehen musste, schrecklich weh. Bedrückt murmelte er die Frage, die er ihr schon einmal gestellt hatte.

*Warum tust du dir das an, Charly?*

*Weil ich nichts zu verbergen habe, Harry.*

Ihm war, als setze sie diesmal etwas hinzu.

*Und weil ich endlich erkannt habe, dass es nichts gibt, wofür ich mich zu schämen brauche.*

♫ ♫ ♫

Charlene hatte mit Medienrummel gerechnet, aber dieses Aufgebot brachte auch sie aus der Fassung. Seit der Einmündung von der Schnell- auf die Nebenstraße stand sie unter direktem Beschuss der Reporter. Quälend langsam schob sich das Taxi bis zu den Stufen des Einganges vor. Und kaum stand das Fahrzeug still, prallte die Menschenmenge wie eine hungrige Wolfsmeute gegen den Wagen, drang das Geschrei umso dröhnender an ihre Ohren. Es war nicht möglich, die Tür zu öffnen. Die zwei Leute, die geholfen hatten, das Taxi zum Eingang zu manövrieren, drängten die Paparazzi nach hinten und öffneten schließlich gegen den Widerstand der Menschenleiber den Schlag. Erst da wichen die Reporter etwas zurück – um sie besser vor die Linse zu bekommen.

Charlene konnte nicht verhindern, dass ihre Knie zitterten, als sie einen Fuß auf die Erde setzte. Sie war so etwas nicht gewohnt und es fühlte sich nicht gut an. Das Gelände war grell ausgeleuchtet, die Reporter knipsten, als hinge ihr Leben davon ab und schrien ihr unentwegt Fragen zu. Jeder erwartete, dass sie nach dem Aussteigen so schnell wie möglich zum Eingang hasten würde, aber Charlene blieb hoch aufgerichtet vor den Reportern stehen. Kurz senkte sie den Blick, dann ließ sie ihn voller Intensität über die Masse vor ihr schweifen, bevor sie sich langsam in Bewegung setzte.

Ihr Gesicht war blass, aber um ihren Mund schwang ein feines Lächeln. Ein langes, hellgelbes Sommerkleid im Empirestil umschmeichelte ihre Figur. Der milde Nachtwind wehte Strähnen ihres langen, dunklen Haars in ihr Gesicht. Einige Pfiffe ertönten, die Reporter schrien ihr Fragen zu, verfolgten sie mit ihren Kameras, als sie langsam Richtung Eingang schritt, ihr Kleid raffte und die Stufen zum Eingang hinaufstieg.

Sie gab keine Antwort, doch als sie an der Glastür angekommen war, wandte sie sich um und blieb stehen. Ihre moosgrünen Augen waren ruhig und voller Glanz.

Sofort verringerte sich der Geräuschpegel, als hätte sie einen Regler nach unten gefahren. Charlene schenkte allen ein kleines Lächeln und sagte: »Ich verstehe, dass Sie Fragen haben. Hören Sie sich die Sendung an. Damit werde ich hoffentlich alles beantworten können.«

Sie schlüpfte durch die Tür und verschwand mit Harry im Aufzug.

♫ ♫ ♫

Jeff verfolgte die Szene im Fernsehen mit, durchlebte jeden Moment mit ihr. Sein Herz krampfte sich bei ihrem Anblick so sehr zusammen, dass er meinte, einen Infarkt zu erleiden. Zum ersten Mal sah er sie live. Sah, wie sie sich bewegte, wie sie ging, sah in Großaufnahme ihre Augen, den Ausdruck darin, die moosgrüne Farbe, studierte wie ein Verdurstender die Form ihres Mundes, die Weichheit ihrer Lippen ... wie sie sich zu einem perfekten Mona-Lisa-Lächeln formten ... Er war wie hypnotisiert. Sein Herz drohte ihm aus der Brust zu springen, so sehr drängte es ihr entgegen. Es war, als reiße ihr Anblick ein Loch in seine Brust, das nur sie ausfüllen könne. Nur sie allein.

Zusammen mit Lukas, Alf, Henning und Ruben saß er in der Studentenküche und konnte den Blick nicht von ihr lösen.

Seit der Sekunde, in der sie aus diesem Wagen gestiegen war, befand er sich in einer anderen Welt, ertrug er es kaum, mit den anderen im Zimmer zu sitzen. Am liebsten wäre er allein gewesen, hätte diese Momente so gern für sich gehabt. Aus irgendeinem Grund war er kurz davor, in Tränen auszubrechen. Seine Lippen pressten sich zusammen, als er wahrnahm, wie Charlene den Reportern mit Haltung und diesem hinreißenden kleinen Lächeln trotzte. Nein, *trotzte* war nicht der richtige Ausdruck. Ganz und gar nicht. Sie zähmte sie. Sie bezauberte sie. Zu keiner Sekunde entdeckte er Ärger, Wut oder Gereiztheit in ihrem Blick. Er war so sanft und liebevoll wie ihre Stimme in den Ausstrahlungen stets gewesen war. Gebannt verfolgte er ihren kurzen Weg durch die Meute bis zum Eingang des Funkhauses.

Sie war wie eine Elfe! Der Wind spielte mit dem leichten Stoff ihres Sommerkleides, das von dünnen Spaghettiträgern gehalten wurde. Ihre Schultern waren fast nackt, das Haar fiel ihr den Rücken hinunter, streichelte über ihre Arme. Mit unvergleichlicher Anmut raffte sie ihr Kleid und schritt die Stufen zu dieser Glastür hoch wie eine Prinzessin.

Dann wandte sie sich um und sagte etwas, was Jeff nicht verstand. Er verstand nur, dass sie mit dem nächsten Wimpernschlag wieder verschwunden war – und er danach wie so oft lediglich ihre Stimme hören würde. Sein Herz raste in seiner Brust. Er wollte zu ihr! Er musste zu ihr! Er schluckte hart. Die Sehnsucht nach ihr brandete hoch wie eine Riesenwelle, brach sich in ihm, überflutete ihn. Er wusste: Das war die Frau seines Lebens. Sie übertraf jede Erwartung, die er jemals gehabt hatte … er fühlte sich buchstäblich erschlagen davon.

Die anderen unterhielten sich leise, nur Ruben war still. Sie tauschten einen Blick. Jeffs Augen waren nass.

»Weißt du, was sie vorhat?«, fragte er Ruben schließlich leise.

Ruben schüttelte den Kopf. »Sie kann nicht viel anderes tun, als auf die Vorwürfe einzugehen.«

Jeffs Blick wurde blind. Irgendetwas ließ ihn ahnen, dass sie anderes im Sinn hatte, etwas, was ihn schon im Vorfeld aufwühlte. Etwas, was sie Kraft kostete. Er wusste es. Er fühlte Panik und war sich sicher, das war nicht seine, sondern ihre. Das Bedürfnis, bei ihr zu sein und sie schützen zu wollen, wurde so quälend, dass er es fast nicht mehr aushielt.

»Mann, das tut mir so leid«, hörte er Ruben sagen. »Hätte ich nur auf sie gehört!«

»Ich fürchte, sie hätten sie auch ohne das fertiggemacht«, erwiderte Jeff resigniert.

»Meinst du, sie schalten dich rein?«

»Ich hoffe es.«

Er biss sich auf die Lippen. Sein Handy lag griffbereit neben ihm. Er hatte die Nummer schon angewählt – ohne Reaktion.

Wieder starrte er auf den Bildschirm, der nichts mehr hergab außer den Reportern, die darauf warteten, sich nach einer Stunde erneut auf Charlene stürzen zu können. Diesmal würden sie die Verfolgung aufnehmen.

Jeff vergrub sein Gesicht in seinen Händen. Sein Kopf rotierte, suchte nach Möglichkeiten. Er war so in Gedanken versunken, dass er erst nach mehrmaligem Auffordern bemerkte, dass Ruben ihm sein Handy hinhielt.

»Hier«, sagte der zu ihm. »Das Video schicke ich dir. Wenigstens ein kleiner Trost.«

Jeff schaute auf das Display.

Eine sonnige, ausgelassene Charlene drehte sich mit ausgebreiteten Armen vorsichtig um sich selbst, ein glückliches, strahlendes Lächeln auf dem Gesicht. Charlene in einem Kleid aus lebenden Schmetterlingen.

Langsam nahm Jeff Ruben das Handy aus der Hand. Und plötzlich befiel ihn Angst, dass sie niemals mehr so lachen und niemals mehr so glücklich sein würde wie auf dem Clip.

♫ ♫ ♫

Schweigend fuhr Charlene mit Harry die Stockwerke hoch. Schweigend lief sie neben ihm den Gang entlang zum Studio. Harry wusste, dass sie sich sammelte. Dass sie meditieren würde, bevor sie auf Sendung ging. Vor dem Studio hatte sich die Belegschaft in den Gang gedrängt. Es war offensichtlich, dass sie ihr Sympathie bezeugen und Mut zusprechen wollten, aber

Charlenes Gesichtsausdruck verbot jedes Wort. Selbst Fred, der in der vordersten Reihe stand, brachte keinen Ton hervor. Dicht hing das Schweigen im Flur.

Harry öffnete die Tür zum Studio, ließ sie eintreten und wollte hinterher, aber Charlene stellte sich in den Rahmen und blockierte ihn. Ihre Lippen zuckten.

»Heute Abend nicht, Harry«, sagte sie leise.

»Aber Charlene …«, stotterte er entgeistert. »Warum denn nicht? Ich …«

»Nein, Harry«, fiel sie ihm ins Wort. »Ich möchte allein sein, okay?«

Er schluckte. Trat einen Schritt zurück.

»Okay, Charly. Ich bin da, wenn du mich brauchst.«

Sie nickte. Ihr Blick fuhr über die stumme Gruppe der Männer und Frauen vor ihr.

»Ich danke Ihnen, dass Sie hier sind. Danke für Ihre Unterstützung. Es tut mir sehr leid, dass das alles so passiert ist. Ich weiß nicht, wie Sie die heutige Sendung empfinden werden, aber bitte kommen Sie nicht herein. Niemand von Ihnen. Lassen Sie mich das Moonlight-Radio so beenden, wie ich es für richtig halte.«

Sie zögerte, setzte hinzu: »Und ich möchte auch danach niemanden sehen. Nur Fred. Der mich nach Hause bringt.«

Ihr Blick ruhte forschend auf ihm, als frage sie sich, ob er das wirklich tun würde. Dann schloss sie die Tür.

Betroffen sahen ihr die Leute hinterher.

Amann brach als Erster dieses dicke, beklemmende Schweigen. »O mein Gott«, brach es aus ihm heraus. »Was hat sie vor? Was wird sie sagen?«

Übernervös fuhr er sich durch das Haar. »Herr Dubois, wenn das in die falsche Richtung geht, dann *müssen* Sie rein! Egal, was sie gerade gesagt hat!«

♫ ♫ ♫

Charlene setzte sich auf den Stuhl, blickte über die vielen Lämpchen und Regler, die vier Monitore vor ihr – und die Uhr. Noch sieben Minuten. Dann musste sie das tun, was sie ihr ganzes Leben zu vermeiden versucht hatte. Sieben Minuten! Plötzlich ergriff sie Angst. Angst, nicht die richtigen Worte zu finden. Angst, das Falsche zu tun. Krampfhaft machte sie sich bewusst, dass sie das nun schon tausend Mal durchdacht hatte und immer wieder zum selben Ergebnis gekommen war. Niemand außer Johanna hätte ihr Vorhaben gutgeheißen. Ihr Herz klopfte, und ehe sie sichs versah, stützte sie ihre Ellbogen auf dem Schreibtisch ab, legte ihr Gesicht in ihre Hände und weinte. Die Tränen flossen die Wangen hinab und einmal mehr rief sie nach ihrem verstorbenen Mann.

»Steh mir bei«, flüsterte sie zwischen ihren nassen Fingern. »Steh mir bei. Bernie, bitte sei bei mir … lass mich nicht allein.«

*Ich lasse dich nicht allein*, flüsterte seine Stimme in ihrem Inneren. *Niemals. Ich bin hier. Immer. Es ist das Richtige, Charlene. Es ist mutig.*

Bernie verstummte, während ihre Tränen weiterhin auf die Tischplatte tropften. Sie fühlte ihn, als säße er neben ihr. Wieder sah sie auf die Uhr. Drei Minuten vor elf.

Sie konnte heute keine Nachrichten einspielen. Sie würde direkt mit der Sendung starten. Schmerzhaft schlug ihr das Herz bis zum Hals.

Noch zwei Minuten.

Draußen auf dem Parkplatz standen die Reporter und drehten die Lautstärke ihrer Radios hoch. Manche hatten Kopfhörer auf, andere hörten über Lautsprecher mit. Die Studenten im Bundesgebiet, die nicht auf dem Gelände waren, saßen in Gruppen oder einzeln vor ihren Laptops. Jeff befand sich mit seinen Freunden in der WG-Küche. Johanna, Hennie,

Sophie und Georgie verfolgten die Sendung im Bistro, das gefüllt war mit Leuten, die das gemeinsam mit ihnen erleben wollten. Das Fast-Food-Restaurant, in dem Jeff das erste Mal mit Pixie telefoniert hatte, war rappelvoll. Etliche Trucker und Autofahrer schalteten auf die Frequenz. Überall im Bundesgebiet warteten Hörer über Internetradio auf den 23-Uhr-Gong. Und in ihrem kleinen Wohnzimmer auf der durchgesessenen Couch hielten sich Jeffs Eltern an den Händen.

Die Belegschaft des Funkhauses hatte sich wieder im Gemeinschaftsraum eingefunden. Die einzige Lichtquelle war eine kleine Kerze, die jemand angezündet und auf ein Fenstersims gestellt hatte, ansonsten lag der Raum im Dunkeln.

Als wolle er dafür sorgen, dass diese Veranstaltung auch die richtige Kulisse bekam, glänzte ein satter Vollmond zum Fenster herein und schuf eine mystische, gefühlsschwangere Atmosphäre. Und in diesem gemeinsamen Warten wurde plötzlich vielen ihre Verbundenheit bewusst, spürten sie die Felder, die sie umgaben und von denen Pixie immer gesprochen hatte. Trotz der Spannung lag etwas Hohes über allem, als warte eine liebende Instanz darauf, dass die Menschen ihr endlich folgten, als stünde eine Schiffschaukel kurz vor dem Überschlag. Würde Pixie die Drehung schaffen? Würden sie alle den Punkt zum Überschlag überwinden? Bevor auch nur ein Wort gefallen war, ahnten viele, dass das Leben nach dieser Sendung nicht mehr dasselbe sein würde wie vorher.

Fred starrte auf diesen vollkommenen Mond und merkte, wie sein Herz raste. Eine ungute Ahnung überfiel ihn, eine Ahnung, der er nicht nachgehen wollte. Sein Blick ging wie der so vieler zur Uhr.

Noch eine Minute.

# ♫ NIODOM ♫

Martin Kohlstedt

Im Studio saß Charlene ganz still. Sie fühlte sich wie vor dem Sprung von den Klippen – ohne zu wissen, ob da unten Wasser war, das ihr eine Chance gab zu überleben.

Die fünf Pieptöne für die Ankündigung der Nachrichten wirkten wie der Countdown für ein Tötungskommando. Jeff kauerte in der Studentenküche in der hintersten Ecke, dort, wo es am dunkelsten war, und zählte jeden Ton mit. Der dumpfe, satte 23-Uhr-Gong dröhnte in seinem Kopf und endlich, endlich hörte er wieder ihre Stimme.

Er schloss die Augen.

»Guten Abend, meine Lieben! Wir haben dreiundzwanzig Uhr und ihr hört zum letzten Mal das Moonlight-Radio.«

Das letzte Mal! Ein heißes Gefühl wallte in Jeff hoch, quoll aus ihm heraus und schoss in Lichtgeschwindigkeit zu ihr. *Charlene*, dachte er. *Ich liebe dich. Egal, wie unsinnig das ist. Ich liebe dich so sehr!*

Zarte Klaviertöne perlten durch den Äther, schufen einen verwirrenden Mix zwischen Untergang und Aufbruch.

Charlene lauschte der Musik, dann zogen ihre Finger die Regler herunter. Die Töne erstarben. Zehn Sekunden lang war es vollkommen still. Sie rückte das Mikro dicht vor ihren Mund, senkte die Lider und konzentrierte sich auf ihr Innerstes.

»Wie schön, dass ihr heute wieder mit dabei seid!«, sagte sie, und man konnte das kleine Lächeln spüren, das ihre Mundwinkel umspielte. »Ich danke allen, die die Sendung gemocht haben, danke euch allen für eure Beiträge, die positiven wie die negativen. Und natürlich habe ich mir die Kommentare durchgelesen, die ihr in der letzten Woche verfasst habt.«

Sie stoppte kurz, dann lachte sie leicht. »Da ging ganz schön was ab, nicht?«

Als sie sich der teilweise bitterbösen Zuschriften bewusst wurde, löste sich etwas in ihr. Es gab nicht den geringsten Grund, sich deswegen aufzuregen. Im Gegenteil! Bezogen auf die Themen, die sie ein halbes Jahr lang bearbeitet hatten, waren gerade diese Beiträge besonders absurd, und sie kicherte ein wenig, was jeder mit Verwunderung aufnahm. Wieder tröpfelte Schweigen in den Raum.

»Wir haben uns in diesem halben Jahr über so vieles unterhalten.« Sie wirkte verträumt, als sie sich zurückbesann. »Über so vieles … wie sehr wir an negatives Denken gewöhnt sind, wie wir uns selbst runterziehen, wie normal es für uns ist, zu hetzen und zu lästern – und wie sich diese Denkweisen in der Welt widerspiegeln. Wir haben uns darüber unterhalten, dass Positives wie Negatives auf unsere Gene einwirkt, dass das, was wir heute denken, an unsere Kinder weitervererbt wird. Dass unsere Gefühle und Gedanken Macht haben. Die Macht, unser Leben gut oder schlecht zu machen. Unsere Welt gut oder schlecht zu machen, uns in Glück oder Unglück zu führen.«

Sie pausierte ein wenig. Fühlte, wie eine Hitzewelle ihren Körper durchlief, wie ein heftiger Schwall Adrenalin sich in ihr ausbreitete. Unwillkürlich presste sie die Beine zusammen. Sie näherte sich ihrem Schafott.

»Wir haben zusammen davon geträumt, ein neues Genom zu bauen. Eines, das unseren Kindern eine Zukunft gibt. Diese Macht liegt in jedem Einzelnen. Im Laufe der Geschichte hat es so viele Menschen gegeben, die versucht haben, die Welt zu verbessern, aber nur wenige haben verstanden, worum es wirklich geht. Solange wir am Außen herumschrauben, kratzen wir lediglich an der Oberfläche herum, und es wird sich nie etwas dauerhaft verbessern. Das geht nur, wenn wir uns von unseren belastenden Gedanken und Gefühlen lösen, die all diesen Mist verursachen. Und dass das manchmal nicht leicht ist, weiß ich selbst am besten.«

Das Lächeln war aus ihrem Gesicht verschwunden. Es war aus ihrer Stimme verschwunden – jeder konnte das spüren.

Charlene blieb satte dreißig Sekunden still. Es wirkte, als nehme sie Anlauf. Als verrichte sie eine mentale Übung. Als sende sie etwas aus – und die Menschen empfingen es. In dieser Stille, über die Frequenz des Moonlight-Radios, begann sich eine Atmosphäre ganz besonderer Art auszudehnen. Es war wie ein Feld aus Licht, das sie an ihre Hörer schickte, ein Licht, das ihre Seele offenbarte. Jeff war es, als spüre er ihr Herzklopfen. Ihre Scheu, ihre Angst, die Höhe ihres Adrenalinspiegels und gleichzeitig ihren Mut sowie die Entschlossenheit, diese Sendung irgendwie durchzustehen. Schlagartig erkannte er, dass sie sich in diesen Sekunden bewusst für ihre Zuhörerschaft öffnete, ihr Herz öffnete, ihr ganzes Sein, um jeden, der auf ihrer Frequenz war, an ihrem Innenleben teilhaben zu lassen – und das war ein so gigantischer Akt, dass ihm schier die Luft wegblieb und Tränen in seine Augen stiegen.

*Charlene*, flüsterte er in seinem Inneren. *Ich bin bei dir. Fühlst du mich? Ich lasse dich nicht im Stich. Hab keine Angst.*

Sein Puls raste wie verrückt. Alles, was ihm je wichtig gewesen war in seinem Leben, verlor plötzlich Gewicht, wurde angesichts dessen nichtig und leer. Er wollte nur eines: Ihr seine Liebe geben, ob sie nun auf Gegenseitigkeit beruhte oder nicht. Dieser Wunsch flammte hoch, verband ihn so stark mit ihr, dass er wusste, dass sie in diesem Moment die Augen schloss.

Charlene schloss die Augen, konzentrierte sich auf ihr Herz, atmete ein und konnte dennoch nicht verhindern, dass es unkontrolliert zu hämmern anfing. Sie stand vor der Guillotine, kurz davor, ihr Haupt unter das Fallbeil zu legen, und ihre Stimme klang um Lagen dunkler, als sie wieder zu sprechen anfing.

»In diesen sechzig Minuten vor Mitternacht habe ich euch manchmal etwas vorgelesen. Euch mit provozierenden Gedanken konfrontiert, Fragen gestellt … und Geschichten erzählt. Ich habe das Moonlight-Radio mit einer Geschichte begonnen – und ich werde es mit einer Geschichte beenden.«

Sie biss sich auf die Lippen. Dann sagte sie sehr ruhig und bestimmt: »Ich tue das für die Mitarbeiter in meinen Firmen – und für Dex. Was ihr danach darüber denkt, bleibt ganz euch überlassen.«

Panisch zog sie die Regler nach unten und keuchte. O mein Gott, sollte sie das wirklich tun? Sie war wahnsinnig! Wieder flutete Angst hoch. Jeff empfing das, als wäre er im selben Zimmer, und auch ihm entfuhr ein Atemstoß. Sie wirkte so verwundbar! Als bäte sie ihn darum, sie ganz fest zu halten. Er ertrug es fast nicht mehr, untätig in seiner Ecke zu sitzen, hätte am liebsten schützend seine Arme um sie geschlungen.

Charlene sehnte sich genau danach, sehnte sich danach, dass das endlich vorbei wäre, sehnte sich mit aller Macht nach einem liebenden Menschen und saß doch allein auf diesem

Stuhl. Zitternd schob sie die Regler wieder nach oben. Ihr Atem flatterte, als sie Luft in ihre Lungen sog, wahrnehmbar für jeden.

»Okay«, sagte sie mit wackeliger Stimme. »Die Geschichte. Es war einmal ein kleines Mädchen, das …«

Sie brach ab. Ihre Stimme wankte so sehr, dass es ihr peinlich war. Sie räusperte sich, doch dann gab sie innerlich auf und wollte es nur noch hinter sich haben.

»Lasst mich anders beginnen«, sagte sie heiser. »Viele von euch haben mir vorgeworfen, ich sei eine vermögende Firmeninhaberin, die kein Recht hat, Dex auch nur irgendetwas zu seiner Situation zu sagen. Ich hätte mir einfach nur einen reichen Ehemann geangelt. Folgendes möchte ich klarstellen: Ich *habe* jedes Recht. Mehr als jeder andere von euch. Denn wie ihr inzwischen wisst, komme ich aus der Gosse. Und als ich meinen Mann kennenlernte, war er alles andere als reich.«

Wieder biss sie sich auf die Lippen. Der Anfang war gemacht. Sie wurde ruhiger.

»Es stimmt also«, fuhr sie gefasst fort. »Ich komme aus der Gosse. Ich weiß nicht, woran ihr denkt, wenn ihr das Wort ›Gosse‹ hört. Wenn ich ›Gosse‹ sage, dann meine ich das tiefste Level, das ihr euch vorstellen könnt. Ich bin ein unerwünschtes Kind. Wo meine beiden Brüder heute sind, weiß ich nicht. Ich vermute, sie wissen kaum, dass es mich gibt. Wir stammen alle von unterschiedlichen Männern, von denen meine Mutter noch nicht einmal die Namen kannte, geschweige denn, dass sie wusste, welches Kind von wem war. Keiner von uns kannte seinen Vater. Wir kannten nur Leid. O ja, ich komme aus der Gosse. Ich weiß, was Dreck ist. Ich habe darin gelebt. Ich weiß, was Hunger ist. Ich hatte ihn jeden Tag. Mein Tag begann mit Hunger und er endete mit Hunger. Bei uns gab es nie ein anständiges Essen. Es gab keine Zärtlichkeiten. Es gab keine Liebe. Ich kannte keine Spiele, keine Bücher, keine Zuwendung. Ich kannte nur meine betrunkene Mutter, die kaum da war.

Und wenn, dann schlug sie uns, war berauscht, gewalttätig, nicht ansprechbar. Und manchmal war sie so abgefüllt, dass sie in ihrem Erbrochenen einschlief. Abends ging sie in Kneipen und brachte Männer mit nach Hause. Meine Brüder schliefen in der Küche. Ich musste im Bett meiner Mutter schlafen. Jede Nacht hörte ich zu, wie sie Sex hatte. Ich habe immer die Augen zugemacht. Aber die Ohren konnte ich nicht verschließen. Ich bekam hautnah mit, wie Männer Frauen behandeln. Wie pervers sie sein können. Und wie brutal.«

Charlene brach ab. Atemlose, erschütterte Stille lag über dem Sendegebiet.

»Eines Nachts dann«, flüsterte sie, »war meine Mutter so betrunken, dass sie ihren neuesten Flirt nicht mehr bedienen konnte. Der Mann schrie vor Wut und schlug auf sie ein. Ich lag daneben. Krümmte mich vor Angst. Und ich machte einen Fehler. Einen gravierenden Fehler. Ich wimmerte. Und er hörte mich.«

Charlene biss sich auf die Lippen, kniff hilflos die Augen zu, wie sie es damals als Kind gemacht hatte, im vergeblichen Versuch, die grausame Realität ausschließen zu können. Ihre Lippen bebten.

»Der Mann verging sich an mir«, wisperte sie. »Ich war sechs Jahre alt. Mama war so volltrunken, dass sie meine Schreie nicht hörte. Niemand hat mich gehört. Niemand wollte mich hören.«

Ein eiskalter Strahl durchrann sie und sie fühlte sich wie betäubt. Was tat sie da? Sie hatte nie mehr darüber reden wollen! Nie mehr! Sie fühlte den Schock von damals, diese unsägliche Angst, als der Mann sich ihr zugewandt hatte … sein Gesicht, sein Gestank … das Grauen … die Ohnmacht … die unerträglichen Schmerzen, die er ihr angetan, die schwielige Hand auf ihrem Mund, die ihre Schreie erstickt hatte.

Ihre Zwangspause spiegelte das Entsetzen aller Hörer wider, warf sie zu ihr zurück, machte die Bürde noch schwerer – und Charlene wusste, sie war noch nicht am Ende. Ihre Stimme klang unendlich dünn und verloren.

»Als meine Mutter am nächsten Morgen aufwachte, lag Geld auf dem Nachttisch. Sie hat schnell begriffen, was los war. Sie sah, dass es mir nicht gut ging. Dass das Bett voller Blut war.«

Ihre Kehle schnürte sich nun vollends zusammen und Tränen begannen über ihre Wangen zu laufen. Dick. Heiß. Salzig.

»Seit dieser Nacht«, flüsterte sie, »hat meine Mutter mich an Männer verkauft. Lange.«

Charlene senkte den Kopf. Sie steckte nun voll in ihrer Geschichte und bekam nichts mehr mit.

»Manchmal hat sie mich betäubt, damit ich nicht so schrie. Sie hat immer vor der Tür gewartet, bis es vorbei war. Gab jedem eine halbe Stunde. Nie hat sie sich danach um mich gekümmert. Ich hab mich jedes Mal in den Schlaf geweint … bin irgendwann ausgerissen. Immer wieder. Hab mich aus Mülltonnen ernährt, Kuchen gestohlen, die zum Auskühlen auf der Fensterbank standen, aber es hat nie lange gedauert, bis sie mich wieder aufgriffen und zu meiner Mutter zurückbrachten. Obwohl sie Geld mit mir machte, war trotzdem kein Essen da. Das Leben war Qual. Ich vegetierte zwischen Hunger und Schmerz dahin. Doch dann bekam ich mit, dass es im Pfarrheim Essen umsonst gab. Und dort traf ich auf einen gütigen Pfarrer, der meine Situation erkannte. Er war meine Rettung. Er brachte mich in ein Heim, weg von meiner Mutter. Brachte mir das Lesen bei. Ich bekam regelmäßig zu essen, ich erhielt Kleidung. Ich lernte, was es hieß, seinen Körper sauber zu halten, aber meine Seele blieb schwarz. Ich bekam keine Liebe. Ich wusste nicht, wonach ich streben sollte, weil ich nicht wusste, was es überhaupt gab.

Was mich am Leben hielt, waren Bücher, die mich in andere Welten entführten, die mich ahnen ließen, dass das Leben mehr zu bieten hat. Das Heim war eine Steigerung, aber es war auch schrecklich, und so riss ich auch von da immer wieder aus. Lebte auf der Straße. Wurde gefasst und zurückgebracht. Ich war drauf und dran, das Leben meiner Mutter zu leben, weil ich nichts anderes kannte. Doch das Schicksal schenkte mir eine weitere Chance. Eines Tages stand ein junger Mann vor mir, der aus Amerika zurückgekommen war und freiwillig Sozialdienst im Heim tat. Er war der Erste, der sich intensiv um mich kümmerte. Der Erste, der Fragen stellte. Er war der Erste, dem ich nicht egal war.«

Charlene schluckte. Sehr leise sagte sie: »Dieser Sozialarbeiter war mein Mann Bernie, mit dem ich über fünfundzwanzig Jahre verheiratet war.«

Mit den nächsten Sätzen klang sie traumverloren. »Damals war ich fünfzehn, er fünfundzwanzig. Er und auch der Pfarrer zeigten mir, dass auch das Gute in der Welt existiert. Dass Liebe existiert. Nur weil es Menschen gab, die Liebe und Güte lebten, hatte ich eine Chance. Diese Lektion habe ich nie vergessen. Und deshalb meine ich, dass es jeder schaffen kann, auch wenn man wie ich, wie der Journalist sagt, aus der untersten Schublade kommt.«

Charlene atmete tief durch.

»Nie werde ich die Nacht vergessen, als ich das x-te Mal aus dem Heim abgehauen war und Bernie mich fand. Ich wollte nicht zurück. Ich habe ihn geschlagen und getreten, aber irgendwie hat er es geschafft, dass ich mit ihm rede. Irgendwie hat er mich überzeugt, dass mein Leben eine Chance verdient hat. Dass *ich* eine Chance verdiene. Ich bin nur zurück, weil er mir versprach, da zu sein. Und er war da. Er hielt sein Wort. Bernie hat alles aus mir herausgekitzelt. Als ich ihm das mit dem Missbrauch erzählte, hat er Rotz und Wasser geheult. Ich nicht.

Ich konnte nicht weinen. Ich war innerlich tot, kratzbürstig, widerspenstig, eingefroren. Ich misstraute Menschen, wollte keine Freunde und schon gar keine Beziehung. Und vor Männern hatte ich Angst.«

Ihre Kehle bestand nur noch aus Sandpapier. Rau, kaum hörbar kamen die Worte aus ihrem Mund. »Bernie hatte es ganz sicher nicht einfach mit mir. In jener Nacht, als ich kurz davor war, ganz abzukippen, nahm er meine Hand und er … er sagte: ›Bitte geh den Weg mit mir.‹«

In einer hastigen Geste schob Charlene die Regler nach unten. Ihr Mund öffnete sich für ein Keuchen und das Wasser lief ihr in Strömen die Wangen hinunter, in Erinnerung an diese Szene, die ihr Bernie so nah brachte. Verzweifelt sah sie auf die Uhr. Beherrschte sich. Atmete tief durch. Machte weiter. Ihre Stimme bebte, klang tief.

»Das war mit ein Grund, warum ich mich auf Dex eingelassen habe. Ich wusste genau, wie es ihm ging. Ich wusste, was ihm bevorstand, wenn er weiter dachte, was er dachte. Was glaubt ihr, was meine Zellen wohl aufgrund meiner Kindheit abgespeichert hatten? Und was glaubt ihr, welches Leben ich mir geschaffen hätte, mit all den Feldern, die ich unbewusst mit Leid tränkte, weil mein ganzes Sein nur Schmerz und Wut war? Was wäre gewesen, hätte ich Bernie nicht kennengelernt? Einen Menschen, der an Liebe glaubte? Was meint ihr, wie viele Leben ihr retten könntet, wenn ihr an Liebe glauben würdet? Einschließlich eurem eigenen? Ich jedenfalls wäre ohne Bernie untergegangen. Er hat mich mit Liebe getränkt. Er hat meine Felder beeinflusst. Er hat mich gerettet.«

Diesmal ließ Charlene ihre Tränen einfach laufen und hoffte, dass die Hörer das nicht allzu sehr mitbekamen. Ihre Stimme war zu einem Flüstern herabgesunken.

»Ich … ich bin den Weg mit ihm gegangen. Es war am Anfang alles andere als leicht. Für keinen von uns, aber seine

Liebe hat mich stets ermutigt. Als ich achtzehn war, hat er um meine Hand angehalten. Bernie war einfach wundervoll. So wundervoll. Er hat …«

Ihre Stimme verlor sich fast und instinktiv drehten alle die Lautstärke hoch, um zu verstehen, was sie sagte.

»Bernie hat fünf Jahre auf mich gewartet«, wisperte sie, »bis er mich das erste Mal berührt hat. Für mich war er ein Heiliger. Er hat mich nie als Opfer gesehen. Wenn er mich anschaute, sah ich nur Liebe – in all ihren Facetten. Er hat mich immer als etwas Vollkommenes betrachtet, hat nie aufgehört, an das Licht und die Größe in mir zu glauben, und er war so beharrlich darin, bis ich es endlich auch tat, bis ich mich endlich aus dieser leidvollen Identität löste und mich auf den Weg machte herauszufinden, wer ich wirklich bin.«

Charlenes Tränen flossen immer stärker. Sie tupfte ihre Nase, warf einen weiteren, gequälten Blick zur Uhr. Spürte nur noch den Impuls zur Flucht, so wie damals, als Bernie sie aufgelesen hatte. Als sie am eigenen Leib mitbekommen hatte, was sie in ihren Sendungen beschrieben hatte – die Sucht ihrer Zellen nach dem Vertrauten, auch wenn es Qual war, auch wenn sie wusste, dass es sie in den Tod trieb. Und gleichzeitig den latenten, beharrlichen Wunsch der Seele nach Heilung.

»Jetzt wisst ihr, warum mich diese Thematik so interessiert«, sprach sie leise weiter. »Ich weiß genau, wovon ich rede. Ich habe diese Wandlung live erlebt. Im Zuge dessen habe ich nachgeforscht, wie die Kindheit meiner Mutter war. Sie war nicht ganz so widerwärtig wie bei mir, aber auch sie wuchs ohne Liebe auf. In Armut, in Wut auf die, die es besser haben. Haben diese Gefühle irgendetwas besser gemacht? Nein. Im Gegenteil. Sie hat all das in ihren Zellen verankert. Ungefiltert, unbesehen, ohne je darüber nachzudenken. Sie hat es an mich und meine Halbgeschwister weitergegeben und ich lebte ihr Erbe. Aber ich wollte nicht mehr Sklave dieses unheilvollen Vermächtnisses sein. In den Schriften steht immer wieder, dass es etwas sehr Kostbares ist, als Mensch geboren zu werden, und die alten Weisen fragen: Welchen Wert hat ein menschliches Leben, wenn es das innere Selbst nicht erkennt? Auf dieses Selbst hat mich Bernie unermüdlich hingewiesen. Er wusste, dass das meine einzige Chance auf Heilung war. Nicht er. Nur das. Und endlich wurde mir klar, dass ich eine Wahl hatte zwischen dem, was er in mir sah, und wie ich mich sah. Ich meditierte viel und kam dadurch mit etwas in Berührung, das ich nicht anders als *Licht* beschreiben kann. Licht, das allen Schmerz auflöste. Ja, ich bin Licht! Wie ihr. Wie alle hier auf dieser Erde. Ich war nicht dieses beschmutzte Wesen, als das ich mich all die Jahre gesehen habe. In den Meditationen erfuhr ich Freude … Fülle … und unendliche Liebe, trotz meiner miesen Erlebnisse. Und als ich mich bewusst diesem inneren Licht zuwandte, heilte es mich. Es löschte die leidvollen Programme, befreite mich, tränkte meine Zellen mit Liebe, und das begann sich auch im Außen widerzuspiegeln. Dieses innere Glück war mir von jeher wichtiger als das äußere. Deswegen war und ist ein Leben in der High Society für mich nie erstrebenswert gewesen. Deshalb habe ich Freunde, die Wert auf mein Herz und nicht auf meinen Status legen. Und deshalb wollte ich die Sendung unter einem Pseudonym machen.«

Wieder tickten schweigsame Sekunden in den Raum. Charlene saß am Pult, ihr Gesicht war tränennass, innerlich fühlte sie sich leer.

»Ich dachte, ich hätte es vollständig verstanden«, flüsterte sie ins Mikro. »Endlich war das Leben Freude. Doch dann kam mein Mann bei einem Autounfall ums Leben. Da merkte ich, dass ich noch lange nicht so gefestigt war, wie ich geglaubt hatte. Bernie hatte nie aufgehört, mir zu sagen, dass nicht er mein Anker sei, sondern dieses Licht in mir. Sein Tod war ein harter Lehrmeister. Meine Mutter starb eineinhalb Jahre nach ihm. Die Nachricht von ihrem Tod erreichte mich, als ich von einer langen Reise zurückkam. Sie ging, kurz bevor ich das Moonlight-Radio übernahm.«

Charlene richtete sich am Pult etwas auf und strich sich mit beiden Händen die Tränen aus dem Gesicht.

»Ja, es stimmt. Sie ist in entsetzlicher Armut gestorben. Ich habe ihr Entziehungskuren in Privatkliniken angeboten, die sie nicht wahrgenommen hat. Habe ihr jeden Monat Geld gezahlt, aber es durfte nicht zu viel sein, weil sie es nur in Alkohol und Drogen umgesetzt hätte. Ich wollte sie in einer besseren Wohnung unterbringen, auch das nahm sie nicht an. Ich habe alles getan, um ihr zu helfen … alles getan, um ihr zu vergeben, damit wir beide frei sind. Aber sie hat nie an Liebe geglaubt – da erkannte ich, dass ich mich lösen musste. Dass sie ihren und ich meinen Weg gehen musste. Nein, ich bin nicht zu ihrer Beerdigung gegangen. Ich bin keine Heilige, das ist wahr, aber vielleicht könnt ihr nun wenigstens ein bisschen verstehen.«

Charlene schniefte. Nur noch ein paar Worte, dann war es geschafft. Das Kleid klebte schweißnass an ihrem Körper, sie fühlte sich ausgelaugt und ihre immer heiserer werdende Stimme verriet ihre Erschöpfung.

»Was das Moonlight-Radio angeht: Es war zu keiner Sekunde gescriptet. Dass Dex' Geschäftsidee so gut ist, dass eine meiner Firmen darauf aufmerksam wird, war reiner Zufall. Er kann sich ja jederzeit auch für eine andere entscheiden. Er hat genauso wenig gewusst, wer ich bin, wie ihr. Und ich wünschte, es wäre dabei geblieben.«

Betroffen sahen Ruben und Alf nach diesen Sätzen zu Jeff, der wie festgenagelt auf seinem Stuhl saß. Sein Gesicht war verheult, seine Augen ein tiefer Brunnen.

Charlene war verstummt, ihr Kreuzweg vorbei. Sie ließ alles los und eine warme Energie begann sich auszubreiten. Ein Fluidum, das sich wie Sternenstaub über die Zuhörerschaft legte, sie einhüllte, sie miteinander verband. Ein Fluidum, das davon sprach, wie schwer ihr diese Stunde gefallen war, doch mehr noch erzählte es vom Mut, Dinge zu lösen, auch wenn es wehtat, und ließ den Heilungsprozess und die Erlösung erahnen, die damit einhergingen.

Jeff war wie betäubt. Während ihres Berichtes waren ihm die Tränen in Strömen über die Wangen gelaufen, auch Alf hatte geweint. Mit jedem Satz von ihr war Jeffs ungeheures Bedürfnis, sie in die Arme nehmen zu können, auf ein unerträgliches Maß angestiegen. Tränenblind starrte er auf den Laptop.

Und in diesem Moment fragte sie: »Dex? Bist du da?«

»Ja«, flüsterte er, als könnte sie ihn hören. »Ich bin da. Ich werde immer da sein.«

Unwillkürlich erhob er sich.

»Du hörst doch sicher zu, oder?«, fuhr sie fort. »In der letzten Sendung hast du mich gefragt: ›Wenn Beziehungen Schlüssel-Schloss-Geschichten sind, was bin ich dann für dich?‹ Heute kann ich dir eine Antwort geben.«

Aufgewühlt stand Jeff im Zimmer. Jede Zelle in ihm verharrte in höchster Konzentration.

»Dex«, sagte sie und mit jedem Wort flossen wieder ihre Tränen. »Du hast mich mit allem konfrontiert, was ich damals gedacht habe. Dass arme Kinder keine Chance haben. Dass jemand herausfinden könnte, wo ich herkomme … Du warst mir so nah. Du hast mich so bewegt. Du hast mein Herz berührt. Du bist in einer so bewundernswürdigen Geschwindigkeit, mit einem so unglaublichen Vertrauen vorwärtsgerannt. Du kannst nicht ermessen, was das mit mir gemacht hat. Wie sehr du damit meine Seele berührt hast. Du hast mir klargemacht, dass ich meine Vergangenheit nicht zu verstecken brauche. Dass ich mich nicht schämen muss. Du hast mich gezwungen, den letzten Rest zu lösen. Aber hier … in diesen Minuten … trennen sich unsere Wege. Ich denke, wir haben beide unsere

Aufgabe erfüllt. Ich … ich möchte dir danken, Dex. Danke von Herzen, dass du ein Stück deines Weges mit mir gegangen bist.«

»Nein!«, stieß er schockiert hervor. »Sag das nicht, Charlene! Bitte … lass es nicht nur ein Stück gewesen sein!«

Panisch sah er sich im Zimmer um und begegnete Rubens blaugrünem Blick, der beunruhigt seinen Stuhl zurückgeschoben hatte. Aber Charlene war physisch wie psychisch am Ende. Sie konnte nicht mehr. Die Anspannung dieses Coming-outs hatte ihre gesamte Energie verbraucht. Sie fühlte sich wie ein ausgewrungener Putzlappen, so schwach, dass sie Bedenken hatte, von ihrem Stuhl aufstehen zu können.

»Danke, Dex«, sagte sie noch einmal heiser. »Für die schönen Stunden hier im Moonlight-Radio. Ich danke euch allen. Es war mir eine Ehre und eine Freude und ich hoffe, ihr behaltet die Sendung in guter Erinnerung. Ich hoffe, ihr vergesst nie, dass eure Entwicklung, eure Liebe, euer Mitgefühl und das Streben nach dem wahren Glück die Grundlage für ein schönes Leben und eine gute Welt sind.«

Zum zweiten Mal an diesem Abend fluteten Pianoklänge auf, berührten die Hörer in ihrer Seele, genau wie ihre Worte es getan hatten, und langsam drang jedem die Tatsache ins Bewusstsein, dass das Moonlight-Radio unwiderruflich seinem Ende zuging.

»Ich schicke euch mein Herz«, flüsterte Charlene, als erahne sie die Gedanken ihrer Hörer. »Lebt wohl … und lebt intensiv! Möge euer Leben voller Liebe und Wunder sein! Auch wenn die Sendung hier ausklingt … lebt sie weiter! Lasst sie nicht zu Ende gehen! Lasst sie einen Anfang sein! Lasst uns etwas Großes starten! Und ihr wisst … das Größte, was wir haben, ist unser Leben!«

Ihre Stimme verklang, Der Song schwoll zu voller Lautstärke an, füllte den Raum, schwebte durch den Äther. Die Leute schauten auf die Uhr. Es war zwanzig Minuten vor Mitternacht. Das konnte doch noch nicht der Abschied gewesen sein? Bestimmt sagte sie noch etwas! Sie warteten. Aber mit dem Ende des Songs, mit der Stille danach wurde allen klar: Das Moonlight-Radio und Pixie gehörten der Geschichte an.

Jeff stand wie angewurzelt im Zimmer und drehte fast durch. Er brauchte Sekunden, um zu verstehen: Pixie war für immer aus seinem Leben verschwunden.

Ein paar Kilometer von ihm entfernt stand Charlene mit zittrigen Beinen auf, fühlte sich kraftlos. Sah zur Tür. Wollte die Kopfhörer abnehmen. Nein, sie konnte noch nicht da raus. Still setzte sie sich wieder. Legte ihr Gesicht in ihre Hände, dachte an Dex, und ihr Herz wurde schwer.

»Leb wohl, Dex«, hauchte sie und brach in Tränen aus. Drei Sekunden später bemerkte sie, dass die Regler noch oben waren, zog sie herunter und legte die Kopfhörer ab.

Wieder ging ihr Blick zur Tür. Draußen stand Fred und wartete auf sie.

♫ ♫ ♫

»Leb wohl, Dex.«

Ihr gehauchter Abschied und ihr Tränenausbruch verursachten einen Kurzschluss in Jeff. Er musste zu ihr! Sie brauchte ihn! Das war so sicher, wie er hier stand! Wild streifte sein Blick durchs Zimmer, auf der Suche nach den Autoschlüsseln, traf auf Rubens ebenso bestürzten Blick. Instinktiv zog der seine Schlüssel aus der Hosentasche.

Auf dem Laptop hatte sich wieder das TV eingeschaltet. Reporter, die ihre Berichte in Mikrofone sprachen, die in Alarmbereitschaft standen und darauf gierten, dass Charlene die Treppe herunterkam.

»Wenn wir alle Geschwindigkeitsgrenzen übertreten, könnten wir es in einer Viertelstunde schaffen«, sagte Ruben, schon halb an der Tür. »Bis sie sich durch die Reporter gewühlt hat …«

Die beiden rannten nach draußen. Alf, Lukas und Henning waren ebenso aufgestanden.

»Was ist mit dem Video?«, rief Lukas den beiden hinterher.

»Fertigstellen! Senden!«, rief Jeff. Er spurtete mit Ruben zum Wagen, der schon losfuhr, bevor Jeff die Tür zuhatte. Laut quietschten die Reifen auf, als sie Kurs auf das Funkhaus nahmen. Jeff zitterte. So nah war er Charlene noch nie gewesen! Sie *musste* spüren, dass er kam! Es *musste* eine Möglichkeit geben, an sie heranzukommen! Übernervös rief er Alf an.

»Checkt, was am Funkhaus los ist!«, sagte er. »Und haltet uns auf dem Laufenden!«

Mit halsbrecherischer Geschwindigkeit jagte Ruben über die Autobahn. Es war kurz vor Mitternacht, die Straßen einigermaßen frei. Sie hatten auf die Moonlight-Radio-Frequenz geschaltet. Aber sie hörten nur Musik.

Jeffs Blick wechselte von der Straße zur Uhr, von der Uhr zur Straße. Zehn Minuten vor Mitternacht.

Sie mussten es schaffen! Er musste irgendwie zu ihr durchkommen! Er musste!

♫ ♫ ♫

Hennie, Georgie, Johanna und Sophie saßen vollkommen entsetzt und aufgelöst am Tisch und bereuten zutiefst, dass das Bistro voller Menschen war.

Hennie heulte Rotz und Wasser. Johanna legte den Arm um sie und drückte sie fest.

»Hennie«, sagte sie leise. »Du hast es doch gewusst.«

»Ja«, weinte Hennie. »Aber es tut so weh, es zu hören … so weh!«

»Du hast es gewusst?«, fragte Sophie, bis in die Grundfesten erschüttert. Und dann an Johanna gewandt: »Und du auch?«

Johanna antwortete nicht.

»Ich will auf das Video«, sagte Hennie plötzlich und wischte sich die Augen. Entschlossen schob sie Georgie ihr Handy hin. »Nimm mich auf, Georgie. Ich habe etwas zu sagen.«

Johanna drückte Hennie einen Kuss auf den Scheitel.

»Bist du sicher, Kleines?«

»Ja«, sagte sie zittrig. »Ich bin sicher.«

»Und was ist mit Alfie?«

»Wenn er es nicht versteht, ist er nicht der Richtige.«

Die Gäste im Bistro blickten erstaunt auf, als Georgie sich in zwei Metern Abstand vor Hennie aufstellte und um Ruhe für eine Aufnahme bat.

Hennie saß am Tisch in ihrem rosafarbenen Petticoatkleid, ihre Stimme wackelte gehörig, aber ihre Augen blickten fest entschlossen.

»Das ist ein Aufruf«, verkündete sie. »Ein Aufruf an alle, die endlich Schluss machen wollen mit Hass, Gewalt und Groll. Ich will, dass wir ein neues Genom bauen und ich hoffe, ihr seid alle mit dabei und tut eure Arbeit, bevor noch mehr und immer wieder Leid geschieht. Und deswegen erzähle ich euch jetzt, wie ich Pixie kennengelernt habe.«

# ♫ Echos ♫

## Clemens Christian Poetzsch – Remember Tomorrow

23.56 Uhr.

Ruben und Jeff waren in der Nähe des Funkhauses angekommen – es gab kein Durchkommen. Die Straße davor war voll, der Parkplatz war voll. Sie ließen den Wagen irgendwo an der Seite stehen, spurteten zum Gelände, drängelten sich rücksichtslos durch die Masse an Reportern. Jeder kämpfte um einen guten Platz. Charlene würde nach Mitternacht aus dem Gebäude kommen. Und jeder wollte die beste Aufnahme.

23.57 Uhr.

Charlene öffnete die Studiotür, trat in den Gang. Fred stand an der Wand. Sein Gesicht lag im Dunkeln und sie war froh drum. Fest schlang sie ihren Schal um sich. Fred ging auf sie zu. Nun musste sie nur noch aus diesem Gebäude herauskommen. Dann war es vorbei.

Endlich.

23.58 Uhr.

Jeff und Ruben waren nicht mehr allzu weit von den Stufen des Eingangs entfernt, zwängten sich weiter durch, schoben, drückten, rempelten.

Jeff hatte eine gute Chance, Charlene abzupassen, wenn sie rauskam, vorausgesetzt, sie schafften es nach vorn. Was dann sein sollte, war ihm nicht klar. Sein ganzes Sein war nur auf sie ausgerichtet, weiter dachte er nicht. Noch während er lief, flammte Licht im Treppenhaus auf … kam sie schon? Die Reporter schrien aufgeregt durcheinander, machten sich bereit.

Charlenes Gestalt im gelben Sommerkleid war auf einem Treppenabsatz zu erkennen. Zusammen mit der eines Mannes. Jeff drängelte sich noch heftiger durch die Menge. Das Licht erlosch wieder.

23.59 Uhr.

Eine männliche Stimme erklang.

»Liebe Hörerinnen und Hörer, dies war die letzte Folge des Moonlight-Radios. Wir danken allen, die dieses Format geschätzt und unterstützt haben. Unser größter Dank geht an Frau Wittstein, die wahr gemacht hat, was sie angekündigt hat: Sie hat unsere Gedankensuppe aufgewirbelt und viele Impulse gesetzt. Mögen sie Früchte tragen.«

Fünf Pieptöne klangen in den Raum.

Mitternacht.

Das Moonlight-Radio war tot.

0.01 Uhr.

Charlene ging mit Fred nach oben, nicht nach unten. Ein Hubschrauber stand bereit und der Pilot warf die Maschine an, als er sie bemerkte. Die Rotoren begannen, sich zu drehen. Erst langsam, dann immer schneller, bis sie die Drehzahl erreicht hatten, die es der schweren Maschine erlaubte hochzusteigen.

Charlene fühlte sich komisch. Heute Nacht würde sie das erste Mal seit Bernie in den Armen eines anderen liegen – die Aussicht darauf bedeutete ihr Trost. Fred saß wie eingefroren neben ihr, seine Hand war fest um die ihre geklammert. Sie ließ sich gegen ihn sinken. Sanft legte sich sein Arm um sie, wärmte ihre Schulter. Charlene atmete auf. Er würde sie halten.

0.02 Uhr.

Die letzten zwei Meter waren die härtesten, vorne standen die Reporter am dichtesten. Rücksichtslos kämpften sich Jeff und Ruben durch die Menge, stießen gegen Kameras, rammten Körper, immer den Eingang im Auge, den sie irgendwie erreichen mussten.

Doch plötzlich vernahmen sie Protestschreie.

»Sie geht nach oben! Sie geht nach oben! Sie haut ab!«

Jeffs Herz tat einen gewaltigen Satz. Was hieß das: »Sie geht nach oben«? Entsetzt starrte er wie alle auf das Gebäude und vernahm ein alarmierendes Geräusch.

Rotorblätter! Ein Hubschrauber! Nein! Das konnte nicht sein! Das durfte nicht sein! Sein entsetzter Blick ging zum Himmel. Die Reporter brüllten durcheinander, positionierten ihre Objektive Richtung Dach, von dem sich gerade schemenhaft ein Helikopter erhob, langsam nach oben schwebte, verharrte, einige Meter weiter nach oben stieg, erneut verweilte, als ob er nicht wüsste, ob er fliegen oder bleiben sollte. Jeff fiel ein Felsblock in den Magen, als er kapierte, was das bedeutete.

»Charlene!«, schrie er aus voller Lunge. »Charlene!«

Er rannte vorwärts, als sei er Superman, der Anlauf nahm, um zu ihr zu fliegen, prallte gegen Menschen, Gegenstände, Steinstufen. Ruben griff ihn am T-Shirt, zerrte ihn heftig zurück. Jeff wurde das gar nicht gewahr.

»Charlene!«, brüllte er in höchster Pein. »Charlene! Bleib hier!«

Als hätte er einen Knopf betätigt, schwenkte ein Teil der Kameras auf ihn.

»Jeff …«, versuchte Ruben, zu ihm durchzudringen, mit besorgtem Blick auf die Reportermenge. »Bleib ruhig! Raste jetzt nicht aus!«

Aber Jeff hörte und sah nichts. Blind für alles um ihn herum, schrie er wie ein Wahnsinniger seine Sehnsucht gen Himmel.

»Charlene! Bitte! Tu das nicht! Flieg nicht weg! Charlene!«

Genau in diesem Moment stieg der Helikopter endgültig in den Himmel, vollführte eine Drehung und flog davon.

Ein verzweifelter, langer Schrei löste sich aus Jeffs Kehle und er klammerte sich an Ruben, konnte nicht glauben, was da geschah, konnte nicht glauben, dass sie es wahr machte … dass sie tatsächlich nur ein Stück Weg miteinander gegangen sein sollten. Doch der Hubschrauber wurde immer kleiner, war kaum noch zu sehen … und endlich drang in Jeffs Bewusstsein: Es war vorbei. Charlene war fort.

Ruben hielt ihn immer noch. Völlig aufgelöst liefen Jeff die Tränen aus den Augen. Er gab jeden Widerstand auf und sackte in sich zusammen. Unsanft hieb ihm Ruben den Ellbogen in die Seite und erst jetzt wurde Jeff der Reporter gewahr, die ihn fleißig filmten.

»Alter, los, weg hier!«, zischte Ruben. Jeff nickte ergeben. Er wollte nur noch fort, aber genau das gestaltete sich schwierig. Die Reporter bestürmten ihn mit Fragen und versperrten ihm den Weg.

»Dex! Warum waren Sie heute nicht auf Sendung?«

»Wie geht es jetzt mit Ihnen weiter?«

»Was sagen Sie zu den Vorwürfen?«

»Was ist mit dem Vertrag mit *living dishes*?«

Mikrofone stießen in sein tränenüberströmtes, unglückliches Gesicht, und statt den Rückzug antreten zu können, trieb die Meute sie die Stufen hoch, bis sie mit dem

Rücken an der Glastür standen, durch die Charlene eine Stunde zuvor gegangen war. Doch mit einem Mal gab diese Tür nach und ein Mann zischte: »Los, rein, ihr zwei! Schnell!«

Dankbar schlüpften sie durch. Harry schlug die Tür zu, schloss ab, drängte sie aus der Sichtweite der Reporter, deren Gebrüll nur noch gedämpft zu ihnen drang. Dann lotste er sie im Dunkeln zum Aufzug und fuhr mit ihnen nach oben.

Ehe Jeff auch nur einen klaren Gedanken fassen konnte, befand er sich im Studio des Moonlight-Radios, in dem Zimmer, in dem Charlene noch vor Minuten gesessen hatte, von dem aus sie ihm so viele intensive Momente geschenkt, wo sie so viele Stunden verbracht hatte. Ihr Duft lag noch in der Luft, der Stuhl hatte sich noch einen Hauch ihrer Körperwärme bewahrt. Jeff spürte ihre Gegenwart mit allen Sinnen – aber sie war nicht da.

Verzweiflung und Aufruhr stritten in ihm.

Harry unterhielt sich mit Ruben, doch Jeff bekam nichts mit. Er hatte keine Ahnung, wo Charlene hingeflogen war. Und mit wem. Denn endlich hatte sein Bewusstsein mit stechender Schärfe begriffen: Sie war nicht alleine gewesen.

♫ ♫ ♫

»Charly, wo bist du?«

Johannas Finger flogen über die Buchstaben, als sie die Frage verfasste.

»Fliege mit Fred nach Fairlight.«

Seltsamerweise kam nichts mehr weiter von Johanna. Verloren starrte Charlene auf das Display. Als nach drei Minuten keine weitere Message eintrudelte, schaltete sie das Handy ab und steckte es in die Handtasche.

Sie schaute auf Fred, dessen Blick nach vorne gerichtet war und dessen Augen einen Ausdruck hatten, den sie noch nie zuvor gesehen hatte. Ein Ausdruck, der sie beunruhigte. Schwer beunruhigte.

♫ ♫ ♫

Endlich erwachte Jeff aus seiner Schockstarre. Als Harry das merkte, streckte er ihm die Hand hin.

»Harry Körner. Ich bin für dieses halbe Jahr der zuständige Redakteur gewesen.«

»Hallo, Herr Körner«, sagte Jeff heiser. »Dürfen Sie mir mitteilen, wo Charlene hinfliegt?«

Harry schüttelte den Kopf. »Nein, ich weiß es ja auch gar nicht.«

Jeff wandte sich ab. Nach wie vor war all sein Sinnen darauf ausgerichtet, zu ihr zu gelangen. Mitfühlend sah ihn Harry an.

»Es tut mir leid, das sagen zu müssen, Dex«, schluckte er betreten. »Aber ich glaube, Sie sollten sich das mit Charly abschminken.«

Jeffs Herz fiel im Sturzflug nach unten und schockiert taxierte er Harry. Harry, der es wissen musste. Der ein halbes Jahr neben ihr gesessen hatte.

»Ich will ja auch keine Spaßbremse sein«, addierte Ruben. »Aber Charly steht nicht auf Jüngere. Hat sie mir mehrmals verklickert.«

Jeffs Kiefer drückte sich hart durch seine Gesichtshaut. Wieder projizierte sein Kopf das zuletzt erhaschte Bild auf seine innere Leinwand: Es war ein Mann, mit dem sie in den Hubschrauber gestiegen war. Ein Mann, der den Arm um sie gelegt hatte.

*Aber hier … in diesen Minuten … trennen sich unsere Wege. Ich denke, wir haben beide unsere Aufgabe erfüllt.*

Mit diesen Worten im Ohr und dem Bild in seinem Kopf verließ ihn die Hoffnung, und das Feuer in seinem Blick erlosch.

♫ ♫ ♫

Der Flug dauerte drei Stunden. Weder Fred noch Charlene hatten das Bedürfnis zu reden. Beide mussten sie die letzte Stunde sacken lassen. Es war ohnehin zu laut, um zu sprechen, und so hing jeder seinen eigenen Gedanken nach. Charlene nickte ein paar Mal weg, bis der Hubschrauber auf dem Landeplatz aufsetzte, der noch einige Kilometer von ihrem Haus entfernt lag. Die Rotoren verlangsamten sich, flappten nur noch, kamen zum Stillstand. Vom Kontrollturm löste sich ein Wagen, dessen Scheinwerfer sich stetig näherten.

Fred stieg aus, reichte Charlene die Hand. Als sie festen Boden unter den Füßen hatten, lehnte sie sich an ihn. Leicht legte er einen Arm um sie, dann ließ er sie los, um mit dem Piloten zu sprechen. Sie fühlte sich verloren.

Der Wagen war angekommen und wartete in einigen Metern Entfernung auf sie. Fred beendete sein Gespräch und kam mit schweren Schritten zu ihr zurück.

Charlene sah ihn an. Er hatte Schwierigkeiten, ihren Blick zu erwidern.

»Fred«, sagte sie leise. »Was ist los?«

»Ich … Charlene … lass uns erst mal zu dir fahren, dann … dann können wir reden.«

»Mir ist heute Nacht nicht nach Reden«, antwortete sie. »Das weißt du.«

»Ja, Charlene«, murmelte er. »Ich weiß.«

Wieder schaute er sie nicht an, sein Blick war auf den Boden gerichtet, schwenkte zum Wagen, dann zum Fahrer. Er wirkte desorientiert, unentschlossen, unsicher … wie auf der Flucht.

Eine böse Ahnung stieg in Charlene hoch und ihre Kehle wurde eng. Sie raffte ihren Schal um sich und fragte mit dünner Stimme: »Du … du lässt mich heute Nacht nicht allein, Freddie?«

»Nein, Charlene«, entgegnete er mit gesenktem Kopf. »Ich lasse dich nicht allein.«

Charlenes Augen brannten.

»Fred«, flüsterte sie. »Du hast gesagt, du willst mich. Du hast gesagt, du könntest dir eine feste Beziehung vorstellen. Du …«

Gequält sah er sie an.

»Charly … da wusste ich noch nicht, was ich jetzt weiß.«

Sie zuckte zurück. Der Wind zerrte am Stoff ihres Kleides, blies ihr das Haar um den Kopf. Blutleer starrte sie Fred an, dem ein undefinierbarer Gefühlsmix im Gesicht stand.

»Was … willst du damit sagen?«, brachte sie hervor.

Fred schwieg. Es dauerte lange, bis er leise antwortete. »Da wusste ich noch nicht, was dir widerfahren ist.«

In der nächsten Sekunde verzog sich sein Gesicht wie das eines Kindes. Tränen liefen über seine Wangen und zu Charlenes Entsetzen schüttelte er den Kopf und wich einen Schritt vor ihr zurück, als wäre sie aussätzig.

»Ich kann nicht, Charlene«, schluchzte er. »Ich kann dich nicht berühren! Ich komme mir vor wie der letzte Arsch! Und weißt du was? Gerade hasse ich es, ein Mann zu sein!«

»Aber Fred«, sagte sie mit diesem dicken, stacheligen Draht im Hals. »Warum …«

»Weil ich jedes Mal, wenn ich dich anfasse, daran denken müsste!«, stieß er hilflos hervor. »Weil ich jedes Mal, wenn ich in deine Augen sehe … geschweige denn mit dir …«

Von Schluchzen überwältigt brach er ab, wischte sich das Gesicht. Dann vollendete er heiser: »Weil ich jedes Mal daran denken müsste, was man dir angetan hat. Ich würde dich jedes Mal als das gequälte kleine Mädchen sehen … Charlene … ich bekomme diese Bilder einfach nicht aus meinem Kopf, verstehst du?«

Charlene war, als fiele sie hundert Meter in die Tiefe. Sie wankte. Ihre Augen wurden blind.

»Ich … ich bleibe heute Nacht bei dir, Charlene«, drang es wie durch Watte an ihr Ohr. »Ich lasse dich nicht allein. Aber ich schlafe im Gästezimmer.«

Ihre Lippen zuckten. Das war ihre einzige Reaktion. Für Sekunden stand sie im böigen Wind, ohne sich zu rühren, dann kehrte ihr Blick wieder zurück in die Realität.

»Okay, Fred«, flüsterte sie. »Ich … ich verstehe … Ich möchte nicht, dass du im Gästezimmer schläfst. Flieg wieder zurück.«

Fred trat einen Schritt auf sie zu. »Charlene, bitte, ich …«, aber sie hob die Hand und stoppte ihn.

»Es ist gut, Fred.« Und als sie seinen verzweifelten Gesichtsausdruck registrierte, wiederholte sie: »Es ist gut.«

Ohne ein weiteres Wort drehte sie sich um, setzte sich in den Wagen und gab dem Fahrer ein Zeichen. Sie fühlte sich wie imprägniert.

Fred schluckte. Er wusste, er hätte nicht anders handeln können. Er kam sich unendlich mies vor, aber konnte nicht umhin, auch erleichtert zu sein. Er konnte mit so etwas nicht leben! Er war nicht Bernie! Und das Schlimmste war: Er hatte keine Ahnung, ob er jemals wieder so ungehemmt Sex haben konnte wie bisher.

Schweigend starrte er dem Wagen hinterher, dann kletterte er in den Hubschrauber. Er brauchte Alkohol. Viel Alkohol. Und er brauchte eine Frau. Eine, die ihm diese entsetzlichen Bilder aus dem Kopf trieb, eine, die ihn an die Männer dieser Welt glauben ließ.

# ♫ Ascending ♫

Clemens Christian Poetzsch

»Charlene, Schätzchen, bin auf dem Weg zu dir. Mach mir die Tür auf – ich bin in dreißig Minuten da!«

Charlene wusste nicht, ob sie sich über diese Nachricht freuen sollte. So lieb ihr Johanna war – heute Nacht wäre sie gerne mit einem Mann zusammen gewesen. So wie damals Bernie für sie da gewesen war. Jemand, der sie hielt, jemand, mit dem sie einschlafen und aufwachen konnte.

Ein bitteres Lächeln lag auf ihren Lippen aufgrund dieser Ironie: Johanna war ein Mann. Wie oft hatten sie zusammen auf dem Bett gelegen und gequatscht?

Aber sie wollte nicht reden. In ihr war alles durcheinander, alles aufgewühlt. Hatte sie richtig gehandelt? Der Zweifel, ihre prekäre geschäftliche Situation, diese Stunde im Studio, der Abschied vom Moonlight-Radio und von Dex … Freds Reaktion … die Leere danach … sie konnte nicht mehr.

Sie hatte heiß geduscht, sich in ein Negligé gehüllt und sich entgegen ihrer Gewohnheit einen Whiskey eingeschenkt, den sie noch nicht angerührt hatte. Aber nach Johannas Nachricht kippte sie ihn entschlossen nach hinten. Resigniert tippte sie in ihr Handy: »Der Schlüssel ist unter der Fußmatte. Nimm dir eins der Gästezimmer. Will nicht reden.«

Johanna antwortete postwendend: »Okidoki«, und sendete einen Kuss-Smiley mit.

Charlene seufzte und legte sich auf die Couch. Der Alkohol quirlte in ihrem Kopf. Sie war müde und aufgewühlt zugleich, wollte ins Bett, kam nicht hoch, entschloss sich, wach zu bleiben, auf Johanna zu warten, aber ihr Körper fragte nicht. Er hatte keine Reserven mehr. Erschöpft schlief sie ein.

♫ ♫ ♫

»Schätzchen«, flüsterte es in ihr Ohr. Jemand streichelte ihre Wange. »Hey, meine Kleine …«

Charlenes Mundwinkel bogen sich im Schlaf leicht nach oben. Das klang so zärtlich! Instinktiv wartete sie auf mehr. Jemand rüttelte sie leicht. »Liebes … wach auf …!«

Die Erinnerung drang in ihr Bewusstsein. Johanna … das war Johanna …

Charlene öffnete die Augen nur ein wenig.

»Hey, Johanna«, murmelte sie.

»Charlene, ich weiß, du willst nicht reden und hast noch nicht viel geschlafen … aber ich muss noch was zur heutigen Sendung loswerden.«

Charlene seufzte unwillig. »Oh, Johanna, lass gut sein.«

»Es ist wichtig.«

Verdrossen blinzelte Charlene ins Zimmer. Der Hauch einer Morgendämmerung drang zum Fenster herein. Johanna hatte sich zu ihr auf die Couch gesetzt und strich ihr das Haar aus der Stirn, wie eine Mutter das getan hätte. In ihren blauen Augen blitzte ein warmer Funke.

Stumm schob sich Charlene ein wenig hoch und rieb sich die Augen. Johanna wartete, bis sie mit ihren Sinnen voll in der Gegenwart war.

»Ach, meine süße Charly«, sagte sie mitfühlend. »Du musst total am Ende sein.«

»Exakt«, erwiderte Charlene frustriert. »Und deswegen kippe ich jetzt noch einen Whisky und gehe schlafen. Willst du auch einen?«

»Nein, danke. Aber du solltest keinen Alk trinken.«

Johanna begann in ihrer Tasche zu wühlen und sagte auf Charlenes erstaunten Blick: »Ich hab in weiser Voraussicht ein Mittelchen mitgebracht, das …«

»Was für ein Mittel denn?«, unterbrach sie Charlene müde und verwirrt.

»Eine Mischung aus Stimmungsaufheller und Beruhigungsmittel … macht garantiert keinen Kater … wo hab ich denn das nur?«

Unwillkürlich musste Charlene ein wenig lächeln. »Hast du Drogen gekauft?«

»Geht ein wenig in die Richtung … wirkt auf jeden Fall nachhaltiger als Alk! Bloß mit den Nebenwirkungen bin ich mir nicht ganz sicher … und süchtig machen könnte es auch.«

»Ich glaube, ich trinke lieber Whisky.«

»Nein, Alkohol und Medizin geht gar nicht. Weißt du doch.«

Noch immer wühlte Johanna in ihrer Tasche. Charlene wollte ihr gerade sagen, dass sie auf ihr süchtig machendes Mittelchen verzichten wolle, als Johanna rief: »Jetzt fällt's mir wieder ein! Es ist in meiner Jackentasche. Sekunde!« Sprach's und verschwand nach unten.

Seufzend schwang Charlene ihre Füße auf den Teppich. Ihr war alles egal, sie wollte nur noch ins Bett.

»Ich haahab's!«, hörte sie ihre Freundin von unten rufen. Eine Sekunde später klackerten deren Absätze auf der Treppe nach oben und sie steckte den Kopf zur Tür herein.

»Und wo ist jetzt dein Wundermittel?«, fragte Charlene leicht genervt.

»Hier«, antwortete Johanna und stieß die Tür ganz auf. »Hat nur nicht ganz in meine Jackentasche gepasst, der Kerl. Er ist größer, als ich dachte!«

Charlene entfuhr ein Laut und unwillkürlich raffte sie ihr dünnes Negligé um sich.

Vor ihr stand Jeff. Seine blauen Augen leuchteten auf eine Weise, die jedes Wort überflüssig machte.

Sie bekam kaum mit, wie Johanna sich entfernte. Erst die ins Schloss fallende Haustür riss sie aus ihrer Schockstarre und ließ sie begreifen, dass der Mann, der ihr ein halbes Jahr so nah gewesen war, keine drei Meter von ihr entfernt stand. Seine Gegenwart warf sie um. Er füllte den Raum mit einer so männlichen, warmen Präsenz, dass sie geradezu fühlen konnte, wie die Kälte in ihr zu schmelzen begann.

»Du!«, flüsterte sie und fing an zu zittern.

Jeff sah, wie sie bebte. Sein Herz schlug ihm bis zum Hals. Auch er brauchte Zeit, um erfassen zu können, dass sein größter Traum wahr geworden war.

Endlich hatte er sie vor sich. Ihr Anblick, ihre Ausstrahlung, ihr ganzes Wesen berührten ihn bis in die Tiefen seiner Seele. Wie so oft in den letzten Monaten flammte eine Liebe in ihm auf, dass er kaum an sich halten konnte. Eine Liebe, die sie beide umhüllte. Er brachte kein Wort hervor, konnte sie nur stumm anstarren, konnte nur hoffen, dass sie ihn nicht in der nächsten Minute rauswarf. Ihr Mund war leicht geöffnet und wieder erbebte sie. Ehe er auch eine Sekunde weiter nachdenken konnte, war er bei ihr, schlang seine Arme um sie und seufzte auf. Sie zu spüren, sie zu berühren, war, als ob sich ein Kreislauf komplettierte, als ob endlich Kontakt hatte, was zusammengehörte. Er konnte kaum fassen, dass das geschah, dass er ihre Haut spürte, ihren Körper, ihr Haar an seiner Wange, ihren Kopf an seiner Schulter. Ein Feuerwerk an Liebe explodierte in ihm und er drückte sie noch fester an sich. Er hatte sie im Arm! Sein Herz vollführte Saltos, als er merkte, dass sie ihm nicht nur keinerlei Widerstand entgegenbrachte, sondern sich an ihn schmiegte. Sie war so zart, so feingliedrig! Seine Arme umschlossen sie innig, gaben ihr Schutz und Wärme. Dann nahm er ihr Gesicht in seine Hände und bog ihren Kopf zurück.

Charlene starrte in seine blauen Augen. Sie war völlig überrumpelt. Er fühlte sich so vertraut an, lebendig, vibrierend, setzte sie buchstäblich unter Strom. Er hatte schon per Video eine starke Wirkung auf sie ausgeübt, aber jetzt, da er ihr Gesicht in seinen Händen hielt, jetzt, nachdem sie sich zum ersten Mal in die Augen schauten, zum ersten Mal berührten, zerfloss alles in ihr. Sie wurde weich und Jeff spürte das. Langsam senkte er seine Lippen auf die ihren, kostete sie – und Charlene seufzte, als seine Zunge in ihren Mund drang. Sie fühlte sich, als ob sie schwebe. In einer natürlichen Geste legte sie ihre Arme um seinen Hals und ergab sich so vollständig in seinen Kuss, dass sie meinte, sie seien eine Person und nicht zwei.

Schließlich lösten sie sich voneinander. Mit glänzenden Augen sah Charlene zu ihm hoch. Fast verlegen blickte sie aus dem Fenster. Der Morgen begann zu grauen.

»Du … bist sicher müde«, murmelte sie. »Du kannst eines der Gästezimmer benutzen und wenn wir ausgeschl…«

»Nein«, unterbrach er sie leise, aber bestimmt. »Ich schlafe nicht im Gästezimmer. Nicht nach dem, was du heute erzählt hast. Ich lasse dich nicht allein. Ich … ich will dich nur im Arm halten. Sonst nichts. Aber ich schlafe nicht im Gästezimmer!«

Charlene starrte ihn an und ein tiefes Lächeln erschien auf ihrem Gesicht. Ohne ein weiteres Wort nahm sie ihn an die Hand und führte ihn in ihr Schlafzimmer. Als sie vor ihrem Bett standen, flüsterte sie: »Ich bin zwölf Jahre älter als du.«

»Du bist mein Leben«, erwiderte er ernst. »Etwas anderes interessiert mich nicht.«

Charlene spürte, wie etwas in ihr aufatmete und die Zweifel der letzten Stunden vertrieb. Sie zeigte ihm das Bad, schlüpfte dann nackt unter die Laken und streckte sich aufatmend aus. Als er in T-Shirt und Boxershorts zurückkam, fing ihr Herz an zu klopfen.

»Zieh dich aus«, flüsterte sie. »Ich will dich spüren.«

Er streifte alles ab, legte sich zu ihr, nahm sie in den Arm, zog sie an sich. Haut traf auf Haut und Charlene seufzte auf, noch mehr, als er ihren Körper andächtig zu streicheln begann und sanft ihr Gesicht küsste.

»Du bist so schön«, wisperte er. »Du fühlst dich so vertraut an. Ich kann dir gar nicht sagen, was ich gerade alles empfinde. Es ist so viel. So viel.«

Sie genoss seine Stimme in ihrem Ohr, schloss die Augen, lächelte selig. Seine warme Haut war auf der ihren und allein das erdete sie, erlöste sie und ließ einen heißen Strahl an Liebe aufsteigen. Sie kuschelte sich noch enger an ihn, wäre am liebsten in ihn hineingekrochen und erbebte leicht, als sie spürte, wie sein Unterleib reagierte.

»Keine Angst«, hörte sie ihn flüstern. »Ich will dich nur halten.«

»Oh, bitte«, wisperte sie zurück. »Ich hoffe, du hast noch etwas mehr auf Lager, als mich nur zu halten.«

Er drehte sie auf den Rücken und sah ihr amüsiert ins Gesicht.

»Du bist nicht zu müde?«

»Schlafen können wir hinterher. Bist du zu müde?«

Statt einer Antwort zog er sie an sich, legte sich halb auf sie, strich ihr das Haar aus dem Gesicht. Zwischen ihren Beinen breitete sich Feuer aus, erhitzte ihre Haut, ließ sie glühen, machte sie feucht – überall. Ihre Hände griffen nach ihm, fuhren über seinen Rücken, umfassten seinen Po. Jeffs Leidenschaft brach mit ihrer so rückhaltlosen Bereitschaft auf wie eine überreife Blüte. Seine Zunge drang in ihren Mund, fordernder, verheißender als vorhin, und Charlene stöhnte auf. Sein Atem, seine Stimme strichen durch ihr Ohr, schickten Stromstöße bis in die Lendenwirbelsäule hinunter, bis alles in ihr lichterloh brannte. Sie bäumte sich ihm entgegen, ihr glatter Venushügel presste sich gegen seinen Unterleib und aus ihrem Mund drangen süße, kleine Laute.

Jeff hatte sich noch nie mit einer Frau so vereint gefühlt, obwohl doch der eigentliche Akt noch bevorstand. Sein ganzes Sein war auf sie konzentriert. Seine Finger verflochten sich mit den ihren, drückten ihre Arme neben ihren Kopf in die Kissen, während sie mehr fordernd ihren Rücken wölbte. Wie zuckersüße Kirschen standen die Spitzen ihrer Brüste direkt vor seinem Gesicht. Als Jeffs heißer Mund die Frucht umschloss und gekonnt mit ihr spielte, wurde sie immer wilder und konnte ihre Verschmelzung kaum erwarten. Aber Jeff war nicht gewillt, das so schnell enden zu lassen. Er reizte jede Sekunde aus, spielte mit ihr auf so unterschiedliche Weisen, dass sie von einem Taumel in den anderen fiel. Charlene verlor sich völlig in seinen Liebkosungen – und er sich in den ihren. Zusammen steigerten sie sich in eine psychedelische Ekstase, ließen enthemmt ihrer Leidenschaft freien Lauf – bis zu einem gigantischen, alles ausfüllenden, befreienden Finale.

Tiefes Glück lag auf Charlenes Gesicht, als sie schließlich ihren Kopf auf seine Brust bettete und selig einschlief.

Nein, Jeff war nicht wie Bernie. Er war ganz anders. Und das war wundervoll.

♫ ♫ ♫

Sie wachte auf, weil er sie streichelte. Der Ausdruck seiner Augen war unsagbar schön und so voller Liebe, dass es ihr einen Stich versetzte.

»Guten Morgen«, flüsterte er.

»Guten Morgen«, flüsterte sie zurück und lächelte verklärt, als er ihr einen Kuss auf die Stirn hauchte. Es war so vertraut, neben ihm aufzuwachen, obwohl es doch neu war. Und gerade dieses Neue ließ einen Glücksstrahl in ihr hochschießen. Die Welt war voller Wunder! Oh, sie freute sich so darauf, alles an ihm und mit ihm zu entdecken! Das ganze Leben war neu! Es lagen so viele erste Male vor ihnen! Ihr erster gemeinsamer Spaziergang. Ihr erstes gemeinsames Dinner. Ihr erstes Frühstück. Ihr erster Kinobesuch. Sie musste sich fast ein Juchzen verkneifen, legte sich auf ihn und küsste seinen Hals. Jeff starb fast vor Glück über diese Geste.

Dann aber rollte sie auf die Seite und fragte lächelnd: »Hast du Hunger?«

»Ja, nach dir.«

Bewundernd glitten seine Augen über ihren Körper, suchten ihren Blick.

»Charlene … es war so wunderschön, so absolut wunderschön mit dir …«

»O ja«, seufzte sie und kuschelte sich wieder näher an ihn heran. »Genauer gesagt, war es phänomenal! Du bist ganz schön versiert, Jeff! Woher kommt das?«

Jeff lachte. »Das kann ich dir beim Frühstück erzählen. Was isst du denn gerne?«

»Oh, du würdest mir ein Frühstück machen?«, fragte sie hingerissen.

»Was heißt, würde …? Genau das habe ich vor! Oder hast du etwa nichts in deinem Kühlschrank?«

»Wo denkst du denn hin?«, schmunzelte sie, griff nach ihrem Handy, das auf dem Nachttisch lag, und bat ihre Haushälterin, ein Frühstück vorzubereiten.

»Okay«, sagte Jeff perplex. »So geht's natürlich auch.«

»Stacy will wissen, was du gerne isst«, grinste sie ihn an.

»Mir egal. Hauptsache, du sitzt mit mir am Tisch!«

Charlene lachte. »Hast du was dagegen, wenn Johanna zum Frühstück kommt? Sie hat sicher irgendwo in der Nähe übernachtet.«

»Nein … wenn wir danach wieder alleine sein können? Und für morgen könntest du Stacy doch freigeben … ich würde dir rasend gern ein Frühstück machen. Unter anderem!«

Auf Charlenes Gesicht lag ein breites Lächeln. Sie informierte noch kurz Johanna, dann legte sie sich in die Kissen zurück und nahm seine Hand.

»Dass Stacy das Frühstück zubereitet, war reiner Eigennutz«, erklärte sie.

»Traust du mir nicht zu, ein anständiges Frühstück auf den Tisch zu bringen?«

»Oh, doch! Aber seit gestern Nacht traue ich dir noch ein paar andere Dinge zu!« Leicht strich ihr Finger über seine Bauchmuskeln, weiter nach unten, bis ihre Hand zwischen seinen Beinen landete.

»Wir haben noch Zeit, bis der Tisch gedeckt ist und Johanna kommt«, schnurrte sie. »Vielleicht kannst du mir davor noch zeigen, was du so alles draufhast, und mir danach erklären, wieso das so ist?«

Jeff lachte, legte sich auf die Seite, zog sie an sich heran und sah ihr in die Augen.

»Ich liebe dich«, sagte er. »Ich liebe dich mit jeder Faser meines Herzens. Und gerade bin ich so glücklich! Ich kann noch gar nicht glauben, dass ich dich endlich anfassen kann!«

»Und ich kann gar nicht erwarten, *dass* du mich endlich wieder anfasst«, entgegnete sie ungeduldig. »Ich meine, so richtig *anfasst*!«

»Okay«, murmelte er und begann ihr Gesicht mit Küssen zu bedecken. »Dann mach dich mal auf was gefasst!«

Charlene kicherte, seufzte entzückt und ergab sich seinen Zärtlichkeiten. Gekonnt trieb Jeff sie in sexuelle Höhen, genoss ihren zuckenden, sich windenden Körper unter sich, genoss, wie sie sich umeinander wanden, nicht genug voneinander bekommen konnten, bis sie miteinander verschmolzen. Ihr blitzte durch den Kopf, dass Fred sie niemals so hätte lieben können. Er hätte ihr beweisen wollen, wie gut er darin war, ihr Lust zu verschaffen. Jeff verschaffte ihr Lust, weil er sie liebte und genau spürte, was sie wollte und brauchte. Aber viel Zeit zum Nachdenken hatte sie nicht. Denn er tat Dinge mit ihr, die ihr die Luft zum Atmen nahmen und ihre eigene Experimentierfreudigkeit weckten. Mit Erstaunen merkte sie, wie intensiv sie in diesem Liebesakt miteinander verbunden waren, wie tief das ging, wie wunderschön das war. Leise schrie sie auf, als sie auf ihm explodierte, klammerte sich an ihn und ließ ihn fühlen, wie sie unten zuckte und pulsierte, ließ ihn live miterleben, was in ihr vorging. Fest presste er ihr Hinterteil noch enger an sich. Er hätte vor Freude heulen mögen, als sie ihren Kopf danach erschöpft auf seine Brust legte. Es war das Vollkommenste, was er jemals in seinem Leben erlebt hatte. Aber auch Charlene schwebte im siebten Himmel. Sie fühlte sich so jung mit ihm! Und sie war absolut glücklich.

# ♫ Halleluja ♫

## Milk and Honey

Simultan sahen sie sich an, als es läutete. Es war Johanna, die sie in ihrer Feinfühligkeit bewusst alleine gelassen hatte. Charlenes Blick verdunkelte sich.

»Okay«, sagte sie und richtete sich auf. »Das war's dann wohl. Gönnen wir uns noch ein schönes Frühstück, dann …«

Entgeistert starrte Jeff sie an.

»Was meinst du denn damit?«, fragte er schockiert.

Verdutzt stupste sie ihn an der Nase. »Hey, du denkst doch nicht etwa, dass ich nach heute Nacht auf dich verzichten will? Johanna hatte recht! Du hast Suchtpotenzial!«

Jeff lachte erleichtert. »Das lässt sich steigern«, versicherte er ihr mit leuchtenden Augen. »Wie lange bleibt Johanna? Wir könnten doch …«

»Jeff«, holte ihn Charlene in die Realität zurück. »Ganz sicher bringt Johanna die neuesten Schlagzeilen mit.«

»Die Schlagzeilen …«, wiederholte Jeff ernüchtert und fügte hinzu: »Es tut mir so leid, Charlene. Wenn ich geahnt hätte, wie sehr ich dich in Schwierigkeiten …«

»Alles ist gut, Jeff«, lächelte sie. »Wir kriegen das irgendwie hin. Das meistern wir zusammen.«

Das Glück und die Liebe auf seinem Gesicht waren nicht in Worte zu fassen. *Wir meistern das zusammen.* Etwas Schöneres hätte sie nicht sagen können. Kein noch so großes Problem der Welt konnte das zerstören.

Charlene lachte zärtlich, nahm ihn an die Hand und ging mit ihm in ihre geräumige Wohnküche, wo Stacy ein leckeres Frühstück vorbereitet hatte. Mit einer Tasse Kaffee versorgt, saß Johanna bereits am Tisch. Als die beiden Hand in Hand die Küche betraten, lächelte sie breit.

»Ach, ihr Süßen«, sagte sie entzückt. »Kann euch beiden heute überhaupt etwas die Laune versauen?«

»Hey, Johanna«, erwiderte Charlene und gab ihr einen Kuss auf die Wange. »Mach's kurz, okay? Ich kümmere mich heute Nachmittag um alles. Oder morgen.«

»Hm«, machte Johanna. »Ihr seht beide so aus, als ob ihr eine gewaltige Ladung Kalorien verbrannt hättet. Vielleicht sollten wir nach dem Frühstück drüber reden?«

Charlene hätte am liebsten gar nicht darüber geredet. Sie wollte sorgenfrei und ohne jede Belastung sein. Sie wollte Jeff genießen. Sie wollte mit ihm in den Tag hineinleben. Und vor allem in die Nacht! Ihr wurde schon wieder heiß und die Aussicht, sich mit Problemen herumschlagen zu müssen, nervte umso mehr. Gleichwohl – es nützte ja nichts. Es war besser, es gleich anzugreifen.

»Was ist?«, erkundigte sich Johanna. »Ich habe Hunger!«

»Also, je eher wir das hinter uns haben, umso besser«, meinte Jeff.

»Finde ich auch«, stimmte Charlene zu. »Schieß los, Johanna.«

»Wie ihr wollt«, antwortete die. »Hoffe, dass ihr danach noch was runterkriegt. Also gut … Ich habe mir alle wichtigen Artikel ausdrucken lassen. Görtlich hat wieder so fies geschrieben. Er hat kein gutes Haar an der gestrigen Sendung gelassen. Leider war sein Artikel der erste, der online ging – alle anderen haben sich nach ihm gerichtet und entsprechend reagiert.«

»Das war zu erwarten«, sagte Charlene gefasst. Sie war ihrerseits nicht untätig gewesen und hatte in der Woche vor der Sendung jeden ihrer Geschäftspartner angeschrieben, mit der Bitte, sich eine eigene Meinung zu bilden – aber das taten ja heute nur noch die Wenigsten. Meist ging es darum, das Fähnchen so in den Wind zu hängen, dass der Profit stimmte.

Johanna legte Görtlichs Artikel auf den Tisch. Fett prangte die Headline über dem Artikel.

> Firmenchefin zieht tote Mutter öffentlich in den Dreck!

»Vom (billigen) Versuch, sich mit einer rührseligen Geschichte davonzustehlen«, lautete der Untertitel.

Charlene seufzte, überflog den Artikel und schob ihn zu Jeff rüber.

Jeff warf noch nicht mal einen Blick darauf, stattdessen sah er Johanna direkt an und fragte mit zusammengezogenen Brauen: »Das kann doch nicht alles gewesen sein!«

»Jeff«, Charlene strich ihm leicht über den Arm, »das war abzusehen. Da müssen wir durch. Ich werde die nächsten Monate alle Hände voll zu tun zu haben, Schadensbegrenzung zu betreiben. Ich sehe mal nach, ob und wie unsere Geschäftspartner reagiert haben.«

»Gute Idee, Süße«, stimmte Johanna zu. »Hol das Notebook.«

»Aber Johanna!«, protestierte Jeff mit geröteten Wangen. »Was ist mit unserer Aktion? Hatte die gar keine Auswirkung?«

»Tja«, erwiderte Johanna. »Ich glaube fast, die war überflüssig. Die Leute haben wie gesagt auf Görtlich reagiert.«

»Welche Aktion?«, fragte Charlene verständnislos. »Wovon redet ihr bitte?«

Johanna seufzte theatralisch.

»Ach, Schätzchen, ich zeige dir am besten erst mal die Artikel.«

Sie stellte Charlenes Teller weg und fächerte weitere Ausdrucke auf dem Tisch auf.

Charlene wollte die Blätter gerade wieder zusammenschieben, weil sie sich den Tag nicht vollends verderben lassen wollte, als ihre Augen auf die Headlines fielen.

Charlene Wittstein – das erschütterndste Geständnis aller Zeiten

Das Moonlight-Radio dreht die Welt!

Studenten stehen auf für Charlene Wittstein!

Dex kämpft für seine Liebe!

Von der Kunst, ein schweres Schicksal zu wandeln

Darunter waren Bilder von Charlene, wie sie blass vor der Reportermenge stand, zusammengeknüpft mit dem verzweifelten Jeff, dem die Tränen über die Wangen liefen und der nach Charlene schrie, als der Hubschrauber vom Dach abgehoben hatte.

Ein verblüfftes Lachen entfuhr Charlene.

»Das … das gibt's doch nicht!«, ächzte sie völlig entgeistert.

Mit offenem Mund nahm sie ein Blatt nach dem anderen in die Hand. Eine Schlagzeile las sich enthusiastischer als die nächste. Die Medien überschlugen sich mit ihrer Zustimmung und Sympathie für Charlene sowie das Moonlight-Radio. Viele bezogen sich, wie Johanna es angekündigt hatte, auf Görtlichs Artikel, nur ganz anders als erwartet: Sie verurteilten ihn.

> Von der fragwürdigen Kunst, Heroisches in den Schmutz zu ziehen. Wir stehen für konstruktiven Journalismus!

> Menschen stehen auf für Charlene Wittstein und das Moonlight-Radio. Ein herzerwärmender YouTube-Beitrag

> Eine beispiellose Initiative: Das Video wächst!

Mit rasendem Herzen sah Charlene auf.

»Das Video wächst? Was soll das denn bedeuten?«, fragte sie an Johanna gewandt.

»Wieso wächst das Video?«, mischte sich auch Jeff ein.

»Wie bitte?«, hakte Charlene ein. »Du weißt davon?«

»Ja, schon, aber nicht, warum es wächst! Johanna, wieso wächst das Ding?«

»Wie kann denn ein Video wachsen?«, rief Charlene, nun vollends verwirrt.

»Ach, Kinder!«, schnurrte Johanna, hochzufrieden über das Chaos, das sie verursacht hatte. »Alle wissen Bescheid, nur ihr nicht, weil ihr Kalorien verbrennt, statt euch zu informieren. Na, wer will es euch verdenken. Kommt her, meine Süßen, setzt euch neben mich!«

Sie aktivierte YouTube auf ihrem Laptop und gab in die Suchleiste die Worte »Moonlight-Radio – Endlos gut! Join us!« ein.

»Wieso habt ihr den Titel geändert«, stutzte Jeff. »Wir hatten doch einen ganz …«

»Ja, weil das Video eben wächst!«, gab Johanna zurück. »Nicht mosern, gucken!«

»Du weißt ja voll Bescheid, Jeff!«, beschwerte sich Charlene.

»Nein, eben nicht! Anscheinend hat sich da was verselbstständigt«, widersprach er und legte seinen Arm fest um ihre Schulter. Gespannt schauten sie alle auf den Monitor.

Ein kleiner Vorspann eröffnete das Video mit gesprochenen Zitaten aus den Sendungen. Charlenes sanfte Stimme war in wunderschöne Naturaufnahmen eingeflochten, die ihre Worte umso eindringlicher wirken ließen.

Dann erschien Jeff, der ihr vor der Kamera eine Liebeserklärung machte, die einen Stein hätte erweichen können. Sie ging dermaßen unter die Haut, dass Charlene ein Hitzestrom nach dem anderen durch den Körper fuhr.

Was sie aber anschließend zu sehen bekam, trieb ihr mit einer solchen Gewalt die Tränen in die Augen, dass sie zeitweise in lautes Schluchzen ausbrach.

Viele, viele Menschen hatten sich Jeffs Auftritt angeschlossen. Erst waren es noch bekannte Gesichter. Henning, Lukas, Sophie, Georgie … die für Charlene aufstanden und mit drei, vier Sätzen ihre Meinung kundtaten.

»Sie ist einer der besten Menschen, der mir je untergekommen ist«, erklärte Sophie, die sich mit ihrem vollen Namen outete. Da ihr Mann ein bekanntes Unternehmen hatte, gewann das besonders an Gewicht. Doch es ging weiter. Mitarbeiter, Hörer, Redaktionsmitglieder … einer nach dem anderen schlug sich auf die Seite des Moonlight-Radios. In ein paar Sätzen berichteten sie, wie nachhaltig positiv die Sendung ihr Leben beeinflusst hatte, sprachen Charlene Mut zu, versicherten ihr, zu ihr zu stehen, dankten ihr und fügten dann ihren selbstgedrehten Clip in die Timeline des Videos ein. Sprachlos verfolgte Charlene die Masse an Menschen und stieß einen leisen Schrei aus, als Dörfler erschien, der, deutlich verlegen und mit rotem Kopf, sein Statement abgab.

»Ich bin der Programmleiter der Radiostation und habe anfangs alles dafür getan, das Moonlight-Radio zu verhindern«, berichtete er. »Für mich war das kompletter Schwachsinn. Ich habe meine Meinung geändert. Ich bin mehr als beeindruckt … und seit gestern zutiefst erschüttert. Frau Wittstein, ich möchte Ihnen danken. Sie sind der lebende Beweis, dass man trotz solcher Erlebnisse ein guter, glücklicher Mensch sein kann. Und ich schäme mich, dass mir das, ohne je so etwas erlebt zu haben, schwergefallen ist.«

Charlene lachte ungläubig. Nach sieben weiteren Hörern tauchten Jeffs Eltern auf, die einen so rührenden Beitrag zusammenstammelten, dass nicht nur Jeffs Augen nass waren.

Und dann war da Hennie. Charlenes Lippen pressten sich zusammen, als die verheulte Gestalt im rosa Petticoatkleid ins Bild kam.

»Allen, die schlecht über Charlene Wittstein denken«, sagte Hennie mit zitternder Stimme, »möchte ich meine Geschichte erzählen. Im Alter von dreizehn Jahren hat mich Charlene von der Straße aufgelesen. Mein Stiefvater hatte mich jahrelang missbraucht. Ich war kurz davor, in den Drogensumpf abzugleiten, als Charlene mich fand. Sie hat mir klargemacht, dass ich eine Zukunft habe, wenn ich meine Vergangenheit loslasse. Sie sagte, ich könne sie nicht ungeschehen machen, aber lernen, damit zu leben. Könnte lernen, wieder an Glück zu glauben. Diese Ansicht ist alles andere als ein Genickschlag für einen Traumatisierten, sie ist ein Befreiungsschlag. Charlene hat mir dieses Bistro hier ermöglicht. Und ich bin nicht die

Einzige, die sie seelisch und finanziell unterstützt hat. Sie hat das für viele andere Mädchen getan – und nie ein Wort darüber verloren … noch nicht einmal heute Abend hat sie das erwähnt. Deswegen tue ich das jetzt für sie.«

Aufnahme an Aufnahme reihte sich aneinander und Charlene war völlig geflasht, weinte fassungslos. Erst langsam drang in ihr Bewusstsein, was das alles bedeutete. Sie war frei! Wieder begann ihr Herz zu rasen, diesmal aus einem anderen Grund.

»Lies deine Mails«, empfahl Johanna. »Damit dir dein Frühstück endgültig schmeckt.«

Charlene rannte in ihr Office, holte den Rechner und öffnete mit fliegenden Fingern ihr Postfach. Achtzig Prozent der angeschriebenen Geschäftspartner hatten schon reagiert, drückten ihr ihre Hochachtung aus und versicherten, ein jahrelanges gutes Geschäftsverhältnis nicht von einem negativen Artikel trüben zu lassen.

»O mein Gott!«, hauchte sie ein ums andere Mal. »O mein Gott, Jeff! Johanna! Das ist … das ist ja einfach gigantisch! Danke! Oh, ich danke euch so sehr! Oh, das ist so schön! So schön!«

Sie tanzte im Zimmer umher und wurde sich in der nächsten Sekunde mit voller Klarheit ihrer neuen Situation bewusst: Der Druck war weg! Alle Belastungen, alle Zweifel, alle Bedenken und jede Einsamkeit – all das war weg! Vor ihr lag eine erfüllende Zeit mit Jeff.

Mit einem Juchzer warf sie sich ihm um den Hals und glückselig schwenkte er sie in der Küche herum. Im nächsten Augenblick umarmte sie Johanna, dann wieder Jeff und presste Stacy, die neugierig um die Ecke kam, so stürmisch an sich, dass sie fast umfiel.

»Stacy!«, schrie Charlene außer sich vor Freude. »Du hast was vergessen!«

»Was denn?«, fragte Stacy verdattert und wartete auf eine Erklärung für diesen Tumult.

»Vier Gläser und eine Riesenbottel Champagner! Wir müssen anstoßen!«

Stacy lachte. »Worauf denn?« Schon war sie auf dem Weg.

»Auf das Gute!«, rief Johanna. »Auf die Menschen! Und auf die Welt!«

»Ja!«, lachte Charlene ausgelassen. »Und auf die Liebe! Auf das Leben! Weil es das Größte ist, was wir haben!«

# ♫ Ocean (Dream Levels) ♫

## Parekh & Singh

## Epilog

»Hallo, Papa!«

»Alf, mein Junge! Endlich rufst du an!« Herr Wedel verschluckte sich fast, so sehr freute er sich. »Wann kommst du?«

»Papa, ich habe mir das noch mal überlegt. Ich komme doch nicht.«

»Was? Aber du hast versprochen, dass wir uns wiedersehen …!«

»Ja, das stimmt, Papa. Und das möchte ich wahr machen.«

»Ja … aber wie? Und wann?«

»Übermorgen.«

»Übermorgen kommst du!«

»Nein, hab doch gesagt, ich komme nicht!«

»Verdammt, Alf, was heißt das alles?«

»Hast du eigentlich schon mal das Meer gesehen, Papa? Und bist du schon mal geflogen?«

»Alf! Was wird das?«

»Ich habe dir ein Ticket auf dein Handy geschickt. Nach Madeira. Da bin ich nämlich. Ich muss dir unbedingt was zeigen. Dein Flug geht übermorgen. Ich warte am Strand auf dich!«

»Alf!«

»Und in deinem Postfach ist ein Tutorial, wie das geht mit dem Fliegen. Ist alles ganz easy. Ich freu mich auf dich, Papa!«

Damit legte Alf auf.

Herr Wedel war völlig durch den Wind. Aber nichts hätte ihn nach dem Satz »Ich freu mich auf dich, Papa« davon abhalten können, nach Madeira zu fliegen.

Er zog sich das Video rein, packte ein paar Sachen, organisierte eine Vertretung für die Bäckerei und fuhr das erste Mal seit zwanzig Jahren von zu Hause fort in ein anderes Land.

Hilflos stand er am Flughafen. Ihm schwirrte der Kopf und er wollte schon ärgerlich werden, als ihm Pixies Stimme in den Kopf drang.

»Die Menschen sind gut. In jedem steckt Hilfsbereitschaft und Mitgefühl.«

Er stapfte zu einer Dame am Schalter, erklärte ihr, dass er das erste Mal fliege, dass er keine Ahnung von gar nichts habe und ob sie ihm helfen könne.

Sie lächelte ihn freundlich an und organisierte ihm jemanden, der ihn vom Check-in bis zum Einlass ins Flugzeug begleitete. Ehe er sichs versah, entdeckte er eine Stunde später zum ersten Mal in seinem Leben die Welt von oben.

Wolken schwebten auf Augenhöhe an ihm vorbei, bildeten weiße Flächen unter ihm, als das Flugzeug höher stieg. Der Himmel war blau und klar und die Welt unter ihm so klein. Herr Wedel starrte den gesamten Flug über aus dem Fenster. Beim Aussteigen richtete er sich einfach nach der Masse, bekam problemlos seinen Koffer und stieg dann in ein Taxi, das ihn zum Hotel fuhr, in dem sein Sohn ein Zimmer für ihn reserviert hatte.

Mein Gott, wo war Alf da nur gelandet! Das war ja ein Traum hier! So viele Blüten! Und diese salzige Luft! Die Sonne, die vom Himmel herunterlachte! Und dieses Hotel! Das war eine andere Welt – buchstäblich! Herr Wedel war verzaubert und noch mehr flirrte sein Herz, als er daran dachte, dass er in wenigen Minuten seinen Sohn nach langen Monaten wieder in die Arme schließen durfte.

Er checkte ein. Eine nette Dame nahm ihm den Koffer ab, versprach, ihn auf sein Zimmer bringen zu lassen, und teilte ihm mit, sie hätte Order, ihn direkt an den Strand führen zu lassen.

Herrn Wedel war, als sei er ins Paradies gekommen. Türkisfarbenes Wasser erstreckte sich bis zum Horizont, Palmen wiegten sich sanft im Wind und da … da hörte er die Stimme seines Sohnes.

»Papa!«, schrie der. »Papa!«

Er drehte sich um. Und da war er. Sein Sohn, der ihm mit ausgebreiteten Armen entgegenrannte. Alf, der ihn lachend und freudestrahlend umarmte. Ein Alf, wie er ihn fröhlicher, liebevoller und glücklicher nie erlebt hatte. Tausend Ahnungen und Erkenntnisse stiegen in ihm hoch.

»Du bist da!«, jubelte Alf. »Du bist gekommen! Ach, Papa! Das ist so schön!«

Herrn Wedels Augen wurden nass. Unbeholfen strich er seinem Sohn über den Rücken.

»Alfie«, stammelte er. »Es tut mir so leid. Ich hab viel falsch gemacht … und es …«

»Alles ist gut, Papa. Komm mit! Ich muss dir unbedingt was zeigen!«

Übermütig nahm Alf seines Vaters Hand und zog ihn über den Sand, Richtung Steine. Dort saß, so kam es Herrn

Wedel jedenfalls vor, Grace Kelly. Sie war barfuß und trug ein schwingendes Sommerkleid.

Als sie die beiden Männer sah, stand sie auf und ging ihnen ein paar Schritte entgegen. Ein strahlendes Lächeln war auf Alfs Gesicht, als er sie an die Hand nahm.

»Papa«, sagte er. »Das ist Henriette, die Liebe meines Lebens. Ich fürchte, wir müssen uns demnächst mal beide damit beschäftigen, wie man eine Hochzeitstorte backt.«

# Danksagung

Liebe Leserin, lieber Leser,

Charlene ist eine vollständig erfundene Person, ihre Kindheitsgeschichte allerdings beruht auf einer wahren Begebenheit.

Herzlichen Dank, dass Sie das Buch gekauft und gelesen haben, danke für Ihre Zeit. Ich hoffe sehr, dass es Ihnen gefallen hat, und würde mich freuen, wenn Sie sich die Mühe machen und eine Rezension bei Amazon verfassen. Es muss nichts Großes sein, aber eine Bewertung hilft nicht nur uns Autoren – sie hilft auch anderen Lesern. Nur eine Bitte dazu: Bitte verraten Sie darin nicht die unerwarteten Wendungen … gönnen Sie auch den anderen Lesern die Spannung und eigene Gedankengänge.

Ein großer Dank geht an Radio Bamberg, an Herrn Jörg Wagner, der mir Aufschluss über die Arbeit im Studio gab und bei dem ich live dabeisitzen durfte. Meinen besonderen Dank übermittle ich Herrn Marcus Appel für seine Geduld, seine Bereitschaft, meine vielen Fragen zu beantworten, für die Fülle an Informationen sowie die Möglichkeit, Radiosendungen beiwohnen zu dürfen. Danke schön!

Ein Riesendankeschön an meine Lektorin Claudia Wuttke, die bei jedem Buchstaben mit Herz und Gefühl dabei war und wertvolle Fragen gestellt hat. Ebenso ein Dankeschön an Gaby Hoffmann, die etliche Anregungen hatte, und ein dickes Danke an Claudia Schumann für den letzten Feinschliff.

Gerne können Sie auch über meine Facebook-Seite oder über die Homepage Kontakt mit mir aufnehmen: www.subina-giuletti.de oder per Mail: info@subina-giuletti.de

Diese E-Mail-Adresse wird ausschließlich von mir verwaltet und von niemand anderem eingesehen. Ich freue mich immer über einen Austausch, Feedback und Anregungen!

Alles Liebe,
Ihre
Subina Giuletti

## Mehr von dieser Autorin

Absturz nach oben, Band 1 – Aufbruch
Absturz nach oben, Band 2 – Durchbruch
Absturz nach oben, Band 3 – Ausbruch
Try hard to love me/Versuch doch, mich zu lieben
Tropfen im Ozean
Life Chat – Sag mir, wer du bist
Herzbauchgefühl
Herzschlagfinale
Hey Babe! Irgendwann gehörst du mir
Weil du meine Seele streichelst
Herzgoldstaub
Zeit für Engel … Zeit für dich
Sterne gibt es überall

Printed in Poland
by Amazon Fulfillment
Poland Sp. z o.o., Wrocław

36190765R00307